中世の文学と学問

大取一馬編

龍谷大学仏教文化研究叢書15

思文閣出版

中世の文学と学問

はしがき

中世の時代は周知のとおり平安末期の源平の戦いをはじめ、南北朝の動乱、それに続く戦国期の群雄割拠の下での戦いと、まさに戦乱の続いた時代であった。そのような状況下では文学や学問は停滞を余儀無くされたが、この時代に成立した文学作品では人間のありのままの姿を表現し、人間の本質的な部分を深く追求する傾向が見られ、学問の上でも中世独特の方向が窺えるのである。和歌文学においては、千載集・新古今集をはじめ前代より多くの勅撰和歌集が撰集され、歌合・歌会等の活動も盛んに行われている。日記文学においては王朝の宮廷女房日記の系譜をひく作品が南北朝期ころまでは執筆されている。王朝に最も盛んであった物語文学も、現存している作品は少ないものの、多くの作品が創作されている。また、説話文学や紀行文学・軍記物、能楽や御伽草子などの分野では、中世という時代を色濃く反映した特色ある作品が多く生まれている。

一方、歌学や儒学・宗学といった学問も、前代に引き続き盛んで、この時代には一層深化する傾向にあったと考えられる。

本叢書では、これら中世の文学や学問の特質の一端を、「中世の学問」「中世の文学」「中世の作品の享受とその展開」の三章に分けて考察し、明らかにしようとした。

尚、私共は、平成十四年から三年間にわたり「龍谷大学図書館蔵舟橋家旧蔵本の研究」のテーマで指定を受け、昨年三月に『詞源要略・和歌会席』（龍谷大学善本叢書24）を刊行したが、この度の研究叢書はその研究を発展させたものである。

二〇〇五年十月吉日

大取一馬

目次

第一章

中世の学問

中世歌学秘伝の変容
——雲伝神道の中で——

三輪正胤

はじめに

中世に成立した歌学秘伝は、仏教、神道、儒教思想などと融合し、様々な変容を遂げている。中でも十五世紀半ばに成立した吉田神道と結合することによって、大きな変容を遂げたことは、既に記述した。[1] こうした神道との結びつきによる変貌は、それ以降絶えることがなかったといってよい。しかし、十八世紀後半に成立し多くの分野に影響を与えた雲伝神道、ことにその流布の状況下での歌学秘伝との関係については、あまり知られることはなかった。

先に歌学秘伝の内の「呼子鳥」と雲伝神道との関連を述べる機会を持つことができた。[2] その際には、その概要を述べるにとどまったので、本稿においては、資料紹介を兼ねて雲伝神道の流布する状況と、その中での歌学秘伝との関わりについて少しく考えてみたい。

一　量観の伝授

雲伝神道を開いた慈雲の功績については『慈雲尊者全集』全十七巻と補遺が編纂されて、その全容は容易に知ることができる。この内、神道関係については、『慈雲尊者全集』に拠りつつ『神道大系　第二十八巻　雲伝神道』（神道大系編纂会編　平成二年）が整理編纂されて裨益する事が多くなった。また『慈雲尊者　雲伝神道集』（木南卓一編　昭和六十三年　三密堂書店）『雲伝神道伝授大成』（稲谷祐宜編著　平成六年　青山社）などは、わかりやすい本文と論考を提供している。『雲伝神道研究』（木南卓一編　昭和六十三年　三密堂書店）『真実の人　慈雲尊者』（慈雲尊者二百回遠忌の会編　平成十六年　大法輪閣）などは、多くの研究者の論考を編纂していて研究の動向を知ることができる。しかし、こうした資料や研究書物によっても、雲伝神道が流布し、伝授されていった様態は不明のところが多い。

最近、高野山遍照尊院の蔵書を整理閲覧する機会に恵まれ、同寺の栄秀が雲伝神道を慈雲の弟子量観から伝授されており、その流伝の様態が幾分か明らかになってきた(3)。

慈雲からの神道関係の口伝、書物などを精力的に整理書写し、伝授に力を尽くし一つの流れを作ったのは、量観であると言ってよいかと思われる。この量観について稲谷祐宜氏は「量観は高野山に学び、阿波の万福寺に住したが、後に転じて大坂生玉神社の別当寺であった真蔵院に住職し、関西・四国方面において盛んに雲伝・唯一・御流などの伝授を行った。その後、万福寺は火災にあい、生玉の寺は廃寺となったので、量観の詳しい経歴は不明な部分が多い。今後の調査を期さねばならない」と『雲伝神道伝授大成』の解題に記されている。

量観が主として神道伝授にどのように関わっていたかを、『慈雲尊者全集』、『神道大系　雲伝神道』、遍照尊院の栄秀関係資料及び高野山大学図書館の資料などをもとに、年代順に並べてみると次のようになる。

文化九年四月　西院元諭方を浄応より伝授される。

『西院元諭方伝授聞書』（高野山大学図書館光台院寄託本）表紙表書き。但し、「聞書」の整理書写は七月。

文化九年壬申四月四日　量観　　阿闍梨高室院浄応

文化十五年正月『神道大意』を書写。

高野山大学図書館増幅院寄託祥道本奥書（以下増幅院本と略記する）。

文化十五年正月二十三日写之畢　阿陽徳府万福寺現住　量観

文化十五年二月『神祇灌頂清軌』を書写（天保二年十二月参照）。

神道大系所収本（以下、大系本と略記する。原本は覚樹書写本）奥書。

于時文化十五歳次戊寅仲春写之　阿陽徳府満福寺現住　量観

時嘉永三年庚戌歳四月吉祥写了　月州樹

文化十五年二月『神道要集』を書写。

大系本（東北大学図書館本）奥書。栄秀所持伝来本（以下、栄秀本と称す）奥書なし。

文化十五戊寅歳仲春写之　満福寺現住　量観（印）

文化十五年三月「神代文字四十七言」を書写。

栄秀伝持「鎌倉伝十一紙」の内「天神地祇御正印四十七言」奥書。

右吾　邦神代之文字者曾自鶴岡之祠官右中将伝来今応需書之　釈天如道人

于時文化十五歳次寅三月吉日以天如師之本紙書写之了　釈量観

文政八年　『神祇灌頂法則』『盟約神事　全九帖』を書写（天保十一年三月参照）。
栄秀本奥書。
文政八年乙酉十一月書写之了　万福密寺量観
文政九年夏　「輪王大事」（一名　四海領掌大事印信）を諦濡より伝授される（嘉永三年五月参照）。
「輪王大事」（高野山大学図書館光台院寄託）。『雲伝神道伝授大成』所収のものも同じ。
文政九年丙戊《ママ》之夏　伝燈阿闍梨諦濡　授量観師畢
弘法大師　真雅　源仁　聖宝　観賢　淳祐　元果　仁海（略）普摂　貞紀　飲光　諦濡　量観
文政十年七月　『神道折紙類聚』を編纂書写。
大系本（高野山大学図書館本）奥書。増幅院覚龍本は観道の奥書なし。栄秀本奥書なし。
此類聚二冊、原一紙宛別紙也。後来恐其散失故為冊、以便後昆耳。
于時文政十年丁亥七月日　阿波徳府満福密寺　現住量観
于時文政十三年庚寅九月書写之了　阿波徳島満福密寺資　観道
文政十三年三月　『十種神宝聞書』を書写。
大系本（東北大学図書館本）奥書。栄秀本奥書なし。
文政十三年歳次庚寅季春　以類本校合之書写畢　阿陽徳府満福密寺　現住量観
文政十三年三月　『大祓折紙私記』を書写。
大系本（東北大学図書館本）奥書。栄秀本奥書なし。
文政十三年歳次庚寅晩春　以類本校合書写畢　阿陽徳府満福密寺　現住量観

文政十三年春　『神祇灌頂或問』を書写。
大系本（東北大学図書館本）奥書。栄秀本は文政年次の奥書なし。
于時文化辛未仲冬於阿陽勢見山神殿　灌頂執行之時　答或人之疑問耳　城南千代岡陰士　天如俊山
于時文政十三年歳次庚寅春　以天如師之草本校合之補写畢　阿陽徳府満福寺量観
文政十三年十一月　『神道相承伝授目録』『四海領掌大事』を書写。
大系本（東北大学図書館本）奥書。増福院覚龍本も同じ。栄秀本奥書なし。『雲伝神道伝授大成』所収の『四海領掌大事』は、文政の奥書の後に嘉永三年の覚樹月州の奥書を記す。
文政十三年歳次庚寅仲冬　以類本校合書写畢　阿陽徳府満福密寺　現住量観
文政十三年十一月　『神道問訣』を書写。
大系本（東北大学図書館本）、栄秀本。増福院覚龍本も同じ。
文政十三年歳次庚寅仲冬　以類本校合之書写了　阿陽徳府満福密寺　現住量観
天保二年三月　『古今三鳥伝』を書写。
栄秀本奥書。
于時天保二年歳次辛卯晩春下浣書写之了　阿陽徳府万福寺量観
天保二年三月　『神代巻古歌口伝并八雲口授』を書写。
栄秀本「神代巻古歌口伝」部分奥書。
于時天保二年辛卯三月下旬書写之了　阿州徳島万福密寺量観
栄秀本「八雲口授」部分奥書。

于時天保二年辛卯晩春書写之了　阿陽徳府萬福密寺量観

天保二年十二月『神祇灌頂清軌』を書写。

栄秀本奥書。増福院覚龍本も同じ。

于時天保二年歳次辛卯十二月書写之畢　阿陽徳府万福密寺現住量観

天保二年十二月『神代巻聞書』を書写。

大系本（東北大学図書館本）奥書。栄秀本奥書なし。

天保二年歳次辛卯十二月書写之畢　　阿陽徳府満福密寺　現住量観

天保六年十月『鼻帰書』を譲り受ける。

神道大系本（真言神道篇。正祐寺本）奥書。

于時天保六歳次乙未初冬、高野山無量寿院門主得仁師使徒弟書写以所恵于予者也　摂州大阪活魂社真蔵院量観記之

天保十年十一月『神道灌頂教授式抄』を書写。

栄秀本奥書。大系本（高野山大学図書館真別所寄託本）奥書なし。

于時天保十歳次己亥仲冬　河州高井田村長栄寺智幢大和尚之諸本紙書写之畢　摂陽大坂生玉真蔵院現住量観

天保十一年三月『神祇灌頂法則』を法樹より伝授され書写。

大系本（高井田長栄寺本）奥書

天保十一年庚子春三月吉旦　以先師所伝神道秘訣　授与量観阿闍梨畢　法樹謹識之

以量観阿闍梨御本拝写了　沙弥三千界

栄秀本包紙の表書き。

神祇灌頂法則　九帖一包　二帖一包合　法樹大和尚量観師従所受也　外壇図二枚并教授式抄一冊相添

栄秀

栄秀本奥書。

于時天保十一年歳次庚子仲春　河州高井田村長栄寺智幢大和尚之諸本紙書写之畢　摂陽大阪真蔵院現住

量観

栄秀本『神祇灌頂壇図様』の包紙表書き。

以本紙河州高井田村長栄寺本紙　量観師写伝之本ヲ以写焉

栄秀本『神祇灌頂法則』『盟約神事　全九帖』奥書。

文政八年乙酉十一月書写之了　万福密寺量観

天保十一年五月

『神道私記』（『神道或問』とも云う）を記す。

大系本（大阪府立中之島図書館本）奥書。『雲伝神道伝授大成』所収の『神道或問葛城伝』も同じ。

于時天保十一年歳次庚子季夏下浣　摂陽大坂生玉社真蔵院現住量観記之

天保十一年十一月　『日本紀神代折紙記』を書写。

栄秀本奥書。大系本（慈雲筆高貴寺本）奥書なし。

右高貴寺慈雲大和尚神代巻折私記也　原本横本三冊也　恐其散失故私ニ合シテ一巻耳

于時天保十一年歳次庚子仲冬書写之畢　摂州大阪生玉真蔵院現住法印量観

嘉永元年六月　栄秀に雲伝神道を伝授。

『雲伝神道聞書』の表紙表書き。

嘉永元年申六月一日　栄秀　　大阿真蔵院量観師

嘉永元年六月　宜然に雲伝神道を伝授。『雲伝神道伝授大成』所収の「折紙証印」「初鳥居」。

嘉永元年六月戊申六月三日　授宜然闍梨　　阿闍梨量観

嘉永元年六月　覚龍に雲伝神道を伝授。

「伝神印証」（増幅院覚龍伝持）。

嘉永元年戊申年六月　授与覚龍　阿闍梨量観

嘉永元年七月　『六月晦大祓』を書写。

『六月晦大祓』（『雲伝神道伝授大成』所収本）奥書。

嘉永元年戊申七月　大阪生玉社真蔵院　量観

嘉永三年五月　「輪王大事」（四海領掌大事印信）を覚樹に伝授。

大系本（和田大円蔵）奥書。

嘉永三年庚戊《ママ》仲夏伝灯伝燈阿闍梨量観　授覚樹畢

弘法大師　真雅　源仁　聖宝　観賢　淳祐　元果　仁海（略）普摂　貞紀　飲光　諦濡　量観　覚樹

嘉永四年四月　栄秀、大阿闍梨隆快より雲伝神道を伝授される（参考）。

嘉永六年六月　中院流を隆鎮より伝授される。

『中院流伝授仮目録』（高野山大学図書館光台院寄託本）の表紙表書き。

嘉永六癸丑仲夏朔　量観　大阿闍梨円通律寺隆鎮大和上

安政五年四月　量観、某に雲伝神道伝授。

「神祇灌頂印信」（高野山大学図書館光台院寄託）。

阿州阿波郡王子山光福寺道場（「徳島宝珠山万福寺道場」と張紙）

安政五年戊午四月十九日　女宿月曜

伝授大阿闍梨権大僧都法印量観（判）

安政五年四月　量観、某に雲伝神道伝授。

「印信」（『雲伝神道伝授大成』所収）。

右於阿州徳島宝珠山万福寺道場　授神祇灌頂於丶丶畢

安政五年戊午年四月十九日　女宿月曜

伝授阿闍梨権大僧都法印量観判

安政五年八月　量観、某に雲伝神道伝授。

「印信」（高野山大学図書館光台院寄託）。

右於阿州徳島宝珠山万福寺道場　授神祇灌頂

安政五戊午年八月二十六日　翼宿土曜

伝授阿闍梨権大僧都法印量観（花押）

年月日不詳　量観、某に神道伝授。

「神證印」（高野山大学図書館光台院寄託）

「三長野殿　量観」「三長三木二紙　量観」「三箇ノ伝　量観」「御賀玉木陰題」「三長野殿」と表題する折紙五枚あり。

二　雲伝神道の系統に関わること

右に記した年表からはいろいろな問題があるが、ここでは二つのことに絞って考えておこう。第一の問題は、雲伝神道の系統の問題である。このことは、栄秀が雲伝神道を二回伝授されていることにも関わっている。

第一回めの栄秀への雲伝神道伝授は、嘉永元年六月に量観によって行われている。この伝授は系統からすれば、慈雲の高弟諦樹（字は明堂、高井田長栄寺第四世住職）からのものである。嘉永三年に量観は「輪王大事」を覚樹に伝えているが、この血脈に「普摂　貞紀　飲光　諦濡　量観　覚樹」とあるからである。しかし、嘉永元年の伝授は内容からすると、慈雲の高弟天如（俊山）からのものが主である。

天保十一年五月に量観が著した『神道私記』の「雲伝神道相承ノ次第」の項に「灌頂三印明及輪王大事等ハ高祖大師ヨリ嫡々相承シテ、南都西大寺ニ数代相伝シテ、高貴長老ヨリ恵猛河州野中寺、信光同、普摂摂州住吉郡法楽寺、貞紀同、飲光河州高貴寺字慈雲、天如河州之陰子字俊山号閑々子ト相承ス。予ハ天如師ニ再三是ヲ受ク」と述べ、天如からの正当な伝授であることを強調している。

栄秀に伝授した際にも、天如の考えに忠実な面を見せている。量観からの伝授状況を記す栄秀の『雲伝神道聞書』第一日めの記録は、次のようである。

嘉永元年申六月一日　八ツ時

一春山ヨリ受伝ハ目録蕨脱スルニ仍テ今ノ阿闍梨是ヲ類集ス
折紙目六三巻一帖ノ中ニアリ
神代巻ハ日本記ノ始メニテ三十巻ノ内ノ始メナリ
雲伝ト云フハ元ヨリ名ツクルニアラス　春山師諸流ニ混スルヲ恐レテ殊ニ名ツケタル也
御流神道八十通ハ三輪流ト云　春山ノ解也
○勢見ノ金毘羅ニテ神道灌頂ノ因縁
慈雲師ノ神道　春山師ノ処ニテ大ニヒラクルト云　仍テ春山ノ聞書悉クザリノ手ニアリ
○春山師八十通ノ印信ヲ不用由
神道講談ノコト　和泉ノ桜太夫ト云フ者　阿州ヘ下ルトキ講談セシト云々
一向宗東光寺トサクラ太夫ト神仏ノ論ノ事　太守ヘ願ヘ送シシコトアリト云也
○春山師ヨリ　ザリ受伝ノ因縁也
神道折紙類集ノ訳
阿州ノ異ザン比丘神道ニ委也
春山子モ後ニハ自身ノ筆作ヲヨムト云也
輝潭師ハ此折紙ヲ慈雲師ノ始メテ折紙トセラレシト云
神道大意　天如　一帖
　神道或問ノ終リニ慈雲師不光律師ニテイキニ授クルコト詳也
高井田ハ今ハ大ニ不用　聞書等甚疎也

今ノ神道者ハ行事ヲ神道ト心得テ神道ノ心行ヲ練ラサル也

儒見ハ高天原ヲ地下ニ見ル也

○

○

○本居ノ解

土金伝ハ山崎闇斎ノ伝也　ツチシマルト云義ナリ　元禅僧也　後ニ儒者トナリ　又神道ニ入ル　本居ハ是ヲ破スル也

或人ト云　竹図大著ハス　大和三教論ノ作者可尋

○外宮ノ神宝　天津教　ツハ助声也　悪作業ノコトハ改ムルトキ善事トナル方便ト解スル也

三輪流ノコト　慶円上人ノ作歟ト云　サレトモ八十通ノ印信ノ拙キコト等アリ

まず、天如俊山（春山とあるのは聞書きによるシュンザンの音韻の当て字であろう）のものは、目録が失われている為に量観が体系をなしたという。これが先の年表に見たように各種の伝授書を精力的に書写整理したことに繋がっているであろう。殊に、文政十年七月『神道折紙類聚』、天保十一年十一月『日本紀神代折紙記』の散逸を恐れて一書にした行為に、その意志が顕著に現れていよう。折り紙による伝授形体は雲伝神道の独自なものであったから（輝潭師の言。因みに栄秀は輝潭より御流神道の伝授を天保十四年に受けている）、『日本紀神代折紙記』の編纂は伝授体系の完成を目指した行為と言ってよく、この後に栄秀等への伝授が行われたのである。

栄秀への伝授の初日は、雲伝神道の体系の講義に始まっている。『神道大意』は天如の作であることは言うまでもなく述べられ、中に見える「春山師八十通ノ印信ヲ不用由」「今ノ神道者ハ行事ヲ神道ト心得テ神道ノ心行ヲ練ラサル也」などの言は『神道大意』の内にそのまま確かめることができる。『神道大意』を中心に据えることによって量観の伝授は成り立っているのである。と同時に「高井田ハ今ハ大ニ不用　聞書等甚疎也」との言には、量観が高井田在地派とは違った一流派をなしているとの主張がある。これは更に「雲伝ト云フハ元ヨリ名ツクルニアラス　春山師諸流ニ混スルヲ恐レテ殊ニ名ツケタル也」と述べることによって天如を立て、事新しく「雲伝神道」と名乗ることへの矜持も窺うことができる。高野山において、「雲伝神道」を伝授することへの高い誇りとも言える意識である。

こうした量観の意識とは別のところで「雲伝神道」は、また動いていた。それが、第二回目となる栄秀への雲伝神道伝授である。

嘉永四年に栄秀が隆快から受けた雲伝神道関係のものには次のようなものがある。

「印信」

　　混沌未分印
　　　自性所成明
　　天地開闢印
　　満足一切智々明
　　神祇生印
　　　所願成就明
　右於高野山西南院設
　神祇壇授之

授與　栄秀

嘉永四辛亥四月七日　星宿水曜

神道大阿闍梨隆快（朱印）

「印信」

在家人　大祓詞

密教人　五秘密偈

沙彌已上　阿利沙偈

印　無所不至

明　帰命阿成就

帰命鑁成就

合掌

和光同塵利物之始八相

成道自證之終

八相成道利物之始和光

同塵自證之終

授與　栄秀

嘉永四年辛亥四月七日

神道阿闍梨隆快（朱印）

「神道血脈」

天照皇大神宮―忍穂耳尊―（略）―嵯峨天皇―弘法大師―真雅僧正　神道趣傳　在原業平―源仁阿闍梨―聖宝尊師―観賢僧正　神道奥義傳　紀貫之朝臣―淳祐内供乃至―恭畏阿闍梨―有以阿闍梨―有厳阿闍梨―普摂和上―貞紀和上―飲光和上―法樹苾芻―隆快阿闍梨―栄秀闍梨

他に「幣等切紙　栄秀」「御即位大事他　栄秀」と題する二包等、嘉永四年四月六日の隆快から圭雄への同種の印信、血脈がある。

この時、栄秀に伝授された「印信」を、嘉永元年のときのものと比較すると、興味あることに気付く。

「印信」

初鳥居

金剛縛　五秘密偈

合掌　阿利沙偈

許可

印　無所不至

明　帰命阿成就

帰命鑁成就

偈曰

和光同塵利物之始

八相成道自證之終

八相成道利物之始
和光同塵自證之終
嘉永元年戊申六月三日　闍梨
入寺
授與　――
大法師

阿闍梨　量観

両者の「偈」の内容は同じでありながら、嘉永四年度には、「偈」を在家人、密教人、沙彌已上の三種の身分差によって分けている。しかし、嘉永元年度には、このような身分差は設けていない。これは量観が「今ノ神道者ハ行事ヲ神道ト心得テ神道ノ心行ヲ練ラサル也」と述べたことに幾分か関係していよう。それは「今」の「高井田」に居る法樹は身分という形式面に拘っているということである（天如作とされる『神祇灌頂清軌』には、印信を「在家ニハ不用之」の記載が見られる）。

この嘉永元年度の「印信」で、もう一つ注意されるのは被授与者の名が記されていないことである。これは、「折紙證印」でも、同じである。

「折紙證印」

一　入門　通計二十一紙
内九紙　神代

一　神代　九十八紙

合右九紙　則百七紙

一　神宝　十二紙

一　大祓　十四紙

河州葛城山高貴寺

慈雲大和尚伝

嘉永元年戊申　六月三日

授與　―　―闍梨

入寺

大法師

阿闍梨　量観

被授与者の名は自由に書き込まれるようになっている。栄秀の手元にこのような下書き風なものが残されているのは、高野山での伝授がどのように行われるべきかが量観と栄秀の間で思慮された結果ではないかと考えられる。これは、量観にすれば、「高井田」は批判できても、高野山には一定の敬意を持たざるを得なかったことを意味している。

量観は嘉永元年を遡る三十五年前の文化九年四月に西院元諭方を浄応より伝授されている。その『伝授聞書』には、聖教目録及び最極は「一流の極秘」である故に記す事を禁じられたものの、「聖教」を持たない為に「忘失」することのないように書きおいたと七月の日付で記している。この伝授に際しては「聖教」の伝授または書写が許されなかったのである。その聞書き内容も「言水　諸流ト云コト」など初歩的なことが随分と多い。また受者も「武州金沢州崎村福寿院観明浄識　相州大住郡八幡村等覚院玉智恵俊　相陽鎌倉郡鶴岡香像院賢雄龍存　相州足柄上郡金子村東福院宝応泰禅」と「量観深秀」の四人である。山外の地方住侶と同席の場である。西院元諭方の伝授を受けた時の量観にある種の苦渋があったと見ても良く、それがこの嘉永元年の伝授に当たって、高野山への敬意と共に蘇っていたかもしれない。屈折した量観の心情がここに推察される。因みに量観が嘉永六年六月に中院流を隆鎮より伝授された時の聞書には、山内におけると同様な伝授形体と内容が記されている。嘉永六年には、量観は高野山において何の支障もなく対等に迎えられているのである。

さて、この嘉永元年の六月には、六月一日に栄秀への伝授が行われ、六月三日に宜然に印信を授与し、また六月某日に覚龍に印信を授与している。いずれも、雲伝神道の伝授がおこなわれたのであるが、ここにも量観のある種の自信を持った姿勢が窺われる。

この嘉永元年の伝授系統は、先にも述べたように慈雲の高弟諦樹からのものであった。

一方、嘉永四年に栄秀が隆快から受けた伝授は、その血脈に見られるように「普摂和上―貞紀和上―飲光和上―法樹苾芻―隆快阿闍梨―栄秀闍梨」とあるものである。慈雲（飲光）の高弟の法樹（字は智幢、天保四年から高井田長栄寺第六世住職となる）の教義が、高野山の高僧隆快に伝えられ、それが栄秀に伝授されたのである。

ここで、法樹を批判する量観の伝授を受けていた栄秀には少なからぬ問題が生じたようである。それは栄秀の『神道聖教目録』と題する一冊が残されているからである。これは、伝授を受けたものの総量を記していると考えられるが、その表紙には「嘉永四年亥九月改」と記され、次のように記されている。

『神道聖教目録』

綴本之部

一　神道伝授目録　一冊
一　神道要集　上下合冊
一　神代巻聞書　全
一　神祇灌頂或問　全
一　神代巻古歌口伝并八雲口授　全
一　大祓折紙私記　全
一　神道大意　全
一　十種神宝聞書　全
折紙部
一　神祇灌頂諸法則　九帖一包
一　鎌倉伝　十一紙一包
一　案上案下弊切形　二通リアリ　一包
一　神拝略作法　一紙一包
一　御即位大事　地　一紙一包
一　遷宮略作法　一帖
一　神霊御輿移作法　一帖
一　神拝式神供則　一帖
一　十種神宝　伊勢本　高埜本　二軸

一　神道折紙類聚　上下二冊
一　神道問訣　全
一　神道相承伝授目録　全
一　神祇灌頂教授式抄　全
一　古今三鳥伝　全
一　日本記神代折紙記　全
一　神祇灌頂清軌　全
一　厚顔抄　三巻
一　神祇灌頂法則　二帖一包　以上二種一括
一　幣等切形　五品入　二通リ
一　三長野殿　二紙一包
一　伝神證印　二通リ
一　印信　一紙
一　遷宮事　一帖
一　神拝次第出雲流　一帖
一　中臣祓六根清浄祓　一帖
一　榊葉　神道灌頂印信血脈一括

一　三元十八道　一帖

一　大麻　一本　一　小麻　一本　一　玉串　一括

外　伝授聞書　栄秀　一冊

右の書は「改」めて記されている。これは嘉永四年四月までに受けたものがあり、それを、嘉永四年九月に「改」めて整理した言と考えよいであろう。すなわち、嘉永元年の時は、諦濡―量観の系統を受けた。法樹―隆快からの伝授は嘉永四年四月に行われた。嘉永四年四月に行われたものの記録であるならば、栄秀は、単に『神道聖教目録』と、書けばよいのである。四月から五ヶ月を経て「改」めて記すとは、それ以前に記した即ち嘉永元年四月の『神道聖教目録』との整合性を図ったものと考えられる。

隆快からの系統のものは、『雲伝神道伝授大成』に所収される「法樹・隆快相伝　三通」とあるものと同じである。嘉永二年三月に「神道灌頂」「神道灌頂印信并血脈」の三通が隆快から宜然に伝授されている。この「神道灌頂印信并血脈」の血脈には「飲光和上―法樹苾蒭―隆快阿闍梨―宜然」とあって、嘉永四年の法樹―隆快系統と同じなのである。隆快は高野山においては、栄秀より上に位置する「師」でもあった。その隆快が受けた雲伝神道は、高野山の神道として宜然に伝授されているのである。栄秀は両流の問題を考えざるを得ない立場に追い込まれている。嘉永四年の四月から九月までは苦悩の期間である。その苦悩の末の結論が『神道聖教目録』を「改」めて書くことであった。しかし、この間の具体的な相違や意味については、嘉永四年の際の栄秀の「聞書」が発見されていない現状においては、これ以上の推測は避けたほうがよいかも知れない。

量観は、この後、安政五年四月と九月に、万福密寺において某に伝授を行っている。栄秀の苦悩とは関係なく、量観の活躍は続いていたのである。

ところで、雲伝神道の系統に関わる印信などは、まだ他に存在する。それは『雲伝神道伝授大成』に所収される「仁泉相伝」とある印信類である。その「神道血脈」には「飲光和上―法樹苾蒭―智満阿闍梨―大円阿闍梨―仁泉前官―祐宜」とある。法樹の系統は智満にも伝えられている。

『雲伝神道伝授大成』を編纂した稲谷祐宜氏は、慈雲の系統は諦濡、法樹の二系統があり、諦濡のものは量観に、法樹のものは隆快系と智満―大円系とになると「考」に記している。

この系統立ての考えは、栄秀を巡る伝授系統においても確かめられることであって、両流が高野山に伝えられた時に複雑な問題が生じたということである。それは、結局、二系統として伝えられた雲伝神道に対して、高野山は、どのように対処すべきかという問題に帰結している。これを、高野山は多くのものを自由に吸収した寛大な聖地と捉えることもできよう。しかし、高野山の優れた学僧の栄秀には、深い悩みが生じたのである。それは「雲伝神道」の量観という人物によって齎されたことであり、近世後期の高野山のあり方を問うことにも繋がる問題でもあったのである。

三　『八雲神詠伝』との関わり

第一節に掲げた年表の第二の問題として、雲伝神道に入り込んでいる歌学秘伝との関係を考えておこう。「はじめ」にも、述べた通り、雲伝神道に採り入れられた歌学秘伝のうち「呼子鳥」については一通りの考察は行った。「呼子鳥」の秘伝は栄秀が受けた雲伝神道の『神代巻古歌口伝并八雲口授』と題する書の前半部に関わっていた。この書は先に見た『神道聖教目録』の中に含まれているものである。雲伝神道において、歌学秘伝に直接関わる書は『神代巻古歌口伝并八雲口授』と『古今三鳥伝　全』の二書である。

雲伝神道に歌学が採り入れられた要因も、既に述べたように神道の基本である『日本書紀』に語られる神の言葉の解釈に関わっていた。慈雲は、その神の言葉の歴史を『古今和歌集』序文に述べる和歌の歴史に即して考えていた。この思考に基づいて、慈雲は和歌の「元由」は「万国を統治し皇国を永久に守る」(『神道折紙類聚』)ことにあり、和歌は「治国の花」(『神儒偶談』)となると考えていた。ここに、歌学の秘伝世界に入り込む素地が形成され、「呼子鳥」の秘伝を自家薬籠中のものとしたのである。

「呼子鳥」の秘伝に関わる『神代巻古歌口伝并八雲口授』の前半部に対して、その後半部である「八雲口授」とは、何に関わった書であろうか。

「八雲口授」は、その書名から類推できるように『八雲神詠伝』の一伝書である。『八雲神詠伝』は既に述べたように[4]、吉田兼倶によって創られた吉田神道の書であると同時に、歌学秘伝においても重要な位置を占める書であった。

『八雲神詠伝』は、吉田兼倶と宗祇との合議によって創られ、そのまま吉田神道の聖典となって伝承されていった系統と、十七世紀前半に松永貞徳の手を経て歌学の要素が多く採り入れられた系統との二つがある。前者を神道者流と言い、後者を歌学者流と言うことができるが、この両流のものに基づいて、それぞれの立場から講釈した第三系統と分類ができるものも、多く存在する。

「八雲口授」は、系統から言ってしまえば、この第三分類に属するものである。それも更に、中に「程拍子」のことを述べているから、歌学者流の系統の書に拠って講釈をした書である。

慈雲が『八雲神詠伝』を見ていたことは、慈雲の伝書の中に確かめることができる。

『神道折紙類聚』は、慈雲が説いた『日本書紀』の重要な秘密と諸式を「折紙」として伝授したものを量観が一書として編纂したものである。この書の「神代八雲六紙」の内の「八雲別伝」に「大凡屋宅ト與嫁娶相応スル也。故ニ婦ヲ称ス室ト。相與溝合　此レ我朝夫婦溝合之初也。此ノ後有胎生之兒。亦有諸陵也。嫁娶之初也。亦有宮殿居処。自上ノ八尋殿而顕見スル之儀也。素尊此時有一夫一婦。至テ于後ニ有衆多ノ婦。嫡妻妾媵亦分也。然大ニ不同ラ於支那有九御之奢也。字妙　句妙　意妙　始終妙」と記されている。

『尊者御直筆神道折紙集』は慈雲の直筆の「折紙」を主として一書に編纂されたものである。この書の「八雲六通」「詠　八雲」にも「大凡屋宅ト與嫁娶相応也。故ニ婦ヲ称ス室ト。相與溝合　此ハ是レ我邦夫婦溝合之初也。此ノ後有リ胎生之兒。亦有ル諸陵也。嫁娶之初。亦有リ宮殿居処。自リ八尋殿而顕現スル之儀也。素尊此ノ時ハ是レ一夫一婦ナリ。至テハ于後ニ　即有リ衆多適妻。妾媵モ亦其ノ分也。然モ大ニ不同ラ於支那ノ有ルニ九御之奢也。此ノ詠五句三十一字、字妙、句妙、意妙。」と記されている。両書の表現には微妙な相違は認められる。しかし、およそ、スサノオノミコト（素尊）の「八雲立つ出雲八重垣つまこめに八重垣つくるその八重垣を」の詠には、夫婦婚姻の初め、一夫多妻となったあり方は中国（支那）とは大いに違うこと、この詠には字妙、句妙、意妙、始終妙（四妙と云う）があることを述べている。

このスサノオノミコトの和歌に四妙があるということが『八雲神詠伝』に関わっている。『八雲神詠伝』の基本となる神道者流の書は、①定家から兼直への誓詞、②四妙之大事、③兼倶の奥書、④化現之大事の四項からできている。①はこの秘伝書が藤原定家と吉田家の祖兼直との関係を証明するもの、②は八雲立つの和歌の至妙であること、③は吉田兼倶がこの書を神道の極秘書としていること、④は和歌の守護神の住吉三神は三聖（人丸、赤人、衣通姫）に相応していることを説いている。

慈雲は吉田神道が称揚する八雲立つの和歌に四妙を通じて至妙に至る意味を見出している。それが「折紙」を通して語られているのである。

人の道を説く神道は、神に連なる道を「和歌」に求め、「和歌」の歴史を語ることにおいて人の世界を深めていった。そこに、秘密の世界を構築してきた歌学秘伝は、格好の材料を提供した。慈雲は達者な料理人であったと云えよう。

『古今和歌集』の序文では、「天」に位置するのはシタテルヒメの和歌であり、それを慈雲は『徒然草』に云う「呼子鳥」の伝を用いて意味を深めて説いた。「地」に位置するスサノオノミコトの和歌は続いて説かれなければならないものであった。その一端は『神代巻古歌口伝并八雲口授』の「神代巻古歌口伝」の「古今伝授」と題する部分にも次のように見える。

ヤクモタツイヅモヤエカキツマコメニヤエカキツクルソノヤエガキヲ
素戔烏尊御歌也
伊奘諾ノ尊曰　上ツ瀬ハ太ダ疾シ　下モハ瀬ハ太タヲソシトアリ
左　人丸　人丸ハ西ニシテ日留義　赤人ハ東ニシテ　明日ノ義也
中　衣通姫《ソトヲリヒメ》　衣通姫ハ中ニシテ　国ノ外ヲ廻テ　内ヲ明ニスル義也
右　赤人　赤人ノトノ字ト姫ノメノ字ハ　カリニモウケタ字也
赤人ハ日出ノ形ニシテ明日《アカヒト》トアリ　人丸ハ日没ノ義　日留《ト、マル》ノ義也

この部分は『八雲神詠伝』の④に当たるもので、和歌の守護神の住吉三神は三聖（人丸、赤人、衣通姫）に相応していることの一部を解説したものである。慈雲の講釈と考えても、大きく齟齬するところはない。表題に言う「古歌略註中雲師傍注」の一部で良いのである。

しかし、量観が書写した「八雲口授」は、慈雲の講釈したものではない。その奥書にも見られる通り、寛政年度の覚定上人からの伝来に関わる書である。慈雲晩年の年次であるから、両者の間に何らかの伝授関係があったのかもしれない。しかし、その内容においては、慈雲の伝授書類との共通部分は見出せない。その上に、四妙の理解にも単純な錯誤があって、慈雲の理解とは考えられない。また、その口授様態においても教戒色が強すぎる感がある。

慈雲の意を伝えようとした量観の願望が「八雲口授」として伝来されてきた書を、雲伝神道の伝書へと変容させたものと考えられよう。

（1）三輪著『歌学秘伝の研究』（平成六年　風間書房）第四章第二節『八雲神詠伝』の成立と流伝を参照。
（2）仏教文学会講演（平成十六年六月）。同講演の趣旨は「呼子鳥の行方――近世後期高野山一学侶の窓から――」（『佛教文学』第二十九号・平成十七年三月）として論述した。
（3）遍照尊院栄秀の事跡については、別稿を用意している。
（4）注（1）に同じ。

【翻　刻】

神代巻古歌口伝并八雲口授

古歌略註中雲師傍注（表題及び内題共に同じ）

阿《ア》妹《メ》奈《ナ》屢《ル》夜《ヤ》　天ニ在《ニアノ反》哉ナリ　ナニナル故　アメナルヤナリ

乙《ヲ》登《ト》多《タ》奈《ナ》波《ハ》多《タ》迺《ノ》　ヲトハ称美ノ詞ニテヲトコヲトメノ類　タナハタハ織具也　織具也ナレドモ天ヨリ縁語シ

汗奈餓勢屡《ウナガセル》
多磨迺弥素磨屡迺《タマノミスマルノ》
阿奈陀磨波夜弥《アナタマハヤミ》
多尓輔拖和拖羅須《タニフタワタラスミ》
阿泥素企多伽避顧祢《アヂスキタカヒコネ》

又歌之曰
阿磨佐箇屡《アマサカル》
避奈菟謎迺《ヒナヅメノ》
以和多羅素西渡《イワタラスセド》
箇多輔智尓《カタフチニ》
阿弥幡利和拖嗣《アミハリワタシ》

テ織女也　此織具ヲ以テヲリテノ女ヲ称ス也　例セハ公家衆ヲ搢紳家トヨブガ如シ
所嬰《ウナゲル》也　ウナガセルハ懸ル心也
玉之御統也　盟約ノ章第一ノ一書ニ已而素戔嗚尊《スデニソサノヲノ》　以其頚所嬰五百筒御統之瓊《ミクビウナゲルイヲツノミスマルノタマヲ》云々ト云コトト同ジキ也
アナハ歎美　嘆息ノ詞也　ハヤミハ早キ也　織女手キヽ上手ノ織人也　ミハ助声ニフリミフリズミノ例也
タニヽヒカリガ行《ユキ》ワタルコトニテ　橋ガムコウヘ行ワタルヤウトルモノ也
味秬高彦根《アヂスキタカヒロネ》也　アジスキハ地名　タカヒコハ人ノ名也　此歌ノ意ハ稚彦《ワカヒコ》ニヽタルユヘ下照姫ガシタフタル歌也　或云高彦根ヲ直ニシタフルト云　其趣キモアレトモ　ヤハリ底意ハ稚彦ヲシタフ意ナリ
天疎《アマサカル》神功巻也　万葉ニハ天放トモ天離トモカケリ　ヒナトツヽクヘキ枕詞ニテ
夷津女也　下照姫謙退ノ詞ニテ　在所女ト云コト也　ツハ天津国津ナトノ如ク助声
以ノ字ハ発語ノ詞　渡瀬《ワタルセ》ト也　ココハタヽワタルト云コトニテ石河カタフチニツヒテ西渡《セト》也　景行紀ノ歌云　マヘツキミイワタラスモ同シ　万葉ニ直独伊渡為児者《タヽヒトリイワタリシコハ》云々　以嗣箇幡《イシカハ》
箇拖捕智《カタフチ》　石河片淵也
片淵ニナリ
網張ワタシテ天稚彦ワキヘユカレヌヤウニト也　密教ノ禁五路タマシヒヲ諸天等ヘ行ク路

ヲキンジテモトスユヘ禁五路ノ印ト云
妹炉豫嗣尔《メロヨシニ》　豫嗣　ミエルヨシニト云コト也　ミエメト反ル　或ニ妹女《メヲヲンナ》ノコトトスルハアタラヌ也
此豫《ヨシ》ハ由《ヨシ》也
豫嗣豫利拠称《ヨシヨリコネ》　依リ来ネ也　祢《ネ》ハヤスメノ字也　コヽノ豫嗣ハヨシサラバノヨシ《善》ナリ
以嗣箇幡箇拖捕智《イシカハカタフチ》　石河片淵ニテ第四ノ句ヲ再ヒ云ナリ　此歌ハヨヒモドラセヨト云意也　招魂ノ詞ニテタマ
ヨバヒノ歌也
此両首歌辞今号夷曲《コノフタウタハイマナヅクヒナブリト》　大人ハホムルモソシルモケヤ〱シクハセヌモノ也　此上ノ一首ハスギテホムル詞アリ
下ノ一首モ又謙退ノコトハ穏和ナラズ　故ニヒナブリト名クル也
此二首　古人アヤマリ解タル也　古歌略註ニ契仲ガ意アリ　ミルヘシ　上ノ一首　此度ノ古事記伝十三巻　六十
五丁ウニ本居カ注アリ　ナヲ〱ワルシ　ヨミテ知ルヘシ　出之

古今伝授聞書

長歌短歌セント履冠《クツカンムリ》輪廻傍題打越クミ入テンシュー根本五七五七七　一句スクナキヲ云フ歌　セントウハ頭辺ヲ
読一句多ヲ云也
アウサカモ
ハテハユキヽノ
セキモイスク
タツネテトハコ

キミハカヘサシ

嵯峨天皇ヨリ弘法大師へ伝フルニ非ス　伝教大師慈覚大師智證大師前大僧正慈円慈鎮和尚僧正遍照恵心僧都等也

古今伝ハ歌ノ伝ニ非ス　上一人ヲ師トシ　百官ノ模範トナル　貫之《ツラユキ》ノ時　古今ニヨセテ古今伝ト云フ也

和歌三神如常　和歌三神トハ　天照太神百王ノ祖也　一神ヲ三ツニ分ツ也　情ヨリ発シテ誠アルハ和歌也　古今序ニ　人ノ心ヲタネトシテ　天照太神ニハ詠歌ト云ハ　一首モナシ　ヤハリナイガ証明也　即チ御言ハカ御歌也　素戔烏尊ニハ　歌有ル也　水ニスムカワツノ御歌也　即三十一字ト歌ニ定ムルハ　此ノ時節也

ヤクモタツイヅモヤエカキツマコメニヤエカキツクルソノヤエガキヲ

素戔烏尊御歌也

伊奘諾ノ尊曰　上ツ瀬ハ太ダ疾シ　下モハ瀬ハ太タヲソシトアリ

左　人丸　人丸ハ西ニシテ日留義　赤人ハ東ニシテ　明日ノ義也

中　衣通姫《ソトヲリヒメ》　衣通姫ハ中ニシテ　国ノ外ヲ廻テ　内ヲ明ニスル義也

右　赤人　赤人ノトノ字ト姫ノメノ字ハ　カリニモウケタ字也

赤人ハ日出ノ形ニシテ明日《アカヒト》トアリ　人丸ハ日没ノ義　日留《トヽマル》ノ義也

又一説ニ　衣通姫ハ地ノ底ヲ回テ陽ト陰ト合スルノ義モアリ

三神トイヘトモ　天照太神一体也　万ノ衆生ノ主也　天照太神ノ詠歌ト云フハ無レトモ　言ニ発シタガ　歌トナリ　即歌ノナイガ誠ノ歌也　住吉明神モ　同クナシ

十種ノ神宝　二鏡一剣四玉三比礼

邊津鏡ハ地ニ位シテ　天ヲ照ス　八葉ノ鏡也　内宮ノ神体也
日輪ヲトル　地ハデツフツ有ツテ角アル故八角也
瀛津鏡ハ天ニ位シテ地ヲ照ス形也　天ハ邊際ナキ故　円満ノ鏡ナリ
外宮ノ神則チ住吉明神モ三神ニカキ　世ノ中ニ世ノナカガアルナラハ　クヤシカルヘキ住吉ノ神　和歌三神ニ住吉ヲ立ル　九ツ柱　三ツニ分ツ　中ニ三人　上ニ三人　下ニ三人　ヲキツノ神ニ数ニ合フ　ミソヒトモジ　ミタリノヲキナノコト

呼子鳥

三鳥　稲負瀬鳥　遠近ノ手付モシラス山中ニヲホツカナクモ

百千鳥　呼子鳥哉　招魂ヲ聞ノ歌ナリ

魂魄ノ事也　招魂ノ事　楚辞ニ見ユ　徒然草ニ呼子鳥ナク時ニ招魂ノ法ヲ修スト云ヘリ　招魂ハ何ニ有ソト兼好ニ問フ　真言ニ入テ問ヘトイヘリ　烏瑟志摩明王軌ノ中ニ　禁五路ノ印ト名ノミ有ツテ　其印ナシ　地蔵院十四通ノ中ニアリ

神代下照姫ノ古実

阿妹奈屢夜《アモナルヤ》　乙登多奈波多迺《ヲトタナハタノ》　汗奈餓勢屢《ウナガセル》　多磨迺弥素磨屢迺《タマノミスマルノ》　阿奈陀磨波夜弥《アナタマハヤミ》　多尓輔拖和拖邏須《タフタワタラス》
阿泥素企多伽避顧祢《アヂスキタカヒコネ》

下照姫ガ死セル天稚彦ヲ思フ

天遠《アマサカル》　鄙女渡《ヒアツメノワタラス》　瀬戸《セト》　石河《イシカワ》　片淵《カタフチニ》　網張《アミハリ》　渡《ハタシ》
下照姫謙スル言ナリ　イシタウ
見由寄《メロヨシニ》《ミユル》
コネハ付字　石河カタフチ　是正シク招魂ノ法也

鳥ツツ　鳥鹿ヲ詠シ　猿ヲ詠　自ノ心ナリ　素戔嗚尊スカ〱シ　日本呼フ声ナリ　舌音

カツホウ鳥ハ呼子鳥ニ非ス　郭公ホト、キス　雌ト云ハ朗詠ノ誤也

稲負鳥　セキレイ　是ハ稲負鳥トモ云　義ハ稲ヲオサメル時ニ　ナクユヘ　セキレイトモ云フ　鳥ハチイサキ尾ヲ　ヒコ〱ト動シムルナリ

歌ニハ稲負瀬鳥ト読ハ　牛馬ニモ当テ読也　農民　稲ヲ収ルトキ　カリニ設テヨムナリ　天録ニ当テモ云　稲ハ

天ノ食スル処ナルユヘニ　天録ト云ヘリ　天子ハ　上ニシテ　農民下ニ有テ　上ヲ養フ故　民ヲ禄ニ当ル也　公実歌

堀川院ノ中ニ　ワカカトニ稲負鳥ノ鳴クナヘニ　カラニト云義　行列シテ賀義ニ上ル義也　ケサ吹ク風ニ雁リハ来ニケリ

イタハラノハラヲハタレトモハタレトモ　馬ノコト　イナヲ、セ鳥ハマキカテニスル

古今伝授ニハ東宮太子　民間ニテハ長子緑家者ナリ

秋ハ　旧穀已後　新穀上ルトキ　天子即位ノ義也　稲ハ禄ナリ　天禄ヲ負フノ義也

○本説　神代降臨章ナリ　招魂トハ　親ノ死後　追善スルトキ　家ノ峯ニ上テ　他界居ル処ノ者ヲ　マネキヨセテ　我家ニテ　回向追善スル也　唐土ニテハ　招魂ノ法アリ　此ニハ禁五路ノ大事ニ記焉スル也

百千鳥　春　━○　╍　▭　╍　━

陽　陰　陽　中　陽

万民ヲ云也　百千鳥囀ル春ハ物毎ニ改レトモ我ソフリユク

其位ニ在テ居ラサル如ク　其徳有テ虚キカ如クナリ

ヲキツ鏡ヨリ河図ヲ出ツ　大極両義　四象

于時天保二年辛卯三月下旬書写之了
阿州徳島万福密寺量観

八雲神詠口授切（内題）

八雲たつ出雲八重垣つまこめに八重垣つくるその八重垣を

女色は移り安く邪路に入易し　賢も愚も色欲には国を亡し　家敷破り　命をも失ふ者也　されとも　陰陽の二ツは　万物の根元なれは　無ては叶はぬ物也　過不及を誡事也　可恐可慎

八重垣を上の句下の句ニ三重かさねられたるにて可知　心意識三ツハたゝ垣を堅して　色欲《よく》邪路に落入ぬ様にとの義也

素戔嗚尊始ハ業悪多クマシマセトモ　後ニ実道ヲ守リ行ヒ正路ニ帰シマシマセシ也　去レトモ賞罰正ク　此国於聊之事此神之利生ニ預スト言フコト無シ　即祇園牛頭天王是也　最倭歌守護神トス　是又人々誤ヲ顧テ正路ニ帰シ　其上ニモ旧悪ヲ不忘レ　心ニハ八重垣ヲ堅シ　邪路ニ帰ヌ様ニセヨトノ教也　誠ニ難有神慮之計ヒ也

妻籠　妻ト言ノ詞　男女ニ通ト　ツハ陽　マハ陰也　男ヲ妻ト云証歌　遠津人　松浦佐與姫　妻《ツマ》恋尓　非礼振志與利　於遍留山之名　女ヲ妻ト言者不及証歌　衣裙ニテ津末ト云　左ニ旋リ右ニ旋リ引違テ合スル　是モ陰陽ト会合スル道理ヲ以テ妻《ツマ》ト云也　妻戸モ同心也　陽神陰神左右ニ旋リテ遂ニ為　夫婦《ミトノマクハヒ》スト有ル意ニ能叶ヘリ

此神詠ニ有四妙　字妙　句妙　意妙　始終妙也

先字妙者　卅一字数三十日ト極テ又朔日ト始ル　無窮ノ道理也　天地開シヨリ万々歳之後ニ至テモ　人心ニ偽ヲ含セジトノ神法ニ　三一字ニ定ラレシ神慮之広大ナル事可憶　陰陽ハ行キ止ム事ナク尽ルコトナシ　先老陽数

六合テ十五　少陽之数七ツ　少陰之数八ツ合テ十五　如此積リ一月ト成　一月過ヲ朔日二日マテ月不見　三日月
ヨリ令月也　猶大小有テ三十日ト詰マラス　是万代不易理也　歌モ亦如斯
　句妙ト云ハ分テ一首ヲ定ム五ニ　是レ五体也　則五行五大五臓五音五色等ヲ主ル　森羅万象此五句ヲ出コトナ
シ　五句卅一字ニ極メ行ヘルニ有深秘　是叶音律ニ　天竺ニ三百六十律ヲ　唐土ニハ十二律トス　本邦約五句ニ
音律節奏《ホトヒヤウシ》ニ能ク合ヘリ　天然之奇妙也　歌ニ程拍子之大事ト言アリ　程拍子サエ能合ヘハ　詠吟調ニ手仁葉ナ
ドノ違ト言コト更ニナシ　譬ハ卅六字マテハ字余リ之歌モ　其侭ニ三十一字之道理也　余ル出仁於葉　一字ニテ
モ　程拍子ニ合サレハ　音律不調　歌之様ニモ聞エヌ者也　日月行道ヲ　初ノ万物ニ程拍子アリ　拍子ニ外レテ
ハ　物トシテ而不可行
　意妙トハ一篇意巧妙ニシテ　而動シ天地ヲ　感シテ鬼神　通和スル男女之中ヲ徳備ヘリ　神書勿論　百家之書
一代蔵経之意モ　一首ノ中ニ詠シ顕スハ歌也
　始終妙ト者　二神之神詠ヨリ始ルトイヘトモ　其理リ　葦ノ芽ニ触ル風ノ音ニ　有律《フエ》如シ　天地ト共ニ初ル歌
ナルヘシ　五句卅一字　無変化　国在限《アランカキリ》　無断滅　誓約シ玉フ意也
　逸妙トハ　八雲神詠第五句之ソノノ字也　超大極秘也　ソハ外ヘツク息ニテ　陽也　ノハ内ヘツク息ニテ陰也
別ニ切紙アリ
　八重垣ト言フ垣ノ字　上二ツハ清テヨム　下一ツハ濁テヨム　上ハ天也　下ハ地也　一首之内天地アリ　妙也
八雲神詠之口訣　神代之極秘　唯授一人相承　実以和国之大事　不可過之　感賜懇志御伝授之条　三生之厚　於
当流正脈　一人者可伝授哉　自余雖為実子　敢不可相続之段　且任天神地祇証明而已

定家　判

建久元丙亥二月九日

兼直筆

冷泉権大副殿

右定家公伝来之歌道之秘訣　先格之通　不可有他見漏脱者也

井養堂

白飛　判

寛政元年戊酉六月

覚定上人

于時天保二年辛卯晩春書写之了

阿陽徳府萬福密寺量観

木戸家流藤川百首注について
――周桂抄所引正吉抄と京都女子大学蔵藤川百首注二本――

安井重雄

はじめに

藤川百首は、藤原定家が詠じた百題百首で、成立年次は久保田淳氏が示された元仁元年（一二二四）が可能性が高いであろうか。(1) 定家詠以後、その歌題は藤川百首題として定着し、為家・為定・阿仏尼・実隆が詠じた百首が定家の百首とともに『藤川五百首抄』(2)として版行されている他、心敬・正広・肖柏・津守国道・耕雲ら室町時代の歌人たちも詠じている。心敬が「此百首之趣、以外之難儀歟、凡此上之難題、ありがたく侍る歟」（心敬集183左注）というように、「難題」であることが詠歌意欲を刺激したようだ。また、題詠の指南書として、あるいは定家の百首には本歌・本説・故事がふんだんに踏まえられていることから初学者にとっての教養書として、多くの注釈書が作成された（雲玉和歌抄346左注等参照）。

注釈書については、簗瀬一雄氏編『藤川百首諸註集成』第一冊・第二冊（碧沖洞叢書、以下『集成』と略）に、A

〜Sのアルファベットを付した十九種が翻刻されている。しかしそれ以外にも未紹介・未翻刻の注は多く、簗瀬氏が「藤川百首についての注は、二条家の系統のものが中心をなし、数も多いのではあるが、それらの相互関係や書写伝承の系列も未整理のままに放置されている現状である」（和歌大辞典「藤川百首注」の項目）といわれる通りであろう。よって藤川百首注の研究は、まず未紹介・未翻刻の注のさらなる紹介と諸注の整理が必要であるといえよう。

ところで、稿者は、室町後期関東に活躍した木戸孝範『自讃歌注』の輪読会に加わったことから、木戸家の注釈活動に興味を持ち、木戸正吉『和歌会席作法』(4)、木戸元斎『師説撰歌和歌集』(5)の翻刻に携わったが、今回、京都女子大学蔵谷山文庫蔵の木戸家流藤川百首注二本を閲覧する機会を得たので、藤川百首周桂抄所引「木戸正吉抄」とともに、木戸家の藤川百首注に関して若干の考察を行ないたい。京都女子大学蔵二本はいずれも江戸中期の写本であるが、後述するように、木戸孝範の加注に正吉あたりの増補が加わったと思われる一本と、それにさらに後世の手が加わった一本で、木戸家の注釈活動を明らかにする重要な資料と考えられる。

一　藤川百首周桂抄所引「木戸正吉抄」について

藤川百首は、自讃歌・三体和歌・百人一首と並んで室町時代には初学者にも多すぎることもなく適切な歌数を備えた和歌テキストであったと思われる。木戸家では、孝範に『自讃歌注』があり、彼は百人一首の講説にも関与し（米沢本百人一首抄、天理本百人一首聞書）、さらに三体和歌注釈にも関心を持っていたと思われる(6)。

藤川百首に関する木戸家の業績としては、孝範女と東常和との間の子という木戸正吉に正吉抄と称される藤川百首注があったことが知られている(7)。それは、正徳三年（一七一三）刊の藤川百首周桂抄に、宗長抄・宗碩抄・兼載抄・宗祇抄とともに部分的に引用されていることから知られるのだが、単独の伝本としては現存していないようで、百首中の四十一首分について「正吉云」等として引用がみられるのみである。その四十一首分は次の歌題である。

湖上朝霞・水辺古柳・暁庭落花・藤花随風・舟中暮春（以上春）・卯花隠路・初聞郭公・池朝菖蒲・野夕夏草・澗底螢火（以上夏）・初秋朝風・野亭夕萩・江辺暁荻・山家初雁・海上待月・松間夜月・深山見月・籬下聞虫・山中紅葉・露底槿花・河辺菊花（以上秋）・初冬時雨・古寺初雪・海辺松雪・水郷寒芦（以上冬）・忍親昵恋・兼厭暁恋・遇不逢恋・契経年恋・反事増恋（以上恋）・暁更寝覚・薄暮松風・雨中緑竹・浪洗石苔・河水流清・関路行客・山家人稀・海路眺望・旅宿夜雨・海辺暁雲・寄草述懐（以上雑）

さて、周桂抄の巻初に掲げる系図の一つに「二条家冷泉家両家相伝次第」があるが、その正吉に関する注記が次のようにある。

正吉ノ藤川百首抄ニ弘治三年七月廿八日トアリ。弘治三年ヨリ慶安二年マデ九十三年也。

「弘治三年（一五五七）七月廿八日」は井上宗雄氏『中世歌壇史の研究　室町後期』が示唆されるように藤川百首正吉抄の成立時なのであろう（そのような奥書が記されていたのであろうか）。

また周桂抄には編者切臨の跋文があるが、その前に、正吉抄の跋文と思われるものが引用されている。(8) 次にその全文を掲げ、若干の考証をしておきたい。丸囲み数字は凡その内容を汲んで私に付したものである（カッコ内は稿者の注である）。

正吉抄云、①此百首は左大臣基家卿の仰により老後によまれたり。②四文字題にておもふまゝは出来らず。題を専によまれたると為家卿のいへる也。③但百首には悉《ことく》く秀逸《シウイツ》をばよまぬものなり。地哥を交《マシフ》る物也。

④殊に恋の哥は難題なれば源氏にかゝはりてよめる也。⑤源氏を用るに三あり。詞をとる、又源氏の事を俤にして源氏とは見せずよむは上手のしはざなり。六百番の哥合《冬部ノ枯野ノ題ノ下ノ詞也》に源氏見ざらん哥よみは遺恨《イコン》の事也と俊成の判の詞にかけり。三十一字に理をつよくいひたるは下品なり。一首に理はある歟なき歟のやうによむは上品也。なぐさめかぬるといふ心を不《シテ》レ言《イハ》俊成哥に

　故郷にひとりも月をみつるかなおば捨山をなに思ひけん（千五百番歌合1559・秋）

貫之《ツラユキ》哥に

　我心なぐさめかねつさらしなやおば捨山にてる月をみて（古今集878・雑上・読人しらず）

宇治巻云、松風はげしく更行まゝに姨《ヲバ》捨山の月すみのぼりて中君の心をなぐさめ兼ると不《シテ》レ言、本哥にことはらせたり（源氏物語・宿木・古典文学大系五56頁「……思ふに、更に姨捨山の月のみ澄み昇りて、夜更くるまゝに、よろづ思ひ乱れ給ふ。松風の吹くる音も、荒ましかりし、山おろしに、思ひくらぶれば、いと、のどかに、なつかしう、……」）。かくのごとき類多し。⑥和哥に六の句法あり。親句疎句乱句対句畳《テウ》句隔句なり。畳句とは重句のことなり。

（以下、忠通――兼実（慈円を並記）――良経――基家の系図あり。正吉抄に存したものであろう。）

まず、①「左大臣基家卿」であるが、これは藤原良経息基家（建仁三年〈一二〇三〉～弘安三年〈一二八〇〉）であろう。それは、跋文末尾に付された系図によっても確認される。しかし、基家の極官は内大臣であり、左大臣には至っていない。さらに、定家が基家歌を評価しなかったことはよく知られており[9]、藤川百首が基家の命によって詠まれたとは俄には信じがたい。しかし、当該注釈書は、基家を際立たせる意図を持って書かれているとみてよいであろう。この特異な記事は藤川百首古注の中でも珍しいものと思われ、『集成』第一冊・第二冊、及び国文学研究資料館蔵マイクロフィルムの藤川百首注等には現在見出し得ていない。ところが、後述するように、京都

女子大学蔵本二本にはこの伝承が存することは注目してよい。

②は、藤川百首が四文字題の難題であって、題の強い規制によって詠作の構想が制限されたことをいい、この百首は題の詠法を第一に考えたものだという為家の言葉を載せる。つまり、必ずしもこの百首が秀逸な歌ばかりではないことを弁明するのであるが、③に「但」として、元来百首歌はすべて秀逸を詠むものではなく地歌を混ぜるものだと断言する。実際、正吉抄には、

　　　水郷寒芦
あしの葉も霜をれはて丶みしま江の入江は月の影もさはらす
　正吉ノ云、地哥なり。
　　　遇不逢恋
よそ人はなに中〳〵の夢ならてやみのうつ丶の見えぬおもかけ
　正吉云、これは地哥也。
　　　浪洗石苔
早瀬川岩うつ浪のしろたえに苔のみとりの色そ難面
　正吉云、地哥也。

と、三箇所に地歌である旨の指摘がある。『集成』を見ると、他の注釈書に「地歌」という指摘は見えないようであるので、これは正吉抄の一特色といってよいであろう。正吉抄は、題の詠み方だけではなく、百首としての構成に配慮した注釈書だったことになる。

④では、特に恋は難題であるから、創造的な内容を詠み込むことは難しく、源氏物語を典拠として詠んでいる

のだというのであろう。

⑤では、源氏物語を本説とする詠作技法について、「詞をとる」「源氏の事を俤にして源氏とは見せずよむ」という二種を掲げている。周桂抄本文には「三あり」と記すが、「二あり」の誤りであろうか。高く評価しているのは後者の「俤」にするという技法で、六百番歌合の著名な俊成判詞を引用するのは、源氏物語は誰でも見なければいけないものだから「俤」にして詠んでいても分らなければいけないという意図を込めているのであろう。さらに「三十一字に理をつよくいひたるは下品なり」といい、「一首に理はある歟なき歟のやうによむは上品也」というのも、前者が「詞をとる」本歌取に、後者が「源氏の事を俤にして……」の本歌取技法に対応しているとみられる。そして、源氏物語を「俤」にした「理はある歟なき歟のやうによむ」歌の一例が俊成の「故郷に」歌ということになるのであろう。その俊成歌は、貫之歌（実は古今集・読人しらず。毘沙門堂本古今集注・弘安十年古今集歌注・古今集三條抄などに、藤原清経説がみえるが、貫之説については未調）及び源氏物語・宿木を本説としていると指摘し、このような詠歌は多いという。

⑥は、親句疎句等の句法を述べるが、それがここに記される意図は分りづらい。しかし、木戸孝範に学んだ馴窓撰の『雲玉和歌抄』（新編国歌大観による）に次のような加注がある。

前恋

いかにして君が心もすみぬらん今夜の月にかへんわが身を（340）

乱句とはかやうの歌にや。君が心もすむらん、今夜の月にいかにして我が身をかへてすませんとなり、

疎句と申す、五文字中七文字にかへりていひとぢめたるべし、たとへば定家の難題百首、忍親昵恋

めもはるにもえては見えじ紫の色こき野辺の草木なりとも（341、藤川百首）

これら疎句なるべし。……

これは、「乱句」「疎句」の問題から藤川百首の解釈に及ぶのであるが、正吉抄にも両者を結び付ける思考が存したのであろう。ただし、現在の稿者には⑥や右『雲玉和歌抄』の記事を読み解く準備はない。なお、正吉抄の現存注文には、親句・疎句・乱句・対句・畳句・隔句に関する指摘はみえない。

ここで、正吉抄跋文の特色をまとめると、基家の命によって詠じたという伝承を持つこと、百首の中に地歌を交える必要を指摘すること、恋は難題であるので源氏物語を本説とし、また「俤」とする本歌取がよいとすること、「親句疎句……」を解釈に導入することとなるであろう。

なお、正吉抄について上記以外に指摘しておきたいのは、「旅宿夜雨」題注に「正吉ノ云ク濃《コマヤカナル》躰《テイ》也。濃躰といふは句ごとにこまかによむ也。のびたる句にこまかなる詞の一句まじるをば砕《クダケ》たるといふ也。哥の心は旅宿の雨の悲きを云ゝ」とあるように、歌体名を記す注があることである。「濃躰」は、定家十体あるいは三五記の歌体名であるが、歌体名を記す注文は、孝範『自讃歌注』(10)や冷泉流三体和歌注(11)にみられる冷泉流注釈書の一特色である。正吉抄現存部にはこのように冷泉流の特色があることを指摘しておきたい。

二　京都女子大学蔵谷山文庫蔵藤川百首注二本について

京都女子大学谷山文庫に木戸家流の藤川百首注二本が蔵されている。これまで紹介されたことはないと思われるが、注目すべきは、一本は、端作の下に「木戸家説孝範記之」と記されていることである。もし孝範注ということになれば、室町後期関東を代表する歌人木戸孝範に新しい業績が加わることになるのだが、後述するように孝範による簡略な注に正吉などによる増補が加わったものかと現在のところ考えている。もう一本は、右本を増補改訂したもので、一箇所に「正吉」の名がみえる（後掲「橋邊款冬」注）。ただし、全体は正吉による加注ではなく、正吉以後の増補が加わったものである。以下、左に両本の書誌を簡単に記しておく（以下、■は判読できなかった箇所を示す）。

【藤川百首】　請求番号（090・Ta88・453）

外題は「藤河百首　木戸家説也」（左上に打付書、ただし「木戸家説也」は谷山茂氏による朱筆書き入れ）。はじめに、次の序がある。

抑、当道秘口伝の儀には、春夏秋冬の哥は、恋・述懐の哥めき、恋・述懐の哥は、春夏秋冬の哥めきてよろしと云〻。二の哥の躰、もつはら撰集の見所中にも古今相伝の其一なり。相伝なき人の見あやまり、作者本意をうしなふのみならす、すみよし、玉津嶋、ことに吾国のあるし天照太神の御めくみにそむくへき事、無疑也。

抑、玄旨云、百首のよみやうは哥ことに沈思せす、秀逸いてくへき題、十首十五首公夫《ママ》してよみて、のこりは地哥とて、口にまかせて可読云〻。難題は、哥のさまもいらす、いかやうにもいかやうにも題をそむかぬ様によむへしといへり。此百首は、たゝよのつねの人、おもひ得かたきさま也。さるに、地と文と侍りにや。この百首は、定家七十のとし也。此後百首はなし。但如何。年記可勘■。

そのあとに、次の端作がある。

春日同詠百首和哥　　木戸家説孝範記之

権中納《ママ》定家

「木戸家説孝範記之」はやや細字で一見別人の筆にもみえるが、同一筆者が筆跡を意識的に変えたものか。江戸中期写。寸法は、縦二七・八センチ×横二〇・三センチ。表紙は朽葉色無地の楮紙。見返しは本文共紙。本文料紙は楮紙。袋綴。虫損箇所があり、本文が判読しづらい箇所が若干ある。墨付三五丁。遊紙なし。一面十行書、和歌一首一行書、注は和歌から二字下げに記す。前表紙見返しに「京都女子大学図書館蔵書第498858号　平成6年2月2日」の受け入れ印、一丁表に「谷山蔵書」「親■」の朱角印がある。江戸中期写。書写奥書はないが、本奥書は三五丁表に次の通りある（私に句点を付す）。

写本言
抑此百首者吾道之秘極也。雖為一首口外
努々不可然。大旨以此百首彼卿心底可被
顕所也。是既自注也。無相伝輩此外付説
之甚以無念也。彼為門葉之者不可存余
儀可秘々々（35オ）

さらに、三五丁裏に谷山氏による朱筆書き入れが次のようにある（「求ム」の下部に「谷山蔵書」の朱正方印あり）。

昭和十一年十一月一日之ヲ求ム
茂云、藤川百首ノ註ニ木戸正吉抄ナルモノガアリタル由ハ
藤川百首周桂抄ニ見エタリ。（35ウ）

以下、本書を「木戸家説本」と称する。

【藤川百首】（090・Ta88・452）

外題は「藤川百首　全」（打ちつけ書）。内題はなく、木戸家説本と同じ序があり、さらに二字ほど下げて、次のようにある。

巻頭の哥に関の藤川と読るによりて題号とす。或説に、巻頭の哥の心、関の藤川とは、定家藤家なれは、頼こし藤川と読り。藤氏は摂家の氏なれとも、終に官位不任心齢■けは、春きても下むせふと述懐をよめるといへり。相坂や鈴香なとをも読へけれとも、氏なれは藤川をよめり。本説は注に見ゆ。

そのあとに端作が次のようにある。

門書

詠百首和歌

春二十首　権中納言定家

寸法は縦二六・六センチ×横一九・四センチ。表紙は薄藍色。見返しは本文共紙。墨付四三丁。遊紙前二丁、後一丁。本文料紙は楮紙。袋綴。一面一一行書、一首一行書、注は歌の二字下げに記す。下部に虫損あり。遊紙二丁オに「谷山蔵書」朱角印、同二丁ウに「京都女子大学図書館蔵書　第498857号　平成6年2月2日」の受け入れ印がある。奥書（跋文というべきか）は次の通り、「木戸家説」本と同じものがある。

抑此百首者吾道之秘極也。雖一首成口外
努ゝ不可然。大方以此百首彼卿之心底可被
顕所也。是既自注也。無相伝輩此外付説之
甚無念也。彼為門葉之者不可存余儀。秘ゝゝ。（43オ）

なお、後表紙見返しに次の識語がある。

享保九壬辰仲秋満月

金紫光禄大夫安倍泰貞

安倍（倉橋）泰貞は確かに享保九年（一七二四）には「金紫光禄大夫」（正三位）であった（ただしその年は甲辰で「壬辰」は誤写か）。右識語と本文は同筆で、本文は泰貞筆とみられる。以下、本書を「泰貞筆本」と称す。

木戸家説本と泰貞筆本は別筆である。泰貞本は丁寧な書写であるが、木戸家説本はとても能筆とはいえない写しである。なお、ともに倉橋家旧蔵本である。稿者はかつて、倉橋家旧蔵本（谷山茂氏旧蔵）の三体和歌注を翻刻紹介したが、(12)それは安倍泰吉筆で後表紙見返しに泰吉筆である旨の泰貞の極めが記され、注文には木戸孝範自讃歌注の受容がみられた。倉橋家（土御門家）は木戸家の注釈書類をある程度まとめて参照し得る環境にあったか、あるいは木戸家の注釈書類を入手したのであろう。

さて、最初に、この二本が木戸家に関わる注釈書であることを確認しておきたい。

まず、（一）木戸家説本に「木戸家説孝範記之」とあること、（二）泰貞筆本「橋ノ邊ノ款冬」題歌注に「此哥の事がき正吉の手にて書入給也」とあることが挙げられる。

また、正吉抄に関連させていえば、（三）正吉抄跋文①の基家下命伝承が次のようにみえる。

〈「関路早春」題注〉

此百首、左大臣基家よりよませられしなり。大臣の御懐にあつかり侍れは、「よろつ代まてもつかえん」とはおもへとも、「霞に川の見えぬことく、わか心朦昧してとしよりぬれは」と歎心也。（木戸家説本による。泰貞筆本もほぼ同。）

さらに、同題注後半に、

又俊成にも、老後に百首の題給て、

「いかにして袖に光のやとるらん雲井の月はへたてゝし身を」

とめ《め》（重書）るも、君の御なさけを光にたとへたり。

と、俊成も基家の下命により百首を詠じていると記している。また「寄草述懐」題に、

俊成卿、左大臣より百首の哥よませられし時、「春野《（ママ）》ゝをとろか下の埋水すゐたに神のしるしあらわせ」と読り。定家の事なるへし。……（木戸家説本による。泰貞筆本もほぼ同。）

と記すのも、俊成が基家から藤川百首題を詠むことを命じられたという認識を示している。

（四）正吉抄跋文②の「四文字題であって思った通りに詠めたわけではない」という記事、跋文③の「地歌」の記事は、木戸家説本（泰貞筆本も同）序文の、

抑、玄旨云、百首のよみやうは哥ことに沈思せす、秀逸いてくへき題、十首十五首公夫《（ママ）》してよみて、のこりは地哥とて、口にまかせて可読云々。難題は、哥のさまもいらす、いかやうにもいかやうにも題にそむかぬ様によむへしといへり。

と内容上関連が深いとみられる。

（五）「地歌」の指摘は木戸家説本（泰貞筆本も同）にも、田辺若菜・山家時鳥・行路夕立・霜埋落葉題注文にみられる。

これらのことから、木戸家説本・泰貞筆本がともに木戸家流注釈書であること、正吉抄とも関連することが知られよう。ただし、注文に関しては、正吉抄現存部分と完全に一致する例はない。なお、冷泉流という観点からすれば、歌体名を記す注文がみえることが指摘できる。木戸家説本によれば、

田辺若菜（見様躰）・行路夕立（見古躰）・江辺暁萩（見様躰）・初尋縁恋（有心躰、和歌の肩にあり）・聞声忍恋（幽玄躰、和歌の肩にあり）・川水流清（幽玄躰）

六題について歌体名が記されており、この注釈書が冷泉流であることを示唆しよう。

さらに、木戸家説本（泰貞筆本も同）には、一箇所「為秀」の名がみえることは注目される。「寄木述懐」題歌「九重のとのへのあふち忘るなよ六十の友は朽てやみぬと」注に、

此哥極て秘事なれば、とふ人にはしらずと云てありなんと、為秀卿しるしをかれたり。此哥にかぎり侍らず、当百首注し侍る條、外見努々叶べからず。

とある。これも冷泉流の流れを汲むことを示唆していようし、為秀が藤川百首に関わっているとすれば甚だ興味深い。

三　木戸家説本と泰貞筆本との関係

さて、木戸家説本・泰貞筆本両本の関係について、木戸家説本を増補改訂したのが泰貞筆本だと述べたが、そのことがわかる例を二三挙げておきたい（泰貞筆本にある合点は「／」、朱の丸符号は「○」で示す。ただし「○」は実際はやや小さい）。

〈木戸家説本〉

遠望山花

色まかふまことの雲やましるらん比は桜のよもの山のは

人丸、よし野ゝ桜を雲とみると古今の序にかけり。それまでもなし。雲は桜にまかふ物なれは、「まことの雲」と云詞、金玉也。雲もましるらんとうたかふに遠の字の心はあるへきなり。

〈泰貞筆本〉

遠望ニ山花一

色まかふまことの雲やましるらん比は桜の四方の山のは

人丸、よしの、桜を雲とみると古今の序にかけり。それまてもなし。雲は桜にまかふ物なれは、「誠の雲」と云詞、金玉也。雲も交るならんとうたかふに遠の字の心は有へき也。／望と云字、いつも面白事を望といへり。

○まかへつる雲共見えす山桜終は霞のたちへたてつ、

○山桜色たちまかふ雲も猶霞に消てえやは見えける

両者を比較すれば、傍線部の増補が行われていることがわかる。「＼」以下が増補された注であり、「＼」は増補部分を示している。「○」を付した二首は、為定、阿仏尼の藤川百首詠で、泰貞筆本全首にわたってみられる。ただし、冒頭の関路早春題注にのみ○を付した二首の作者名を記すが、為定歌を「為家」と誤っている（阿仏尼歌は「安嘉門院／四条阿仏ノ号也」と記す）。為定・阿仏尼歌は、定家・為家・為定・阿仏尼・実隆の藤川百首詠を集成した藤川百首五百首抄、あるいは定家・為家・為定・阿仏尼詠を集成した藤川四百首から加えたものか、あるいは定家・為定・阿仏尼三人の百首を集成した書があって、そこから加えたのであろうか。

右の例は、単純な増補であったが、次のような例もある。

〈木戸家説本〉

野外残雪野外《の外の》。字江上の《上の》字心なき字なり　何もほとりと言心歟

春日野は昨日の雪の消かてにふりはへ■《出》る袖そ数そふ

ふりはへては態と也。本哥に、「春日野、若菜つみにや白妙の袖ふりはへて人のゆくらん」、是をよみかへたり。雪もうつくしく若菜つむ袖もうつくしき野の躰也。

〈泰貞筆本〉

野外残雪

春日野は昨日の雪の消かてにふりはへ出る袖そかすそふ

野外の外の字江上の上の字心はなき也。いつれもほとりと云心にてふりはへては態と也。本哥に／かすかのゝ若草《（ママ）》つみにや白妙の袖ふりはへて人の行らん、是を読かへたり。／又説、消ぬ上に又ふると也。

春ノ雪ト言ト残雪トハ心替也。残る雪ニ春望をいへり。

○苗出る草のは末もあらはれて浅降小野に残る白雪

○詠やる末のゝ原のわか草につもるとみれは消るあは雪

木戸家説本は、題下に小細字の注があるが、泰貞筆本ではそれが注本文に取り込まれている。また、木戸家説本「雪もうつくしく……躰也」を泰貞筆本は省略し、代わりに「／又説……」を加えている。さらに、泰貞筆本には「春ノ雪ト」以下の小字注が加えられている（泰貞筆本の小字注は、他題注文にもみられる）。「／又説……」と「春ノ雪ト……」とは異なる過程で加えられた注文であると考えられる。右の例から、木戸家説本から泰貞筆本に至る増補改訂は二段階以上にわたってなされたものとみてよいであろう。

ところで、右野外残雪に存した木戸家説本の歌題下の小細字注であるが、関路早春・野外残雪・古渡秋霧・水郷寒蘆・忍親昵恋・祈不逢恋・逢不遇恋・春秋野遊・関路行客・月羇中友・寄草述懐の十題に記されており、端作に記された「木戸家説孝範記之」と同一の筆跡であって、和歌及び注文の筆跡とは区別されている。稿者は、この細字注が孝範説であろうかと推測している。なおこの小細字注は、いずれも泰貞筆本ではそのままには残されていない。先掲野外残雪や古渡秋霧・春秋野遊のような注本文に取り込まれた場合と、関路早春・祈不逢恋・

逢不遇恋・月羇中友・寄草述懐のような完全に省略された場合と、水郷寒蘆のような簡略化された場合とがある（忍親昵恋・関路行客については泰貞筆本未調査）。

さて基本的に、右のように木戸家説本→泰貞筆本と増補されているのであるが、次のように泰貞筆本の増補部分の注説が木戸家説本のそれと齟齬する場合があって注意される。なお左「橋辺款冬」題は、泰貞筆本に「正吉」の名がみえるとともに両本の成立過程を推測する上で重要と思われる箇所である。

〈木戸家説本〉

橋辺款冬

橋ばしら色に出けることのはをいわでや匂ふやま吹の花

源氏物語に、ひげくろの大将の北方すてられて少将を出そふ時、むすめの哥に、「多《（ママ）》はとて宿かれぬともなれきつるまきのはしらは我をわするな」とよみて、はしらのわれめへかうがいのさきにてをしいれしを、山吹は物いわぬ花とはいへば、にほひてわれわれ《（ママ）》はするなと云心をみせたり。まきばしらを橋ばしらにかへたり。ながらの橋にてきじの哥を云説、不可用也。三代集になき事也。ながらの橋の人ばしらは近代の事なり。如此いたづら説努〻取用べからず。

〈泰貞筆本〉

橋ノ邊ノ款冬

橋柱いろに出けることのはをいはでやにほふ山ぶきの花

①╲今はとてやどかれぬともなれきつる槙の柱よわれを忘るな、此哥の事がき、正吉の手にて書入給也。むすめのかく読て、柱のわれめにをし入たるは、色に出ていふ也。山吹は物はは《い》ぬ花なれば、にほひて、橋ば

しらに忘るなといふとよめり。山吹と橋柱の間をいふ也。
②／橋柱の古事、推古之王仁之の時分なるべし。橋成就せず。是を人に問、河内国のもの六十斗にて夫婦来る。かれに橋の様をとへば、人柱を立てば成就せんと云也。其侭其二人を立て成就す。其女《ムスメ》美女也。有人妻にす。物を一■不云。三病の内也とて送る也。送道にて鳥鳴を射■す。其時、哥を云、／物いへば父はながらの橋柱なかずは雉もいられざらまし、其侭、引通妻にすと也。足引合て云説あり。

○徒にとはれし春を山吹の花にぞかこつ谷のかけ橋
○山吹の花色衣かけてけりさほの河原のせゝの岩橋

まず、木戸家説本であるが、源氏物語の歌は、真木柱巻の歌である。髭黒大将の北の方と姫君（真木柱）らが邸を出ることになった折の姫君（真木柱）の歌で、

姫君、檜皮色の紙の重ね、ただいささかに書きて、柱のひわれたるはさまにかうがいの先して押し入れたまふ（新潮日本古典集成）

とある本文に続く歌である（「多」《（ママ）》は「今」の誤写）。当該注文に従えば、定家歌は、「私は橋柱の割れ目に文を残して（口に出して）去っていくが、山吹の花はものも言わずに忘れてくれるなという様子で咲いているよ」というような意味であろうか。

木戸家説本では、源氏物語からの本歌取りを指摘した後、波線部において「きじの哥を云説」を強く否定する。この説は、『藤川百首五百首抄』他多くの藤川百首注に引用される説話で、泰貞筆本②がそれに該当し、「きじの哥」とはそこに引かれる「物いへば父はながらの橋柱なかずは雉もいられざらまし」を指す。要するに、長柄橋の人柱伝説が「ながらの橋にてきじの哥を云説」であるが、木戸家説本は、この伝説は三代集にはなく近代の作

り事であって用いるべきではないとする極めて合理的理解を示しているのである。

長柄橋の人柱伝説は中世において相当流布していたようである。堀口康生氏[13]は、伝説を取り込む謡曲『長柄』、『神道集』橋姫ノ明神ノ事、『新撰菟玖波集』、鎌倉末期頃成立の『古今集注』などを紹介されている。他にも一色直朝『月庵酔醒記』などにみえており、『藤川百首諸注集成』によると、A・B・C・D・F・H・I・J・L・M・N・Oという多種類の注が人柱伝説を掲載している。伝説のこれほどの流布状況を勘案すると、木戸家説本の批判にも関わらず、泰貞筆本加注者が木戸家説本波線部を削除し、伝説を補ってそれを本説と考えた状況も理解できよう。しかし同時に、伝説が三代集には存しないことをもって（管見では定家以前に遡る徴証も見出し得ない）、人柱伝説を「近代の事」と否定し「いたづら説」と断言する木戸家説本の合理的思考の強さをも認めねばならないであろう。

そして、この波線部こそは孝範によるものではないかと現時点では考えている[14]。というのは、井上宗雄氏が紹介された内閣文庫蔵『古今秘伝』は「二流相伝正吉在判／天文十二年三月廿二日」という本奥書を含む書[15]（室町末期写、書写奥書なし）で、木戸正吉著と考えられるが、「十四長柄橋事　序大事也」条があり、雉の歌とはまた別の長柄橋伝説を記している。それも当然「三代集にはなき事」であって、正吉が波線部の「きじの哥」伝説批判をしたとは考えがたいのである（なお泰貞筆本②付加も正吉の所為ではないと思われる）。

次に、正吉の名を記す泰貞筆本①に注目してみよう。まず泰貞筆本①を読むと、「今はとて」歌の出典が源氏物語であることを述べずにいきなり「むすめのかく読て」とあるのは不親切で（せめて「真木柱のかく読て」「ひげくろの北方のむすめかく読て」とありたい）、文章が理解しづらい。これは、木戸家説本注をもとに改訂を加えた結果文章が乱れたものと思われる。そして、「此哥の事がき、正吉の手にて書入給也」とある、「此哥の事がき」とは何を指すのであろうか。「此哥」が定家歌であるとすれば歌題を指すことになるが、歌題は序文や注文に「題」と記されているので（また歌題は元来藤川百首に存したはずで正吉が書き入れたというのもおかしい）、源氏物語・真木柱歌前後の詞章とみるのが穏当であろう。(16) しかし、泰貞筆本①に「事がき」相当箇所を求めると、「むすめのかく読て、柱のわれめにをし入たるは」くらいしかなく、これが「事がき」に相当するか疑問に思われる。むしろ、木戸家説本の「源氏物語に、……むすめの哥に（和歌略）とよみて、……をしいれしを」とある文章が「事がき」に相当しそうに思われるのである。

おそらく、泰貞筆本は、木戸家説本の真木柱歌に関わる詞章（「事がき」）が正吉の筆跡による書き入れであることを指摘し、さらにそれを簡略化して記したのではなかろうか。ただし、「正吉の手にて書入給」（尊敬語を使用）とわざわざ記しながら、木戸家説本の真木柱歌の詞章を簡略化した明確な理由は不明とするしかない。

右のように考えて憶測をすれば、木戸家説本当該注は、当初、孝範によって、源氏物語本歌と波線部が記された程度のもので（原木戸家説本）、そこに正吉の手によって源氏物語歌の「事がき」が加えられて現木戸家説本の形になったのであろう。泰貞筆本は、それを簡略化し、波線部を削除して②雉歌伝説を付加した。それは当初の孝範の志向とは全く齟齬するものであったといえよう。

四　木戸家説本の伝授意識

木戸家説本に、孝範より後に加えられたものとして伝授・相伝意識が存することを指摘しておきたい。

河上春月

ゆく春のながれてはやきみなの川霞の渕にくもる月かげ

みなの川はつくばの深山より出る川にて、暮春には只月ばかり霞にてあるとよめり。所のさまよりして一入こゝろぼそき躰也。師説あるべし。

右の例は、傍線部に「師説」の存在が示唆されている例であるが、これは孝範のものとは思われないのである。孝範『自讃歌注』を参照すると、「この御製ことに凡慮の及待らむところにあらず。なを和歌の秘伝あるべし」（後鳥羽院「大空に」歌注）、「興の哥にやあらむ、なお口伝あるべし」（俊成「嵐ふく」歌注）の二例に「秘伝」「口伝」とあるが、木戸家の流派意識の強さは認めがたいように思う。「師説あるべし」には、孝範『自讃歌注』とは異なった強い伝授意識が現れているように思われる。正吉に至ると、諸書の奥書に「二流相伝」を標榜するようにそれは強く認められる。おそらく正吉以後に加えられたのが傍線部なのではなかろうか。他に、行路夕立題にみえる「是は見古《ママ》躰也。是にとかくの心をつけん人は、十躰三躰相伝なき人と心得べし」も孝範の注とするには「相伝」に対する意識が強すぎるように思う。

相伝・秘伝に対する意識は、前掲の序文・本奥書にも次のようにあった。

〈序文〉

抑、当道秘口伝の儀には、春夏秋冬の哥は、恋・述懐の哥めき、恋・述懐の哥は、春夏秋冬の哥めきてよろしと云々。二の哥の躰、もつぱら撰集の見所中にも、古今相伝の其一なり。相伝なき人の見あやまり、作者本意をうしなふのみならず、すみよし、玉津嶋、ことに吾国のあるじ天照太神の御めぐみにそむくべき事、無疑也。

〈本奥書〉

抑、此百首者吾道之秘極也。雖為一首、口外努〻不可然。大旨、以此百首、彼卿心底可被顕所也。是既自注

也。無相伝輩、此外付説之甚以無念也。彼為門葉之者不可存余儀可秘〻〻

ここには木戸家説本が秘伝書であることが示されているが、これらが孝範によるものとは考えにくいのである。序文・奥書も正吉以降に付加されたものとみてよいように思う。

なお、泰貞筆本であるが、河上春月題では、「師説あるべし」の後に次の増補がある。

光陰飛花落葉親恵也

／恋そつもりて淵となりけるを本哥として霞の淵によめり

文脈から、「恋ぞつもりて……」（後撰集776・陽成院）を本歌として「霞の淵」と表現したことが「師説」の内容とも取れるが、その程度のことが「師説」とも思われない。おそらく、泰貞筆本にも「師説」「相伝」の言辞や序文・奥書は残ってはいるが、泰貞筆本はそれらに特に注意することなく既に木戸家の伝授意識とは離れたところで作成されたと考えられる。

おわりに

本稿では、木戸家流の藤川百首注として、正吉抄、木戸家説本、泰貞筆本の三種を取り上げた。そして、木戸家説本成立以前に、①歌題下の小字注・②本歌の指摘・③簡略な注文を持つ孝範注が存したと想定した。それを正吉などが増補したのが木戸家説本であり、また別に制作したのが正吉抄であったと考える。また泰貞筆本は木戸家説本を木戸家流の伝授とは別の場で増補改訂して成立したものであったと思われる。

今後は『諸注集成』などを参考に木戸家流藤川百首注の注釈傾向を位置づける必要もあろう。三種の注ともに『諸注集成』所収注と比較すれば、異なる内容を持つ注文が多い。ただし、木戸家説本については、『諸注集成』

M注（神宮文庫蔵）に部分的に取り込まれており（要するにM注は合成注ということになる）、木戸家説本が流布とまではいえないまでも影響を与えていたことも知られるのである。今後はさらなる注釈内容の検討を課題としたいと考える。

（1）『藤原定家とその時代』（平成六年一月、岩波書店）所収「『源氏物語』と藤原定家、親忠女及びその周辺」参照。

（2）定家歌には注釈が付されている。なお『諸注集成』A注として翻刻されている。A注には、為家以下の百首を持たず定家歌と注釈のみの伝本もあり、久保田淳氏蔵本が翻刻されている（「藤川百首和哥（翻刻・解説）」、『論集中世の文学韻文篇』所収、平成六年七月、明治書院）。

（3）輪読の成果は「『自讃歌孝範注』輪読（一）〜（十四）」（平成元年三月〜平成十三年十月、中世文芸論稿一二〜一六、自讃歌注研究会会誌一〜九）に示している。

（4）拙稿「木戸正吉『和歌会席作法』翻刻と校異」（平成十三年一月、龍谷大学論集四五七）参照。

（5）井上宗雄氏・安井共著『師説撰歌和歌集――本文と研究――』（平成五年四月、和泉書院）参照。

（6）拙稿「三体和歌の享受と古注序説」（平成七年十月、自讃歌注研究会会誌三）参照。

（7）正吉抄や、以下に考察する京都女子大学蔵本二本以外に、木戸家と藤川百首の関係を示唆する例としては、『諸注集成』I注（簗瀬氏蔵本）契経年恋題歌注に「木戸殿に相承かとみえ候」とあることや、八戸市立図書館蔵『藤川百首抄』（国文学研究資料館蔵紙焼写真による。当該注は諸注集成的性格を持つ）序文に、正吉・賢哲・休波・孝範の名がみえることなどがある。

（8）後述する京都女子大学蔵本二本には、序文にこれに該当する内容があることや、他の藤川百首注にも成立に関する説明は序文にあることから、この跋文もあるいは正吉抄序文であった可能性が高いと考えるが、周桂抄では跋文に位置しているので、とりあえず跋文と称しておく。

（9）定家は基家歌を新勅撰集に一首も採用していないことが知られている。なお田村柳壱氏「「歌読の大納言」の風体――『順徳院百首』の定家評に関する覚書――」（『後鳥羽院とその周辺』所収、平成十年十一月、笠間書院）参照。また黒田彰子氏は、「定家が基家家会のレギュラーではなかった」ことを指摘しておられる（「基家の初期」、『中世和歌論攷――和歌と説話と――』所収、平成九年五月、和泉書院）。

(10)「『自讃歌孝範注』輪読(三)」(平成三年三月、中世文芸論稿一四)二一番歌注参照。
(11)注(6)拙稿参照。
(12)拙稿「谷山茂博士蔵第二類三体和歌注について――翻刻と解題――」(平成二年三月、中世文芸論稿一三)。
(13)「ものいへば長柄の橋の橋柱――人柱伝説と謡曲『長柄』の間」(昭和四十六年一月、芸能史研究三二)参照。
(14)考範の注釈における合理的解釈については、赤瀬信吾氏「木戸考範『自讃歌注』の分岐」(昭和六十一年十月、国語国文第五十五巻十号)参照。
(15)井上宗雄氏『中世歌壇史の研究 室町後期〔改訂新版〕』(昭和六十二年十二月、明治書院)四二二頁に紹介がある。「いわゆる秘伝書」で「荒唐な説、仏説に付会したものが多い」とされる。ここに記される長柄橋伝説はかなり珍しいものと思われるので、次に全文を引用しておく(国文学研究資料館蔵紙焼写真による)。

十四長柄橋事　序大事也

長柄ノ橋ノ事、昔ノ橋ヲワタシカネタリケルニ、綏清(ママ)天皇御宇ニ翁来テ橋守ノ神ノイマ少下ニワタスベシト云ケル間、彼御時橋守(ママ)ノ明神ヲ祝テ難ナクワタサレタリ。今ノ河守ノ明神、是也。則ワタナベノ橋ツメニチイサクホクラアリ。和哥ノ　平城天皇ノ御子盲目タリケルニ、伊勢ヨリ長柄ノ橋ヲケヅリテアライタラバ則ナヲリタマフベキトソウスル。シカルアイダ、御タヅネアリケリ。臣下ワレモ〳〵ト件ノ橋ヲ尋ケレ共、治定ヲシラズ。長柄橋トテ取テマイラレケレ共、ケレ共(ママ)、御子ノ御目シルシナシ。御門ナゲキヲボシメシケルニ、ネムリノ内ニシラヌ老翁来テ申ケルハ、御尋アル長柄橋ハ、人アリ所ヲシラズ。河尻ノ橋則長柄ノ橋ナリト申トヲボシメシテ、ヲドロキタマイヌ。ヤガテ、彼橋ノ木ヲトリヨセテ、彼御子御目平癒シケリト云〻。河尻ノ橋トハ今ノ渡辺ノ橋也。日本第一ノ大橋也。ツネノブノ卿ハサイゴノトキ、俊頼ニ河尻ノ橋ヲヲシヘテ、穴賢〻〻人ニカタルベカラズ、誰ナラヒタルゾト問ン時口ナクシテヤマン事モムヤク也。怒〻〳〵。

(16)因みに、泰貞筆本で他に「事がき」の例は隣家竹鶯題の注に、

╲梅花見にこそきつれ鶯の人〳〵といとひしもをる、此哥家の集の事書にとなりの梅見にまかれるに鶯の鳴侍れはよめる也。

とある一例のみである(木戸家説本も同)。「梅花」歌の家集詞書を指す。ただし、この歌は古今集1011・誹諧歌で、「題しらず」「よみ人しらず」。「家の集」が何を指すかは未詳。

[付記]　本稿をなすにあたって、貴重な図書の閲覧を御許可下さいました京都女子大学図書館に心より御礼申し上げます。

洞門抄物とそのことば

来田　隆

一　はじめに

曹洞宗僧の手になる洞門抄物には指定の助動詞にダを用いるものがあり、室町時代から江戸初期にかけての東国方言資料となりうる資料として重要視されている。洞門抄物のことばについては金田弘氏・外山映次氏・大塚光信氏・柳田征司氏などの諸先学によって論じられて来ているが、なかでも柳田氏は、現代日本語の東西方言分派の成立過程について、洞門抄物をも活用してきわめて体系的で精緻な論を展開しておられる。

洞門抄物を作成した曹洞宗僧の宗派の分布の大要は金田弘氏（一九五五・一九七三）によって明らかにされている。曹洞宗の教団は主として東国を中心に活動を展開した。了菴派は相模最乗寺を中心として関東甲信越と奥羽地方で、また天真派は越前慈眼寺を中心として北陸地方や信濃・北関東において活動を展開した。なかでも通幻派下の了菴派や天真派下で洞門抄物が多数生成された。洞門抄物のことばに東国方言が反映しうる所以である。

これまで諸先学によって指摘されてきた洞門抄物に特徴的とされる用語は、次のような事象である。

(1)指定の助動詞ダ

(2)形容詞連用形の原形維持

(3)ハ行四段動詞連用形の促音便

(4)助動詞ベイ

(5)助動詞ナイ

(6)助動詞ヨウ

(7)二段活用の一段化

(8)命令形につくロ

(9)「借る」「足る」の一段形

(10)四つ仮名の混同

(11)オ段長音の開合の混乱

(12)条件句ウニハ

その他、(13)サ行四段動詞連用形の原形維持、(14)接頭辞の促・撥音便（ヲンヌク・ヒンナグル等）、(15)接続助詞カラ、(16)接続助詞デ、(17)代名詞オレ、(18)「ABリット」型のオノマトペ、(19)対者敬語「申す」などがある。

(1)(2)(3)(5)(8)は『口語法調査報告書』（一九〇六）が関東方言として取り上げているもの、(2)(3)(4)(5)(9)はジョアン・ロドリゲス『日本大文典』の関東方言の項目に取り上げられているものである。

しかし、洞門抄物に見られるこれらの事象のうち、東国方言の反映であると確認されているものとなると問題が多い。例えば音便現象についていえば、『巨海代抄』は(1)指定の助動詞にダを用いるのであるが、(2)形容詞連用形の音便化状況は、原形維持が九〇例に対してウ音便も六二例見られ（金田一九五五）、(3)ハ行四段活用動詞連用形の音便も、促音便は七例（すべてテ接続）に対してウ音便が二七例（テ接続一四、タ接続一三）といったありさま（外山一九六八）である。音便の表記は、選択された文体に大きく左右されるものであろう。(1)の指定の助動詞ダについても、関西系抄物にも見られるものであり、関東方言について記述したロドリゲス『日本大文典』にダについての記述が無いところも問題となるところである。

(4)ベイと(5)ナイは東国方言であろうが、金田弘氏（一九七九）によれば、ナイは洞門抄物の中でも稀にしか見られないし、ベイも主として門参に見られるのであって、語録の抄や代語の抄には稀にしか見出せないのである。大塚光信氏（一九五九）は、洞門抄物の用語の方言性について、(1)指定の助動詞にダ使用、(2)ハ行四段動詞連用形促音便、(3)推量の助動詞ヨウの三つの条件を満たす資料については東国方言を反映するものと認定してもよいとされつつも、「抄物における東国語の存在の確認には、従来の諸家の指摘にもかかわらず、私は悲観的にならざるをえない」と述べておられる。

本稿の筆者はこれまで洞門抄物のことばについて、地域的方言という観点ではなく、社会的方言すなわち文体の特徴という観点から考察してきた。洞門抄物に特徴的とされる用語は、その抄物の作成意図や注釈態度が五山僧や博士家の学者の手に成る抄物とは異なるところに由来する面が多いのではないかということである。

五山僧や博士家の学者の手になる抄物の場合、抄の対象たる原典は『漢書抄』『史記抄』『日本書記抄』など漢籍や国書が主である。仏書の抄となれば、『臨済録抄（一韓）』『六物図抄（自悦）』『百丈清規抄（桃源）』などがあるが、全体から見れば極めて少数である。それに対して、曹洞宗僧の手になる洞門抄物は、そのほとんどが仏書

（禅籍）を対象とするものである。『人天眼目抄』『碧巌録抄』『無門関抄』などといった語録の抄、『巨海代抄』『高国代抄』『大淵代抄』などといった代語の抄（古則・公案や機縁の語句などに対して、著語の形式で語を付加した代語の注釈）、そして『長年寺門参』『大中寺本参』などの門参（参禅の室内における師家と学人との応酬の仕方や、公案理解の方法を書き留めたもの）である。仏書以外となると、現在のところ、柳田氏（一九九三②）が紹介された徳島市丈六町の丈六寺蔵『聯珠詩格』（永禄一一年〈一五六八〉書写、一冊）が知られるのみである。

禅僧が注釈活動を行う場合、その対象とする原典が漢籍や国書であるか仏書（禅籍）であるかによって、注釈態度は異なるはずである。一般の漢籍や国書の注釈であれば、原典の語句が正しく理解されれば目的は達せられる。しかし、仏書（禅籍）で、しかもそれが『碧巌録』『臨済録』といった禅宗の本質を説くものの場合は、単なる語句の注釈では済まされない。講者は原典の内容に主体的に関与し、注釈を通して受講者に正しかるべき修禅の道を教導・教化することが目的であるはずである。例えば、『碧巌録大空抄』（大空玄虎講、延徳元年〈一四八九〉から同三年にかけての講）は語録の抄ではあるが、次に掲げるような記述が随所に見られる。

○拶云、如‐何是《カレ》屋‐裡ノ真仏。代云、両《ニノ》二五行《ヲ》一居《ス》二其《ノ》中《ニ》一。再拶云、如‐何《カ》承‐当《セン》。有レ云、中‐破《アル》。詰テ云、由《ヨシ》ガ契ヌ、屋裡ニ坐ストコソ云ツタレト云ツテ、代云、（漢文体の代語略）（『禅門抄物叢刊』複製284頁）

○雪豆ノ臥シタニ、円通ヲ説ハ、香水ヲ以テ其ノツラニ霑《ヲキ》キ懸フズト頌ジタ。拶云（漢文体の拶語省略）。代云、熱《アツク》行《ハイッテ》水アビサシメイト云ツテ立ツ。（251）

○是ハドレデモ好トモ、前ニ因《テ》二人日《ニ》二云フタ様ニ言ハウスト云ツテ、又拶云（漢文体の拶語省略）（294）

禅籍の講義の現場では、必要に応じて受講者に対して代語や拶語を発しつつ進行していたことが知られるのである。

原典の語句の注釈を目的とする講義文体を「説明文体」と呼ぶならば、内容の説明にとどまらず、それを通して受講者に禅道を説き聞かせることを目的とするような講義文体は「説教文体」と呼ぶことができよう。筆者（一九八一）はかつて『巨海代抄』の文末表現に着目し、関西系抄物のようにゾ・ナリで結ぶことは少なく、ダやヨで結ぶことが多いことを指摘した。そして、代語の抄では講義者は単なる伝達の媒介者にとどまらず、伝達すべき内容に積極的に関与し、主体的に第一人称的に説くものといえることを述べた。

このような観点から洞門抄物のことばを考察し、その用語の「古態性」も指摘してきたのであるが、これまでは事象を個別に取り扱うという面が強かった。そこで本稿では、助詞・助動詞の使用状況の全体について洞門抄物と関西系抄物とを比較・対照し、筆者がこれまでに述べてきたことを検証してみようと思う。

二　調査資料

取り上げた資料は次の三点である。

○駒沢大学図書館蔵『巨海代抄』巨海良達抄。承応二年刊二冊。天正一四年（一五八六）以後、慶長四年（一五九九）以前に成るものと推定される。『禅門抄物叢刊』複製を利用。用例の所在は複製本の頁数・行数で示す。

○大中寺蔵『大中寺本参』写一冊。天南松薫（一五七三～一六四〇）編。寛永一二年（一六三五）成る。自筆写本一冊。『洞門抄物と国語研究』複製を利用。用例の所在の表示は右に同じ。

○『中興禅林風月集抄』惟高妙安抄。天文九年（一五四〇）以降成る。京都府立総合資料館蔵。室町末期写一冊。『新抄物資料集成』複製を利用。

洞門抄物の例として『巨海代抄』を取り上げたのは、代語の抄は「説教文体」的特徴が語録の抄よりも顕著であるからである。これと成立時期が比較的近い門参の例として『大中寺本参』[1]を、また、比較・対照する関西系抄物として『中興禅林風月集抄』を取り上げた。

三　助詞の異同

三資料に用いられているすべての助詞について、類別してそれぞれの総用例数をまとめたのが表1である。助詞における三資料の異同は、そのほとんどが次に掲げるi～ixのように、『巨海代抄』と『大中寺本参』とで共通し『中興禅林風月集抄』と対立するというものである。

i格助詞カラよりもヨリを多用。

ii係助詞コソを多用。

【表1】

		中興	巨海	大中
格助詞	が	804	721	386
	の	2311	2306	1240
	と	1312	1467	652
	に	1652	1140	548
	へ	260	97	61
	を	1586	1298	675
	をば	85	143	47
	より	58	90	61
	から	116	8	1
	まで	47	80	76
	にて	8	0	2
	で	143	329	186
係助詞	は	1597	1802	1015
	も	925	854	363
	こそ	8	140	64
並立助詞	たり	2	0	0
	つ	21	23	0
	や	43	16	0
副助詞	のみ	0	2	0
	ばかり	34	29	13
	なんど	3	2	0
	など	74	109	60
	なぞ・なんぞ	2	0	0
	なりと	0	0	1
	だに	0	2	0
	そら	0	1	0
	さえ	6	16	3
	だも	0	1	0
	しも	0	2	0
	ばし	4	11	0
	ほど	20	72	11
	でまり・まり	2	0	0
	やらう	0	12	2
	やら	25	0	0

接続助詞	て	1667	1547	604
	して	42	65	26
	で	0	37	19
	いで	48	1	0
	ば	209	243	114
	うには	0	15	2
	ては	22	55	28
	とも	9	27	2
	ても	15	30	23
	ども	88	36	11
	ど	3	0	0
	といえども	1	0	0
	けれども	0	1	0
	とて	15	6	4
	ほどに	266	120	74
	によって	8	65	15
	ゆえに	0	0	2
	ところで	0	53	11
	ところを	0	25	4
	ときんば	0	15	0
	つつ	3	0	0
	ながら	4	4	6
終助詞	ぞ	2637	284	436
	よ	20	222	474
	か	88	133	43
	かな	20	4	0
	がな	1	0	0
	そ(禁止)	5	0	0
	な(詠嘆)	0	49	41
	は	0	0	21
	や	0	0	2
	をや	0	1	0
	ものか	1	0	0
	ものを	7	8	6

iii副助詞ヤラよりもヤラウを多用。
iv接続助詞イデよりもデを多用。
v接続助詞ウニハを多用。
vi接続助詞ホドニに対するニヨッテの使用率が相対的に高い。
vii接続助詞トコロデ・トコロヲを多用。
viii終助詞ゾとヨではヨを多用。
ix終助詞ナ（詠嘆）は『巨海代抄』『大中寺本参』にのみ見られる。

i iii iv viは『巨海代抄』『大中寺本参』（以下、洞門抄物二資料という）が『中興禅林風月集抄』よりも古い語形を多用することを示している。これを洞門抄物の用語の「古態性」とよぶこととする。『大中寺本参』には用例がないが、『巨海代抄』には接続助詞トキンバが用いられていることも同様に解される。

viのホドニとニヨッテについては、中世口語資料における接続助詞についての小林千草氏（一九七三）の論があり、それによれば、口語性の高い資料ではホドニが多数を占め、抄物や虎明本狂言などではホドニが主であってニヨッテは少ないようである。ただし、かつて筆者（一九九三）も触れたことがあるが、キリシタン資料では一般の口語資料とは逆にニヨッテが多用されていることが注意される。中世末期においてはニヨッテが規範的語形と意識されていたのであろう。

次に、洞門抄物二資料におけるii係助詞コソの多用、v接続助詞ウニハの多用、viii終助詞ヨの多用についてであるが、これらは洞門抄物の講義態度を反映したもの、すなわち文体の違いを反映するものと考えられる。

ii係助詞コソは洞門抄物二資料に多用されるが、単に用例数の多さのみならず用法上にも偏りが見られる。すなわち、その結びをa已然形終止、bテ（デ・ニ）コソ止め、cヨ止め、dその他の四つに類別し、それぞれの用例数をまとめると次のようになる。

	『巨海』	『大中』	『中興』
a	12	10	3
b	70	18	0
c	41	27	0
d	18	9	5

洞門抄物二資料では、

○ドコカ此人ノ威勢ナラザル処ガ在テコソ。（巨海 40・9）

○醒タ人ノ胸旨コソ古風ヨ。（巨海 118・11）

のように、b「テコソ止め」あるいはc「コソ〜ヨ」といった、聞き手に強く訴えかける表現においてコソが多用されているのである。

v接続助詞ウニハの多用、viii終助詞ヨの多用、ix終助詞ナの多用もまた、コソの多用と同様に解しうる。

○少ノ間ダナリ共、坐禅ヲダニシタ郎ニハ、恒沙——塔ヲ建《タテ》タニモ勝サフズ。（巨海137・15）

○代ニ、先師御在無ナ郎ニハ、亦モアマヱ申走ズ物ノヲトナサレタゾ。（大中 308・2）

○如龍云、似タゾ如クダゾト云ハ、竜デモナイヨ、蛇デモナイヨ。（巨海 12・9）

○只坐シタハ、木石ナドノ、ツ、スワッタナリヨ。（大中 252・15）

○誠ニ花ヨリモイサギヨイ胸旨ダナ。（巨海 62・15）

○サテ六月満天ノ雪ハ知ラレテ走ナ。（大中 303・16）

ウニハについては、早くに外山映次氏（一九六九）が洞門抄物に特徴的な仮定条件表現形式として注目され、その意味・用法を説かれているが、筆者（一九八八）も驥尾に付して考察し、「未然形＋バ」形式とは異なり、この形式は「事態と事態との因果関係を必然的な、あるいは恒常的なことであるとする、主体の確信的な判断を強く訴えかける」条件表現形式であることを述べた。ウニハは『中興禅林風月集抄』に用例が無いが、他の関西系抄物でも用例が少なく、用法上もそのほとんどが「サラウニハ」などのように固定化していることはよく知られているところである。

viii ixのヨや詠嘆のナの多用もウニハ多用と同様に解される。ヨはゾよりもいっそう相手に対する訴えの気持ちを強く表すものである。

以上、洞門抄物二資料に共通する助詞のあらわれ方は、『中興禅林風月集抄』に比して「古態性」を示すものであり、また、「説教文体」という文体の反映であるということがいえるのである。ただ、[vii]接続助詞トコロデ・トコロヲが洞門抄物二点にのみ見られることについては今後の課題として残っている。

なお、終助詞ハが『大中寺本参』にのみ見られる。

○夫レハ、先キノ挙著ノ心デヲリヤルハ。浅イト也。（大中258・17）

門参は師家と学僧との室内における対話であるゆえに、対他性の強い終助詞の使用も多くなるということであろう。

四　助動詞の異同

次に、助動詞について、助詞と同じ方法でまとめたのが表2である。

【表2】

		中興	巨海	大中
受身・使役	るる	230	174	57
	する	13	5	29
	しむる	0	8	2
打消	ぬ	290	490	343
	ざる	0	0	1
	なんだ	1	1	2
	ない	0	0	1
推量	む	2	12	3
	う	94	46	24
	よう	0	3	9
	うず	48	154	29
	ようず	0	98	9
	べき	5	27	12
	べい	0	0	28
	まじい	0	2	0
	まい	32	79	23
	じ	0	1	0
	らう	13	25	2
過去・完了	た	1126	1332	638
	つる	3	21	1
	ぬる	2	0	0
	る	1	5	2
	し	8	0	1
	ける	0	3	1
希望	たい	22	13	1
	(たがる)	3	0	0
比況	げな	16	4	5
	さうな	23	5	1
	ごとき	8	26	14
	ごとくな	2	8	5
	やうな	183	87	25
	らしい	0	1	0

指定	なり系	452	238	360
	で	81	293	247
	ぢゃ	47	1	0
	だ	0	876	237
	たる	0	6	0

(注)＊「よう・ようず」は、拗音表記も含む
＊指定の助動詞「なり系」は「なら・なり・に・なる・な・なれ」の合計

まず、洞門抄物ニ資料に共通し『中興禅林風月集抄』と異なりを見せるのは次の点である。

ⅰヤウナに対してゴトキ・ゴトクナを多用。
ⅱウに対してウズを多用。
ⅲ指定の助動詞はダ。
ⅴ推量の助動詞ヨウ（ヨウズ）が見られる。

ⅰゴトキの多用は、いうまでもなく洞門抄物の用語の「古態性」を示すものである。
ⅱウズの多用については、ウとウズとの表現性の違いによると考えられる。両語の違いについては多くの論があるが、山田潔氏（二〇〇一）が「ウズはウよりも意味領域が広く」ウは「単純な推量」を表すのに対して、ウズは、「確かな推量」、あるいは「当為の意味を帯びた意志」を表すとまとめておられるのが穏当であろう。例えば、『巨海代抄』のウズには、

○何ニサマ賢王聖主ノ出世ア郎ズ。（60・5）
○定テ商量骨格ハ八万ノ大衆ニ在郎ズ。（38・16）
○タシカ曇華禅師ノ尊意モ向デア郎ズ。（4・7）

のように「ナニサマ・サダメテ・タシカ」などの副詞と呼応する例が多く、また、

○此ノ両句ヲ以テバシ無功ノ妙旨ヲバ見ヨウズ。（55・13）

のように、「見るべきである」の意の「見ヨウズ」の用例も極めて多い。ウにはこのような用法は見られない。ウズの多用は助詞におけるウニハ多用などと同じく、講者の確信的な判断を強く訴えかける洞門抄物の「説教文

体」の反映と解される。

さて、iiiダの問題であるが、これこそ洞門抄物に東国方言が反映するとされる最も重要な事象である。しかし、これまで見てきたように、洞門抄物二資料の用語上の特徴は「説教文体」の反映であり、「古態性」を有するものといえるのである。とすれば、洞門抄物のダもまたそういう性格の語であると見うるのではなかろうか。

ダは洞門抄物にのみではなく、『天理図書館蔵周易抄』『東福寺蔵首楞厳経抄』『京大附属図書館蔵孟子抄』『蓬左文庫蔵毛詩抄』『岩瀬文庫蔵詩学大成抄』『国会図書館蔵玉塵』『成簣堂文庫蔵襟帯集』などの関西系抄物にも見られることは諸先学によって指摘されてきている。ただ、これらはヂャを主としていて、その中にまれにダをまじえるものであった。ところが、近年、関西系抄物にもダを多用するもののあることが柳田征司氏（一九九二①）によって発見された。尊経閣文庫蔵『論語講義筆記』（希項宗顒講、寛正六年〈一四六五〉成る）である。氏の詳細な調査によれば、希項は丹後の出身、京都南禅寺に入り、そのまま在京したようである。基本的には関西語脈の抄物であるが、ヂャが二二六例見られる一方で、ダも七三例を数えるのである。

室町中期の関西系抄物でダを多用する資料が存することから、柳田氏は、デアからまず生まれたのはダであり、ヂャは新しい語形であったとされる。そして、東西両方言でダとヂャとの対立が生じたことについて、ダが一般に行われているところに、エ段音の口蓋化によって遅れてヂャが生じ、東部方言においてはそのヂャがダを圧倒する勢力を持つようになる前にヂャが避けられるようになったと説かれる（一九九三①・一九九八）。また、なぜ東部方言においてダが優勢でヂャが劣勢になったかについては、次のように説かれている（一九九三①）。

「ヂャ（ジャ）」は一般に終止形か連体形で行われ、他の活用形は原形の「デアル」で行われていた。つまり、「ヂャ（ジャ）」は「デアル」の活用形の一部の異形であった。従って、「ヂャ」がdiaであった間は、dearu

の活用形群の中で安定していたけれども、「ヂャ」が破擦音化を起こして dʒia となり、さらに ʒia となると、同音を保っているところの、古くから行われていた da 形の方が安定しているため、dʒia 又は ʒia が避けられて、da の方のみが行われるようになったのではないかと見られる。dia が破擦音化して dʒia になっても、音韻としては /d/ であったであろうから、dʒia を避ける必要がないようにも思える。そういう意味では、破擦音化が原因なのではなく、更に進んで四つ仮名が混同し、ʒia が、ダ行音ではなく、ザ行音に属することになったことが原因で「ヂャ」が避けられるようになったと考えた方が自然である。

一方、西部方言においては新しく生じたヂャが古いダを圧倒した後に、遅れてヂャの破擦音化と四つ仮名の混同が生じたために、ヂャのまま使われることとなった。ロドリゲスがダとヂャの東西対立のことを記していないのは、一つには、一方が劣勢とは言いながら両方言ともにダ・ヂャ両形を用いていたことと、この両形をさほど大きく異なる形とはとらえていなかったことによると解しておられる。

柳田氏の説かれるように、古い京都語がダであったとすれば、成立の早い洞門抄物『松ケ岡文庫蔵人天眼目抄』(川僧慧済講、文明三年〈一四七一〉から文明五年〈一四七三〉にかけて行われた講義の聞書)などのダもまたその京都語としてのダと同じものと見ることができるはずである。それが洞門抄物の文体の固定化によって、江戸初期まで伝えられていると考えることができるのではなかろうか。このように見るならば、門参は別として、洞門抄物における確かな東国方言的要素がダのみであるという不自然さも解消される。

なお、東部方言においてヂャが避けられた理由として、「ヂャ」が破擦音化するとデアルと異なる音になってしまうことになるためとされている点についてはなお説明を要しよう。ダとデアルとは文体的な価値を異にするものと考えられるからである。例えば、ダを多用する『松ケ岡文庫蔵人天眼目抄』では、冒頭から一五丁までの調査であるが、指定表現としてはダが一一八例見られるのに対してデアルは皆無である。他の指定表現としてはナリ系が用いられている。一方、『碧巌大空抄』はデアルを多用するもので、ダはわずか二例しか見られない（金田一九六三）。上巻一五丁分では、デアルのみが六五例見られる。うち終止・連体形のデアルは四四例にのぼる。いうまでもなくナリ系も用いられている。『人天眼目抄』のダ多用、『碧巌大空抄』のデアル多用という相違について金田弘氏（一九六三）は、「大空虎玄は武蔵で出生し、この地方（遠江石雲院＝大洞院系）に参究した禅僧であるからには、聴者が人天眼目抄の場合と同じく、それと一致する地方であったならば、おそらく指定辞に「ダ」を用いたであろうが、その講述に「デアル」を使用したことは、聴者が越前という地方であったために、共通語的な性格を有する「デアル」を使ったものと解釈したらどうであろうか」と説いておられる。講義の行われた地域の違いかとされるわけであるが、いずれにしても、ダとデアルとは同一文体においては共存しえないということである。

以上のように、助動詞の面からも、洞門抄物二資料の用語は、「説教文体」の反映、あるいは「古態性」が認められる。ただし、ｖ推量の助動詞ヨウが洞門抄物二資料にのみ見られることをどう見るかという問題がある。ヨウは洞門抄物に早く成立したと見られることについては外山映次氏（一九六二）・大塚光信氏（一九六二）によって論じられているところであるが、大塚氏は、洞門抄物のヨウは一種の書きことばであって、京都語のヨウとは直接交渉を有しないとの見方をしておられる。ヨウをどう見るべきかについては問題として残っている。

『大中寺本参』は助動詞の使用においても特色がある。ⅳナイ・ベイといったまさに東国方言と見うる助動詞は『大中寺本参』にのみ見られる。金田弘氏（一九七九）によれば、ベイは門参には見られるが語録の抄や代語の抄には稀のようである。先にも述べたように、門参は閉鎖性の高い場での師匠と学僧との一対一の対話である。

そういう場においてはいわば私的なことば、方言があらわれやすいということであろう。

五　敬語表現の異同

助詞・助動詞から、洞門抄物二資料ことばに「古態性」が認められることを見てきたが、ことばの新古は敬語表現によく反映する。大塚光信氏（一九六八）の示された抄物のことばの新古をはかるものさしとなる事象のうち、敬語について三資料の異同をみると表3のようになる。

まず、洞門抄物二資料には丁寧語のソウ・ソロの多用がある。これは「説教文体」の反映であるが、用語の「古態性」は敬語表現においても認められる。

『中興禅林風月集抄』には新しいシマスが見える。ただし、『大中寺本参』にも一例ながら見られることは注意される。

【表3】

	中興	巨海	大中
します	7	0	1
しむ	23	0	0
しめ(命)	5	0	0
しまい(命)	0	5	3
し(命)	0	8	26
い(命)	0	0	26
まらする	10	0	0
まいする	0	0	1
おりある	4	0	0
おりない	2	0	0
おりゃる	1	13	111
おりゃらぬ	0	0	29
ござある	4	0	21
ござない	1	0	2
さう・そう	0	57	189
そろ	0	0	15

(注) ＊「しむ」の用例数は、「しめ」を除いたもの
＊『大中』の「ござある」はすべて「御－ル」表記
＊『大中』の「そろ」はすべてゾロ

次に、敬意を込めた命令表現は、『中興禅林風月集抄』はシメであるが、洞門抄物一資ではシマイである。

○梧桐　云不種――来、此ノ句ヲ好フ占《シメ》テ見サシマイ。（巨海　115・7）

○此ノ心得ヲ能ウ引キ受ケテ見サシマイ。（大中　275・5）

○富士山ノ頂ヱ上テ見サシ。娑婆世界ハタツタ一目ダ。（巨海　61・13）

○韓嶺云「其コニ類句ヲ引カイ」ト云ハ、透リノ句ノことデヲリヤルゾ。（大中　256・10）

金田弘氏（一九七二）は、成立の早い洞門抄物にシタマヘが見られることから、シマイやシ（イ）の成立過程を

シタマヘ→シマエ→シマイ→シメイ→シイ→シ（イ）

と想定しておられる。関西系抄物のシムについては大塚光信氏（一九八六）の詳論があり、その語源はシマウまでは確かとされ、

シマウ→シモウ→シモ→シム

という変化過程を想定しておられる。そして、シマウとシモを併用する『史記抄』においても、命令形はすでにシメになってしまっていること、また、シマエは『四河入海』に見られるものの、関西系抄物では稀な語形であることを指摘しておられる。シマウは早く鎌倉末期の資料に見られ（柳田一九七八）、世阿弥の資料にはシマエという命令形の見られることも知られている。洞門抄物のシマイはこのシマエを伝えていると見るのが自然であろう。

『大中寺本参』のイは『巨海代抄』のシの変化形であろう。イは関西系抄物でもすでに前期抄物に次のような例が見られる。(2)

○有《シ》――人《シン》ニカサス、コチヘトツテヲカイト云心ソ。（漢書列伝綿景抄　15ウ16）

○未吾為――マツ、キカイ、貴方ノ子孫ニ、ヨキモノアラハ、見㆓此ノ文ヲ㆒テ、（古文真宝桂林抄　乾88ウ3）

山内洋一郎氏（一九九八）は、およそ室町時代前期成立と想定されている『藤の衣物語絵巻』に、

○あらめづらしや。京よりくだらい給たか。（五段　絵二）

○こゝはやがてよき御やどにて候。いらいたまへと申さい給へよ。（同F絵　中）

のように、シタマウの変化形イタマウが少なからず見られることに着目され、イは命令形イタマエからタマエが脱落したものという新しい見解を示されている。シタマウという語構成の敬意表現において、タマウという敬意の中核を担う要素が脱落するということが広く認められるかどうかについてはなお検討を要しようが、タマウ脱落説に立つとしても、シタマエの段階でのタマウの脱落もありえたはずで、シからイへの変化と見ることの妨げにはならない。

シマウ（シマエ）以降の変化は、これまで説かれているところによれば、関西系資料ではシメ、洞門抄物ではシ・イと二つの系統に分かれたことになる。両者の関係をどう見るかは今後の大きな課題であるが、洞門抄物二資料のシマイやシ・イは古い京都語を保持しているものと見ることもできるのではなかろうか。

『大中寺本参』は敬語の面においても特色がある。命令のイは天南の抄に限られることは金田氏の指摘されているところであるが、オリヤルの否定形にオリヤラヌを用い、その一方で、ソロを用いるなど極めて複雑な様相を見せている。このうち、ソロは文明一四年頃の成立かと推定されている桂林講一元聞書『古文真宝抄』にすでに見られることが柳田氏（一九九二②）によって指摘されており、ソロは前期抄物の時代にすでに成立していたことが知られる。

六　結びにかえて

本稿では室町末期・江戸初期の洞門抄物と関西系抄物について、その助詞・助動詞を比較・対照した。その結果、洞門抄物二資料の用語には「説教文体」の反映と「古態性」という二つの特徴が認められることを述べた。この「説教文体」と「古態性」という二つの特徴は相互に関連するものであろう。曹洞宗においては講義の場でのことばは中央語であったが、早くから「説教文体」として固定化し、それが室町末期・江戸初期の洞門抄物にまで伝承されているものと考えられる。江戸初期の洞門抄物でのダの多用は、ダが東国方言化しつつある中にあっても、その訴え性の強さという支えもあって、東国における講義の場では違和感なく用いられ続けたということではないかと考える。

本稿は洞門抄物の用語をどうとらえるかについて、一つの見通しを述べたにとどまり、検証すべき問題を多く残している。今後の課題の第一は、洞門抄物における文体の固定化ということを具体的に明らかにすることである。

（1）『大中寺本参』との比較ということになれば、『天南代語抄』が最適であるが、筆者未見のために『巨海代抄』を取り上げた。『天南代語抄』の用語については外山映次氏や金田弘氏の論があり、それによれば『巨海代抄』と基本的には変わらないようである。

（2）大塚光信氏による。金田弘氏『洞門抄物と国語研究』一八九頁の注(4)を参照。

【参考文献】

大塚光信（一九五九）「ダとある種の抄物」（『國文學攷』二一　一九五九、『抄物きりしたん資料私注』一九九六）
――――（一九六二）「助動詞ヨウについて―その成立と性格―」（『国語国文』一九六二・四、同右）
――――（一九六八）「詩学大成抄とことば」（『国語国文』一九六八・九、同右）
――――（一九八六）「シマウからシム」（『京都教育大学国文学会誌』二一　一九八六・一一、同右）
金田　弘（一九五五）「東国語脈で書かれた抄物二三―江戸初期東国方言研究資料―」（『国語学』二〇　一九五五・三）
――――（一九六三）「常牧院蔵碧岩大空抄について」（『国語学』五四　一九六三・九）
――――（一九七一）「『云はい』『見さい』という云い方をめぐって」（『金田一博士米寿記念論集』一九七一・一〇、『洞門抄物と国語研究』一九七六）
――――（一九七三）「国語資料としての洞家カナ抄物の性格」（『國學院大学紀要』一〇　一九七三・三、同右）
――――（一九七九）「助動詞ベイと洞門抄物」（『田辺博士古稀記念国語助詞助動詞論叢』一九七九）
来田　隆（一九八一）「文末表現から見た洞門抄物」（『方言学論叢Ⅱ―方言研究の射程―』一九八一、『抄物による室町時代語の研究』二〇〇一）
――――（一九八八）「条件句構成のウニハ続貂―松ケ岡文庫『無門関抄』を資料として―」（『松ケ岡文庫研究年報』二　一九八八・一二、同右）
――――（一九九三）「洞門抄物に於けるホドニとニヨッテ」（『継承と展開』二　一九九三、同右）
小林千草（一九七三）「中世口語における原因・理由を表す条件句」（『国語学』九四　一九七三・九、『中世のことばと資料』一九九四）
外山映次（一九六一）「洞門抄物に見える助動詞『ヨウ』について」（『国語学』四六　一九六一・九）
――――（一九六八）「ハ行四段活用動詞音便形について―洞門抄物の場合―」（『近代語研究』二　一九六八）
――――（一九六九）「条件句を作る『ウニハ』をめぐって」（『佐伯梅友博士古稀記念国語学論集』一九六九）
柳田征司（一九七八）「高山寺蔵鎌倉時代後期書写題未詳仏書注釈書」（『鎌倉時代語研究』一　一九七八・三）
――――（一九九二①）「希頊宗顒『論語講義筆記』の断定の助動詞ダ」（『小林芳規博士退官記念国語学論集』一九九二・三）
――――（一九九二②）「桂林徳昌講一元光演聞書『古文真宝抄』彦龍周興講某聞書『古文真宝抄』について」（大塚光信編『続抄物資料集成』一〇　一九九二）

――――（一九九三①）「なぜ西部方言は「ジャ」で東部方言は「ダ」であるのか」（『室町時代語資料を通してみた日本語音韻史』一九九三）
――――（一九九三②）「洞門抄物『聯珠詩格』について」（『室町時代語資料としての抄物の研究』一九九八）
――――（一九九八）「東国語系抄物の言語指標」（『室町時代語資料としての抄物の研究』一九九八）
山内洋一郎（一九九八）「中世待遇表現の一面」（『国語語彙史の研究』一七　一九九八・一〇）
山田　潔（二〇〇一）『玉塵抄の語法』（二〇〇一）

【付記】　本稿は、平成一六年七月四日開催の京都教育大学国文学会における講演「洞門抄物とそのことば」の原稿を改稿したものである。

第二章

中世の文学

［第一節　和歌文学の研究］

龍谷大学図書館蔵『俊頼口伝集』について

鈴木徳男

一

ここに考察の対象として取り上げた龍谷大学図書館蔵『俊頼口伝集』（以下該本）は、平安後期を代表する歌人源俊頼が著した歌学書、『俊頼髄脳』の一伝本である。[1]

該本には巻頭に次のような全編の内容を示す目次が付いている。三十八～百二十八は主として注を施している歌語をあげている。該本の不備や誤りは他本を参照して＊の補注と（　）内の傍記によって補う。なお、漢字の字体は適宜改めている。以下同じ。また、紙面の都合で十八から百二十一は二段にした。

俊頼口傳集

一　素戔烏尊

二　聖徳太子

三　旋頭歌
四　混本歌
五　折句
六　沓冠折句
七　廻文
八　短歌
九　誹諧歌
十　連歌
十一　隠題
十二　避病
十三　字数多少
十四　帝御製　后
十五　詞剛歌　傳教大師
行基菩薩　片岡親王
弘法大師　波羅門僧
十六　神々御歌　住吉太明神　三輪太明神　＊伊勢御託宣　和泉式部参貴船云々
和泉國阿末（マヽ）（里）（斗保）志明神託宣能因祈之（マヽ）
十七　七人叟歌

十八　八歳女歌
十九　舞姫歌
二十　嬰児歌
二十一　頼西歌
二十二　蟬丸歌
二十三　耻中讀歌
二十四　依耻有與妻別時讀歌
二十五　若和布歌
二十六　草葉門出
二十七　良暹最句
二十八　右中将歌
二十九　題可得心
三十　可為手本歌
三十一　和歌様躰
三十二　にせもの
三十三　かもらし
三十四　似古而勝歌
三十五　返歌

三十六　雨名
三十七　風名
三十八　にほとり
三十九　野守鏡
四十　鬼腰草
四十一　たつか弓
四十二　郭公為鶯子證
四十三　月鼠
四十四　とよはたくも
四十五　参河八橋
四十六　錦木
四十七　けふのほそ布
四十八　岩代の松
四十九　いなむしろ
五十　ちくままつり
五十一　ひたち帯
五十二　たまきはる
五十三　たのむのかり

五十四　いもりのしるし
五十五　額髪
五十六　夜衣かへし着
五十七　駒につまつく
五十八　まゆねかくはなひる
五十九　さくさめ
六十　かそいろ
六十一　しなかとり
六十二　山鶏鏡
六十三　やまとり長夜
六十四　沓手不出
六十五　岩橋夜契
六十六　荒和祓
六十七　みのしろ衣
六十八　君かみけし
六十九　くれはとり
七十　かをさして
七十一　たかたまつさ

七十二　うき《（きに）》のれる
七十三　ちのなみた
七十四　玉はゝき
七十五　つはめすら
七十六　からすてふおほをそとり
七十七　木のまろとり《（の）》
七十八　箒木
七十九　しのふもちすり
七《八》十　せりつみしむかしの人
八十一　浦嶋子箱
八十二　姨捨山月
八十三　さやの中山
八十四　ねと《（ら）》ひする
八十五　月よめは
八十六　やまかたつきて
＊＊
八十七　いさゝめ
八十八　なつかり

八十九　神かせ
九十　花かつみ
九十一　すかのね
九十二　いなおほせ鳥
九十三　はなちとり　はまちとり
九十四　百千鳥
九十五　ゆふつけとり
九十六　かやり火
九十七　えたもしはゝ《（み）》
九十八　そりき《（か）》く
九十九　いかたけ《（あまかし）》
百　したてる姫
百一　いくしたて
百二　はもりの神
百三　おきなさひ
百四　おひらくの
百五　ひなのわかれ
＊＊＊

百六　あけなからやは
百七　かわやしろ
百八　さ《（まく）》のふね
百九　わたりはてねは
百十　きのふこそ
百十一　みらくすくなく
百十二　山はみる《（か）》さも
百十三　人なしゝ
百十四　神まつる
百十五　雪の中に
百十六　人もすさめぬ
百十七　いなはのかせ
百十七八　まくらの下に
百十九　つゐに紅葉ぬ
百二十　もとこしこまに
百二十一　おのゝえは

百二十二　ぬれてほす
百二十三　つゐにあふせは
百二十四　かきこし
百二十五　かるもかき
百二十六　新枕
百二十七　むなしき船
百二十八　しら雲の下居　忠峯躬恒之歌
　　　　　其次可忌事両三
百二十九　心うき
百三十　観教僧都　寛祐君論
百三十一　長能道済論
百三十二　後悔病　次早而可賢物語両三
百三十三　東三條殿御船あそひ良暹連歌
百三十四　連歌

〔補注〕

かきこし
かるもかき
新枕
むなしきふね
しら雲の下居　忠峯躬恒之歌
　　　　　其次可忌事両三
心うき
観教僧老　寛祐君論
長能道済論
後悔病　次早而可賢物語両三
能因重此道物語（目次にあがってない）
式部赤染優劣談之次　京極殿霊石詠歌
雖非器而可好習（目次にあがってない）

＊本文には「伊勢御託宣　和泉式部参貴船云々」に相当する内容がある。神習文庫本他の百三十四条本（伝本分類は次節に後述）によって補う。

＊＊本文中では「いささめ」に該当する項に番号をふらず、次の「なつかり」の項に八十七と付したため以下本文の内容と目次の番号はひとつずつずれている。なお百十六にあたる内容（本文では「山守は」の歌に百十六とふる）が目次上にあがっていないため百十七「いなはのかせ」のところで目次番号と本文の番号が正しく対応することになる。

＊＊＊次の百二十二「ぬれてほす」百二十三「つゐにあふせは」に対応する内容は本文にない。以下下段に本文の内容に即した項目を、百六十条本（後述）を参考にして示した。（目次にあがってない）とした百三十一、百三十二の二項は百三十四条本に共通して目次中にみえない。

二

該本のように目次を巻頭にもつ伝本は、久曾神昇氏「俊秘抄に就いて」（『国語と国文学』十六巻三号、一九三九年三月）が「意識的に連歌の条を巻末へ移し、新に全体の目次を作って検索に便したものが出来た」と述べ、「変改本」〈連歌の位置変改本の意であろう〉と命名して分類した伝本の一つである。つまり、この系統の特徴は、〈短連歌作品集成〉（乾安代氏「『俊頼髄脳』の連歌」『国語国文学論集』一九八四年四月所収、による）の部分が巻末にあり、巻頭部に目次をもつ（本文に対応する番号を付す）ことである。広本・略本という分類を主張した赤瀬知子氏「『俊頼髄脳』における享受と諸本――諸本論のための試論――」（『国語国文』五十一巻八号、一九八二年八月）が、所謂略本をⅠ類〈冒頭に目次を有するもの〉とⅡ類〈目次を有さないもの〉に分けた所以である。赤瀬氏は「略本Ⅰ類は目次の条数によってさらに細かく分類できる」と指摘するように、目次の条数により管見の伝本を分類すると、以下の通り（順不同）。

〈百三十四条本〉

①無窮会図書館神習文庫「俊頼口伝集」 延宝四年（一六七六）写。井上頼圀旧蔵

②国文学研究資料館初雁文庫「俊頼口伝集」

寛文十二年（一六七二）六月写の奥のある本（竹原氏蔵）をもって文化十二年（一八一五）高田勝馬写

③熊本大学永青文庫「俊頼口伝集」上巻欠。寛文十二年六月写（初雁文庫と同様の奥書。親本か）

④大東急記念文庫「俊頼口伝」

寛政十一年（一七九九）七月写。天保九年（一八三八）、伴直方が保孝本で校合している（国会図書館支部東洋文庫

岩崎文庫「俊頼無名抄校補」伴直方写と一連）。木村正辞旧蔵

⑤天理大学天理図書館「俊頼口伝」 元文三年（一七三八）、加藤枝直写。東條景周本の転写本

〈百三十二条本〉

⑥国立国会図書館「俊頼口伝集」 榊原芳野旧蔵

⑦静嘉堂文庫「俊頼口伝集」 岡本保孝本（天保七年誌）

⑧静嘉堂文庫「俊頼口伝集」 日尾直麿（荊山）本（安政六年誌）

⑨東京大学総合図書館「俊頼口伝集」

⑩片桐洋一氏蔵「俊頼口伝集」下巻欠

〈百六十条本〉

⑪静嘉堂文庫「俊頼口伝集」清水浜臣旧蔵

⑫宮内庁書陵部「俊頼口伝集」

⑬水府明徳会彰考館文庫「俊頼口伝集」
⑭ノートルダム清心女子大学附属図書館黒川家文庫「俊頼口伝集」書入校合多し
⑮ノートルダム清心女子大学附属図書館黒川家文庫「俊頼口伝集」
⑯島原図書館松平文庫「俊頼口伝集」
〈百五十七条本〉
⑰続々群書類従本「俊頼口伝集」

〔補注〕 なお歌学大系の解題に久曾神昇氏蔵「俊頼口伝集」（条は不明）が紹介されている。また、大洲市立図書館矢野玄道文庫「俊頼口伝集」（巻下欠）がある。

あらためて久曾神昇氏の分類を、私に要約して特徴などを次に示す。現存する諸本は定家本（甲本）と顕昭本（乙本以下）との二類に大別。（前述赤瀬氏分類では甲乙本が所謂広本で、丙本が略本Ⅱ類）。これが久曾神昇氏の分類の大前提であり、原本は甲本、乙本の如き形であり、それが次第に変遷して遂に続々群書類従本の如くになったと総括している。すなわち、諸本は次のようにまとめられる。(2)

甲本＝定家本
乙本＝顕昭本中原形に近いもの
丙本＝少々逸脱を生じた（四番歌と注文、二八二番歌と注文、三六五番歌と注文が欠脱、また隠題の歌の説明がすべて各証歌の次になっている、本稿において歌は新編国歌大観番号で便宜に示す、以下同じ）系統本が出来、それが最も多く伝存している。

丁本＝丙本と全く同内容の伝本に於て、意識的に連歌の条を巻末へ移し新に全体の目次を作って検索に便したもの。目次に就いて見るに、目次にあるものでは何れも連歌が最後であるので連歌の位置を変更してから作られたものであり、俊頼の製作でない事は明確であるが、内容を無視したものが多く、組織の全く分らない人が単なる歌の検索の為に作った事が明瞭であって、如何に愚なりとはいえ編著者などがなしたものではない。この系統中最も原形に近いのは狩谷棭齋旧蔵本「俊頼口伝集」であろう。所在は不明であるが、静嘉堂文庫蔵岡本保孝本⑦、及びその校合転写本たる直麿本⑧に狩谷多佳子蔵イ本として精確に校合されている。

戊本＝丁本の中に更に著しい脱落を生じた伝本。脱落の主なる条は、「三十六不言物名而其意可見躰、三十七寄所名歌、三十八物異名」の三ヵ条、「春日野の飛火の野守」の条、「裁縫ぬ衣」以下「楊貴妃」までの二十条。恐らく本文を失ってからであろうがそれによって目次も訂正している。即ち目次が百三十四条①～⑤（乃至百三十二条⑥～⑩）になっている系統本。連歌の条に於ても八聯を脱する。保孝本等の校合を信頼して、その系統が存したとすれば、丁本より戊本になったものと解される。

己本＝戊本へ他の一本を以て校合して新に一本を作成したもの。⑪⑫など。戊本を底本とし、己本を以て校合したのが⑰（例言によると⑭を底本に⑪で訂正）。

丁、戊、己が「変改本」であり、戊が百三十四条本、百三十二条本にあたり、己が百六十条本などにあたる（丁については後述）のであるが、目次の条数と本文の内容は、必ずしも単純に対応しているわけではない。本文からみると、百三十四条本と百三十二条本は、ほぼ同一。百三十二条本が目次の項目番号と本文に付された番号がほぼ対応するのに対して、百三十四条本は、目次の百二十二項「ぬれてほす」百二十三項「つゐにあふせは」は対応する本文がなく（したがって以下目次の番号に応ずる内容をもつ本文に付された番号は二番ずつ少ない）、さらに目次百三十二項（本文に付された番号百三十）「後悔病次早而可賢物語両三」の次に内容的にいうと「能因重此道物語」「式部赤染優劣談之次　京極殿霊石詠歌　雖非器而可好習」に当たる部分に、それぞれ百三十一、百三十二の番号を付す（ここで目次の番号と本文に付された番号とのずれが正される、一節に掲出の目次参照）。つまり、百三十四条本と百三十二条本の相違は、百三十四条本の、目次の条数と本文の内容との対応不備から生じたものであった。その相違が何を意味するかは、厄介な問題であるが、ひとまず百三十四条本のような形が先行し、後に整理されたのが百三十二条本であると考えておきたい。

百六十条本は、百三十二条本に、内容的には「ぬれてほす」以下「つゐにあふせの」までの二十二条に対応する部分が増え（補訂の様相、本文の混態などを勘案すると明らかな増補）、目次上において、「能因重此道物語」「式部赤染優劣談之次　京極殿霊石詠歌　雖非器而可好習」に当たる部分に番号を付し（百五十七、百五十八）、「三十六不言物名而其意可見躰、三十七寄所名歌、三十八物異名」の三ヵ条（対応する本文は欠く）が追加されたもの。さらに目次上百十九番あるいは百十五番がないので都合百六十条となる。

なお、続々群書類従本は、百六十条本から、対応する本文を欠く「三十六不言物名而其意可見躰、三十七寄所名歌、三十八物異名」の三ヵ条を省くなど、目次上の不備を直し、百四十八「白雲下居」の次に百四十九「可忌事両三」を設けて、都合百五十七条にしている。

ところで、これら「変改本」の祖本について、久曾神昇氏は、前掲のように丁本を立項し「この系統中最も原形に近いのは狩谷棭齋旧蔵本「俊頼口伝集」であろう。所在は不明であるが、静嘉堂文庫蔵岡本保孝本、及びその校合転写本たる直麿本に狩谷多佳子蔵イ本として精確に校合されている」というが、校合は主として「一本」（定家本系統）によりなされており、狩谷多佳子蔵イ本はむしろ「百六十条本」に近い（目次に「三十六不言物名而其意可見躰、三十七寄所名歌、三十八物異名」の三ヵ条を載せながら、対応する本文を欠いていたり、寿永二年八月云々の奥書があるなど百六十条本の特徴をもつ）のではないかと考えられる。したがって、当初の変改本の姿は分からない。「裁縫ぬ衣」以下「楊貴妃」（実際は「呉松孝」）までの二十条の脱落を連歌の位置変改の際の痕跡と考えれば、百三十四条本が変改本の祖本（に最も近い）と推定できる。やがて、主に目次の不備を整えた百三十二条本が出来、さらに他本により増補された百六十条本が現れ、最終的に続々群書類従本のように整理されたと思われる。

以上のように、該本は、目次の条数から明らかなように、変改本中、百三十四条本と分類できる伝本とみなされる。しかし、無窮会図書館神習文庫「俊頼口伝集」（前掲①）など他の百三十四条本と比較すると単純に同等とは認定できないのである。次節以下、該本の特徴について今少し考察を加えたい。

三

該本には欠脱が目立つ。目次に続く序文の次のような初めの部分（神習文庫本による）が欠けている。

大和尊の我秋津島の國戯れ遊ひなれは神の代より今日いまにたゆることなしおほ大和の國に生れむ人はおとこにても女にてもたかきいやしきもこのみちならふへけれは尤なさけある人のすゝまさる事たとへは水にすむ魚のひれをうしなひ空をかける鳥のつはさをはさらんかことしおほよそおこり古今和歌の紀にみへたり世もあかりひとの心もたくみなりし時に春夏秋冬につけて花をもてあそひ郭公をまち紅葉をおしみ雪を面白とおもひ君をいはゐ我身をうれへわかれをおしみ旅をあはれみいもせの中をこひ事にのそみて思ひをのふるに

つけても其のかみのこしたるふしもなく露もらせることも見へすいかにしてかは末の世の人のめつらしきすなわち、該本の冒頭は次の如くである（目次は七丁裏まで、八丁表裏は白、これは右の欠脱分に相当するか、九丁表より）。

さまにもとりなすへきよくしるものなくよく知らさるものなしよくよめるものなくよくよまさるものなしよまれぬを讀顔に思ひしらさるをしり顔にいふなるへし抑〲歌にあまたの姿をわかち八病をしるし九品をあらはしていとけなきことを知る事かたくうたひ学ひされはさとることすくなしむもれ木のむもれて人にしられさるふしともをたつね谷の流になかれて過ぬることの葉をあつめみは濱の真砂よりおほく雨のあしよりもしけし霞を隔てゝ春の山邊にむかひ霧にむせひて秋の野邊にのそめるかことし山かつの賤きこと葉なれともたつねされは旦の露と消えうせぬ玉の臺ナの御ことなれともしらされは風の前の塵となりぬことをとしより獨此こといとなみていたつらに年月をおくれ共我君もすさめ給ふ世の人も哀むことなし明暮は身のうれへをうれへおきふしは人のつらさをうらむかくれては男山にませる御いつくしみをまちあらはれては三笠の森にさかへ給へる藤のうら葉にたのみをかく恵み給へあはれみたまへかくれたる信あれはあらはれかんある物をや歌のすかた病さる人〲事あまたのすいなうにみへたれとも聞とをくことかすかにてつたへ聞かさらん人はさとるへからすされはまちかきことのかきりをしるし申へし始にはまつ歌のすかたを

とあって、以下、丁を替える（十丁表まで右の序を記し、十丁裏は白、目次「一　素戔烏尊」に対応した本文は十一丁目から始まる）。この冒頭部の欠は物理的な原因であろうが[3]、他の百三十四条本と比較して歌の出入りを確認すると、一二六歌、一四四歌、二四二歌、三三六歌が該本には欠けている（なお一八二歌は神習文庫本にないが該本にはみえる）。また、「五　折句」の最後と六の始めに三行にわたる衍文がみえる、掲出歌の頭に合点を付すが一首の長歌を二首に分ける（一七歌）、本文の番号の「十二」とあるべきところを「十三」と打ち間違える（十三が重複）、「二十二」の本文が歌をあげるだけで記されず四十丁裏が白となっているなど、一読しただけでも杜撰な書写態度は否めない。

四

さて、二節において、変改本の原型かと推測した百三十四条本と同類と見なしたが、本文を詳細に見ていくと該本の独自性が際立つことが理解される。

第一に他本にない私注の存在である。次の如くA～Eの五箇所ほどある（私注の部分に傍線を付す）。引用に際して欄外（頭部分）に記されている番号のあとを改行にし、歌頭の合点は略す。また、誤写などもできるだけそのままにしたが、表記は一部改めている。以下同じ。

A十四
凡歌神佛も御門后より始奉りてあやしの山かつにいたるまて其心ある物は皆よきさるものなし神仏の御歌さきにしるし申せり帝の御歌はおほさゝきの天皇のたかみくらにのほらせ給ひて遥にみやらせ給ひてよませ給へる御製ワタクシニ曰前書ニ天皇高ミクラニアカラセ給ヒテ民ノ竈ヲ叡覧シ玉フ事イフカシタカミクラハ御殿ノ内ニヲカレ天子上カラセ給ふマツリコトノ具也本文ノトホリ外ニ立殿也俗ニイフ今ノ御物見ナトイフ類也トハカラル、
たかき屋に登りてみれは煙たつ民の竈はにきはひにけり
是都うつりのはしめのたかみくらにあからせ給ひて民のすむ家居み給ふ御製也又は上代ゆへかはるありや其

所下〳〵ノ知らさる所也かまとなんとは歌によまんにはいやしきことなれとかく讀おかれぬれはは丶かりなしめてたく聞ゆ御門の御歌は今始てよみいたすへきにあらす延喜天暦の御製を御らんすへし嵯峨の后の御歌とへ渡御座たりけるに

ことしけししはしはたてれ夢の間にあけしむ露はいて丶はらはん

是等またおなしをの〳〵集を御覧すへし

B三十

袖ひちて結ひし水の氷るを春立けふの風や解覧

春立といふ斗にやみ芳野の山も霞て今朝はみゆ覧

ほの〳〵と明石の浦の朝霧に嶋隠行船をしそおもふ

櫻散木の下風は寒からて空にしられぬ雪そ降ける

私曰此歌を定家卿御心に不叶サルニヨリテ此歌古今集ニ不入ラ大納言公任卿歌仙ニ入レサセ給ふコト不吟味ノヨシ上へ〳〵ノ御説也此注私ニ申事ニアラス二四代集ト申書奥書此事書タリ

恋せしと御手洗川にせし御祓神は受すも成にけるかな

紅葉せぬ常磐の山に住む鹿はをのれ啼てや秋を知る覧

頼めつ丶来ぬ夜あまたに成ぬれはましと思ふそ待にまされる

芳野河岩波高く行水のはやくそ人をおもひ初てし

和歌の浦に塩みちくれはかたほ波芦邊をさして田鶴啼渡る

C三十一（前後省略）

名残なく散にめてたき桜花ありて世の中はての憂けれは

　始の哥は常の人のよめる所也後の歌はカクベツニ悟りたる讀形也

桜花ちらは散なんちらすとて古郷人の来てもみなくに

　始の哥は世のはかなき事をいはんとて花をは捨らるゝ也次の哥は来ぬ人のうらめしさをいはんとて花をすてられたるなり

　私曰名残なく散をめてたしとよむ哥是も定家卿御心に不叶唯花は散はをしきとよむは歌道正風躰也

D三十六

さみたれをさ月の雨と書たれは四月六月のは夕立といひて俄降雨を夕立といへるは夕くれに降へきなんめりまたおほくは春そふるめり春の雨は別にいふことなしたゝし秋の時雨を人の申歌

　私に曰此夕立降注愚案にをちかたし春降は春雨と申名アリ勿論四月降し雨其年の来行ニ寄ナルヘシ四月上旬迄春ノ氣色待越ス年アリ又早ク五月ノ氣ウツル年モアリ其時ノ天地ノ運来ニ寄成ヘシ又六月降ヲ夕立といゐること先六月ハ至極大陽也サルニヨリテ大暑ナリ依之無水月トイヱリ早一陰来フクスサルニヨリテ夕立降也一陰来フクノシルシ也サルニヨリテ陰陽合体シテ五穀成熟セシコト万物天地一躰万物一躰ノ所也夕ヘニ降ヲ夕立といふなんめり別テ此注尚アシク聞ゆ夕ノ字陰ヲフクスル所正シキ也

我宿のさわたもいまたかあけぬにまたき降ぬる初時雨かな

　此歌の心を思もふにまたきといへるは又秋の歌ときこへからす初時雨哉といへるは十月空の俄に曇りて一むらさめの降てほともなく晴ル也其折の氣色にてありけるにやされは時は秋なれと空の氣色の一村しくるゝ折のけしなれはよめりけりとそみゆるされは猶秋はよむましきかとそおほゆれ又此歌の古今集すへかへりてい

かなることにかみそれといふは雪にましりて降雨雨をいへは冬もしは春のはしめなとによむへきにやひちかさ雨とは俄に降雨をなり俄に笠もとりあへぬほとにて袖をかつく也

妹か門行過かたにひち笠の雨もふらなん雨やとりせん

こし雨といふはいたくふる雨なりぬれとをりて袴の腰なとのぬるゝほとをいふなり

久方のはにふのこやにこし雨降とさへぬれぬ身さへわきもこ

はにふのこやといへるいへるはあやしの家の板敷なともなくてわすかに寝所はかりはいたのまねかたを廣きしきたるを申とかや

E七十九

陸奥の忍ふもちすり誰ゆへにみたれ初にし我ならなくに

是は河原左大臣融公歌也しのふもちすりといへるは陸奥信夫の郡といへる処に生たるしの《摺衣かけり》ふ草なるへし其所に平みある石あり衣をうへに彼草を衣のうへにおきて摺つくれ草かた附なり戀の歌なれはしのふといひかけたるなりしかれはところの名と其摺衣とよみいひかけし歌なり遍照寺のみすのへりに其しのふすりの有しを四五枚はかりきりてとり故大納言の山庄の簾の縁に用ひられてありしをある貴人の聞書にしておかせ給ふを御咄し時節み覚えたりとあり此事定家卿御説にもあり

ほかに「五十六　夜衣かへし着」の項目末に「古事未知」とあったり、「六十　かそいろ」に「是を大略にす」と記し本文を省いているところがある。これらの私注は他の伝本に全くみられない。私注において、「正風体」という用語（Cの引用）や「定家卿」の権威を主張するところ（BCE）などが注意される。

また、Aの引用において、「是都うつりのはしめのたかみくらにあからせ給ひて民のすむ家居み給ふ御製也又は上代ゆへかはるありや其所下〳〵ノ知らさる所也」の部分は、例えば神習文庫本では「是は都うつりのはじめのたかみくらにのほりてたみのすみかを見てよませ給ふ御製也」とだけあり、該本の本文は付加的な増補とみなされる。こうした例は、たとえば神習文庫本（歌を二行書きにしている）で、

九十一

我門にいなおほせ鳥の鳴なへにけふふく風に雁そきにける

いなおほせとりとはよくしれる人なしにはたまきと申とりなり

とある記事が、該本では、

F九十一

我門にいなおほせ鳥の鳴なへにけふふく風にかりそ来にける

いなおほせとりをはよく知れる人なしにはたゝきと申とり也予愚案にいなおほせ鳥歌によるへし或は稲を苅鳥に負せて百姓の我屋にかへるをよめるもいなおほせ鳥とよめるも歌一首〳〵心をつけてよく聞知ること大事也か様のこと歌に心さし深きこと第一也

と、かなりの追加がなされているなど多い。同類本と比べて、このような部分的な異同は枚挙に遑がないほどであるが、Eなどは神習文庫本では「是は河原の大臣の哥也しのふもちすりといへるはみちのくにしのふのこほりといへる処にみたれたるしのふすりをもちすりとはいへりそれこのもちすりとそいひつたへたるところの名とそのもちすりのなとつゝけてよめるなり遍照寺のみすのへりに其しのふすりをすられて有しを四五枚はかりきりとりて藤大納言の山庄のみすのへりにせられてありしと世の人々申けり」とあり、いわば骨組みは同様でも、その内容は全くと言えるほど書き替えているところがある。

今、Eと同じく古今集歌を掲出している例を幾つか示す。それぞれ△以下に参考のため同じ箇所の神習文庫本の本文を挙げる。

G十六

住吉明神御歌

夜やさむき衣やうすきかたそきのゆきあひのまより霜や置覧

是は御社のとしつもりてあれにけれは御門の御夢にみせ給へる御歌なるへし也かたそきといへるは大社はいつれも御社のむねに高くみゆるひしみのある木なり住吉の御社は二つの社のさしあひてあれはゆきあいの間よりとなりくちてすきまより霜のをくなりとの神詠なりふまき歌の論義といへる物にあらそへる事ありかさゝきといひてはこゝろもきこへかたきか

三輪大明神御詠

恋しくはとふらひ来ませ千早振三輪の山本杉立るかと

是三輪の明神より住吉の御神へ奉せ給ふ御神詠とそあまねく世俗へもつけしらせ給へる御歌也

住吉の岸もせさらん物ゆへにねたくや人にまつといわれん

是は住吉の明神の御歌と申つたへたるは誤ならんか伊勢か枇杷の大臣にはすられて親大和守か許へまかるとてよめる歌

三輪の山い　か《いかゝニイ》に待みん年経ともたつぬる人もあらしとおもへは

是は三輪の明神の御歌を本歌にとりてよめる歌と聞え侍る是伊勢か歌也

我宿の松はしるしもなかりけり杉村なから尋来なまし

是は杉をしるしにして三輪の山をたつねぬとよむ皆ゆへあること也むかし大和国に男女あひすみとてとし比なりにけれは女のいはく此とし月契りをかさねわりなくかたらひ侍りけるに何とて夜斗来り給へるそいと心置給ふことなく来給へと昼とて参り給ひて猶も行すゑ久に契りかたんと打とけてい丶ぬ此とし比の隔ぬ中姿をもみえ参んとありけれは男うらむる所ことはりしこくなれ我姿みてはをそれ給はん今より後かよはましといひけれは女いと悲しとかきくとき猶もうらみけりしかれは我其みくしけの中にをらんひらきみ給へといへはかへりけるあとにてふたを開きみれちいさき蛇ありおとろき給ひてふたをお丶ひにけり男かくあらんことを思ひて昼忍こさりし也いよ〳〵今より通ふましといひけれは別る丶ことの悲しくもすそに針に糸つけてしたひゆきけれは三輪の杉の枝にとまりけれは其糸地にあまりて糸の輪に成て三ワありけり是故に神代ヨリ三輪の明神とは申也狩衣のすそにつけしと思ひ其麻糸したひ行は三輪山本の洞にゆきあたりしといへる一せつもありいつれにても麻をあまりて三つ輪のこれり（以下略）

△十六

住吉明神の御製

夜やさむき衣やうすきかたそきのゆきあひのまより霜やおくらん

是は御やしろのとしつもりてあれにけれはみかとの御夢に見せ給へる和哥也かたそきといふは神社のむねにたかくさし出てたる木の奈良住吉の御やしろはふたつのやしろのさしあひてあれは其ふたつのやしろのくちにけるよしをよみ給ひけるにやかたそきをかさ丶きとかける本も有古哥の論議といへる物にあらそへる事有かさ丶きといへは心もえす

三輪明神之御哥

こひしくはとふらひきませちはやふるみわの山本杉たてるかと

是三輪の明神の住吉明神に奉らせ給ひける哥とそいひ傳へたる

住吉のきしもせさらんものゆへにねたくや人にまつといわれん

是はすみよしの明神の御哥と申傳たるひか事にや伊勢か枇杷の大臣にわすれて親大和守か許えまかるとてよめる哥

三輪の山いかゝ待みんとしふともたつぬる人もあらしとおもへは

是は三輪の明神の御哥をおもひてよめる也

我宿の松はしるしもなかりけり杉むらならはたつねきなまし

杉をしるしにてみわの山を尋ぬと讀はみなゆへあるへし昔大和国に男女あひすみてとしころに成にけれとひるとゝまりてたかひにみることなかりけれは女のうらみてとしころの中なれともいまたそのてひみる事なしとうらみけれはおとこまことにうらむるところことはりなりたゝし我ていをみてはさためておちをそれんかいかにといひけれはこのなからひのとしをかそふれはいくはくそたとひそのてひみにくしといふともねかはくはたゝみへたまへといひけれはしかなりさらは我そのみくしけの中におらんひらき給へといひ帰りぬいつしかあけて見れはちひさきくちなはわたかまりてみゆおとろき給ひてふたをおをひてのきぬ其男また来りて我見ておとろき給へりまことにことはり也われもまた来ル事ははちなきにあらすやといひて契をなくなくわかれさりぬ女うとましなからこひしからん事をうれへおもひておたまきあつめたりけるを針につけてかりきぬのしりにさしつ夜明ぬれは其苧をしるへにてたつねゆきぬ見れは三輪の明神のほらにいれりその苧の残りみわけ残りたりけれは三輪の山もとといふなりとそ侍る

H八十二
我心慰めかねつ更科や姥捨山に照月をみて
此歌は信濃国更級《サラシナ》郡又更級《サラシナ》共かけり其所に姥捨山といえる月の名所也むかしの人姪女《メイ》を子にして養しか姥年老てむつかしく立居も不自由になられけれは八月十五夜の月の隈《クマ》なく照まさり明《アカ》かりけるに此母の伯母をたらしすかし月を慰にとていろ〳〵に敷物食類なと用意して彼母之叔母をいさなひ出て其山に捨てかへりにけりさてかの老女の此歌詠してなきけり其後近所人山に薪をとりに行て山深くわけ入られけれはいまた息絶す此歌を詠して啼侘らる丶躰哀に思ひ折々に食事をあたりの人あたへしと也

△八十二
我心なくさめかねつさらしなやおはすて山に照月を見て
此哥は信の国さらしなの郡におはすて山と云処の有也むかしの人めいを子にしてやしなひけるかは丶のとしおひてむつかしくなりけれは八月十五夜の月くまなくあか丶りけるにこの母のおはをすかし出て其山にすてかへりにけりた丶ひとりやまのいた丶きよもすから月を見て詠ける哥也さすかにおほつかなかりけれはみそかに立かへりて聞けれはこの哥を詠てそなきける其後このやまをおはすて山とはいへるなり此さきはかふり山とそ申けるかふりのこしに似たるとかや

I百四
思ひきや鄙の別におとろへて海士のなわたくいさりせんとは
是は小野の 篁《タカムラ》か隠岐の国へ左遷の時かの時哀よみし歌也船路をはる〳〵こかれゆき旅路常たにもの憂きこと成にまして流人となりて鄙の哀は身にしみ〳〵とおもほえ海人侘敷業所により薪も不自由にて縄なともた

くこと今とてもあるにむかしは尚く〳〵食もいと侘しからんかゝること唐土本朝にためしあること也官人禄にはなるれは天上より下界にくたりしよりも猶あさましきこと也

△百四

おもひきやひなのわかれにおとろへてあまのなはたきいさりせんとは

是は小野ゝたかむらかおきの国へなかされけるときよめる哥也ひなといへるは田舎といへる也あまのなわたくとはあまのすむわたりによりてもとめくわんとはおもはさりきと讀るなり

最初に引用したGにおいて、「是は杉をしるしにして」以下の所謂三輪山伝説の解説で末尾に一説としてあげるのが△以下に引いた神習文庫本の説（勿論これが甲乙本などに近い）である。十六項は（以下略）とした蟻通明神や三島明神に関する説話部分もかなり異なる。Hの姨捨山説話では、近所の人が登場してくるあたりから異なる展開になる。末尾の地名の由来を述べる部分もない。Iでは、「ひな」「あまのたくなは」の語釈がないかわりに、全く異なる記述がみえる。ほかに異同の大きい箇所を目次によって例示すれば、「四十五　参河八橋」（後半部分）、「四十六　錦木」、「四十八　岩代の松」（前半部一部分）、「四十九　いなむしろ」、「七十二　うき（きに）のれる」、「八十一　浦嶋子箱」、「百十三（目次では百十四）神まつる」、「百十四（百十五）雪の中に」などを指摘することができる。付加増補というレベルを超えて全く異なった視点や思考によって書き改められていると見なされる。ただし、前述の私注などを参考にある傾向はうかがえるのであるが、どのような立場でなされた改変かは今のところ不明である。

要するに、神習文庫本（他の百三十四条本も同文）と比較すると、相当の異同が見られ、それらは、神習文庫本の本文（これが甲本や乙本に近似する本文）を原型と仮定すれば、該本の本文を恣意的な改竄と認定せざるを得ない。

指摘した箇所に関して見る限り「偽書」との距離はそう遠くないと思われる。

五

該本の巻軸は次のようにある。

中納言

かり衣ヌはいくのかたちし覚束な
我せこにこそとふへかりけれ
我せことはおとこを申なり
異本にありしからすの事の次
春日野ゝとふ火の野守出てみよ今幾日ありて若菜摘てん
此飛火と申事はあまたの人申事は異國のいくさのおこる時に都に知せ申さんかれうに高山の峯の所をへてなかめ余國えはやく知るゝやうに火をたきたいまつやうのものを据をき火をてんしてみするまつをとふ火とは申ならはるせつ也とふ火の山もりは田夫山かつの者に仰してつとめさする國司の下知にまかする也遠國の山々に火をたきて夫より檀々と山に火をもやし都にしらしめんためなるへし〇予聞書ニ又一説には軍のことさもあらん春日野は冬より春まて折々田夫野をやきてものつくり耕作の肥しのために冬のかれ草を焼て春早蕨なととり野業のたすけとなし又はこやして作りものよくふとりいてくるやうに業しけること野民の役也春日野等飛火申所の名成よし有ル聞書に見えたり惣して野山を焼て作り物よくふとること見唐使帰朝してをしへ給つるとて春日野より始たるよし今は國々野やまいつくもやくと也飛火野と申所ノ名也とかや

俊頼口傳集下
此俊頼口傳集宗祇法師以自筆之本
誂彼禅息勝南院法師守譽写留之可秘
蔵者也
権大納言通秀

因みに、神習文庫本の巻軸は次のようになっている。

中納言
かりきぬはいくのかたちしおほつかな
我せこにこそとふへかりけれ

異本にありし
春日野ゝ飛火の野守出て見よいまいくかありてわかなつみ天
此飛火と申ことはあまたの人申ことは異国のいくさのおこるときに都にしらせ申さんかれうに高山のみねに火をともしてそれをとふひとはよむ也とそ人申める後に人申しはさらはとふひの山もりとこそはいふへけれ春日野に野守すへて見せんには見つけかたくやあらん春日山吉野山龍田山なとへたゝりて見えかたくありなんものを又其義ならはよろつの野にこそはよまめ春日野にのみ火のとひありきけれはおちおそれてまもらせけるなとそ申けるこれもたのみかたし

俊頼口傳集下
延寳四年
辰ノ二月下旬ニ写之

「異本にありし」以下は同類の本が本文中に欠く部分。神習文庫本と比べると、ここでも該本はかなりの異同を見せている。書き出しは同様だがすぐに逸脱していき、「○予聞書ニ」以下は他にみえない説を述べている。また、何より奥書に注意したい。

中院通秀（一四二八〜一四九四）が宗祇法師（一四二一〜一五〇二）の自筆本を以て勝南院法師守譽に誂え（注文し）写し留めさせたとある。通秀が「権大納言」であったのは、寛正三年（一四六二）八月二十八日〜同四年六月二十七日、寛正五年正月十三日〜同六年六月五日、同六年六月八日〜文明八年（一四七六）三月二十日、同十一年十月五日〜同十三年正月七日である（『公卿補任』）。通秀がそうした俊頼口伝集を所持したことは十分あり得るが、宗祇自筆本は確認できないし、彼禅息勝南院法師守譽なる人物も未詳である（この奥書を信頼できるものと仮定しても書写態度からいって何らかの誤りがある可能性がある）。この奥書は前節までに考察してきた該本の性格を勘案すればなおさら俄に信じがたいのである。しかし、近時、紹介された醍醐寺本「無名抄」（写本一冊、雑第十七箱第二十五号）には次のような奥書がある。奥田勲氏「醍醐寺本『無名抄』（俊頼髄脳）（その一）」（醍醐寺文化財研究所『研究紀要』第十九号、二〇〇二年一二月）「凡例」より引用。

文明四年壬辰之春以東野州常縁之
正本写之

種玉庵宗祇

自然齋宗祇叟伝余に此正本又有

異本数多或名無題抄或号無名抄

今以無題（傍書「名イ」）抄可為実名者也

明応六年丁巳之秋牡丹花写之

この奥書によれば、文明四年（一四七二）春、宗祇は常縁伝来の正本である『俊頼髄脳』を写しているのである。さらに牡丹花肖柏が明応六年（一四九七）秋にそれを書写している。なお中院通秀は肖柏の異母兄に当たるが明応三年六月二十二日に六十七才で没している。醍醐寺本は、二十丁までの奥田勲氏の翻刻を拝見する限り少なくとも変改本ではないので、該本奥書のいう宗祇自筆本に直接結びつかない。しかし、宗祇その人による『俊頼髄脳』の改変を憶測したくなるような事情である。変改が宗祇周辺の連歌師の手によってなされた蓋然性はあるのである。さらに、検証の必要はあろう。

既に見た如く、該本は、いずれにしても近世末の書写であり、目次に次ぐ本文が一丁分欠脱しているほか、脱文・衍字と思われる箇所も散見。本文の内容は、目次などから察せられるように百三十四条本を基にして、私注の追加も五カ所ほどあり、所々に恣意的な改竄と考えられる本文がみられる。現時点で『俊頼髄脳』の受容における該本の価値を評価することはなかなか難しい。けれども、その奥書の内容などからみて、新たな伝本の出現を待てば、該本をめぐる『俊頼髄脳』の変改の様相は、また違った捉え方ができるかもしれない。

（1）　簡単な書誌は次の通り。

袋綴写本二冊。縦二十七・七糎×横十九・八糎。薄茶表紙左肩に題簽（十九・三糎×四糎）を貼り、「俊頼口傳集　天（地）」とある。内題は「俊頼口傳集」（ただし下冊末に「俊頼口傳集下」と記す）。本文料紙は楮紙。墨付き、上巻九十八丁、下巻七十八丁。各表紙に一丁分が見返しとして貼られている。上冊の見返しは紙面が裏返しされており、内側に「俊頼口傳集」と記されている。寫字臺文庫の朱印が各冊始めに押されている。中院通秀の奥書があるが、本論に掲載。江戸時代末期の書写と思われる。請求記号は「911・201—21・w—2」（なお表紙に「毛14架6号」と記した分類票が付されている）。

（2）甲本については、俊頼髄脳研究会編『国会図書館蔵俊頼髄脳』（和泉書院影印叢刊九二、一九九九年一〇月）、乙本は、同会編『顕昭本俊頼髄脳』（一九九六年三月）、丙本は、同会編『唯独自見抄』（一九九七年一二月）、同会編『関西大学図書館蔵俊秘抄』（和泉古典文庫一〇、二〇〇二年一〇月）をそれぞれ参照願いたい。

（3）なお、この冒頭部分にみえる不備（三行目「いとけなきことを知る事」、六行目「風の前の塵となりぬことを」あたりの脱文によると思われる文脈の乱れなど）はおおよそ百三十四条本諸本にも共通しているので、該本の性格とは別に論ずるべき問題である。

室町時代の句題和歌
——永正三年五月四日杜甫句題五十首について——

小山順子

はじめに

和歌は漢詩文から多くを学び、そして摂取してその表現を豊かにしてきた。和歌と漢詩文の関係において、それが最も顕著な形で表れているのが、句題和歌という形式である。大江千里の『句題和歌』を先蹤として、その後、鎌倉時代初期には、藤原隆房『朗詠百首』、慈円・定家・寂身による建保六年「文集百首」、土御門院「句題五十首」などの句題和歌が詠まれている。

句題和歌の歴史において、一つのピークを迎えたのが室町時代後期のことである。長享元年（一四八七）十一月二十五日『竹内僧正家句題歌』、文集句題百首である永正二年（一五〇五）二月二十二日「水無瀬法楽御会」、同題を用いた三条西実隆の永正三年（一五〇六）「夏日詠百首和歌」、杜甫句題五十首である同年五月四日「聖廟法楽御会」、唐・宋詩を句題に用いた永正七年（一五一〇）八月十五日「伏見宮家五首歌会」、頓阿『句題百首』題を用いた天文十一年（一五四二）『称名院句題百首』といった句題和歌が詠まれている。この時代は、禅林文化が高揚し、漢籍の輸入がそれまでの時代に較べ増え、それに従って漢詩文に対する関心が非常に高い時代であった。それを顧みると、この時代に句題和歌が詠まれたことには注目される。しかし室町時代の句題和歌については、実隆が『白氏文集』から百の句題を選んだ永正二年二月二十二日「水無瀬法楽御会」と、同題で翌年詠まれた実隆独吟の文集百首に関して、岩崎佳枝氏[1]・稲田利徳氏[2]の論考が出されている程度で、進んでいるとは言い難い。しかし、中世から近世への和歌文学史の上で、室町時代和歌が占める役割は決して小さくない。岩崎氏や鈴木健一氏[3]が指摘するように、実隆出題の句題は近世和歌に継承されており、室町時代の句題和歌がその後へ与えた影響は大きいのである。そこで本稿では、後柏原天皇の堂上歌壇において詠まれた句題和歌「永正三年五月四日聖廟法楽御会」を取り上げ、句題和歌の歴史からその意味について考察することを目的とする。

「永正三年五月四日聖廟法楽御会」（以下、本句題和歌と略）が収められている諸本は、現在確認できたものに以下の三本がある。

＊宮内庁書陵部蔵『公宴続歌』（153―208）〈公宴続歌〉
＊京都府立総合資料館蔵『内裏御会』（貴466）〈府本〉
＊龍谷大学大宮図書館写字台文庫蔵『内裏御会』（911・206／10―W／1〜12）〈龍本〉

なお公宴続歌は、公宴続歌研究会編『公宴続歌　本文篇』に翻刻がある[4]。以下、公宴続歌を底本とし、適宜他の二本で本文を校訂しながら用いてゆくこととする。

一

本句題和歌は、今回調査した掲出の三本全てに、「永正二年二月二十二日水無瀬法楽御会」（以下、永正文集百首と略）の後に、「永正二年二月二十五日聖廟法楽御会」として収められている。この箇所は杜甫句題和歌四十八首と「野外朝霞」以下の結題二十首に、「永正二年二月二十五日聖廟法楽御会」と後書が付された部分である。井上宗雄氏『中世歌壇史の研究　室町後期（改訂新版）』（平成三年、明治書院）所収「室町後期歌書伝本書目稿」にも、永正二年二月二十五日の項に「宮中聖廟法楽および当座廿首」とされている。しかしこれが、もともと句題五十首からなるが雑歌二首が欠けており、永正三年五月四日に催された「聖廟法楽御会」における詠作であることを、伊藤敬氏が公宴続歌の錯簡として指摘した。(5) 公宴続歌では、48首目と次の歌の間に丁移りがあり、年次を記した部分も含めて脱落してしまったために、次に収められた「永正二年二月二十五日聖廟法楽御会」と一続きのものと錯誤されたのである。なお府本『内裏御会』は、本句題和歌と「永正二年二月二十五日聖廟法楽御会」の間に白紙の丁を置いており、脱落があったことを書写の段階で推測している。『公宴続歌』『内裏御会』は、原則として年次に従って収めているが、ここでは「永正二年二月二十二日水無瀬法楽御会」と「永正二年二月二十五日聖廟法楽御会」の間に「永正三年五月四日聖廟法楽御会」が存しており、異例ともいえる配置である。これは、文集句題和歌である「永正二年二月二十二日水無瀬法楽御会」と、杜甫句題和歌である「永正三年五月四日聖廟法楽御会」をともに句題和歌として並べて配列しようとした意識を示していると考えられる。

論文の性格上、伊藤氏はこの箇所の錯簡について、簡潔に結論を述べるに留めており、周辺資料等については触れていない。本稿では、詳しく成立の過程などを追ってみよう。

まず、本句題和歌が永正三年五月四日の「聖廟法楽御会」の折に詠まれたものであるということは、御所本『再昌草』の、以下にあげる永正三年条の記述により裏付けられる。

五月四日公宴　聖廟法楽五十首

鶯入新年語　勅題　杜子美句題新撰　御製　霜雪に

名園花草香　色もかも　私、雪に出

葉稀風更落

吹のこす木のはすくなき山風は枝にたまらぬ音もさむけし

苦道来不レ易

ゆめにてもをろかならんにかくまでも問べき物とおもひやはする

また、『実隆公記』永正三年条にも、以下の記事が見られる。まず、四月二十六日条。

廿六日乙亥　雨降、（略）杜子美句五言、為二北野御法楽一可レ為二五十首和歌題一用捨事同被三仰下二之一、一昨日懐中退出今日申愚意分返二上之一、又右兵衛佐秀房被レ補二侍中一、可三令下二知極臈一之由仰二頭中将一、同令三告二知父卿一了。（下略）

この記事から、杜甫句題を新たに編んだのは後柏原天皇であり、その草案を二十四日に預かった実隆が、検討し句題を用捨して二十六日に提出したことが知られる。翌五月条。

三日壬午　晴、行水、念誦如レ例、写経及レ晩、宗碩来、戸部卿来談、明日公宴歌相共談合。（下略）

四日癸未　晴、（中略）頭中将参番、聖廟御法楽御短冊付進二上之一。（下略）

四日の公宴に実隆は公条を介して短冊を進上するのみで、出席はしていなかったらしい。

本句題和歌は、前年の「永正文集百首」に刺激を受けて後柏原天皇が句題を編み、企画したものと推測できる。嶋中道則氏(6)は、寛永九年（一六三二）四月二十五日に仙洞で行われた聖廟法楽和歌の題を検討し句題の出典を明らかにして、杜甫句題であること、更にこの題が本句題和歌の題をそのまま用いていることを指摘した。この嶋中氏が挙げる寛永九年の聖廟法楽和歌から、欠けている句題が「故人入㆓我夢㆒」と「神明依㆓正直㆒」であったことが判明する。49首目の「故人入㆓我夢㆒」については、『宣胤卿記』永正三年五月条に見える聖廟法楽御会に関する次の記載からも裏付けられる。

四日　晴、聖廟御法楽三首、短冊勅題、付㆓勾当内侍㆒、此題何日給哉、不㆑記㆑前。勅題也。今度始而被㆑抜㆓詩句㆒云々。

梅花交㆓近野㆒　行かへりいくその袖かにほふらんさと近き野の梅の下路　宣胤
高秋収尽扇　露ならでをく物となる扇こそうらみがほにもうちしめりぬれ
故人入㆓我夢㆒　さめやすきならひもぞうき夢にくる人も我身も老の世がたり

「故人入㆓我夢㆒」題を詠んだのは宣胤であったことが判明し、欠けている歌をこの『宣胤卿記』から補うことができる。以下、検討はこの本来あった二題を含めて検討する。

詠進歌人と歌数についてもまとめておく。漢数字は出詠歌数、＊を付したのは、「永正文集百首」にも出詠している歌人である。

後柏原天皇＊(四)　邦高親王＊(四)　三条西実隆＊(四)　中御門宣胤＊(三)　下冷泉政為＊(四)
上冷泉為広＊(三)　中山宣親＊(三)　小倉季種＊(三)　甘露寺元長＊(三)　飛鳥井宋世＊(四)
飛鳥井雅俊＊(四)　東坊城和長＊(三)　姉小路済継(二)　下冷泉為孝＊(二)　上冷泉為和＊(二)

概ね、後柏原天皇以下、堂上歌壇で重きを為していた歌人たちが四首ずつ詠進している。50首目は脱落しているために和歌も詠進歌人も不明ではあるが、歌道家の為広が三首と歌壇の地位に比して少ないのが不審で、残る50首目は為広の詠であったのかもしれない。

二

本句題和歌は、聖廟すなわち北野社の法楽和歌として詠まれたものである。そのため、第一首目は以下のようなものである（以下、本句題和歌の歌番号は、わたくしに付した通し番号）。

東風吹二春氷一

1こちふかばにほへときゝし花やまづ氷をいづるみづのしらなみ　邦高

東風が氷を解くという表現は、『礼記』月令の「孟春之月……東風解レ氷」を踏まえる初春の代表的な題材であるため、組題の春第一首目に置かれるに相応しい句題である。また、この1番歌は、道真の「こちふかばにほひおこせよ梅の花あるじなしとて春をわするな」（『拾遺集』雑春1006ながされ侍りける時、家のむめの花を見侍りて）の本歌取りである。北野社法楽和歌として、祭神である道真の著名な和歌を本歌取りする上でも、1の句題は適したものである。

では「東風吹二春氷一」が採られた原詩を合わせて見てみよう。原詩の引用及び巻数は、五山版でも出版されている『集千家註杜工部詩集』に依る。なお、漢字は現行の字体で統一している。

送二率府程録事還一レ郷（巻四）

鄙夫行二衰謝一　抱レ病昏妄集　常事往還人　記レ一不レ識レ十
程侯晩相遇　与語才傑立　薫然耳目開　頗覚二聡明一入
千載得二鮑叔一　末契有レ所レ及　意鐘二老柏青一　義動二修蛇蟄一
若人可二数見一　慰二我垂白泣一　告レ別無レ淹レ晷　百憂復相襲
内愧二突不一レ黔　庶羞以二賙給一　素糸挈二長魚一　碧酒随二玉粒一
途窮見二交態一　世梗悲二路渋一　東風吹二春氷一　泱莽后土湿
念レ君惜二羽翮一　既飽更思レ戢　莫下作二翻レ雲鶻一　聞レ呼向レ禽急上

この詩は詩題にあるとおり、左右衛率府の程氏が郷里に帰るのを見送る詩である。原詩は、年老いた杜甫が老境に入って出会った優れた友人・程氏との別れを惜しみ、悲しみに暮れる様が詠まれている。句題に取られているのは傍線部であるが、前後の破線部も含めて訳すと、人生の行き詰まったところで人情に触れ、世の乱れを歩む道は行き難いのが悲しい。しかし東風が春の氷を吹いて解かし、生き生きと大地が潤う、の意である。原詩を覆うのは、全般に杜甫の老いの嘆きと別れの悲しみであるが、句題の箇所は寧ろそうした杜甫の状況と対比的に描かれる部分である。句題が原詩の内容を代表するようなものではなく、原詩の内容は顧みられずに、句題は題として切り離され、独立している。

本句題和歌は、前年に催された「永正文集百首」から影響を受けて企画されたものと推測される。「永正文集百首」の句題を選んだのは実隆であったが、実隆が選んだ春一首目を挙げよう。

春風来二海上一

吹かふるはるはなべての沖つかぜなみの千里のたれに告らむ　後柏原天皇

この歌は、稲田氏の指摘するとおり、「われこそは新島守よ隠岐の海のあらき波かぜ心してふけ」（『後鳥羽院遠島百首』97雑）を踏まえて詠んだものである。これは「永正文集百首」が後鳥羽院の命日に催された水無瀬法楽御会であるために、後鳥羽院を念頭に置いて詠まれているのである。この句題の原詩は、次の詩である。

歳熟人心楽　朝遊復夜遊　春風来二海上一　明月在二江頭一
燈火家家市　笙歌処処楼　無レ妨レ思二帝里一　不レ合レ厭二杭州一（『白氏文集』巻二〇「正月十五日夜月」）

ここに詠まれているのは、人々も白居易も新年を祝い、町家の家々に点る燈火や楽器の音など、浮き浮きとした正月の様子である。句題は傍線部であるが、ここは次の句と続けて、折しも春風が海上から吹き、明月が西湖のほとりに登ったという風景描写である。尾聯の「無レ妨レ思二帝里一」という句に、白居易が都を思う気持ちが詠まれているが、「不レ合レ厭二杭州一」と杭州の正月を楽しむ気持ちで結ばれる。実隆が春の第一首目の句題をこの詩から選んだのは、こうした原詩の内容を踏まえてのものであったと推測できる。

「永正文集百首」の春一首目の句題「春風来二海上一」は、新年を祝う様子を描いた詩から選ばれており、原詩も春一首目に相応しい内容であった。しかし、本句題和歌の春一首目は、原詩は友人との別れを詠んだものであり、初春という季節と関わる内容ではない。後柏原天皇は、原詩の内容に拘泥しない句題の選び方をしているのである。また、原詩の内容は邦高親王の和歌には全く関わっていない。但し1は、春一首目に置くために、初春の本意に照らして東風解氷を詠むという目的を重視して、とにかくそれに適した詩句を句題に選んだという見方もあるだろう。他の例もあげて検討しよう。以下、〈　〉内に示すのは各題の部立である。

春風草又生〈春〉

6冬枯し霜の岡べのまくずはらみどりにかへるはるかぜぞふく　　為広

故園花自発〈春〉

9むかしをばわすれぬものよ住すてしたがふるさとぞ春のはなぞの　元長

句題和歌の表現として、句題の翻案ではなく、6は「春風」を「春風ぞ吹く」と第五句に置き、「草又生」を第一句から第四句で冬の間枯れていた草の萌え出づる情景で表現している。9は「故園」を第三・四句「住みすてし誰がふるさと」および第五句「花園」で表し、「花自発」を「昔をば忘れぬものよ」「春の花園」と、昔通りに花が開く様で表現している。こうした句題の表現方法は、題をまわして詠む詠法であり、定家が建保六年「文集百首」で用いた方法である[7]。定家が句題和歌に用いた方法は、この頃には一般的になっていたと考えられる。和歌表現としては、句題を結題と同様に扱っているが、句題が取られた原詩はいかなるものであろうか。

6［原詩］不レ帰（巻五）

河間尚征伐　汝骨在二空城一　従弟人皆有　終身恨レ不レ平
数レ金憐二俊邁一　総角愛二聡明一　面上三年土　春風草又生

9［原詩］憶レ弟二首（ノ二）（巻四）

且喜二河南定一　不レ問鄴城囲　百戦今誰在　三年望二汝帰一
故園花自発　春日鳥還飛　断二絶人煙一久　東西消息稀

この原詩二首は、杜甫が戦場に出た弟について詠んだ詩である。句題に用いられている傍線部とその前後は、6は弟が亡くなって既に三年が経過した、春が来てまた草は生える、しかし戦死した弟は決して戻らない、という意である。9は、まだ戦場から戻らない弟を思い、三年の間、弟は帰らないが、春が来ると再び花は自然と開くと詠んでいる。いずれも、戻らない弟と、春が来れば自然と萌え出づる草・花を対比させる文脈である。しかし、この句題一句のみを独立させて取り出すと、駘蕩たる春風が新草を萌え出す情景、打ち捨てられた花園の花が開く情景を詠んだ句となっている。原詩の中での文脈を顧みずに句題が取られているのである。和歌において、為広が6で詠んでいるのも、冬の間霜枯れていた岡辺の真葛原が春風によって再び緑色の景に戻った、という内容である。9の元長は古宮の花という和歌の上での伝統に添って、句題を表現しているのであり、原詩の内容はやはり投影していない。句題和歌の歴史において、『和漢朗詠集』などの摘句を句題とする場合、摘句で受容されるために原詩との関わりは薄いが、本句題和歌と同様に詩集から直接句題を選んだ建保六年「文集百首」の場合、原詩が和歌にも影響を与えていることが確認されている。(8) 句題といいながらも、原詩一首の主題にも配慮されて部類され、また和歌の表現に関わっていることが少なくないのである。しかし、本句題和歌の場合、和歌に原詩が反映していないだけではなく、原詩の内容にまで配慮して句題を選んでいるとは考えられない。

「永正文集百首」は、春第一首目の例をあげて検討したように、概ね実隆は原詩の内容と深く関わる句題を選んでいる。但し本句題和歌も、必ずしも原詩と句題の内容が関わらないものばかりではない。16「修竹不㆑受㆑暑〈夏〉」の原詩「陪㆓李北海㆒宴㆓歴下亭㆒」(巻二)や18「荷浄納㆑涼時〈夏〉」の原詩「陪㆓諸貴公子丈八溝携㆑妓納㆑涼晩際遇㆑雨二首(ノ二)」(巻二)は、納涼の酒宴で詠まれた詩であり、また20「牛女年々度〈秋〉」の原詩「天河」(巻五)、31「菊蕊独盈㆑枝〈秋〉」の原詩「雲安九日鄭十八携㆑酒陪㆓諸公宴㆒」(巻一二)は、それぞれ原詩の内容と句題に深い関わりが見られる。しかし、後柏原天皇の句題の撰題意識は、先に挙げた例に表れているように、句題に相応しい詩句を原詩の内容にそれほど拘泥せずに選んでいることが窺われる。また、実隆と後柏原天皇の両者の意識の違いだけではなく、津田潔氏が、千里『句題和歌』に白居易詩句が多く用いられた理由として、「一句のうちにも、様々な曲折に富む李白や杜甫の詩は、難解であるばかりでなく、三十一音の和歌に翻案するには少しく無理があり、詩の構成が緊密であればある程、一句を抜いただけでは意味を成さぬものが多いと感ぜられたのではなかろうか。その反面居易の句は一句だけ抜いても、ある程度の状況把握が可能であったのである」[9]と述べているのが参考になる。一句を抜いただけで、杜甫の詩の内容や主題を代表させることは困難であったことが原因として考えられる。

例えば、次の二例を挙げて、杜甫の原詩の表現について見てみよう。

寂々春将レ晩〈春〉

12このときをはるの名残におもへとや鳥かへるやまの入あひのそら　和長

[原詩] 江亭（巻七）

坦復江亭暖　長吟野望時　水流心不レ競　雲在意倶遅
寂々春将レ晩　欣々物自私　故林帰未レ得　排レ悶強裁レ詩

暗飛蛍自照〈夏〉

17おもひにはまよふものから夕やみの空さりげなくゆくほたるかな　政為

[原詩] 倦夜（巻一一）

竹涼侵二臥内一　野月満二庭隅一　重露成二涓滴一　稀星乍有無
暗飛蛍自照　水宿鳥相呼　万事干戈裏　空悲清夜徂

「江亭」詩では水辺の暮春の景色が詠まれる。浣花草堂の川辺の亭は暖かで、野を望みながら吟じ、水の流れや雲のように心はゆったりとしている。静かに春は暮れようとしており、全ての物が自分の意志のもとにある。しかし尾聯で、詩の内容は一転する。「故林帰ること未だ得ず、悶を排かんと強いて詩を裁す」——故郷に帰ることのできない煩悶を紛らすために、自分はこの詩を無理に作ったのだと、杜甫の心情が吐露されるのである。この詩の主題は、寧ろ春の美しい情景にも愁眉を開かれない杜甫の沈鬱な流浪の悲しみにあるのである。「倦夜」詩においても、寝室に入ってくる竹風、庭いっぱいに降り注ぐ月光、滴をなす露、点滅する星、闇を飛ぶ蛍、水鳥の鳴く様子と、秋の美しい風物を描いた後、尾聯で「万事は干戈の裏なり、空しく悲しむ清夜の徂《ゆ》くを」――これらのものは全て、戦争の中にある、私は清らかな夜が更け行くのをただ空しく悲しむばかりである、と詠む。秋の夜の美しさが満ちていても、実はそれらは全て戦争という不幸な状態の中にはかなく在るものでしかないと結ばれるのである。このような曲折、すなわち美しい情景が杜甫の沈鬱な心情や悲惨な人事と対比されて詠まれる詩は、本句題和歌の句題原詩にも多く、そのために原詩と句題を合わせて見ると、原詩と句題の関わりに拘泥せずに、和歌の題として句題の箇所だけが独立していることがはっきりするのである。

また嶋中氏は、2「流霞分片々〈春〉」（「霞」底本「霜」、府本・龍本によって改める）の「流霞」が本来は仙人の酒の意味であるのに、ここでは春霞が切れ切れに流れ動くという意味に読みかえることで、霞の歌題として用いていることを指摘している。原詩「宗武生日」（巻九）の『集千家註杜工部詩集』の注部分に「夢符曰、抱牧子項曼卿修道山中自言、至二天上一遊二紫府一遇二仙人一、以二流霞一杯一飲レ之、輙不二飢渇一」とあり、また『杜詩還翠抄』にも「流霞ー涓ーチツチツト飲ダ」とあるから、「流霞」が酒を意味することを、題を選んだ後柏原天皇が理解していなかったとは考えにくい。それにも関わらず、文字通りに霞の形容と敢えて解釈しているのである。更に嶋中氏は、本句題和歌の詩句の選択に、和歌の伝統に添うよう周到な配慮が凝らされており、中には歌題の構成上、原詩を改めたものがあることを指摘している。嶋中氏が指摘するのは、25「宿雁起円沙〈秋〉」と26「秋窓猶曙遅〈秋〉」（「遅」底本「途《遲歟》」、府本・龍本によって改める）についてである。これらはそれぞれ、原詩では「雁」が「鷺」、

「遅」が「色」となっている。これは、25は秋の代表的景物として「鷺」よりも「雁」が適するという理由から改められたものである。26は、原詩の「秋窓猶曙色」では、すっかり明けきらない曙の様子を残した表現となるが、句題では「遅」にすることで、まだ夜明けが来ないと、秋の夜長を意味する歌題として用いているのである。更にもう一例、37「黯々待二春梅一〈冬〉」が、「春」が原詩では「香」となっている例を付け加えることができる。これは、冬歌六首中五首目の題で、晩冬に春を待つという題として設けられたものであるために、「香梅」よりも「春梅」の方がその題意をより強調すると改められたのであろう。このように、原詩の本文や意味よりも、和歌の組題としての題意や配列、和歌の伝統を重視し、句題としての本文解釈を施して句題としたり、相応しい歌題として本文を改めるという姿勢が表れている。

三

本句題和歌の句題が、原詩の内容に拘泥せずに選ばれていることを前節で見てきた。但し、句題をどのような原詩から取っているかという点に、後柏原天皇の杜甫受容の一端が窺われるのではないだろうか。

稲田氏[10]は「永正文集百首」の句題に、平安時代の千里『句題和歌』句題や朗詠集などには取られていない閑適詩から取られた詩句が多く含まれていることに、中世的隠逸志向が表れていることを指摘した。一方、本句題和歌の句題が取られた原詩の中には、俗世の戦乱とは異質な僧房の静謐な生活・情景を詠じた詩がある。8「衣霑春雨時〈春〉」10「花辺行自遅〈春〉」の原詩「大雲寺賛公房四首（ノ三）」（巻三）、46「雨瀉二暮簷竹一〈夏〉」の原詩「大雲寺賛公房四首（ノ四）」（巻三）、13「冥々子規叫〈夏〉」の原詩「法鏡寺」（巻六）、27「月出山更静〈秋〉」の原詩「西枝村尋下置二草堂一地上、夜宿二賛公土室一二首（ノ二）」（巻六）、35「晴雪落二長松一〈雑〉[11]」の原詩「謁二真諦寺禅師一」（巻九）、45「野寺隠二喬木一〈雑〉」の原詩「謁二文公上方一」（巻九）がそれに当たる。こうした原詩から句題を取る傾向は、やはり隠遁への憧憬が背景にあろう。

そのような観点から見ると、句題と原詩の関わりの薄さという問題からだけではなく、杜甫が戦乱を詠じた詩が原詩に多いことに注目される。先掲の6原詩「不レ帰」、9原詩「憶レ弟」だけではなく、3「鶯入二新年一語〈春〉」の原詩「傷レ春五首（ノ二）」（巻一〇）は自然風景の描写とともに戦乱についても言及する詩であり、22「名園花草香〈秋〉」の原詩「入二衡州一」（巻二〇）は臧玠の乱を叙した詩である。42「相対如二夢寐一〈恋〉」の原詩「羌村三首（ノ一）」（巻三）は、粛宗の行在所があった鳳翔から鄜州羌村にいる家族のもとへと帰った際のことを詠んだ詩である。44「別来歳月周〈恋〉」の原詩「彭衙行」（巻三）は、戦乱を避けて妻子と逃げる難渋を詠んでいる。48「野風吹二征衣一〈雑〉」の原詩「別二賛上人一」の原詩は、静謐な賛公の僧房を出て再び戦乱に荒れる俗世へ向かう詩である。26「秋窓猶曙遅〈秋〉」30「江流宿二霧中一〈秋〉」の原詩「客亭」、28「雲月逓微明〈秋〉」の原詩「宿二青草湖一」（巻一九）、29「入レ簾残月影〈秋〉」の原詩「客夜」（巻九）、33「人遠鳧鴨乱〈冬〉」の原詩「通泉駅南去二通泉県一十五里山水作」（巻九）は、いずれも流浪・漂泊生活を詠んでいる。

杜甫が五山禅僧に重んじられたことは周知であるが、禅林外への波及については、例えば本句題和歌より五十年前、文安三年（一四四六）『詩歌合』の一条兼良による一番判詞に「昔は元白が体をならひ侍りぬ。いまの代に詩をまなびんともがらは、唐の李杜、宋の蘇黄をこひねがはん」とある記述からも知られる。杜甫重視の理由の一つとして、芳賀幸四郎氏は、応仁の乱による京の焦土化と人心の荒廃、知識人の流離といった状況が、杜甫への傾斜を生んだ一契機となったと述べる(12)。その傾向は、禅林外の公家にとっても同様であったと推測され、本句題和歌の句題が戦乱・流浪・漂泊を詠じた原詩から少なからず取られているということは、やはり杜甫の詩に詠まれた戦乱や流離の苦しみに対して、題を選んだ後柏原天皇も関心が高かったことを示していると考えられる。但し、句題和歌の句題として用いるに当たっては、和歌的な美意識や伝統の上から選択された詩句のみが句題として用いられているのである。杜甫が和歌に受容された明確な例として、本句題和歌は注目されるが、和歌に受容するに当たっては、杜甫の特徴である沈鬱悲壮な人生苦は払拭されているという側面があるのである。

四

室町時代の句題和歌の中で、永正三年五月四日に催された杜甫句題五十首を取り上げ、句題の撰題意識を中心に検討してきた。句題和歌という形式に注目し、句題和歌の歴史の上から見ると一つのピークを為しているのがこの永正年間前半であることは、本稿の最初で述べた。それでは、以後新たな句題が編立され、句題和歌は和歌御会の歌題として定着したであろうか。以後の和歌御会で句題が用いられるのは、天文三年（一五三四）七月七日の七夕御会に「今宵織女渡二天河一」（『新撰朗詠集』秋・七夕194、千里『句題和歌』40）が見え、また年次不詳であるが、「二星適逢未レ叙二別緒依々之恨一」（『和漢朗詠集』秋・七夕213、隆房『朗詠百首』秋部21）題で詠まれた歌が、実隆の『雪玉集』に「程なくやあまの河なみとし〴〵のおなじうらみに立かへるらん」（980）と収められている。これも七夕御会で詠まれたものと推測される。出典を指摘しうる明らかな句題として、管見に入るのはこの二題であり、またその後、新たに句題が組題として編立されることもなく、御会における句題和歌はそれ以上発展しなかったものと判断できる。

　永正年間前半に注目されたにも関わらず、句題和歌が一時の試みのみで発展しなかったのは何故であろうか。その理由の一つには、特に後柏原天皇勅題の本句題和歌に顕著であったように、句題が原詩の主題や原詩の表現とは切り離されて、単なる題として扱われるという傾向と無関係ではないと考えられる。句題和歌の歴史の上から見ると、最初期の千里『句題和歌』では、和歌は句題の翻案として詠まれており、建保六年「文集百首」に至ると、句題の翻案から句題を歌題として扱い題詠として詠むという、中古的句題和歌から中世的句題和歌への展開がある。[13]句題を題として扱うという中世的句題和歌の在り方は、本句題和歌に至っては、句題に原詩の内容を代表させるのではなく、詩から独立した句題として選ぶという、撰題意識にも深く根差しているのである。

また、この時期に詠まれた句題和歌の句題は、主に五言一句である。平安・鎌倉時代の句題和歌において、七言詩から採択された句題が高い比率を占めていたことを顧みると、これは際だった特徴である。頓阿『句題百首』も全て五言一句であるから、頓阿以降の特徴と位置付けるのが適当であるが、この時代に詠まれた句題和歌――「永正文集百首」「杜甫句題五十首」以外にも、永正七年八月十五日伏見宮家五首歌会、[14]『称名院句題百首』の句題も五言一句である。公条は頓阿『句題百首』の題を用いているから新たな編立ではないが、句題を五言一句に限定する傾向は、やはりこの時代の句題和歌の傾向として指摘しうる。五言一句を題とするのは、句題としては最小の単位を選ぶことで、原詩の表現や主題に左右されにくく、句題を単なる題として扱いやすくなる。漢詩から抜粋した五言一句は、四季・人事に振り分けられ、定数歌の組題として用いられ、原詩よりも、定数歌の配列の上から、歌題として解釈され、和歌に詠み込まれることになるのである。

しかしこうした句題の在り方は、句題和歌そのものの存在意義を稀薄にしがちである。当初は漢詩に近づく形で、もしくは漢詩から摂取する形で始められた句題和歌は、室町時代の五言一句の句題和歌にいたっては、和歌の伝統に添わせる方向で句題が選択され、配列されている。句題が有する漢詩の文脈上における意味内容や主題がほとんど顧みられていないとすれば、単なる五字結題との差異を認めにくい。更には、この時代に用いられた結題の中に、漢詩句に基づいて作られたものを見出すことができる点にも注目される。本間洋一氏の指摘(15)を参照しながら、例として、永正年間までに御会で用いられた四字結題の中で、典拠の漢詩句を指摘しうるものを以下にあげる。ここに挙げる例はおそらく全てではないし、当然遺漏もあり他にも例があることが予想されるが、一端を示すものとして参考にしていただきたい。「↓」の後に典拠と考えられる詩句を示したが、詩句の一部をそのまま用いているものは傍線を、表現を一部改めて用いているものは破線を付し、御会で用いられる以前に先例があるものは「／」以下に記した。白抜きで掲出した題は、『和漢朗詠集』以外に典拠を持つものである。資料は公宴続歌を基礎とし、家集の詞書によって採録したものは、括弧内にその家集と歌番号を示した。また、家集に見える年次不明の題も示した。なお頻出する家集については、略称を用い、ゴシック体とした（『雪玉集』……**雪**、『碧玉集』……**碧**、『柏玉集』……**柏**、『称名院家集』……**称**）。

①柳無㆓気力㆒……宝徳3年4月御会、**雪**261、永正6年9月9日以来内裏着到和歌（**雪**3266・6981、**称**104）、永正14年6月25日御会、永正18年6月25日御会

↓柳無㆓気力㆒条先動　池有㆓波文㆒氷尽開（『和漢朗詠集』春・立春4）

②二星適逢……宝徳3年4月御会、永正6年9月9日以来内裏着到和歌（**雪**3290・7004、**称**540）、永正8年8月25日御会、永正14年6月25日御会、永正18年6月25日御会／『為家集』1833・1928、『白河殿七百首』209、『政範集』128、『為重集』101、『草根集』3432

↓二星適逢　未㆑叙㆓別緒依依之恨㆒　五更将明　頻驚㆓涼風颯颯之声㆒（『和漢朗詠集』秋・七夕213）

③氷消㆓田地㆒……宝徳3年4月御会、永正6年9月9日以来内裏着到和歌（**雪**3260・6975、**称**16）、永正14年6月25日御会、**雪**174

↓氷消二田地一蘆錐短　春入二枝条一柳眼低（『和漢朗詠集』春・梅9）

④露暖梅開……宝徳3年4月御会、永正6年9月9日以来内裏着到和歌（雪3262・6977、称75）、永正14年6月25日御会／『草根集』599（梅開露暖）

↓誰言春色従レ東到　露暖南枝花始開（『和漢朗詠集』春・梅92）

⑤南北梅花……宝徳3年4月御会、永正6年9月9日以来内裏着到和歌（雪3261・6976、称94）、永正14年6月25日御会／『新三井和歌集』17、『雅世集』61

⑥花有二遅速一……宝徳3年5月御会、雪509、『卑懐集』73／『匡房集（異本）』25、『重家集』550、『和歌一字抄』268・269、『隣女集』1030・1031、『持為集Ⅰ』25、『草根集』1287、『拾塵集』75

↓東岸西岸之柳　遅速不レ同　南枝北枝之梅　開落已異（『和漢朗詠集』春・早春11）

⑦盧橘子低……宝徳3年4月御会、永正6年9月9日以来内裏着到和歌（雪3278・6992、称371）、永正14年6月25日御会／『為家集』366

↓盧橘子低山雨重　栟櫚葉戦水風涼（『和漢朗詠集』夏・橘花171）

⑧遊子行レ月……宝徳3年6月御会、永正元年閏3月25日御会（雪1341）

↓佳人尽飾於晨粧　魏宮鐘動　遊子猶行二於残月一　函谷鶏鳴（『和漢朗詠集』雑・暁416）

⑨槿一日栄……永正2年3月3日御会、永正2年8月15夜御会、永正6年4月25日御会、永正8年6月25日御会（柏502）、柏701・703、雪2991／『為家集』506（槿花一日）

↓松樹千年終是朽　槿花一日自為レ栄（『和漢朗詠集』秋・槿291）

⑩花下忘レ帰……永正5年9月9日着到和歌（雪6885）、永正8年8月25日御会、永正12年2月22日御会、柏306、雪

500・3158、**称**192／『後拾遺集』123、『新後撰集』50、『続後拾遺集』105、他多数

↓花下忘レ帰因二美景一　樽前勧レ酔是春風（『和漢朗詠集』春・春興18）

⑪林下幽閑……永正6年6月25日御会／『正徹千首』857、『草根集』8715、『松下集』1342・3106

↓人間栄耀因縁浅　林下幽閑気味深（『和漢朗詠集』雑・閑居617）

⑫澗戸鳥帰……永正6年6月25日御会、『雅康集』335／『為家集』1271、『草根集』8924〜8926

↓山路日落　満レ耳者樵歌牧笛之声　澗戸鳥帰　遮レ眼者竹煙松霧之色（『和漢朗詠集』雑・山家559）

⓭松風入レ琴……永正6年6月25日御会（**称**1401）、永正11年5月25日御会（**雪**2263、**柏**1642・1643、『邦高親王集』105）、永正14年10月25日御会

↓月影臨二秋扇一　松声入二夜琴一（『李嶠百二十詠』風）

⑭往事渺茫……**雪**2473・3045、**柏**1851・2001、**称**1522

↓往事眇茫都似レ夢　旧遊零落半帰レ泉（『和漢朗詠集』雑・懐旧743）

⓯松花十廻……**碧**1073

↓徳是北辰　椿葉之影再改　尊猶南面　松花之色十廻（『新撰朗詠集』雑・帝王615）

例えば⑩が、題詠が一般化する『後拾遺集』時代から用いられていることにも明らかなように、結題の発生当時から朗詠詩句や著名な漢詩文に基づき、それを結題化した題は見られるものである。中でも藤原為家は、『和漢朗詠集』を結題化した和歌を、文永八年（一二七一）に「題自二和漢朗詠一注出」として詠んでいる。[16] 佐藤恒雄氏は為家のこの試みについて、詩句題に対しても結題と同様の方法意識をもって臨んだのが、更に浸透していった軌跡をここにたどることができると指摘している。[17] 為家は「題自二和漢朗詠一注出」と注記することで、

他の歌題とは異なる試みであることを自ら示しているが、掲出した結題は、他の歌題と特に区別されて用いられている形跡も認めがたく、既に一般的な結題と差異があるとは受け取られていないと考えられる。特に『和漢朗詠集』は、題詠の基盤となる本意の形成に大きく寄与したものであったから、結題への利用はなされやすかった。また、そもそも朗詠集から摘句として受容される時点で、原詩における文脈から独立して解釈される傾向が強い。更に結題化されると、結題化された部分のみがエッセンスとして残される。それが和歌に詠まれる際には、原詩との関わりが稀薄になる傾向は、一層強くなることが予測される。朗詠集詩句の結題化は、朗詠集に対する高い関心を背景とする一方で、逆に漢詩句を和歌へと近づけ、骨肉化してゆき、和漢の間の違いを際立たせないようにしようとする意識が強く働いていたのではないかと考えられる。為家が試みたような詩句の結題化が更に一般化し、他の結題と区別されずに用いられるようになる軌跡は、句題が原詩から独立した意味内容で選択され、句題和歌が単なる題詠和歌と区別がなされなくなる軌跡と重なっている。それに従い、わざわざ漢詩句を題として「句題和歌」と銘打って試みる必然性が、稀薄になっていったのではあるまいか。そのため、漢詩集から句題を新たに選んで編題する句題和歌が、その後生み出されなくなったのではないかと推測できるのである。

本句題和歌に見る句題和歌のあり方は、漢詩を和歌に取り込んでゆく過程の中で、漢詩に和歌を近づけるのではなく、漢詩を和歌に近づける方向性を示しており、そこには句題和歌という形式が至った一つの終着点があると考えられるのである。

（1）岩崎佳枝「句題和歌の系譜――三条西実隆から小沢蘆庵へ――」（『和歌文学研究』50、昭和六十年四月）。
（2）稲田利徳「鎌倉・室町期和歌と白氏文集――閑適詩の受容――」（『白居易研究講座　第3巻　日本における受容（韻文篇）』所収、平成五年、勉誠社）。

（3）鈴木健一『近世堂上和歌の研究』（平成八年、汲古書院）第三章「和歌と漢詩」。
（4）公宴続歌研究会編『公宴続歌　本文篇』（平成十二年、和泉書院）の翻刻には誤りが幾つか見られる。また、府本・龍本と照らして、『公宴続歌』の誤写と判断できる箇所もある。研究の基礎となる資料であることを鑑み、以下に指摘しておく。傍線を付した箇所の、正しい本文を線の下に示した。
　翻刻誤り……33人遠島鴨乱—晃、41苔道来不易—苦
　公宴続歌誤写……2流霜分片々—霞、14仲夏苔夜短—苦、26秋窓猶曙途《遅歟》—遅、28雲月遮微明—逓
（5）伊藤敬「『公宴続歌』錯簡・年次考」（『藤女子大学国文学雑誌』67、平成十四年七月）。
（6）嶋中道則「近世堂上和歌と漢文学——句題和歌をめぐって——」（『近世堂上和歌論集』所収、平成元年、明治書院）。
（7）佐藤恒雄『藤原定家研究』（平成十三年、風間書房。以下、佐藤著書と略）第五章第三節「『文集百首』の慈円と定家」。
（8）長谷完治「文集百首の研究（上）」（『梅花女子大学文学部紀要』11、昭和四十九年十一月）、赤羽淑「定家の文集百首（上）」（『ノートルダム清心女子大学紀要（国語・国文学編）』11—1、昭和六十二年三月）。
（9）津田潔「『大江千里集』に於ける白詩の受容について」（『國學院雑誌』80—2、昭和五十四年二月）。
（10）注（2）稲田氏論文。
（11）頓阿『句題百首』48でも用いられている。
（12）芳賀幸四郎歴史論集Ⅲ『中世禅林の学問および文学に関する研究』（昭和五十六年、思文閣出版）第二編第二章第二節「詩集・文集」。
（13）佐藤著書第一章第二節「藤原隆房『朗詠百首』とその意義」。
（14）『雪玉集』1373〜1379、『碧玉集』557〜562に所収。この句題和歌に関しては、別稿で詳しく論じる。
（15）本間洋一『王朝漢文学表現論考』（平成十四年、和泉書院）第四部Ⅱ二「中世和歌の表現層——『和漢朗詠集』の世界から——」。
（16）佐藤恒雄「藤原為家年譜——晩年——」（『中世文学研究』13、昭和六十二年八月）。
（17）注（13）佐藤氏論文。

［付記］　論文中の歌番号は新編国歌大観により、引用した和歌本文は、特に注記しない限り新編国歌大観による。他の本文は、以下のものによった。『実隆公記』…『実隆公記』第四巻（昭和十年、太洋社）、『雪玉集』『再昌草』…私家集大成中世Ⅴ、『宣胤卿記』…増補史料大成『宣胤卿記　二』（昭和四十七年、臨川書店）、『集千家註杜工部詩集』…『集千家註杜

工部詩集』上・下（天理図書館善本叢書漢籍之部三・四、昭和五十六年、八木書店）、『白氏文集』…平岡武夫・今井清編『白氏文集歌詩索引』下冊（平成元年、同朋舎）、『杜詩還翠抄』…大塚光信編・続抄物資料集成　第二巻『杜詩還翠抄（二）』（昭和五十五年、清文堂。底本は両足院蔵本）。

[第二節　物語文学の研究]

枕草子の時空間
──『古今集』摂取の一解釈として──

忠住佳織

一　『枕草子』と『古今集』

○集は　古万葉。古今。（第六六段）

『枕草子』成立から、溯ること約百年、醍醐天皇勅命により撰進されたとされる『古今集』は、その後の数多の作品に多くの影響を与えたが、『枕草子』もその例外ではなかった。

作者清少納言が『古今集』をどのように捉えていたかを示すものに、定子の女房教育訓（「清涼殿の丑寅の隅の」第二一段）のような、定子後宮内での『古今集』摂取がまず挙げられよう。そこには、この定子の場が、単なる『古今集』称揚の場にとどまらず、円融院と道隆、村上帝と女御芳子との挿話を重ね再演することによって、定子後宮が、聖代の御代と交錯する、聖なる空間へと変容することをも含んでいた。事実このエピソードは、単なる定子後宮の或一日の出来事として記録されているだけではなく、この聖なる空間をより鮮やかに演出する「花」

と「光」とを配して、あたかも一条帝をも周縁化するように、座の中心に定子を象る。(1)『枕草子』と『古今集』との関係について、大洋和俊氏は一連の論考において、「枕草子初期章段の典型と思われる二〇段（本稿では二一段／注忠住）は王権接近と同化を古今和歌集歌を以てあきらかにしようとしたものであ(2)」るとし、「定子の座は万葉集から古今集に至る和歌を演出する場、すなわち歌語りの系譜をかたどる場であった(3)」と説く。このように、『古今集』摂取は、定子後宮を王権に近接、同化するものとして定位する上で、非常に有効であった。そして、また「万葉集和歌、古今集和歌の強い影響を認めるならば、中宮定子の不遇時代を描いた「職」及び「職の御曹司」の書き出しをもつ一連の章段群に万葉集や古今集の歌題が頻出することもあらためて注目されるであろう(4)」というように、前期・後期章段群それぞれに配置される『古今集』は、『枕草子』の基底・基盤をなしているといえるだろう。

また、地名類聚章段に列挙される歌枕の数々も、地名の面白さや古歌の影響などと共に、『古今集』詠歌の影響も言及されている。

A〔河は〕飛鳥川。淵瀬も定めなく、いかならむと、あはれなり。（第六〇段）
　世の中はなにか常なるあすか河昨日の淵ぞ今日は瀬になる（雑下・読人不知・933）

B〔河は〕天の川原、「七夕つめに宿からむ」と、業平がよみたるもをかし。（同右）
　狩り暮らしたなばたつめに宿からむ天の河原に我は来にけり（羇旅・在原業平・418）

C〔社は〕ことのままの明神、いとたのもし。「さのみ聞きけむ」とや言はれたまはむと思ふぞ、いとほしき。（第二二七段）
　ねぎごとをさのみ聞きけむ社こそはてはなげきの森となるらめ（誹諧歌・讃岐・1055）

（※歌・歌番号は共に、岩波『新日本古典文学大系』に拠り、表記を適宜私に改めた。以下他の勅撰集も同）

この類聚章段において、地名や物の名や事物が、そのまま項目のみ列挙されている場合には、「読者の教養や常識という共通感覚」(5)に依拠し、提題（例「河は」「木の花は」）の下にあたかも無造作に列挙されるが、その読者の連想の意図からの逸脱が危惧される時、「寸評」という作者の弁明なり、嗜好が加えられる。つまり「寸評」とは、作者の嗜好性が端的に表されているのであり、換言すれば、提題と対象項目の間に横たわる、一般感覚では共感を得られないであろう「ズレ」を、「寸評」という説明によって埋め、提題と対象項目との繋がりを補強する。このように考えると、同じ提題の下に列挙された項目群であっても、「寸評」の有無によって、その提題内の項目群の、作者の嗜好性のバランスは一律ではないと言えるだろう。

このA〜Cの傍線箇所、A「淵瀬も定めなく、いかならむ」、B「「七夕つめに宿からむ」と、業平がよみたる」、C「「さのみ聞きけむ」とや言はれたまはむ」は、後掲の『古今集』のそれぞれの破線箇所に対応すると思われる。Aは飛鳥川の持つ「アス（明日）」という音の響きと、「淵」が「瀬」になるという変化の激しい様子から、不確定さというものが（実際の飛鳥川とは無関係に）飛鳥川のイメージとして付与されたのであり(6)、Bは「業平がよみたる」と四一八番歌を示唆し、Cは「とや言はれたまはむ」と、「ことのままの明神」の名の面白さを、一〇五五番歌を介して示唆していると考えられる。このように、各項目の摘出の根拠を『古今集』に求めていることが「寸評」によって明らかになる。また、他の類聚章段においても(7)、

D 〔見物は〕（賀茂の臨時の祭）泥障いと高ううち鳴らして、「神の社のゆふだすき」とうたひたるは、いとをかし。

（第二〇六段）

ちはやぶる賀茂の社のゆふだすき一日も君をかけぬ日はなし

（恋一・読人不知・487）

E〔見物は〕（祭りのかへさ）男車の誰とも知らぬが後にひきつづきて来るも、ただよりはをかしきに、ひきわかるる所にて、「峰にわかるる」と言ひたるもをかし。（同右）

風吹けば峰にわかるる白雲の絶えてつれなき君が心か（恋二・壬生忠岑・601）

F〔神は〕平野は（中略）斎垣に蔦などのいとおほくかかりて、紅葉の色々ありしも、「秋にはあへず」と、貫之が歌思ひ出でられて、つくづくと久しうこそ立てられしか。（第二六九段）

ちはやぶる神の斎垣にはふ葛も秋にはあへずうつろひにけり（秋下・紀貫之・263）

と、前掲のA～Cの地名類聚章段と同じく、D～Fも「寸評」において、『古今集』が摘出の根拠となっている。

以上のように、提題を柱として事物・事象を列挙する類聚章段で、「寸評」において『古今集』が摘出の根拠であることが言及され、加えて「集は」の段で『古今集』を選択し（前掲第六六段）、他章段においても、『古今集』時代の挿話（「村上の先帝の御時に」第一七五段、「みあれの宣旨の」第一七六段）を選択していることがうかがえる。

このように、『古今集』は『枕草子』の中で、積極的に選択・摂取され、「寸評」が示唆するように、作者の嗜好性として提示されている。

しかし、『枕草子』における『古今集』摂取を、聖代の御世の復古、後期章段群における作者の意識的操作と考えるのは、消極的すぎはしないだろうか。それらは結果としての解釈であって、より積極的に『古今集』摂取を『枕草子』の中の表現研究へと解釈できないだろうか。『古今集』を盛儀や、王権のレガリアとして用いているのではなく、『枕草子』が『古今集』というツールを選択したのであれば、どう用いられ、また用いているのだろうか。以下、『枕草子』における『古今集』摂取を積極的に解釈してみたい。

二 「みやこ」と『古今集』

「みやこ」とは、第一義に「天子の居所や中央政府のあるみやこ」（『日本国語大辞典 第二版』）であるが、しかし、文学作品内における「みやこ」と呼ばれるその空間は、より多様かつ固有の空間を意味するように思われる。後に詳しく触れることとしたいが、それは、各作品における「みやこ」という空間が、地域的外延に規定されるものではないことを指す。これは、作品それぞれが持つ「みやこ」が、単に「天子の居所や中央政府のあるみやこ」、いわゆる平安京、内裏をのみ指すものではないということになるだろう。翻れば、各作品特有の「みやこ」があるといえ、その規定が作品の基底となり、「みやこ」を中心（あるいは周縁）として、物語が織り成されていくのであろう。

しかし、この「みやこ」とは、京内に在って用いられる言葉ではない。京外に在って初めて「みやこ」と形容されるのであって、それは、小町谷照彦氏が説かれるように、「花の都」「月の都」と、都の外から眺め、羨望、美称されるものである(8)。

更に、今西祐一郎氏の言葉を借りれば、「みやこ」と「京（きょう）」とは区別されるものであり、「平安京に対する遠近法（地理的な遠近のみでなく、心理的なそれをも含めて）が、「みやこ」と「京」の使い分けに関わっているらし」く、「平安京の外がまったく意識されることのない状況にあっては、「みやこ」はもとより「京」という語すら口の端に掛かり筆の先に触れることはない」のであって、「もはや二度と帰らぬ、帰れぬ場所として平安京のことを口にするとき用いられるのが、「みやこ」という語であ」り、「平安京はつねに「みやこ」でなければならず、「みやこ」だからこそ模倣の対象となる」という。さらに、「みやこ」とは、主体の「心情の表現やそれに類する叙述」などに用いるもので、「京」とは、「客観的な状況の説明」において用いられるという。[9]

即ち「みやこ」とは、主体における絶対的中心を指すものであり、その中心性は強く排他性（対「鄙」）を有し、主体が周縁（「鄙」）に位置する場合において、強く求心的な力を持つと考えられる。この「みやこ」に対比するものが、「鄙」であり、地理的空間で換言すると、平安京が「みやこ」であるならば、それ以外が「鄙」であろう。

次章では、『枕草子』における『古今集』摂取に注目し、その摂取の作用、影響を考察すると同時に、『枕草子』において「みやこ」がどう規定されているのか、ということを考えてみたい。

三　「みやこ」の時空

夙に高木市之助氏は、平安朝文学の環境における「みやこ」を、第一に固定的・限定的であり、第二に作為的であるとされる。[10]

この第一の固定的・限定的「みやこ」とは、平城京が幾年にも渡り大和の地で固定化されたように見えるが、その実、恭仁京、難波京と流動的に、政権の推移と共に遷都が行われた。しかし、これとは対照的に、先代の遷都の理由であった諸氏族間の対立が、藤原一氏への帰一という政治的安定、平安遷都を支えた旧豪族秦氏衰退という経済的困難などにより、平安京では遷都自体が困難となり、山城の国に「みやこ」が固定、限定化されることとなったことを表す。

また第二の作為的「みやこ」とは、日本の都城が、長安や洛陽の都制を模した都城設営であっても、平安京は先行の諸都城に比べ、四方の山々を寺社の建立で彩り、庭園や植樹によって都市を自然の中へ、自然を都市の中へと浸潤した。この両者の浸潤・融合が非常に作為的であり、また都城設営において非常に有効的であることをいう。

そして、氏は「平安朝の和歌や物語における季節感は、彼らの自然感情が自然に深まっていったとか複雑化していったとか解するにはあまりに煩瑣であり濃厚であって、この点少々変態であるように考えられる。同じく自然を愛するにしても、あまりにも四季の変遷といったような側面にのみ夢中でありすぎるように考えられ」、そして「彼らのありあまる能力はこの地域的に縮小された彼らの環境をなんらかの形において取りもどさなければならなかった。それがすなわち「みやこ」のもつ極端に鋭敏な季節性ではなかったか」として、年中行事についても、「平安朝文学の環境が作為された自然であり同時に自然化された都城なる「みやこ」であるがために、作者（和歌の詠者／注忠住）はこうした環境の規定を受けて、その自然的景観に人事的な行事を配する型を習熟してきたのである」と説かれた[11]（※引用箇所内の破線部／忠住・以下同）。

これを受けて秋山虔氏が、この時期が荘園制の転換期に当たり、平安京が「生産から遊離した消費的な貴族集団の跼蹐する小天地」に変じ、更に万葉歌からの連関についても、「物理的自然との即融、いいかえればそのなかに自然を抱くと同時に、自然のなかに抱かれる人間であることから、人間と自然との分離に対応して観念のなかに、いわゆる見立ての論理において自然を領有するほかないという道筋であるとはいえるだろう」と高木氏の論に補足された[12]。そしてこの秋山氏の「見立ての論理」を受けて、更に高田祐彦氏は、『古今集』歌における「見立て」を、「みやこ」における空間と時間（季節）の秩序によって支えられるものとして捉え、「見立て」による物と物、物と心との関係性が、鍛えられた観念性という、ことばによる新しい関係を築いたと説く[13]。

この高木氏の「「みやこ」のもつ極端に鋭敏な季節性」、つまり作為的に創造された季節性は、後述の高田氏の説く、「みやこ」という空間において作為された、時間（季節）の秩序の成立、と言を和らげられようか。

この時間（季節）の秩序の成立とはどういうことだろうか。人々が、四季の移ろいを感じることそれ自体は、

　秋立日、よめる　　藤原敏行朝臣

秋きぬと目にはさやかに見えねども風の音にぞ驚かれぬる　（古今・秋上・169）

　寛平御時、古き歌奉れ、と仰せられければ、竜田河もみぢ葉流る
といふ歌を書きて、その同じ心に、よめりける　　興風

深山より落ちくる水の色見てぞ秋はかぎりと思しりぬる　（古今・秋下・310）

のように、人々が視覚的〔水の色／310〕に体感的に〔風の音／169〕感じ取ることでもあるが、時間（季節）の秩序の成立とは、次の『古今集』冒頭歌、

　旧年に春立ちける日、よめる　　在原元方

年の内に春は来にけりひととせを去年とやいはむ今年とやいはん　（古今・春上・1）

に代表されるように、「みやこ」という人々の生活空間に、「暦」という時間概念を持ち込み、自然と照らし合わせる方法であった。また糸井通浩氏が、この元方歌を「こと」を通して一般的・普遍的な理法（もの）＝「ことわり」を詠んだ歌であるとして、「殊に古今集の表現世界は、「もの」を志向した、「ことわり」を探究した表現世界であったとはいえないだろうか」と説かれている[14]。

　この「暦」で測る季節概念は、その後の貴族文化の柱ともなった。「季」にも「折」にも合わないことは、無風流の典型であり、「みやこ」が文化の中心として「雅」を内包した人々の理念の都である以上、それは「非—みやこ」として扱われる。ちなみに、ここで筆者のいう「非—みやこ」と「鄙」の違いとは、「鄙」が、文化的・距離的・物質的に「みやこ」から隔たった対象であり、その中でも特に距離的・物質的なことを指してそう呼ぶ

のに対し、「非―みやこ」は、距離的には僅差であっても（換言すれば「みやこ」内であっても）、特に文化的に「みやこ」から隔たった対象であることを指して呼ぶ。

そしてこの「暦」で測る、すなわち一律の尺度によって測られる季節概念とは、「季」と「時間」の類型化という、文化のかたちが人々を規定するものであった。つまり、「春の網代、三、四月の紅梅の衣」（「すさまじきもの」第二三段）というように、人々は、自身が創り上げた季節（時間）概念と言うものに縛られ、絡めとられることとなる。

四　『枕草子』の時空

枕草子は、時間の連続性が乏しいと言われる。事実、章段群を概観しても、日記、随想章段の一部に、断片断片としての時間の断章の紡ぎ合わせは散見されるが、全章段を通した時間の連続性ということに関しては、容認し難いものだと言える。しかし翻ればこれは、『枕草子』は時間の瞬間を裁断する詩的手法を選択したといえるのではないだろうか。

『枕草子』において、「時間」を考える上で、次の章段が一つの示唆を与えてくれる。

G　ただ過ぎに過ぐるもの　帆かけたる舟。人の齢。春、夏、秋、冬。（第二四二段）

この「ただ……に……」の形は、『枕草子』中十二例見られる。ここでその用例を提示することはしないが、この「ただ……に……」は、動詞の連用形を名詞格として、助詞「に」を続け、下の用言の副詞句となり、「ただ」を冠することによってその程度を強めているのである。そこから、「ただ……に……」という表現には、「ただ」によって程度の強調表現となると共に、「……に……」という動詞の反復から、一連の動作の連続性と、さらに反復表現がもたらす強調効果が含まれ、その動作が一回のみでなく繰り返し行われていることが分かる。この動詞の反復表現による強調性と連続性は、途絶えること無く繰り返し行われる、円環的構造をもたらしている。

以上をふまえると、前述G「ただ過ぎに過ぐるもの」(第二四二段)とは、「過ぐ」の強調と連続性とを示し、列挙された「帆かけたる舟」、「人の齢」、「春、夏、秋、冬」は、「ただ過ぎに過ぐるもの」という、「過ぐ」の強調と連続性を捉える際の、作者の嗜好性の代表であると考えられる。帆を立て風を受けて疾走する舟が、みるみる内に眼前から消え去っていく、もしくは海上を進んでいくという「帆かけたる舟」と、加齢という年齢の積み重ねという「人の齢」と共に、「春、夏、秋、冬」が挙げられることに、ここでは注目したい。

この「春、夏、秋、冬」が、「過ぐ」の強調・連続性として捉えられるのは、四季の移ろいが、一連の連続した時間の中において、足早に過ぎ去っていってしまうものであると解せるだろうか。更に、「春、夏、秋、冬」とそれぞれの季を個々に列挙していることにも注目したい。これは「春」、「夏」、「秋」、「冬」とも解せられ、個々の季の中においても、初春、仲春、晩春と、連続しかつ変化する時間が流れている。その連続した一つの季の、また四つの連続により、一年の季として成立する。ここで、前述第三章の『古今集』における時間(季節)観念の成立ということに立ち返ってみたい。

「みやこ」という空間が決定し、固定化・限定化されることにより、時間―季節へと人々の関心が移り、「みやこ」の秩序となる時間(季節)概念を生んだ。しかし従来、「春、夏、秋、冬」とは「過ぎに過ぐるもの」のように、ただ足早に過ぎ去ってしまうものであった。それを、「暦」という「作為された」概念で区切れば、すなわち『古今集』の四季歌における時間(季節)概念に基づけば、大別して四分類される、断続した時間(季節)概念が完成するのであった。ここでいう「断続した時間(季節)概念」とは、時間を裁断・細分化した瞬間の一コマ一コマというわけではなく、観念的に括られた「時間」、つまりは「春」と選び取られた「時間」、「秋」と選び取られた「時間」という四季歌の部立てという観念的な「時間（季節）概念」のことを指す。つまり、『古今集』の四季の部の歌群は、景物と共に時の推移に従って配列されており、それら四季歌はそれぞれ互いに浸透しあう形で配列されている為、季節が個々に孤立することなく、連続性を保ち一年の時の流れとして円環的構造を説く、『古今集』における「時の推移の連続性」[15]について、異論を挟むものではない。

話が大きく迂回したようだが、ここで改めて捉えておきたいことは、『枕草子』が、非連続の時間の断章としてあることである。その上で、「ただ過ぎに過ぐるもの」と、時間の連続性を表す章段が挙げられているのは、連続と非連続を考察する上で重要な意味を持つものであると考えるのであるが、その『枕草子』の時間の裁断方法について、「自然」観と共に少し触れてみたいと考える。

『古今集』表現世界の中の「自然」について、高橋文二氏は、「ひさかたの光のどけき春の日にしづ心なく花の散るらむ」（春下・紀友則・84）を例に挙げ、友則歌に収められる「光」「春の日」「花」は、何も具体的な固有物ではなく、それはごく一般的、抽象的なものであって、人の思いに縁取られ、想念の秩序のうちに整然と組み込まれた「人為的な自然」なのであるとした上で、「多くの『古今集』歌の中に歌われている自然は、観念的、抽象的で人事に奉仕するものとして位置付けられているように思われる」と説く。さらに氏は、『古今集』の四季は、静止的・整序的な機構のうちではなく、「見立て」によって観念化され、人の思いと重ねずらされることにより、その流れる時間をも停滞、逆戻りするという時空の内での、人間化された自然であると示唆する。そして、「生《なま》のままの自然」に対する「人為的な「自然」」は、「見立て」によって、推移する時間をも凌駕し、「見立て」によって創造される人為の永遠を謳歌する如き状態であるとされる[16]。

この『古今集』の自然は、『枕草子』の自然観と重ね合わされる。

H　春はあけぼの。やうやうしろくなりゆく山ぎは、すこしあかりて、紫だちたる雲のほそくたなびきたる。（第一段）

ここでは、『枕草子』の表現世界の中での「春」が選び取られている。昼の陽光のうららかな時でもなく、夜の冷ややかな闇でもなく、「あけぼの」が選び取られ、京の東山に位置する某山ではなく、抽象化された「やうやうしろくなりゆく山ぎは」や「紫だちたる雲」が配された、観念の世界の「春」が登場する。それは、以下「夏は夜」「秋は夕暮れ」「冬はつとめて」と続くのである。(17)

また、この選ばれた時間というものには、「をり」という時間がある。

I　ころは、正月、三月、四月、五月、七、八、九月、十一、十二月、すべてをりにつけつつ、一年ながらをかし。（第二段）

このように、単にそれぞれの季節が「をかし」というのではなく、「をり」すなわち久保木哲夫氏の言を借りれば、「晴の場」(18)に即して、その季節美を「をかし」とする。それは、「をり」という特定の時間の採択であり、先の「過ぎに過ぐるもの」に表されるような連続した時間ではなく、選び取られた断章の時間の採択であって、『枕草子』の時間の非連続性と共に、『古今集』的、つまり「をり（折）」という「みやこ」的時間（季節）概念の秩序を基底として、この章段が構成されているといえよう。

五　「中心」という空間、「境界」という空間

J　すさまじきもの。（中略）人の国よりおこせたる文の物なき。京のをもさここそ思ふらめ、されど、それはゆか

しき事どもをも書きあつめ、世にある事などをも聞けばいとよし。（第二二三段）

「すさまじきもの」すなわち興ざめなものとして、季節外れや、期待外れなものと並んで、地方からの土産の無い文を挙げる。ここでは、「京の〈文〉」、すなわち清少納言を含む中央に起居する者たちからの情報が選択され、「京」の存在の優越性が誇示されている。そこには、「人の国」の情報は「物」が付いて初めて「京」の情報と等価になり得る（いや等価にはなり得ないのであろうが）という、「京」以外に対する強い排他的な感情が表れており、「中央」から「周縁」へと一方的に向う――「周縁」から「中央」へのベクトルは排除されている――志向のベクトルが見て取れる。この「中央」からの一方的な志向性は、更に、言辞の違いについても、

K　同じことなれども聞き耳ことなるもの。法師のことば。男のことば。女のことば。下衆のことばには、かならず文字あまりたり。（第四段）

と、それぞれのコミュニティにおける言辞の違いはあれど、「下衆のことば」については、「かならず文字あまりたり」と、「中央」への志向性――「中央」に位置する者は「文字あまり」がないと言い換えられる――が働いている。

L　時奏するいみじうをかし。いみじう寒き夜中ばかりなど、こほこほとこほめき、沓すり来て、弦打ち鳴らして「何の某。時丑三つ、子四つ」など、はるかなる声に言ひて、時の杭さす音など、いみじうをかし。「子九つ、丑八つ」などぞ里びたる人は言ふ。すべて、何も何も、ただ四つのみぞ杭にはさしける。（第二七二段）

解しにくい点の残るこの章段ではあるが、宮中での官人の時奏に対して、里人の時刻の言辞とが違うことを表しているのであろうか。ここでは、「下衆」や「里人」という「中央」に位置しない「周縁」空間に位置する者は、（あくまでも「中央」の論理と照らしあえば）その言辞までもが変容していることを物語っている。

この「中央」の論理に反する言辞については、その他に、大進生昌の「うはおそひ」「ちうせい」(第六段)、方弘の奇妙な言い訳(第一〇四段)、常陸介の卑猥歌(第八三段)なども挙げられ、これらはみな「をこ」として道化の位置を与えられているだけでなく、「非—みやこ」的存在としても捉えられ得るといえる。

この常陸介は、定子と清少納言の雪山の賭け、いわゆる「雪山消長章段」(第八三段)に登場し、冒頭より雪山の周辺をコミカルにまたシニカルに演出する。この常陸介とは、「尼」という、出家したとはいうものの俗世間の間をさすらう「境界」に位置し、内裏内ではありながら、誰でもが行き来できる内と外との「境界」で行動する。

この「境界」に位置し、行動する「境界」人・常陸介を、三田村雅子氏は〈ソト〉に属する、排除される存在として「荒海の障子の手長・足長」「すけただ」と共に規定し、「笑ひ憎まれ」る「道化」の存在として、〈ウチ〉へと取り込まれる過程を、『枕草子』の章段構造——排除・模倣・再演——から説かれる。(19) この宮廷的美学を称揚し、周縁的な「非—みやこ」の存在を蔑視・排除する作者のまなざしは、そのまま、自身が一条帝と定子とに笑われ、道化を演じる(演じてしまった)作者自身にも鋭く跳ね返っている。

この「常陸介」をはじめとする「非—みやこ」的存在、すなわち「周縁」の存在は、定子や女房たちから「笑ひ憎まれ」るという〈昇華〉を経て、ようやく定子や女房たちの話題へと上る、彼女達の領域〈ウチ〉へと内包される。

また、後期章段の大部分をしめる「職の御曹司」章段の、「職の御曹司」とは、内裏の中にあって内裏でなく、「母屋は鬼あり」(第七四段)と言われる「境界」空間であった。しかし一方で、「夜も昼も殿上人の絶ゆるをりなし。上達部までまゐりたまふに、おぼろけにいそぐ事なきは、かならずまゐりたまふ」(第七四段)と、この「境界」空間において、内裏内の「中心」的文化サロンを担っていたことは、「周縁」に位置する職の御曹司が、「中心」的位置へと逆転したことを表しているといえよう。

『古今集』において、前代には見られなかった「山里」という「境界」認識が生まれるのも、先の「みやこ」概念とあわせ、「境界」として捉えるならば興味深いものであるといえよう。「周縁」に位置し、「中央」の「みやこ」と対比すれば、排除されるべき「境界」のこの空間が、選び取られ詠まれた、つまり『古今集』という規範の〈ウチ〉へと内包されたといえる。

しかし、この「山里」とは、源融をはじめとする多くの貴族たちの別業・山荘の地であり、公任歌に代表されるように、

北白河の山庄に花のおもしろく咲きて侍けるを見に、人〳〵まうで来たりければ

春来てぞ人も訪ひける山里は花こそ宿の主なりけれ　（拾遺・雑春・公任・1015）

と、花や紅葉を代表する風雅の場、風流人の場であり、後に『後拾遺集』から「山家」「山寺」と共に詠まれ、草庵への憧憬が「山里」への憧憬と重ね合わせられ、『千載集』以降修行者の信仰の場として「山里」は変容する(20)。さらには、

男の来むとて来ざりければ、　読み人知らず

山里の真木の板戸も鎖さざりきたのめし人を待ちし宵より　（後撰・恋一・五八九）

というように、（男の訪れがない、もしくは稀な）自分の住まいを「山里」とも譬えるのであって、実際の距離的な隔たりを持つ、人里離れた山間をのみ指す訳ではない。

しかし、歌に詠まれる「山里」とは、『古今集』にみるように、

見る人もなき山里のさくらばなほかのちりなんのちぞさかまし　（春上・伊勢・68）
ひぐらしのなく山里の夕暮れは風よりほかに訪ふ人もなし　（秋上・読人不知・205）
山里は冬ぞさびしさまさりける人目も草もかれぬと思へば　（冬・源宗于朝臣・315）
白雪のふりてつもれる山里は住む人さへや思ひ消ゆらむ　（冬・壬生忠岑・328）

というように、権勢を離れた人々が都を離れてひっそりと隠れ籠もる場所というような固定化された印象を持つ。ここでは、「見る人もなき」、「訪ふ人もな」い、「人目もかれ」た山里とは、人の「思ひ」までも消えてしまうような、「人」がその活動を停止させた「山里」時間――非「みやこ」支配時間――が流れると捉えられている。

しかしここで、浦嶋子譚に挙げられるような「異郷」として、山里に人間世界の非支配時間が流れていると言いたい訳ではない。「山里」時間とは、「みやこ」の作為的秩序時間が適応されない、「境界」空間であると考えるのである。

『枕草子』は、『古今集』に創り上げられた、非連続の時間の断章と、「境界」を持つことによって、排除の対象までをも〈ウチ〉へと取り込み、融和し織りなされたものである。そしてその大部分を、職の御曹司という「境界」空間において語り、その「境界」空間は、文化的「中心」的位置へと変容可能であることも示唆した。『古今集』で選び取られた「山里」という概念は、『枕草子』での「職の御曹司」を連想させる。ひっそりと侘び人が住まう、「周縁」に位置する筈の「境界」の場は、風雅と教養人を惹きつける風流の場でもあった。殿上人が多く集うこの空間は、「周縁」に位置しながらも、内裏内の文化的「中心」サロン、つまり「みやこ」を担っていた。

『枕草子』における「みやこ」とは、定子を中心とする場であり、それは「職の御曹司」という「境界」に位置してもなお、変容することはないのであった。『古今集』が「山里」という空間を選び取ったように、『枕草子』

は積極的に「職の御曹司」という場を描き続けた。それは、この空間が「境界」に位置しながらも「周縁」ではなく、「中心」となり得ることを多く物語っている。

山里は物のわびしき事こそあれ世の憂きよりは住みよかりけり　（雑下・読人不知・944）

この九四四番歌は、『古今集』山里歌全七首の内の一首で、「山里」に位置する者の「みやこ」への愛惜と自嘲を詠んだものだが、その「中心」と「周縁」の位置関係は、必ずしも固定的ではないことを、『枕草子』は問い掛けているように思える。

六　おわりに

文学において、「空間上の特徴と時間上の特徴とは、意味をもつ具体的な全体の中で融合する。（中略）空間は、時間によって意味付けられ計測される」と、小説の中の時空のクロノトポスが説かれる。[21]

『枕草子』は単なる表象、王権のレガリアとしてのみ、『古今集』を摂取したのではない。平安朝という時代の中で生まれた『古今集』の作為的秩序の中の断章の時間を、深層のクロノスとして、定子という「中心」――「みやこ」――を、「職の御曹司」という「境界」空間から眺める視座を持って、トポスとして交差させたとき、この詩的「時間」と詩的「空間」との融合は『枕草子』というクロノトポスの現出となったと考える。

さらに、言を進めるならば、

年老いて、人にも知られで、こもりゐたるをたづねいでたれば
とふ人にありとはえこそいひいでね我やは我と驚かれつゝ

この歌は萩谷朴氏の解説によると、宮仕えを退いた後、亡父元輔の桂山荘の隣地に隠棲していた長保四、五年

頃の詠作であるかとされ、一説に赤染衛門が清少納言の寓居を訪れた際に、居留守を使って衛門との対面を避けた際の独詠かとも推定される。(22)

（こうしてわざわざ）訪ねて下さる方にも、「私はここにいます」とは、とても取次ぎさせかねます。（こうしている近頃の）私は私自身で「本当にこれが私なのだろうか」と、はっと気付かされることが多いものですから。

「人にも知られ」ない侘び住まいに一人佇む彼女は、「我やは我」と自問自答する。かつての「私」と、現在の「私」の間を彼女は一人揺れ動き、「あり」とも言葉に出すことが出来ずにいる。

定子で象られた空間を失った今、同時に「みやこ」の作為的秩序時間をも喪失し、『枕草子』というクロノトポスは過去のものとなり、「雪ふるさと」という「境界」空間で、「我やは我」と自問しながら、「ただ過ぎに過ぐる」時間の中へと、その身を置いたのではないだろうか。

※『枕草子』の本文、章段数は、小学館『新日本古典文学全集　枕草子』に拠る。

（1）第二一段に関して、河添房江「枕草子の喩」（『国文学』第三三巻第五号・昭和六十三年四月号・学燈社、後『源氏物語の喩と王権』平成四年・有精堂、『源氏物語表現史　喩と王権の位相』所収、平成十年・翰林書房）、三田村雅子「枕草子の視線構造——見る／見られる／見せる」（『日本文学史を読む2』平成三年・有精堂、後『枕草子　表現の論理』所収、平成七年・有精堂、改稿）参照。

他中関白家盛時章段として、三田村雅子「枕草子の表現構造——「日ざし」と宮仕え賛美と——」（『中古文学』昭和五十五年）、田畑千恵子「枕草子日記的章段の方法——中関白家盛時の記事をめぐって——」（『中古文学』昭和六十一年）、江寺真「『枕草子』日記回想章段の〈光〉と〈影〉——「淑景舎、東宮にまゐりたまふほどの」の段をめぐって——」（『日本文学論集』第二五号・平成元年）など参照。

（2）大洋和俊「枕草子の表現史——王権と古今和歌集受容をめぐって——」（『野洲国文』四二号・昭和六十三年）。

さらに大洋氏は、この論考において後期章段群と共に考察され、詠歌忌避発言に伴う「下蕨」歌を、「王権の具としての和歌観と中宮、清少納言のあり方が変質をきたしていることを示すものに他ならないであろう。」と、後期章段群における『枕草子』内の和歌観の変容を示唆されている。

大洋氏の和歌からのずれ、逸脱、王権、歌がたりの視点は、同「枕草子の方法──和歌からの逸脱──」(『國學院雑誌』第八七巻第八号・昭和六十一年)、「清少納言と和歌──日記的章段の位相──」(『日本文学』第三七巻第五号・昭和六十三年)、「枕草子の表現と定子後宮」(『日本文学』第三九巻第九号・平成二年)など多くの論考によって説かれている。

(3) 大洋和俊「枕草子と和歌の機能──「職の御曹司」章段群の特質──」(『静岡英和女学院短期大学紀要』三二巻・平成十二年)。

(4) 大洋和俊「枕草子類聚的章段の時空と歌の計脈」(『静岡英和女学院短期大学紀要』二二巻・平成二年)。

(5) 三田村雅子「枕草子類聚章段の性格──「名」と「名」を背くもの──」(『平安朝文学研究』第二号・昭和五十八年十月、後「〈名〉と〈名〉を背くもの──「〜は」章段の性格──」『枕草子 表現の論理』所収、平成七年二月・有精堂)。

(6) 拙稿「枕草子と歌枕「飛鳥川」──淵瀬の変遷過程を経て──」(『國文學論叢』第四八輯・平成十五年)。

(7) 同じく他章段として

○八月つごもり、太秦に詣づとて見れば、(中略)「さ苗取りしか、いつの間に」まことに、さいつごろ、賀茂へ詣づとて見しが、あはれにもなりにけるかな(第二一一段)

昨日こそさ苗取りしかいつのまに稲葉そよぎて秋風のふく(秋上・読人しらず・172)

○また、業平の中将のもとに母の皇女の、「いよいよ見まく」とのたまへる、いみじうあはれにをかし(第二八九段)

老いぬればさらぬ別れもありといへばいよいよ見まくほしき君哉(雑上・900)

も挙げられる。

(8) 小町谷照彦「和歌的幻像の追及──能因法師論ノート──」(『日本文学』第一九巻第七号・昭和四十五年)。

(9) 今西祐一郎「「みやこ」と「京」──平安京の遠近法──」(『新日本古典文学大系 源氏物語二』解説所収)、この「みやこ」と「京」に関して、後述注(10)において高田氏は、「すなわち、「京」は、他の地域や国々との対の関係を前提にして、地理的に捉えられた場所そのものであるのに対して、「都」は、国の中心としてのさまざまな制度や文化を備えた人々の生活する空間という意味合いが強い」と説かれる。その他、小町谷照彦「都」(『国文学』第二八巻第一六号・昭和五十八年・学燈社)、高田祐彦「京」「都」(『王朝語辞典』平成十二年・東京大学出版会)参照。

(10) 高木市之助「中世文学 その一」(『日本文学の環境』昭和十三年、河出書房、後『高木市之助全集』所収、昭和五十一年・講談社）。

(11) 前掲注(10)。

(12) 秋山虔「平安貴族文学の始発」（『講座日本文学3中古編Ⅰ』昭和四十三年・三省堂）。

(13) 高田祐彦「京の文学古今集——その詩的時空をめぐって——」（『古今和歌集研究集成　第一巻　古今和歌集の生成と本質』平成十六年・風間書房）。

(14) 糸井通浩「古今集の文法」（『古今和歌集研究集成　第二巻　古今和歌集の本文と表現』平成十六年・風間書房）。

(15) 平沢竜介「古今集の時間」（同右）。

(16) 高橋文二「古今集の自然」（同右）。

(17) 『枕草子』における季節を考察したものに、内海ひろえ氏「「枕草子」における季節感」（『日本文学ノート』第七号（通巻第二九号）・昭和五十五年）がある。氏は、「（枕草子の場合は）四季の推移にそって季節を見て行くのではなく、四季の中で一番美しいと感じているところを、刹那的に即物的にとらえているのである」と説く。

(18) 久保木哲夫氏は、「「折」と褻と晴」（『王朝和歌と史的展開』平成九年・笠間書院）において、『枕草子』の「折」の用例を考察されている。

(19) 三田村雅子「枕草子のウチとソト——空間の変容——」（『日本文学講座7』平成元年・大修館、後『枕草子　表現の論理』所収、平成七年・有精堂）。

(20) 小島孝之「「山里」の系譜」（『國語と國文學』通巻第八六四号・平成七年十二月号）。その他、小町谷照彦氏「藤原公任の詠歌についての一考察」（『東京学芸大学紀要』二三号、昭和四十八年二月）、今西祐一郎氏「山里」（『国文学解釈と教材の研究』第二八巻一六号・昭和五十八年）、車田直美氏「山里の風景——『枕草子』「五月ばかりなど山里にありく」の段をめぐって——」（『語文』第八六輯・平成五年）など多くの教示を受けた。

(21) ミハイル・バフチン（『小説の時空間』昭和六十二年・新時代社）。

(22) 『赤染衛門集』に、衛門の歌（次掲）に対して清少納言からの返歌が記されていないことから、二人の対面、応答は無かったとされ、清少納言の「居留守」として「いひいづ」を「取次ぎに挨拶させる」と解される。

元輔がむかしすみけるいへ（ゑ）のかたはらに、清少納言住みしころ、
雪のいみじくふりて、へだてのかきもなくたふれて、みわたされしに、
跡もなく雪ふるさとのあれたるをいづれむかしのかきねとかみる　（『赤染衛門集』37）

さらに、この清少納言歌「とふ人は〜」は、『清少納言集』の所謂「異本」にのみ存し、「流布本」には見えないもの

である。萩谷朴氏は『清少納言全歌集　解釈と評論』（昭六十一年・笠間書院）において、この前後の歌群が宮仕えを退いた後の述懐歌であることは、第一次異本改修者の存在を表すものであるとしながらも、元来の祖本の中から漏れたものであるのか、他歌集から採取されたものであるのかを決するのは難しいとされていることも付け加えておく。

『夜の寝覚』における女君の行為「ふす」

松田美由貴

はじめに

『夜の寝覚』は、

人の世のさまぐ〵なるを見聞きつもるに、なを寝覚の御仲らひばかり、あさからぬ契ながら、世に心づくしなるためしは、ありがたくも有けるかな。(1)(巻一・四五)

という一文から物語が始まる。この冒頭部分で主題提示が行われており、物語は「寝覚の御仲らひ」を描こうとしているのだと従来の研究は言っている。しかし、「寝覚」という言葉ばかりに焦点が当てられることで、「寝覚」の原因である女君と男君の関係、つまり「御仲らひ」の内実が具体的にどのようなものとして描かれているかについての考察がなお十分になされていないのではないだろうか。

そこで、女君と男君とはどのように接していたかを確認してみると、巻五におどろきてみないざりいり給ぬれど、女君は、けざやかに起きあがり、さはやかにうち向かひきこえんことは、なをいとまばゆくて、なやましきにことづけて、顔をひき入て臥い給たるかたはらに（巻五・三六一）

という記述がある。これは遂に男君と女君の関係が世間の知るところとなり、二人の対面を隠す必要が無くなった後の場面である。ここには、今更「けざやかに起きあがり、さはやかにうち向かひきこえんこと」を「なをいとまばゆく」思う女君の心中が描かれており、そこから明らかになるのは、今までは起きあがって対面していなかったこと、あるいは少なくとも女君の自己把握の中では「臥」して対面する関係であったと意識されているということではないだろうか。その上で、女君は今「顔をひき入て臥」すという行為に出るのである。この場面の後、男君が「かばかりにては、ものさはやかにうち起きゐ、かきなでなどしつゝ、やはおはせぬ、見ぐるし」（巻五・三六一）と言うことによって、かえって女君の「ふす」という姿態を浮かび上がらせている。そもそも、「起き」と「ふし」は対となって出てくる語である。起きることを望む男君、臥したい女君の姿が、きわめて対照的に描かれているのだ。

「御仲らひ」に対するこの二人の意識のずれは、一体何を表しているのだろうか。この場面以前の男君訪問時の女君の様子を見てみると、やはり女君が「ふす」という行為に出る場面が多いことに気付く。そもそも「ふす」は、横になって休む(2)という姿態・しぐさを表す語である。また、橋本ゆかり氏は『源氏物語事典』の「臥す」項目(3)で、

「臥す」は他者の視線に背を向け横たわる姿態・しぐさである。「臥す」は階級、性差、年齢によって制約があるわけではない。むしろ、屋敷の奥で几帳や御簾の陰で身を隠して暮らし、いくつもの規範に制約されている女性たちにとっても、自由な姿態・しぐさであった。

と、いくつもの制約を受ける女性にとっては数少ない選択可能な行為であったとしており、それは『夜の寝覚』においても例外ではない。また橋本氏は、女性の「ふす」を、「立つ」や「走る」などのような規範からの逸脱を行うしぐさと比べると、物語を生成する類のしぐさではないとしている。確かに「ふす」行為は女性にも許容される範囲のしぐさであり、「立つ」や「走る」といったしぐさとは、一線を画すべきだろう。しかし、『夜の寝覚』でもその行為が「物語を生成する類のしぐさではない」と言い切ることができるのであろうか。また、『源氏物語』第一部では、女を思う男の独り寝を際だたせる「臥す」の用例が光源氏に多く目立つとも指摘しているが、『夜の寝覚』においてはどうであろうか。

そこで本稿では、女君の「ふす」行為が象徴する意味とは何か、そして「ふす」行為によって導き出される「寝覚の御仲らひ」はどのようなものなのかを捉え直してみたい。

一　「ふす」行為のきっかけ

『夜の寝覚』において「ふす」という語が誰の行為を表すものとして使われているかをまとめると、表1のようになる。

この表から、五十五例中、女君における「ふす」行為は半分を占める二十八例にも上り、女君に集中して用いられていることが確認できる。また女君の「ふす」行為は巻を経るに従って、増加の傾向を見せている。その行為は確かに男君との対面場面でも記述されているが、それだけにはとどまらない。

ではいつから女君は臥せるようになったのだろうか、その行為が初めて確認されるのは次の用例である。

例の中障子のほどによりて聞き給へど、人音もせねば、やをら母屋より通りて聞き給へば、対の君の声にて、

表1 「ふす」語の使用数[4]

	巻一	巻二	巻三	巻四	巻五	小計	合計
女君	3	4	5	7	9	28	55
男君	2	5	2	4		13	
帝			1	1		2	
女君と男君				1		1	
帝が想像する女君				1		1	
男君が想像する女君				1	2	3	
女君と姫君					1	1	
その他	対の君1・雛人形1・父1・お供の人々1・宰相の上1・人々1					6	

「御格子参りて御殿油など参りてよ」といふなれば、ちかく参る人のいざりのきたるほどに、いとよく推はかりて、やをら帳のかたびらをひきあけて、すべりいり給ふを、思ひよるべきことならねば、「対の御方の参給な」と問へば、いらへもせず。たそかれのほどの内暗なるに、たゞうちに入る気色・人がらの、まぎるべくもあらぬを、いとあさましく覚へて、「いなや。こはいかに」と、かいさぐれば、衾押しやりてそひ臥い[A]給に、女君は、あるにもあらず沈みいりてのみ臥し給ひたるに、物もおぼえず、頭ばかりもたげて、対の君をひかへてはなゝき給ふを、ひきはなたれぬ、せんかたなし。（巻一・一〇二）

これは男君侵入事件後[5]、男君が女君の素性を知り、すっかりまいってしまっている女君の元に再度押し入ってくる場面である。男君が女君の側に「そひ臥」す（A）と、「あるにもあらず沈みい」り、「物もおぼえず」というほど、側に臥されることを嫌がり、ひとり「臥」す女君の姿がここにある。そして、「対の君をひかへてはなゝき給ふ」とあるように今の共寝の状況から逃れようとしている。共に添い臥していてもその内実は全く違う。男君は愛情や執着をもって添い臥していても、女君は共寝に対し、ある種の恐怖を感じ、拒絶しようとしているのである。女にとっても選択可能な「ふす」行為は、いとも簡単に男に侵されてしまうのだ。同じ行為でも両者の意味するところは正反対である。同じ「ふす」という行為であるが故に、女君を求める男君と、男君から離れようとする女君の思惑の違いを読み取ることが出来る。

では、今まで「ふす」ことを知らなかった、少なくとも描かれていなかった女君が何故ここで「ふす」行為を行うことになったのだろうか。それは、この場面で対の君に助けを求めていることからもわかるように、女君にとって対の君が信頼のおける人物、絶大な影響力を持つことが重要な鍵になると考えられる。男君侵入事件からこの場面までの間には、次のような記述がある。

あが君、かくな思しいりそ。命だに侍らば、身を捨てても、よに御前の御身にとがあるべくはかまへ侍らじ。いふかひなし、みなこの世のことにも侍らざなれば、たゞさるべき事とおぼしなぐさめて、さりげなくてものせさせ給へ。あまりならば、あやしと人も気色見侍りなむ。（巻一・七四）

対の君は、「みなこの世のことにも侍らざなれば、たゞさるべき事とおぼしなぐさめて、さりげなくてものせさせ給へ」と、女君のこれからの行動を規制したりその基礎を作ったりしている。それは、その後の女君が

「見とがめ給ふ人もや」と、わが心の鬼におそろしくわりなければ、ふし目にのみ思されて、ひとゞ〳〵の見奉り給をいとくるしく思さる。（巻一・九〇）

と、「わが心の鬼」に怯え、人々の視線にさらされることを「いとくるしく」感じていることからも読み取ること

ができる。先程の対の君の言葉の結果、女君は他人の視線を意識しなければならなくなったのだが[6]、その重圧がまず、目（顔）もあげられないような心持ちにさせた。目をふせることで周りの人々を見なくて済む。見ないことで視線が注がれる事実から目を逸らそうと、気付かないようにしているのではないか。

しかし女君は目をふせるのみでは、目を逸らすのみでは良心の呵責を抑えることはできなかった。「ふし目にのみ思され」た直後、女君は次のように思う。

けふは物ごとにあらたまる心地して、わが身もめづらしくおぼえて、かやうなるほどは、琴かきあはせ、何となく思ふ事なかりし、いつなりけん。かたときもたちはなれ給ふは心ぼそくおぼえし殿にも、中納言の上にも、見え奉るは、いとくるしくおぼえなりにたり。したしく使ひなれし人〳〵にも、かげはづかしくて、「いかで人の見ざらん巌の中にも」と思ひなりにたる、わが身ながら我身とはおぼえぬに、ひと〴〵のかはらぬさまに並みゐたるを見わたし給にも、物のみかなしく思さるれば

（巻一・九〇）

姉大君と「琴かきあはせ」た昔を思い出し、自分の身体なのにそうとは思えないほど変わってしまった自分の姿を見られるのが「はづかしく」、人の見ない巌の中にでも隠れてしまいたいと思う。女君は、目だけではない、身体全体を視線から回避させたいのではないだろうか。その結果が、「ふす」身体である。対の君は「さりげなくて」といったのに対して女君が実際に取った行為は今までに描かれていない「ふす」という行為であったのだ。

これまでは「頭ももたげ給はず」であったり「起き上がり見え給ふこともなし」といったように、横になっている様子をはっきりとは語られなかったのに対し、二回目の男君との対面で明確に「ふす」姿態を初めて描くということは注目に値することではないだろうか。物語展開の始めの方では、女君の内面に立ち入って語られることはほとんどない。男君侵入事件が表沙汰になることを避けるため、但馬守の娘になりきることを決めたのは、

女君ではなく女君の後見役である対の君であった。対の君は秘密を知る者の視線をもって女君の代わりに、長南有子氏が言うところの「見て考え行動する人」(7)になるのである。しかしその対の君の、管理不行き届きの避難を回避しようとした発言「さりげなくてものせさせ給へ」という言葉に対して、「ふす」という行為で返したのは女君自身の行動である。それは、男君侵入事件による物思いや罪の意識が起こしたものなのだ。自分の身体を見られることが苦しいという内面の状態が、身体の状態と連動し(8)、対の君の思惑の如何に関わらず「ふす」という行為を行わざるを得なかったのである。意図的に行ったのではないにしろ、ここでの女君の「ふす」行為は男君侵入事件に起因しているということであると同時に、対の君の規制を逸脱する行為でもあったということが確認できるのではないだろうか。

二　「ふす」原因と意味——利用される病のイメージ

人が臥しているとき、私たちは例えば病で横たわるという姿態を思い浮かべてしまうかもしれない。実際、古典文学においては「ふす」行為がそのまま病を想起させる例は少ないのだが、『夜の寝覚』において「ふす」原因を物語に偏在する病に求めることができるのだろうか。女君が石山姫君を出産し、石山を発つ場面を見てみる。

一条殿のあれたる所修理し、はき清め、しつらひて、おぼつかなしと思きこゆる女房たち集まりてまち奉る。道のほど、御気あがりて、いとくるしく思さるれば、ふし給ひぬ。御前にひとぐ〳〵さぶらへど、いまは、心やすくうれしかりけり。（巻二・一三八）

女君は「いとくるしく思」うので「ふし」たとある。気分が悪いため「ふ」すという行為に出た、つまり気分が悪い＝病のために「ふし」ていると読み取ることが可能であろう。同じく病に苦しむ父入道や女一宮の場合と比較検討してみよう。

入道が病でふす例は会話文中で一例のみ見出せる。それが次の、女君の元へ入道がやってくる場面である。

かくいふほどに、三月にもなりぬ。大臣、「のがるまじき命ならば、かはらん」など祈り申給ふつもりにや、御身いとあつく温みいでて、いとくるしくし給ふ程、「ひとところに、われさへかくて臥しぬれば、いとあしかりぬべし。いとうしろめたくいみじかるべけれど、いかゞはせむ。此人え生き給まじきにては、一日にても先だちて、このかなしびにあはずなりなむ。念じ思やうに、この病にかはりぬるにても本意なり」とのたまひて　（巻二・一一九）

高熱で苦しい、という入道の病が描かれている。ここで注目したいのは、「この病にかはりぬるにても」という部分である。入道の病は女君の容態回復を祈り続けたためのものだったのだが、この入道の会話文中で、入道は自分の病は女君の病の「かはり」と考えていることがわかる。そしてそれこそ入道の「本意なり」と、入道自らの口で語られるのだ。しかし、実際の行為として、入道が「ふす」姿態は描かれていない。会話文の中で入道本人が「われさへかくて臥しぬれば」と言ってはいるものの、物語としては語られない行為としてあるのではないだろうか。女一宮もまた、同じく病を背負った女性でありながら「ふす」という行為は記述されない。これは何を意味しているのか。翻ってみれば、本節の始めに取り上げた女君の例は、そもそも病のせいで「ふし」ていると解釈してよかったのだろうか。このことを再検討する必要がありそうである。

帝闖入事件の後、女君を宮中に留めようとする帝からようやく輦車の宣旨を受け、子ども達の元（故老関白邸）へ帰ってきた場面は次のようである。

降り給て、めづらしきにも、督の君の心ぐるしう思いたりつる、いとあはれにうち思ひいできこえ給つゝ、

「わが有さまの、この程にさまぐ\なる事のきこへも、此君だちの思さん心もはづかし」とのみおぼへ給へば、心地の例ならぬにことよせて、はれぐ\しからず御帳のうちに臥い給ぬるに（中略）督の君のかたはらにそひならひ給へりつるに、人すくなに、ありつかぬ心地して、例ならぬ御心地も見すてがたくて、宰相中将の上、わが御方にもかへり給はぬを、（巻四・二六三）

女君は「心地の例ならぬにことよせて」と、気分が悪いことを口実として「ふす」行為を行っている。そして、なぜ女君がふしてしまったのかその原因を病だと解釈し、心配するのは宰相中将の上なのだ。つまり、女君が「ふす」直接の原因は、「心地の例ならぬにことよせて」からわかるように病に焦点があるわけではないのにも関わらず、女房や事情を知らない第三者が、女君は病で苦しいのだ、女君がふしている原因は全て病にあるのだと判断しているということが読み取れるのではないだろうか。

では何故そういう解釈に陥り、容易に受け入れられたのであろうか。それは周りの女房の感想である「例ならず起きゐ給へるをめづらしく」（巻一・九〇）から推察できる。女君が起きあがっている状態が「めづらし」いというのだ。女房にとってはふす姿こそ、女君のいつもの状態だと認識しているのである。なにも女房に限った印象ではない。男君にとっても強く残っている女君の印象はふしている姿なのだ。宰相中将の許しにより男君と女君の対面がかなった場面で、次のように語られている。

いふかひなく臥し給へるかほの、あざく\とめでたきさまは、「月影の、もてなし用意し給へりしは、世のつねなりけり。是をむなしくなしてむ事よ」と思すに（巻二・一二五）

この対面が男君の心にくっきりと焼き付く。かぐや姫のような描かれ方をしていた侵入事件時の女君よりも、今にも消え入りそうな、「ふす」女君のほうが良いというのである。[9] 女君は余命幾ばくもないように見える。たとえ女君がかぐや姫のような理想性を備えていても、それが肉体的強靱さや不死を保証するわけではもちろんない。危うく一命を取り留めたとはいえ、死に至る病のイメージと「ふす」女君の姿は、周りの人物に蔓延したであろう。女君はかぐや姫のような理想性よりも、このように弱々しい、〈ふす女〉として描かれ、その姿が強烈な印象を与えていたために、病のイメージを利用することが可能になったのだ。

気分が悪いことを口実にする、それは今までの、女君が苦しい際に「ふす」という経験が、周りの人物に病というイメージを植え付けたために可能となった方法であった。女君がふしているのに対して、周りの人物たちが病のせいなのだと解したのは、ふしている本当の理由である男君との契りによる物思い及び妊娠が、対の君の他数人の近しい人物しか知らないためであり、つまり、女君が「ふす」とき、周りが勝手に病と勘違いしている（あるいはさせられる）ということであったのだ。そのように考えると、「ふす」行為自体が病を起因とする場合に使われていたわけではないことになる。女一宮や入道が病で苦しんでいる場面に「ふす」行為が描かれない理由も肯ける。女君が積極性をもって行う「ふす」行為は「心地の例ならぬ」状態を体現しているように見せる行為だったのだ。

もちろん口実とはしながらも、女君が「心地の例ならぬ」状態であるのは事実である。では、何のために「心地の例ならぬ」状態を口実として「ふす」という行為に出たのであろうか。あえてこうするからには、ここで「ふす」行為に出るということが、女君にとって都合の良いことでなければならない。また、ふすことの効果を女君は自覚しているはずである。

女君が何故「ふす」行為に出たのか、その理由は実は直前に述べられている。つまり「わが有りさま」の「さまぐ〵なる」ありようを他人がどう見るかと思うと「はづかし」いと女君は思ったので、ふせたのだ。自分に降りかかった根も葉もない噂が、元夫である故老関白の二人の娘にどんな風に思われているのか、恥ずかしく、「ふす」という行為に出ることで逃げようとしている。言い方を変えれば、二人の視線を意識し、〈周りの人物が解釈する自己〉を知らされるのを恐れていたのではないだろうか。前節で述べた、厳に隠れたいという思いと同様、やはり「ふす」という行為で姿を見られないように、視線を回避しようとする意志が表れている。[10]

このように見てくると、女君は〈ふす女〉として築いた「病というイメージ」を利用して、「ふす」行為をむしろ積極的に病に収斂させようとする姿が浮かび上がった。[11]それは女君にとって、自身の内面の平穏を得るための行為であったと言える。石山の姫君を出産し、石山を発つ場面でも「心やすく」と描かれ、「ふす」行為と連動しつつ女君の内面の平穏さが描かれている点に注意したい。男君侵入事件により起こった物思いによる「ふす」行為は、女性でも選択可能な姿態をより女君のものとする行為となったと言えるのではないだろうか。

三　記憶を抱く行為としての「ふす」——そのセクシャルな要素

前節では、病という観点から「ふす」を考察してきたが、それは視線や第三者の解釈と密接な行為であった。しかし、それでは説明のつかない「ふす」行為が見出せる。それが次の例である。

女は、登花殿に返給て、督の君の御かたにうちふし給て、おそろしからん夢のさめたらん心地して、今も、うつゝともおぼえずぞ、あさましきや。（中略）いみじかりつる心地のまどひのなかにも、まづ、「あないみじ、内の大臣いかに聞きおぼさん」とうちおぼゆることのみ、さきにたちつるも、いま思ふぞ、あやしき。（巻三・二二七）

帝闖入事件直後、督の君の隣で「ふす」女君の姿である。女君は督の君の隣で「ふす」時はいつも督の君を気遣っている。また、気分が悪いときは督の君の傍らには「ふ」さない。なぜなら、これまで女君は「強い自覚的な責任感を持って、保護者としてやってきた」[12]からである。「うち〳〵御ありさまは、『われよりほかにたれかは』」（巻三・二三二）と、督の君が宮中に入った際から細々としたお世話、気遣いを忘れなかったのに、この場面では女君のそうした姿を確認することが出来ない。女君の心中としては「おそろしからん夢のさめたらん心地して」とあり、この直前の場面である帝闖入事件に対して「あさましき」と感じている。「帝闖入」の一件を記す行文は苦渋に満ちており、実際、「うし」「くるし」と言った言葉が溢れていることからもわかるように耐え難い出来事なのだ。身体はいつもの通り督の君の隣で横になっているが、その内実は全く異なり、帝とのことをひたすら恐ろしく思い、督の君のことは心頭の片隅にさえ置いていない。恐ろしい夢が覚めたにも関わらず、未だその記憶を抱き、女としての自分を自覚してしまうのだ。そしてそのまま「むかしよりいまをかきくらし、あけぬれど起きあがり給はぬ」（巻三・二二九）状態になることにより、督の君の、「『御気色のいみじう堪えがたげなるを、いかなれば』と、見奉りおどろかれつゝ、内侍の督も、え起きいで給はぬ」（巻三・二二九）という心配を生むのである。保護者としての役割はすっかり失念していると言わざるを得ない。つまり、女君と督の君は物理的な距離はきわめて近いにも関わらず、心理的な距離は果てしなく遠い姿が浮き彫りにされている。母としての身体的距離よりも、女としての記憶を抱くことが精神的な独り寝を導いているのだといえるのではないだろうか。

闖入事件の記憶を抱く、思い起こす行為としての「ふす」は帝の例にも確認できる。帝における「ふす」の用例は二例しかないが、その一つが帝闖入事件の際に女君と添い臥したことであり、もう一つが次の場面である。

御迎へに、まさこ君の参りたる気はひを、聞きつけさせ給て、「およずけても、いざときかな。うつくしき物なりかし」と仰られて、まだ夜ふかく見すてており給ぬるなぐさめに、「まさこはこちや」と、夜の大殿にめし入たり。いつも、かくのみけ近くならはさせ給たれば、いとよく馴れきこへさせたるを、「ねぶたからむ。こゝにねたれよ」とて、装束などひきとかせ給て、御衣をうちおほはせ給て、ちかうかきよせさせ給たるに、我身にしめたる母君のうつり香、まぎるべうもあらず、さとにほひたる、なつかしさ増りて、一重のへだてだになくて臥させ給たるに
（巻四・二五三）

帝は闖入事件の後もなお、督の君を利用して何とかもう一度女君と会う機会を持とうとしていた。そんなある夜、督の君のお迎えに、まさこ君が参上した場面であるが、寂しさを紛らわせるため帝はまさこ君の横で休む。これは、「いつも、かくのみけ近くならはさせ給たれば、いとよく馴れきこへさせたる」とあるように、いつものことだというのだ。〈形代〉であるまさこ君は女君の代償であり[13]、まさこ君から香った女君の移り香を契機に、女君に近く接した闖入事件の記憶をよみがえらせているのである[14]。共寝の幻想が脳裏をかすめつつ響く、それが女君に対する帝のやむことのない執着心と渇望を表している[15]。「ふす」ことで〈疑似共寝[16]〉を体験し、移り香を感じるという感覚を呼び起こす。それが記憶をよみがえらせる。つまり、帝の「ふす」は女を思う、女君の〈形代〉との共寝という要素を持つのである。

そのような女君を想起させる「ふす」行為は、男君にも見られる。

大殿におはしつきて、心地のいみじく思さるれば、うち臥し給へるも、たゞ浮きあがるやうにおぼえつゝ、あるかなきかなりつる面影、身にちかゝりつる気配、手当りなど、身を去らぬやうなるに、「平らかにあらせて、あひ見ばや」と思すより、ほかの事なし。
（巻二・一二八）

石山の姫君出産直前、周りの人物に妊娠だと気付かれないように女君は石山に移されていた。そこに男君が赴き、さんざん宿命の契りを語り、女君の容態を案じつつも父関白邸に帰宅し休む、その時の男君の姿である。男君は、

女君の面影、添い臥した時の気配、手触りを「身を去らぬやうなる」と感じている。女を思う男の独り寝を際立たせる要素を持つ行為として、「ふす」があるのである。(17) また直後の、

殿の御方にも参給はで、つくぐ〵と臥して見給へば、かたみの衣は、裏も表も、ふくよかにて、たゞありつる人の香にて、なつかしく染みかへりたる袖を、顔におしあてて泣き給つゝ、（巻二・一二八）

と、男君が自分の代わりに石山に遣わした少納言の知らせを待ちつつ、「臥し」ながら「かたみの衣」を通して女君を恋い慕う場面や、

あかずいみじき名残、こよひはいとゞ現心あるべき心地せねば、「人はいかゞ思すべき」とおぼせば、やをら出で給へば、御消息なども上にきこえ給はで、我御方にうちふして思ひまはすに、但馬が女と思ひまぎれたりし名残（巻一・一〇四）

と、正妻である女君の姉・大君に手紙も出さず、ひたすら「但馬が女」（女君のことを指す）のことを思っている場面でも同じように「ふす」姿が描かれている。一方で、男君の妻であった大君や女一宮との「ふす」行為は、傍らに添い寝する、という意味に終始しており、女君相手に使われているような、男の独り寝を際立たせる「ふす」は確認できない。男君の「ふす」姿態は、女君に対してのみ違った意味合いを付与させていることがわかる。

以上、本節ではセクシャルな意味合いを持つ「ふす」行為を一覧してきたが、それは異性を思い、夜も寝られないという歌ことば「寝覚」を想起させるものである。しかし、男君も帝も女君のことを愛しいと思うゆえのものであったのに対し、女君は同じく異性との共寝を追体験する「ふす」でありながら、その行為は「あさましき」恐ろしい記憶を思い起こすだけのものなのだ。

ここでもう一度、督の君の傍らにふす女君の様子を検討してみよう。先程、女君の「ふす」行為は周りを遠ざ

け、内面の平穏を得ようとするものでもあると確認した。「あさましき」と感じ「ふ」せている女君は、帝との共寝の記憶を思い出してしまい、「いみじかりつる心地のまどひのなかにも、まづ、『あないみじ、内の大臣いかに聞きおぼさん』とうちおぼゆることのみ、さきにたちつるも、いま思ふぞ、あやしき」という感情を呼び起こす。つまり「あさましき」記憶が逆に男君を思う女君の内面をあぶり出し、女君の現実を動かしていくことになるのではないだろうか。男君や帝における「ふす」行為は、女君を想起させるだけで、男君・帝自身にそれ以上有益なものはもたらさない。しかし、女君に至ってはこの精神的な独り寝によって自分の内面に気付かされることになる。それは男君への気持ちであり、「御仲らひ」へと向かっていく様相を見せている、ということになるのではないだろうか。つまり、ここに物語の原動力ともいうべき「ふす」行為を認めることができると思われるのである。

四　管理からの回避としての行為「ふす」

もう一度、男君と女君の対面場面に立ち返って考えたい。次の引用は、「はじめに」において取り上げた女君の「ふす」例よりも更に後の場面である。

殿は、あからさまにもたち出で給はざりつるを、「さのみやは」とて、宮の御方にわたり給はんとて、「今はなをためらひて起きゐ、さはやかにもてなひ給へ。「さおはすめり」と見おきてこそ、異かたに侍らんも、心やすからめ。かくてのみ臥い給ひたるを見おきては、しづ心なく、わりなかるべきを。くるしう思ひみだれ侍」と、きこえ給へば、「いまはなにかは、うしろめたくは。起きねど、心地もさはやかになりにて侍物を」と聞え給へば　（巻五・三九〇）

これまでに確認してきた通り、女君は自身で手に入れた「ふす」という姿態を見せている。身体は「臥い」ているが精神状態は「心地もさはやか」なのだと女君自ら語っており、身体状態と精神状態のずれ、内面の平穏が表れている。それは、「ふす」ことで女君に対する自由解釈を防ぎ、「心地もさはやか」な状態を手に入れたのだと言える。しかし、男君は「今はなをためらひて起きゐ、さはやかにもてなひ給へ」と、女君の自由な姿態であるはずの「ふす」行為を規制し、奪おうとする。それは男君が女君を理解していないことの表れでもあろう。対して、女君は「起きねど、心地もさはやかになりにて侍物を」と男君の規制・管理を軽く受け流す。ふすことを止めない、男君に領有されない領域を保持し、それを男君に示しているのだ。そうした女君の心が、しかし男君には結局わからないのだ。関係を隠す必要がなくなれば、周りの視線を気にせず、女君は自由でいられるのか。実はそうではない。なぜならこの関係はたとえどのような形態を取るにしろ、男君との間に認識の違い、規制する／されるという構図がある限り、女君を押し潰さずにはいないからだ。再度の引用となるが、

おどろきてみないざりいり給ぬれど、女君は、けざやかに起きあがり、さはやかにうち向かひきこえんことは、なをいとまばゆくて、なやましきにことづけて、顔をひき入て臥い給たるかたはらに　（巻五・三六二）

という箇所は、男君は男君の尺度でしか女君を理解し得ておらず、その様を「ふす」行為が現前させている。そして、そのすれ違いこそ、理解し得ない二人の「御仲らひ」を象徴していると言えるのではないだろうか。

おわりに

男君と女君の関係は「けざやかに起きあがり、さはやかにうち向かひきこえんこと」が「なをいとまばゆくて」、つまり「ふす」という行為に象徴されていた。そして、女君の「ふす」行為は、男君侵入事件に起因するもので

あった。冒頭の「心づくしなる」宿世を現実のものとしながらも、[18]「ふす」経験を重ねることによって逆にその物思いから「心地のさわやか」な状態を手に入れた、そのような女君の姿が「ふす」行為をめぐって描き出されていると言えると考える。男君との「仲らひ」に到るために用意され、仕掛けられた装置としての「ふす」しぐさ、更に「ふす」ことによって女君なりに掌握した「男女の仲らひ」、それが今「ふす」行為によって眼前に現れたのだ。宿世を超越的な力としておぼろげながら自覚し、それに抵抗する術もないまま翻弄されながらも、一方でそれに取り込まれることを拒否し、あくまで冷静に見る視点を失わず、その力が自己の内面にまで浸透してしまうことを肯じなかったのが、女君であった。

女君の「ふす」行為は男君侵入事件に起因しつつも、男君や対の君の規制から逸脱し、女君が女君であるために積み重ねてきたものであった。始めは対の君が女君の代わりに行動していたが、女君は知らず知らずの内に「ふす」行為を選択し、いつしかむしろ積極的に「ふす」姿態を選択する。[19]自ら「ふす」ことによって、病のイメージを利用し、周りを遠ざけることで逆に自分の内面をしっかりと認識する。それは自身で自身の成長を促し、悩み続ける宿世を動かしていくものである。「ふす」行為を通して女君と男君の思惑がすれ違い、理解し合えず、ずれを見せる様子が確認できる。だからこそその「御仲らひ」は「寝覚」だったのではないだろうか。

（1）『夜の寝覚』の本文引用は岩波日本古典文学大系本に拠る。末尾の（　）内に巻・頁数を示し、旧字体は新字体に改めた。なお、傍線や（中略）などの記号は筆者によるものである。

（2）『角川古語大辞典』では自動詞の「ふす」について、「①姿勢を低くする。うつぶせになる。かがみ込む。②横になって休む。体を横たえる。③動物などが隠れ潜む。④姿勢を低くすることから、相手への敬意を表す。謙遜して言う語」とある。

（3）『源氏物語事典』（大和書房、平成十四年五月）の記述であるが、これは本論を進めていく上でも大いに関連してくる指摘なので、少々長くはなるがここに引用しておく。

動詞。「臥す」は他者の視線に背を向け横たわる姿態・しぐさである。『源氏物語』では膨大な数で語られて、「おもひふす」「ききふす」など他のことばを伴って語られる場合も含めれば二三五例になる。「臥す」は階級、性差、年齢によって制約があるわけではない。むしろ、屋敷の奥で几帳や御簾の陰で身を隠して暮らし、いくつもの規範に制約されている女性たちにとっても、自由な姿態・しぐさであった。よって、女性の「立つ」や「走る」などのような、規範からの逸脱が、そのしぐさに視線をおくる人々や本人に葛藤を引き起こし、物語を生成する類のしぐさではない。「国宝源氏物語絵巻」にも女性たちの「臥す」姿が多く描かれている。が、それが当時の日常の景色をただ映しているわけでもない。むしろそこに独自の物語を強く放っている。

日常的ともいえる「臥す」しぐさの中で、ひときわ注目されるのが浮舟の用例である。「浮舟」における浮舟の「臥す」は周囲の人々のことばを聞き、それらを統括して読者に示す機能をもつ。大君にも周囲の声を聞き臥す用例はあるが、そのような機能はない。また、浮舟の「抱かれる」と「臥す」は交互に集中して語られ、それが「夢浮橋」に至るまで反復される。浮舟は他者のことばを聞き臥し、その他者のことばによって自己を形成しながら、なおかつ他者の視線、他者のことばの侵略を拒絶・抵抗した。他者の他者であることを奪われていこうとする浮舟の、他者との格闘が、「抱かれる」「臥す」の反復の中に語られていく。他者の拒絶の印としての「臥す」は女三宮の用例にも見える。

第一部では女を思う男の独り寝を際だたせる「臥す」の用例が光源氏に多く目立つ。（中略）「臥す」はどの場面にも万能の記号ではなく、他の仕草や会話文、内話文、などとの相互連関で一回的な意味を見出されなければならない。

（4）対象は四段活用、つまり自動詞のみとした。また、二重波線部は中間欠巻部分を表す。

（5）男君侵入事件とは、物忌のため僧都の九条の家に赴いていた女君を、たまたま乳母を見舞うために隣家に来ていた男君が、女君の弾く琴の音とその美貌に惹かれ、受領の女と間違えつつ一夜の契りを結んでしまった出来事を指す。

（6）長南有子「『夜の寝覚』の女君たち――沈黙の意味するもの――」（『緑岡詞林』二三、平成十一年四月）は、対の君が事を内密に済ませることを決断する一方、自分一人に責任がかかることを恐れ、兄の法性寺の僧都や女君の次兄宰相中将、女房の少将や小弁に相談したり、秘密を勝手にバラまいたりすることについて、「対の君が後見人として自分の管理不行き届きの避難を回避せんとしたことが一番の原因であろう」としている。そしてその恐怖から女君は行動を制約されていると述べている。

（7）注（6）前掲論文の中で、長南氏は、
対の君は翌朝の別れの際、男君の歌を女君に取り次ぐことはせず、「白露のかかる契りを見る人も消えてわびしき暁の空」（一・三五）と即座に自分で返歌をする。対の君は自らを歌中で「かかる契りを見る人」と位置付けているように、以後も二人の関係を「見る人」となるのである。しかし対の君は単に傍観者として観察するだけではない。「見て考え行動する人」になるのである。

と、論じている。

（8）石阪晶子「〈なやみ〉と〈身体〉の病理学――藤壺をめぐる言説――」（『源氏研究』五、翰林書房、平成十二年四月）は、〈なやみ〉と「心うし」から、藤壺の決して表出できない煩悶が身体を通して浮上する、という、思うことと身体性の連動関係を見出した。そしてそれが、身体叙述でもってしか描出できない藤壺の閉ざされた鬱情を、逆に照らし出していると述べている。なるほど、確かに『夜の寝覚』における女君のなやみや心うしにも、内面が苦しいなら身体も苦しい、またその逆も然りという、思うことと身体性の連動関係が見出せるようだ。しかしその連動関係はいつまでも続かない。三田村雅子氏が「寝覚物語の〈我〉――思いやりの視線について」（『物語研究第二集』、物語研究会編、新時代社、昭和六十三年八月）の中で指摘しているように、巻四における物の怪事件・巻五における寝覚上の出家未遂事件を経て、女君の身と心のずれは著しいものとなっていくのだ。それは本稿「三、「ふす」原因と意味」に挙げた石山を発つ場面でも明らかである。身体は出産直後で「いとくるし」い、だからそれを口実にふせたのにも関わらず、内面は「心やすく」というのだ。連動関係から起こった「ふす」行為が、後々、身と心のずれを照射する結果となる。

（9）また、石山の姫君と女君を重ね合わせる際も「かの石山にて、あるかなきかなりし火影に、いとよく似たりかし」（巻二・一四九）と男君は思う。笑っているかわいい姫君を見て、今にも消え入りそうだった女君の姿を思い浮かべるのは異様ではないだろうか。それ程女君の、臥していた姿態が印象的だったのであり、女君は〈ふす女〉として既に確立している証だと言えるのではないだろうか。

（10）橋本ゆかり「抗う浮舟物語――抱かれ、臥すしぐさと身体から――」（『源氏研究』第二号、翰林書房、平成九年四月）は、浮舟の「臥すしぐさは、自己を自己として閉じ込めて守ろうとするかのようなしぐさである。しかし、それは他者に対して背を向けた無防備な姿勢でもあり、結果的には他者の介入を招くというアイロニーを孕むしぐさである」と述べている。浮舟は臥すことが他者の介入を招くが、『夜の寝覚』の女君は、臥すことによって介入を防ぎ、誤解へと導くと私は考える。

（11）注（8）前掲論文で石阪氏は、言葉にできない、範疇化できない心の動き「なやみ」を、解釈可能なものとして「病」

なり「妊娠・出産」なりに還元され、それに起因するものとされてしまうのが常であると述べている。また、宮下雅恵「病と孕み、隠蔽と疎外――『夜の寝覚』を手掛かりに――」(『日本文学』五十(五)、平成十三年五月)は、寝覚の上の〈病〉は〈孕み〉に一元化され、〈孕む身体〉へと疎外されていくと興味深い指摘をしている。しかし私は「ふす」行為に出ることにより、女君自身が解釈を導いたのだと私は考える。重要な問題である「孕み」についての考察は、今後の私の課題としたい。

(12) 永井和子「寝覚物語の「中の君」――男性主人公から女性主人公へ――」(『続寝覚物語の研究』、笠間書院、平成二年九月)。

(13) 注(12)前掲論文の中で永井氏は、まさこ君への帝の行為について、「この少年を少年自体としてではなく、愛する女性の身代りの形でなでいつくしんだのである」と述べられている。

(14) この点については渡辺純子「『夜の寝覚』――「なつかし」にみる恋――」(『大妻女子大学大学院文学研究科論集』一三、平成十五年三月)に詳しい。「なつかし」という語を手がかりに、「なつかしさ」がその人自身の魅力であることよりも、その「なつかしさ」によって女君を想起できるかどうかの方が重要であるとし、女君との距離を埋めようとする心理が「なつかし」という語に象徴されていると論じている。

(15) 宮下雅恵「『夜の寝覚』論――反〈ゆかり〉・反〈形代〉の物語」(『国語国文研究』一一一、平成十一年三月)は、督の君は女君と血縁関係はないが「草のゆかり」であって、まさこ君も督の君も女君の代償となっていることを述べている。また、督の君もまさこ君もお互いの〈ゆかり〉あるいは〈形代〉としての機能を補完する存在であったとし、それが帝のやむことのない執着心と渇望を決定づけていると論じている。大変興味深い指摘である。

(16) 大倉比呂志「夜の寝覚論――女君造型と物語の方法――」(『学苑』六八五、平成九年三月)は、共寝の代用としてまさこ君の傍らに横になる、と論じている。

(17) 渡部泰明氏は『歌ことば歌枕大辞典』の「伏す」項目で、

歌ことばとしての「伏す」姿態は、恋を背景とした、共寝もしくは独り寝の状況でリアリティを発揮する

と述べている。つまり光源氏の「ふす」しぐさと同じ使われ方だと言えるだろう。和泉式部の和歌「黒髪の乱れも知らずうち伏せばまづかきやりし人ぞ恋しき」(『後拾遺和歌集』恋三・七五五)からもわかるように、共寝の記憶を抱き締めながら一人伏す官能的な姿態を描き出すことばとして、「ふす」行為があることを指摘している。

(18) 私は天人の予言が「心をみだし給べき宿世」(巻一・四八)へと導いたとは考えていない。予言の示唆内容は予言以外から見出せるし、何より女君自身が理想と現実の断層意識から派生した苦しみの救済として、予言を〈現在の自分〉を

作り上げた〈歴史的な存在〉であると転換させたと考えるからである。宿世は、天人降下事件を「はづかし」という思いから「語りつづけ」られなかった女君自身が導いたものだと考える。この点については更に検討が必要である。

(19) 表1で、女君の使用数が巻を経るに従って増加の傾向をたどっているのは、こういった「ふす」行為に対する女君の姿勢の変化から生じたものだと考える。

[付記] 本稿は平成十六年度龍谷大学国文学会で発表させていただいた内容に、加除・修正を行ったものである。

ご指導いただきました大取一馬先生、ご教示くださいました安藤徹先生に、この場をお借り致しまして厚く御礼申し上げます。

章綱物語と増位寺

――延慶本平家物語生成考――

浜畑圭吾

はじめに

延慶本第一末廿六「式部大夫章綱事」は、鹿ケ谷事件の発覚によって流罪となった院の近臣式部大夫章綱の配流から帰洛までを記している。播磨国明石へ流された章綱が、増位寺という寺に参籠し帰洛を祈念したところ、本尊である薬師如来の託宣を受け、翌日無事に都へ帰ることが出来たとするものであるが、この「章綱物語」が、同時に増位寺の霊験を示す物語ともなっている点に注目したい。そこで本稿では、何故増位寺という特定の寺院が霊験を示す寺として設定されたのかという点を中心に考察し、延慶本平家物語生成の一端を明らかにしたい。

一　章綱物語の展開

平家物語における章綱物語は、読み本系の延慶本、長門本、四部合戦状本に見られるものである。先ず、この三本を整理すると、次のようになる。

延慶本　第一末廿六「式部大夫章綱事」

式部大夫章綱ハ
①幡磨ノ明石へ被流タリケルガ、
②増位寺ト云フ薬師ノ霊地ニ
百日参籠シテ、

都帰ノ事ヲ肝胆ヲ摧テ
祈申ケル程ニ、

長門本　巻第四「式部大夫章綱被召返事」

式部大夫章綱は、
①播磨の国明石になかされける。
②増位寺といふ、薬師のれい地に、
さんろうして、

都帰の事を、かんたむをくたきて、
いのり申けるほとに、

四部合戦状本　巻第三「章経都帰」（1）

[a]同《おなじき》三年正月七日、
式部大夫章経、
都へ召し返さる。[b]此の二三年は、
①播磨ノ国上津《ツ》の賀茂と云ふ処にて
日月を送りけり。
彼の所は、舅盛国が所領なりけれ
ば、[c]世の常の流罪には似ざりけれ
ども、都の恋しさは忘れざりけれ
ば、②彼の所に霊験の観音の御在し
けるに、常に参りて祈り申しける
が、
故《コとさラ》に去年十二月の晦《つごもり》より参籠
して、
他念無く祈請しける程に、

百日ニ満ジケル夜ノ夢ノ内ニ、
③昨日マデ岩間ヲ閉シ山川ノ
イツシカタヽク谷ノシタミヅ
ト、
御帳ノ内ヨリ詠サセ給ト見テ、
打驚テ聞バ、
御堂ノ妻戸ヲタヽク音シケリ。
誰ナラント聞程ニ、
京ニ召仕シ青侍ナリケリ。
「何ニ」ト問ヘバ、「大政入道殿ノ
御免ノ文」トテ、持テ来レリケリ。
④ウレシナムドハ云計ナクテ、ヤガ
テ本尊ニ暇申テ出ニケリ。難有

百日にまむしける夜のむさうに、
③昨日まで岩間をとちし山川の
いつしかたゝく谷のした水
と、
御ちやうのうちより、詠し給と見
て、
うちおとろきて、きけは、
御たうのつまとを、たゝく音しけ
り
「たれなるらん」と、聞くほとに、
京にて、めしつかひし青侍なり。
「いかに」ととへは、「大政入道の、
御めんの御文」とて、もちきたる
④よろこはしなと、いふはかりなく
て、やかて、ほんそむにいとま申

六日の晩《くれ》程に観音の御示現かと覚
えて、
③昨日迄《まデ》岩間を落ちし山河を
何《イツ》しか叩く谷の下《シタ》水
と有りけり。
夢覚めて後に、
実《まこと》に憑《たの》もしくて、弥《いよいよ》至誠心な
る所に、
京より使《つかひ》有りて、

カリケル御利生也。

て、出にけり。ありかたかりし御
りしやうなり。

実に上りけるとぞ聞こえし。

章綱が播磨国へ流罪となり、霊験によって帰洛出来たとする話は三本とも共通しているが、先ず問題としたい点は傍線部分の①と②である。章綱の流罪地が延慶本、長門本では「明石」となっているのに対して四部合戦状本では、「上津《ツ》の賀茂」とされている。『四部合戦状本平家物語評釈』[2]ではこの点を賀茂郡の「上鴨」のことかと推定されている。つまり明石郡と賀茂郡とで、異同があるわけだが、延慶本は明石から「増位寺ト云フ薬師ノ霊地」へ参籠したとしており、四部合戦状本はその「上津《ツ》の賀茂」に「霊験の観音」があったとしている。延慶本、長門本は「増位寺」という具体的な寺を設定し、傍線部④のような、本尊のお陰で帰洛することが出来たという話末評語を記すことで、「増位寺霊験譚」となっているのである。対して四部合戦状本が具体的な寺を設定せず、延慶本、長門本にあるような話末の評語を記さないということは、その霊験譚的な性格が薄くなっているということになる。こうしたことは既に『四部合戦状本平家物語評釈』[3]において、

語釈が記すように、〈四〉は、ここに章綱帰京の記事を置く。又〈延・長〉に比べて、彼を盛国の婿と記したり、観音の霊験と記したりしている。しかし、明らかにこの説話は、霊験譚であるから、語釈に記すように利生譚としての完結した本文の形態を示すのが本来の形であろう。とすれば、増位寺の薬師の霊験譚とする〈延〉的本文が古態と考えられる。

と指摘されているが、これに二三の点を付け加えたい。先ず二重傍線aで「同《おなじき》三年正月七日」、つまり治承三年正月七日という時の設定が施され、次にbでは「此の二三年」としている。章経が流罪地に二三年いたことを示

しているが、延慶本、長門本では、「百日」で帰洛することが出来たとなっている。これは延慶本、長門本がこの物語を事件発覚の直ぐ後に配しているのに対して四部合戦状本が、「中宮御産」の後に配しているという配置の問題と呼応していると考えられるが、事件発覚直後という配置からも延慶本、長門本の霊験譚に重点を置く姿勢が読みとれるのである。また、二重傍線ｃにおいてもそうした傾向が見られる。ここでは流された土地が章綱の舅盛国の所領であったされている。これは四部合戦状本の独自本文であり、史料においても確認できない。章綱が平家の郎党平盛国の婿であり、その所領に流されたという設定は、当然「世の常の流罪には似ざりけれども」という状況を作り出す。つまり、舅の所領に一時お預かりという状態となり、「世の常の」厳しい流罪の状況が幾分緩和された「流罪」になっているのである。こうした緩やかな「流罪」ではなく、「世の常の流罪」であった延慶本、長門本からは帰洛に対する霊験の有り難さが強く主張されている。

そして次に傍線部③の和歌について考えてみたい。この増位寺の託宣歌にも異同が見られる。二句目の「岩間ヲ閉シ」が四部合戦状本では「岩間を落ちし」としている点であるが、歌意から考えると「岩間」を「閉シ」の方がよく、「落ちし」では意味が通じない。先行研究においても、

> 歌意からすれば、第二句は「岩間を閉ぢし」とする〈延・長〉が良い。「叫」は『天文本字鏡鈔』に「ナク　ヨハフ　サケフホユ　コエ」の訓がある。岩間の氷が解けて谷に流れ出す初春の情景によって、赦免を暗示する。正月七日という設定にふさわしい歌。

とされており、

〈四部本評釈〉が指摘するように、歌意からすれば、［延］の「閉シ」がよいと思われるが、［四］の「落シ」という表記は、書写過程で生じた誤写とも考えられるのではないか。例えば、［四］が口述筆記によって転写

されたと想定する場合、第二句「岩間を閉ぢし」について、下線部分「ヲトチシ」が、「ヲトヂシ」→「ヲトシシ」と解され、これに「落」の字が宛てられたとは考えられないだろうか。

また、「叫」は通常「呌」の異体字とされるが、ここでは「延」の「夕、ク」すなわち「叩」を誤ったものであろう。『千載集』春上に、

みむろ山谷にや春のたちぬらん雪の下水岩たたくなり（源国信）

という類想歌がある。

ともされている。(4) また山下宏明氏は、(5)

巻三、鹿谷事件に連座して播磨に流された式部大夫章経が、帰洛を神に祈念したところ神託があり、

昨日迄デ岩間ヲ落シ山河ノ何《イツ》シカ叩ク谷の下水

の「落シ」を延慶本は「閉シ」とする。四部本の釈文化を行った高山利弘は、口述筆記によるものとすれば、「岩間ヲトチシ」とあったのを、「ヲトジシ」と誤り「ヲトシシ」に落ち着いて「落シ」になったかと想像する。この詠が神託歌であることを考えると、意味の上から「閉シ」を「落シ」と詠みかえたと考えることも、説話的文脈からすれば可能であろう。（傍線ママ）

とされているが、ここはやはり「閉シ」でなければ意味が通じない。つまり、これは延慶本から四部合戦状本へ、という展開を示すものなのである。そしてこの和歌は、『西行法師家集』春一の歌「岩間閉ぢし氷も今朝はとけそめて苔の下水みちもとむらん」が本歌ではないかと考えられる。

そこで参考までに、延慶本において西行の歌を本歌としたと考えられる歌を表にすると、左のようになる。

A昨日マデ岩間ヲ閉シ山川ノイツシカタ、ク谷ノシタミヅ	第一末廿六「式部大夫章綱事」
岩間とぢし氷も今朝はとけそめて苔の下水みちもとむらん	西行法師家集　春　一
Bトヘカシナナサケハ人ノタメナラズウキワレトテモコ、ロヤハナキ	第五本六「梶原与佐々木馬所望事」
問へかしな情は人の身の為を憂き我とても心やはなき	山家集　雑
C我恋ハ細谷川ノマロキバシフミカヘサレテヌル、袖カナ	第五本卅「通盛北方ニ合初ル事付同北方ノ身投給事」
我が恋はほそ谷川の水なれやすゑにくはるゝ音聞ゆなり	西行法師家集　雑　六六五

Aは増位寺の託宣歌である。Bは「生喰」を頼朝から賜った佐々木隆綱がその心中を表した「古歌」として挙げられている。またCは、通盛が小宰相にあてた歌だが、「我恋ハ」と「細谷川」を共に詠んでいるのは西行の歌のみである。このように延慶本には西行歌に少し手を加え、別の歌として使用している場合があり、増位寺の託宣歌もそうしたもののひとつであると考えられるのである。つまり西行の「岩間閉シ」の歌があっての「昨日マデ岩間ヲ閉シ」であり、ここでも延慶本から四部合戦状本へという流れを示していることになる。よって「章綱物語」は延慶本から四部合戦状本へと展開したと考えて間違いあるまい。「章綱物語」が読み本系の三本にしかないことは既に触れた。語り系諸本では覚一本が巻第二「阿古屋松」において「式部大輔正綱、播磨国」と記すのみであり、屋代本、平松家本、鎌倉本、百二十句本も流罪地が「隠岐国」という相違は見せるものの、簡略化された記述となっている。つまり、「章綱物語」は、「増位寺霊験帰洛譚」という性格を持つ延慶本から四部合戦状本のような「霊験帰洛譚」へと展開し、語り系諸本のような形へ至ったのではないかと考えられる。

以上「章綱物語」の展開について考えてみた。当初は延慶本のような「増位寺霊験帰洛譚」であったわけだが、その霊験を示す寺としてなぜ増位寺が設定されたのかという疑問について、物語は全く答えていない。そこで、増位寺を唯一説明する「薬師ノ霊地」という記述を手掛かりにしてみたい。

増位寺を「薬師ノ霊地」とするのはどういうことなのだろうか。増位寺の寺記『播州増位山随願寺集記』(6)には次のような記述が見られる。

天平年中行基僧正奏㆓天聴㆒造㆓金堂㆒安㆓薬師仏㆒亦造㆓講堂㆒

そして播磨国の地誌『峯相記』(7)にも、

第二次ニ増位寺[考]微考云飾東郡國衛庄増位山随願寺ハ。行基僧正日域ノ内ニ四十九所ノ寺院ヲ建立シ給シ時。彼地ニ一宿シ坐マス。薬師如来夢ノ裏ニ示シテ云。

としてある。つまり、史料は増位寺の本尊もしくは安置している仏像が「薬師如来」であることを示している。

次に延慶本における薬師の記事を確認すると左のようになる。

章段名	記事の内容	長	盛	四
第一本二「得長寿院供養事付導師山門中堂ノ薬師之事」	導師の正体が「薬師ノ十二神将」であり、得長寿院の中堂に「薬師如来」がある。	○	×	×
第一本卅二「後二条関白殿滅給事」	師通の父母が山王に対して「百座の薬師講」「薬師百躰」「等身ノ薬師一躰」を納める。延暦寺縁起において、行基が手づから「薬師如来」を彫る。	×	○	×
第一本卅七「豪雲事付山王効験之事付神輿祇園へ入給事」	澄憲の叡山を説明する言葉の中に「八日ハ薬師ノ縁日」とある。	○	○	○
第二本廿二「小松殿熊野詣事」	典薬頭雅忠の話。雅忠のことを「薬師如来ノ化身歟。将又耆婆ガ再誕歟」と評する。	×	○	×
第二末四十「南都ヲ焼払事付左少弁行隆事」	南都で焼打ちされたものとして「薬師寺」「薬師堂」。	○	×	○

第三末十五「於延暦寺薬師経読事」	延暦寺において「薬師経ノ千僧ノ御読経行ワル」とある。	○	○	×
第五本十八「梶原摂津国勝尾寺焼払事」	焼ける勝尾寺から「薬師三尊ハヲノヅカラホノヲ、ノガレ」とある。	×	×	×
第五末十五「惟盛粉河へ詣給事」	「忍戒大徳」が建立という「薬師堂」これは実宝寺のもので、本仏は「薬師如来」とある。	×	×	×

延慶本における薬師の記事は八ヶ所中五ヶ所が比叡山延暦寺との関わりのなかで語られていることがわかる。延暦寺根本中堂の本尊が薬師如来であることを考えると不思議ではないのだが、物語の中でも薬師と延暦寺が強く結びついていることになる。それならば、「薬師ノ霊地」とされている増位寺と延暦寺とはどのような関係にあるのだろうか。次節では史料から増位寺の性格を考えてみたい。

二　史料における増位寺の性格

ここでは先ず『播州増位山随願寺集記』(8)（以下『集記』）を史料として取り上げたい。『集記』は乾元元年（一三〇二）十一月に「誠観」という人物が要請に応じて書写したという奥書を持つ。創建から正安元年（一二九九）三月までの増位寺に関わりのある記事を載せているが、そのうちの幾つかに増位寺の性格を示す記事が見られる。

①仁明帝即位年奉レ勅大衆改二相宗一　成二台宗義真之門派一五月中旬行二最勝会一請二義真一為二講師一始行二灌頂一受者一百八十二人亦修二吉祥天秘法一祈二王法繁栄国家豊饒一　台徒行二最勝会吉祥天法一而祈二王法国家一権輿也

故依二御願一造二営諸堂一

法華三昧堂安二置釈迦多宝一　常行三昧堂安二無量寿仏一

食堂安置弥勒　二基塔胎金　鐘楼閣
勧請神七所三十社　伊勢内宮両宮　山王二十一社　白山一社
比良一社　熊野三社　赤山一社　若一王子一社
修補者　金堂　根本堂厩戸皇子処造之薬師仏　四天堂
大講堂　太子堂　行基堂　牛頭天王社
白国明神社　佐伯明神社　春日明神社
白髪明神社　松尾明神社　住吉明神社
毘沙門天堂者淡海公之造立両大納言長良卿之修補也　自㆓承和元㆒至㆓嘉祥二年㆒造営畢　②請㆓叡山円仁㆒供養
以㆓大納言正二位藤原長良㆒賜㆓随願寺之額㆒附㆓大野郷莇野国衙二荘㆒祈㆓鎮護国家御願㆒　最勝会吉祥天秘法之
道場也。

この記事は傍線①にある通り仁明天皇の即位の年、つまり天長十年（八三三）の事を記したものである。ここでは元は法相宗であったのを天台宗の義真の門派に改めたとしている。義真は初代天台座主であるから、叡山との繋がりを示すものである。さらに傍線②でも円仁に供養を依頼したことが記されている。そして、次に挙げる記事は増位寺の毎月の行事を記した「月並御行次第」である。

行基講二日　誦経　行基堂
③伝教講四日　論義　講堂
義真講四日　曼陀羅供　講堂
太子講五日　論義　太子堂

本願講八日　誦経　金堂
曼陀羅講十日　於二一基塔一各行
④常行講十五日　常行三昧　常行堂
⑤山王講十七日　論義　講堂
⑥天台講二十四日　論義　講堂
⑦法華講三十日　法（〇華）花三昧　法（〇華）花堂

傍線③「伝教講」は天台宗の宗祖最澄に対する報恩の行事である。また、傍線④の「常行講」の「常行三昧」とは、天台宗の開祖智顗の説いた四種類の三昧の一つで、叡山にはこれを行う「常行三昧堂」と法華講を行う「法華三昧堂」とがあり、増位寺にも傍線⑦に見られる通り、法華三昧堂において法華講が行われていたことが記されている。そして、傍線⑤⑥も天台関係の行事と考えられる。つまり、増位寺はこうした叡山色の強い行事を毎月行っていたということになり、延暦寺の強い影響を受けていると考えられる。そして章綱の伝承は『集記』にも見られる。

治承三年十月流人式部大輔正綱七日参籠祈二皈洛一蒙二夢想一遂二皈洛一造二改根本堂内宮殿一⑧

勿論これは平家物語からの流入という可能性もあるが、傍線⑧にあるように、帰洛後に「根本堂内宮殿」を造改したという平家物語にはない記述があり独自のものとなっている。「内宮殿」という建物は不明であるが「根本堂」は延暦寺の根本中堂に倣ったものと考えられ、章綱の伝承が延暦寺の影響下において伝えられていたということを示している。そして、『集記』にはこうした記述の他にもうひとつの増位寺の性格を示す記事が見られる。

地神第五代月氏国阿育王造二八万四千箇石塔一納二仏舎利一投二十方空一二基在二于日域一　一基者近江国一基者

在二此山一仏骨所在之霊場也　依レ之厩戸皇子造二伽藍一安二薬師仏一高麗国慧便住二此寺一
天平年中行基僧正奏二天聴一造二金堂一安二薬師仏一亦造二講堂一安二釈迦仏一七仏堂安二七体薬師仏一請二沙門一菩提供養
賜二度者三十人一賜二稲十万束一徳道法師者行基之徒而此寺住僧也　天平十五年奉レ勅詣二興福寺一勤二金光明会講
師一任二僧正一法相碩学也　同十六年三月興福寺薬師寺当寺之住僧三十人奉レ勅詣二内裏一読二誦大般若経全部一当
寺僧栄常法師者此会畢往二山背国高麗寺一不レ還焉　徳道僧正者往二大和国長谷寺一后還二此寺一　孝謙帝天平勝
宝五年依二御願一造二四天堂一安二四天王一令レ修二仁王会一賜二当国多珂郡　法勢法師者徳道僧正之徒而行基僧正之孫
弟也博究二学道一法相之偉人　精二教観密乗一依レ之為二義真之徒一猶尽二其奥旨一

これは増位寺の創建に関わる記事である。インドの阿育王が八万四千基の石塔を造り、空へ投げたところ、そのうちの一基が近江国に、また一基が増位寺に渡って来たとなっている。

寛弘三年二月十五夜義観僧都当山之住僧恵心之徒夢明石浦海上有二一箱一放レ光翌到二明石浦一尋レ之忽得二夢相之
箱一披レ之寂照法師之記文也

○其記曰

真宗咸和五癸卯祀登二清涼山一拝二大聖文殊尊体一止宿数月而入二一乗中道妙観一焉此地有レ池名二清涼一僧衆朝出
到二池辺一供二香花一礼拝我問二其所以一一僧報曰西域阿育王所レ造塔在二于扶桑国近江蒲生県渡山一朝日映暉則（○其）影
移二池中一歴々知二乃釈迦能仁仏舎利塔一故敬礼之矣願大日本大王勅尋レ之使三衆生結二縁現当衆望一遂。（○遂）一成就
何過レ之乎依記レ之投二東海一三宝諸天龍神納受加護、（○早）而到二大日本一云爾春三月於二清涼山麓南院一沙門寂照謹
白

義観僧都奏二之於天聴一勅使与二蔵人平恒昌一相共到二近江国蒲生郡一尋レ之有二一古塚一掘見レ之有二高三尺六寸之

石塔一映二清涼池一之石塔于レ此無レ疑乃奏二天聴一依二御願一造二改伽藍一名二石塔寺一十一月八日義観僧都供養畢

前出の記事とやや矛盾するが、増位寺と阿育王の八万四千塔に関する記事である。寛弘三年（一〇〇六）に増位寺の僧義観[9]が明石浦で、大陸へ渡った寂照の手紙を発見する。それは近江国蒲生に阿育王の石塔があることを記したもので、その手紙によって石塔が発見され、「石塔寺」が建立されたとするものである。『峯相記』にも同様の記述があり、「此地ハ阿育王所造ノ八万四千基ノ石塔ニ一基日本ニ有ル内。一基ハ江州ニ有リ。一基ハ此地ノ下ニ埋レリ」となっている。

つまり増位寺は中世において、叡山の末寺であると同時に、阿育王八万四千基塔伝承と関わりのある寺であるということが史料からうかがえるのである。

三　阿育王信仰の隆盛

そこで次に、この阿育王信仰について考えてみたい。前節の八万四千基塔説話に代表される阿育王伝承の基となっているのは、『阿育王伝』や『阿育王経』の記述である。そして、そうした伝承が中国において、舎利信仰に触れて、阿育王の塔（仏舎利）に対する信仰となっていった。日本においても同様の展開を見せたのであるが、森克己氏[10]が、既に、

平安末期より阿育王山に対する信仰的憧憬が従来の五臺山信仰に代わって一般民間に弘まり、藤原定家なども細川庄の年貢を以て文殊像を造った。

と述べられ、最近では追塩千尋氏[11]が古代、中世の阿育王信仰を纏められて、

古代における阿育王伝説の中核を占めていた八万四千塔信仰は中世においてどのような展開をみせるのであ

ろうか。結論から先に述べるならば、八万四千塔信仰は戦乱・政治的諸事件などと絡み合いながら、古代以来の朝廷・貴族の伝統的信仰として特に怨霊調伏・罪障消滅の機能が期待されながら生き続け、武士・庶民層にも浸透していった、と言えるのである。

とされており、平安末期から鎌倉期にかけて隆盛であったことを指摘されている。こうした指摘を史料で確認する。

卅日、癸卯陰晴不レ定、大外記頼業來、余令レ見二三略一、依レ申二未レ見之由一也、是有二張良一巻之書一、疑之文也、此次、頼業云、一昨日自二前幕下之許一、被レ送二使者一、剰而令レ謁之處、被レ示云、天下事、於レ今者、武力不レ可レ叶、可レ廻二何計略一哉、太神宮、被レ行二臨時祭一事如何、又任二阿育王例一、被レ造二八萬四千基塔一如何、此両条之外、有二善政一、可レ被レ行者、可二計示一者云々、答云、臨時祭事、可レ被レ尋二本宮之輩、祭主、宮司等一也、他人難レ申二左右一、又八萬四千基塔事、偏可レ在二御意一、此外善政、又不レ可レ叶、但變二當時之政一、可レ被レ試歟、不レ然者、尤可レ危歟、於二其法一者、不レ能二定申一、卿相已上、可レ被二計申一事也、只以被レ罷二諸人訴訟一、可レ為レ詮也、此事、定有下被二尋申一事上歟、且為二御用意一、密々所二申上一也云々、

先ず『玉葉』（國書刊行會編　昭和四十六年十二月）の治承五年九月三十日条であるが、ここでは傍線部分にある通り、兼実が阿育王の例に従って八万四千基塔を立てるかどうかを相談され、答えている。また、これを受けてかどうかは不明だが、養和元年十月十四日条に「十四日、丁巳天晴、及レ晩少陰、巳刻、院蔵人來催云、来月十八日可レ被レ供二養八萬四千基塔一、其内五百基、可レ令二造進一、寸法五寸云々、各可レ奉レ籠二寶篋印陀羅尼一反一云々」とあり、また六日後の十月二十日条にも「癸亥天晴、晩景参二作所一、参二女院一、即帰レ家、女房不例同レ前、問占之處、土公、鬼気等崇云々、今日、日次不レ宣、明日可レ修レ祭、八萬四千基塔事、自二院廳一催二女院廳一、載二院宮於廻文一紙一云々、

此女院御分五百基云々」とあって女院の割り当てが示されており、具体的に造塔作業が進んでいることをうかがわせる。また『山槐記』（増補「史料大成」二十八　臨川書店　昭和六十年六月）文治元年八月二十三日条には、

天晴、午刻着直衣、自東山参院、前駆一人、盛房、衣冠、今日被供養五輪一萬基塔、自去夏上下諸人及課諸國、為被滅追罰之間罪障、被勧進八萬四千基、各書名字於地輪下、長講堂佛前幷前庭立棚奉安之、予、民部卿、成範、布衣、三條中納言、朝方、直衣、別當、家通、直衣、大宮中納言、實宗、束帯、成勝寺上卿也、源中納言、通親、直衣、大蔵卿泰經、布衣、参入、前大納言兼雅　布衣、雖参入候簾中、未剋事始、仍予以下着堂中座、御導師前僧正公顕、宿装束、題名僧三人、皆公顕弟子也、鈍色装束、白五條袈裟、御經一日經也、有御願文諷誦文等、説法之後有供養、法事畢賜布施、導師被物一重裹物一、題名僧各一裹、説法之間有地震、予依仁和寺御室依孔雀經法、自去十九令候院給也、仰、参後戸方、以仁尊被仰云、欲見参之處、御修法間窮屈無為術者、結願日事被仰合數ヶ條、晩頭向楊梅蝸舎、改装束歸東山、

とあり、罪科に問われた人が多く出たので、その罪障を消すために八万四千基塔を造塔したということになっている。そして『明月記』（国書刊行会編　昭和四十五年七月）建仁三年五月二十七日条には、「廿七日、天晴、於法勝寺八萬四千基塔供養、緇素男女称結縁自暁踏庭云々、御幸供奉殿御共、度者使雖有旁催、老屈不具隠居、午時許密々見物」とある。法勝寺において八万四千基塔供養が行われ多くの人がこれを見物し、また後鳥羽院の御幸もあったらしく、この後供奉した公卿殿上人が列記されている。このように都では盛んに塔供養が行われていたことが史料によってわかるが、関東においても同様であったことが確認できる。『吾妻鏡』で見てみると、左表のようになる。

年月日	記事の内容	場所	出席者	導師
建仁三(一二〇三)・八・二十九	将軍頼家重態の為の祈禱。	鶴岡	大江広元 三善善信 二階堂行光	安楽房重慶
建暦三(一二一三)・四・十七	将軍実朝が供養。	御所		荘厳房
嘉禄元(一二二五)・九・八	石塔建立。	多胡江河原	北条泰時 北条重時 三浦義村	弁僧正・その門弟
天福元(一二三三)・十二・十二	塔供養。	南御堂	将軍頼経 御台所 北条時房 北条泰時	内大臣僧都定親(通親息、弁僧正弟子)・弁僧正
仁治元(一二四〇)・六・一	塔供養。卿相雲客より布施有。	御所持仏堂		三位僧都頼兼
仁治二(一二四一)・七・四	将軍息災の為の祈禱。	御所持仏堂		宮内卿僧都承快
寛元二(一二四四)・六・八	塔供養。「曼荼羅供也」と有。	久遠寿量院		大阿闍梨三位法印猷尊
寛元三(一二四五)・二・二十五	塔供養。諸大夫より布施有。聴聞の人々多。	久遠寿量院		法印圓意
文応元(一二六〇)・十二・十八	塔供養。将軍の御願。			尊家法印

記事としては、塔供養が最も多いが、将軍が重態であるための祈禱、息災のための祈禱もいくつか見ることができる。また、出席者が記されている箇所が三例あるが、将軍九条頼経や北条泰時・重時・時房といった執権の一族、大江広元・二階堂行光などの有力御家人など、鎌倉幕府の首脳部が出席している。そして、供養を行った「導師」については、その名が全ての記事に見られる。例えば、「荘厳房」は荘厳房行勇のことであり、二代将軍頼家側室が落飾の際の戒師を務め、「始若宮供僧後寿福寺長老」（『吾妻鏡』承元四年七月八日条）と記されている。また、「弁僧正」とは鶴岡八幡宮別当の定豪であり、鎌倉明王院の開山である（『吾妻鏡』宝治二年五月十日条）。嘉禎元年六月二十九日の『吾妻鏡』の記事には、導師として名が見えるが、弟子で源通親の子定親や、承快の名も見える。尊家は「大阿闍梨日光別当法印尊家」（『吾妻鏡』正元二年五月十日条）とあり、日光山の別当に補されていたことがわかる。つまり、幕府と深い縁のある僧が導師を務めていたということになる。

このように、関東においても八万四千基塔供養は幕府の重要な供養のひとつとして行われており、その効験が期待されていたのである。また、阿育王信仰とその伝承は唱導の世界においても広まっていたことが、様々な唱導書から確認することが出来る。

敬白

造立泥塔八万四千基

奉書寫造塔延命功徳経百巻

右塔婆経典供養演説。夫造塔者。莫大之善。最上之福也。菴菓之製。棗薬之形。万倍于帝釈之荘厳殿矣。積土之功。聚沙之戲。一帰于如来之正真道焉。矧亦善見菩薩八万四千之構。宣佛語於宿王華之前。阿育大王八万四千之基。施神力於閻浮樹之下。漢土猶有霊跡之所遺。日域不漏勇光之所照。於是白河先帝入玄門之後。

（中略）

建保四年五月廿八日

金剛佛子二品道助法親王敬白

これは『願文集』（続群書類従　二十八輯上）であるが、建保四年（一二一六）五月二十八日に道助法親王が、八万四千基塔造立の供養に願文を捧げたときのものである。「夫造塔者。莫大之善。最上之福也」とあるように、造塔自体が善行であるとされている。そして安居院流唱導を興した澄憲の『澄憲作文集』(12)にも第廿六舎利「人中ニハ阿育大王造テ八万四千之宝塔ヲ籠リ世尊之遺骨ヲ」とある。また、貞永元年（一二三二）から嘉禎元年（一二三五）に成立と言われる聖覚編『言泉集』(13)の五帖之二では、「龍宮大海ノ底ニ起八萬里水精塔ヲ阿育王課テ鬼神ニ一日中立二八萬四千ノ塔ヲ一是安舎利致ス二恭敬ヲ一也」として阿育王が鬼神に塔を造らせたとし、五帖之三においても、

諸經要集三ニ云阿育王傳ニ云ク王得テ信心一問テ道人ニ一曰ク我從《モトヨリ》來殺害セルコト不ス必シモ以テセ理ヲ一今修シテ何カ善ヲ一得ム免コトヲ二
斯ノ殃ヲ一答テ曰ク唯有リ下起テ塔一供養シ衆僧ヲ一赦《ユル》シ諸ノ徒囚ヲ一賑濟スル中ニ貧乏ヲ上王曰何ノ處ニカ可起塔ヲ一道人即以二神力一延テ手ヲ一
掩フ日ヲ一光リ作ル二八萬四千道ト散照ス二閻浮提一所照之處皆可シレ起ツレ塔ヲ一今ノ諸ノ塔處是也、時ニ王欲シテ建テムト舎利塔ヲ一將テ二
四部兵衆一至ル二王舎城一取ル二阿闍世王ノ佛塔ノ中ニ舎利一還テ修治スルコト此塔ヲ一與先キ一无シ二異コト一
如是一更ニ取テ七佛ノ塔ノ中ノ舎利ヲ一至衆摩村中一時ニ諸ノ龍王将テ王一入ル龍宮中一王從テ索ニ二舎利一供養ス龍即分與之ヲ一
時ニ王作ル二八萬四千金銀瑠璃頗梨ノ篋ヲ一又作ル无量百ノ幢
幡散蓋ヲ一使《シム》三諸ノ鬼神ヲ一各持セ二舎利供養之具ヲ一勅シテ諸ノ鬼ニ一言ク於テ閻浮提ニ至マテ於海際ニ城邑聚落満ス二一倍家ニ一者為ニ
世尊ノ一立テム塔一時ニ有國名ク二著叉尸羅一有二卌六億家一彼ノ國ノ人語テ鬼ニ一言ク可二卌六篋ノ舎利與フ二我等一起立セム佛塔ヲ一○時ニ
已連弗邑有二上座一名テ曰二邪舎一ト王詣シテ彼所ニ一白テ二上座一曰ク我欲下一日之中ニ立八萬四千ノ佛塔一遍中満セムト此閻浮提上ニ

意

願如シ是一時ニ彼上座白テ言ク善哉大王尅後十五日々正食時ニ令メヨ此閻浮提ニ一時ニ起二諸ノ佛塔一ヲ如是依、數乃至一日之中ニ立二ツ八萬四千塔一ヲ世間人民興癡无量ナレトモ共ニ號シテ曰二阿育王ノ塔一ト

という記述が見られる。また同じ聖覚が編纂した『轉法輪鈔』(14)にも「彼龍宮八萬四千里之塔嫌クハ在テ二三熱ノ栖ノ中ニ非コトヲ一十善ノ王宮ニ阿育ノ八萬四千里之塔雖モ為リト一日ノ大善非ヲ毎月ノ薫修ニハ思テ古ヲ見ヲ今誰不テム随喜者哉御願旨趣大概在斯」と記されている。このように、阿育王信仰は、唱導の題材としてその伝承が使われ、流布されていたと考えられるのである。

四　阿育王伝承が繋ぐ増位寺と章綱物語

次にその信仰の基である、八万四千基塔伝承について考えてみたい。『阿育王伝』『阿育王経』から派生した伝承は、『今昔物語集』や前節で挙げた『言泉集』などに見られる。しかしここで採り上げたいのは、寂照法師による、石塔発見譚である。既に述べた『集記』にも見られたが、延慶本においても確認することができる。第一末卅一「康頼ガ歌都へ伝ル事」は、章綱と同じく鹿谷事件の参画者として硫黄島に流罪となった平康頼が、島において卒塔婆に歌を書き付け流したところ、一本が厳島に流れ着き、康頼ゆかりの僧がこれを拾い都へ持ち帰ったという、いわゆる「卒塔婆流」の段であるが、この話のすぐ後に次のような記述が見られる。

延慶本　第一末卅一「康頼ガ歌都へ伝ル事」	**長門本**　巻第四「康頼二首歌事」	**源平盛衰記**　巻七「近江石塔寺」
昔大江定基ガ出家之後、	昔、大江のさたもと、出家ののち、	大江定基三河守ニ任ジテ、赤坂ノ遊君力寿ニ別テ道心出家シテ、(15)

彼ノ大唐国ニシテ、仏生国ノ阿育
大王ノ造給ヘル八万四千基ノ石ノ
塔ノ内
日本江州ノ石塔寺ニ一基留ル事ヲ、
彼振旦国ニシテ
書顕タリケル事ノ

大唐国にて、仏生国阿育大王のつ
くり給へりし八万四千基の石塔内
日本江州石塔に、一基留事を、
かのしんたん国にして、
かきあらはしたる事の、

其後大唐国ニ渡、清涼山ニ参タリケレバ、寺僧毎朝ニ池ヲ廻ル事アリ。寂照故ヲ尋レバ、僧答テ曰、「昔仏生国ノ阿育王八万四千基ノ塔ヲ造、十方ヘ抛給タリシガ、日本国江州石塔寺ニ一基留リ給ヘリ。朝日扶桑国ニ出レバ、石塔ハルカニ影ヲ此池ニ移シ給フ故ニ、彼塔ヲ拝センガ為ニ此池ヲ廻也」トゾ申ケル。寂照上人聞給テ、信心骨ニ入リ、随喜肝ニ銘ジテ、墨ヲ研筆ヲ染、其子細ヲ注シツヽ、

震旦ニシテ大海ニ入タリケルガ

幡磨国増位寺トカヤへ流ヨリタリケルタメシニモ、此有ガタサハ劣ラザリケル物ヲヤ。	はりまのくに、そうゐ寺になかれよりたりけむためしにも、此ありかたさは、をとらさりけるものをや、あはれなり。	幡磨国増位寺へ流寄タリケルモ、角ヤト思知レタリ。

卒塔婆が海を渡り、都にまでたどりついたという珍しさに対して示されている例話であり、「卒塔婆流」はこの例話にも劣らないくらいの有り難い話だとしている。例話は、本話を例証するために挙げられるものであるから、広く流布されている、よく知られた話でなければならないのだが、この石塔発見譚は他にも見ることができる。

三河入道寂照入唐ノ時清涼山へ昇ル一人ノ僧有テ池ニ向テ礼ヲ成ス寂照其故ヲ問僧答テ云此池ノ面ニ日本國近江国蒲《カマ》生《フ》野《ノ》ノ石塔現ス此故ニ礼スト云以彼一思之一日域江州ノ塔ノ影漢朝清冷山ノ池ニウツル是皆塔婆ノ霊験也

これは弘安九年（一二八六）から建武四年（一三三七）までの成立かとされている『東大寺縁起絵詞』[16]である。ここには増位寺は記されておらず、石塔寺の伝承のみであるが、この『東大寺縁起絵詞』について源健一郎氏[17]は、また、中世南都における太子伝註釈の充実から、聖徳太子信仰が中世南都の復興を支える一つの要因であったことが知られ、中世南都の復興に尽くした貞慶や叡尊が太子信仰に熱心であったことも夙に知られる。中世南都における聖徳太子信仰の隆盛と、これに伴う太子伝註釈が展開されるなか、もと法相宗で太子建立、行基再興と伝える増位寺、あるいは太子建立四十六箇寺に名を連ねる石塔寺にまつわる伝承が、南都に伝えられてゆく過程は想像に難くない。

とされている。しかし、前節で確認したように同型話が叡山の末寺である増位寺の記録『播州増位山随願寺集記』にも取られているわけであるから、この話は南都だけでなく、叡山の圏内でも伝わっていたのではないかと考えられる。石塔が発見された「石塔寺」は、すでに阿育王塔の寺として名を知られていたらしく、『後拾遺往生伝』（大日本佛教全書一〇七　大正五年）には「沙門寂禪者。（中略）占二近江國蒲生郡石塔別處一。永以蟄居。是則阿育王八萬四千塔之其一也」とあり、また『元亨釈書』[18]にも、

釋寂禪。姓菅野氏。平安城人。筑州刺史文信之子也。仕レ官至二工部員外郎一。而不レ樂二冠簪一。荐乞二薙染一。父不レ聽。長和四年。年三十。上二台嶺一禮二座主慶圓一受戒。從二慶祚阿闍梨一受二三部密法一。後居二近州蒲生郡石塔寺一。阿育王八萬四千舍利塔之一區也。

と記されている。『兵範記』（増補「史料大成」　昭和四十年八月）の著者平信範も嘉応二年（一一七〇）三月七日に、「七日戊午　詣蒲生西郡石塔」として、参詣したことを記している。

つまり、既に阿育王塔の寺として有名であった石塔寺の石塔発見譚があり、延慶本において例話として取られているということは、延慶本が、阿育王信仰の影響を受けたことを示しており、増位寺を、阿育王伝承を担う寺として認識していたことを示しているのである。延慶本には、流布していたと思われるこの伝承を、取り込んだと考えられる箇所がある。寂照が書いた手紙が流れついたことを記した「幡磨国増位寺トカヤヘ流ヨリタリケルタメシニモ」という記述であるが、三本とも手紙が増位寺に流れ着いたとしている。しかし増位寺は山寺であり、海に投げ込んだ寂照の手紙が流れ着いたとするのはやや不自然である。そこで、『三国伝記』（池上洵一校注　中世の文学　本文は若干改めた）の石塔発見譚を挙げて、考えてみたい。

和云、一条ノ院御宇、大江定基ト云人ハ参議左大弁済光卿ノ息男也。定基三河守ニ任ジテ国務ノ間、赤坂ノ力寿ト云遊女ニ狎レテ契深カリケルガ、無常ノ風妙ナル花ノ姿ヲ吹キ、有漏ノ霧美ナル月ノ容ヲ陰《カクシヌ》。彼女息絶眼閇ヌレバ、双レシ枕ヲ面影モ同レセシ席《セキ》ヲ

移香モ替リ終《ハテ》ヌレ共、色貪ノ愛執不レシテ尽七日ヲ満ジテ野外ニ送ル。恋慕ノ火ハ焼《ヤキ》二哀傷ノ胸一ヲ、別離ノ涙ハ浸《ウルホス》二愛著ノ身一ヲ。是ヲ逆縁ノ善知識トシテ、忽ニ出家シテ号シ二寂照法師一ト、比叡山楞厳院恵心先徳ノ室ニ入、四教三観ノ翰藻《カンサウ》ヲ習ヒ、仏知仏見ノ奥旨ヲ得テ、長保五年ノ秋八月廿五日ニ入唐シ、清涼山ニ到テ大聖文殊ヲ拝シ、彼ノ山ノ麓トニ居タリ。円通大師ト云是也。

爰ニ、清涼山ノ僧達、斎日ノ朝ニ当テ清涼ノ池ノ辺ニ至リ、展《ノベ》二座具一ヲ捧ゲ二香呂一ヲ彼ノ池ヲ行道シ礼拝シ給フ。寂照所由ヲ問ニ、衆僧答テ曰ク、「阿育大王八万四千基ノ石塔ノ内、扶桑国江州蒲生郡渡《ワタリ》山ニ一基アリ。其ノ影朝日ニ映《エイ》ジテ此ノ池ニ移故ニ彼ノ塔ヲ礼スル也」ト答フ。寂照奇異ノ思ヲ成シ、即此ノ事ヲ記録シテ箱ニ収メ、天ニ呪シテ海ニ投タリ。

其ノ後、円通大師ハ、三尊ノ台ノ前ニハ智水ノ蓮ス漸ク開ケ、一念ノ窓ノ内ニハ恵日ノ光遥ニ照セリ。両髪齢ヒ衰ヘ、蘿襟年積テ後、設二七日ノ逆修ノ作善一ヲ、擬シ二九品順次ノ生因一ヲ、臨終ニ詠テ云ク、

茅屋無シテレ人扶レ病起
香炉有レ火向レ西ニ眠ル
笙歌迥ニ聞ユ孤雲ノ上
聖衆来迎ス落日ノ前ヘ

寛弘三年春二月ニ、彼ノ記録ノ箱本朝幡摩明石浦ニ寄ル。増位寺ノ住侶頂ニ戴シ之一ヲ帝ニ奏ス。任テ二記文一ニ勅使ヲ立テテ令ルニレ尋、無レ知レルコト之。爰ニ、勅使蒲生堂ニ此事ヲ祈誓ス。本尊示シテ云ク、「欲レ得ント二阿育王ノ塔一ヲ、於二山中一ニ不審シテ可レ尋ヌ」ト云フ夢想アリ。諸木山ノ光延ト云狩人アリ。此山ノ案内者ナレバ、彼ニ問ヒ給ニ、「無レ有レコト験《シルシ》。但シ我ハ犬ヲ三疋飼。一疋ノ白犬毎《ツネニ》至二此ノ山ノ頂上一ニ、高キ塚ヲ三反廻テ礼拝スル躰アリ。是ヨリ外ハ無トニ不審一」申ス。爰ヲ以テ彼ノ塚《ツカ》ニ至テ掘得タリ。高サ三尺六寸ノ石塔光ヲ放て彼所ニアリ。聖徳太子四十六箇ノ伽藍ノ結願ナル故ニ、本願成就寺ト号シタルヲ、是ヨリ阿育王ノ石塔寺ト名付タリ。今ノ額ノ字ハ大宋国良尺筆跡ト云云。

ここで先ほどの不自然な記述を解く手掛かりとしたいのは傍線部分である。『三国伝記』は、寂照の手紙が「明石浦」に流れ着き、それを増位寺の僧が発見したとなっており、これは『集記』に「寛弘三年二月十五夜義観僧都当山之住僧恵心之徒夢明石浦海上有㆓一箱㆒㆑放㆑光翌到㆓明石浦㆒尋㆑之忽得㆓夢相之箱㆒㆑披㆑之寂照法師之記文也」とあるのと共通するものである。このような設定だと平家物語のような不自然さはない。つまり、延慶本の記述は、『三国伝記』や『播州増位山随願寺集記』のような話を略述したために起きたことであると考えられ、同時に、延慶本以前にこうした記事が存在したということをも示している。延慶本以前に増位寺と石塔寺が阿育王伝承によって繋がっていたということは、増位寺が、石塔寺と同様に、阿育王信仰寺院として認識されていたということになるだろう。寂照の手紙が「流れつく」というモチーフは、五来重氏が指摘される薬師如来伝承のパターンを思わせるものであり、(19)『言泉集』にあるような「龍宮」との関わりからも、阿育王信仰は、薬師信仰と繋がる性格を持っていたということができる。

延慶本において、霊験を示す寺院として増位寺が設定され、その本尊である薬師如来が、託宣を下す「章綱物語」の背景には、このような阿育王信仰の隆盛と、それによって作られた増位寺の伝承があったからだと考えられるのである。

おわりに

延慶本の章綱物語に、増位寺が設定されたその背景を考えてみた。増位寺の、叡山の末寺であるという性格と、中世において隆盛となった阿育王信仰を担う寺院という性格に注目し、寂照石塔発見譚を手掛かりに考察した。章綱物語の増位寺霊験帰洛譚は、阿育王信仰の具現化した物語であるということができるだろう。

（1）四部合戦状本はこの物語の主人公を「章経」としている。しかし『玉葉』の安元三年六月六日条には「章綱」が捕縛されたという記事があり、また同じ四部合戦状本の「鹿谷」の段には陰謀に加わった人物として「式部大夫章綱」とあることから、これは、「章綱」が正しく、「章経」は四部合戦状本の誤写と考えられる。本稿では「章綱」で統一する。
（2）早川厚一・佐伯真一・生形貴重『四部合戦状本平家物語評釈（五）』二頁（私家版　昭和六十年十二月）。
（3）前掲注（2）三頁。
（4）高山利弘編『訓読　四部合戦状本平家物語』四九〇～四九一頁（有精堂　平成七年三月）。
（5）山下宏明「いくさ物語と和歌――四部合戦状本『平家物語』の場合――」（樋口芳麻呂編『王朝和歌と史的展開』所収　笠間書院　平成九年十二月）。
（6）天川友親編・八木哲浩校訂『播陽万宝智恵袋』上巻所収（臨川書店　昭和六十三年二月）。
（7）群書類従第二十八輯上所収（佛書刊行會編　大正二年八月）。
（8）『集記』を収める『播陽万宝知恵袋』は近世の編だが、『集記』自体は奥書に「乾元元年壬寅歳十一月　誠観内供奉記之」とあり、中世の史料として使用する。
（9）寂照の手紙を拾った人物の名を記すのは『集記』のみである。増位寺の住僧を、叡山僧である恵心の弟子とするこの記述は、増位寺と叡山の関係を示している。
（10）森克己「日宋交通と阿育王山」（『日宋文化交流の諸問題』所収　一三四頁　刀江書院　昭和二十五年七月）。
（11）追塩千尋「阿育王伝説の展開（二）」（『日本中世の説話と仏教』所収　九八頁　和泉書院　平成十一年十二月）。
（12）大曾根章介翻刻『澄憲作文集』（秋山虔編『中世文学の研究』所収　東京大学出版会　昭和四十七年七月）。
（13）永井義憲編『安居院唱導集』上巻所収（貴重古典籍叢刊6　角川書店　昭和五十四年八月）。
（14）同右。
（15）『盛衰記』は「力寿」とする。定基の出家の機縁となった女性については、文献によって異なっている。管見のうち、この女性を正室とするのは『続本朝往生伝』『宝物集』のみであり、他の『今昔物語集』『発心集』『宇治拾遺物語』『海道記』『東関紀行』『十訓抄』『三国伝記』は正室以外の女性となっている。そして、これを「赤坂の遊君」もしくは「女」としているのは、『海道記』『東関紀行』『三国伝記』であるが、「力寿」とするのは『盛衰記』と『三国伝記』である。『盛衰記』は早い時期の記述であると考えられる。
（16）『東大寺縁起絵詞』（『同朋学園佛教文化研究所紀要』第九号　昭和六十二年九月）。
（17）源健一郎「源平盛衰記と『東大寺縁起絵詞』――行基・寂昭・重源のこと――」（関西軍記物語研究会編『軍記物語の

窓』第一集所収　和泉書院　平成九年十二月）。

（18）巻第十一、感進三「石塔寺寂禪」（新訂増補國史大系三十一　吉川弘文館　昭和四十年六月）。

（19）五来重「山の薬師・海の薬師」（五来重編『薬師信仰』所収　雄山閣　昭和六十一年十一月）。

［付記］本稿は、伝承文学研究会関西例会（平成十六年三月二十一日・於立命館大学）における口頭発表をまとめたものです。席上、貴重なご教示を賜った方々に厚く御礼申し上げます。

女の日記に見る信仰のかたち
——中古・中世の日記から——

宮川明子

はじめに

今日なお世界各地で起きている紛争の原因の主要な部分が宗教的信条の違いに根ざしている状況を見るにつけ、われわれ日本人の抱いている、また、これまで抱いてきた宗教意識とは何か、問い直してみたいと日ごろ考えていた。とりわけ女性の宗教意識、信仰のあり方に関心をもっている。

そこで本稿では、女性の日常生活やその時どきの心情が比較的すなおに記されている（たとえ虚構が含まれているとしても）日記に類するものを素材として、かつて日本女性の抱いていた宗教意識、信仰のかたちを探ってみたい。対象として、『蜻蛉日記』から『竹むきが記』に至る中古・中世の女の日記九篇を取りあげる。

本稿中の引用文および頁は、特記したものを除いて、『うたたね』と『竹むきが記』は新日本古典文学大系、その他の日記、物語は、すべて新編日本古典文学全集に拠る。

一　『蜻蛉日記』の場合

『蜻蛉日記』の著者である道綱母が、「三十日三十夜はわがもとに」という切なる願いも空しく、夫・兼家の心を常に独占するわけにはいかず、満たされぬ思いに苦悩していたのは周知の事実である。そのとき彼女はどうしたか。まず彼女の得意な歌を武器に夫を攻撃、ないしは夫に愁訴する。「出家する、尼になる」と迫るのである。結婚生活のまだ初期に、道綱母が、「われや悪しき」と平然と浮気をする（彼女から見れば）兼家に自分の気持ちを訴えた長歌を見てみよう。

……いかなる罪か　重からむ　ゆきもはなれず　かくてのみ　人のうき瀬に　ただよひて　つらき心は　みづの泡の　消えば消えなむと　思へども　悲しきことは　みちのくの　躑躅の岡の　くまつづら　くるほどをだに　待たでやは　宿世絶ゆべき　阿武隈の　あひ見てだにと　思ひつつ　嘆く涙の　衣手に　かからぬ世にも　経べき身を　なぞやと思へど　あふはかり　かけはなれては　しかすがに　恋しかるべき　唐衣　うちきて人の　うらもなく　なれし心を　思ひては　うき世を去れる　かひもなく　思ひ出で泣き　われやせむ　思ひかく思ひ　思ふまに……（一一六〜七頁）

『蜻蛉日記』において出家願望が初めて見出されるのが、この長歌である。そのなかで、道綱母は、自らの不幸は前世の罪業の結果かと自問し、死への逃避や出家を願いつつも、陸奥国在任中の父の帰京を待たないでそうすることへのためらいや、また、もし出家をしたとしても夫への思いや未練は断ち切れないであろうと、矛盾した心のうちを披瀝している。

道綱が少しは話し相手になれるほどに成長すると、「いかがはせむ。かたちを変へて、世を思ひ離るやとこころろみむ」（二〇一頁）と自らの思いを述べるが、一緒に自分も出家すると言って鷹を放つ息子の健気な姿に、その決心は揺らぐばかり。

道綱母の、時として出家を望みながらも実際には決心がつかないという至って人間的な心の葛藤は、『蜻蛉日記』全編を通じて変わらない。彼女の不幸も厭世観も、あくまで兼家の浮気な心に起因しているのであり、それを除けば、彼女に特に出家する理由はない。道綱母の真の願望は兼家の愛を独占し、女の生をまっとうすること。兼家もそれを承知しているから余裕がある。先の長歌に対する返歌のなかでも「いかなる罪の　重きぞと　いふはこれこそ　罪ならし」（一一九頁）と詠い、道綱母の深刻な悩みも軽く受けとめ、はぐらかす。

自分の悩みに正面から向き合ってくれない夫に業を煮やし、神仏に悩みを訴えるべく、道綱母は物詣にでかける。『蜻蛉日記』に見える物詣の記録のうち主なるものだけでも左記のごとくである。

(ア)安和元年（九六八）九月　初瀬にて一夜参籠
(イ)天禄元年（九七〇）六月　唐崎へ祓に
(ウ)同七月　　　　　　　　　石山にて三日参籠
(エ)天禄二年（九七一）六月　鳴滝で三週間ほど参籠
(オ)同七月　　　　　　　　　父の一行と初瀬へ。一夜参籠。途中で春日社参詣

このほか稲荷、賀茂社、清水寺、某山寺など、京都近辺の寺社へも数度、参詣している。

『蜻蛉日記』上巻に載る安和元年の最初の初瀬参詣（ア）は、大嘗会の御禊が終わったら一緒に参詣しようという兼家の提案を振り切って、九月に少人数で出立。往路、立ち寄った宇治では、「見やれば、木の間より水の面つややかにて、いとあはれなるここちす。……川にむかへて、簾巻きあげて見れば、網代どもし渡したり。ゆきか

ふ舟どもあまた見ざりしことなれば、すべてあはれにをかし」（一五九頁）と、初めて眺めた旅先の光景に心をなごませ、初瀬では乞食や盲人の様子なども記しているが、自身の宗教的な心情や参籠して何を祈願したかについては触れていない。

道綱のほか子宝に恵まれず、いつも夫に正面からぶつかって傷つき満たされぬ思いに懊悩していた道綱母が、年ごろ多くの願を抱いていたであろうことは想像に難くない。それが彼女を霊験あらたかだといわれる初瀬参詣に駆り立てたのだが、そこに現世利益を求める以外の宗教的情熱を感じ取ることはできない。

兼家の訪れぬ夜が三十余日、昼は四十余日となり、「せむかた知らず、あやしくおきどころなき」（一九三頁）ここちを鎮めるべく涼を求めて出かけた唐崎の祓え（イ）。兼家の足がますます遠のき、「なほいかで心として死にもしにしがなと思ふよりほかのこともなき」（二〇一頁）までに追いつめられ、妹にも知らせず密かに徒歩で詣でた石山寺（ウ）。そこで道綱母は「身のあるやうを仏に申すにも、涙に咽ぶばかりにて、言ひもやられず」（二〇六頁）という状態で、自らの苦悩を仏に愁訴する。二日めの夜、泣き明かしてまどろみ夢をみた彼女は、「仏の見せたまふにこそあらめと思ふに、ましてものぞあはれに悲しくおぼゆる」（二〇九頁）と、石山寺での参籠を通じて悲しみのなかにも仏の慈悲を感得できた体験を記している。

兼家と近江の結婚の噂を聞いたうえ、門前を何度も平然と素通りする兼家に絶望して参籠した鳴滝の山寺（エ）。このたびは道綱母と兼家の関係がもっとも危機状態にあった。彼女は長精進にはいって仏を念じつつ出家を真剣に考える。「きはめて幸ひなかりける身なり。年ごろをだに、世に心ゆるびなく憂しと思ひつるを、ましてかくあさましくなりぬ。とくしなさせたまひて、菩提かなへたまへ」（二二二頁）と、涙をこぼしながら行ないをつづけ、夢にも自らの出家姿を見て、兼家の前渡りせぬ世界にと、出家覚悟で鳴滝に籠るが、道綱のことを思うと心が迷う。「かたち異にても、京にある人こそはと思へど、それなむいともどかしう見ゆることなれば、かくかく思ふ」（二三五～六頁）子どものいる女の出家には世間の風当たりが強かったと見える。結局、親族のたびかさなる説得や二度にわたる兼家の迎えに、彼女は三週間あまりで下山する。

鳴滝参籠も彼女と兼家の関係を本質的に何ら変えるものとはならなかった。しかし磊落な兼家が彼女につけた綽名「あまがへる」を彼女自身が嫌っているようにもみえないことから、この参籠により道綱母の心境に変化が生じたことは確かである。彼女は兼家の妻であることも、道綱の母であることも捨てられない自分を改めて確認し、苦しくとも俗世で女として生きぬく道を選んだのだ。鳴滝参籠以後、彼女の出家願望は消えていく。先に記した物詣の記録を見ればわかるように、参籠をともなう遠方への物詣は、安和・天禄の約三年間（道綱母三十三歳から三十六歳）に集中し、それ以後は行なわれていない。この事実からも道綱母の心境の変化が窺われる。

『蜻蛉日記』を通じて見られる道綱母の宗教意識はかなり薄い。現代の多くの日本人のそれに、むしろ似ている。彼女の心は「釣する海人の泛子」（二五〇頁）のように、常に揺れ動く。現実の苦しさから逃れるため、また現世利益を求めて神仏に祈り頼るが、心から神仏を信じているわけではない。彼女が「わが頭とりおろして、額を分くと見る」夢と「わが腹のうちなる蛇ありきて肝を食む」夢をみたときに、これを日記に書きつけたのは、「かかる身の果てを見聞かむ人、夢をも仏をも用ゐるべしや、用ゐるまじやと定めよとなり」（以上三箇所二一三頁）と記していることからも、それがわかる。

かなり頻繁に出かけた物詣も現実からの逃避と現世利益希求の色が濃い。岡崎知子氏は、その論稿「平安朝女性の物語」(1)のなかで、道綱母の石山参籠を評して、「仏に訴えることはといえば自分の思い通りにならない夫婦仲を、仏の力で何とかしてほしいという極めて身勝手な願いを繰返し述べているにすぎない。こうした彼女の態度には宗教的に高次な思想などは求め得べくもない」と手厳しいが、岡崎氏はつづけて「もっともその点は道綱母にかぎらず一般にこの当時の神仏に対する信仰のしかたそのものがかように現実的・打算的・功利的な面が非常に強かったのではある」と補足を加えている。

道綱母の物詣は、いまなお多くの人びとが寺社参拝を兼ねた小旅行に行くのと似ている。人によって宗教意識に濃淡はあるものの、物詣の過程で、美しい珍しい風物に触れ、見知らぬ人間をも観察する機会が得られることにより、ストレスが解消し、狭い意識のなかでもがき苦しんでいた自分を異なった角度から客観的に見直す契機がつかめることも、古今変わらぬ物詣・旅行の成果であろう。出家にも踏み切れず夫と息子を愛してやまない悩み多き道綱母の信仰のあり方のなかに日本女性のそれの原点が見出されるように思う。

二 『和泉式部日記』の場合

『和泉式部日記』は『和泉式部物語』という書名でも伝えられているように、一般の日記より「物語性」が強く、その作者も和泉式部と確定しているわけではない。日記の内容も、和泉式部と敦道親王との十か月にわたる恋愛模様が二人の贈答歌を軸に描かれているのみで、そこから和泉式部の宗教意識や信仰のあり方を抽出することは難しい。ただこの日記に即して見れば、和泉式部が敦道親王の兄であるかつての恋人・為尊親王の亡き後、「ならはぬつれづれのわりなくおぼゆる」（一九頁）状態にあり、敦道親王と愛し合うようになってからも、身を憂きものと考えて石山寺に詣でたり、「ふれば世のいとど憂さのみ知らるるに今日のながめに水まさらなむ　待ちとる岸や」（一八〜九頁）の歌に見られるように、ときには出家を望んだりもする、当時の貴族女性としては、ごく一般的な宗教意識を抱いていたということは言えるだろう。

それどころか、和泉式部はその人生において多くの恋に悩み、二人の若き恋人・為尊親王・敦道親王の死に会い、さらには、晩年、最愛の娘・小式部内侍をも喪って、道綱母とは比較にならないほどの（各自にとって、その悩み苦しみは常に絶対的なものであり、比較できる性質のものではないとはいえ）深い悲しみを現実に体験し、人の世の無常を痛感していたはずである。その和泉式部が若き日、たぶん二人の親王との恋を経験した後に、書写山の性空上人に贈ったといわれる「暗きより暗き道にぞ入りぬべきはるかに照らせ山の端の月」（『拾遺集』一三四二番）という歌ひとつを見ても、暗い世界で迷い、そこからの救済を願う和泉式部の切なる思いが窺われる。

京都の誠心院という寺に和泉式部の尼像が残されている。それがどこまで真実を伝えているかはわからないが、敦道親王の死後、尼になろうと思って詠んだ「捨てはてむとおもふさへこそかなしけれ君になれにし我身とおもへば」（『後拾遺集』五七四番）という歌を残している和泉式部が晩年に出家した可能性は高い。

三　『紫式部日記』の場合

藤原道長女・彰子の皇子出産をめぐる諸行事と道長をはじめとする人びとの喜びのさまを活写した『紫式部日記』のなかで、式部は、一条天皇の行幸を迎える準備に活気づく土御門邸の喧騒をよそに、「めでたきこと、おもしろきことを、見聞くにつけても、ただ思ひかけたりし心の、ひくかたのみつよくて、もの憂く、思はずに、嘆かしきことのまさるぞ、いと苦しき」（二五一頁）と、はなやかな空気のなかに溶け込むことのできない自らの心情を語っている。夫の死後、宮仕えに出た紫式部の憂いに満ちた心の内がここに示され、このような心情に裏打ちされた式部の宗教意識は、日記のなかの次の一節に集約的に示されている。

いかに、いまは言忌しはべらじ。人、といふともかくいふとも、ただ阿弥陀仏にたゆみなく、経をならひはべらむ。世のいとはしきことは、すべてつゆばかり心もとまらずなりにてはべれば、聖にならむに、懈怠すべうもはべらず。ただひたみちにそむきても、雲に乗らぬほどのたゆたふべきやうはべるべかなる。それに、やすらひはべるなり。としなむもはた、よきほどになりもてまかる。いたうこれより老いほれて、はた目暗うて経よまず、心もいとどたゆさまさりはべらむものを、心深き人まねのやうにはべれど、いまはただ、かかるかたのことをぞ思ひたまふる。それ、罪ふかき人は、またかならずしもかなひはべらじ。さきの世知らるることのみ多うはべれば、よろづにつけてぞ悲しくはべる。（二一〇〜一頁）

ここで式部は、すぐにも出家して阿弥陀仏に帰依し信仰ひとすじに余生を送りたいという願望を語りながらも、その一方で、たとえ出家したとしても迷いが生じて動揺することがあるかもしれないと自分自身の心に危惧の念を示し、さらに前世の宿業により出家の志もかなうとは限らないと悲観的な予測さえしている。

式部は一条天皇亡き後、皇太后となった彰子にも相変わらず仕えているし、『紫式部集』（陽明文庫本）に載る「いづくとも身をやるかたの知られねば憂しと見つつもながらふるかな」（『千載集』一一二六番）などを見ると、ともかく最晩年まで出家はしなかったようである。

『源氏物語・帚木』雨夜の品定めでは、道綱母のごとく夫の心を見定めようとして出家し、後になって後悔の涙を流す女性の例が挙げられている。そのような女性は、「忍ぶれど涙こぼれそめぬれば、をりをりごとにえ念じえず、悔しきことも多かめるに、仏もなかなか心ぎたなしと見たまひつべし。濁りにしめるほどよりも、なま浮かびにては、かへりて悪しき道にも漂ひぬべくぞおぼゆる」（第一巻六七頁）と、作者は左馬頭に語らせている。

また『源氏物語・手習』のなかで、浮舟の出家に際し横川僧都が発した「まだいと行く先遠げなる御ほどに、いかでか、ひたみちにしかは思したたむ。かへりて罪あることなり。思ひたちて、心を起こしたまふほどは強く思せど、年月経れば、女の御身といふもの、いとたいだいしきものになん」（第六巻三三五頁）という言葉は、出家後の迷いを予感して出家に踏み切れなかった式部の気持ちを代弁しているように思われる。

式部は人の心の深奥をみつめ自分自身に対しても妥協しなかった。その厳しさが、かえって尼となることを妨げた。あまりに理想的な出家を志向していたがゆえに、たぶん一歩を踏み出すきっかけがつかめなかったのだ。『源氏物語・御法』のなかで、式部は出家に踏み切れない源氏の気持ちを「（紫の上の）かくいと頼もしげなきさまになやみあついたまへば、いと心苦しき御ありさまを、今はと行き離れんきざみには棄てがたく、山水の住処濁りぬべく、思しとどこほるほどに、ただうちあさへたる思ひのままの道心起こす人々には、こよなう後れたまひぬべかめり」（第四巻四九四頁）と記している。

紫の上亡き後の源氏の苦悩を語る『源氏物語・幻』においても、そのテーマは繰り返される。「おほかたの人目に何ばかり惜しげなき人だに、心の中の絆おのづから多うはべなるを、ましていかでかは心やすくも思し棄てん。さやうにあさへたることは、かへりて軽々しきもどかしさなどもたち出でて、なかなかなることなどはべなるを、思したつほど鈍きやうにはべらむや、つひに澄みはてさせたまふ方深うはべらむと、思ひやられはべりてこそ。いにしへの例などを聞きはべるにつけても、心におどろかれ、思ふより違ふふしありて、世を厭ふついでになるとか、それはなほわるきことところそ」（明石の君の言葉、第四巻五三四頁）「さまでえ思ひのどめむ心深さこそ、浅きに劣りぬべけれ」（源氏の言葉、第四巻五三四頁）

出家という人生の大問題を前にして罪業観の強い紫式部の苦悩は深かったに違いない。しかし式部は、『源氏物語』のなかの多くの女人、藤壺、六条御息所、空蟬、朝顔、朧月夜、女三宮、浮舟には出家をさせている。

中井和子氏は、その著『源氏物語と仏教』(2)のなかで次のように述べている。「藤壺、空蟬、女三宮、浮舟、身分も育ちも性格もそれぞれ違っているが、彼女たちの出家が、一途なる仏道帰依というよりは、男から逃れるための出家であった、という点で共通している。それは、静かなる世界への渇仰でも、衆生済度の悲願でもなく、より現実的な生活に密着した出家である。純粋な出家をこれらの女人たちにさせず、甚だ現実的な出家をさせたということで、作者はかえってより根本的な問いを投げかけているのではあるまいか。それは、仏教の問題というより、人の生き方、仏の道の入口の問題である。」

四 『更級日記』の場合

『更級日記』の作者・菅原孝標女が、娘時代、物語に憧れ、物語を耽読し、物語世界に生きていたのは、『更級日記』に記されているごとく事実であろう。夢見がちな文学好きの少女なら、多かれ少なかれ、誰しも彼女と似たような体験をしている。しかし、その一方で、孝標女はたぶん物語世界に惑溺することへ潜在的に後ろめたさを感じていた。それは、「法華経五の巻をとく習へ」(二九八頁)「天照御神を念じませ」(三〇〇頁)という娘時代に見た夢をいつまでも心に留めておき、それを書き記した事実からも窺われる。いや、それ以上に、そういう信仰にかかわる夢を見たこと自体、所願成就を祈る誰もが抱く一般的な信仰心より強い宗教意識を彼女が潜在的に抱いていたことを示している。(3)

『更級日記』には、夢についての記述が十一箇所もある。その内の六例は清水寺、長谷寺、石山寺で参籠中に見た(代参者が見たものも含む)主として彼女の前世や未来を告げる夢、三例は宗教色が濃厚な夢で、先に記した二例に加えて晩年に見た阿弥陀仏来迎の夢。残りの二例はごく一般的な夢の記述である。新潮日本古典集成『更級日記』の解説のなかで、校注者・秋山虔氏は「以上の数々の夢をたどれば、作者はまさに夢を拠り所として自己の人生の軌跡を描いていることが知られよう」（一四八頁）と語り、また、「注意すべきは、これらの夢が、物語に耽読する作者の行為に対する戒めであり、また信心への励ましであったのに、その当座、作者はほとんど関心をはらわなかった、そのことへの悔恨の文脈のなかで夢の叙述がなされているということである」（一四六頁）と語っている。

たしかに孝標女は日記のなかで、つねに悔恨めいた告白をしている。たとえば、娘時代については、「かやうにそこはかなきことを思ひつづくるを役にて、物詣をわづかにしても、はかばかしく、人のやうならむとも念ぜられず。このごろの世の人は十七八よりこそ経よみ、おこなひもすれ、さること思ひかけられず」（三一三〜四頁）と悔やみ、結婚後には、「その後はなにとなくまぎらはしきに、物語のこともうちたえ忘られて、ものまめやかなるさまに、心もなりはててぞ、などて、多くの年月を、いたづらに臥し起きしに、おこなひをも物詣をもせざりけむ。このあらましごととても、思ひしことどもは、この世にあんべかりけることどもなりや」（三二九頁）と、反省の弁を述べ、家族の幸せを願って物詣に精を出しているし、晩年、夫の突然の死に遭遇すると、「昔より、よしなき物語、歌のことをのみ心にしめで、夜昼思ひて、おこなひをせましかば、いとかかる夢の世をば見ずもやあらまし」（三五七頁）と、嘆いている。

しかし、孝標女は本当に自分の人生を否定的にのみ捉え、過去を悔やみつつ老残の日々を送ったのか。

この『更級日記』には、現代に生きる我々の感性、とりわけ女性の感性にもっとも近いものが見出されるように思う。よほど順風満帆の人生を送ってきたものでもないかぎり、自分の過去に悔恨の情をもたない人間は少ないに違いない。人生のある時点で、もっと違った選択肢があったのではないか、違った生き方ができたのではないか、という思いに人は苦しむ。孝標女が晩年に抱いた悔恨の情は、年齢を重ねてきたものがもつ普遍的な感情であろう。

一般に、いかなる女性も、少女時代には自分の未来をとりとめもなく夢想する。若いときに自分の興味の対象がみつけられたら、それに没頭し他には目が行かない。そして自分が幸せなときには、神仏に願いごとはしても、それ以上、気にかけない。それが、結婚し、子どもができ、親が年老い、人生の不如意を感じるようになると、神仏にふり向き、神仏に頼りたくなる。祈らずにはいられない。孝標女が抱いた宗教意識、孝標女がたどった信仰への道は、今日でも多くの女性がたどる道である。

かつて、家永三郎氏は孝標女が晩年に見た阿弥陀仏来迎の夢の記述に関し、次のように語った(4)。


年号年月日を明記したのは更級日記一巻を通じただこの一箇所だけであることによって、この夢が作者にとり如何に重要なる意義をもってゐたかを知るべきである。物語への思慕、夕顔や浮舟の生活への憧憬から、妻として母としての幸福へと移り来つた作者の眼は、今や三度転換し、阿弥陀仏来迎の誓に魂の安住地を見出したのであった。……その後の作者の信仰生活を窺ふべき資料は全然残されてゐないけれど、幼くより芸術に、宮仕への交りに、家庭生活に、いたるところに豊かなる愛を注ぎ、理想を求むるに熱烈であった作者が、この直ぐなる心をそのまま西方の彼方に注ぐことにより、首尾よく来迎に乗じて安養に還帰したであらうことは想像するに難くないところである。(一三七〜八頁)

……更級日記一篇の構想の内に存する思想性は、一言にして云へば、此岸より彼岸への廻心の過程と云ふことができる。また肯定的精神より否定的精神への成長の経路とも云ふことができる。……理想が現実に直面してもろくも破れ去るとき、始めて理想と現実との矛盾を本質とする世界構造が開示せられるのである。人間の力をもって乗り切るべくこの矛盾の深淵が余りにも絶望的であることが自覚されたときにのみ、絶対他者の宗教的救済力を仰いでこの矛盾を超越的に克服すべきことを知る。しかしこの境地はただ人間の無力に対する徹底的自覚と人間的価値の全面的否定との関門をくぐった者のみの到達しうるところである。……更級日記の作者の辿った途は真にかかる境地に達すべき典型的な道程を経たものであった。……現実の内に求められたる理想が現実自らの内に破壊せられることにより、作者は僧侶や聖教の教へを俟つまでもなく、世間虚仮唯仏是真のことはりを身をもって学ぶことができたのである。……更級日記一篇はこの入信の経路を語るものとして、宗教的宣伝意識の欠乏にもかかはらず、否むしろそれ故に一層真実にして力強き優れた宗教的告白書として日本思想史上稀なる高き価値を有つと云ふも決して誇張の言ではあるまい。（一三九〜四〇頁）

家永氏のこの見解に対し、研究者のなかには、『更級日記』の巻末に載る作者のわびしい心境を詠んだ歌などを根拠に、疑問を呈する人もいる(5)。たしかに家永氏の説は、やや孝標女の信仰心を過大評価した観を否めないが、孝標女の純でやさしい人柄が窺われる多くのエピソードや歌を読むにつけ、基本的には家永説が肯定できるように思う。

孝標女は夢見がちな多くの文学少女がたどる道をたどった。女の盛りをすぎ、二親を看取り、夫の突然の死に遭遇し、自らの死をも脳裏に浮かべたとき、来世での救済を求める思いが切になるのは、ごく自然な成り行きである。彼女が阿弥陀仏の来迎を感得したのは、たぶん事実であったろう。孝標女は、それを心の支えに今までの人生をふりかえり、伯母・道綱母がそらごとでない日記を書こうとしたのに倣って、自らの生きた証しを書き綴った。孝標女の歩んだ人生は、魅力あふれる貴顕の妻となった道綱母とも物語の女君とも違って、なんと地味で慎ましやかな人生だったことか。彼女の周辺に生きていた人びと、両親、乳母、姉、夫もひそやかに人生を終えた。虚構も含まれてはいるだろうが、物語とは異なった平凡なる人間の哀歓、夢と現実を書き記したのが『更級日記』であり、そこには、一千年の時空を超えて現代の人間にも通ずる宗教意識が垣間見られる。

五　『讃岐典侍日記』の場合

『讃岐典侍日記』の上巻は、堀河天皇の死に至る病と崩御を傍らで看取った記録、下巻は幼帝・鳥羽天皇に仕えながら堀河天皇を追慕する記であるが、このような記録にもかかわらず、作者・藤原長子自身の宗教意識や信仰を示すような記述は少ない。天皇に昼夜を分かず付き添い、天皇の周りでは高僧たちによる読経や加持祈禱が、「声を惜しまず、頭よりまことに黒煙立つばかり、目も見開けず念じ入りて、仏をうらみくどき申さるるさま、いとたのもし」(四一七頁)という状態で行なわれていたのだから、祈禱は専門家の僧にまかせ、長子は心の底で天皇の回復を念じつつ介護にうちこんだのだろう。

上巻において、興味が引かれたのは次の一節である。

「いみじく苦しくこそなるなれ。われは死なんずるなりけり」とおほせられて、「南無阿弥陀仏、南無阿弥陀仏」とおほせらるるを聞くに、ただにおはしますをりに、かやうのことは、局々の下人までいまいましきことにこそいふを、御口よりさはさはとおほせられ出だすを聞くは、夢かなとまであさましければ、涙もせきあへず。(四一五頁)

『讃岐典侍日記』が書かれた十二世紀の初頭、一般には浄土教、念仏がさかんに行なわれていたと思われるのだが、この一節を見ると、宮中では、平常「南無阿弥陀仏」と念仏を唱えることには憚りがあったようである。念仏は法会や臨終の際に唱えるものとみなされていたためか。

『讃岐典侍日記』下巻には、いかなる悪条件のもとでも堀河天皇の月忌みに欠かさず参るひたむきな長子の姿が描かれている。しかし堀河天皇の崩御後、長子が出家することはなかった。長子は次のように語る。

……「いかなるついでを取り出でん。さすがに、われと削ぎすてんも、昔物語にも、かやうにしたる人をば、人も『うとましの心や』などこそいふめれ、わが心にも、げにさおぼゆることなれば、さすがにまめやかにも思ひ立たず。かやうにて心づから弱りゆけかし。さらば、ことにつけても」と思ひつづけられて、日ごろ経るに、……（四二九～三〇頁）

ここに長子の出家観が示されている。長子は衝動的に出家することには否定的であった。昔物語の例が引かれているように、多分それは当時かなり一般的な見方だったのだろう。出家することなく、結局、長子は幼い鳥羽天皇に仕えた。そして亡き堀河天皇を追慕しつつ、鳥羽天皇が成人するまで出仕をつづけた模様である。

六　『建礼門院右京大夫集』の場合

寿永元暦の世の騒ぎ、平家一門の都落ちの報に接し、建礼門院右京大夫は次のように記している。

さすが心ある限り、このあはれを言ひ思はぬ人はなけれど、かつ見る人々も、わが心の友は誰かはあらむと覚えしかば、人にも物も言はれず、つくづくと思ひ続けて、胸にも余れば、仏に向ひたてまつりて、泣き暮らすほかのことなし。されど、げに命は限りあるのみにあらず、様変ふることだにも身を思ふやうに心に任せで、ひとり走り出でなど、はたえせぬままに、さてあるるが、かへすがへす心憂くて、

またためしたぐひも知らぬ憂きことを見てもさてある身ぞうとましき（一〇一頁）

ここにも、命は定業によるから死ぬこともままならず、思い通りに出家することもできないと嘆く女人の姿が

ある。彼女にとって、このような運命を自分に課した神も仏も恨めしい。

慰むこともなきままには、仏にのみ向ひたてまつるも、さすが幼な幼なより頼みきこえしかど、憂き身思ひ知ることのみありて、またかく例なき物を思ふも、いかなるゆゑぞと、神も仏も恨めしくさへなりて、

さりともと頼む仏も恵まねば後の世までを思ふかなしさ

行く方なくわが身もさらばあくがれむあととどむべき憂き世ならぬに（一一六～七頁）

神仏をも恨むほどの状況にありながら、彼女の生きる力を支えたのは、「後の世をばかならず思ひやれ」（一一四頁）と言い残した資盛の言葉だった。資盛の供養ができるのは自分だけだ、という気概をもって、建礼門院右京大夫は資盛の書状を料紙にすかせて写経し、六地蔵を描き、仏事を営む。資盛の忌日に、建礼門院右京大夫は、次のように記している。

弥生の二十日余りのころ、はかなかりし人の、水の泡となりける日なれば、例の心ひとつに、とかく思ひ営むにも、わがなからんのち、誰かこれほども思ひやらむ、かく思ひしこととて、思ひ出づべき人もなきが、堪えがたく悲しくて、しくしくと泣くよりほかのことぞなき。わが身のなくならむことよりも、これが覚ゆるに、

いかにせむわが後の世はさてもなほ昔の今日を問ふ人もがな（一三六～七頁）

この思いを支えとして、建礼門院右京大夫は、命あるかぎり、毎日、資盛をはじめとする亡き人びとの冥福を祈ることを欠かさず、毎年、資盛の忌日には、その供養を心をこめて執り行ないつづけたに違いない。

七　『うたたね』の場合

いままで取りあげた日記には、出家を望みながらも現実には実行に移せない女人たちの姿があった。この『うたたね』には、まさに「あさへたる」出家を断行した若き女人の姿が描かれている。『うたたね』は『源氏物語』をはじめとする先行文学の影響を強く受けており、虚構も多く含まれていると言われている。(6)しかし本稿は中古・中世の女性の宗教意識や信仰のあり方を探ることに焦点を当てているので、虚構が含まれていることは承知のうえで、『うたたね』の本文に沿って、「あさへたる」とも言える出家がどのように実行されたのか、見ていきたい。

『うたたね』の作者・阿仏の分身と思われる主人公は、ある貴族との恋に破れ、失恋の痛手から、「さるは、月日に添へて耐へ忍ぶべき心地もせず、心づくしなることのみまされば、よしや思へばやすきと、理に思ひ立ちぬる心のつきぬるぞ、有し夢のしるしにやと嬉しかりける」（一六二頁）と、ある年の暮れに出家を決意し、身辺整理をすませた後、春の夜、「人は皆何心なく寝入ぬる程に、やをらすべり出づれば、灯火の残りて心細き光なるに、人やおどろかんとゆゝしく恐ろしけれど、たゞ障子一重を隔てたる居所なれば、昼より用意しつる鋏、箱の蓋などの、程なく手にさはるもいと嬉しくて、髪を引分くるほどぞ、さすがそゞろ恐ろしかりける。削ぎ落としぬれば、この蓋にうち入れて、書き置きつる文なども取り具して置かんとする程、出でつる障子口より、火の光のなをほのかに見ゆるに、文書きつくる硯の蓋もせで有けるが傍に見ゆるを引寄せて、削ぎ落したる髪をおし包みたる陸奥国紙の傍に、たゞうち思ふ事を書きつくれど、外なる灯火の光なれば、筆の立所も見えず」（一六三〜四頁）と、自らの手で髪を切り、当時仕えていた御所を出奔する。「こゝも都にはあらず、北山の麓といふ所なれば、人目しげからず、木の葉の陰につきて、夢のやうに見置きし山路をたゞ一人行心地、いといたく危うくもの恐ろしかりける。山人の目にも咎めぬまゝに、あやしくもの狂をしき姿したるも、すべて現のこととも覚えず」(一六四頁) こうして彼女は「たゞ一筋に亡きになし果てつる身なれば、足の行くにまかせて、はや山深く入なんと、うちも休まぬまゝに苦しく耐へがたきこと、死ぬばかりなり」(一六五頁) という状態で、里の人に助けられながら、ようやく目的の尼寺にたどり着く。

「待ちとる所にも、あやしく物狂をしきもののさまかなと、見驚く人多かるらめなれども、桂の里人の情に劣らめやは。さまぐ\に助け扱はるゝ程、山路は猶人の心地なりけるが、今はとうち休む程、すべて心地も失せて、露ばかり起きも上られず。いたづら者にて臥したりしを、都人さへ思ひの外に尋ね知る便りありて、三日ばかりはとにかくに障りしかども、ひとひに本意遂げにしかば、一筋に憂きも嬉しく思ひなりぬ。」(一六六頁) 都人の説得も退けて、遂に彼女は本懐を遂げたのだった。

『うたたね』には更なる展開や遠江への紀行文などが記されているが割愛する。いままでに抽出した記述のなかには、先行文学を真似た部分やたぶん多くの虚構が含まれているのだろうが、それでも、中世の女性の出家を断行する姿がかなり具体的に示されている。但し、ヒロインの宗教的信条を語る記述はなく、彼女がいかなる信仰心を抱いていたかは明らかではない。

現実の阿仏は、岩佐美代子氏の「『乳母のふみ』考」(7) によれば、この後、奈良の法華寺に入り、「法花寺にあった阿仏は出家の身ながら藤原氏の相応の身分の男性との間に子を宿してしまい、寺には居られなくなって、旧主安嘉門院と縁ある慶政に庇護を求めた」ようで、洛西松尾の慶政上人のもとに身を寄せ、松尾法花山寺のほとりに住まわせてもらって、誕生した女の子とともに困窮生活を送っていたところ、歌壇の長老・藤原為家女の世話で為家の秘書のような仕事につくことができ、為家とのたぶん情熱的な恋を経て、為家の後妻となった。為家とのあいだにも三人の男子をもうけている。阿仏自身、恋、出奔、出家、恋、還俗、出家を繰り返し、「事実は小説より奇なり」そのままの人生、先述の横川僧都が浮舟に語ったような女人の人生を生ききったらしい。『源氏物語』に精通していた阿仏が紫式部の危惧した「あさへたる」出家を多少の逡巡はあったとしても断行し、そして還俗も敢行したところに、中世という時代性が感じられる。

八　『とはずがたり』の場合

『とはずがたり』も『うたたね』と同様に虚構が多く含まれ、物語的性格の強い作品だと言われている。源氏物語の影響を強く受けていることは周知の事柄であるし、さらに、辻本裕成氏は、その論稿「同時代文学の中の『とはずがたり』」において、鎌倉時代物語との類似性を指摘している。(8)『とはずがたり』が源氏物語をはじめとする平安朝文学のみならず鎌倉時代文学の影響も大いに受けて執筆されたのは事実であろうが、それはそれとして、本稿では、作者・二条の宗教意識を『とはずがたり』のなかから抽出してみたい。

『とはずがたり』のなかで、二条の強烈な出離願望が最初に示されるのは、二条が産んだ皇子夭折の後の悲嘆を述べた次の一節においてである。

……前後相違の別れ、愛別離苦の悲しみ、ただ身一つにとどまる。幼稚にて母におくれ、盛りにて父を失ひしのみならず、今またかかる思ひの袖の涙、かこつ方なきばかりかは。馴れゆけば、帰る朝はなごりを慕ひて、また寝の床に涙を流し、待つ宵には更けゆく鐘に音を添へて、待ちつけて後は、また世にや聞こえむと苦しみ、里にはべる折は君の御面影を恋ひ、かたはらにはべる折は、またよそに積もる夜な夜なを恨み、わが身に疎くなりましますことも悲しむ。人間のならひ、苦しくてのみ明け暮るる、一日一夜に八億四千とかやの悲しみも、ただ我一人に思ひつづくれば、しかじ、ただ恩愛の境界を別れて、仏弟子となりなむ。(二六〇〜一頁)

二条は、人間が生きていくうえで常に悲しみ苦しみから逃れられないことを嘆き、つづけて、九歳のとき西行の絵入りの修行の記を見てから、「難行苦行はかなはずとも、我も世を捨てて、足にまかせて行きつつ、花のもと、露の情けをも慕ひ、紅葉の秋の散る恨みをも述べて、かかる修行の記を書き記して、亡からむ後の形見にもせばやと思ひしを、三従の愁へ逃れざれば、親に従ひて日を重ね、君に仕へても今日まで憂き世に過ぎつるも、心のほかになど思ふより、憂き世を厭ふ心のみ深くなりゆくに、……」(二六一〜二頁)と記し、出家して西行のように諸国を行脚してみたいという願望をもちながらも、憂き世のしがらみゆえ、実際には思うようにならないことを悲しんでいる。後世、二条が本当に三十歳前後で出家したところを見ると、ここに引用した言葉は彼女の本音で、宮廷での生活をそれなりに楽しんだり恋愛模様をくりひろげたりしながらも、二条の心底には出離の思いが常に潜んでいたと思われる。

二条の出離願望の背景には、彼女が「その恩、四大海の水よりも深し」(二三〇頁)と慕っていた父・久我雅忠の次のような遺言が存在した。

……君に仕へ、世に恨みなくは、慎みて怠ることなかるべし。思ふによらぬ世のならひ、もし君にも世にも恨みもあり、世に住む力なくは、急ぎて真の道に入りて、わが後生をも助かり、二つの親の恩をも送り、一蓮の縁と祈るべし。世に捨てられ、便りなしとて、また異君にも仕へ、もしはいかなる人の家にも立ち寄りて、世に住むわざをせば、亡き跡なりとも、不孝の身と思ふべし。夫妻のことにおきては、この世のみならぬことなれば、力なし。それも、髪をつけて好色の家に名を残しなどせむことは、かへすかへす憂かるべし。ただ世を捨てて後は、いかなるわざも苦しからぬことなり[9]（二二七頁）

これが二条の創作ではなく、院の御子を身ごもった愛娘に与えた真に父・雅忠の遺言であるならば、二条の父は、死を前にして、恐ろしいほど的確に娘の前途を予言したものである。母はすでになく、若くして父という後ろ盾をも失った女の行く末の困難さは、当然、世の常として予測がつくことだったのかもしれない。後嵯峨院に長らく仕え当時の乱脈なる宮廷生活を知り尽くしていた雅忠は、娘の前途を思うと不安でならなかった。雅忠が最後に発した言葉「何とならむずらむは」（二二九頁）は、彼の不安を物語っている。そして、父が念仏ならぬ娘への愛執に満ちた言葉を最後に残して死去したことは、二条の生涯を通じての苦悩の種となり、父の菩提を弔うためにも、後深草院の寵が薄れたとき父の遺言に従って出家することは、二条の予定未来のうちにはいっていた。

しかし現実に御所を追放されたとき、二条に煩悶がなかったわけではない。その瞬間には院の仕打ちに納得がいかず、「……いかでか御恨めしくも思ひまゐらせざらん。いかばかりおぼしめすことなりとも、『隔てあらじ』とこそ、あまたの年々契りたまひしに、などしもかかるらむと思へば、時の間に世になき身にもなりなばやと、心一つに思ふかひなくて」（四〇一頁）と院を恨めしく思い、「まさに長き夜の寝覚めは、千声万声の砧の音も、わが手枕に言問ふかと悲しく、雲居を渡る雁の涙も、物思ふ宿の萩の上葉を尋ねけるかと誤たれ」（四〇二頁）と、孤閨をかこつ。

ではあるが、自分に突然課せられた試練に戸惑いつつも、たぶん二条は少しずつ我をとり戻して行った。有明の月の三回忌をすませ、祇園社で祈り、庵室にこもる。御所退出後二年目に催された北山准后の九十賀、さらに数年を経た後の西園寺実兼女入内の折には、まだ女房として仕えたらしいが、すでに自分を生かせる場のないこと、出家するよりほかに生きる術のないことを悟ったのであろう。この後、二条は出家したようである。松村雄二氏は、その著『とはずがたり』のなかの中世——ある尼僧の自叙伝(10)』において、二条は「若い頃から年末になると籠もった醍醐の勝倶胝院という尼寺を頼って得度したのかもしれない」と推定している。

しかし出家したからと言って、ただちに二条が過去と断絶し過去を清算できたわけではない。出家後の東国への旅の途次にも、都を慕って涙する。

……夕月夜華やかにさし出でて、都の空も一眺めに思ひ出でられて、今さらなる御面影も立ち添ふ心地するに……（四二八頁）

清見が関を月に越えゆくにも、思ふことのみ多かる心の内、来し方行く先辿られて、あはれに悲し（四二九頁）

……心の内の物悲しさも、ただ今始めたるやうに思ひつづけられて、一人思ひ、一人嘆く涙をも乾す便りにやと、都の外まで尋ね来しに、世の憂きことは忍び来にけりと悲しくて、……（四三二頁）

……かたじけなく君の恩眷をうけたまはりて、身を立つるはかりことをも知り、朝恩をもかぶりて、あまたの年月を経しかば、一門の光ともなりもやすると、心の内のあらましも、などか思ひよらざるべきなれども、棄てて無為に入るならひ、定まれる世のことわりなれば、「妻子珍宝及王位、臨命終時不随者」、思ひ捨てにし憂き世ぞかしと思へども、馴れ来し宮の内も恋しく、折々の御情けも忘られたてまつらねば、ことの便りには、まづ言問ふ袖の涙のみぞ、色深くはべる（四四五〜六頁）

右に引用したのは、出家後、東国への旅の途次、二条が抱いた心情を記した箇所の、ほんの一部である。しかし宮中で育ち、納得のいかない形で宮廷を追われた二条が旅先で都を偲ぶのは、むしろ当然の感情で、太政大臣・久我通光の孫、院の皇子まで産んだ高貴な女人が、出家を断行し、西行に倣って尼姿で旅に出、遊女や地方の人間とも交わり、さまざまな体験をしたこと自体、稀有の事であろう。

二条の旅の目的は、心願成就と滅罪生善を祈誓し五部大乗経書写の宿願を果たすこと、さらに、西行に倣って修行をしつつ各地の寺社を参拝し各地の風物に触れて歌を詠むこと。二条は旅をつづける生き方を選び、一つの寺に安住することはなかったようだ。奈良の法華寺を訪れた折にも、「しばしかやうの寺にも住まひぬべきかと思へども、心のどかに学問などしてありぬべき身の思ひとも、我ながらおぼえねば、ただいつとなき心の闇にさそはれ出でて……」（四五五〜六頁）と、記している。

二条が廻国修行を実践できた背景には、街道、宿場の整備、旅する女性（遍歴する女性芸能者、女性の商人、勧進活動をする律宗の尼僧、時宗の信者、上京する女性訴訟人）の増加など、中世という時代条件が備わっていたと思う。[11]とはいえ、十数年にわたって日本各地を旅した二条の肉体と精神の強靭さには、驚くべきものがある。

二条の宗教意識について、久保田淳氏は、新編日本古典文学全集『とはずがたり』の解説において、次のように論評されている。

……彼女は五部大乗経の書写供養を宿願としているが、そのような信仰はどうやら自身や自身の関係者の後世安楽を願ってのものらしく、自身の真の悟りを求めてのものではないようである。そして出家後も昔を忘れることができず、「小野小町も……我ばかり物思ふとや書き置きし」という思いを捨てきれないのである。煩悩即菩提というけれども、彼女の場合はなかなか煩悩が菩提に転化しそうにない。……彼女の心の裡には修羅が住んでいる。『とはずがたり』は物思うことを宿命づけられた女の回想録なのである。（五六〇頁）

しかし煩悩を捨てきれない二条だからこそ、現代に生きる我われも彼女を身近に感じることができるのだ。

九 『竹むきが記』の場合

『竹むきが記』の作者である日野名子の夫・西園寺公宗は、中先代の乱に際し後醍醐天皇に対する謀反のかどで誅殺された。夫の死後、男子を出産した名子が、公宗の忘れ形見、一子・実俊の養育に心を砕きながらも、悲嘆の日々を送っていたことは、想像に難くない。後に名子は当時を回想して、「いかに思ひ初めけるにか、初瀬の観音を頼み奉りて、朝ごとに香花を供養しなど侍しを、なべて神仏をも恨めしく思ひし世に、捨て果て聞えしかど」（三三〇頁）と記し、苛酷な運命を課した神仏を恨み、日ごろから信心を寄せていた観音をも捨て果ててしまうほど、絶望の淵に沈んでいたことを告白している。

歴史は変転し北朝が力を回復すると、名子は光厳院のもとで西園寺家の再興と実俊の養育に心を砕きつつ、非業の死を遂げた夫や弟をはじめとする亡き人びとのために「生あれば滅あり、人必ず免れざる理、目の前なれば、さすが悪道も恐ろしければ、十悪五逆の捨て給はずと聞く弥陀の願力を頼みつゝ、悲願あやまたずは来迎引接定めて疑ふべからずと、偏に念仏の数をぞ積みける」（三二九頁）と、たぶん一心に念仏を唱える毎日を送った。

しかし名子は念仏だけでは心の空白が埋められない。「現在にしてかの法を聞く事あらば、順次に生死を出づべきにやと、いさゝか不審なる事侍ける」「まさに生死を出づべき道は尋ねまほしう侍に、この山の奥に霊鷲寺といふ所あり。……今の長老、道学ともに其徳高く聞ゆ」「対面の序も侍れば、『如何にしてかまさに生死を出づべからん』と尋ね侍に、一句を示さるゝ事あり。更に又言葉なし。それよりこゝをあけみるに、思ひ得る方ぞなき。されども自ら不審もあれば、尋ぬる事もありて過ぐる程に、まことに生死の根を切らん事はこの修行なるべきにこそと思ひ知らるゝ」（以上三箇所三三〇頁）名子は霊鷲寺の長老を師として臨済禅に進むべき道を見出した。「内

には道行を励み、外には家門安全を念ずれば、内外ひまなくして、花を玩び月を愛づる情も知らず」（三二一頁）

こうして名子の精進の日々が続く。

厭ふといへど存するは人の身、惜しむといへど死するは人の命也。老たるは理の道とて留まらず、若きは不定の境とて止めがたし。されば、あはれと言ひなつかしと思ふも、たゞ刹那の語らひ、須臾の馴染なり。何に心を止め、何れの所にをいてからき世を厭はざるべき。いかにして堅固の道心を勧め侍べきや。……妙法の功能は因果の道に越え、大乗の作用は邪正なし。この法の力にあらずは、いかでかこれらの重き咎を滅する道あらん。よく常に一心を修むべきなり。……それたゞ一句の公案を挙げみて、これを思ふ事これに在るが如くして、行住坐臥、退転あるべからず。悪にはいかにも遠ざかり、善には必ず近付くべし。（三二九～三三〇頁）

この一文からも、己れに厳しく修行にうちこんだ名子の気迫が感じられる。

もちろん名子は西園寺家の家長として夫をはじめとする一族の冥福を祈って諸々の仏事を心をこめて執り行ない、十一面観音を造仏し、また家人とともに寺社にも参詣する。時には、参詣のおり酒宴に興ずることもあった。天王寺、住吉神社、石山寺、賀茂社、石清水八幡宮、春日大社、長谷寺、栂尾の高山寺、神護寺など、『竹むきが記』に載る参詣記録は数多い。夫亡き後、彼女の第一の課題は西園寺家の再興である。不安定な情勢であるだけに、やはり神仏の加護を祈らずにはいられなかった。この点で、名子の信仰のあり方は今まで見てきた女性たちと変わらない。

ただ名子はそれだけで止むことはなかった。夫や弟、戦乱のなかで死んで行った多くの人びとの恨み苦しみを思うにつけ、あえて在俗のまま家門再興のために尽力する一方で、自らに苦行を課さずにはいられなかった。先に掲げた一文は、それを示している。生きながら地獄を体験した光厳院が、晩年、世俗を絶って丹波山国にこもり、禅僧としての日々を送ったのと名子の心情には相通ずるものがあると思う。

おわりに

いままで中古より中世にかけて綴られた九篇の日記から窺われる作者の宗教意識、信仰のあり方について見てきた。本稿に引用した箇所や記したことは、すべて周知の事柄であり、それらを記すことは自分自身のために行なった確認作業にすぎないのだが、そのささやかな作業を通じて気づいた点を次にまとめてみたい。

まず第一に、彼らに共通して見られる主要な宗教行為は、親しい肉親をはじめとする亡き縁者の供養、忌日供養、法会への参加、写経、物詣。日記に占める亡者忌日供養や物詣の記述の比重は大きい。これらの宗教行為は、すべて現代にも通ずるもので、今日における宗教行為の主要な部分と重なる。

第二は、すべての日記を貫いている出家という問題。九人の日記作者の脳裏には、いずれも自らの尼姿が有りうべき姿として描かれていた。しかし日記が書かれた時代には、多く人間の予定未来のうちにはいっていたと思われる出家という行為も、晩年出家はともかくとして、若い女性の出家には多くの困難がともなったようだ。勝浦令子氏は、その著『女の信心——妻が出家した時代』(12)において、「たとえば『紫式部日記』に、彰子が出産に際して、物の怪につかれないように、形式的に剃髪し、受戒したことがみえる。また一方で若い女性が本格的に出家することは『あさましういみじき事』と忌み、『尼となりなん』とする行為は、『物の怪』につかれたものと考えることも多かった。当時、女性の出家は老年女性には比較的是認されていたが、若い女性の出家は忌まれていた。その理由の一つは出家や剃髪が死や病と関連していたこと、そして剃髪の中でもとくに完全剃髪が、死もしくは成仏と密接な関係で捉えられていたためと考えられる」と述べている。

たしかに、道綱母が、「今様は、女も数珠ひきさげ、経ひきさげぬなし、と聞きし時、あな、まさり顔な、さる者ぞやもめにはなるてふなど、もどきし心」（二二二～三頁）でいたと告白しているところをみると、若い女性の仏道修行には好感をもっていなかったようであるし、建礼門院右京大夫は兄の法師とともに慈円の僧坊に身を寄せていた模様なので、本人が出家を望むなら容易に実行できたのではないかと思われるのだが、現実には「様変ふることだにも身を思ふやうに心に任せで、ひとり走り出でなど、はたえせぬままに」（一〇一頁）と記し、資盛の死後、少なくとも最晩年まで尼になった形跡はない。勝浦氏の言うとおり、若い女性の出家には困難がともない、建礼門院右京大夫は出家を望みながらも実行はできなかったに相違ない。讃岐典侍の場合も同様である。『うたたね』の女人のように自らの手で髪を切り出家を断行する場合もなかったわけではないが、それはあくまで例外的な事例であろう[13]。

こうしてみると、後深草院二条が若くして尼となり、五部大乗経を書写し、さらに諸国を回遊しつづけたということは、たとえ二条が、さきに引用した久保田淳氏の言のように、「彼女の心の裡には修羅が住んでおり、彼女の場合はなかなか煩悩が菩提に転化しそうにない」という状況にあったとしても、稀有のことで、二条の宗教的情熱は否定できない。それに中世という時代性が加わって、二条の後半生の生き方が可能になったのであろう。

二条とは反対に在俗のまま修行する道を選んだのが日野名子である。非業の死を遂げた貴顕の妻として、出家は当然ありうべき姿であったろうが、遺児の養育と家門再興という責務を果たすため、晩年まで名子は出家しなかった。その心情は、持明院統の皇統を維持するため、父・後伏見院の勧めにも従わず、出家を拒否して困難な幽囚生活に耐えた光厳院のそれに似ている[14]。名子の己れに対する厳しさと真摯に修行にうちこむ姿には、あえて出家をせずに在俗で生きねばならなかった人間の苦悩が感じられる（後年、光厳院が出家を遂げたとき、名子もたぶん同時に出家したと思われる[15]）。

しかし、いずれにせよ日常的に出家という選択肢が存在したことは、現代より多様な生き方を可能にした。二条のように、今までとは異なった人生を歩むことができた。中高年の自殺や若者の集団自殺が多発している今日より、豊かに生きられたということか。

第三は、平安貴族社会で受容され、鎌倉時代にさらに深化したといわれる女性差別観、そのあらわれである所謂「仏教的女性差別文言」の「五障」「三従」「龍女成仏」「転女成仏」「変成男子」「女身垢穢」などを、日記の作者たちが、どのように受けとめていたか、という問題。その点に注目しながら、各日記を読み進めたのだが、『とはずがたり』に「三従の愁へ」（二六一頁）という文言が唯一つ用いられているのみで、ほかに、これらの文言をそのままのかたちで見出すことはできなかった[16]。

もちろんこれらの日記は、作者が人生の一断面を切り取って記したものであり、その執筆意図や作者の置かれた状況は異なり、それらは信仰告白の書でもないのだから、『とはずがたり』のなかに「三従」という文言が一例見出されたのみで、ほかに用例がなかったといって、日記の作者たちが「五障」「三従」「転女成仏」「変成男子」「女身垢穢」などの「仏教的女性差別文言」を意識していなかったとは言えない。

実際、道綱母は、先に引用した長歌のなかで「いかなる罪か重からん」と嘆き、紫式部も先に述べたように自らを「罪ふかき人」と記し、「女の身」と「罪」ということを強く意識していたと思われる[17]。『和泉式部集』（松井本）に載る歌「名にしおはば五つのさはりあるものを羨ましくものぼる花かな」（『新千載集』二五六番）にも「五障」という文言が見出される。『更級日記』において「法華経五の巻をとく習へ」という夢を作者が見たのも法華経五の巻に載る「龍女成仏」「女人往生」の思想を、無意識的にではあれ、気にかけていたからであろう。また『とはずがたり』の二条は自らの生を遊女や白拍子など女性芸能者の生に重ね合わせ、彼女たちの出家遁世譚に自らの出家の軌跡を暗示した。(18) 二条に「女身垢穢」の意識が深く刻まれていたであろうことは、想像に難くない。

しかし、これらの日記の作者たちが、女としての人生の苦悩を描きながらも、予想に反して、そこには「女人の身を厭い、永く女身を離れること」や「転女成男」への具体的願望は見出されず、彼らが女としての人生をまっとうすることを望み、愛する人のために生き、その思い出に生きようとしていることは、注目に値する。先に「二条には女身垢穢の意識が深く刻まれていたであろう」と記したが、その二条にしても、久保田淳氏が、新編日本古典文学全集『とはずがたり』の解説において述べているように、「彼女は自己否定を知らない。自己嫌悪に陥ることもない」(五六〇頁)のである。

本来、「転女成男」「変成男子」「転女成仏」の思想は女人往生の問題にかかわるものであり、現世での生き方を問うものではないのだろうが、その往生に関しても、「変成男子」「転女成仏」の思想やその願望は、日記のなかに見出されない。日記に描かれた亡き母の姿は、『蜻蛉日記』のなかで「みみらくの島」に行けば遠くから亡き人が見えるという言い伝えを記して、そこでの再会を夢見ているように(一三二頁)、あくまで生前と変わらぬ母そのものの姿のはずである。同様に『建礼門院右京大夫集』における亡母の四十九日に詠まれた歌「着なれける衣の袖の折目までただその人を見る心地して」(九七頁)で作者の脳裡に浮かんだのも生前の母の面影であろう。

西口順子氏は、その論稿「真宗史のなかの女性」(19) において恵信尼の書状を分析し、恵信尼が娘の贈ってくれた綾小袖で死装束を用意したいと記していることに注目されて「親鸞とともに生活し、親鸞によって恵信尼の信心が形成されていたとすれば、恵信尼も当然、変成男子のことを知っていたと思われます。でも、頭では理解していたかも知れないけれども、書状にみるかぎりでは、必ずしも額面どおりに信じていたとはいえないのです。恵信尼の極楽とは、民間レベルで信じられていた極楽往生の姿であったと言って差し支えないと考えられます」「おそらく大多数の女性たちのあいだでは、成仏とか往生が次元の違う世界ではなくて、現実につらなる世界であり、しかも女性の姿のままでいける『極楽浄土』と意識していたのではないでしょうか。恵信尼の『極楽』も、彼女たちと遠く隔たっていなかったのです。逆にいえば、恵信尼の信心をとおして、中世の普通の女性の信心を知ることができるといえるでしょう」と語っているが、まさに中古・中世の日記の作者たちの往生観もそのようなものであったに違いない[20]。

九篇の日記のみという限られた対象の検討から安易に結論を引き出すことの無謀さを承知のうえで敢えて言うなら、「五障」「三従」「龍女成仏」「転女成仏」「変成男子」「女身垢穢」などの文言にみられる女性差別観を、日記の作者たちは、それほど深刻に受けとめていたとは思われない。それは吉田一彦氏の言のように、「龍女成仏の話の語るところは、……宣教の論理というべき」で、たとえ五つの障りがあるとしても女性の極楽往生への道筋はすでに示されていたからかもしれない[21]。この点で中古・中世における日記作者の仏教認識には野村育世氏が分析された「鎌倉時代の古文書にみる女性の仏教認識・心性[22]」と相通ずるものがあると思う。

野村氏は『鎌倉遺文』所収の文書の検討を通じて、「鎌倉時代の社会には仏教的な性差別思想が存在したものの、女性固有の罪障からの解放が社会一般の女性たちの祈願の中心であったとは言えず、ジェンダーによる差異や差別のない祈願が圧倒的多数であった」ことや「多くの在地女性たちは龍女成仏に象徴される変成男子説を内面化していなかった」ことを明らかにし、「鎌倉時代の社会では、祈願内容に男女の差は少なく、女人罪業観の影響も少なかった」と結論づけ、「鎌倉時代の『女性と仏教』の心性史は見直されるべきである」との提言をされている。

中古・中世の女の日記を見るかぎり、同感である。

最後に、これらの日記を読み比べてみて印象に残ったことは、一言で表現すれば「たゆたひ」が、どの作者にも共通する心情として存在するということである。個々の置かれた時代や状況は異なり、それに応じてなされた宗教上の行為に多少の差はあるものの、やはり、そこには「たゆたふ」思いが共通して存在するように感じられる。『蜻蛉日記』の作者は、自らの思い乱れる心情をいみじくも「釣する海人の泛子」(二五〇頁)のごとく、と表現した。

多くの女性が神仏に祈り、物詣をくりかえしながら、神仏を心から信じることはできない。大きな不幸に遭遇したとき、建礼門院右京大夫は「神も仏も恨めしくさへなりて」(一一七頁)と語り、彼女より百五十年ほど後の時代を生きた日野名子も「神仏をも恨めしく思ひし世に」(三三〇頁)と同じような言葉で、苦しい胸の内を吐露。建礼門院右京大夫より二百年以上前に生まれた道綱母は、すでに見たように、「かく記しおくやうは、かかる身の果てを見聞かむ人、夢をも仏をも用ゐるべしや、用ゐるまじやと定めよとなり」(二二三頁)と述べて、仏にも夢のお告げにも全幅の信頼を置いているわけではないことを告白している。宗教の比重が現代と比べてはるかに大きい時代を生きた道綱母から日野名子に至るまで、四百年あまりの時が経過しているにもかかわらず、彼らの宗教意識には大差が見られず、敢えて言うなら、いずれも神仏への不信、一神教の世界では表明することさえ憚られるような「たゆたふ」思いを述べていることは、驚きである。

その「たゆたふ」思いが、個々の日記作者の個性や置かれた状況から生じていることは事実だろうが、考えてみると、その感情は日本における宗教の本質に由来するものであるように思われる。

山本七平氏によれば、「ユダヤ教、キリスト教、イスラム教では『宗教混淆』を否定しこれを異端とするが、日本が受容した唐時代の仏教は『三教合一論』以後の仏教であり」、「日本はこの『三教合一論』の日本化すなわち『神儒仏合一論』を当然として明治まで来た[23]」。日本の受容した仏教が神儒仏合一論に基づいているうえに、仏教そのものが本来、多神教的な性格を有している。また日本における最初の仏教説話集が『日本国現報善悪霊異記』という名を冠していることからも窺えるように、多くの日本人がまず仏教に期待したのは現世利益と死後の平安であった。

われわれ日本人は日記の作者たちがそうであったように、多くの神々と多くの仏たちを受け入れ、祈ってきた。山折哲雄氏は、その著『宗教の力——日本人の心はどこへいくのか[24]』のなかで「神と仏を同時に信仰してきたのが伝統的な日本人であり、そもそも宗教とか信仰という言葉は日本にはなく、明治以前の人間には意識もされなかった」と語っている。大部分の日本人にとって神や仏は願いごとを聞いてもらう頼りになる存在であり、命令をくだし犠牲を強い殉教を要求する存在ではない。たぶん絶対的な一神教の世界にはない神仏と人間とのおだやかな関係、これが歴史上これまで受け継がれてきた日本の宗教の特質ではないか。神や仏が強烈な個性と絶対権をもっていないだけに、困難な事態に直面したとき祈る側に動揺が走る。神仏に対して甘えがあるから不平を言いたくなる。窮状を訴えたくなる。それが「たゆたふ」思いを生じさせるのではないだろうか。加えて日本の文化的土壌が「たゆたふ」思いを増大させる。

前掲書のなかで山折氏は「日本人の宗教心の原形質みたいなものは無常観であり、日本宗教の精髄ともいえるのが祖先崇拝の問題である」と論じている。中古・中世の女の日記を見るかぎりにおいて、この山折説は肯定できる。

本稿は中古・中世における女性の日常感覚が比較的よく描かれていると思われる九篇の女の日記をとりあげて

検討したのみだが、さらに多くの史料や日記類の検討を通じて、われわれ日本人がこれまで抱いてきた、そして現在抱いている宗教意識について考えていきたい。

(1) 『国語と国文学』一九六六年二月号。
(2) 東方出版、一九九八年。
(3) 伊藤守幸「『更級日記』の構造――家集的章段を中心に――」(『平安文学研究』一九七九年六月)や児玉理恵「『更級日記』作者菅原孝標女の宗教意識――仏像の描写をめぐって――」(『国文』第六一号、一九八四年七月)は、秘められた孝標女の宗教意識について論じている。
(4) 家永三郎「更級日記を通して見たる古代末期の廻心――日本思想史における彼岸と此岸との問題――」(『上代仏教思想史研究』畝傍書房、一九四二年所収、『家永三郎集・第三巻・仏教思想史論』に再録、岩波書店、一九九七年)引用箇所は岩波版に拠る。
(5) 家永説に批判的な論文として、近藤一一「更級日記の再吟味――その宗教意識について――」(『日本文学研究』一九四九年八月)秋山虔「更級日記についての小見」(『国語と国文学』一九四九年一〇月)工藤進思郎「菅原孝標女論――『更級日記』における東国の意味――」(『女流日記文学講座・第四巻』所収、勉誠社、一九九〇年)など。
(6) 田渕句美子『阿仏尼とその時代――『うたたね』が語る中世』(臨川書店、二〇〇〇年)に詳述されている。
(7) 岩佐美代子「『十六夜日記』考察と翻刻」(『宮廷女流文学読解考・中世編』所収、笠間書院、一九九九年)。
(8) 『国語国文』一九八九年一二月。
(9) 父の遺言に関しては、今関敏子「『とはずがたり』後篇考――〈色好み〉の出家――」(『『とはずがたり』の諸問題』所収、和泉書院、一九九六年)が示唆に富む。
(10) 臨川書店、一九九九年。
(11) 旅する女性に関しては、網野善彦『中世の非人と遊女』(明石書店、一九九四年)、細川涼一『漂泊の日本中世』(ちくま学芸文庫、二〇〇二年)などを参照した。
(12) 平凡社、一九九五年。
(13) 『三宝絵』を贈られた尊子内親王が自ら髪を切り落したことは、よく知られている。
(14) 光厳院の生涯については、飯倉晴武『地獄を二度も見た天皇光厳院』(吉川弘文館、二〇〇二年)参照。

(15) 拙稿「『竹むきが記』の成立について」(『国語国文』二〇〇〇年一二月)で、名子出家の時期についても触れた。
(16) 本稿では、一般貴族女性の日常感覚や宗教意識が比較的よく描かれていると思われる中古・中世の日記を取りあげたため、老尼が息子の渡宋を嘆いて記した『成尋阿闍梨母集』、女房日記の色彩が濃い『たまきはる』『弁内侍日記』『中務内侍日記』、鎌倉下向の記『十六夜日記』は割愛した。ちなみにこれらの日記における「仏教的女性差別文言」の存在を調べてみると、『成尋阿闍梨母集』、法華経和歌五巻に「五つの障り」という文言が唯一つ見出されるのみである。
(17) 小嶋菜温子「『源氏物語』に描かれた女性と仏教――浮舟と〈女の罪〉」(『解釈と鑑賞』二〇〇四年六月)、参照。但し、『蜻蛉日記』に数例見出される「罪」という語は「女の罪」というより、男も含めた人間すべてにかかわる一般的な罪として捉えられているように思われる。後述、注(22)野村氏の論稿のなかで、鎌倉時代の願文において、「しばしば女性のジェンダーとしてイメージされる『滅罪』という語も、男女を問わず、多く祈願されており、多くの場合、女性に特有の罪を示すとは考え難い」と指摘されているが、女の日記においても、多くの場合、同様である。また女の日記には「さはり」「さはる」が相当数、見出されるが(『蜻蛉日記』に十二例)、いずれも「月の障り」や「差し支え」「支障」の意で用いられており、「五障」の意味で使用されている例は、先述の『成尋阿闍梨母集』の一例を除いて、他にはなかった。
(18) 松村雄二、前掲書、並びに阿部泰郎「『とはずがたり』と白拍子の物語」(『解釈と鑑賞』二〇〇四年六月)、参照。
(19) 吉田一彦・勝浦令子・西口順子共著『日本史の中の女性と仏教』所収、法藏館、一九九九年。
(20) 平安中期の高僧・成尋阿闍梨は渡宋に際し、母とこの世での再会、それがかなわずは、極楽での再会を約した。『成尋阿闍梨母集』では、繰り返し極楽での再会が語られている。そこで母子ともに思い描いていたのは、生前の姿のままでの再会であろう。
(21) 吉田一彦「竜女の成仏」(大隅和雄・西口順子編『シリーズ女性と仏教2 救いと教え』所収、平凡社、一九八九年)、参照。
(22) 野村育世「鎌倉時代の古文書にみる女性の仏教認識・心性」(『仏教史学研究』三九―一、一九九六年)。
(23) 山本七平「日本人と宗教」(『宗教について』所収、PHP研究所、一九九五年)。
(24) PHP研究所、一九九九年。

第三章

中世の作品の享受とその展開

足利将軍邸の蔵書

西山美香

はじめに

われわれ人間の日々の生活の基地・拠点が、それぞれの住まい・住居であることは、あらためて述べるまでもないことであろう。ひとりひとりの人間が選択した生活のスタイルによって、暮らす家の構成（間取りやインテリア、立地など）は決定される。生活とその住居は密接に連関しあっているのである。また住居には、そこに住まう人間の理想や美意識などの価値観が色濃く投影、象徴されている。日々の生活、そしてそれを営む人間の精神世界はその住宅にこそ象徴されているとも考えられるのである。

日本の歴史において、住宅の様式は、室町時代に劇的な変化を遂げた。すなわち寝殿造から書院造への変化である。住宅がそこに住まう人間の生活・精神世界の象徴であることをふまえれば、日本人の生活や精神世界の変化も、住宅の様式の変化と連動しているはずであり、室町期には日本人の生活や精神世界においても、大きな変動が存在したと考えられる(1)。

室町期に新しく誕生した住宅様式である書院造は、座敷飾に付書院がある住居のことである。付書院とは禅僧が寺院で用いていた机を造り付けにしたものといわれる。すなわち書院造とは、禅寺の書院を、武家をはじめとする一般住宅にとりいれたものである(2)。

江戸中期の故実家である伊勢貞丈(一七一七〜八四)は『貞丈雑記』巻一四において、「座敷飾」について次のように記している。

禅家の書院の体を学たる物也。尊氏公は夢窓国師を師として禅法に帰依し給ひしによりて、座敷飾も禅家をうつされし也。京都将軍御代に、禅宗帰依によりて右の飾を用られし也。其頃より、寺方の作法ども武家に移りたる事あり。(略)書院・玄関など云事も、寺方より出たる事也。

書院造とは、足利尊氏が禅僧の夢窓疎石に帰依して以来、足利将軍家が禅宗に帰依したことによるとされていることがわかる。すなわち、この記述そのものが、住宅はそこに住まう人間の精神世界の象徴であることを示している。代々の足利将軍は夢窓の書院——夢窓の精神世界を象徴する世界——を理想とし、その世界への憧憬や信仰によって禅宗寺院の様式を自らの住宅へ取り込んだものとされていることがわかる。そしてその足利将軍の美意識が一般にも受け入れられて広まり、一般住宅の様式として書院造が定着したと考えられていたのである。

室町時代の新しい住宅様式である書院造が、武家が禅宗寺院の様式をとりいれた成果であるということは、室町時代における生活、そしてその基盤となる美意識や価値観も、禅からの大きな影響によって劇的な変質を遂げたと考えられる。室町文化の特徴とされる、いわゆる「わび・さび」に代表される高い精神性や、文芸・美術・枯山水の庭園・茶道・花道などの芸道の成立・発展を支えた美意識の確立と、それらの文化が営まれた舞台である書院造の成立は、禅思想・禅文化の武家をはじめとする日本社会への浸透・融合ともとらえられる。禅は日本人の生活・精神世界をその基底から変動させたのである。

室町時代における文化の主導者は、天皇ではなく、武家の棟梁としての室町幕府の将軍であった。政権を掌握し、政治を主導していた室町幕府の将軍は、豊富な財力と巨大な権力で、文化の主導者としても君臨し、京都において将軍が営んだ文化こそが、当時における最高の文化であった。そしてその文化の拠点となった場所こそ、彼らの邸宅であったのである。地方の守護大名は、そんな将軍邸に憧れ、それを理想とし、京都の将軍の邸宅を模倣して、自分の領国に邸宅を建て、その邸宅を拠点に守護大名も文化活動を行った。これが、全国各地に生まれた「小京都」である。

そして、邸宅にはその邸宅の主の人格が象徴されるということは、室町幕府の将軍邸には、足利将軍の精神的世界がそのまま投影・象徴されているはずであり、足利将軍の邸宅はそのままそこで国政を掌る足利将軍の人格・身体の象徴とも考えられる。室町幕府将軍邸においては、室町に造営された将軍邸の名称「室町殿」が幕府を、さらには足利将軍の通称ともなったことによっても、示されているようにも思われる。

本稿では、室町殿（室町幕府六代将軍・足利義教邸、八代将軍・足利義政邸）と東山殿（八代将軍・足利義政邸）に置かれた蔵書を手がかりに、足利将軍がどのような精神世界をもとうとしたのかを探ってみたい。足利将軍邸の様式は禅僧の書斎・居間にあった机を装飾化したとされる付書院を持つ、書院造という様式であることを前述したが、付書院という学問性・宗教性が高い装飾を取り込んだ住宅様式は、それがそのままきわめて精神性・教養性が高い、足利将軍とそれに主導される室町文化の象徴であり、そこに置かれていた書籍は、足利将軍・室町文化が担う教養・学問・精神（思想）を象徴していると考えられるからである。

一　室町殿の成立

これまで、室町文化を象徴しているものが、北山文化の中心である北山殿、足利義満による金閣と、東山文化の中心である東山殿、足利義政における銀閣であり、それがこれまでに続く日本文化の基礎であり、頂点でもあるとされてきた。近年、その二つの時期に挟まれた、足利義教時代に室町殿において豊かな文化が営まれていたことが指摘され(3)、現在は北山殿・室町殿・東山殿文化の三つで室町文化と呼ばれるようになった。

それらの将軍邸のモデルとされた建造物は、臨済僧・夢窓疎石（一二七五〜一三五一）によって中興された西芳寺であった。西芳寺は足利義満の邸宅として建造された室町殿以降、上流階級の邸宅の規範とされ、代々の足利将軍の邸宅はその例にならって建造されている。『貞丈雑記』の「禅家の書院の体を学たる物也。尊氏公は夢窓国師を師として禅法に帰依し給ひしによりて、座敷飾も禅家をうつされし也」という記述は、書院が西芳寺の書院(4)（夢窓疎石の書斎・居間）をイメージ・再現しようとしたものであったことを示しているであろう。そして住宅にはその人の人格・精神世界が象徴されていることをふまえれば、夢窓の人格・精神世界を目標とし、それを再現しようとしたものが、書院造の最初の目的・理想であったと考えられる。

まず室町幕府三代将軍・足利義満と夢窓疎石とのかかわりについてみてみたい。義満が康暦元年（一三七九）に将軍邸にふさわしい邸宅として造営したものが室町殿である。翌年に室町殿は完成、永徳元年（一三八一）、義満は室町殿に後円融天皇の行幸を迎えたことは二条良基著『さかゆく花』（上巻のみ存）に詳しい。

次に義満は、室町殿のすぐ隣に、将軍としての自らの精神的な支柱であると同時に、鎮護国家のための寺院の建立に着手した。永徳二年（一三八二）九月、夢窓疎石の塔所（墓所）である嵯峨の臨川寺三会院における夢窓の命日の法要に参列した義満は、自らの禅修行のための小さな寺を作りたいと夢窓の弟子である義堂周信に相談する。それに対し、春屋妙葩・義堂の二人の禅僧は、小寺ではなく大寺の建立を義満にすすめ、義満は相国寺の創建を決意した。敷地は室町殿の東隣に定め、義満は強権を発動して、その一帯にたちならぶ家屋を移転させた。夢窓疎石の甥であり、後継者であった春屋は亡き夢窓を開山とし、自らは初代の住持として入寺、一〇年の歳月を経て明徳三年(一三九二)八月二八日に完成した相国寺は、勅旨により大法会が修せられた。そのひと月後、分裂していた南北朝が合体し、北朝の皇居であった東洞院土御門殿が正式に内裏となった。室町殿と御所は隣同士という位置関係であり、周辺は武家や公家の邸宅が軒をならべる、まさに日本の政治・文化の中心地となった。

義満が将軍という日本最高の権力者として住まう家を考えたとき、夢窓によって中興された西芳寺をモデルにした室町殿を建造した。そして次に彼が考えたことは、将軍としての自分の精神的支柱であり、鎮護国家の道場たる寺院を邸宅の隣に造ることであり、夢窓疎石を開山として相国寺を建立したのである。相国寺は、義満にとっては祖父にあたる、足利幕府の初代将軍・足利尊氏が、夢窓を開山として創建した天龍寺が五山第二位であったことにならい、五山第二位と定められた。これにともない天龍寺は五山の第一位に昇格させた。これらのことによって、義満の理想・規範が、自らの祖父である尊氏とそれを宗教的・文化的に支えた夢窓疎石の世界であったことがわかるであろう。相国寺は、そこに住まう夢窓派の五山僧たちによって五山文学として名高い、最高の文化が営まれた場所として、室町殿・相国寺は、名実ともに当代最高の文化の中心地となったのである。

義満は、応永元年(一三九四)、三八歳になると、将軍職を僅か九歳の義持に譲るも、政治上の実権は握り続けた。同年には太政大臣に就任、翌年には夢窓の影像の前で出家し、夢窓派の禅僧となり、道義と号した。そしてそれと時をあわせるように、義満は京都の北山にあった西園寺家の邸宅を譲り受け、新たな邸宅、北山殿の造営に着手した。応永五年（一三九八）に義満は室町殿を義持に与えて北山殿に移り住み、五一歳でこの世を去るまで北山殿に住んだ。

それでは北山殿について次に確認したい。北山殿には舎利殿であった金閣など、宗教施設も併設され、義満は法体で、つまり禅僧としてそこに住まったことからもわかるように、きわめて禅的な邸宅であった。そしてそれと同時に、将軍職は離れたが実際には北山殿で幕政をみていたことから、政治の中心でもあった。北山殿は、立地としては京都でも指折りの景勝の地に作られ、政治・文化の拠点として栄えたのである。義満は応永一五年（一四〇八）には北山殿に後小松天皇の行幸を仰ぎ、盛大な宴を催した。この行幸については、一条経嗣著『北山殿行幸記』が詳しい。

北山殿の性格・特徴を考えるとき注目したいことは、義満が法体でそこに住まったことである。太政大臣であった義満が禅僧として出家したことは、義満が武家・公家とともに寺社をも支配する地位を得ようとしたためとも考えられており(5)、武家様・公家様・禅宗様が融合した北山殿は、まさに義満の人格・身体を象徴しているのである。すなわち北山殿は、表向きは将軍職を辞した義満の隠遁所として作られているものの、北山殿は、単なる隠遁所・山荘として作られたのではなく、義満にとっては、室町殿よりももっとすばらしい、究極の理想的なる将軍邸を作ろうとして作ったものとも考えられるであろう。北山殿が規模・内容ともに室町時代では最大の邸宅となり、後の将軍たちにとっての将軍邸の理想・規範となったことがそれを示していると思われる。そしてその「理想的」将軍邸は、義満が夢窓派の禅僧になり、それにふさわしい邸宅として造立されたことによって実現したのであった。

二　室町殿の蔵書

前章で義満邸への行幸について言及したが、室町時代、足利将軍邸への行幸は計三回行われた。

永徳　元　年（一三八一）　後円融天皇室町殿（義満邸）行幸……二条良基『さかゆく花』（上巻のみ存）
応永一五年（一四〇八）　後小松天皇北山殿（義満邸）行幸……一条経嗣『北山殿行幸記』
永享　九　年（一四三七）　後花園天皇室町殿（義教邸）行幸……作者未詳『永享九年十月二十一日行幸記』

室町時代以降も武家棟梁の邸宅への行幸は二度行われた。

天正一六年（一五八八）　後陽成天皇聚楽第行幸……『聚楽第行幸記』
寛永　三　年（一六二六）　後水尾天皇二条城行幸……『寛永行幸記』

豊臣秀吉の聚楽第行幸と、それをふまえた徳川家康による寛永行幸がともに先例・規範としたのは、足利義教の室町殿行幸であった。武家の棟梁としての将軍の儀礼は義教期に完成したとされ、それが長く継承されたのである。そしてその儀礼の確立は、義満の邸宅における儀礼をふまえた、義教の室町殿の整備と連動していると考えられている。(6)

室町幕府六代将軍・足利義教（一三九四～一四四一）が、後花園天皇を室町殿に迎えた一世一代の大イベントこそ、永享九年に行われた室町殿行幸であった。このとき室町殿には千点以上の品物が飾られ、それらをすべて書き留めた記録が『室町殿行幸御餝記』である。同書は徳川美術館に蔵される天下の孤本であり、佐藤豊三氏によってその全文が紹介された。(7)本稿もそれによっている。同書の詳細については、佐藤氏の論を参照されたい。

では、本稿冒頭で述べた問題意識により、室町殿の蔵書に注目し、その意義について考えたい。『室町殿行幸御餝記』には、次のような記述がある。

御書院（中略）

御小棚一同押板の上にをかる

上　箱一光明朱金物す、　御経二帖法華

下　夢中集四帖又一帖　月庵法語二帖又一帖

（略）

御書院（略）

人天眼目御本すハる

「御経二帖法華」とは『法華経』、「夢中集」は夢窓疎石の仮名法語集『夢中問答集』、「月庵法語」は月庵宗光の仮名法語集『月庵和尚法語』、「人天眼目」は宋の晦巖智昭編『人天眼目』であろう。『室町殿行幸御餝記』には、他に「御本色々」などという記述もあり、上記の他にも蔵書があったことがわかるが、具体的な書名が記されているのはこの四書のみである。これらの本が室町殿に蔵され、行幸に際しディスプレイされたことにはもちろん重要な意味があるが、それと同時に、他にも蔵書があったと推測されるにもかかわらず、あえてこの四書のみ、その書名が記録されたことにも、重要な意味を見出すべきであろう。すなわちこの四書こそが、将軍邸である室町殿とその主たる将軍・足利義教の精神世界（学問や教養）を象徴しているとも考えられるのである。

そしてそう考えれば、この四書がすべて内典であること、『法華経』以外の三書すべてが禅籍であることに注目したい。すなわち、義教の人格・身体の象徴たる室町殿は、禅をその基盤としていることが、この記録によって判明するのである。

それでは以下、『室町殿行幸御餝記』に記された四書について確認したい。

まずは『法華経』である。室町殿に法華経が置かれたという『室町殿行幸御餝記』の記事とかかわる可能性があるものとして注目されるのは、『蔭涼軒日録』に記される、行幸の前年、永享八年五月に新刻の法華経が完成していることであろう。この法華経については、次のように川瀬一馬氏は現在龍門文庫に五軸が蔵される永享五年刊の「嵯峨本」法華経と同版と考えている。[8]

永享五年刊妙法蓮華経（八巻、八軸）は、龍門文庫に巻一・二・七と巻八の大半を欠く五軸（若干缺葉あり）を残すのが現存唯一の伝本である。（略）必ずしも貞治四年刊本の版式を襲って重刊してはいない様であるが、版型の大きさ等は相似しているから、貞治版の重版と考へてもよいであらう。（略）この法華経開版については、蔭涼軒日録、永享七年十月の條等に（略）嵯峨本開版と称している。（略）五山諸禅院に於ける印写供養が盛んであって、それらが在家の信仰を縮ぐ事業の一つとして臨川寺等を一中心に行なはれていたことも判るのである。

足利将軍は、初代将軍の尊氏、その弟で政治を掌っていた直義が、父・貞氏の追善のために自邸や等持寺で法華八講を行って以来、代々の将軍はさかんに法華八講や法華懺法を行っている。[9]

参考までに、義教がとりおこなった法華経とかかわる仏事を次に挙げる。

永享 元 年一二月一四日　等持寺にて法華八講（義持追善）……これより以降、毎年一二月一四日（永享三年のみ一二月二四日）に、義持追善のための法華八講を行う。

永享 三 年 四 月二二日　等持寺にて法華八講（義満追善）

永享 四 年 二 月 九 日　石清水八幡宮にて法華八講
永享 四 年 五 月 二 日　足利義満二十五回忌辰、等持寺にて法華八講
永享 五 年一二月一四日　足利義持七周忌、等持寺にて法華八講
永享 八 年 五 月三〇日　新刻を命じた法華経が完成・披露
永享 八 年 八 月一五日　義教夫妻、三時知恩寺にて法華経談義を聴く
永享 九 年 二 月 五 日　法華経を諸国の寺に奉納
永享 九 年 八 月一六日　義教夫妻、三時知恩寺にて法華経談義を聴く
永享一一年 六 月三〇日　北野社にて法華八講
永享一二年五月四・六日　足利義満三十三回忌のために、等持寺で法華八講（四日）、内裏で法華懺法（六日）を行う

義教は、一二月一四日には兄である四代将軍・義持の、五月は父・義満の追善のために法華八講・法華懺法を行っていることがわかる。『空華日用工夫略集』によれば、足利将軍の法華八講は、義満が義詮の忌日に際して、義堂からの「吾先師（夢窓）康永年間所以勧両（尊氏・直義）殿創此例也、今重興則最好矣」というすすめによって、法華八講を再興したとされる（康暦二年一一月六・七日条）。義教はその義満の営為を継承していると考えられるであろう。

また室町殿に法華経が置かれたことを考えるとき、わたくしが注目したいことに、『空華日用工夫略集』応安六年七月一四日条において、義堂周信が「汝要為僧、先誦法華経畢」と在家における仏道修行として法華経読誦を大いにすすめていることである。義堂の師である夢窓疎石も『谷響集』で法華経を読誦すれば、法華三昧を成就することができるが、法華経の全部を誦することは難しいので、偈を読誦すればよいと述べている。禅において

も法華経の読誦がさかんに行われていたと推測される。禅は原則として依拠経典をもたないが、法華経は栄西や道元など日本の初期禅宗の祖師は、その多くが天台の出身であり、天台三大部を中心とする体系的な天台の教学を身につけたのち、禅に転ずるものが多かった。法華経は日本禅宗を支える重要な経典の一つである。法華経は禅においても重要な経典であり、[10]足利将軍にとって信仰の支柱であったと考えられる。

『人天眼目』は、臨済宗大慧下四世・晦巌智昭（生没不詳）編。淳熙一五年（一一八八）成立。臨済、雲門、曹洞、潙仰、法眼の五家の宗旨を集めたものである。はやく日本に伝わり、すでに乾元元年（一三〇二）には五山版が刊行されている。

次に『夢中問答集』と『月庵和尚法語』である。

『夢中問答集』は夢窓疎石と足利直義（尊氏・弟）の問答からなる仮名法語集である。康永年間に五山版として刊行された、日本ではじめて刊行された仮名交じり文の書である。日本禅宗の典籍としては「参禅の指針として高く評価されると共に禅宗思想史上にも重く位置づけられる[11]」書として、室町・江戸時代を通じてもっとも流布した非常に著名な書でもあり、内容については拙稿[12]に譲り本稿では省略したい。

『月庵和尚法語』は月庵宗光の仮名法語である。月庵は法系としては大応派であるが、古先印元や竺仙梵僊に参じ、夢窓とも交流があり、また曹洞禅も学んだ当代の名僧である。五山版『月庵和尚法語』については川瀬一馬氏によってこれまで応永九年刊行とされてきたが、[13]柳田征司氏は次のように述べている。[14]

臨済宗楊岐派下大応派の僧月庵宗光（一三二六～八九）の仮名法語。「示在家女人」など道俗に示した法語二十六編から成る。（略）応永十九年（一四一二）に刊行をみたかともされる。夢窓国師の『夢中問答集』（康永三年〈一三四四〉刊）、『谷響集』（南北朝期刊）、抜隊得勝の『塩山和泥合水集』（至徳三年〈一三八六〉刊）に次いで古い仮名法語の刊行として注目される。

室町殿は義満・義教・義政によって造営されたが、義政の室町殿の泉殿にも『月庵和尚法語』が置かれたことが、『蔭凉軒日録』長禄四年二月九日条よりわかる。

谷響集一冊。月庵法語一冊。（略）蓋御泉殿被レ置レ之歟。

義政の室町殿には、夢窓疎石の仮名法語集『谷響集』と『月庵和尚法語』が置かれていた。『夢中問答集』に対しては多くの反論の書があったとされるが、その一つである浄土宗の智演著『夢中松風論』に対する反論として夢窓が刊行した書が『谷響集』である(15)。

『法華経』と『夢中問答集』については、書院に置かれた記事は管見の限り見当たらないが、義政が蔭凉軒に『谷響集』とともに改摺進上を命じ、御成の際に進上された記録が『蔭凉軒日録』に見えている(16)。『夢中問答集』『谷響集』『月庵和尚法語』は、内容的に当時の日本禅宗界を代表する禅籍であり、それらを将軍が所持し、室町殿にも置かれたことがわかる。また両書とも堂々たる版面をもつ、当時の日本の印刷物のなかで最高・最先端のものであった。室町殿にもその五山版が置かれたと推測される。

中世は写本の時代ともいわれるが、禅林においては五山版として盛んに出版活動を行っていた。室町殿に置かれた書は、いずれも版本であった可能性が高いと考えられる。もしそうであったならば室町殿の美意識・価値観においては、写本よりも版本（五山版・宋版）に、本としての価値を置いていたとも考えられるであろう。

また、それぞれの書の内容については、本稿ではその詳細を略するが、『人天眼目』については、その注釈書である大東急記念文庫蔵『人天眼目批郤集』の奥書に「参禅標準」の書と記されている。『夢中問答集』も第九二問答で「在家の女性なむどの、道に志ある者に見せばや」と記され、『月庵和尚法語』も「示在家女人」という法語が含まれるなど、三つの禅籍はいずれも参禅の助けのための書であることがわかる。そして先に義堂が法華経を在家の仏道修行のための書と述べていたことなどをふまえれば、室町殿に置かれた四書はいずれも在家のための仏道修行・参禅の助けとなる書であることがわかる。そしてそれらを室町殿に所蔵し、ディスプレイすることは、足利将軍が仏道修行・参禅に励んでいることを表明していると考えられ、足利直義が尊氏と二頭政治を行い「両将軍」と呼ばれていたことをふまえれば、義教は『夢中問答集』で夢窓と問答する「将軍」足利直義に自らの身をなぞらえているのである。その姿こそが義教が目指す理想的将軍の姿であったと考えられるであろう。

三　東山殿の蔵書

北山殿・室町殿とならんで、文化が栄えた東山殿は室町幕府八代将軍・足利義政の邸宅である。東山殿は北山殿を理想として模倣しつつも、それを凌駕せんとして造られたとされる。現在は慈照寺、銀閣として知られる。

足利義政は康正元年（一四五五）日野家から一六歳の富子を正室に迎えたが、富子には男子がなかったため、寛正五年（一四六四）浄土寺に住して浄土寺殿と呼ばれていた弟の義尋を呼び戻して還俗させ、義視と名乗らせて自らの後継者とした。ところが翌年、富子が男子・義尚を産んだため、自分の子どもを次の将軍につかせるようとする富子と義視との間に相続問題がおこり、それが守護大名の対立とも結びついて、応仁の乱が勃発した。応仁の乱は京都を焼け野原と化し、相国寺をはじめ、義視が住した浄土寺も焼失した。

応仁の乱の後、義政は自らのすべてをかけて、自らが理想とする山荘を、浄土寺の跡地に造営することを決意した。文明一四年（一四八二）に義政は山荘の造営に着手、翌年東山殿に常御所が完成すると、政務を義尚に譲って、義政は東山殿に移り住んだ。そして文明一七年（一四八五）東山殿に西指庵が完成すると時をあわせるように、夢窓が眠る、臨済宗夢窓派の精神的メッカである臨川寺三会院にて出家し、夢窓派の禅僧として、西指庵にうつり住んだ。長享三年（一四八九）三月には銀閣（観音殿）の立柱上棟が行われたが、その年の一〇月に義政は病に倒れ、翌年一月七日、銀閣の完成を見ることなくこの世を去ったのである。

織田信長は自らの住まいである安土城の天守閣を、東山殿をモデルとして造ったとされ、豊臣秀吉はその安土城天守閣をモデルに大阪城天守閣を建造した。東山殿が武家の棟梁たらんとする武将たちに与えた影響の大きさがわかる。

東山殿の西指庵と東求堂には書院があった。前述したように、義政も義満と同じく夢窓派の禅僧として出家した。そして禅僧として住まったのは、東山殿のなかでも西指庵であった。東山殿西指庵の書院に置かれていた書が『蔭凉軒日録』文明一七年五月二日条に記されている。

自二東府一普灯録神僧伝大慧録三部四十冊。見レ置二御棚一。長大也。小本有レ之者相尋以可レ献。可レ有二御取換一之命有レ之。

翌文明一八年には、阿弥陀を安置する持仏堂・東求堂が完成。東北の書院はかの有名な同仁斎であるが、そこには外典類が置かれていた。

東求堂御書院被置二二重小棚一。宜レ見レ置之書可レ択レ之之命有レ之。乃於二御対面所西六間一択レ書。東坡文集廿冊。方輿勝覧十五冊。韻会十冊。李白詩七冊。大廣益会玉篇五冊。（『蔭凉軒日録』文明一八年三月二八日条）

宮上茂隆氏は、「書院（付書院）には、『御飾記』によると、筆・硯などの文具のほかに文台に歌書、書巻が置かれたとあり、（略）文芸の会場として使われたことを示唆するものであろう。二重棚にも、始めは義政が亀泉に命じた浄土を詠んだ漢詩文集などが置かれた（『蔭録』）」とし、「書院（付書院）に禅宗様の細部がみられ、いっぽう阿弥陀堂の扉が禅宗様になっていたりして、建築的には和漢折衷という点にこの建築の特徴がある。阿弥陀像と夢窓の墨跡が背中合わせに存在し宗教的には禅と浄土の折衷である。また文芸と茶湯の場でもあった。こうした複雑な要素をもつ東求堂は、浄土を指向しながら、禅宗文化を愛し、和歌も茶湯も数寄だった義政の東山殿の建物を代表するものといえるだろう」と述べている。(17)

この記録から、東山殿西指庵には『嘉泰普灯録』『神僧伝』『大慧普覚禅師語録』が、東求堂には『東坡文集』『方輿勝覧』『古今韻会挙要』『李白詩集』『大広益会玉篇』があったことがわかる。西指庵の書はいずれも中国の禅籍である。仮名法語が置かれていた室町殿とは違いがあることがわかる。これは西指庵がすでに禅僧となった義政の住まいであったことと連関しているのではないだろうか。東求堂の書は詩作のための外典（工具類）であり、本稿では以下西指庵の書について確認したい。

『嘉泰普灯録』と『大慧普覚禅師語録』は宋代の禅籍であり、『神僧伝』は明代の禅籍である。

『嘉泰普灯録』は禅宗史伝書の一つで、雲門宗、雷庵正受（一一四六～一二〇八）の編。嘉泰四年（一二〇四）成立。それまでの伝灯録（僧伝）が僧侶に偏しているのを改め、広く王公・居士・尼僧等の機縁を集めた書である。聖君賢臣、応化聖賢などの門があり、「王」「聖君」たる義政を意識した選択ではなかっただろうか。『神僧伝』も僧伝である。僧伝が東山殿西指庵に置かれることは、義政がその僧伝に自らが連なることを表明していると考えられるであろう。

『大慧普覚禅師語録』は宋朝臨済宗を代表する禅僧、大慧宗杲（一〇八九～一一六三）の語録である。大慧の思想は日本禅宗界にも大きな影響を与えた。東山殿西指庵には夢窓の和歌からなる障子和歌があり、(18)東求堂には夢窓の墨跡がかけられていた。玉村竹二氏は夢窓疎石が特に敬愛していた中国の禅僧として、大慧宗杲・南陽慧忠・

亮座主の三人をあげ、その三人に共通して見出される特質として「隠遁的性癖」を指摘している。[19] すなわち東山殿西指庵が禅の隠の思想に基づいている建造物であることを、そしてその主である義政が禅の隠者の系譜に連なることを表明している。また夢窓にとっての大慧の存在の大きさについて今泉淑夫氏は「大慧を語ることはその思想を摂取した夢窓を語ること」とも述べている。[20] 若き夢窓が奥州の深山にその身を隠したとき、彼が最後まで手にしていた書に『大慧書』があった。大慧は夢窓にとっても、もっとも心親しい禅僧であったのである。義政が西指庵に『大慧語録』を備えるのも、夢窓における大慧の存在をふまえてのことであろう。

義政は東山殿においては夢窓に自らの身をなぞらえ、あたかも夢窓として日常を過ごすことによって、夢窓の境地に達しようとしていたと考えられる。そしてその姿勢は、夢窓に深く帰依した尊氏の精神を継承するものであったと考えられるのである。横川景三に「証等持府君《尊氏》参正覚《夢窓》因縁」と称される義政の人格は、東山殿西指庵の書に象徴されているであろう。

おわりに

以上、足利将軍邸に置かれていた禅籍を駆け足で概観した。足利将軍邸には本格的な禅籍が置かれており、そしてそれは足利尊氏が帰依した夢窓（派）の思想の影響によるものと推測される。

義満は『仮名貞観政要』を読み、その後少なくとも義政の時期までの室町殿には『貞観政要』が備えられていたという。[21]

室町幕府初代将軍・足利尊氏邸には夢窓疎石を含む五山禅僧一二人の賛が寄せられた屏風に設えられていた。その一つである無徳至孝（聖一派）の賛詩には次のような句がある。[22]

古道分明山靄霞

「古道分明」とは、『貞観政要』の「夫不学則不明古道。而能政致太平者未之有也」を典拠とすると考えられる。すなわち、尊氏は学問を修めているので、尊氏の治世は太平である、と尊氏を称賛しているのである。『貞観政要』のこの部分は順徳天皇の『禁秘抄』に、そして江戸幕府が制定した『禁中並公家諸法度』の第一条に引用されることであまりに有名である。幕府を開き、初代将軍に就任した足利尊氏が理想とする政治が、聖王の学問によって「太平」な世を実現しようとする文治政治であったことが、この賛詩によって判明するのである。

代々の足利将軍邸に禅籍が置かれていたことは、儒仏（禅）一致観を基盤とする学問・教養を重んじる尊氏の理想を、代々の将軍が継承する意識があったことを示している。足利将軍邸の蔵書は彼らが将軍として政治を掌る助けであったと同時に、足利将軍が目指す将軍としての人格・身体だけではなく、国体（治世）を象徴しているであろう。

川上貢氏は、足利義政の室町殿の「泉殿には禅僧一二人の筆にある賛詩を書いた、色紙を張った障子がたてられているが、これは足利義教の泉殿の例にならったようである(23)」とするが、義教・義政の室町殿の障子は、足利尊氏邸にあった夢窓疎石を筆頭とする一二人の禅僧が賛詩を寄た屏風をふまえたものではなかったであろうか。

足利尊氏邸にあった屏風について、わたくしは「将軍による理想的な治世を詩と絵画によって屏風に構築したもの」であることをすでに論じているが(24)、もし義教・義政邸の障子がこの尊氏邸の屏風を踏まえていたとするならば、代々の足利将軍邸の原点が足利尊氏邸にあったと考えられる。すなわち夢窓を中心とする禅僧たちに深く帰依し、学問を修め、その自らの人格・精神世界を象徴するような邸宅を造営し、そこで政治を掌っていた「将軍」足利尊氏の人格・身体・治世を、足利将軍邸は継承・再現しようとしていたと考えられるのである。

(1) 住宅を拠点とする生活という視点から日本の歴史を概観すれば、寝殿造から書院造へと変化した室町期と、畳の部屋での生活から洋風の住宅での生活へと変化した現代が二大変革とも考えられ、それが日本人の精神世界の変化とも連動している。

(2) 『貞丈雑記』巻一四は書院造について次のように記している。

書院と云もの上古は、俗の家には無之、書院は寺方にて仏書をよみ習ひ、講釈などする学文所の事也。鎌倉時代より禅法はやり、武家禅家を好み、常々座禅などする事有し故、寺方の如く書院を立られし也

書院については、他に川上貢「書院と書院造」(『叢書 禅と日本文化 五 禅と建築・庭園』、ぺりかん社、二〇〇二)、同『日本中世住宅の研究〔新訂〕』(中央公論美術出版、二〇〇二)を参照した。

(3) 佐藤豊三「将軍家『御成』について(二)——足利義教の『室町殿』と新資料『室町殿行幸御餝記』および『雑華室印』」(『金鯱叢書』第二輯、徳川黎明会、一九七五)。

(4) 横山秀哉『禅の建築』(彰国社、一九六七)は、禅院における書院について、「大書院は住持の居間に当たり、狭義の方丈の間」としている。方丈については、「長老住持を師家として学衆が集い、坐禅弁道に専念する行の教団として発展した禅院においては、方丈は住持安息の小私室を指すだけではなく、師家として常在し、接衆教化に当たる大道場もまた方丈と呼ばれるわけで、(略)後には方丈にあるべき資格の者、すなわち主人住持の呼称とさえなった。(略)長老住持が化主師家として方来を接し、法を演ずるところの方丈は禅院独特の存在として法堂僧堂とともに主要伽藍であったことは当然である」と述べている。

(5) 臼井信義『足利義満』(吉川弘文館、一九六〇)は次のように述べている。

義満の祖父尊氏、父義詮は共に禅僧から受衣して、尊氏は仁山妙義、義詮は瑞山道灌という法名を有していたが、いずれも終世俗体で過ごして出家することはなく、また生前に将軍の職を辞することもなかった。(略)出家して道義と称し天山と号しても、それは世俗から絶縁するためではなく、むしろ世俗の束縛からぬきんでて自由な身となり、より強力に世俗を支配せんがためであった。

(6) 注(3)佐藤前掲稿。

(7) 同右。

(8) 川瀬一馬『五山版の研究』(日本古書籍商協会、一九七〇)。

(9) 武家八講については、川嶋将生「室町期武家故実の成立」(村井康彦編『公家と武家——その比較文明史的考察——』、思文閣出版、一九九五)、原田正俊「中世後期の国家と仏教」(『日本中世の禅宗と社会』、吉川弘文館、一九九八)、細

川武稔「空間から見た室町幕府――足利家の邸宅と寺社――」(『史学雑誌』一〇七―一二、一九九八・一二)、曽根原理「室町時代の武家八講論義」(『日本仏教文化論叢』上、永田文昌堂、一九九八)、大田壮一郎「室町幕府の追善仏事に関する一考察――武家八講の史的展開――」(『仏教史学研究』四四―二、二〇〇二・三)、冨島義幸「等持寺仏殿と相国寺八講堂――顕密仏教空間としての評価について――」(『仏教芸術』二七三、二〇〇四・三)を参照した。

(10)　拙稿「妙法天神経と禅」(『妙法天神経解釈　全注釈と研究』、笠間書院、二〇〇一)参照。

(11)　『総合仏教大辞典』(法藏館、一九八七)。

(12)　拙稿「夢中問答集試論」(『武家政権と禅宗――夢窓疎石を中心に』、笠間書院、二〇〇四)。

(13)　注(8)川瀬前掲書。

(14)　奈良国立博物館編『龍門文庫――知られざる奈良の至宝』(奈良国立博物館、二〇〇二)。

(15)　『谷響集』については、拙稿「袋中(良定)『青天集』翻刻と紹介　夢窓疎石『谷響集』への反論書」(『駒沢史学』五八、二〇〇二・三)参照。

(16)　『法華経』については永享七年一〇月一一・一五日条、長禄二年三月一九日条、長禄四年六月一四日・九月七・八・一〇・一一日・閏九月三日条。『夢中問答集』については寛正五年一〇月一〇・二一・二四日・一二月九日条、文正元年二月一八日・六月二七日・七月一四日条。

芳賀幸四郎『東山文化の研究　上』(芳賀幸四郎歴史論集第一巻、思文閣出版、一九八一)は次のように述べている。

義政はこの後も夢中問答に深い関心を払っていたのであった。尊氏以来の足利氏一門の夢窓国師崇拝は今更いふまでもないことであるが、義政もまた夢窓国師を厚く崇敬し、この伝統的な国師崇拝の精神の上に、これらの書(稿者註:『夢中問答集』と『谷響集』)を座右にそなへ、これを閲読したのである。(略)総じて「仏法と政道」とのあるべき関係を平明直截に教示した夢中問答上巻を、(略)義政がどのやうな心情で読んだであらうか。夢中問答の平明な法談は、義政の国師崇拝の情熱と相俟って、必ずや彼の禅への理解を深める槓桿として、力強く働いたであらうことは察するにかたくない。

(17)　「東山殿の建築とその配置」(『日本史研究』三九九、一九九五・一一)。

(18)　拙稿「東山殿西指庵障子和歌の時空観――足利義政の内なる夢窓疎石」(注12前掲書)。

(19)　『夢窓国師』(平楽寺書店、一九五八)。

(20)　今泉淑夫「工夫の世界　夢窓疎石」(『日本歴史展望』五、旺文社、一九八一)。

(21)　金子拓「室町殿の帝王学――中世読書史序説」(『歴史』九七、二〇〇一・九)。

(22) 拙稿「将軍(尊氏)邸『屛風賛』における聖人――交感する政治・文化・思想」(注12前掲書)参照。
(23) 注(2)川上前掲書。この問題については別稿を期す。
(24) 注(22)前掲拙稿。

中世末期から近世初期にかけての十三代集本文について
――兼右本・雅章本の奥書・識語を手がかりに――

中條敦仁

1 はじめに

本稿は、禁裏本の流れを汲む吉田兼右筆[1]二十一代集本（以下、兼右本）・飛鳥井雅章筆[2]二十一代集本（以下、雅章本）の奥書・識語を手がかりに、禁裏本本文の流転を探り、中世末期から近世初期にかけての十三代集本文はどのようなものであったかを明らかにすることを第一の目的とする。その上で、我々が十三代集研究をおこなう時、本文をどのように扱っていけばよいのかを述べたいと思う。

勅撰集は、天皇の綸旨または上皇・院の院宣によって、命を受けた撰者が撰集・奏覧（親撰の場合は、撰集完了の後、竟宴を行う）を経て、完成する公的歌集である。当然その完成本は、命を下した天皇または上皇・院に返納され、禁裏の御文庫に収められることになる。その十三代集完成本は、天皇家に代々伝えられ、受け継がれ現在に至るはずであったが、残念なことに、その伝承は中世末期にはすでに途絶えていた。応仁元（一四六七）年に起こった大乱（＝応仁の乱）の際に、勅撰集の大半を焼失している。その乱の終焉直後の文明九（一四七七）年から文明十六（一四八四）年にかけて、後土御門天皇の勅命により邦高親王、三条西実隆等が、失われた勅撰集や他の歌書類を新写し、禁裏官庫本を補充した。しかし、この補充した新写本（＝文明新写の禁裏官庫本）も、万治四（一六六一）年、内裏炎上の際に、焼失してしまったようである。(3)

このように、完成本が伝わらない現在、後土御門天皇による禁裏官庫本補充作業と同様、原本への遡及、より良い本文の獲得というものが十三代集研究の一つに掲げられる。

文明新写の禁裏官庫本（以下、「文明禁裏本」と表記）は、当時考えられる最高の本文をもとに作成されたようで、十三代集本文を考える上で、重要なものであるが、現存しない。その流れを汲むものに、吉田兼右筆本、飛鳥井雅章筆本がある。両本とも文明禁裏本を多く底本としている。両本は、文明禁裏本、失われた旧禁裏本、完成本へと遡及していく一つの手がかりとなり、禁裏本の流れを考える上で重要なものといえる。また、禁裏官庫に収められてきた十三代集は、完成本の姿を探る手がかりになるだけでなく、各時代の最善の本文による最先端の研究成果、享受の姿をみることができ、現代における我々の十三代集研究にも多くの示唆を与えてくれるに違いない。禁裏本本文の流転を探ることは十三代集伝本研究上、有効な研究の手段の一つといえる。

2　現代の研究に際し使用する十三代集本文

現状十三代集研究をおこなう時、『新編国歌大観』(4)第一巻所収の本文を使用する場合が多い。十三集のうち、『新後撰集』『玉葉集』『続千載集』『続後拾遺集』『新千載集』『新拾遺集』『新後拾遺集』『新続古今集』の八集で禁裏本の流れを汲む吉田兼右筆本を底本として採用している。このように、多くの集が兼右本に依拠しているため、その解題に「吉田兼右筆　二十一代集」という項目をたて、その概要を記している。要点を記すと次のようになる。

・現存する完本二十一代集のうちで、書写年次の明らかなものとしては最古写のものである。
・その親本について、多くを文明禁裏本に求め、以外は竹内門跡本・伏見宮本・青蓮院本・冷泉家本等、当時考えられる古歌書類の秘蔵箇所の秘本に求めている。
・兼右の考える当時の最善本を探求し、最善本文による「二十一代集」の集成を意図したことが推測できる。

兼右は、由緒ある本文を使用し、最善本作成を意図していたことがうかがえる。

当時の伝本研究状況を踏まえ、『新編国歌大観』第一巻所収本の底本をみる。すると、『古今集』から『新古今集』に至る八代集の本文は、伝本研究の結果を踏まえたより良い本文を選択し、十三代集のうちでも、比較的伝本研究の進んでいた、『新勅撰集』『続後撰集』『続古今集』『続拾遺集』『風雅集』の五集はその結果から、より良い本文を選択し、研究が遅滞していた前掲八集は兼右本を底本としていることがわかる。

以上のことから、『新編国歌大観』において、多くの集の底本を兼右本に求めた理由は、兼右本の由緒と当時の十三代集伝本研究の状況によると思われる。

さて、この兼右本について、『耳底記』[5]（細川幽斎の口述、烏丸光広が筆記）で幽斎[6]は、次のように評価している。

（光広）問云、吉田殿の廿一代集は本よく候や。
（幽斎）答云、よきなり。兼右手跡大めあるなり。

光広の「吉田（兼右）殿の二十一代集は、そのもととするもの（親本）はよいのですか」という問いに対し、幽斎は、「良い本である。が、兼右による筆跡が少し多めである」と答えている。兼右本は、すべて兼右による書写であるから、幽斎のいう「兼右手跡（筆跡）」とは、兼右が手を加えたところ（改変）と解釈することがよいと思われる。幽斎は、兼右本の親本の由緒は認めているものの、兼右が手を加えているところが、少し多めであると兼右本を評している。幽斎の母の宣賢女は、兼右の姉妹であり、幽斎が、兼右本自体を見た可能性が大きい。

井上宗雄氏は、兼右本について次のように記している。(7)

（兼右が）底本・校合本にしたのは、禁裏本・伏見宮本・上冷泉家（為益）本・竹内門跡（覚恕）本・甘露寺本・烏井少路経乗本・青蓮院本等である。取合せ本とはいえ、結果的にはかなり珍しい系統の本を今に伝えてくれた功績は大きい。

岩佐美代子氏は、兼右本中の『玉葉集』について次のように記している。(8)

書写態度はきわめて厳正精密で、親本を等しくする雅章筆本と比較して誤写や脱文がごく少いのみならず、兼右の古典理解の深さが随所に感じ取れる。最も精撰された玉葉集最終決定本文の形を伝えると言ってよい、現在での最善本である。

また、岩佐氏は、兼右本中の『風雅集』について次のように記している。(9)

（兼右本・風雅集）は曼殊院（竹内門跡）蔵本・明応九年（一五〇〇）甘露寺親長（蓮空）筆本・鳥居少路経乗筆本の三本による校訂本であり、その点やや本文の純粋性を欠くことは否めない。しかし、書写年代の明らかな伝本中最古のものである上、後人のさかしらな校合訂正もなく、室町末期、勅撰集書写に造詣深い兼右が由緒正しい三本を引合わせて校合を成し遂げた成果を、現代においてそのまま享受しうる点で、他本に抽んで価値が認められる。

幽斎の答・井上氏・岩佐氏の指摘からみると、兼右本は、兼右の改変が多く認められる上、取合わせ本という性格から、親本・兼右の校訂作業の様態により、最善本であるもの、純粋な本文でないものが入り混じっている珍しい系統の本ということがいえる。兼右本本文を使用する際は、その本文の成り立ちに注意しつつ使用することが必要である。

3　禁裏官庫本系統本の本文について

先に述べたように、兼右本は、底本の多くを文明禁裏本に求めており、その流れを汲むものである。と同様に、雅章本もまた、底本の多くを文明禁裏本に求めており、その流れを汲んでいる。兼右本・雅章本、これらの親本となった文明新写禁裏官庫本、それ以前応仁の乱の際に焼失した旧禁裏官庫本の四種の禁裏本系統本について、特に文明禁裏本・兼右本・雅章本については、十三代集全般に渡り校訂本文であることはこれまでもいわれてきた。しかし、親本・校合本の選択方法、本文作成過程や関係について詳細な言及は見当たらない。以下、禁裏本系統本四種の親本・校合本の選択方法を中心に、本文作成過程と集成意図、それぞれの関係を明らかにしたい。

3―1　兼右本・雅章本奥書・識語一覧

禁裏本系統本の本文作成過程と関係を考えるにあたり参考となる資料は、兼右本と雅章本に付された、奥書・識語である。次に、兼右本・雅章本の奥書・識語を一覧にまとめた。

【表1】兼右本・雅章本奥書・識語一覧
〈凡例〉・上段が兼右本奥書・識語、下段が雅章本奥書識語である。
・〈禁〉を付したものは、文明禁裏本の奥書を転写したものを示す。

・〈兼〉を付したものは、吉田兼右作成の識語、〈雅〉は、飛鳥井雅章作成の識語を示す。
・＊を付したものは、文明禁裏本以前の奥書、あるいは、他伝本の奥書の転写を示す。
・奥書・識語中の「／」は、原本では改行されていることを示す。
・奥書・識語本文中の［ ］内の語句は、細書されていることを示す。
・兼右本奥書は、マイクロフィルム等で、雅章本奥書は、国文学研究資料館紙焼複写による。

集名	兼右本奥書・識語	雅章本の奥書・識語
新勅撰	〈禁〉右以撰者真跡幷数多証本等／被加校合之御本依勅定令書写／之両三反読合訖／于時文明十年七月十九日／蔵人頭右近権中将藤原実興 〈兼〉天文十八年十二月廿九日以禁裏御本書写了［花押］	〈禁〉［官本云］／右以撰者真跡幷数多証本等／被加校合之御本依　勅定令／書写之両三反読合訖／于時文明十年七月十九日／蔵人頭右近権中将藤原実興 〈雅〉右所写之本者貫首実興朝臣／之筆也以定家卿之真跡幷数多／之証本等校合有也官本被借／下依綸命令書写両三度読合／之由実可秘蔵之証本歟／亜槐藤［花押］
続後撰	＊建長七年五月十六日中風右筆愁終書写之功／特進前亜相戸部尚書藤原［花押］ ＊以校奏覧之本漸々校合／中風筆跡狼藉雖不被見解撰者之／自筆何不備証本哉　融覚／文永二年四月付属大夫為相了　六十八／桑門	＊建長七年五月十六日中風右筆愁終書写之功／特進前亜相戸部尚書藤原［花押］ ＊以校奏覧之本漸々校合／中風筆跡狼藉雖不被見解撰者之／自筆何不備証本哉　融覚／文永二年四月付属大夫為相了　六十八／桑門［花押］ ＊［再校本奥書云］／建長八年四月七日以正本於高倉亭一校之云々／書写本後日不審多仍以奏覧校合畢為証本也云々／撰者三代愚臣前亜相戸部尚書　在判 ＊以右奥書本読合置付記／権中納言実隆 〈禁〉［校本官本云］／右依蒙　詔命不顧蚓蚓之嘲／謾終書功矣粗改烏焉之誤則／備　天覧也然重仰侍臣等被／遂数反之校合云々於今者最／可為証本乎／于時文明

	続古今	拾続遺	新後撰	玉葉
	〈兼〉天文十九年五月十三日以伏見殿御本遂書功了／同年八月九日以冷泉宰相為益卿家之秘本交了［花押］	〈兼〉天文十九年閏五月七日以竹内門跡之御本書写了　卜部兼右／件御本以外狼藉也追而以正本可令校合而已	〈禁〉右依　勅定披数多之旧本加用捨励書／写之微功遂校合者也／文明十三年三月十六日／従二位藤原教国 〈兼〉天文十九年六月十一日以　禁裏御本遂書功了　卜兼右	［上冊末］ 〈兼〉天文十九年九月二日申出　禁裏御本立筆廿三日遂書写但依乱／中数日懈怠了［花押］ ［下冊末］ 〈禁〉此集応　鳳詔之旨忘兎顥之醜以三七／之光景終両帖之書功者也遂度々読合／改字々訛謬而已殆可謂証本
己亥南呂上旬之候記之／従三位藤原基綱 〈雅〉右者以姉小路基綱卿被染芳筆／之本連々謄写校勘訖彼本者／文明之比奉　詔写撰者自筆之／本者也為証本之事不待予贅／言耳／亜槐藤［花押］	＊以　後光厳院宸翰書写遂校合相違之所以□付了 〈禁〉右和歌集一冊者謹蒙／鳳銜不顧左道訕謾馳右筆拙／雖遂全部之写功猶被再読之／比校而已于時文明十一載黄鐘上澣／台領釈准三后尊応 〈雅〉右一帖以青蓮院准皇后尊応被／濡健筆之本写之者也件／本官本回禄之尅令焼却／訖可惜々々／亜槐藤［花押］	〈禁〉［官本云］／此集依　勅定以御本／書写之数反令校合訖／文明十年六月廿日／法印公助 〈雅〉右所写者　官本也件本者／定法寺僧正公助依勅命励書写之功云々／亜槐藤［花押］	〈禁〉右依　勅定披数多之旧本加用捨励／書写之微功遂校合者也／文明十三年三月十六日／従二位藤原教国 〈雅〉此新後撰和歌集以滋野井／教国卿自筆之本往々遂／書写之微功訖件本者／官物也／亜槐藤［花押］	〈禁〉此集応　鳳詔之旨忘兎顥之／醜以三七之光景終両帖之書功／者也遂度々読合改字々訛謬／而已殆可謂証本者乎／文明十一年残臘廿二日／右中弁藤原光忠 ＊以　奏覧正本［准后家本／巻第十七欠］重而読合／直付訖但此集　奏覧以後少々被改之事在之歟仍大概以御本朱書／之定令用捨者歟

	者乎／文明十一年残臘廿二日／右中弁藤原光忠 ＊以　奏覧正本[准后家本／巻第十七欠]重読合直付訖／但此集奏覧以後少々被改之事在之歟／仍大概以御本朱書之定令用捨者也／ 〈兼〉天文十九年九月廿五日立筆十月七日遂書功了為　禁裏／御本殊奥書炳焉也　卜兼右	〈雅〉玉葉集両帖申下葉室忠光／卿自筆之官本写之了／彼卿以　奏覧之正本読合／直付之由被裁於奥書可／除掲焉之証本而已／亜槐藤[花押]
続千載	〈禁〉此集依勅定書写之以／旧院御本幷他本彼是令用捨数ヶ度令校合訖／文明十年五月四日／按察使藤原親長 〈兼〉以竹内門跡之御本誂彦部雅楽頭春直書写之申出禁裏御本／加校合之処以外有落字僻事悉改正之已矣／天文十九年十月十五日　左兵衛佐卜部朝臣兼右	〈禁〉[官本云]／此集　依勅定書写之以旧院／御本彼是令用捨数ヶ度令／校合訖／文明十年五月四日　按察使藤原親長 ＊[校本云]／此集再三令校合事定卿可有／不審歟重可勘者也／応永廿六年七月廿八日 宗雅[判] 〈雅〉右之写本者甘露寺親長／以之墨痕也件本奉文明／之勅而写之／以後花園院之御本校云々／亜槐藤[花押]
続後拾遺	〈禁〉此集依仰不顧悪筆之恐書写之功畢／及数度校合入落字改誤字者也／文明十年十一月二日　兵部卿藤原宗綱	〈雅〉以後十輪院内府[通]賢筆之／官本令読合仍加奥書訖／亜槐藤[花押] ＊[校本云]／此一帖被仰侍従中納言[実隆卿]書写之／凡此集元亨三年七月廿二日為藤卿／直蒙　後醍醐院綸命撰之然不終篇／而薨去間同十一月一日為定卿置蒙／勅言相続撰之正中二年十二月十八日／且四季奏覧之嘉暦元年六月九日／終功返納之云々爰等持院贈太相国／御詠始入此集尤為後鑒之観範者／我此等子細依大樹貴命染畢墨者也／文明十六年孟夏廿八　諫議大夫藤原為広[花押]
	[上冊末] ＊此集者上皇御自撰也此序者法皇之宸草也清書事／依	〈禁〉[官本云]／此集蒙　詔命不日終写功数度／遂校合可被比証本者乎／于時文明十二紀林鐘下旬／権中納言

風雅	新千載	新拾遺
当其撰愁染愚筆仍為書定字様所令成此草也貞和／二 年十一月一日記之　尊円 〈兼〉永禄七年七月晦日遂上帙之功了　右兵衛督［花押］ ［四十九才］ ［下冊末］ ＊明応九年二月廿七日染筆三月廿三日於暁窓之灯下終 功訖［玉葉下与隔日書之］／同年三月廿八日一校了 蓮空 〈兼〉自古今集至新続古今集連年雖終全部之功和歌集者不 全／備之旨依世説風雅集暫閣之夫謂神書経巻皆以令 首尾／而為専要何限和歌集而在此理乎仍以竹内門跡 御本・／甘露寺一品亜相親長卿自筆本・鳥居少路経 乗自筆本已上／三部引合之遂書写之功但天道虧盈故 至末巻略廿字訖／永禄七年八月十九日　右兵衛督 ［花押］［四十九歳］	〈禁〉文明第十之暦仲夏中旬之候／応綸命之旨終書写／之 功爰／披数部全集及多日比校即改／僻字豈非乎／左 近衛権中将藤原基綱 〈兼〉天文廿二年五月十二日以禁裏御本遂書功校合了／右 兵衛督兼右［卅八才］［花押］	〈禁〉右集以数本令書写校合云々尤／可為証本依勅命加奥 書者也／文明十年十一月廿七日／右兵衛督藤原雅康 〈兼〉天文廿二年九月七日申出禁裏御本遂書写校合了／右 兵衛督卜部兼右卅八才
藤原宣胤 〈雅〉風雅集一部借　官庫之／御本令繕写勘合訖彼本／中 御門亜相宣胤卿之芳墨也／写本往年被奪祝融／之上 者雖為愚筆聊可備証／本歟　亜槐藤［花押］	〈禁〉文明第十之暦仲夏中旬之候応／綸命之旨終書写之功 爰披数／部全集及多日比校即改僻／字豈非乎／左近 衛権中将藤原基綱 〈雅〉右以基綱応綸命馳芳筆／之本歌鞠之余暇成全部／之 功訖／亜槐藤［花押］	〈禁〉右集以数本令書写校合云々／尤可為証本依勅命加奥 書者也／文明十年十一月廿七日／右兵衛督藤原雅康 〈雅〉右和歌集借給二楽軒真跡／之官本染短毫者也件本／ 先年懼池莫之災嘆惜有／余因茲追加奥書記其由／来 了／亜槐藤［花押］

新後拾遺	新続古今
* 聖徳四年正月廿六日／以奏覧本不改文字書写之／可令移籠也／羽林良将藤[花押] 〈兼〉天文廿四年二月廿五日以冷泉黄門[為益]家本書写了於林為右奥書者為後証透写了／右兵衛督卜部兼右	* 奏覧以後撰者少々切出直之云々重申出／書直之間弥散々也不可有外見可秘蔵者也／嘉吉三年九月二日校合畢／嘉吉三年九月廿三日内裏回禄之時此集／正本炎上畢撰者重清書之文安四年九月／日令奏覧間申出之校合仍散々直了／可清書者也／以飛鳥井大納言入道自筆本重令校／合直付之訖／于時文明九年六月八日　邦―　[高] 〈兼〉天文十九年十二月十六日以青蓮院殿御本遂書功件御本／後崇光院御筆也証本之段見御奥書／左兵衛佐卜部兼右
〈禁〉此集依　綸命勘合証本令／書写之比校及数度者也／時文明九年孟秋下旬候／蔵人頭右近中将藤原実隆 〈雅〉右集者写内府実隆公[三條西]／之芳筆訖件本依　後土御／門院之勅命而書進之比校／及数度之上者証本明白也／深秘函底不可出門外穴／賢々々／亜槐藤[花押]	〈禁〉右集依　勅定不顧老眼之不堪／終書功同遂校合畢件本以／亡父卿撰進中書之本加書写／後代尤可被比証本者歟／文明十一年仲冬上旬沙弥 * 此本者亡父贈大納言卿　奏覧本清書／之時為中書先仰尭考法印[于時和歌／所開闔]一本／令書写訖其本于今存在矣仍以件／本今度姉小路宰相[基綱卿]終條写之／功尤可為証本者也抑新後拾遺新／続古今両集多々良之先君二代為／現存之作者而数首被題其名字／炳焉也然募譜代々〳〵尊父祖猶継踵／可被応其撰之処贈三品王来撰集／中終矣爰余適奉　綸命欲令再奥／之日共塵起於九重魔風動于四遠／因茲風雅之沙汰中道而廃頗可謂／遺恨者乎足下幸冨歌林之良／材盍歩累葉之芳躅裁于時長享／三年春二月応左京兆之命聊／記耳　桒門 〈雅〉即公退之濾中下　官本謄写此／集上下巻所謂　官本者大納言入道／以父卿撰進中書之本令書／写者也又姉小路宰相基綱卿自筆／之本[有大納言／入道之奥書]再三遂校訂訖件本／者同以尭考法印中書之本令／書写之由詳見于奥書嗚呼此／集之証本未有遇於此両本者可／謂翔鳳躍龍真即今所書雖非／無烏焉之訛

謬校合之遺漏猶／専二本之美者歟／正保丙戌重陽前三日　雅章［花押］
※［ここに、雅章による二十一代集全体に対する識語あり。記事は、「d　飛鳥井雅章本」項に翻刻掲出］

3−2　禁裏本系統本、それぞれの本文作成過程

a　禁裏官庫本

応仁の乱の際、大半が焼失。その本文がどのような系統のものかは、不明。よって、本文作成過程も不明。兼右本・雅章本奥書にみえる文明禁裏本奥書によっても、その本文の様態は明らかにならない。返納本（最善本）のまとまり、あるいは、それに近いものであったかとも考えられるが、想像の域をでない。

b　文明新写の禁裏官庫本

文明禁裏本とは、応仁の乱の際、焼失した旧禁裏官庫本を補充すべく、後土御門天皇が、伏見宮邦高親王や甘露寺親長、飛鳥井雅康、三条西実隆、葉室光忠、姉小路基綱ら近臣に命を下し、書写させたものである。応仁の乱終焉直後の、文明九（一四七七）年から同十六（一四八四）年にかけて書写された。本文作成過程について、『新編国歌大観』［第一巻勅撰集編］解題「吉田兼右筆　二十一代集」の項に、「（文明禁裏本の）底本の求め方は、残存した在来の官庫本・冷泉家等に秘本を求めたもの・あるいは数本で用捨書写したものの三方法によっている」と記されている。前掲【表1】から、文明禁裏本本文作成過程をまとめると【表2】のようになる。

【表2】

集名	典拠奥書	親本・校合本、本文作成過程	書写者
新勅撰集	兼・雅	親本は撰者自筆本であったか。撰者自筆本と数多証本を比較校合。親本・校合本は不明。	三条実興
続後撰集	雅	撰者自筆本（冷泉家本）と奏覧本と校合（校合は撰者自身による）した撰者自筆本を親本とする。ママ書写か。	姉小路基綱
続古今集	雅	不明。	尊応（青蓮院門跡）
続拾遺集	雅	親本の詳細、校合本は不明。御本を（詳細は不明）を親本とし、他本との校合も行ったか。	法印公助
新後撰集	兼・雅	数種の古写本で用捨。数種の古写本の詳細は不明。	滋野井教国
玉葉集	兼・雅	親本は不明。書写後に准后家（室町将軍足利家）所蔵の奏覧正本と校合。	葉室光忠
続千載集	兼・雅	旧院御本・他本で用捨。比較校合。旧院御本・他本の詳細は不明。	甘露寺親長
続後拾遺集	兼・雅	親本・校合本も含め、詳細は不明。親本を他本で校合か。	松木宗綱
風雅集	雅	親本・校合本も含め、詳細は不明。親本を他本で校合か。	中御門宣胤
新千載集	兼・雅	親本を他本で校合、あるいは、数本で用捨か。詳細は不明。	姉小路基綱
新拾遺集	兼・雅	親本を他本で校合、あるいは、数本で用捨か。詳細は不明。	飛鳥井雅康
新後拾遺集	雅	親本を他本で校合、あるいは、数本で用捨か。詳細は不明。	三条西実隆
新続古今集	雅	撰者自筆中書本を中心とし、他本と校合か。	栄雅（飛鳥井雅親）

【表2】から、詳細な本文作成過程はわからないが、各書写者が、当時考えられる最善の本文をもとに、比較校合、あるいは数本で用捨することによって、証本の作成を試みていることは確かである。当時の最高の歌人で和歌研究者であった各書写者が作成した本文であり、その価値の高いことは言うまでもない。雅章本（詳細は本稿「d　飛鳥井雅章本」項参照）が、当該本を多く親本として使用していることから、寛文三（一六六三）年までは、存在していたようであるが、現存せず、その全貌を知ることはできない。ただ、本文は、完成本（返納本）本文とは完全一致しない、校訂作業を経た、一種の「研究本文」ということはいえる。

c　吉田兼右本

兼右本については、『図書寮典籍解題』、『新編国歌大観』第一巻の解題「吉田兼右筆　二十一代集」項に詳しい。当該本は、吉田兼右が、天文十四（一五四五）年頃から、天文二十四（一五五五）年にかけて（『風雅集』のみ永禄七年書写。二十一集全部揃ったのがこの時）、文明禁裏本・伏見宮本・竹内門跡本・甘露寺本・冷泉家本・青蓮院本等、和歌典籍の秘蔵箇所の秘本を、親本・校合本に使用し、書写したものである。書写年次の明らかな完本二十一代集のうちで最古写のものである。前掲【表1】から、親本・校合本をまとめると【表3】のようになる。

【表3】

集名	親本・校合本
新勅撰集	[親]〈禁〉、[校]／
続後撰集	[親]冷泉家本、[校]／
続古今集	[親]伏見宮本、[校]冷泉家本
続千載集	[親]竹内門跡本、[校]〈禁〉
続後拾遺集	[親]某本（詳細不明）、[校]〈禁〉
風雅集	竹内門跡本・親長本・経乗本で用捨
新千載集	[親]〈禁〉、[校]／

続拾遺集	[親]竹内門跡本、[校]某本（詳細不明）
新後撰集	[親]〈禁〉、[校]／
玉葉集	[親]〈禁〉、[校]／
新拾遺集	[親]〈禁〉、[校]／
新後拾遺集	[親]冷泉家本、[校]／
新続古今集	[親]青蓮院本、[校]／

※・〈禁〉は、文明禁裏本を示す。　・[親]は親本を、[校]は校合本を示す。　・／は[校]がないことを示す。

【表3】から、次のようなことがいえる。

①冷泉家本の使用が三例認められる。冷泉家本を親本としている『続後撰集』『新後拾遺集』の場合をみると、前者は撰者自筆本、後者は撰者二条為重の子、二条為右が奏覧本をそのまま書写（『新後拾遺集』兼右本奥書に「以奏覧本不改文字書写之」とあり）した奏覧本そのものといっても良いものである。文明禁裏本よりもさらに確かな、撰者自筆にかかる最善本であることにより、冷泉家本を親本として採用している。

②竹内門跡本を親本として使用する場合は、必ず竹内門跡本より優位に位置する本（『続拾遺集』は「正本（詳細不明）」、『続千載集』は「文明禁裏本」）と校合を行っている。竹内門跡本を親本としている『続拾遺集』『続千載集』の兼右識語には、「狼藉」「有落字僻事」と記されており、竹内門跡本本文に対して善本としての評価はしていない。①で述べた、冷泉家本を使用する理由が、最善本であったからという観点からみると、なぜ、善本として評価していない竹内門跡本を親本として使用しなければならなかったのかは疑問。今後の課題としたい。

③十三集のうち、『新勅撰集』『新後撰集』『玉葉集』『新千載集』『新拾遺集』の五集が、文明禁裏本（表中〈禁〉）を親本とし、その場合は、兼右識語をみる限り、他本との校合を行っていない。このことから、前掲五集に

ついては、兼右の周辺に存していた他本よりも優位に立つと考えていたといえる。

④文明禁裏本を十三集のうち八集が親本とせず、二集で校合本としている例や冷泉家本を第一義的に使用している例からみると、兼右は文明禁裏本を最善本として扱うのではなく、校訂作業上の一校合本として扱っている。文明禁裏本は、兼右にとって校訂作業上のより整った校合本の一つに過ぎず、第一義的に使用していない。

兼右は、当時考えられる最善本を用い、最もよい本文を集成することを試みたといえる。親本・校合本の選択の方法も冷泉家本の使用例からみて、細心の注意を払って決定していたことがうかがえる。兼右本は、精緻な校訂作業を経た結果生まれた最も整った研究本文ということができよう。

d　飛鳥井雅章本

雅章本『新続古今集』巻末に、二十一代集全体に対する雅章の識語がある。

右廿一代集者申下　官庫之／秘本連々遂臨写校勘訖自／明暦之比起筆到寛文之今／終全部之功者也　官本往歳／逢欝攸之禍皆為鳥有然／者雖為老拙之蚓蛇竊擬／子孫之蚌珠者歟／寛文三暦重陽前日亜槐藤［花押］

これによると、明暦（一六五五―一六五八）頃から寛文三（一六六三）年にかけて、禁裏官庫本（各奥書・識語により、文明禁裏本とわかる）を臨写し、さらに他本との本文異同を比較研究したことがわかる（「官庫之秘本連々遂臨写校勘訖」とある）。よって、文明禁裏本を親本とし、他本により校合したことになる。前掲【表1】から、親本・校合本をまとめると【表4】のようになる。

【表4】

集　名	親本・校合本
新勅撰集	［親］〈禁〉、［校］／
続後撰集	［親］三条西実隆本、［校］〈禁〉
続古今集	［親］〈禁〉、［校］／
続拾遺集	［親］〈禁〉、［校］／
新後撰集	［親］〈禁〉、［校］／
玉葉集	［親］〈禁〉、［校］／
続千載集	［親］〈禁〉、［校］飛鳥井宋雅筆本
続後拾遺集	［親］中院通村本、［校］〈禁〉三条西実隆本
風雅集	［親］〈禁〉、［校］／
新千載集	［親］〈禁〉、［校］／
新拾遺集	［親］〈禁〉、［校］／
新後拾遺集	［親］〈禁〉、［校］／
新続古今集	［親］〈禁〉、［校］／

※・〈禁〉は、文明禁裏本を示す。　・［親］は親本を、［校］は校合本を示す。　・／は［校］がないことを示す。

【表4】から、次のようなことがいえる。

①『続後撰集』は実隆本を親本とし、〈禁〉を校合本としている。また、『続後拾遺集』にも校合本として実隆本を用いている。実隆は、文明禁裏本作成当時の中心人物であり、雅章は実隆に関わる本文は善本として扱った可能性が考えられる。

②『続後拾遺集』の親本をなぜ通村本に求めたのか不明。その本文がどのようなものかもわからない。通村が実隆に歌道を学んでいたことを考えるならば、これも実隆に関わるものであったか。

③十三集のうち十一集が、文明禁裏本を親本とし、他本との校合はしていない。「臨写」ということから、文明禁裏本の本文をかなり忠実に伝えている可能性がある。しかし、本文をみると、他本との校合の跡も認められ、純粋な臨写とは言い難い。

④雅章本は、文明禁裏本を十三集のうち十一集の親本、残りの二集でも校合本として用い、十三集全集で文明禁裏本を使用している。雅章は文明禁裏本を、もっとも尊重すべき最善本と位置づけ、第一義的に使用している。

雅章は、最善本の集成を意図していたよりは、文明禁裏本を書写することに重きを置いていたようである。ただ、三条西実隆筆写本に対しては、何かしらの考えを持っていたようであるが、詳細はわからない。今後実隆の十三代集書写活動をも視野に入れ、考えていきたい。

3−3　旧禁裏官庫本、文明新写禁裏官庫本、兼右本、雅章本の関係

禁裏本系統本四種（旧禁裏官庫本、文明新写禁裏官庫本、兼右本、雅章本）それぞれの本文作成過程と集成意図を示した。それら結果を踏まえ、以下、四種の関係や集成意図の相違についてまとめておく。

《旧禁裏官庫本と文明新写禁裏官庫本》

応仁の乱以後、旧禁裏官庫本二十一代集のうち、どれぐらいの集が焼け残ったかはわからない。ただ、文明禁裏本奥書（兼右本・雅章本奥書・識語による）によると、ほとんどの集が校訂作業による本文を作成をおこなっていることから、十三代集のほとんどが焼失した可能性が高い。このことから、旧禁裏官庫本と文明禁裏本の間で本文の流れが断絶し、直接関係はないと考えられる。

《文明新写禁裏官庫本と兼右本》

兼右本は、文明禁裏本を『新勅撰集』『新後撰集』『玉葉集』『新千載集』『新拾遺集』の五集で親本として、二集で校合本として使用しており、両者の間には直接関係がある。しかし、文明禁裏本は兼右にとって校訂作業上

のより整った校合本の一つに過ぎず、第一義的に使用していない。よって、兼右本は文明禁裏本本文の一部は受け継いでいるものの、両者の間に多くの本文異同があると考えられる。本文の作成過程に違いはあるものの、両者とも最善本の作成を意図し校訂作業をおこなった結果生まれた、研究本文という点では同じである。

《文明新写禁裏官庫本と雅章本》

雅章本は、文明禁裏本を十一集で親本とし、二集で校合本としており、直接関係がある。識語に「官庫之秘本連々遂臨写校勘訖」とあることから、雅章は文明禁裏本を、もっとも尊重すべき最善本と位置づけている。文明禁裏本が最善本の作成を意図したことに対して、雅章本は文明禁裏本を書写することを第一の目的としていたといえる。

《兼右本と雅章本》

兼右本と雅章本の間に直接関係は認められない。両者とも文明禁裏本の本文の流れを汲んでいるものの、雅章が文明禁裏本を第一義的に使用しているのに対し、兼右は文明禁裏本を校合本の一つとしか考えておらず、第一義的に使用せず、文明禁裏本の扱いが大きく異なる。兼右本が精緻な校訂作業による最善本の作成を意図していたことに対し、雅章本は、文明禁裏本を書写することを第一の目的としている。雅章本本文に比べ兼右本本文は、校訂作業を経た研究本文の性格が強く、同じ文明禁裏本の流れを汲んでいるとはいえ、その本文の間には、多くの本文異同が生じている。

以上、それぞれの関係と集成意図の相違をまとめた。いつの時代もより良い本文を求めるという欲求は変わらない。しかし、より良い本文を求めることにより、書写（集成）者独自の解釈や享受の姿が本文の作成に大きく関わり、新たな本文が作られてしまう。その過程が禁裏本系統本本文の流転の様相にみてとることができる。

4　中世末期から近世初期にかけての十三代集本文はどのようなものか

最後の勅撰集となった『新続古今集』は、永享十一（一四三九）年六月二十七日に返納され、完成をみた。その後、後花園上皇の院宣により飛鳥井雅親が勅撰集撰集を行うこととなったが、応仁の乱（応仁元〈一四六七〉年勃発）により、和歌所が燃え、多くの歌書を焼失、第二十二番目の勅撰集撰集の企ては頓挫した。京都を戦乱の渦に巻き込んだ戦乱は、新たな勅撰集の撰集を妨げたばかりか、禁裏に蔵された多くの貴重な歌書を焼いてしまった。この応仁の乱を境に、失われた歌書類を補充する作業が始まるとともに、大々的な本文研究の時代が到来した。本文研究は定家を始め、多くの個人により古来よりおこなわれてきたが、応仁の乱後の補充作業に伴う本文研究は、国家的事業といえる。後土御門天皇を中心とし、次世代へよりよいものを残そうとした中世末期の国家事業は、多くの作品が、江戸時代へと受け継がれていくための橋渡しとなった功績は大きい。

一方、本文の内容を混乱させたのも事実である。多くの本文を校合することにより本文は混乱し、混乱した本文がさらに混乱を招いていく。時代が下るにつれ混乱が激しくなり、完成本本文とはどんどんかけ離れていく。同様の混乱が、本稿で、取り上げた禁裏本系統本十三代集本文にも見受けられる。

・文明禁裏本　↓　文明九（一四七七）年から同十六（一四八四）年にかけて書写
・兼右本　↓　天文十四（一五四五）年頃から天文二十四（一五五五）年にかけて書写
・雅章本　↓　明暦（一六五五—一六五八）頃から寛文三（一六六三）年にかけて書写

右に示したとおり、本稿で取り上げた三種本は、ちょうど応仁の乱以後中世末期から近世初期の間に成立したものである。親本・校合本の選択方法、本文作成過程、集成意図については、それぞれの項目で述べたので改めて述べないが、文明禁裏本も当時のよりよい本文を使用しているとはいえ、校訂作業をおこなった研究本文であり、兼右本・雅章本は、研究本文をもとに、さらに校訂作業をおこなった研究本文である。完成本本文と同様の本文もあるであろうが、校訂作業を繰り返していけばいくほど、その部分はわからなくなっていく。結局のところ、三種本とも校訂作業を経た研究本文であり、完成本本文とは一致しない本文を持ち、時代が下るにつれ本文の混乱を招いていくのである。

中世末期から近世初期にかけての十三代集本文は、完成本とはかけ離れた、その当時の享受の姿や校訂者の考えを反映した校訂作業を通して作り上げられた「研究本文」なのである。

5　おわりに

以上、禁裏本の流れを汲む兼右本・雅章本の奥書・識語を手がかりに、禁裏本本文の流転を探ることにより、中世末期から近世初期にかけての十三代集本文は、その当時の享受の姿を反映した校訂作業を通して作り上げられた「研究本文」あることを指摘した。

禁裏本系統本のうち現存する兼右本・雅章本の本文を我々が扱う時は、両本とも研究本文であり、当時の享受の姿・兼右あるいは雅章の考えが反映した本文であることを忘れてはならないのである。兼右本に注釈を加えることは、中世末期に存在した本文の注釈に過ぎず、完成本に注釈を加えたことにはならない。『続後撰集』のように撰者自筆本が現存することは稀であり、現存伝本のほとんどが研究本文である。それをそのまま無批判的に用いることは研究の厳密さを欠く。より厳密な研究をおこなうためにも遅れている十三代集の本文批判研究が急務である。第一に、伝本間の本文の比較調査をおこない、得られた本文異同を整理・系統分類した上で、従来の和歌の出入り等による系統分類の結果を合わせたかたちで、校本を作成する。第二に、本文異同を踏まえ、注釈作業をおこない、本文批判研究の最終目標である定本の作成をおこなう。これら作業が十三代集研究の基本に必要と思われる。

とはいえ、現状を考えると、我々が十三代集全集の定本を獲得するまでにはまだまだ多くの時間が必要であろう。撰集当時の歌風、歌論を探る場合や注釈作業をおこなう場合には、時間の許す限り一本でも多くの伝本と対校し、本文異同を視野に入れることが大切である。

今後十三代集がより注目され、伝本研究・本文批判研究を始めとして、さまざまな角度からの研究がおこなわれ、十三代研究が発展していくことを期待しつつ、稿者は地道に伝本研究を進めていきたい。

（1）兼右は、舟橋宣賢の子で、のちに従兄弟吉田（卜部）兼満の養子となり、吉田家を継ぐ。永正十三（一五一六）年―天正元（一五七三）年、五十八歳。顕昭著『古今集序注』、『水瀬殿記』など多くの古典を書写した。兼右の姉妹は、細川幽斎の母にあたる。

（2）雅章は、蹴鞠宗匠雅庸の三男で、慶長十六（一六一一）年―延宝七（一六七九）年、六十九歳。後水尾院の子飼の弟子で、中院通村亡き後、院歌壇の中心人物の一人となる。

（3）大東急記念文庫に『禁裡御蔵書目録』（写本・上下二冊本）が蔵されており、その奥書に「右官本万治四年正月禁中炎上之時焼亡云々」とある。『禁裡御蔵書目録』は、近世以前の禁裏の蔵書目録で、万治四（一六六一）年に焼失した禁裏本の書目を伝えるものであり、その目録中に「古二十一代集　不足」「二十一代集」とある。確証はないが、「古二十一代集　不足」は、応仁の乱の際に焼失した旧禁裏官庫本の一部分、「二十一代集」は文明新写の禁裏官庫本を指すのではないかと現在考えている。『禁裡御蔵書目録』記事については、今後さらに考察を進めたい。

（4）昭和五十八年二月、角川書店。

（5）引用は歌学大系第六巻所収本による。
（6）幽斎の母は、前掲注（1）に示したように、兼右の姉妹にあたる。兼右本を直接見ることができる立場におり、「答云」の言動は、兼右本を見た上での見解である可能性が高い。
（7）『中世歌壇史の研究　室町後期（改定新版）』、昭和六十二年十二月、明治書院。
（8）『玉葉和歌集全注釈　別巻』（笠間注釈叢刊23）、平成九年十二月、笠間書院。
（9）『風雅和歌集』（中世の文学）、昭和四十九年七月、三弥井書店。

架蔵短冊資料点描

小林　強

はじめに

稿者にとっての短冊の収集は、いわば専門である古筆切収集の副産物にすぎず、その内容も古筆切の伝称筆者の当否の判断材料となる中世期の短冊は「高嶺の花」であり、その殆どが、近世後期から明治初期にかけての、比較的廉価な国学者（歌人）のものに限られている。従って、その目論みとしても、既刊の短冊類の図版資料に収録されておらず、比較的稀覯とされる人物の短冊がある程度の数に達すれば、(1)「いずれ、一応紹介でも試みようか」などと希望的観測を抱いていたに過ぎない。

そもそも、学術論文の水準で、近世後期から明治初期にかけての国学者（歌人）の短冊資料を取り上げるには、索引付きの「全歌集」が作成されている極一部の人物を除けば、(2)その人物の短冊に認められた和歌が「新出歌」か否かを判断するだけでも相当の困難を伴うことが予想され、(3)そして、何よりも、短冊の蒐集家としても知られた熊谷武至氏の膨大な調査に立脚した凝縮された記述の数々[4]を目のあたりにすると、稿者などが短冊に関して物を言うのは甚だ恐れ多いというのが正直なところであった。そのような稿者が、短冊に関する本稿を執筆するに至ったのは、非常勤先の古筆切の講義の本年度の受講生の殆どが、中世を専攻しておらず、近世や近代を専攻する者が多かったことから、香川景樹や明治初期の御歌所の歌人の短冊などを教材とすべく予習していた際に、たまさかに管見に触れた二篇の論文の存在が契機となったのである。

一　拙稿の発端（一）

短冊資料の紹介は、その学問的な位置付けが困難であるためか、「論文」という形態では、国文学研究資料館の論文データベースで、「短冊」をキーワードとして検索しても数少なく[5]、「近世後期から明治初期にかけての国学者（歌人）」との枠組みの範囲では、最近の文献としては、盛田帝子氏の「賀茂季鷹資料抄　短冊編――その一――」（『文献探求』三八、平成十二年三月）が目に付く程度であった。盛田氏は季鷹に関する業績を他にも発表されており、近世和歌を専門とする立場からの最新の短冊資料の取り扱い方を学ぶべく同論文を一読してみたが、稿者のような基礎的な文献資料の紹介に従事する者にとっては、看過しがたい安易な発言が散見しており、資料紹介の命脈とも言うべき「良心」が欠如しているようにも感じられ、稿者自身の手で、短冊について何か書いておかねばとの危機感を覚えたのが「拙稿の発端」に他ならない。具体的に示すと、盛田氏は茶梅庵文庫蔵の季鷹の短冊に同一の和歌が認められていることが多い点に対して、「これは書としての価値を意識したものと思われる」と指摘されているが、当然、これは季鷹の自詠に対する好尚の反映と理解するのが穏当であり、敢えて盛田氏の推定が整合する対象を求めれば、非専門歌人で作歌数も少ない高名な書家の場合に限られるものと思われる[6]。次に、盛田氏は解説末で「短冊二九・三〇・四四の裏には『桐園』（朱印）と押印されているが、現在のところ旧蔵者は未詳。記して御教示を仰ぐ次第である」と言及しておられるが、不明の事項を明記する態度は立派ではあるものの、この「桐園」と号する人物の正体は「弾琴緒（舜平）」であり、ある程度短冊に興味のある者であれば常識に属するのではなかろうか（なお、盛田氏の解説中で含みを残された、「燕斎」との朱印が捺されるものも小笹喜三氏の旧蔵と断定し得る）。『名家伝記資料集成』の索引で「桐園」と号する人物を検索すると七名が掲げられており、それぞれの記載を確認しさえすれば、「弾琴緒」の略伝中の著作と、「短冊二九・四四」の裏面の記載（千種の花・三百人一首初編二入）との接点に気付くはずなのであるが、不可解である。弾琴緒については、古くは木村三太郎氏の『浪華の歌人』（全国書房、昭和十八年四月）でも大阪を代表する歌人の一人として取り上げられており（二九九〜三〇九頁）、最近の三善貞司氏編『大阪人物辞典』（清文堂出版、平成十二年十一月）でもしっかりと立項されている。更に、注(4)に掲げた熊谷氏の『類題和歌集私記』には、「明治類題集篇　一、弾琴緒」として詳論されているのである。実際に、盛田氏が紹介された「短冊二九」は、弾琴緒撰『和歌千種の花初編』の上巻三三頁裏に「秋月　揚明輝　見るまゝにこゝろもすめりあきはたゝ月に光のそはるのみかは」と、「短冊四四」も同撰『近世三百人一首初編』の六頁裏に「社頭郭公　かた岡の杜の木末になきすてゝかみやまとほくゆくほとゝきす」と撰歌されており、琴緒が撰歌に際して短冊の表記の一部に手を加えていることが知られるのである。

二　弾琴緒の撰集関連の短冊の紹介

弾琴緒の撰集関連の短冊については、同じく熊谷氏の『類題和歌集私記』の「明治類題集篇　三、佐佐木弘綱」の項目にも興味深い記述が存している。概要を示すと、同氏蔵の中村秋香の短冊の裏には、「弾琴緒の手で『千種の花二編春』とあり、そのうち『千種の花』の四字を消して、『五百人一首』となほし、その下に『撰歌』の二字の青の小判形小印があるものがある」と指摘され、『千種の花』の第二編が未刊に終わった事を、「桐園詠草」付載の桐園出版の広告中に『千種の花』の第二編が掲げられていないことから推定され、「『千種の花』二編のための準備を、『五百人一首』二編へとまきかへたらしい。さういふことが、前記秋香の短冊の裏の文字から推測出来るのである」との推論を導き出しておられる。『千種の花』の規模は、『明治五百人一首』の倍の千首であり、先に着手していた『千種の花二編』のための準備が、実際に刊行された『明治五百人一首二編』へと流用されたことは蓋然性が高いものと思われるが、稿者の手元には、裏面に「千種の花二編撰歌（藍小印）」と記された大橋長憙と小川萍流の短冊があるので、弾琴緒自身の短冊（裏面に「大阪高麗／橋第三街／彈琴緒印」との方型陽朱印が捺される）とともに紹介しておきたい。

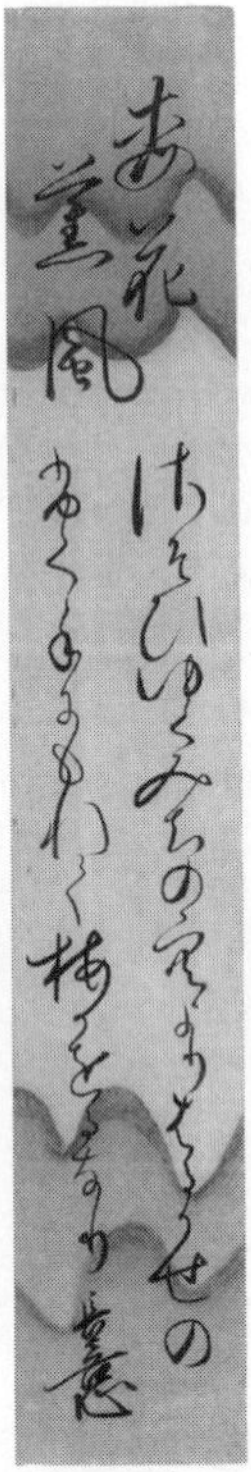

図　1

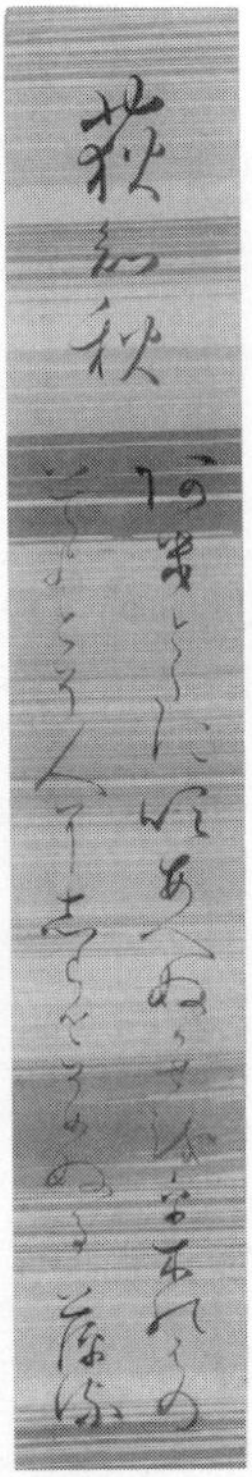

図　2

図1梅花薫風　さそひゆくみちの空よりはるかせのふく手にもれて梅かをるなり　長憙

図2荻知秋　あきとたに吹あへぬかせをきのはのいてよとそ人にしらせそめぬる　萍流

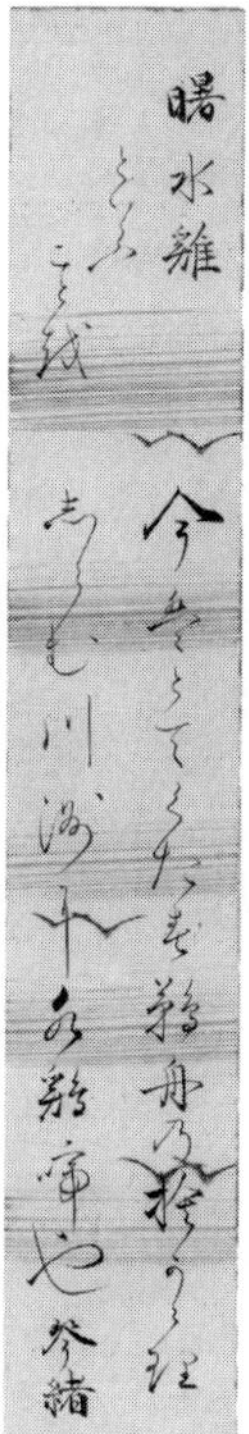

図　3

図3曙水雞といふことを　今はとてくたす鵜舟の捨かゝりしらむ川洲に水鶏啼也　琴緒

前掲の小川萍流と大橋長憙の短冊などは、幻の『千種の花二編』の内容の一部を窺わせる材料となろうが、長憙の場合、『明治五百人一首二編』には、「水邊夏月　かは風のすゝしくわたるすゐまても思ひなかして月をみるかな」（十二頁表）が撰歌されており、熊谷氏が指摘された秋香の場合とは撰歌の事情が若干異なっている。『近世三百人一首初編』（明治二一年十二月）から『明治五百人一首二編』（明治三三年二月）に至る一連の短冊に基づく撰集（短冊帖の翻刻）は、最初の『近世三百人一首初編』が琴緒の短冊蒐集を基盤としており、その後は、近刊広告中の現存歌人に対する寄詠募集や物故歌人の短冊の寄贈願いにより、琴緒の手元には飛躍的に撰歌資料となる短冊がストックされていったものと思われる。[7] 但し、現実問題として、琴緒の寄詠募集などに応じた人物やその回数を明確にすることは不可能であり、前述の秋香と長憙との間の撰歌事情の微妙な差異についても確言することは困難であるが、両者の寄詠募集に応じた回数の相違に連動する琴緒の手元の短冊のストックの多寡（長憙⬇多、秋香⬇寡）に起因するのではなかろうかと思われる。なお、稿者の手元には、その他にも琴緒の旧蔵と知られる短冊が数枚存しており、以下に略記すると、①『近世三百人一首初編冬』（十五頁裏）に撰歌された拝郷蓮茵の短冊（「冬祝／落穂さへあまり有世は冬田にうゐたる鳥の聲も聞えす」）、②『千種の花初編春』（上巻十頁裏）に撰歌された古屋菅賢の短冊（「蕨／むらさきに峰のさわらひもえにけり炭やく老翁か灰やさしつる」）、③「桐園」の朱印と作者の住所（略記）氏名が記された長沢伴雄、小川萍流、青木清高の短冊、④「桐園」の朱印が捺されておらず、作者の住所（略記）氏名のみが記された高畠式部、秋山光條、真島橘夫の短冊などである。③は琴緒の一連の撰歌から漏れたものと思われるが、少なくとも、琴緒の手元の短冊のストックに余裕のあった人物であることは窺われよう。但し、住所氏名の筆蹟から琴緒の旧蔵である点は確実ながら、「桐園」の朱印が捺されない④とはどのような違いがあったのかは分明でない。恐らく、琴緒の旧蔵の短冊は相当数現存していることが予想され、中でも、熊谷氏蔵の秋香の例や、架蔵の長憙や萍流の例などは集成を試みる必要があろうかと思われ、巷間の短冊愛好家の方々にも注意を喚起しておきたい。

三　拙稿の発端（一）

「はじめに」で述べたように、景樹の短冊を教材として利用すべく景樹関連の文献を粗々調査していたところ、田中仁氏の「鳥取県立図書館郷土資料室所蔵『香川景樹歌稿』」（『香川景樹研究　新出資料とその考察』〈和泉書院、平成九年三月〉所収、論文としての初出は『鳥取大学教育学部研究報告　人文・社会科学』四六巻一号、平成五年三月）の記述を見て驚愕したのが今一つの「拙稿の発端」である。稿者には、「短冊の写し」としか考えられない資料を、田中氏は景樹自作の「短冊書法伝書」として位置付けられているのである。以下、便宜上、田中氏著書に掲げられた図版を転載させていただく（図4➡次頁参照）。

田中氏が紹介された『香川景樹歌稿』は、『短冊帖』（『短冊帖　香川景樹翁真蹟』松井小十郎編、明治三〇年四月）の四周の縁取りが省略されている点を除けば、その二二首目までと完全に一致しており、初出の論文では全体の図版も掲出されている（図4のように著書では部分図となる）。田中氏は『香川景樹歌稿』について「おそらくすべて景樹の自筆である」とされた上で前掲の推定に至るのであるが、(8)『香川景樹歌稿』（『短冊帖』）の署名に注目すると、

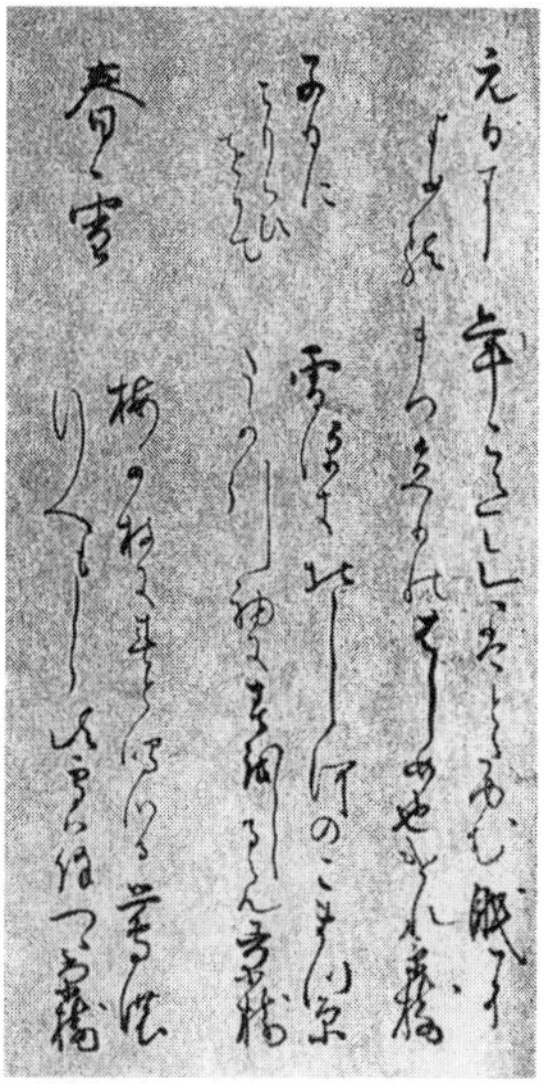

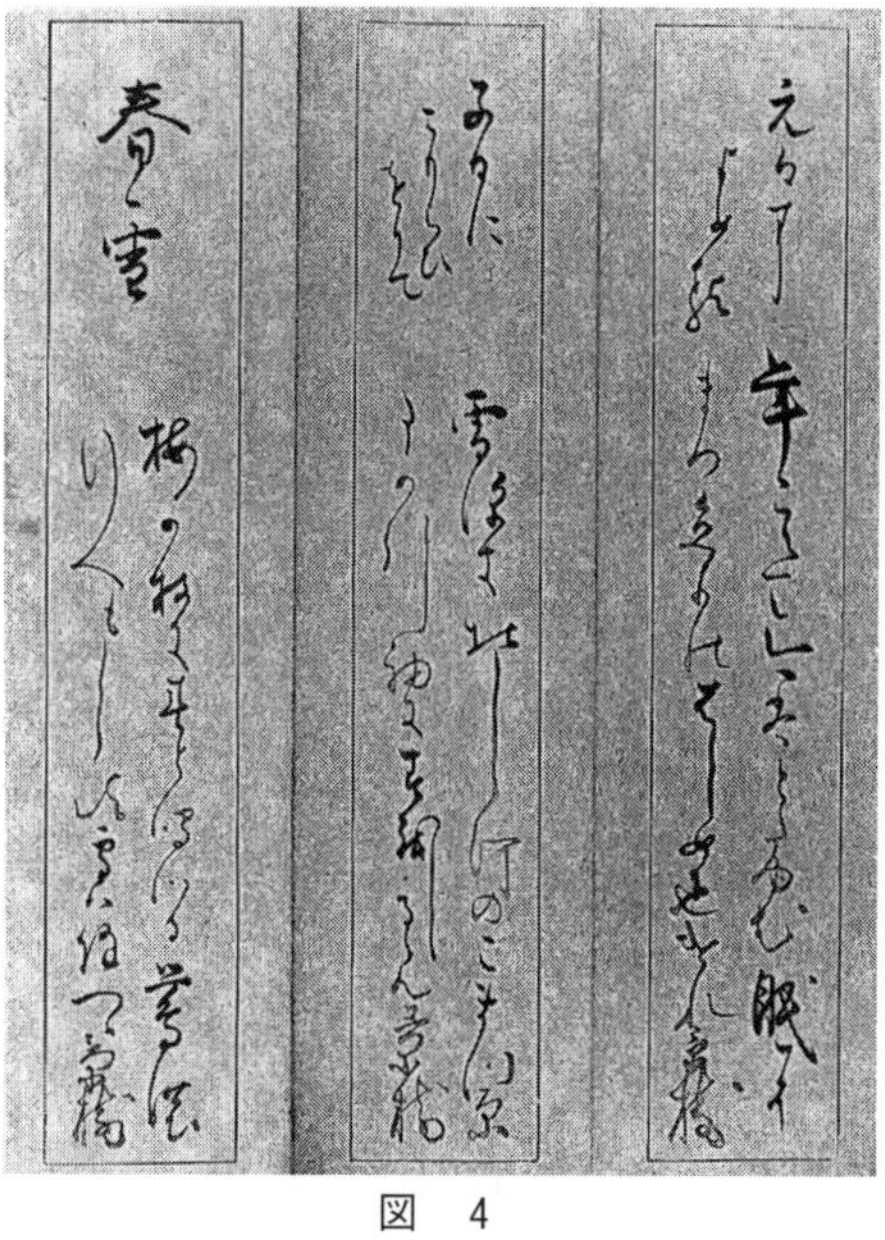

図　4

明らかに「桂丸期」（二三首目）のものと「天保期」（一首目）のものとが混在していることが窺われる。(9) 景樹の短冊の署名が年代により著しく変容している点は常識であり、稿者には、景樹自身が「短冊書法伝書」作成のために、わざわざ以前の書風に回帰して短冊の手本を執筆したり、手元に残っていた以前の自らの短冊を模写したりする可能性があろうとは到底考えられず、『香川景樹歌稿』は『短冊帖』の写しとしか思えないのである。

四　極初期の景樹の短冊について

恐らく、近世の歌人（国学者）の中で、景樹ほど多くの短冊が残されている人物はいないのではなかろうか。また、景樹の場合は、『新編国歌大観』収載の『桂園一枝』や『桂園一枝拾遺』の検索の便はあるものの、膨大な歌数の『桂園遺稿』（彌富賓雄氏編）には索引がなく、その他にも、家集や撰集類、筆蹟物などからも相当数の景樹詠の拾遺は可能であり、曲がりなりにもある程度有益な「全歌集」を作成するには、想像を絶する困難が伴うものと思われる。従って、景樹の短冊については、新出歌の認定は厳密には現時点では不可能であるが、『桂園遺稿』収録の上限である「享和元年」に先行すると思われる短冊などは、新出歌である可能性が高く、本節では架蔵の景樹の短冊の中からそのような例を紹介することとしたい。

景樹の短冊で現存最古のものと推定されているのは、多賀博氏編『古筆と短冊』十号の二八頁に、多賀氏により「香川景樹の純徳署名の短冊か」と題して生田龍成氏蔵の図版が掲げられ、同誌十一号で山本嘉将氏が「純徳短冊について」と題する論考の中で「有望」と評された「純徳」なる署名を有する一枚（此年ころ江戸に有けるかたひ立侍るとてしたしき友とちに別を惜み侍りて　吾妻ちに馴し名残の猶そひてたつ旅ころも袖そかはかぬ）であろう。当該短冊の真偽については、山本氏も「景徳短冊、極めて初期の景樹短冊との比較も試みたい」と指摘されるような手続きが不可欠であろうが、肝心の「景徳短冊・極めて初期の景樹短冊」は稀覯であり、稿者の調査が不十分なこともあってか、「景徳短冊」は『桂園遺稿』の口絵（山雪　ふもとにも雪には稀の鳥の聲聞えぬ山のおくやいかなる）及び『短冊集・宇多野』―三九頁（社述懐　まくすはふいかきの春にことの葉の玉まく末もかけて祈らむ、生田龍成氏蔵）の二枚に過ぎず、「極めて初期の景樹短冊」についても、後掲の図5・6に示した架蔵の二枚を除けば、『桂園遺稿』の口絵（家々納涼　みな月のうた、ね山の朝あらしさむしといはぬ宿やなからむ・『桂園遺稿』上巻―十五頁下段⬇享和元年四月八日）、『和歌古短冊影譜』（夏祓　おり立てみそかぬ先にはやせ川早く心は涼しかりけり）、柳瀬万里氏他編『近世和歌の世界』（桜楓社、平成元年一月）―六五頁（霧添紅葉　朝なく〵たちならひたる秋きりにやまの錦はまかせてそみる・『桂園遺稿』上巻―二二〇頁上段⬇文化二年十一月二四日・桂園一枝拾遺三二〇）の三枚に過ぎない。

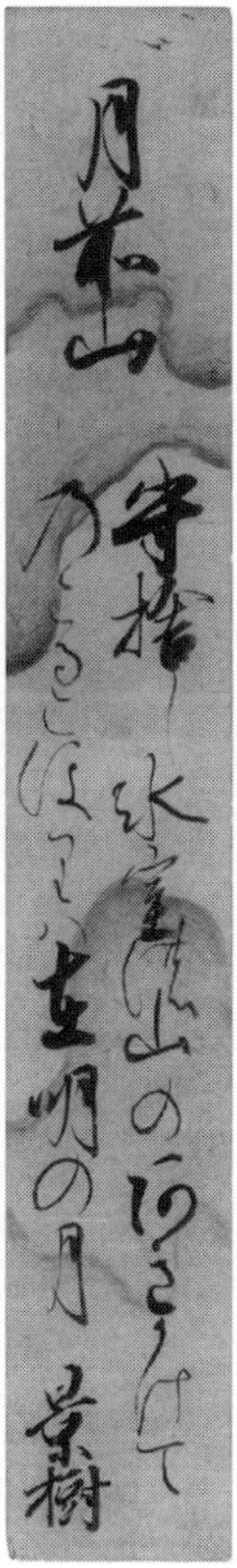

図　5

図　6

図5月前山　守捨し氷室の山のあきかけてのこるこほりは在明の月

図6見恋　あら磯のいはまかくれに靡くてふ見るこそ恋のはしめなりけれ

以上の「極初期景樹短冊」の中で、『桂園遺稿』により詠作年次が判明するものが二例認められるが、問題は『近世和歌の世界』収載の「文化二年十一月」という年次である。署名がほぼ楷書風であり、景柄の書の影響下にある没個性的な書風の短冊の執筆時期の下限が「文化二年十一月」の時点にまで下るとは考えにくく、精査には及んでいないが、『桂園遺稿』には同一歌の重出例が数例認められ、当該例の場合も、『桂園遺稿』の佚失部（寛政十二年以前）が初出であり、「文化二年十一月」の時点は重出ではないかと考えておきたい[10]（なお、以上の五枚の内、『桂園遺稿』の口絵のみは署名の「樹」の字の「土」の部分が正確に書かれており、他の四枚は、いずれも「一」のように省筆されており、厳密には若干の期間の前後が存するものと思われる）。

先の「文化二年十一月」という年次に対する稿者の推定は、極めて「ご都合主義」的な色彩の強いものでもあるので、今一つ、「極初期景樹短冊」の執筆時期の下限についての判断材料の提示を試みたい。注(9)掲出の『短冊物がたり』の「景樹の短冊」の「二、享和時代」の中には、「『樹』字を『村』字のやうに書いて、よく世人が

『景村』と誤讀するのは、此の時代のにある」（中略）「『景樹』とよむのが不條理で、『景村』とよむのが當然であるといふ程である、此れは此の時代のに限られている」と指摘されており、「景村期」とでも仮称すべき署名の時期が「享和年中」に存することが窺われる。更に同書の「偽筆として買はされた」の項には、図版は掲げられていないものの、『桂園遺稿』により「享和二年正月十八日」の詠と判明する「景村」短冊の例が示されているが、この仮称「景村期」の短冊も稀覯であり、現時点では、後掲の図7に示した架蔵の一枚を除けば、『京都古書籍・古書画資料目録』二号―一八七八（岡上明月　妹か袖ならしの岡の玉さ、のうへにてりたる秋の夜の月・『桂園遺稿』上巻―五九頁下段➡享和二年八月十五日）の一枚を確認し得たに過ぎない。

図　7

図7山家人稀　山深きやとのかきねのつ、らをりくる人あらは待人にせむ（裏面に「勝安芳」の旧蔵印あり）

図7の架蔵の短冊も、『桂園遺稿』上巻―一〇六頁上段に収載されており（桂園一枝七一〇にも）、「享和三年三月十五日」の詠と推定されるが、初二句の本文が、『桂園遺稿』では「わかやとのかきねかくれの」となっており（桂園一枝も同様）、架蔵の短冊の本文は初案である可能性を有している。以上、僅か三例では甚だ心許ないが、仮称「景村期」は少なくとも「享和二年正月」までは遡ることが確認され、それと連動して、前述の「極初期景樹短冊」の署名の下限も同じく「享和二年正月」以前と推定されよう。無論、両署名が同じ時期に併存していた可能性を完全に否定することは困難であり、過渡期の解明についても同様であろう。更に、情報量（サンプル）の絶対的な不足は致命的ではあるが、今後の短冊の新出により、「享和二年正月」という限定が若干前後することは

あっても、本来の目的である『近世和歌の世界』掲載短冊に対する『桂園遺稿』の「文化二年十一月」という年次記載への疑義の傍証としては十分に機能することは間違いなかろう（「文化二年十一月」との年次記載を正しいものと考えて、「景村期」の短冊を、その後に旧詠を認めたものと推定することも可能性は皆無ではなかろうが、現時点で確認し得ている「景村期」の短冊の詠作時期がいずれも「享和二〜三年」の間に限られていることからは無理があろうと思われる。また、より根本的な問題として、極めて誤読される危険性の高い「景村期」の短冊の署名の使用期間が、僅か短冊三枚の情報に過ぎないものの、「一年以上」の期間に及んでいることについても疑問が残るが、或いは、景樹自身もその危険性を自覚しながらも、あまりに短期間で署名の書式を変更することを潔しとしなかったのではないかと稿者は思量している）。

以上、本節では、景樹の短冊資料のごく一部分についてのみの言及に留まらざるを得なかった。現時点では、一応将来の「香川景樹短冊歌集成稿」の作成を期しつつ、約三百枚程の景樹の短冊の図版資料（一部活字翻刻のみのものを含む）のデータ化（ワープロ入力）を完了している。(11) しかしながら、『名家伝記資料集成』や『和歌俳諧人名辞書』などに、短冊（筆蹟）の存在が指摘されていながらも、いまだ確認の及んでいない例が若干残されており、本稿で取り扱った僅少な範囲でも、調査の遺漏の不安が拭えないというのが正直なところである。また、前述の山本嘉将氏が指摘された「純徳」短冊の真偽に関する「宿題」についても、例えば、前掲の「景徳」の「ふもとにも〜」短冊の第四句の「聞えぬ」の「ぬ（字母は「奴」）」と、「極初期景樹」の「おり立て〜」短冊の第二句の「みそかぬ」の「ぬ」にように、ほぼ同一人物であろうと判断するに足る物理的証拠は、残念ながら稿者の鑑識眼の範囲では見出せなかった。(12) 更に、注(11)でも述べた通り、「享和年間」と「桂丸期」を繋ぐ「文化年間」については、景樹の短冊の署名の変遷過程の上では看過し得ない重要な時期ではあるが、現時点では、十分に定位するに至っておらず、今後の課題としておきたい。

なお、前述の通り、現時点で稿者が確認し得ている景樹の短冊の図版資料は約三百枚程度に過ぎず、恐らく、景樹の短冊の染筆総数（具体的には不明であるが）のほんの一部分に留まってるものと思われ、注（1）の彌富氏著の「景樹の短冊」において、多くの紙面を割かれた「偽物」の看破も手付かずとの体たらくではあるが、現時点までの調査において気付いた点を以下に摘記しておきたい。

まず、何よりも前節で批判した田中仁氏の推定の決定的な反証となる、『短冊帖　香川景樹翁真蹟』の短冊の原本の存在については、残念ながら確認するには至らなかった。なお、田中氏は『短冊帖』十三の和歌の初句を「此夜の」と翻刻されて、他資料の「秋夜の」との異同を指摘されているが（他資料の中に「日記」の記載が見えないが、当該歌は『桂園遺稿』上巻―七一九頁上段に認められる）、稿者の判断では、当該箇所は「秋夜の」と判読して支障ないものと考えている。また、『短冊帖』の刊行以後の資料であり、『短冊帖』の模刻を流用した可能性を否定し得ないため、その短冊の原本の存在を示す証拠とは考えにくいが、『短冊帖』五、十、十六、二三の四枚は、『桂門短冊帖』（中村健太郎氏から御架蔵本の複写を提供していただいた）の二、十四、二五、二九とそれぞれ一致している（両者を詳細に比較すると、極微細な差異が認められるものの、版下としての流用を否定する程の相違は存せず、稿者の本音は、『短冊帖』自体が『桂門短冊帖』の版下の作成に利用された可能性が高いと考えている）。なお、現時点で、稿者が景樹関連の「短冊模刻帖」の短冊の原本の存在に気付いているのは、『競馬』（日下幸男先生から御架蔵本の複写を提供していただいた）の命名の基となった「競馬　神山のやま彦とよむ音す也いまや宮人駒くらふらし」の原短冊が、『平安人物志短冊集影』―一〇四の桂丸短冊であるとの一例に過ぎない。その他、景樹の短冊の中で、極めて特異な署名形態を示す『短冊帖』三〇（自詠である点は確実であるにも関わらず、下句一字下げであり、作者名が上句の下に記される）や、北野克氏編『歴代名家短冊帖』（三樹書房、平成元年十一月）―一〇五（同じく自詠である点は確実であり、作者名に「なかとの介」との表記を採り、その位置も上句と下句との中間に記される）などは注目に値するが、未だに他の類例を確認するに至っていない。更に、不十分な景樹の短冊に関する本節の幕引きとして、稿者の現時点の景樹の短冊調査の至らなさを具現化するためにも、『短冊帖　香川景樹翁真蹟』収載と同一歌の短冊について、その存在に気付いたものを『短冊帖』と対比させる形で一覧しておきたい。

Ⅰ―A子日にこもらひをりて　雪深き北しら河のこまつ原たか引袖に春をしるらん（『短冊帖　香川景樹翁真蹟』―二）

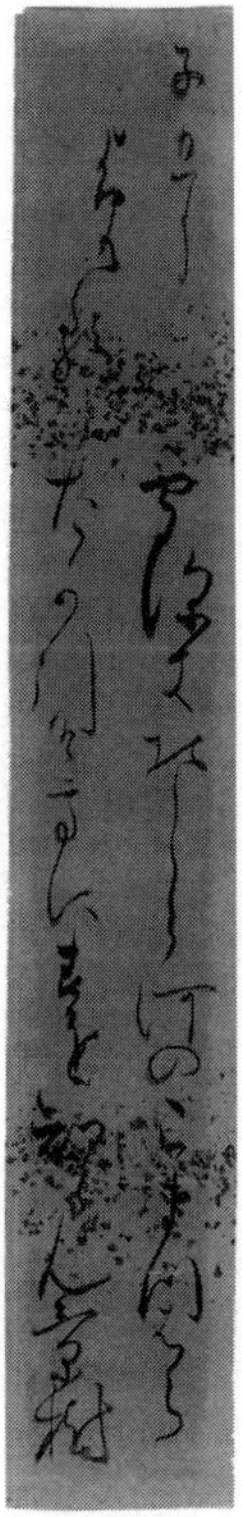

図　8

Ⅰ―B子日によめる　雪深き北しら河のこまつはらたか引そてに春を知らん（架蔵➡図8）

Ⅱ―A春雪　梅か枝に春と鳴つる鴬の行へもしらす雪は降つゝ（『短冊帖　香川景樹翁真蹟』―三）

Ⅱ―B餘寒　梅かえに春と鳴つるうくひすのゆくへもしらす雪は降つゝ（『志満家古書目録』平成八年秋号―五八八、桂丸）

Ⅲ―A款冬　筏おろす清たき川の瀧つせにちりて流るゝ山吹のはな（『短冊帖　香川景樹翁真蹟』―六）

Ⅲ―B河款冬　筏おろす清たき川の瀧つせにちりてなかるゝ山ふきの花（兼清正徳氏『香川景樹』―一五〇頁、三段砂子）

Ⅳ―A寒月　照月の影の散くるこゝちしてよる行袖にたまる雪かな（『短冊帖　香川景樹翁真蹟』―二四）

Ⅳ―B寒月　てる月のかけの散くる心地してよる行袖にたまる雪哉（『日本名筆全集短冊集』―三八頁、佐佐木信綱

氏『近世和歌史』―二一七頁、桂丸）

Ⅳ―C寒月　照月の影の散くる心地してよるゆく袖にたまる雪哉（『南天荘雑筆』―挿図）

Ⅳ―D寒月　照月の影の散くる心地してよる行そてにたまる雪哉（『南天荘雑筆』―挿図、三段砂子）

Ⅴ―A時雨風　浮雲はかけもと〻めぬ大そらのかせに残りて降しくれ哉（『短冊帖　香川景樹翁真蹟』―二〇）

Ⅴ―B時雨　うき雲の影もと〻めぬ大そらの風に残りて降しくれかな（平成九年八月京王百貨店新宿店第四七回東西老舗大古書市目録―九一、桂丸）

五　高畠式部の新出歌について

さて、いよいよ「拙稿の発端」から解放されて、本稿のメインテーマへと移行するが、良心的な「全歌集」の存在は、必然的にその人物の短冊に対する注意を喚起することとなり、稿者も、簗瀬一雄氏の『高畠式部全歌集』（私家版、昭和三三年十月）を手にして以来、ここ数年の間に五六枚の高畠式部の短冊を架蔵するに至った。式部の短冊の現存数は、景樹や蓮月とともに極めて多い部類に属しており、「新出歌」の登場などは枚挙に暇がなく、簗瀬氏は前著刊行後も、「式部歌集追補」（『高畠式部の研究』碧冲洞叢書第七輯、昭和三六年五月）、「式部の短冊など」（簗瀬一雄著作集五『近世和歌研究』加藤中道館、昭和五三年九月）により追補の努力を継続されている。そこで、本節では、簗瀬氏の最終追補までの段階で拾遺されていない新出歌を、稿者の気付いた範囲で、初句の五十音順に配列して掲げることとしたい（図9～35に、架蔵を含む個人蔵の短冊で、図版の引用が可能なものを掲げた）。但し、『高畠式部全歌集』の索引が初句索引のみであるため、例えば、前掲の簗瀬氏の「式部歌集追補」二八（初句「打みれは」）が、『全歌集』一三六（初句「今朝みれは」）と同一歌である点を看過して補遺に及ぶなどの、初句に異同が存していた場合などは、稿者の「新出歌」の認定自体に誤りが生じている恐れがある点はご容赦願いたい（特に、後掲「一覧稿」の「二」などは、図版の典拠から推して「新出歌」であるとは極めて考えにくいが、不可解なことに、初句索引の次元では既出を検索し得ない）。

［高畠式部新出歌一覧稿（典拠に「★」を付したものは、依拠した目録類に図版の掲載がないことを示す）］

1あき更て妻やまつをの海士の子ら夜なく月にころも擣なり　九十嫗しきふ（★思文閣古書資料目録一四九号—五九五）

2戸外萩　あさ戸出にぬれしは萩の露なれと袖のしつくを人やとかめむ　式部女（『高畠式部全歌集』—口絵）

3逢阪にこまはひけとも雨きらひしみつに影のうつらさりけり　式部（大取一馬氏蔵➡図9）

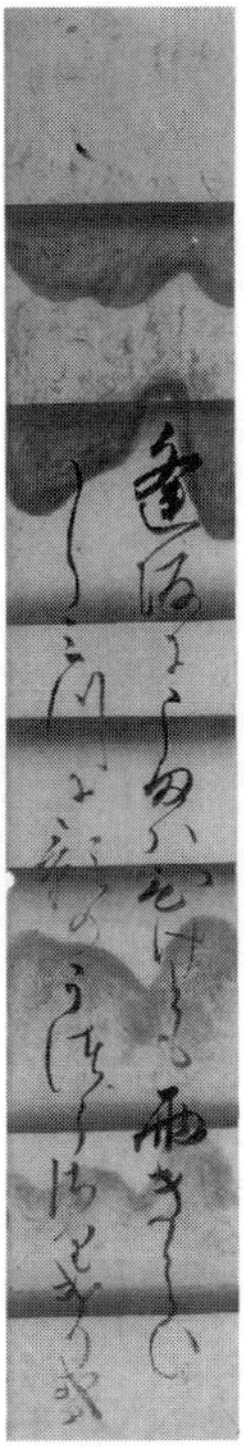
図　9

4夏浦　海士人のしほたれ衣夏の夜はす、しき浦の月にほすらん　八十九志貴婦（架蔵➡図10）

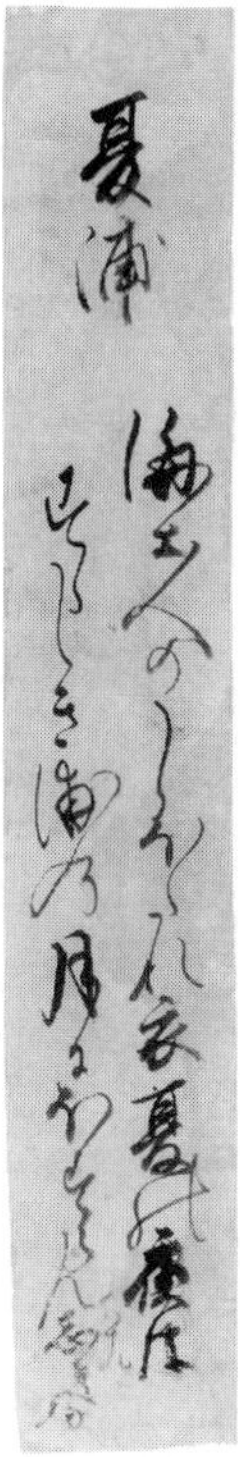
図　10

5さふら■んといふことをかくして　いさきよく露をふくみ[て]あたらしく咲出にけむ花のひとふさ　九十[二]嫗志貴婦（福地書店和本書画目録平成十四年七月号—S二七〇七・福地書店和本書画目録平成十五年十二月号—S一九八二）

6月前花　いさ子とも見ぬめの浦に船よせよ磯山櫻月に匂へり（尚歌會社中『みやこの錦』—三四表）

図　11

7初秋暁　最はやも秋やきぬらん衣々のこの暁のかせのみにしむ　八十九志貴婦（架蔵➡図11）

8月前梅　鶯の行たる跡にうめか枝はつきに香をりてひとり立けり　九十嫗しきふ（★思文閣古書資料目録一四九号—五九四）

9暁帰雁　打はへて花のたひ路に立かりやこゑもにほへるしのゝめの空　式部（★思文閣古書資料目録一四六号—六九二）

10草花秋近　おのつから秋のちかさそおもほゆる夏忘草花咲しより（明治開化和歌集上巻—五〇裏・『女人和歌大系』五巻—五六一頁）

図　12

11西京の述懐　大内はあれにあれ行みかはみつなかるゝものはなみた成けり　九十六嫗志貴婦（架蔵➡図12）

12かなふへしたかきのそみのふしのねもひと足つゝにあゆみなす身は　式部女《画賛》（思文閣古書資料目録一四六号—六九〇）

13松間紅葉　加茂山に錦のとはり誰かかけてまつの間てらす秋の紅葉（ゝ）　九十才しきふ（★思文閣古書資料目

録一四六号―六八九）

14川辺菊　加茂川のさゝれに千代やかそふらんなみに起ふすしら菊のはな　九十才志貴婦（架蔵・上句は麦の舎集四七八に一致➡図13）

図　13

15野雉子　狩人のいる野のはらの八重かすみたてるやきしのいのち成らむ　八十九志貴婦（中澤書店古書目録十四号―〇〇七）

16早秋露　きのふかも涼しと見てし朝かほのつゆみにしみて秋はきにけり　式部女（架蔵➡図14）

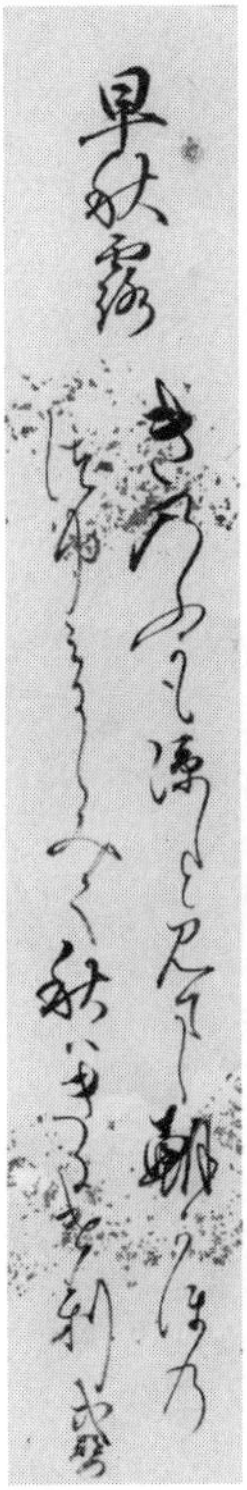

図　14

17松間鶯　君か代のはるをしらふる松風にはつうくひすやうたひそむらん　九十六媼志貴婦（大取一馬氏蔵➡図15）

図　15

18名所鶴　君か代は永井の浦の芦たつはいく萬代といはひよふらむ　九十六媼志貴婦（思文閣古今名家筆蹟短冊

目録二一号—二五七）

19七十賀を　君かよはひ七々の社にな丶千たひす■の緒なかくかけていのらん　式部（中澤書店古書目録十四号—〇〇七）

20戀　君といへは曇りみ晴れみ朝な夕な袖の時雨にぬれぬまもなし（尚歌會社中『みやこの錦』—三九裏）

図　16

21寒夜千鳥　くたけ散る浪かとみれは川千とり霜よの月のかけにおりたつ　九十三嫗志貴婦（架蔵⬇図16）

図　17

22寄竹祝　呉竹をきみかみきりに植しよりひによろこひの節そ丶ひける　九十三嫗志貴婦（高城弘一氏蔵⬇図17）

23けふの日もむなしく暮れぬいりあひのかねて思ひしこともはたさて（末吉勘四郎氏編『明治百人一首』・『女人和歌大系』五巻—七二六頁）

24残鳫　こからしの吹をくれたる風の上に一むらわたる天つかりかね　八十九志貴婦（中澤書店古書目録十四号—〇〇七）

図　18

25七十の大刀自の君をいはひて　今年より七千代のふる影見ゆるむかしひかれし野への若松　九十三嫗志貴婦（架蔵↓図18）

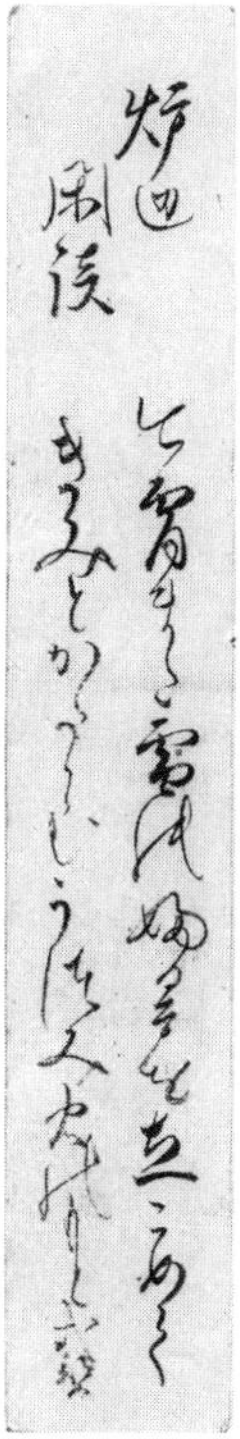
図　19

26炉辺閑談　今宵また雪のふる戸を立こめてきみとかたらむうつみ火のもと　式部女（高城弘一氏蔵↓図19）

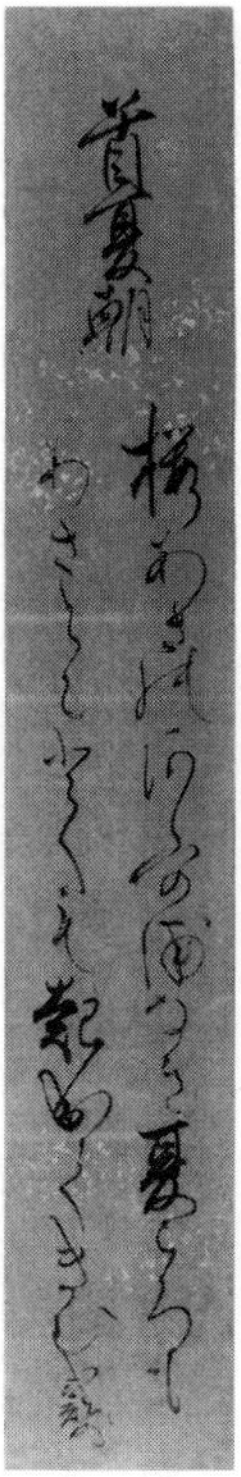
図　20

27首夏朝　桜あさのあふの浦なき夏ころもあさとことくも起出てきむ　式部女（架蔵↓図20）

図　21

28霜上にいくし御影のふりくたりこやおさまれる世のしるしなるらん　式部《八十三嫗刀美・裏書》（架蔵↓図21）

29月前納涼　す、しきは夏しらすけのさむしろに月をやとすにしくものそなき（★思文閣古書資料目録一一三号—五三七）

図　22

30禁中鶯　すめらきの御代よろこひの初聲を御はしの中にうたふうくひす　九十六嫗志貴婦（架蔵➡図22）

図　23

31初秋露　末終にみにもしむらん袖上にむすひそめたるはつ秋のつゆ　九十六嫗志貴婦（架蔵➡図23）

32盧橘憶昔　袖ふれし昔の人の影もみんけふたち花の本をとひきて（たち花の香一六七、『鳴尾説林』一〜一一参照）

33溪卯花　たに川の岩まく水のしろ妙はさく卯のはなのなひく成けり　九十三嫗志貴婦（平成十六年七月京王百貨店新宿店第五四回東西老舗大古書市目録—一一五）

図　24

34霰鶯夢　玉のこゑ枕にひ、くとおもひしはよはのあられのふるるそ有ける　九十一嫗志貴婦（架蔵➡図24）

35茶　誰々来ませ湯かたたきりて宮のはのちとせの友と松の下いほ（★思文閣古書資料目録一〇六号—一一〇三）

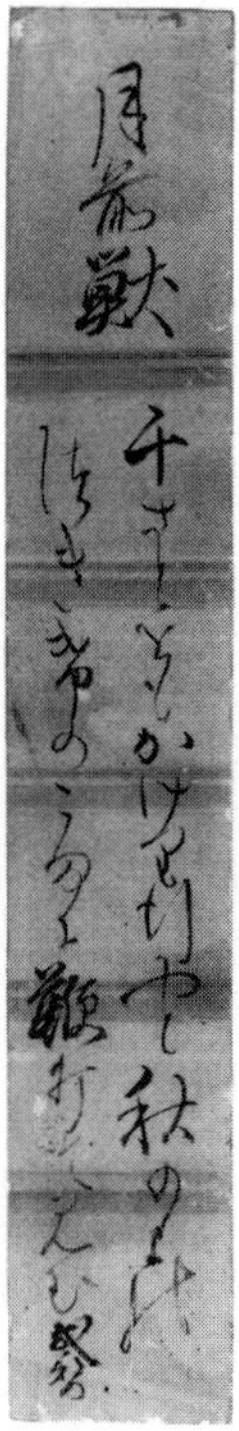

図　25

36月前獣　千さとをもかけり行やと秋のよのつきけのこまに鞭打て見む　式部女（架蔵➡図25）

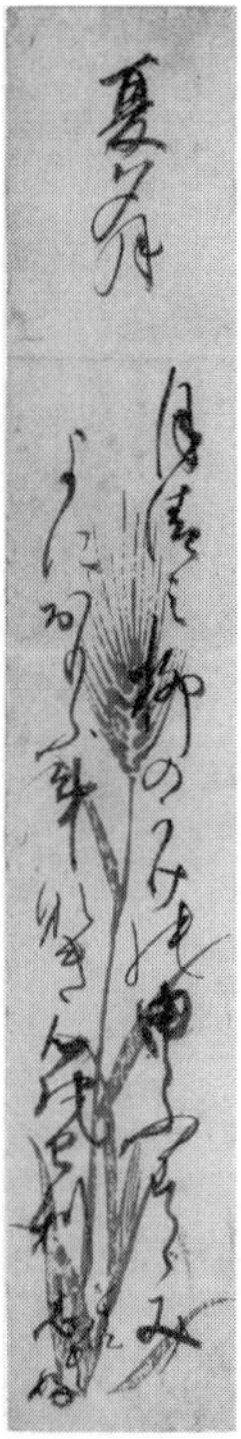

図　26

37夏夕月　月清み柳のかけのゆふすゝみよにおもふ事なき心地せり　八十九志貴婦（架蔵➡図26）

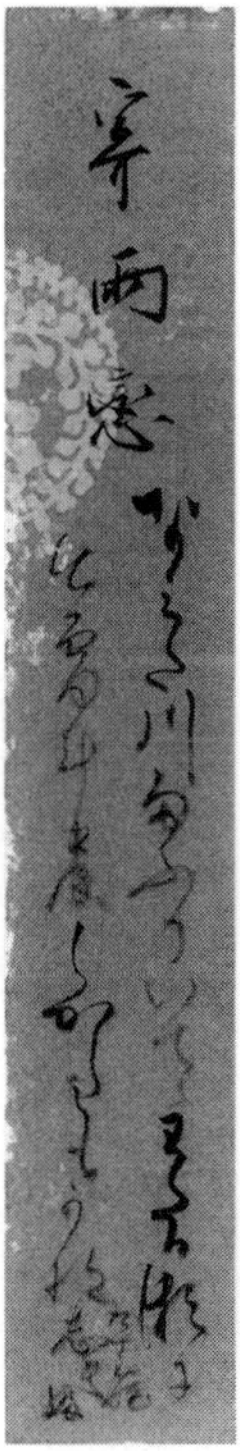

図　27

38寄雨戀　なみた川雨ふりいてゝわたる瀬に今宵斗のしからみもかな　九十三嫗志貴婦（架蔵➡図27）

39卯花誰家　遁れ入てたれか住らむ白川の卯花さける山の一家（尚歌會社中『みやこの錦』―十七表）

40未忘春　のこるらむ花をたつねて日は暮ぬこのおく山やあすはわけまし（尚歌會社中『みやこの錦』―十三裏）

図　28

41七十七のはるの試筆　のとか成君か代の春に七十のなゝ千代のへに青柳のいと　式部女（大取一馬氏蔵➡図28）

42雨中柳　春雨にぬらし〱ていくしほりはなたにそむる青柳のいと　九十四嫗志貴婦（平成十二年五月大丸心斎橋店古書と筆蹟大即売会目録―一二二二）

43待時鳥　一聲をいさきかましのほと、きすまちかねやまの名さへ恨めし　式部女（★思文閣古書資料目録一四八号―六二九）

44（前詞入）まち得つる君かまけにやうくひすもいつより声のさやかにそなく　式部（★思文閣古書資料目録一四六号―六九四）

45閑庭月　松のほともしつまりはて、更る夜のこけ地の露に月そきえける　九十七嫗志貴婦（思文閣古今名家筆蹟短冊目録十二号―二四〇）

46（前詞入）見てたにも千年をのふる菊のはなたへてやいく世久しけるらむ　九十四嫗しきふ（★思文閣古書資料目録一四六号―六九三）

図　29

47閑庭萩　むくらふにとちたるのへの隠家を風に音なふはきか花つま　九十四嫗志貴婦（架蔵➡図29）

48不来恋　むねに火を今宵もたきてあまの子かこぬみの浦に夜をあかしつる　八十九志貴婦（中澤書店古書目録十四号―〇〇七）

図　30

49八千とせのはるの初日に染つらんくれなゐ深きたつのいたゝき　式部女（大取一馬氏蔵→図30）

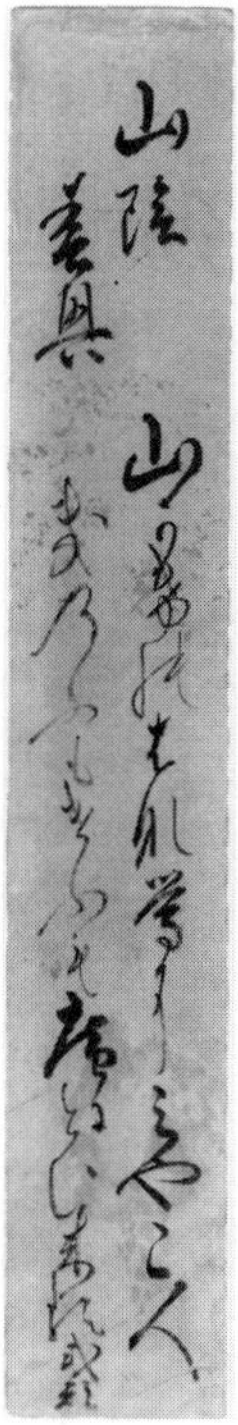
図　31

50山陰春興　山かけのはな鶯にみやこ人きのふもけふも庵にとひ来る　式部《八十七嫗刀美・裏書》（架蔵→図31）

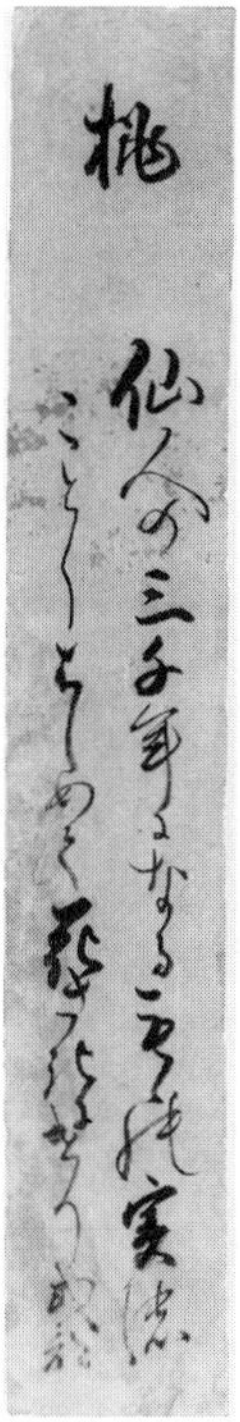
図　32

51桃　仙人の三千年になるもゝの実のことしはしめて花さきにけり　式部（架蔵→図32）

図　33

52夕納涼　やり水に秋かよふらんゆふへ〱袂すゝしき風のふきくる　八十九志貴婦（架蔵→図33）

53雨後菖蒲　夕風に雨はれわたる池の面はかをりもふかきあやめ艸かな（尚歌會社中『みやこの錦』―十九表）

54祇園祭のほこをみて　夕かせにこゑすゝしくもかへりほこ雲井にひゝく笛のゆたけさ（元治元年千首―雑）

図　34

55夏眺望　ゆふ立の名残も見えて野に山に露はらふ風の清くすゝしき　八十九志貴婦（架蔵➡図34）

56（前詞入）萬代もきみをともなへあたらしきむろ戸にひらく梅のはつはな　八十八しきふ（★思文閣古書資料目録一四九号―五九二）

57橋守君の六十の賀に折句　萬世をみつからかけて橋守のわたすや千々のみやひをのとも（耳順賀歌集）

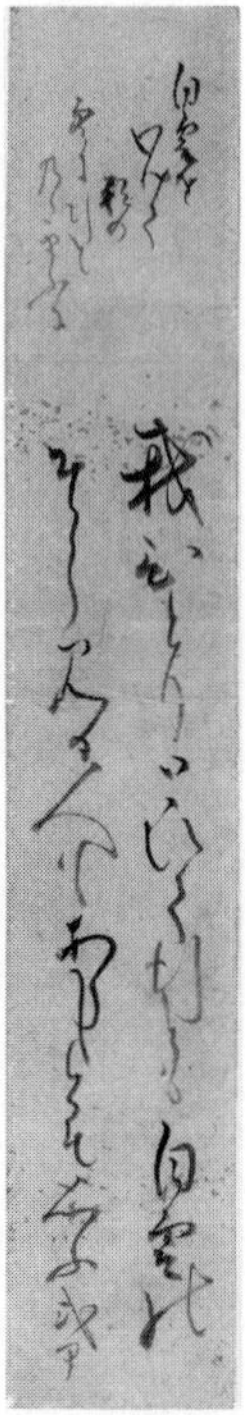

図　35

58白雲をわけて都の空に行とのたまふに　我ひとりとひて行とも白雲のそら見る人もあらしとそ思ふ　式部（架蔵➡図35）

59首夏　をしとおもふ春の名残のそての露今日せみの羽に置かへてけり　九十二嫗志貴婦（思文閣古書資料目録一四六号―六八七）

60燕きたる　をす巻て鴈の行へを詠れは袖にむつれてつはめ來にけり（尚歌會社中『みやこの錦』一二裏）

六　その他の全歌集が存する歌人の新出歌について

本節では、まず、厳密な意味での「全歌集」が作成されているとは言えないかもしれないが、それに準じて扱い得る例として「氷室長翁」を取り上げたい。氷室長翁については、①西尾豊作氏の『氷室長翁全集』（咬菜塾、昭和七年十月）が先駆的業績であり、その後、②熊谷武至氏の「氷室長翁拾遺」（『續々歌集解題餘談』）により「全歌集」の次元に昇華され、[13] 更に、③鈴木園子氏の「『椿園長翁詠』について」（『東海学園国語国文』十三、昭和五三年三月）により、従来知られていた「巨勢の山ふみ」とは別系統の長翁の家集が翻刻されるに至っている。[14] しかしながら、紙幅の関係もあってか、ある程度の歌数を収載する①③には索引が付されておらず、取り敢えず、長翁の短冊資料を収集して、①③の初句索引を作成した上で「新出歌」の析出を試みた。その結果、稿者の手元にある長翁の短冊七枚の内、「新出歌」は以下に図版を掲げた一枚に過ぎず、他の「新出歌」についても、僅か四首を拾遺するに留まる結果となった。

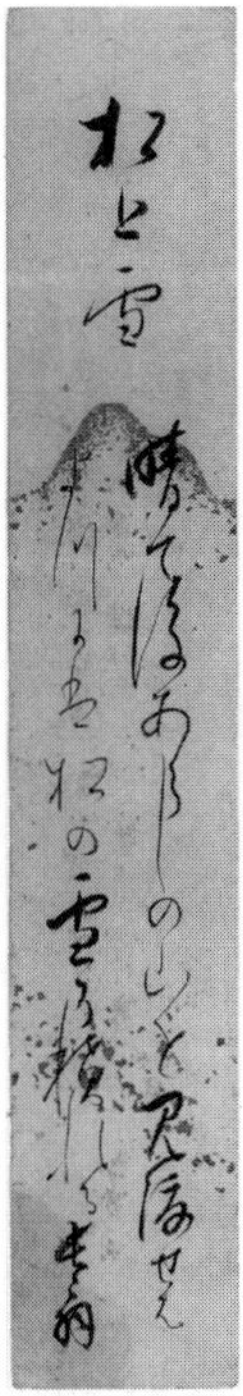

図　36

図36松上雪　晴て後あらしの山を見渡せはまつには松の雪そ積れる（架蔵）

1盧橘憶昔　いかはかり花橘は匂ふらん千年に近き昔こひしき（たち花の香七七八、『鳴尾説林』一〜二参照）

2首夏の詞の中に　いはすともなつの垣根と見えに鳬散て色なき山吹の花（思文閣古書資料目録一四六号―六二三）

3残花　はなはまた花の梢とみゆれとも半はもゆる木のめ也けり（和歌古短冊影譜）

4初雪　めつらしとおもふこゝろは後にして先おとろきぬ今朝の初雪（桂門短冊帖）

稿者が本稿で「氷室長翁」を取り上げたのは、熊谷氏が月刊の短歌誌に連載された各項目で、果てしなく繰り返されていたであろう地道な基礎的調査を、ほんの僅かでも追体験してみようとの気持ちからであった。個人名を掲げるのは控えるが、清水浜臣の和歌を論じる際に『泊洦舎集』以外への目配りを怠っている例や（稿者自身、精査に及んでいないが、ある程度短冊が豊富に現存している浜臣などは、『泊洦舎集』に見えない詠作をかなり拾遺出来るはずであり、稿者の手元にある浜臣の短冊七枚の内、四枚は『泊洦舎集』に見えない）[15]、「村田春海の和歌と言えば、『琴後集』所収の和歌を思いうかべるであろう。実際これまでの研究では『琴後集』に収められた和歌を検討し、それで事足れりとしてきた観がある」と提言しながらも、春海の和歌資料の集成を志そうともしない「村田春海」名を冠した研究書を目のあたりにすると[15]、是非とも、熊谷氏の業績を精読してもらいたいとの念を禁じ得ない。

その他、注(2)に示唆した索引付きの「全歌集」が作成されている人物の内、藤井高尚（工藤進思郎氏編『藤井高尚全歌集』岡山大学文学部日本古典学研究室、昭和五八年十月）と、穂井田忠友（簗瀬一雄氏編著『穂井田忠友全歌集』和泉書院、昭和六二年三月）の二名の新出歌を掲げておく。中でも、工藤氏の編は、膨大な調査に裏付けられた極めて周到な内容を有しており、敬服に値する。ちなみに、高尚の短冊は五枚架蔵（内新出歌一枚）、忠友の短冊は二枚架蔵（新出歌ナシ）である。また、完結していないこともあって注(2)に言及しなかった「全歌集」としては、管宗次氏の「尾崎雅嘉歌集(一)(二)」（『武庫川国文』四〇・四三、平成四年十一月・平成六年三月）の存在も特記しておきたい。熊谷氏同様に豊富なご架蔵本に基づき、典拠資料ごとの書誌的解題が詳細で、異版にまでも目配りを怠らない態度は、稿者のごとき「つけ焼刃」で近世資料に接している存在とは異次元の、まさにプロの「全歌集」に他ならない。

［藤井高尚］

図　37

図37竹おほき山へのやとはをくらくてくれぬにむしのこゑそきこゆる（架蔵）

1寄月眺望　消のこる遠山もとのうすきりもくまなき月の影に見えけり（和歌古短冊影譜）

2年のうちにはるたちけるに　としのうちに春たつうれしはやからむ花うくひすの事をおもへは（思文閣古今名家筆蹟短冊目録十九号—一一七）

3萩　はき原に朝たつ野へのさをしかは見すてん花の別れをや思ふ（思文閣古今名家筆蹟短冊目録二〇号—一四四）

4めつらしき野へのみゆきの此時にあへる事こそ嬉しかりけれ（思文閣古今名家筆蹟短冊目録二五号—三九—(7)）

5文政七とせといふとしの秋行幸をかみて　百とせのふる道の跡見ゆるかなひえのすそ野のけふのみゆきに（思文閣古今名家筆蹟短冊目録二五号—三九—(7)）

6世々かけて天の浮橋うきたらぬふる言つたへ残るたふとさ（思文閣古今名家筆蹟短冊目録二五号—三九—(1)）

[穂井田忠友]

1浦春月　浦の名はあかしときけと春の夜のかすめる月はおほろなりけり（思文閣古今名家筆蹟短冊目録二号—一二〇）

2長崎の諏訪の社奉納勧進題海邊春望　かすみてはそことも見えし寇なしゝいきりす舩のあとのしら浪（思文閣古今名家筆蹟短冊目録十一号—一二〇）

3五月雨　挟りてふらぬほとをもさみたれの日数にこめてなけく比かな（思文閣古書資料目録一一一号—一二三四

○）
4ひとやすむ片山かけの友なくやあらしにはる、冬の夜月（思文閣古今名家筆蹟短冊目録三号―一四四）
なお、実際に短冊資料の調査を通して気付いた点を一つ補足すると、『穂井田忠友全歌集』一一〇には、「社頭雪／雪つもる気多の社の白うさきつくりものとな思ひたかへそ」とあり、〈資料〉として「短冊（家集）」と、〈注〉には「家集は末句を『思ひたかひそ（「ひ」の右傍に「△」が付される・稿者補）』としている。仮名遣いを訂した意であろうか」と指摘されている。実は、『思文閣古今名家筆蹟短冊目録』十号―一五七にも当該歌の別短冊が収載されており、その本文には「社頭雪　雪つもる桁の社の白兎つくり物となおもひまかへそ」とあり、第五句の本文には別の異同が派生している。簗瀬氏の指摘された家集に付された「△」は、恐らく、具体的には「たがふ」の活用との関連から生じた仮名遣いの不審に基づくものと思われるが、「別短冊」の側の本文は「まがふ」へと改められており、「家集」以降の「改作」の本文を伝えている可能性があろう。

七　私家集（歌集）が存する歌人の短冊などによる補遺の試み

当然のことながら、近世後期から明治初期にかけての国学者（歌人）の私家集（歌集）が、現代的な「全歌集」という概念に基づき作成されたものではなく、編者によりある程度篩がかけられた産物であることは周知の通りであり、短冊などにより相当の分量の補遺が期待出来る点は明白であろう。ところが、当該期間の私家集（歌集）の調査は、例えば、稿者が専門とする「中世期」などと比較すると格段に困難であり、当該期間に対して『新編国歌大観』が第九巻のみを充当しているに過ぎない点からも、研究の基盤となるべき資料の整備が、資料の現存量の豊富さと比較すると、いかに惨憺たるものであるかが窺われる。以上の状況は、恐らく、文学史的な評価の低さと連動しているものと思われるが、作品の文学的な評価ではなく、文献学的観点に立てば、当該期間の文献資料の中には、本文批判の労力を解消する作者自筆本や、一定の部数が出版された刊行物でありながらも、恰も絶滅危惧種の如く現在では稀覯に属する文献などは枚挙に暇がなく、注(3)でも若干言及したが、国文学研究資料館により、森文庫のマイクロ未収集資料や、立命館大学の白楊荘文庫、相山女学園大学の山崎敏夫文庫などは是非収集対象として重点的に取り組まれることを願わずにはいられない(16)。

本節では、当該期間の女流歌人の中から、森敬三氏により「近世女流歌人としては相當の實力を有し而も家集さへあるに拘らず其の名の比較的聞えざる人としては上田ちか子を擧げなければならない」と指摘された「上田重女」を取り上げることにしたい(17)。重女の家集としては、生前にその門人の中島壽保の編纂した『いなばの波』が存するが(18)、尾埼宍夫の序文には「又かんな文字のいとうるはしきは、坂倉牛鹿とて、もはら上代様よく書人にまなび、その筆意をや得られけむ。今猶みづぐしき事、さらに七十年のおうなの筆のあと、もおもはれず」と見えており、和歌のみならず「書」に対しても高い評価が与えられている（参考までに、重女の短冊に引き続き牛鹿の短冊も後掲図39に紹介しておく(19)）。それでは、以下に、上田重女の『いなばの波』未収歌の集成結果を提示するが、稿者自身が当該期間の歌書について無知であり、如何なる文献に重女の詠作が収載されているかの「直感」が働かないため、『名家伝記資料集成』の記載内容を確認するのが精一杯であったというのが正直なところである（当該期間の歌集の蔵書の蓄積に乏しく、殆どが森文庫や白楊荘文庫への訪書に頼らざるを得ず、網羅的な調査は事実上不可能であった）。従って、本節の内容の根幹自体は、半世紀以上も以前の森繁夫氏の調査の域を若干前進させたに過ぎない(20)が、先行する良心的な基礎的研究の存在を看過した安易な資料紹介が横行する現状を鑑みて、敢えて、本節の発表に踏み切った次第である(21)。

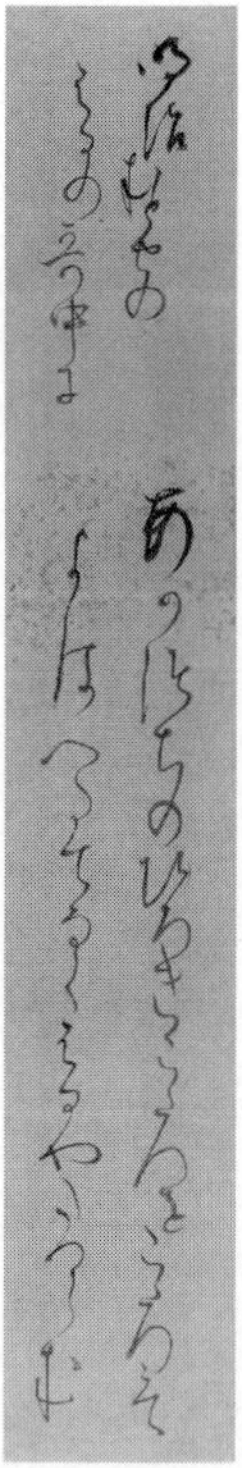

図　38

図38明治むとせのはるの哥中に　あかつちのひろきこゝろをこゝろにてよはへたてなくはるやたつらむ　重女

《裏名》

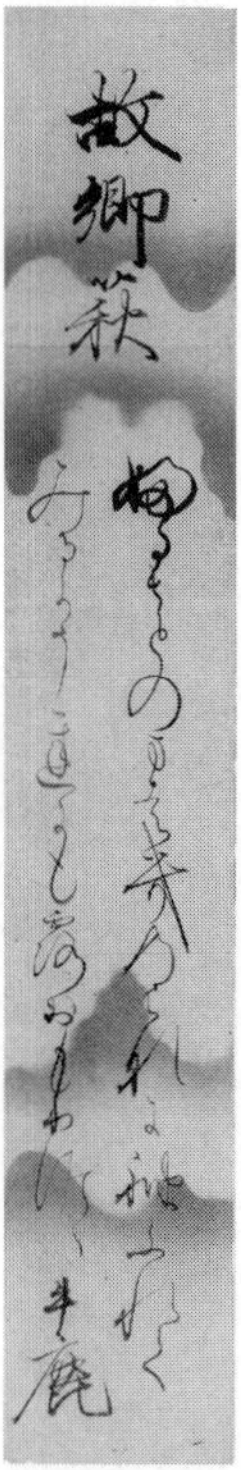

図　39

図39故郷萩　ふるさとのまはきのはなに袖ふれてみるかうちにも露おもりつゝ　牛鹿

［上田重女『いなばの波』未収歌一覧稿[22]］

1秋恋　あこかるゝ人もこすゑの村紅葉そむるやかるゝ始なるらん（鴨川三郎集下巻―恋十三表）

2風前雪　朝日かけくもるともなき大空のかせのみたれにちるみゆきかな（明治響洋歌集上巻―六〇表・『女人和歌大系』五巻―六二六頁）

3池水浪静　あしの葉のわかはもしらぬ春風を心と池のなみはよすらん（鴨川三郎集上巻―春四表）

4夕鶯　あすもまたきなくものから鶯のかへるゆふへの聲そさひしき（『邦光社歌會第一集』）

5都花　あはれてふことはあまたの都にも春はさくらのほかなかりけり（『邦光社歌會第一集』）

6穂井田忠友の一周の忌に茗聲幽といふことを　あはれにもしかの音す也ありしよの人や夢野のゆめにみゆらん（鴨川五郎集下巻―六一裏）

7寄椿恋　あふ事はかた山椿ほろ〳〵と袖におちゝるわかなみたかな（鴨川太郎集下巻—恋十裏）

8湖上螢　あふみの海伊吹おろしの風さきに光ちらしてとふ螢かな（尚歌會社中『みやこの錦』—二六裏）

9天津日にはねうちかはしとふ鶴は位のやまのみねやこえけ[む]（『鶴の毛衣』）

10晴天鶴　天津日の影をいたゝくたつか音はまつ雲井にやきこしめすらん（彈舜平編『御代のはな』第一輯—五表）

11霞　天つ日はゆくとも見えぬ大空のかすみそ春のすかたなりける（鴨川太郎集上巻—春四裏）

12難忘恋　あらましのたかひゆく世にならひても見しよの夢を忘れましかは（鴨川四郎集下巻—七裏・千船集初編下巻—六表・武蔵野集二編下巻—恋七裏・多田清興編『當世百歌仙』）

13暁虫　有明の月はあさちの露の上にきえてのこれるむしのこゑかな（鴨川五郎集上巻—六二表）

14河夏月　ありてゆく水の流も涼しきにみな瀬の川の夏夜の月（尚歌會社中『みやこの錦』—二〇表）

15荒たる家に若竹をみて　荒はてしまとの稚竹吹わけて月よりかよふ風のすゝしさ（尚歌會社中『みやこの錦』—十六裏）

16春雨　青柳につたふ雫のなかりせはめにたつましき春の雨かな（鴨川次郎集上巻—春十一表）

17巌上亀　石の上に千代のみとりの苔むしろしくものなしと亀はねにけり（鴨川三郎集下巻—雑二〇表）

18海邊時雨　いそ山の松の葉わたるさよあらしきゝさたむれはしくれ也けり（和歌千種の花初編—上巻四三裏）

19いたゝきてみるたにすゝしなつころも御垣のかせもそふこゝちして　重女（思文閣古今名家筆蹟短冊目録十四号—一九二）

20閑居橘　いたつらにかをりけるかな立花の蔭ふむ人もなき宿にして（鴨川次郎集上巻—夏六裏）

21連夜待郭公　いたつらにねしよわすれて時鳥つれなき物とおもひけるかな（鴨川三郎集上巻―夏五表）
22待花　いとさくらえたよりもけになかきかなさかて日をふる花のこゝろは（類題和歌清渚集上巻―二〇裏）
23旅宿夢　いねすしてあらましかはと思ふまて都を夢の見せてけるかな（鴨川四郎集下巻―三七表）
24かれにけるをとこのもとへ　いやしけにとひし人めはかれにけりつれなし草の根のみ残りて（鴨川五郎集下巻―八裏）
25水郷霞　うかれ女かあくるをゝしむ神崎に夜をのこしてもたつかすみ哉（再撰類題秋草集初編上巻―七裏）
26月前紅葉　うき霧のはれゆく月にぬは玉の夜のにしきもあらはれにけり（鴨川四郎集上巻―七九表）
27梅始開　鶯のねくらとすらんくれ竹のふしみの梅は咲そめにけり（鴨川三郎集上巻―春九表）
28野薄　薄きりのなひく野末の花すゝきぬれたる色に秋をこそ見れ（鴨川次郎集上巻―秋五裏）
29川款冬　宇治川の中洲の水に影見えてちらぬもうかふ山吹の花（拝郷蓮茵編『明治新撰類題桑の若葉』上巻―十六裏）
30夏月　うちそゝく清水にやとる月かけのかわかすなからよは明にけり（鴨川次郎集上巻―夏八裏）
31恨恋　うつり行人のこゝろをたねとして咲もはかなき物おもひの花（鴨川四郎集下巻―七裏）
32卯花誰家　卯花の雪にもすたれかゝけしはたかふみ學ふ庵なるらん（尚歌會社中『みやこの錦』―十七表）
33春望　うらくと霞をかさす衣笠の山にならひの岡も見えつゝ（『邦光社歌會第六集』）
34寄花懐旧　うゑ置し人の心も忍はれてむかし恋しきはなのかけかな（類題清風集下巻―雑十四裏）
35春曙　老てよにこゝろとめしとおもふ身のほたしなりけり春の曙（『邦光社歌會第二集』・佐々木信綱編『婦女詞藻　第一編』―三〇頁）

36荻風　おとむせふをきの下葉にちる露や風のなかするなみたなるらん（鴨川次郎集上巻—秋四表）

37虫　おひらくもや[ゝ]しりそめてうれしきは虫きくよはのねさめなりけり（類題和歌月波集上巻—二一表）

38曙郭公　大空のあくるやかてに聲すなり雲にわかるゝ山ほとゝきす（鴨川四郎集上巻—四二表）

39閑山月　大比えは霧のおくかに成にけり月にをしかの聲はかりして（拝郷蓮茵編『明治新撰類題桑の若葉』上巻—三二表）

40名所花　大為川波にも春の色そひて匂ふや花のさかりなるらむ（尚歌會社中『みやこの錦』—三表）

41春夜　思ふとち思ふ事なくあかすかなひる見し花の所さためして（鴨川太郎集上巻—春二三表）

42落花　おもへともをられぬ花は中々にちりくる時そうれしかりける（鴨川太郎集上巻—春十九裏）

43夕立　かきくらし夕たちふりぬ日をさへし桐の廣葉もやふるはかりに（鴨川次郎集上巻—夏十一表）

44ある人の六十の賀に　かくなから千代もへなゝん十つゝを六といひつゝみつはくむ迄（拝郷蓮茵編『明治新撰類題桑の若葉』下巻—二七裏）

45神無月はかり伯父奥田方清身まかりけるをかなしひて　蔭たのむ梢のもみち散しよりわかみもかるゝこゝちこそすれ（鴨川三郎集下巻—雑三三裏）

46水郷月　影とめぬむかしの宿そしのはるゝ江口の里の秋のよの月（明治開化和歌集上巻—六六表・『女人和歌大系』五巻—五六四頁）

47冬の歌の中　風わたるのきはのかしのみ身一つをととめかねてもくらすやとかな（平川靖氏宛書簡・森敬三氏『近世和歌の新研究』—二九五頁）

48長沢伴雄ぬしの和哥山にかへらるゝをり餞の會に　かねてより思ひさためし別ちのなと今さらにかなしかる

らん（鴨川太郎集下巻―雑七裏）

49御忌にまうてける時　かねのねものとかにすみてよし水のやまちおほろにかすむはるかな（市川青岳氏『近世女流書道名家史伝』―七六）

50沢蛍　かはほねの花の上こす沢水にぬれてもゆるは蛍なりけり（拝郷蓮茵編『明治新撰類題桑の若葉』上巻―二三表）

51帰雁　かへる雁ゆくへやいつこしなさかる越路にさへもとまらさりけり（鴨川次郎集上巻―春十二表）

52寄葵恋　神山の神のむすひし恋ならんはなれもやらぬあふひかつらは（鴨川三郎集下巻―恋十六表・近世名所歌集二編―上巻十六裏）

53河千鳥　かも川のさゝれの上のゆふ霜にあとむすほれてたつ千鳥かな（鴨川次郎集上巻―冬九裏・鴨川四郎集上巻―九三表）

54からさきの松とはしるや大君のみふねをよするきしのさゝ浪（高崎正風編『千草の花』五巻―五九表）

55帰雁　かりかねのかへるをみれはたつといふかすみの名さへうらめしきかな（鴨川四郎集上巻―十七表）

56新樹　かれたてる梢と見てし山かたのくぬきもくらくしけるころかな（鴨川五郎集上巻―三七裏）

57寄河恋　聞わたるあすかの川はあた人のこゝろの底にある世なりけり（鴨川四郎集下巻―十四裏）

58初秋　きのふまてくみし川瀬のさゝらみつ老の身にしむ秋は来にけり（近世三百人一首二編―九表）

59暮秋虫　きり〳〵すなく聲かれてわか宿のかへにも秋はのこらさりけり（鴨川三郎集上巻―秋二三裏・類題和歌清渚集上巻―七一裏）

60汽車　霧原の駒よりはやくあふ坂の山うちこゆる舟も見えけり（開化新題歌集二編―十九表）

61水辺女郎花　草ふかき野川の岸のをみなへし水ゆゑ人にしられぬるかな（鴨川四郎集上巻―六三表）
62寄花戀　雲とみてありなん物を山さくらかをるものゆゑそふおもひかな（鴨川次郎集下巻―恋十三表）
63翫藤花　雲のうへにもてはやさるゝ藤花色もゆかしき紫にして（尚歌會社中『みやこの錦』―九表）
64寄月述懐　雲はらふあらしのみかく月みてもはれぬ心よいかにしてまし（鴨川三郎集下巻―雑三一表）
65やことなき御方のわかむくらにとはせ給へりしをり郭公のなきけれはつかうまつりたる　雲ゐにてきくたにかたきほとゝきす門たかへして音はもらしけん（鴨川次郎集上巻―夏六表）
66禁中雪　九重の大庭の雪は深くつの音をさへこそ埋みはてけれ（鴨川太郎集上巻―冬十表）
67新樹　こさめふるこはたあたりの木のめ畑つまれなからに猶しけりつゝ（類題和歌月波集上巻―十四表）
68思不言恋　ことさへく鳥もある世になそもかく恋の思ひのしゝまなるらむ（鴨川五郎集下巻―二裏）
69竹亭納涼　ことし生の竹もかたふく軒はより月吹おろす風のすゝしさ（尚歌會社中『みやこの錦』―三八裏）
70燕きたる　詞のはの花咲との〻軒にきてともにさへつるつはくらめかな（尚歌會社中『みやこの錦』―一表）
71此秋のみゆきをしらて嬉しさの外にあるへく思ひけるかな（高崎正風編『千草の花』五巻―五九表）
72霞中鴬　小まつはらはつねしらふる鴬にひかれてたつはかすみ成けり（青藍集上巻―八裏）
73源義經朝臣　ころも川このかみつせをゐせかれてかよはぬ水に袖ぬらしけん（詠史歌集上巻―四七表）
74遊女　こよひ又かさねんつまのあらましのしられてかなし袖の上の露（千船集初編下巻―三三裏）
75盛花　咲たわむ梢よりちる一ひらはこてふをしたふ桜なるらん（鴨川次郎集上巻―春十六表・類題和歌清渚集上巻―二一裏）
76寄櫻祝　咲てちり散てときはにさく花の春いくとせのよはひ成らむ（野口正章編『かさしの花』―七裏）

77春月　桜花ちりのまかひにくゆるらん鏡の山のはるのよの月（千船集初編上巻―十裏）
78誘ふ水あらはといはぬ色なから下ゆく水に花のみたるる（『今古歌話』➡管宗次氏『京大坂の文人』―一二六頁）
79夢中恋　さりともと思ふ心のまよひより逢とや夢にはかられにけん（鴨川三郎集下巻―恋十二表・鴨川五郎集下巻―六裏〈夢逢恋〉）
80式島のやまと言葉の若苗をおほしたてんの殿作りかな（尚歌會社中『みやこの錦』―四〇裏）
81市紅葉　賎の女か黒木にそへし一枝や市にうるしのもみちなるらん（鴨川三郎集上巻―秋二一表）
82下加茂の杜のわか葉の青にまてきよくも雨のふりそゝくかな　重女（思文閣古今名家筆蹟短冊目録八号―十八）
83岡寒松　霜しろき岡辺の松の月影にからす鳴夜の寒くも有かな（拝郷蓮茵編『明治新撰類題桑の若葉』上巻―四三表）
84竹亭納涼　涼しさに夏のふしとゝしめつらん風にかたふく竹の下庵（尚歌會社中『みやこの錦』―三八裏）
85蝶　すゝなさくそともの畑の花くもりかすみにぬれてとふこてふかな（元治元年千首―春）
86湖辺春雨　せき山の霞をわくと思ひしをうち出の濱ははる雨そふる（近世名所歌集二編―中巻一二三表）
87述懐　高嶋のみをの杣木の徒にひく人なくて朽やはつらん（拝郷蓮茵編『明治新撰類題桑の若葉』下巻―二四裏）
88水郷柳　誰か為に眉つくるらんなまめきてなひく江口のさとの柳は（拝郷蓮茵編『明治新撰類題桑の若葉』上巻―六裏）
89旅宿山吹　旅ぬ《（ママ）》して朝たつ袖にこほれけりなこりやをしむ山ふきの花（尚歌會社中『みやこの錦』―八表）
90春夜　玉椿おちゝる音はきこゆ也雨静なるよはの枕に（明治開化和歌集上巻―三一裏・『女人和歌大系』五巻―五五八頁）

91落花多　ちる花の梢はかりをみるうちに庭のこけちそ埋みはてたる（『邦光社歌會第二集』）
92蛬　月ゆゑにそむけし閨の燈火をしたひてもなく蛬かな（類題和歌聯玉集上巻―二三裏）
93除夜　ともし火の花ちるほとのうたゝねに夢をかすめてはる[は]たつらん（鴨川四郎集上巻―一〇三表）
94津国の多田の里にゆあみしける時よめる哥の中に　ともすれはおとろかされてふるさとの夢もなかるゝ谷かはのみつ（鴨川五郎集下巻―三九表）
95法師恋　鳥部野のけふりときえはこんよにて蓮の露のまろひあひてん（鴨川三郎集下巻―恋十一表）
96松田直兄ぬしはしめてとひきて／玉たれのうちにもかゝるひめゆりの花のにほひはあらしとそ思ふといはれたるかへし　なかく〱にめつらしとこそおもふらめ草ふかゆりの露のみたれを（鴨川四郎集下巻―五三表）
97松不改色　なからへて年たけくまの松葉はいつまておなしみとりなるらん（尚歌會社中『みやこの錦』―三〇表）
98寄川懐旧　流ての世にはあれとも保曾川の水に浮ふは昔しなりけり（黄門定家卿六百五拾年祭歌集・管宗次氏『京大坂の文人続』―一六九頁）
99A川といふ題を得て　なにこともあすといひつゝ飛鳥川なかしやるまて身は老にけり　重女（思文閣古今名家筆蹟短冊目録五号―二九〇）
99B川　何こともあすといひつゝあすか川なかしやるまて身は老にけり（明治五百人一首初編―二九裏）
100逢戀　なみた川うれしきせにはなりぬれとこよひをとむるしからみそなき（鴨川次郎集下巻―恋五表）
101未忘春　ならひとてけさぬきかへし蟬の羽に小てふの袖も忘れかねつゝ（尚歌會社中『みやこの錦』―十三表）
102秋待恋　ね屋のとをさゝて今宵もあけぬめりたかため秋は夜長かるらん（鴨川五郎集下巻―十三裏）

103早涼　端居して月見る程に置ものは扇と袖の露となりけり（拝郷蓮茵編『明治新撰類題桑の若葉』上巻—二七裏）
104寄落花恋　花ちらす風とたつ名をいとひしは恋のつほみのはるにそ有ける（鴨川五郎集下巻—十六表）
105歳暮　花にくらし月にあかして盃のめくりてはやき年のくれかな（鴨川太郎集上巻—冬十二裏）
106花　花みれはうきをわすれぬ人もなし老ぬくすりやさくらなるらん（再撰類題秋草集初編上巻—一二表）
107花下言志　花みれはまたの春をもちきるかなちりかたちかき老を忘れて（『邦光社歌會第三集』）
108寄松祝　はるかなる君かよはひを山松も風の音にやきゝてこふらん（鴨川太郎集下巻—雑二四表）
109春ことにさかゆる園のもゝをみてみちとせまてもいはふ君かな　ちか女（管宗次氏『京大坂の文人』—三一頁）
110人傳郭公　人つてに聞そめしより郭公きなかぬよはもねられさりけり（鴨川太郎集上巻—夏三裏）
111深夜擣衣　人はこす霜夜はいたくふけにけりいかにせよとか衣うつらむ（鴨川次郎集上巻—秋十九表）
112川春曙　ひらかたはかすみへたてゝ行水のおとよりはるの夜は晴にけり　重女（森敬三氏『近世女流歌人の研究』—口絵）
113湖上帰鴈　ふしのねにこゑするかりを玉くしけ箱ねのうみの底にみるかな　重女（平成十四年一月京王百貨店新宿店『第七回趣味の茶掛展目録』—一三二）
114いなり山にて　ふしみ山ふもとの川を春みれはかすみにかゝるふねもありけり（類題和歌月波集上巻—五裏）
115水石契久　ふつくゑの硯のいしにさす水のちきりは千代もかはらさりけり（彈舜平編『御代のはな』第五輯—四表）
116二月はかり大田垣某か若子の身まかりけるに　ふゝめりし花の梢をさなからにあらしのをりしこゝちこそすれ（鴨川五郎集下巻—六一表）

117故郷早春　ふるさとはまたもえいてぬ若草の山こもりして春もみえけり（鴨川五郎集上巻―五表）
118夕郭公　ほと〻きす鳴て過ゆく一こゑになこりほのめく三日月の影（鴨川太郎集上巻―夏四裏）
119暮山花　ほのかにもなりゆく花を山のはの雲もこかれて暮のこすらん（鴨川三郎集上巻―春一二裏）
120霞中花　真さかりの花もあらしにあてしとや霞の衣立おほふらん（『邦光社歌會第五集』）
121暁時雨　またねして見るもはかなき暁のゆめのあと〻ふ村しくれ哉（鴨川次郎集上巻―冬二表）
122五月雨　まとのとにした〻る竹のしつくさへひまなくなりぬ五月雨の頃（尚歌會社中『みやこの錦』―一二表）
123幽栖秋来　三日月のあるかなきかの宿なれは秋のひかりもうすくこそたて（鴨川次郎集上巻―秋一裏）
124田家水鶏　水あさきしつか門田のおもたかのおもひもかけす鳴水鶏かな（尚歌會社中『みやこの錦』―一五表）
125龍安寺に紅葉見にゆきける時　水鳥の青葉にうて〻たつ波のしろきも見えすちる紅葉かな（鴨川次郎集上巻―秋一〇裏）
126水辺若菜　水ぬるむ春の沢辺におり立て摘つ〻す〻く初若菜かな（拝郷蓮茵編『明治新撰類題桑の若葉』上巻―四表）
127帰雁驚夢　見もはてぬ夢のなこりはかへる雁聲のうちにやさそひ行らん（鴨川三郎集上巻―春十四裏）
128見恋　見れはかつこ〻ろのやかて動くかな人はわか身をこひしものゆゑ（鴨川四郎集下巻―一表）
129月　虫のねも小はきか露もとり〳〵にまかきにこめて月を見る哉（鴨川太郎集上巻―秋八裏）
130故郷木　結ひおきし庵こそ見えねふるさとのならの木かけは恋しかりけり（鴨川三郎集下巻―雑六表）
131瞿麥露　物おもふ宿のかきねの床夏はひるたに露のおもけなる哉（尚歌會社中『みやこの錦』―一三表）
132八月十五夜月蝕なりけれは　ものみなのみつれはかくる例をはさらにこよひの月は見すらん（鴨川次郎集上巻

―秋十二裏）
133海邊夕立　もゆはかり照日のかけの湊をは秋になしたる夕立のあめ（尚歌會社中『みやこの錦』―二八表）
134樵路郭公　山かつかうたふふし柴をりをえてなく音あはする子規かな（鴨川三郎集上巻―夏七裏）
135人傳郭公　山かつか卯つ木にそへて子規つくる初音のつとそうれしき（尚歌會社中『みやこの錦』―十五表）
136山科のいはたのかりもかり宮の雲ゐに聲をたてまつるらむ（高崎正風編『千草の花』五巻―五九表）
137暮春躑躅　山のはにきゆる夕日を丹つゝしの花にのこして春そ暮行（尚歌會社中『みやこの錦』―十裏・作者名「女重」）
138春山月　山のはのかすみのおくにほのみえてつきよともなき月の影哉（『邦光社歌會第四集』）
139元日子日　山のはのかすみの袖とのへの松ひきつらねてもきたる春かな（鴨川四郎集上巻―六表）
140縣の井戸　山ふきの名さへうもれしあかたゐの水は世にこそ澄かへりけれ（尚歌會社中『みやこの錦』―三二表）
141雪中早梅　雪ふかみまた春かせもしらぬまに梅はふゝみて年やこゆらむ（彈舜平編『御代のはな』第二輯―四裏）
142螢知夜　夕月のすゝしくうつる川水に浪のよるをもしるほたるかな（尚歌會社中『みやこの錦』―二六裏）
143新樹風　夕月のもるを見つえの玉かしは風こそ夏はゆかしかけりれ（ママ）（尚歌會社中『みやこの錦』―十一裏）
144閑居花　世のうきにかへて聞けとも山櫻風いとはしき花さかりかな（尚歌會社中『みやこの錦』―三四表）
145江戸よりかへりのほる人を大津の石切にゆきてまちゐたりけるにその日見えこさりければ　よひ継はなき名なりそもさゝなみのあふみもまつもいたつらにして（鴨川三郎集下巻―雑十一裏）

146雨中水鶏　よもすからうつほ柱をもる雨のおとにこたへてなくゝひなかな（鴨川四郎集上巻—四七裏）
147朝雪　夜もすからきえしあらしの色ならしあけゆく庭の雪のひかりは（鴨川次郎集上巻—冬十一表）
148後朝戀　よもすから君か手ふれし黒髪はけつるもをしくおもほゆるかな（類題和歌月波集下巻—二表）
149山家松風　わかやとの軒はの山の松風や月にさはらぬ時雨なるらむ（鴨川次郎集下巻—雑九表）
150恋涙　わかれちの涙にぬれし袖なれはかわくもをしきこゝちこそすれ（鴨川三郎集下巻—恋十二表）

以上、『いなばの波』には二五七首の和歌が収載されているので、本節の調査結果を加算すると四〇八首の重女の詠作が確認出来たこととなる。なお、『名家伝記資料集成』の記載で重女の詠作が認められる資料の内、『京都名家墳墓録』・『類題新年歌作例集』・『かはらぬ蔭』（岩倉具綱編）・『かるかや集』・『明治五百人一首二編』・『鳰のうみ』については、『いなばの波』未収歌を含んでおらず、『女人和歌大系』五巻で重女歌の存在が知られる『大八洲歌集』についても同様であった。また、本節の一覧の内、「99A」の短冊は「99B」が『明治五百人一首初編』に見えており、本稿第一～二節でも言及した「弾琴緒」の旧蔵品である可能性が高い。

八　私家集（歌集）が現存しない歌人の短冊などによる補遺の試み

本稿では、第五～七節において、「全歌集」に対する補遺と私家集（歌集）に対する補遺とを試みたので、当然、本節では、以上のいずれもが存在しない人物の詠歌集成を試みる段階に至った。近世和歌の門外漢である稿者にとっては、取り上げる対象の条件は、短冊を架蔵している点のみではあったが、第五節で「高畠式部」を取り上げたことと関連して、小野利教氏の『和歌流式便覧』（盛文館、大正七年一月）の「和歌名數」に、「三才女」として蓮月及び式部と併称されながらも（同書六五頁）、森敬三氏の『近世女流歌人の研究』では「森知乗尼」の項目で付属的に取り上げられているに過ぎず、殆ど研究の対象とされず看過されてきた感のある「安原玉樹」を対象としたい。但し、結果的に後掲の「安原玉樹詠歌集成稿」があまりにも貧弱なものとなったため、野田實氏の『近世吉備和歌史』（山陽新報社、昭和六年十一月）の六頁に、「森知乗尼」について、「餘り歌が傳はつてをらぬ」と指摘されていることも勘案して、同じく吉備の代表的な女流歌人の一人である「森知乗尼」をも合わせて取り上げることとしたい。

［安原玉樹詠歌集成稿］

図40大原女述懐　いくとせかなけきは市にうりつれとみにそふうさははなれさりけり

図41御母君のむなしう成給ひし御おもひやいかに　花も見すきえぬときけは友ならぬわれさへそてのつゆけきものを

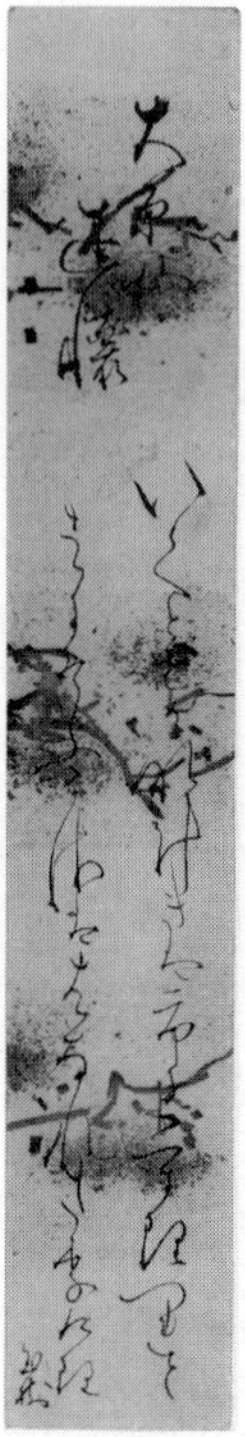
図　40

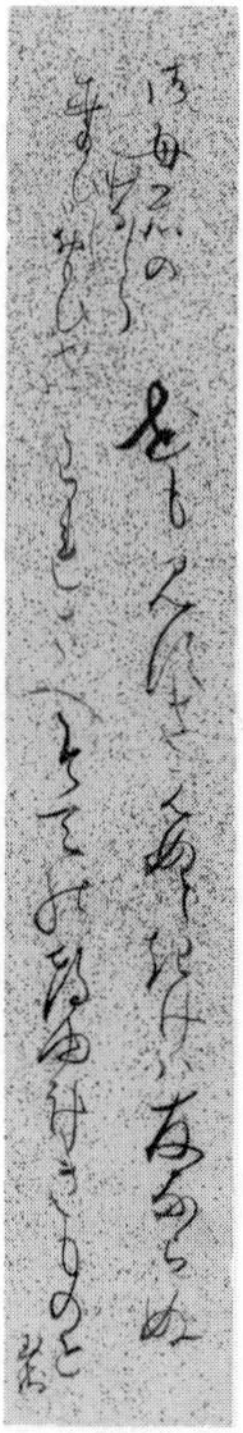
図　41

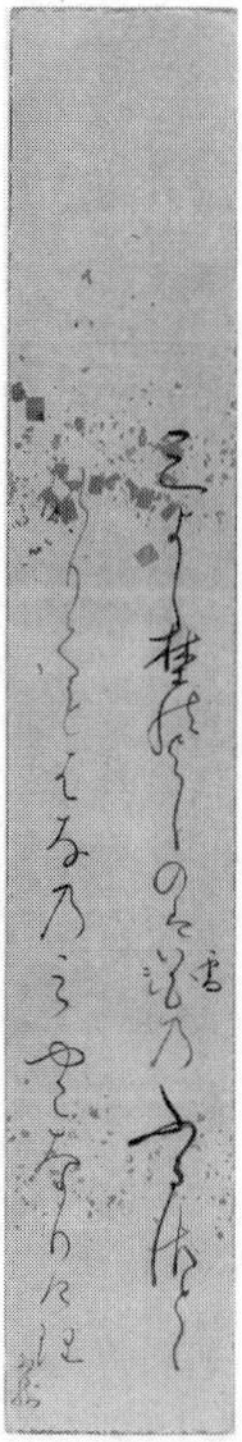
図　42

図42みよし埜のよしのは花《雪》のふるさと、なりてもはなのみやこなりけり

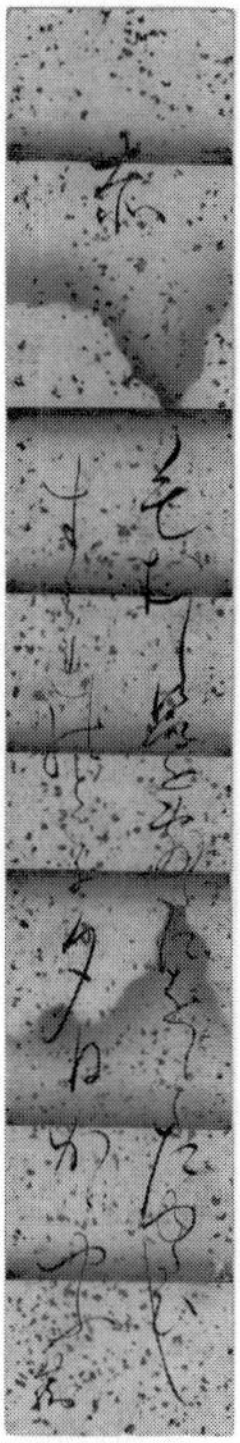

図　43

図43赤　毛むしろを敷たにをしとたゆたひしすみれのとこに夕日か、やふ

1明暮にわすれぬ和歌の浦ちとりゆめさますへき音にはなかねと（『近世女流歌人の研究』—一六八頁）

2あらし山花みんためのころねにも夢にはかへるふるさとの空（『近世女流歌人の研究』—一六八頁）

3寄矢戀　今さらに何かたゆまん思ひいれは石にたつ矢も有てふものを（吉備国歌集➡吉備文庫第四輯—八一頁・野田實著『近世吉備和歌史』—五八頁）

4春旅　梅ちれは櫻さきつ、日をへてもあかぬは春の旅にそありける（吉備国歌集➡吉備文庫第二輯—四六頁・野田實著『近世吉備和歌史』—五八頁・『近世女流歌人の研究』—一六八頁）

5川歳暮　来む春をまつらの川のわた■守みにとしなみのよるもしらすて（竹内佑宜氏編『美作の墨蹟』〈美作観光連盟・昭和六二年二月〉—五四頁・福地書店和本書画目録平成十二年十二月号—S一七四二）

6花　さくをまち散るを惜みて春の日の花にこ、ろの忙しきかな（木山巖太郎編『吉備百首』—三二頁）

7海邊秋風　さひしさはいつこも同し秋風のわきて身にしむあまの家しま（吉備国歌集➡吉備文庫第四輯—十三頁）

8宗親ぬしの七十の賀に　貳世君老せぬ影をうつすらむ鏡の山のみまくほしさよ（南山集丙—四裏）

9八雲琴二百吟　二つ緒に神の心や通ふらん綾に奇しき琴の聲かな（八雲琴譜三—二二裏）

10夏菊　みれと猶秋風ゆかし色も香もうすき一重の夏菊の花（吉備国歌集⬇吉備文庫第二輯―六三頁）

［森知乗尼詠歌集成稿］

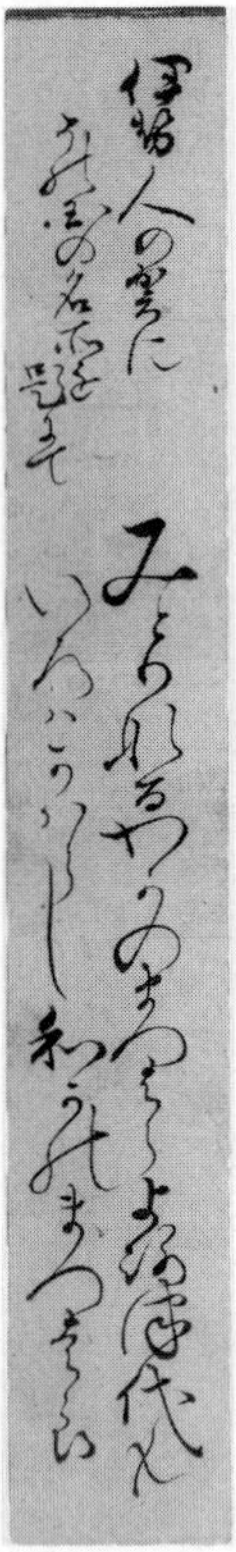

図　44

図44伊勢人の賀にその国の名所を題にて　みとりなるわかのまつはらよろつ代もいろはかはらし和かのまつはら　知乗《裏名》（師芦庵好みの白無地狭短冊）

1荻　秋風はわけてふかしをいかなれはをきにはおとのかなしかるらん（鴨川太郎集上巻―秋三表）

2述懐　あしといひよしと思ふも難波かたみしかゝる夜のふしのまにして（吉備国歌集⬇吉備文庫第四輯―一一八頁・『近世女流歌人の研究』―一六七頁・『女人和歌大系』三巻―三七二頁）

3雨ふるな風ふくなゆめ櫻花咲きの盛りはたたしはしなり（『近世女流歌人の研究』―一六五頁・『女人和歌大系』三巻―三七二頁）

4牛　いたつらに身を小車の行めくりつなかれて今うしとしるらん（鴨川太郎集下巻―雑十二表）

5近江國大津まて来て詠める　いとはやく都にゆきて故郷のたより聞かんと思ふはかりそ（『近世女流歌人の研究』―一六五頁及び一六六頁・『女人和歌大系』三巻―三七二頁）

6閑中鶯　うくひすのこゑはかりこそきこえけれ竹のはやしの葉かくれのやと（思文閣古今名家筆蹟短冊目録三〇号―二三六）

7花　うつせみの命あれはとうれしきは花見る時のこゝろなりけり（鴨川太郎集上巻―春十四裏）

8海邊月　おきへよりよせくる波のしらたまをしき津のうらの秋のよのつき（思文閣古今名家筆蹟短冊目録八号―二一五）

9北山にやまめしほとの庵立てて米つふほとの知乗住むなり（『近世女流歌人の研究』―一五八頁及び一六六頁・『女人和歌大系』三巻―三七二頁）

10雲　心なき物とも見えすあけくれに行てはかへる峯のしら雲（鴨川太郎集下巻―雑一表）

11田家草花　里の子はこゝろしてかれかきつたのくろのあきくさ花咲にけり（野田實著『近世吉備和歌史』―六頁）

12さやかなるこよひの月をみるやとてとふ人もなき秋の山里（蕉雨園集上巻―秋九裏・詞書中の和歌）

13樂敷もおもひける哉すま明石みやこの人も待よひの月（『近世女流歌人の研究』―一六六頁・『女人和歌大系』三巻―三七二頁）

14高縄　浪のうへにたゆたふ舩の数みゑて月影すゝし高なはの海（江戸名所和歌集下巻・作者名「森知貞尼」）

15海邊春　長閑なる春のひかりもみつ潮に磯山櫻かけ匂ふなり（野田實著『近世吉備和歌史』―六頁）

16はきのつゆ萩の上かせむしの聲ちちにかなしき秋は来にけり（『近世女流歌人の研究』―一六四頁・『女人和歌大系』三巻―三七二頁）

17旅歳暮　ふるさとはいつちなるらむうらやましわれよりさきにかへるとしかな（『近世女流歌人の研究』―一六五頁及び一六六頁・『女人和歌大系』三巻―三七二頁）

18古寺花　古寺のこけのむしろの上にして墓の外なる花を見るかな（鴨川太郎集上巻―春十九表）

19月前遠鐘　まつふかき遠山寺の鐘の聲月にふけたる夜半そしつけき（野田實著『近世吉備和歌史』―六頁）

20草庵雨　むら鳥のこゑしつまりてゆふくれのくさのいほりの雨そさひしき（『近世女流歌人の研究』―口絵及び一六五頁・『近世女流書道名家史伝』―二八・『女人和歌大系』三巻―三七二頁）

21世の中を棄てし心は心にて尚花鳥の春そうれしき（『近世女流歌人の研究』―一五二頁及び一六六頁・『女人和歌大系』三巻―三七二頁）

22閑居　わか庵はくる人もなしかたをかの松の林の木かくれにして（鴨川太郎集下巻―雑五裏）

23おさまれるよのたまものよますらをも月雪色にみやひかはすも（『近世女流歌人の研究』―一六六頁・『女人和歌大系』三巻―三七二頁）

以上、両者ともに、雑誌や新聞類などは『名家伝記資料集成』の情報さえもが完全には確認し得ていないという体たらくであり、「本当にこれだけしか集まらないのか」と稿者自身が疑念を抱く程貧しい内容となった。本節のテーマからは、当然、「今後の新出歌補遺のための基盤」であるべきだが、泉下の熊谷氏がご覧になれば恐らく一笑に付されることと思われ申し訳ない次第である。

九　架蔵短冊資料点描（一）

前節までは、敢えて、主に「新出歌」の補遺という国文学研究（本文研究）の立場からの短冊資料の活用のみに留めてきたが、本節からは、「短冊研究」の観点に立脚して架蔵短冊の紹介を試みることとしたい(23)。

「短冊研究」の主要な問題点の所在は、注(1)の彌富氏の『短冊物がたり』に説き尽くされている感があり、戦前の「短冊ブーム」に呼応して断続的に文行堂により刊行された『短冊』誌には、正宗敦夫氏による、彌富氏の問題提起に対する補遺とも称すべき「短冊雑談」が連載されている。その中でも驚愕したのが、「短冊雑談（一）」

（『短冊』一號、大正九年十二月）の「異名短冊」の稿であり、正宗氏ご自身が実見された短冊に限定しての、彌富氏の「異名短冊」に対する膨大な補遺が提示されている。或いは、「異名」であれば、『名家伝記資料集成』の索引を検索すれば事足りるのではと思われる向きもあろうが、それはとんでもない誤解であり、「同名異人」の調査に際して、特定の人物に対して短冊伝存の可能性が予め情報として与えられていることの便益は多大なものがある（表面的な「異名」の実例の目安が飛躍的に増加した点のみならず、より一層の意義を感じる稿者の胸中に沈潜する説明しづらい心境を吐露すべく試みた文言であるが、或いは、短冊に興味のある向きには、稿者の言わんとするところを汲んでいただけるかもしれない）。さて、本節に直接関わるのは、その続稿である「短冊雑談（二）」（『短冊』二號、大正十年三月）に掲載された「盲書左書の短冊」の稿であり、そこには「左手書きのものに三輪貞信のが有る、これも左書貞信とことわつて有る。廣道同様俄仕込で有ろうが其でも割合見よい」との指摘が存する。管見の範囲では、貞信尼の左手書きの短冊の図版は紹介されていないようなので、以下に通常のものと対比させる形式で図版を掲げておく。なお、左手書きの方は、明治二一年の「預撰歌」の栄に浴した詠作で、貞信尼にとっても格別な思い入れが存したことと思われ、通常のものも、家集『蓬が露』の秋部の巻頭を飾った詠作である。

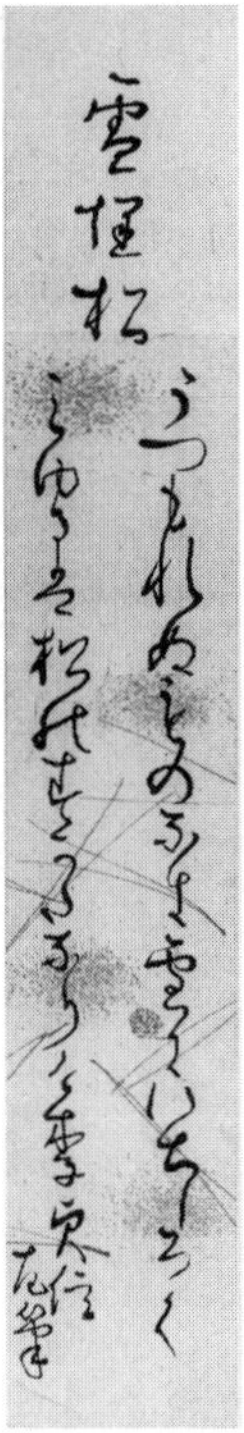

図　45

図45雪埋松　うつもれぬものなき雪にはちしろくみゆるは松のすかたなりけり　貞信／左筆

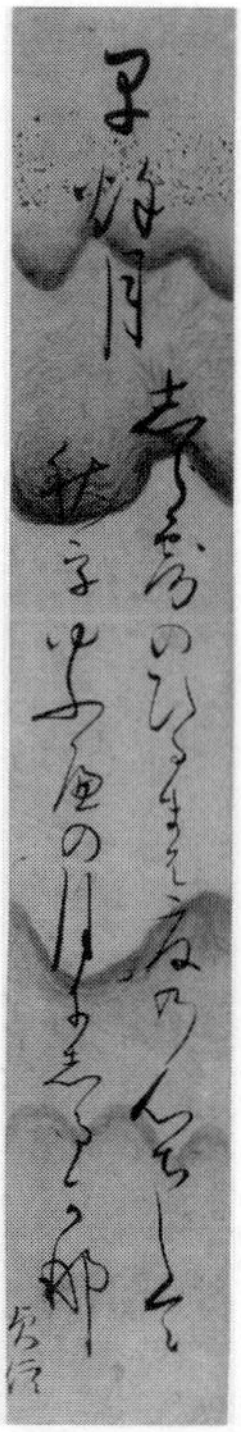

図　46

図46早秋月　しら露のひるまは夏の心ちして秋をゆふへの月にしるかな　貞信

三輪貞信尼の短冊について今一つ問題となるのは、「短冊研究」の難題の一つである「同名異人」との混同であり、良寛の門人の「貞心尼」と誤られる場合が少なくない。稿者が先に架蔵短冊に対して「預撰歌」や『蓬が露』との一致について言及したのは、それらの比較的個性の強い書風を「三輪貞信尼」のものとして確定するためであり、例えば、『平安人物志短冊集影』―六六〇に「貞心尼」として掲げられる三枚の内、少なくとも「貞しん」と表名のあるものは「三輪貞信尼」の誤認であることは断言し得る。[24] 更に、最新の短冊図録の一つである『鉄心斎文庫所蔵芦澤新二コレクションより　短冊』（鉄心斎文庫伊勢物語文華館、平成十四年十一月）の五一頁に「貞心尼」として掲げられる「ていしん」との表名を有する短冊も、明らかに「三輪貞信尼」の誤認であり、解説執筆者の見識の低さが露見している。その他、「貞信」の同名異人で、図版が紹介されていない内遠門人の「荘司貞信」の短冊（自筆の裏書「紀伊國北牟婁郡／三重縣下宗賀村元古本村／息長性荘司貞信」が存する）を紹介しておく。

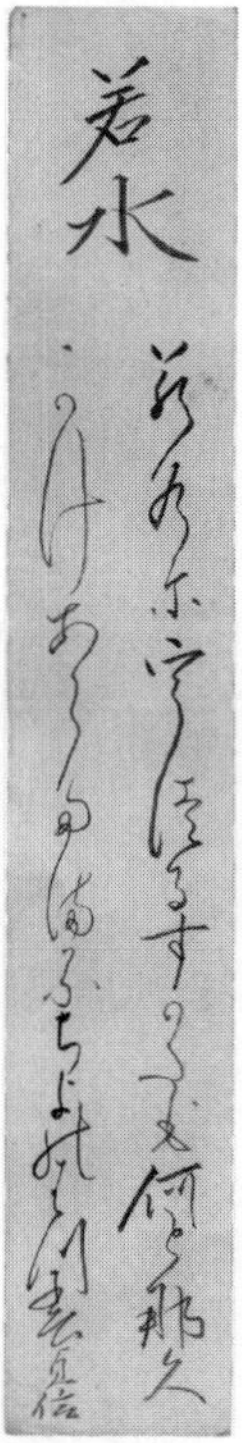

図　47

図47若水　若水にうつるすかたも何となくかけあらたまるちよのはつ春　貞信

次に、同じく同名異人の問題として、他ならぬ彌富氏自身も文行堂の『短冊』誌に「知爾堂茶話」と題して連載されており、その「同名異人の短冊」（『短冊』二號、大正十年三月）では、「東丸・貞幹・御風・古道・秀雄・眞弓」の六種の同名異人について言及されているが、その中の「眞弓」に関して、「内山眞弓のに就いても一言して置かう、眞弓にも同名異人が多い、最も多く誤られるのは、見田眞弓のである（中略）名古屋から出版されて居る桂園門下短冊帖中にある行路時雨の歌内山眞弓とあるのは、見田のである（以下見田眞弓の略伝が記される）」との指摘が見える。稿者も、たまさかに、内山真弓とは似ても似つかない「真弓」との署名を有する短冊を架蔵していたので、早速、『桂門短冊帖』を確認してみると、完全に架蔵の「真弓」短冊と同筆であり、その筆者が判明するに至った。その後、更に裏書に「尾州人見田氏」（但し裏書は別筆）と記された短冊をも架蔵するに至ったので[25]（図48）、こちらはそれ程稀覯というわけではないが、架蔵の「内山真弓」の短冊（図49）をも比較の便を勘案して、以下に図版を紹介しておきたい。

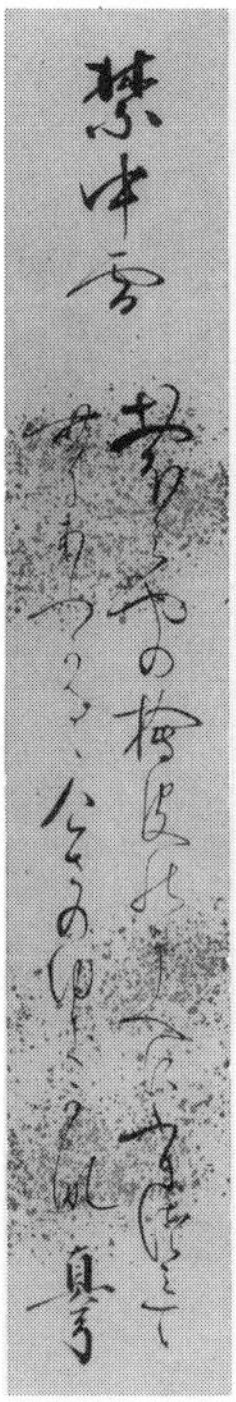

図　48

図　49

図48禁中雪　おほみやの檜皮のうへにふりつみて世にあふかるゝけさのゆきかな（見田）

図49首夏水　うの花のいろにそしるき音羽河音には夏をきゝわかねとも（内山）

なお、「同名異人」の問題と関連して、ある人物の基準となる短冊が定位されれば、同名のそれとは書風を異にする短冊には「同名異人」のレッテルが貼られてしまう可能性が高く、『短冊物がたり』の一一〇頁には「守部、廣足、重胤などは時代によつて、殆んど別人の字と思はれる程の相違がある」との指摘が見え、熊谷氏も「井上文雄文献傍註例その四」（『續々歌集解題餘談』）や「大野定子の板下」（『続々歌集解題餘談弐』）において、繰り返し「松の門三艸子」の筆蹟の変容に言及しておられる。架蔵の短冊の中では、両先学が指摘された以外の例を追加するに至らないこともあり、熊谷氏ご指摘の「松の門三艸子」について、「井上文雄に酷似する例」（図50）と「晩年の線質が細く筆癖をおとした例」（図51）の図版を紹介しておきたい。

図　50

図50閑居秋来　木枕もけふさし置て取筆のかわかぬにこそ秋は立けれ　三艸子《裏名》

図　51

図51其たまの影と見しまにみしか夜のつきははかなくかたふきにけり　三艸子

十　架蔵短冊資料点描（二）

所謂「県門三才女」と称される油谷倭文子、鵜殿餘野子、進藤筑波子などの短冊は稀覯に属しており、注（1）の彌富氏の「珍品と稱すべき短冊」にも進藤筑波子を除く二名が登録されている。まず、早逝した油谷倭文子の場合は、熊谷氏が「一井倭文子文献傍註」（『續々歌集解題餘談』）において、「一井倭文子の短冊にこの季鷹の好み短冊（桜と紅葉の雲錦模様・稿者補）を使用したものがある。それと同筆で『きぬきぬのたか衣手にならひてか暁露にぬるるあさかほ』といふ短冊に、油谷倭文子と裏書をして、わざわざ『県居門三才女ノ第一』とか『筆蹟文行ノ短冊雑誌複興《ママ》六号ニアリ』としている一葉が私のところにある（中略）若くして死んだ油谷倭文子の短冊は、おそらく残ってゐないだらうといふのが、通説であるが、商品としては一井倭文子よりは油谷倭文子として通したいところであらう」と指摘されており、注（1）の彌富氏著五六頁にも、一井倭文子の短冊の誤認かと推定される逸話が示されている[26]。実は、稿者自身も「一井倭文子」のものとは気付かずに、「油谷倭文子」との裏書を有する短冊を購入した苦い経験があり（当然「油谷倭文子」としての価格で求めたわけであるが）、今後、同様の悲劇が繰り返されないことを願って、以下に「一井倭文子」の短冊二枚の図版を掲げておきたい。

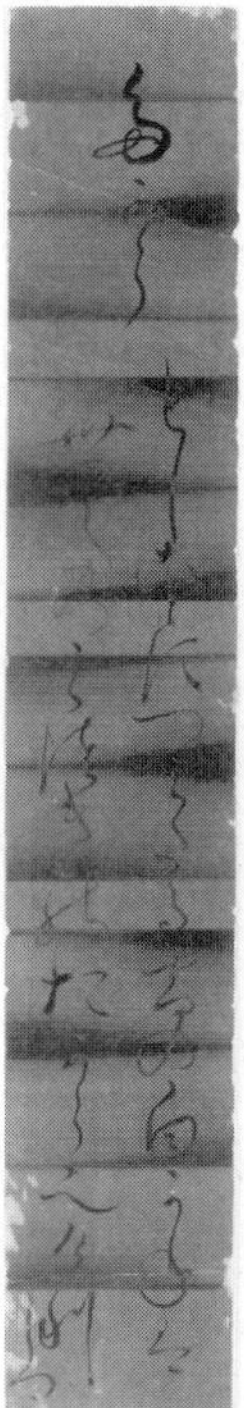

図　52

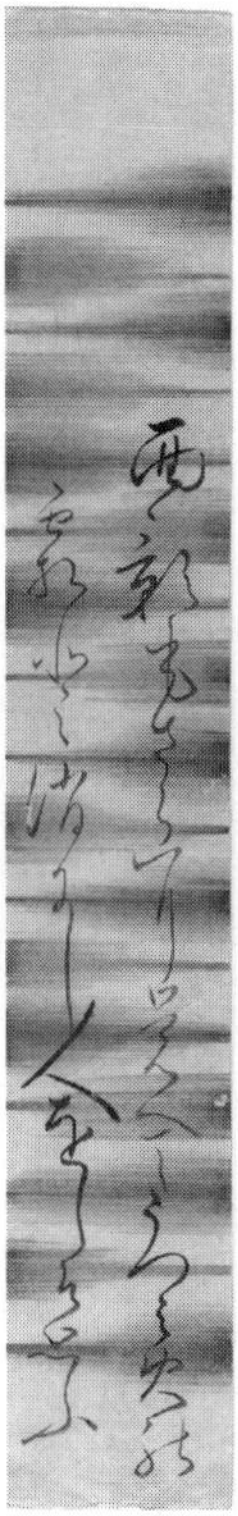

図　53

図52 たから　としことにつみたる雪の白かねは世々のみゆきのたから也けり（表名「しつこ」、裏書「油谷倭文子」）

図53 面影もさらに覚へてうつみ火の霜と消にし人をしそ思ふ（裏名「倭文子」）

その他にも、管見の範囲では、「一井倭文子」の短冊は、『近世女流書道名家史伝』一二七、『平安人物志短冊集影』―四〇二（二枚）、北野克氏編『歴代名家短冊帖』―一一九、『思文閣古今名家筆蹟短冊目録』四号―一六二（「油谷倭文子」のものとする）、『京都古書籍・古書画資料目録』五号―一一九一（「縣門三才女」とする）などに図版が掲載されている。短冊を染筆した人物で、「倭文子」の同名異人の正確な数は不明であるが、少なくとも、現在稿者が確認し得た範囲では、「一井倭文子」の場合に限られており、それとは異筆の「倭文子」にこそ「油谷倭文子」の可能性を求めることとなり、前述の熊谷氏蔵の短冊の裏書に示唆されている。文行堂発行『短冊』復興六號に図版が掲載されている武藤一郎氏蔵の短冊に期待がかけられたが、残念ながら、こちらも「一井倭文子」のものと判断され、「油谷倭文子」の家集類との一致により、基準となるべき「油谷倭文子」の短冊の発見が待望される。

次に、鵜殿餘野子についてであるが、その短冊の存在としては、管見の範囲では、正宗敦夫氏編『潮干のなごり』第三輯に図版が掲げられているものが知られるに過ぎない（当該短冊は、『近世女流歌人の研究』の口絵にも引用されている）。しかしながら、当該短冊の和歌は、『佐保川』や『涼月遺稿』には認められず、鵜殿餘野子の仮名真蹟の基準となる存在も稿者の調査の範囲では全く確認出来ておらず、同名異人の可能性を払拭し得ないことから、正宗氏の「鵜殿餘野子」との認定の当否の判断が極めて困難なのである。但し、鵜殿餘野子の仮名真蹟の存在の手掛りとしては、『近世三百人一首初編』の十三頁裏に、「十月更衣　さまくにけふはかさぬる袖もあれと猶あかさりし萩か花すり」との『佐保川』三九と一致する詠作が認められ（同書の凡例に示される「姓名ノ上ニ〇點ヲ附シタルモノハ色紙懐紙立詠草及其他表装シタル軸類ニシテ短冊帖ニ挿入シ難キ物ノ目標トス」に属する資料からの撰歌であることが知られる）、その真蹟の基準となる資料が明治前期の時点で巷間に伝存していたことは確実であり、正宗氏もそのような資料との比較に基づき当該短冊の公刊に及ばれた可能性は高いものと思われるが、やはり、その当否の判断については、例えば、「よの女」などの署名記載のバリエーションをも視野に入れた短冊の博捜とともに今後の課題とせざるを得ない[27]。

次に、進藤筑波子についてであるが、実は稿者も短冊を一枚架蔵しており（図54）、その和歌は『筑波子家集』一一四に認められ、入手当初は所謂「珍短」の獲得に喜んでいた。ところが、他の筑波子の短冊の所在についての調査を試みたところ、あろうことか、全く同じ和歌を書いた短冊に早速出くわしたのである（『思文閣古今名家筆蹟短冊目録』八号―一二〇、図55）。

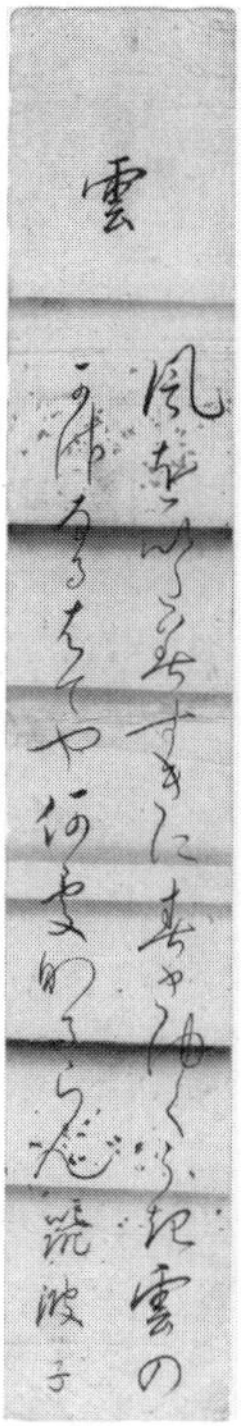

図　54

図54雲　風をいたみすきにすきゆくうき雲のかさなるはてや何處なるらん　筑波子

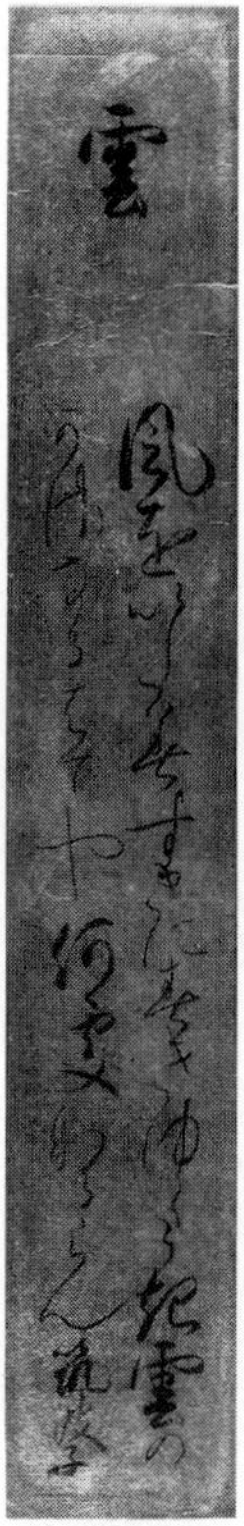

図　55

図55雲　風をいたみすきにすきゆくうき雲のかさなるはてや何處なるらん　筑波子

これらについても、注(6)の彌富氏の論理に従って両者ともに「可」ということになれば、稿者にとっても目出度い限りであるが、彌富氏の論理がそのまま適合するのは、あくまでも短冊の染筆数が豊富な人物の場合であり[28]、短冊が稀覯に属する進藤筑波子については問題が残るのである。そこで、両短冊の図版を熟視すると、漢字仮名の別は固より、仮名の字母についても両者は完全に一致しており、それぞれの文字の書き様も近似している点が確認される。そこで問題となるのは、筆力と運筆の自然さであり、稿者の素人的鑑定眼でも、架蔵の短冊は筆力が弱く、署名の「筑波子」の部分に存する不自然な字間の空白をも勘案すれば、恐らく、架蔵の短冊は「偽物」であろうと思われる。以上のように、稿者にとっては残念な結果となったが、ここで銘記すべき問題点として、稿者が専門とする古筆切研究の場合と同様に、「書写内容を同じくする存在が発見されなければ、偽物（模写）の看破が極めて困難である」ことが挙げられる。運筆の不自然さに敏感な書道専攻の古筆切研究者の場合は別として、稿者のように国文学を専攻する立場の者は、「書写内容を同じくする存在が発見された時点」自体が「偽物（模写）の疑いを抱く始発点」になってしまうのではなかろうか。短冊に話を戻すと、「図55」の存在がないと仮定すれば、恐らく、稿者は架蔵短冊を、家集所見を拠り所として、不自然な署名には目を瞑って、数少ない筑波子の仮名の筆蹟の基準として紹介していたものと思われる。なお、その他の進藤筑波子の短冊について管見の範囲で一覧すると、①難波かたあしまの床も霜かれてぬるよなけなるをしのこゑかな　茂子《裏名》（『潮干のなごり』第三輯、筑波子家集八七）、②山かせやさそひきぬらむ浅ちふのにはにみそむるけさのしら雲　茂子《表名》（文行堂発行『短冊』復興六號、家集未見）の二枚に気付き得たのみであった。①②の「茂子」の筆蹟には懸隔が存しており、和歌の書風についても「図55」をも加えて熟覧したが、同筆であると太鼓判を押せるだけの関連性は見出せなかった。更に、筑波子の仮名真蹟の基準となる、佐佐木信綱氏著『近世和歌史』の一〇八頁（寫眞版三三）の「土岐茂子詠草眞淵加筆」との比較も試みたが、「茂子」の署名は①②のいずれとも懸隔が存しており、和歌の書風についても①②「図55」の中から、近似するものを見出すことが出来ず、「短冊」の範疇での、筑波子の基準となる存在の定位については判断を留保せざるを得ない結果となった。(29)

十一　架蔵短冊資料点描（三）

前節で取り上げた「県門三才女」と並ぶ当時の有力な女流歌人としては、荷田蒼生子の名を逸することは許されないだろう。荷田蒼生子の場合も、注(1)の彌富氏の「珍品と稱すべき短冊」に登録されており、「県門三才女」の場合と同様に短冊の現存は稀覯に属するが、『名家筆蹟考』―一七九に（『思文閣古今名家筆蹟短冊目録』二八号―一五三にも）掲載の「春の始に　三よし野、岩のかけ道遠けれはまたもうき世の春に逢にけり　蒼生《裏名》」が、『杉のしづ枝』に収載されており、短冊資料自体に蒼生子の仮名真蹟の基準を求めることが可能な点は幸いである。従って、以下に紹介する架蔵の短冊も、『杉のしづ枝』には収載されていないものの、『名家筆蹟考』と同筆である点は確実であり、疑念を挟む余地はない。なお、蒼生子の短冊として確実なものは、他には、『短冊手鑑心のふるさと』の三三六頁に掲載された「わらひ折て人にやるとて　行て見ぬ人のおもひに萌るやとはる野、わらひ折て来にけり」（『杉のしづ枝』未収）を知り得たのみであり、稿者の調査に遺漏がなければ、現時点では天下三枚ということとなる。

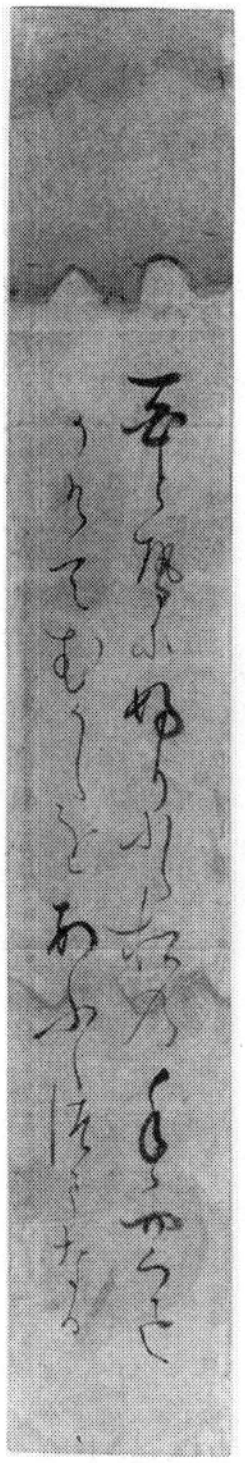

図　56

図56百とせにふりにし松の手向くさかけてむかしをあふくつまなる　蒼生《裏名》

実は、前掲の架蔵短冊は、文行堂発行『短冊』復興六號に、「埼玉縣　林織善氏藏」として図版が掲載されているものの現物に他ならないが、短冊の裏面には、当時の著名な短冊収集家の一人である伊勢の秋田彌吉郎氏の蔵書標が貼付されている。(30) 更に、稿者の手元には、たまさかに、同じく『短冊』復興六號の蒼生子の短冊の隣に、裏面の署名の部分とともに図版が掲載されている、森磐子の短冊の現物（同じく秋田彌吉郎氏の蔵書標あり）をも架蔵しているので、未だ短冊の図版が紹介されていないその夫である森為壽（旧蔵者未詳、後掲の図57の別筆裏書の「藤原暉昌妻磐子」は誤りで「藤原暉昌女」とすべきである）のものと併せて紹介しておく。

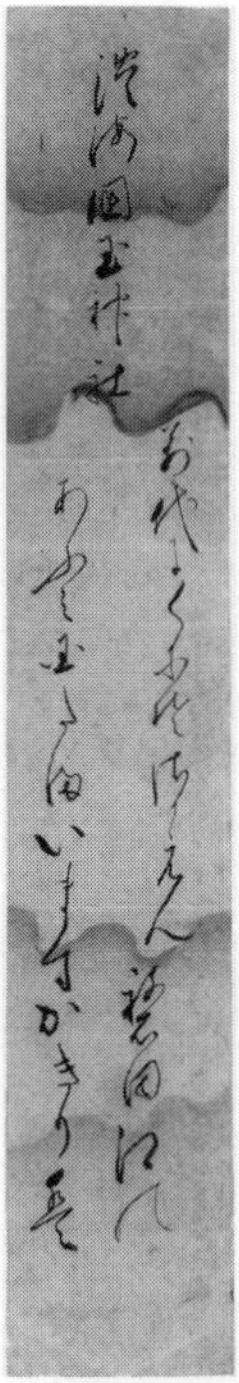

図　57

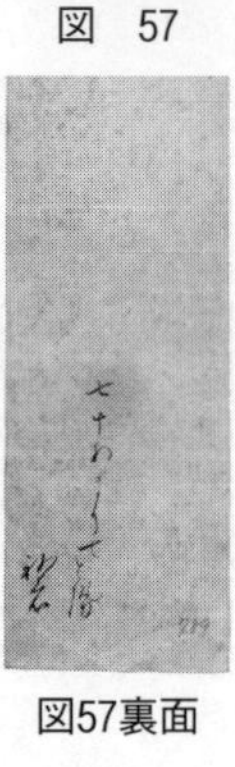

図57裏面

図57淡海國玉神社　萬代にくにそさかえん磐田江のあふみ国たまいますかきりは　七十あまり七とせ　繁《裏名》（別筆裏書「荷田春満門人／藤原暉昌妻磐子」）

図　58

図58露　世の中をいとひし草のいほりにもつゆのしら玉おきにけらしな　為壽

なお、「磐子」については、『短冊』復興六號の「本號所載短冊筆者小傳」に「縣居門人録にある遠江國五社の神主森備前守妻繁子と同人の由、活版になりし縣居門人録には磐子とありて、繁磐同音通にて同人なるべしとの説あり」と指摘されており、当時の短冊界では論議の対象となった人物であり、森繁夫氏の「森繁子の呼稱」（『人物百談』三宅書店、昭和十八年七月）において詳論されている。同論文には、「繁子（磐子）」と「磐子」に関する参考資料が一覧されており、中でも、「(二)磐子　自筆短冊」及び「(八)志解喜　自筆短冊、署名の肩に、七十まり六年とある」（「まり」は「あまり」の誤脱か）の記載は注目されよう。（二）については、「引用第二の家蔵短冊は、七十六×子と裏名で書いてあるが、それが磐子とも見えるし、繫子とも見える、字の下部が草書であるため、石とも糸とも見える」と指摘されており、架蔵の短冊の僅か一年前の染筆であることが知られる。実は、前掲の架蔵短冊の裏名も森氏の指摘と同様の曖昧な書体であり、別筆裏書執筆者某は「磐子」と判読しているものの、「磐子」と「繫子」との厳密な区別は稿者にも判断がつきかねるというのが正直なところである。しかしながら、次の（八）についても、同じく架蔵の短冊の僅か一年前の染筆であることが知られ、その署名が「志解喜（しけき）」である点を勘案すると、（二）の短冊も「繫子」である可能性が高いのではなかろうか。更に、同じく森氏の論文末に引用されている岡部譲氏の私信にも、「本人は書初より繫の字體にて一貫したるが如し、多く見たる自筆悉く繫とあり」と指摘されており、本稿で問題とすべき短冊の署名に限定すれば、森氏過眼の（二）及び架蔵については「繫子」であろうと推定しておきたい（なお、不思議なことに、森氏の論文では、〈二〉と〈八〉との筆蹟の比較については何ら言及されていないが、両者が同筆である点は「言わずもがな」なのであろう）。

また、その他にも、稿者の手元には、「蒼生子」との裏名を有する「美短」（退紅色染めの檀紙に[31]、薄キラ引きで、銀箔及び銀砂子にて雲を形どり、三羽の鶴の彩色下絵が施された美麗な品である）が存しているが、人物を特定するに至っていない。「迷子案内」でもあるまいが（なお、同様の試みについては、本稿第十四節参照）、識者・碩学からのご教示を乞う意味からも以下に紹介しておくこととしたい。

図　59

図59諸ともにみきりの杏に住たつもかけてそ契る萬世の聲　蒼生子《裏名》

本節で荷田蒼生子を取り上げたからには、その家集である『杉のしづ枝』の編纂者であり、その最有力門人でもある菱田縫子についても言及すべきであろう。但し、縫子の短冊については、蒼生子に輪をかけて稀覯であり、管見の範囲では、『近世女流歌人の研究』の口絵に極めて不鮮明な図版が掲げられているのが確認し得た唯一の存在である。しかしながら、縫子には家集が現存しておらず、その仮名真蹟の基準としては、『日本書蹟大鑑』二二巻―四五掲載の一首詠草「冬のはしめ山さとをとふ　山さとの雪よりさきにあとつけてまつこゝろみむけさの初しも　縫子」が提示されているが（同書解説によれば、江戸派の中心的な歌人である加藤千蔭との交流から、縫子は千蔭に書の奥義を学び、当該詠草についても、「典型的な千蔭流の書風である」と断じておられる）、前述の通り、短冊の側の図版が極めて不鮮明であり比較に耐えない。そこで、本節では、必ずしも前掲の一首詠草と同筆であると断定し得るわけではないが、いずれも千蔭流の雰囲気が漂う、菱田縫子の手になる可能性を有する架蔵短冊二枚を紹介しておきたい。なお、当該短冊の当否についても、前掲の「図59」と同様に、識者・碩学からのご教示をお願い申し上げます(32)。

図　60

図60うつせみの世はうき秋のならひそとおもへとぬるゝ袖いかにせん　ぬひ子《裏名》

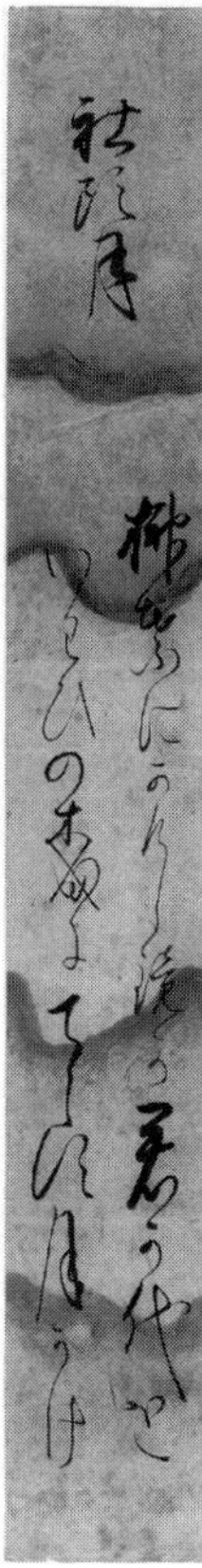

図　61

図61社頭月　榊葉にかけし鏡か君か代をいわひの森にてらす月かけ　縫女《裏名》

十二　架蔵短冊資料点描（四）

本節では、「県門三才女」や荷田蒼生子の次の世代の代表的な女流歌人であり、ある程度の短冊の現存を確認し得る村田多勢子を取り上げることとしたい。村田多勢子の家集については、『大日本歌書綜覧』中巻の二八〇頁に、「芳樹和歌集　一巻」として「諸侯の邸に召されて歌を教授せる間に詠める歌これかれ見ゆれど、全集は未だ管見に触れず」と解題されており、さほど総歌数が多くないことが予想される家集の存在が示唆されているが、稿者の調査の範囲では、その所在を確認するに至っていない[33]。ちなみに『国書総目録』では、典拠が『大日本歌書綜覧』である旨が明記されており、他には同様の写本の存在が窺えないが、『和歌大辞典』の「多勢子」の項目でも、「歌集に『芳樹和歌集』がある」と明記されており、項目執筆者の川田貞夫氏がその所在を確認し得ておられるか否かは気掛かりである。実は、後掲のように村田多勢子の短冊を四枚架蔵していることもあり（図62〜65）、本稿の第八節の「私家集（歌集）が現存しない歌人の短冊などによる補遺の試み」の候補としては、当初は、村田多勢子を予定しており、実際にその詠作もかなり拾遺している（と言っても、たかだか五〇首余りではあるが）。しかしながら、前述の川田氏の記述に対しては、「恐らく『大日本歌書綜覧』の記載を安易に利用されたのであろう」と邪推しながらも、万が一の事態を危惧して、「村田多勢子」については、短冊資料限定の本節へと格下げして紹介するに至った次第である。それでは、以下に架蔵短冊の図版及び釈文、更に、管見に及んだ村田多勢子の短冊の釈文をも併せて一覧しておくこととしたい。

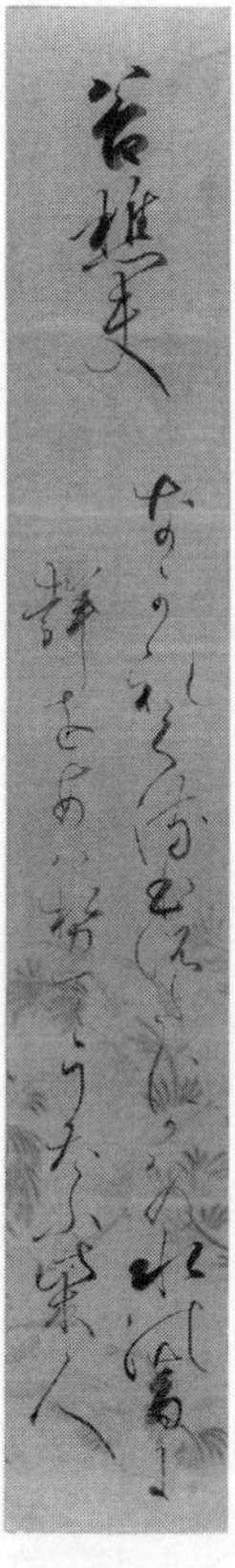

図　62

図62谷樵夫　なかれくるほそたにかはの水の音に聲をあはせてうたふ柴人　堂勢《裏名》（「江戸春海女」との裏書あり）

図　63

図63新樹　こく薄くしけるみとりにくれなゐの色をかへてもさしましりつゝ　芳樹《裏名》

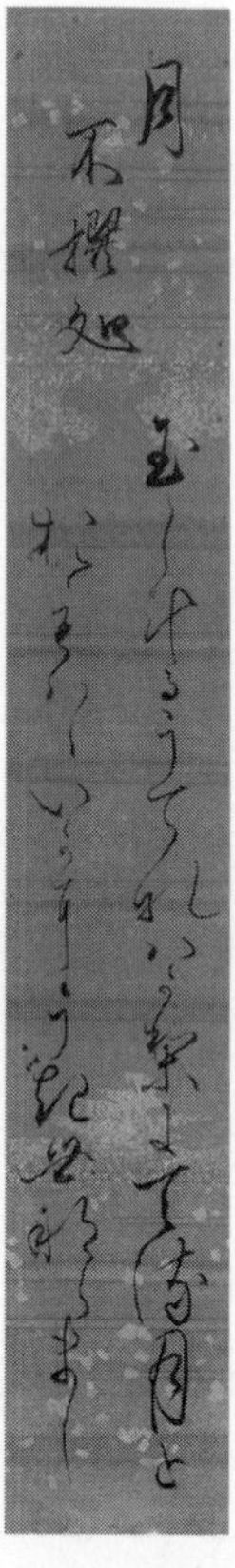

図　64

図64月不撰処　玉しけるうてなはかりにてる月とおもは、いかにうき世ならまし　芳樹《裏名》

図　65

図65柳をよめる　のとかなる春のけはひはあをやきの糸によりてそみるへかりける　芳樹《裏名》
1遠近帰鳫　かすみつゝ消ゆく鳫をしたひわひかへりみすれは又も一聲（井上文雄編『長柄のはしら』）
2なか月はかり露草のかれたるを見て　霜の花さくへきほとやちかゝらんむすほゝれゆく庭のつゆ草（萩野由之編『歌人百家帖』―四六）
3此やまのもみちそあかぬいにしへのこと葉の色のそふこゝちして（『近世女流書道名家史伝』―一二九）
4萩その、若えに月を待とりてかれしふる枝をしのふよはかな（『歴代名家短冊帖』―一一三）
5さくら　春の日のなかきうらみはさくほとのみしかくてちるさくらなりけり（国立国会図書館所蔵貴重書解題第五巻―三六五⬇図版未掲載）
6露深　夕つゆにぬれぬものこそなかりけれまかきの竹も庭の千くさも（『鉄心斎文庫所蔵芦澤新二コレクションより　短冊』―五二頁）

なお、村田多勢子の短冊について付言しておきたい点として、本稿頻出の彌富氏著『短冊物がたり』の記載が存する。同書の「同名異人の多い短冊」の項目には、「同じく同名異人といつても、其の誤られた他の筆者が判明して、殆んど一定的に常に其の人のに混ぜられて居る」例として、本稿第十節で取り上げた「油谷倭文子――加茂季鷹の妾といふ倭文子」（改めて述べるまでもないが、後者は「一井倭文子」である）と並んで、「近藤芳樹――村田芳樹尼」との記載が見える。他にも「小野古道――實相院古道」、「山崎知雄――關知雄」、「飯田秀雄――蔭山秀雄――岡崎秀雄」などが掲げられている点から推して、上段に、比較的短冊が稀覯である人物が、下段に、上段の人物とは同名異人でありながらも、上段の人物の短冊として誤認されている場合が頻出する、比較的短冊の豊富な人物が対比されているものと理解されよう。とすれば、「近藤芳樹」の短冊は「村田芳樹尼」よりも稀覯であり、

「村田芳樹尼」の短冊に「近藤芳樹」のものと誤認した裏書が記されている短冊の存在が想定される。稿者の管見の範囲では、「村田多勢子」よりもかなり時代の下る「近藤芳樹」の短冊は、「村田多勢子」のものよりも遥かに多く伝存しており（架蔵だけでも六枚存する）、その極めて個性的な書風は、常識的には同名異人との混同の危惧を払拭するものと思われるが、他ならぬ架蔵の前掲の「図65」の裏面に、「近藤芳樹」と誤認した裏書が朱筆で消されている例が存するので、以下に「近藤芳樹」の短冊をも併せて紹介しておきたい。

図　66

図66近藤芳樹家号ヲ寄居庵トイフ享保元年五月／周防岩淵ニ生ル紀州ニ至リテ本居太平ノ門ニ入リ京ニ上リテ／山田以文ニ就キ律令格式ノ學ヲ修ム後毛利侯ニ徴サレテ藩明倫／館ノ教官トナル宮内省ニ出仕文學御用掛トナリ十三年二月没年八十（図65の裏面）

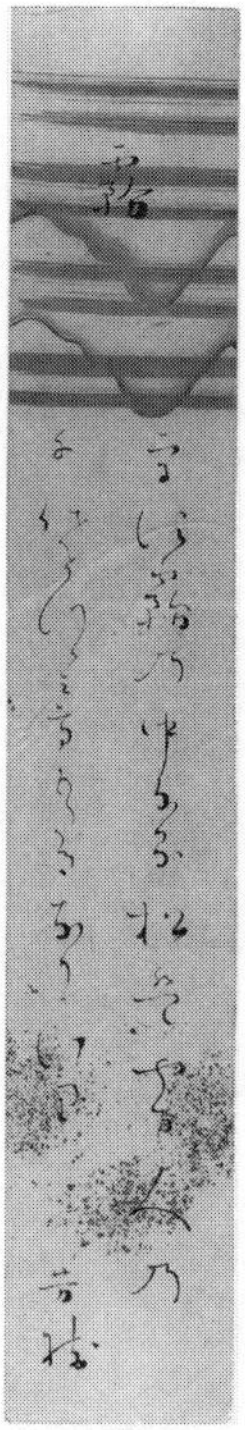

図　67

図67霧　うす霧の中なる松はやま人の千代をつゝみてもたるなりけり　芳樹

本節では、「江戸派」を代表する女流歌人の一人である村田多勢子を取り上げたこともあり、引き続き、同じく「江戸派」に属する千蔭門の女流歌人の代表として菊地袖子を取り上げたい。菊地袖子には家集『菊園集』が現存しており、短冊資料の意義としては、本稿第七節と同様の期待がかけられるが、その短冊の存在は稀覯であり、後掲に一覧した通り、現時点では、架蔵以外には僅かに二枚の存在を確認し得たに過ぎない。なお、菊地袖子の仮名真蹟の基準としては、『近世女流書道名家史伝』―一二三に掲出される散書の一首詠草（或いは扇面の可能性もあろうかと稿者は思量している）「顕恋　あふことはかたみにくめる水よりもはやくもりぬるわかうき名かな　袖子」が存するが、当該歌は『菊園集』には認められず、同名異人の可能性も完全には拭い去れない。しかしながら、そこに記された「袖子」との署名の筆蹟は、架蔵短冊の裏名と瓜二つであり、更に、「江戸派」の末流に位置する井上文雄が編纂した『長柄のはしら』に「伊豆菊地氏袖子」として収載されている短冊も、前二者と同筆であると判断される点から、全てが、菊地袖子の手になるものと推定した次第である（なお、後掲の三首ともに『菊園集』には認められず、本節で取り上げた四首は、全て「家集補遺歌」となろう）。それでは、以下に架蔵短冊の図版及び釈文、更に、管見に及んだ菊地袖子の短冊の釈文をも併せて一覧しておくこととしたい。

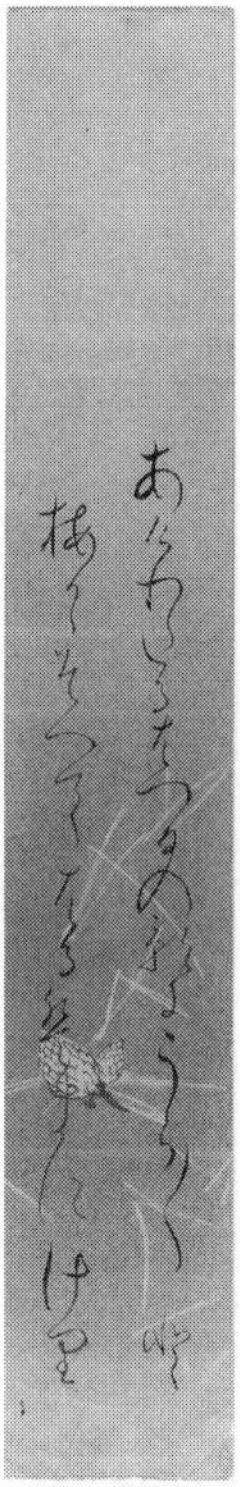

図　68

図68裏面

図68あけわたるはつ日の影にうら〱と梅かゝそへてはるはきにけり　袖子《裏名》

1七月十七日松ともしてゆく人あり　あとたえし野中のつかのかす〱をわけゆく松の火かけにそしる（井上文雄編『長柄のはしら』）

2ものおもふたもとのつゆをよすかにてそてになれぬる秋のよの月（国立国会図書館所蔵貴重書解題第五巻―一二九九➡図版未掲載）

十三　架蔵短冊資料点描（五）

本稿の冒頭に記した通り、稿者の短冊蒐集の目的は、「既刊の短冊類の図版資料に収録されておらず、比較的稀覯とされる人物の短冊がある程度の数に達すれば」という安易なものであったが、世の中はそう甘いものではなく、当初の希望的観測に反して、そのような短冊を入手し得る機会には殆ど恵まれず、まさに「絵に画いた餅」状態に他ならないというのが正直なところであった。そこで、稿者が新たに「蒐集の狙い目」の一つとして意識しだしたのは、著名な国学者（歌人）の一族繋累に関する短冊であった。従来より、「夫婦短冊」については蒐集対象として強く意識されてきたが、注(23)の熊谷氏の論文ではより広範に、「二、一族の短冊（村上家）」、「五、累代の短冊（三河）」、「六、累代の短冊（尾張）」などの各項目で、本節の問題意識からは範と仰ぐべき指針が提示されている。そこで、本節では、たまさかに架蔵に帰した「成島司直」及びその一族繋累に関する短冊についての紹介を試みたい。

まずは、幕府の奥儒者であり、『徳川実紀』の編纂者としても知られ、一方では、静嘉堂文庫に十巻十冊に及ぶ詠草が現存するなど、和歌に関する業績も多い成島司直についてであるが、司直の短冊は、その作歌数と連動して、数多く伝存しているものと思われ、『和歌俳諧人名辞書』には『和歌古短冊影譜』が登録されるのみであるが、井上文雄編『長柄のはしら』、『書画大観』第三冊―一三〇頁、北野克氏編『歴代名家短冊帖』―一四六、『国立国会図書館所蔵貴重書解題』第五巻―五三九などにも認められ、更に、『思文閣古今名家筆蹟短冊目録』及び他の古書目録などにも散見しており、稿者自身も三枚架蔵している（内一枚は、後に図版を掲げるが、『思文閣古今名家筆蹟短冊目録』五号―一二三三に同一歌を認めた別短冊も存している）。ところが、これに対して、その母の「貞操院」や妻の「桂子」、司直の養子となりその後嗣でもある「良譲」（著名な「柳北」の父でもある）やその妻の「いと女」などについては、『和歌俳諧人名辞書』は固より、『名家伝記資料集成』の各人の項目からは、その筆蹟資料の存在を示唆する記載が一切見当らないという状況である[34]。それでは、以下に架蔵の成島司直及びその繫累に関する短冊を紹介しておきたい。

図　69

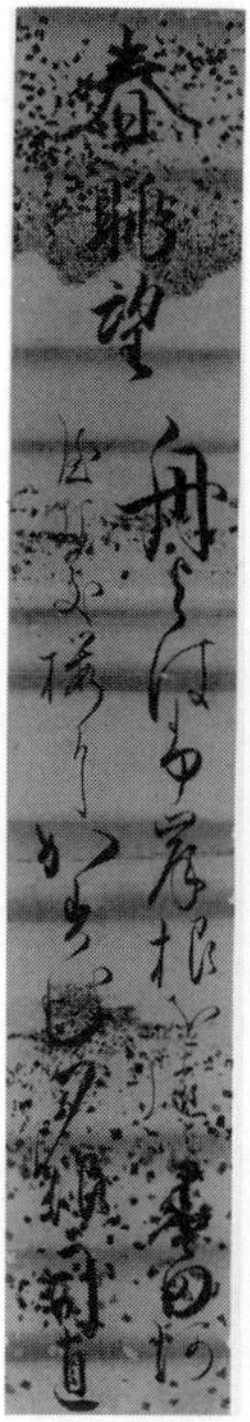
図　70

図　71

図69歳暮　貢ものはこふ行来のにきはひもゆたけさしるき年の暮かた　司直

図70春眺望　舟よはふ岸根を遠み墨田河やなき桜にかすむ夕浪　司直

図71春眺望　舟よはふ岸根をとをみ角た河やなき桜にかすむ夕波　司直（思文閣古今名家筆蹟短冊目録五号―一二三三）

図72名所濱月　雲は皆はらひつくして住吉のまつを吹こす月の濱風　司直妻桂子《裏名》

図　72

図72裏面

図73三十餘りみにしむ月の影とめてさそ忍ふらむこし方の秋　貞操院《裏名》成嶋司直母（別筆裏書）

図　73

図73裏面

図74つかへます神の恵の深みとり千世書つまむ春の言の葉　司直母貞操院《裏名》

図　74

図74裏面

図75幾千代の老の栄をちきるらむみや居の松のとことはの陰　良譲

図　75

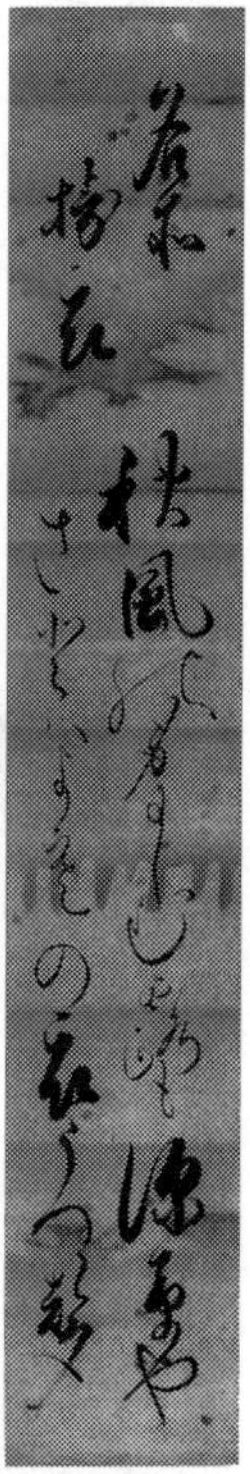

図　76

図76裏面

図76名所擣衣　秋風の身にしむ露も深草やさとはよ寒の衣うつ聲　良譲妻いと女《裏名》

以上を一覧してまず驚かされるのは、「図69」と「図72」とが共有する、瓜二つの「乃」の文字の存在である。「桂子」の詠作の内容自体が、新古今集四一八番の良経歌「雲はみな払ひはてたる秋かぜを松にのこして月をみるかな」の模倣に過ぎず、その習熟度の低さからは、「司直」の「代作」ではなさそうであるが、「代筆」ではないかとの疑いは拭えない。無論、妻が夫の筆蹟に似ることは寧ろ当然のことであり、当該短冊が「桂子」の自筆であっても不思議ではないが、結論を下すのは、なお一層の「桂子」の短冊の発掘を俟たざるを得まい。これに対して、「良譲」の書風は、「司直」に比較すると筆力が弱く、かえってその妻の「いと女」の方が遥かに「司直」の書風に近似しており、この点は、注(34)に示した『名家伝記資料集成』に記載される人物関係（「桂子」を司直の「女」とし、「いと女」を司直の「妻」とする）の有力な傍証となるが、後述のように、本稿の結論としては、それぞれの女性の「裏名」を自筆と推定しているので、ここでは、問題点の提示のみに留めたい。なお、「いと女」の和歌についても、同じく新古今集五一二番の慈円歌「秋をへてあはれも露もふか草のさととふ物は鶉なりけり」の影響下にあるが、先の「桂子」の場合の「模倣」の次元は脱しているものの、古典和歌の表現世界からは一歩も踏み出しておらず、現代的視点からは「平凡」との印象は拭えない。

次に問題とすべきは、「図73」と「図74」の「貞操院」が果たして同一人物であるか否かという点である（但し、「貞操院」との同一の号を有する人物は、『名家伝記資料集成』の索引では検索出来ず、現時点では確認するに至っていない）。

以上の疑問の発端としては、両者の「裏名」の書式に、「司直母」との注記の有無という違いがある点、更に、「裏名」の文字自体が、「院」の字体は類似するものの、「貞」の字体には懸隔が存している点などが挙げられる（「操」については、「図74」の側が擦れており比較不能）。更に、両者の和歌の書風に目を向けると、無条件で両者を同一人物であるとの判断を下せる程の近似性は認められず、「図74」の側が、より一層「司直」の書風に接近している点が窺われるに過ぎない。一般的に、女性の自著の「裏名」の書式の標準型は、本名や号のみが記された「図73」の形式であり、それが短冊染筆者の「自著」であることは疑う余地がない。(35) しかしながら、「図74」の側も、前述の通り、「司直」の書風との近似からは、「司直母」である可能性を示唆していよう。とすると、他筆の裏書により「成嶋司直母」との情報が付加された「図73」の側を「同名異人」と考えるべきなのであろうか。短冊の他筆の裏書の信憑性についても、短冊研究の難題の一つであり、その困難さの一端は、注(35)の彌富氏の言及からも十分に窺われよう。稿者程度の見識からは、当該例のように、「貞操院」と号する人物が、「司直母」である可能性が別の短冊（「図73」）にも存していた場合には、その記載にある程度信をおいてきたのであるがいかがなものであろうか（「貞操院」の場合は、注(34)に引用した『甲子夜話』の注記「貞操院　成嶋邦之助之母」の存在により、短冊の裏書の資料的価値の傍証が得られたこととなる）。また、より根本的な問題として、「図版72・74・76」の「裏名」の記載については、注記の部分と詠者名の部分とが同筆であるか否かの検証も不可欠であるが、稿者のごとき鑑識眼では厳密な判断を下すことは困難であり、やや特徴のある書風の連続性から、最も「一筆」である可能性を強く感じるのが「図76」であり、逆に、注記の部分と詠者名の部分との間に微妙な筆圧の違いが感じられ、「加筆」の疑念を抱くのが「図74」である。しかしながら、「図74」についても、本節で後述するように、「図73」との間に派生している注記の有無という書式の相違について、ある程度の蓋然性を有する説明が可能であると考えており、現時点では「加筆」の可能性の提示のみに留めておきたい。なお、参考までに、夫がある程度の著名歌人でありながらも、妻の側の情報が乏しい人物の中から、「表名」と「裏名」との筆蹟の一致により、「裏名」をも「自著」と断定し得る稀な例と、一般的な別筆の「裏書」の例とを併せて紹介しておきたい。

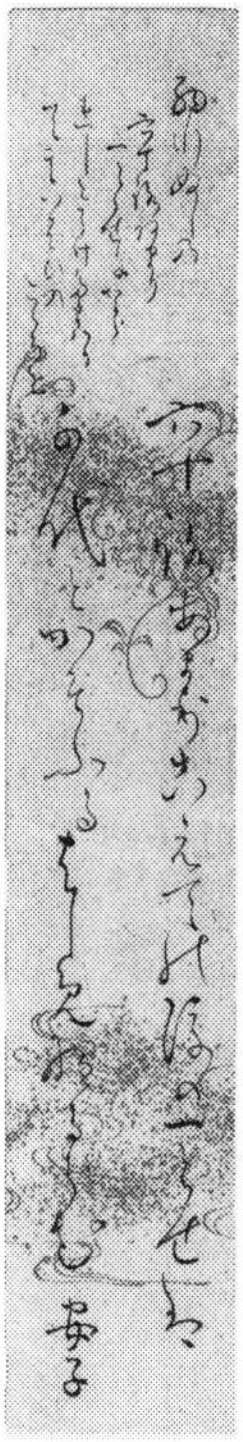

図　77

図77裏面

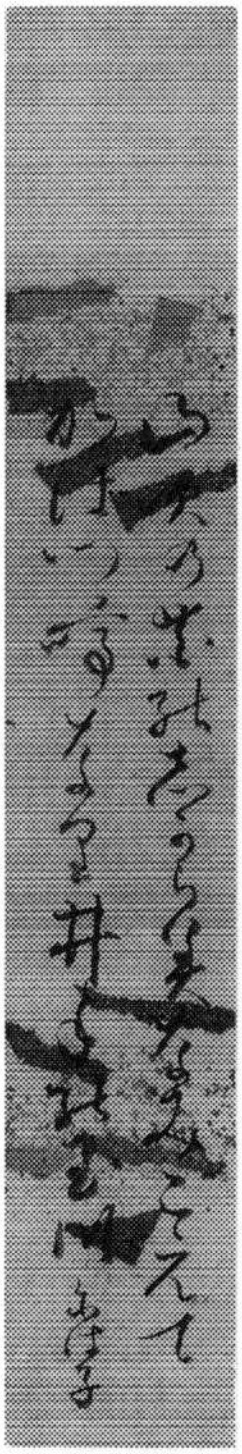

図　78

図78裏面

図77西[川]ぬしの六十路あまり一とゝせになられしとうけたまはりて其いはひのこゝろを　六十路あまりこえての後の一とせは千代とかそふるはしめなるらむ　安子《表名》従五位光條大人之妻／秋山安子（自筆裏書）

図78山吹の花のしからみなみこえてかはつ啼なり井手の玉川　には子《表名》東京海上胤平翁室　庭子刀自（別筆裏書）

それでは、注(34)に示唆した通り、稿者が「貞操院」以下の短冊の裏書に記された情報に信をおいた背景について説明しておきたい。ここでも引き続き問題となるのは、「図73」と「図74」の「貞操院」についてであるが、「図73」の和歌の措辞に注目すると、当該歌は「貞操院」が「三十路過ぎ」の頃に詠じられたことが判明し、「貞操院」が「司直」を儲けた年令は明確にし得ないものの、恐らく、「司直」がまだそれ程世に名を成していない時点の詠作であったものと思われ、「裏名」に「司直母」との注記が付されていない点も、「司直」の側が、「貞操院」にとっての繫累に過ぎなかったことに起因するのではなかろうか。とすると、前述のように、「図74」の書風が「司直」のそれに接近している点や、「裏名」に「司直母」との注記を付している点からは、「図73」の詠作時点からはある程度年月が経過して、「司直」の社会的地位が向上して以後の、つまり、今度は逆に「貞操院」の側が、「司直」の繫累として扱われる状況に至ってからの詠作であったことが窺われる。更に、「図72・74・76」の三枚は、実は同じ短冊帖に収載されていたのを購入したものであり、或いは、歌題の「名所」が共通する「図74・76」については、詠作の場を同じくするとの可能性も存しており、その伝来に関しても、当該短冊帖の旧蔵者が、それぞれを別個に蒐集して配列したというよりも、一括して伝来していたものを入手した可能性が高いものと推定されよう。以上の諸点に、「裏書の信憑性」に関して、本稿第十節で言及した「油谷倭文子」の例のように、名義の一致により「同名異人」の短冊に対して後人の「賢しら」が介在する場合とは異なり、「貞操院」や「桂子」、「いと女」などについては、後人の「賢しら」による裏書が加えられるだけのメリットが見出せないことを勘案して（但し、後人の「賢しら」の可能性の有無に対する厳密なボーダーラインは設定しづらいが……）、本節で取り上げた「貞操院」、「桂子」、「いと女」の「裏名」に付された注記の中で、最も後人による加筆の可能性を疑うべき「司直母」との注記が付された「図74」の「裏名」も、「貞操院」の「自著」と推定しておきたい。更に、その結果と連動して、その他の「桂子」や「いと女」についても、特に「いと女」の場合には、前述の注(34)に示した『甲子夜話』や『柿本社奉納和歌集』との有力な反証は存するものの、前述のごとく「注記」から「署名」への運筆が最も自然である点や、仮に「注記」から「署名」までが第三者による加筆であったとしても（但し、注(35)で言及した通り、以上の仮定を認めることは、「裏名」の女性短冊の人物比定の道を塞ぐこととなるが）、その加筆の時期が短冊染筆時点からさほど隔たったものとは思えず、その情報自体が根拠無根であるとも考えにくい点などを重視して（「桂子」の場合にも、前述のように、表面の和歌については「司直」の「代筆」の疑いは残されるが）、一応、本節の段階では、前掲の女性の「注記」をも含めた「裏名」の三例（図72・74・76）全てを「自著」であろうと推定しておくこととしたい。無論、以上の推定も絶対的な実証能力を有しているわけではなく、あくまでも「消極的肯定」の次元に留まらざるを得ないが、短冊研究の立場から、その資料的意義の一端を示そうとの理由から、敢えて、『甲子夜話』や『柿本社奉納和歌集』から帰納される「穏当な人物比定」に対するささやかな異議の可能性の申し立てを試みた次第である。

十四　架蔵短冊資料点描（番外―Ⅰ）

稿者が専門とする古筆切の研究において、稿者自身もその必要性を痛感している旨を明記しながらも、未だに実行に踏み切れずにいる課題として、稿者自身がその書写内容の解明に至っていない、所謂「出典未詳切」のある程度纏った報告という点が存する。(36) 言うまでもなく、稿者が「出典未詳切」としたものが、いとも簡単に出典が解明されてしまい、稿者の不見識が露見するのを恐れているというのが、その課題が実現に及ばない唯一の理由に他ならないが、対象が専門外の「短冊」ということになれば、さほどの抵抗感を覚えないこともあり、本節では「番外編」として、架蔵短冊の「迷子案内」を試みることとしたい。

実は、短冊ブームの際に発行されていた短冊専門誌においては、「迷子案内」的試みなどは寧ろ当然のこととして意識されており、一例を挙げれば、本稿でも頻出する文行堂発行『短冊』誌の復興四號には、佐佐木信綱氏の「丹人射丘」と題する「迷子案内」的試みが掲載されている。その中には「元矩」なる人物が含まれており、「『神代の曲玉を得侍りて　まか玉の色はかはらて尊とくも神のよそひし光をそ見る　元矩』といふ短冊を持つてゐます。みやび（「や」脱か）かな短冊に、巧な文字でかいてあるので、その人がなつかしう、知りたく思うてゐます」と記されているが、実は、稿者の手元にも、「元矩」との署名を有する、しかも、真淵との接点が確認されながらも、現時点で人物を特定するに至っていない短冊が存しているので、以下に「迷子案内」として紹介しておきたい。なお、当該の「元矩」なる人物については、真淵の研究者にとっては自明の存在である可能性が極めて高い。本来であれば、真淵全集や現代の真淵関連の研究書や論文などを精査すべきであろうが、それだけの余裕がなく、本節のごとき紹介となったが、仮に自明の人物であっても、短冊の図版紹介は確認出来ず、短冊研究の立場からは、少なくとも「稀覯短冊の紹介」としての意義だけは存するものと考えている。

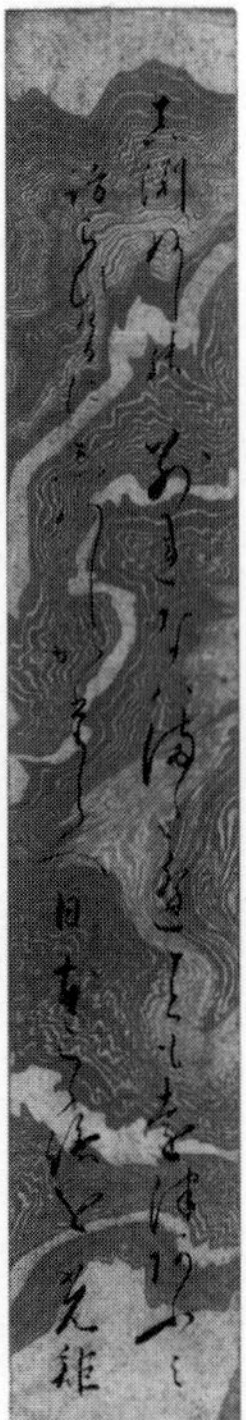

図　79

図79真淵ぬしの訪らひけるに　別れなはまた逢ことも遠津あふみしはしかたらへ日本こゝろを　元矩（裏面に鉛筆書きの「山岸元矩」なる覚書あり）[37]

同じく、当時の短冊専門誌においては、蒐集家の体験談なども頻繁に掲載されているが、例えば、『短冊』復興壹號の紺屋町人氏の「短冊蒐集日記」には、六月十日に入手された主要な短冊の筆者を羅列しておられる中に、「芦菴門女歌人藏田花子」と見え、こちらは短冊専門誌ではないが、『清閑』第十冊（昭和十六年九月）に掲載される森繁夫氏の「裏表蒐集話」には、矢部正子の短冊（「正子」と裏名の由である）の入手譚が披露されている。[38]森氏の場合には、明らかにその稀覯性が意識されているにも関わらず、残念ながら図版が掲げられていない。稿者の調査の範囲では、「藏田花子」や「矢部正子」の短冊の図版の紹介は一切確認出来ておらず（森氏は正子の短冊について、「今まで世に知られた短冊は二三に過ぎない」と記されているが、その既出の二三についても確認し得ない[39]）、恐らく、本稿第十節で言及した「県門三才女」や柿園派の古屋安益子などとともに、正しい短冊の定位が最も期待される女流歌人の代表格であろうと思われる。そこで、稿者もたまさかに表名に「正子」とあり、旧蔵者により「矢部正子」の略伝を記した小紙片が貼付された短冊を架蔵しているが、その和歌は『矢部正子小集』には認められず、森氏紹介のものと相違して「表名」である点、仮名遣いにも著しく不自然な部分が存する点などから推して、「矢部正子」の真蹟であるとは考えられないが、その正しい短冊の定位の呼び水となることを期待して、以下に「迷子案内」として紹介しておきたい。

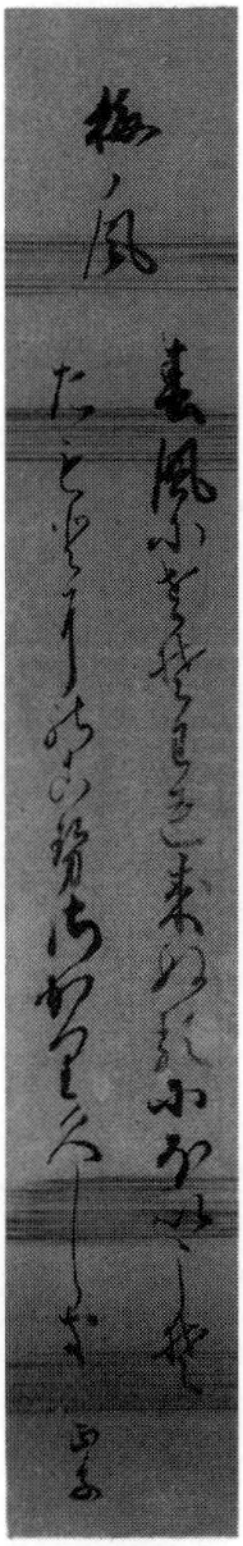

図　80

図80梅ノ風　春風にさそわれ来ぬるにほいこそたもとにのこせさかり久しき　正子

なお、芦庵門の女流歌人としては、いま一人、『近世歌人略系』[40]に「元石見国ノ人住京師／詠歌ヲ克ス」として登録されている「物外尼」についても、その短冊の図版の紹介は一切確認出来ておらず、正しい短冊が定位されるには至っていない。架蔵には、「物外」との「表名」を有する短冊が二枚存しており（一見別筆との印象を抱くが、両者の染筆の際に使用した筆の状態による書様の相違の範疇に含まれるものと考え、稿者は同筆であると推定している）、そのいずれもが、芦庵好みの所謂「狭短冊」である点からも「有力」ではないかと期待しているが、同名異人の可能性も否定し得ないことから、以下に「迷子案内」として紹介しておきたい。

図　81

図81桜　山さくら一木さくよりあくかれてひとのこゝろも花にこそなれ　物外

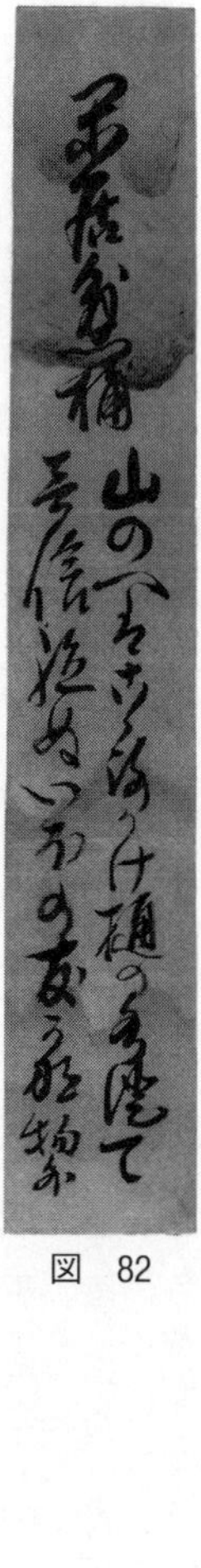

図　82

図82閑居懸桶　山のへはこゝろかけ樋の水澄て音信絶ぬいほの友かな　物外

現在では、正しい短冊が定位されている人物であるにも関わらず、旧蔵者が著名な短冊の蒐集家であり、それとは同筆とは認められないような短冊に対して、その人物である旨が蔵書標に明記されているような場合には、現代の生半可な研究者よりは、当時の著名な短冊の蒐集家の方が高度な見識を有していた可能性が高いことから、その扱いに困惑する場合がある。ここでは、そのような例として、裏面に「宣長門横井千秋」と明記された秋田彌吉郎氏の蔵書標が貼付されている架蔵短冊を紹介しておきたい。横井千秋については、注(2)に示唆した通り、簗瀬一雄氏の手で『横井千秋全歌集』(和泉書院、平成四年四月)が纏められており、同書を一覧すると、短冊を典拠として利用されている例が七例(四三、四八、六一、七三、一一七、一二三、二八三)[41]認められる。それらの内、他資料との重複により「横井千秋」の短冊である点が確定するのは、「六一」(『短冊手鑑　心のふるさと』―三四五頁)と「二八三」(佐佐木信綱氏著『日本名筆全集　短冊集』―一八頁)の二例に限られているものの、極めて同名異人の多い「千秋」にとって、確固たる基準となる短冊を定位し得た点の意義は重大である。なお、後掲の架蔵短冊の和歌は簗瀬氏の『全歌集』には認められず、前述の基準短冊二枚に共通する「あまり筆圧を加えない流麗な書風」とは別筆との印象を抱くが、著名な短冊の蒐集家である秋田氏の見識と、現時点では、他には確認が出来ていない書様の「千穐」との署名の存在から、基準短冊二枚とはある程度年月が隔たった時点での染筆である可能性をも考慮して、本「迷子案内」に加えた次第である。

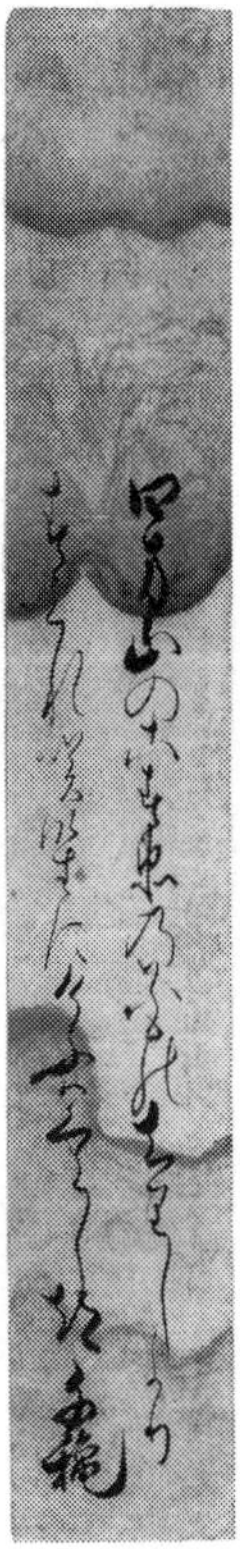
図　83

図83四方山のこすゑの花のちりしよりすみれ咲野にけふはくらしつ　千穐

十五　架蔵短冊資料点描（番外―Ⅱ）

今後、本稿のごとき膨大な紙幅を費やした資料紹介を活字にし得るという幸運な機会に恵まれることは、そうそうあろうとは考えられないので、本節では、他節とは別次元の、非学問的な個人的な感懐に基づく短冊資料の紹介を試みることをお許し願いたい。

図　84

数年前、某古書肆で題簽に「帚木」（図84）と書かれた小型の短冊帖を見る機会があった。短冊帖の銘に源氏物語の巻名とは不可解だと思いながらも、その短冊帖を開くと、その疑問は立ち所に解消された。というのは、劈頭の短冊は、中御門宣胤のものであったが、その裏面からは、数枚吉沢義則氏の短冊が続いていたからである。つまり、題簽の「帚木」は、吉沢氏自身が編集発行に携わっておられた短歌誌の誌名であり、図84の題簽の揮毫も吉沢氏に他ならないことに気付いた。そこで、更に帖を捲ると、あろうことか、「茂」や「次彦」との署名を有する短冊に出くわしたのである（その後にも野中春水氏や田中順二氏などの『帚木』同人の短冊が続いていた）。短冊帖の素性からも稿者の恩師である谷山茂先生の短冊に他ならず（「伊島次彦」は谷山先生のペンネームである）、慌てて価格について打診したが、唯一枚ではあるが室町短冊の存在と、吉沢義則氏の短冊が数枚存していたためにある程度高価であった。そこで、一計を案じ、稿者の本当の狙いである谷山先生の短冊を入手するために、短冊帖は残してもらい、前述の短冊としての商品価値を有する品をはずしてもらうべく交渉して、格段に廉価で購入することに成功した（或いは、今になって考えてみると、わざわざ他との調和を乱すような宣胤の短冊が劈頭を飾っていたのは、源氏物語の巻名歌であったり、「帚木」が詠み込まれるなどの関連性が存していたものと思われるが、定かではない）。稿者などにも、古書肆における思いがけない文献資料との出会いの経験は少なくないが、この時の谷山先生の短冊との出会いはまさに運命的なものを感じざるを得なかった。当該短冊帖などは、前述の商品価値を有する品のみが店主の興味の対象であり、稿者の目に触れなければ、谷山先生の短冊などは、所謂「無名短冊」としてうかうかすると破棄されてしまった可能性もあり、稿者のごとき全くの無神論者も、この時ばかりは神様に感謝したいと思った次第である。それでは、以下に「帚木帖」収載の谷山先生の短冊を紹介したい（なお、「帚木帖」には、当初四枚の谷山先生の短冊が収載されていたが、内一枚は、同じく谷山先生のお教えを受けられた大取一馬先生に謹呈した。この度、大取先生のお計らいで、紙幅を全く気にする必要のない原稿の発表の場をお与えいただいたが、本稿の締め括りとして、谷山先生の短冊を紹介することが出来て、何よりも嬉しく思っている）。

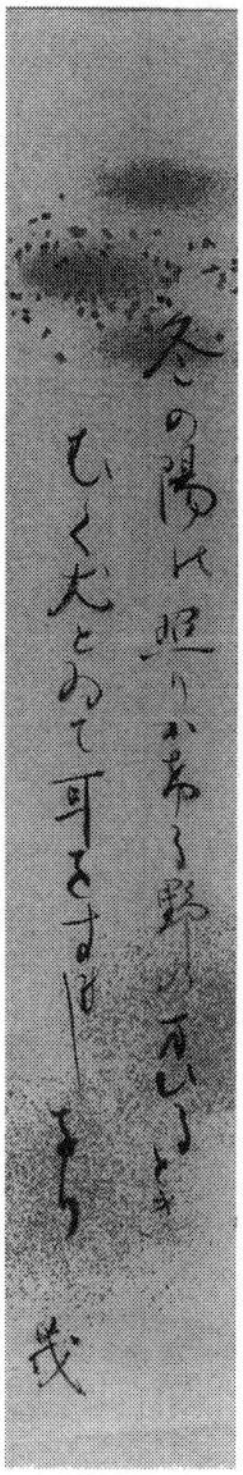

図　85

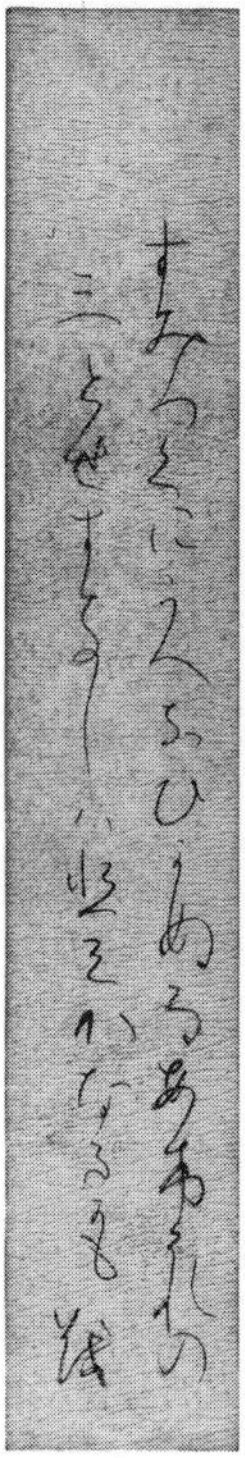

図　86

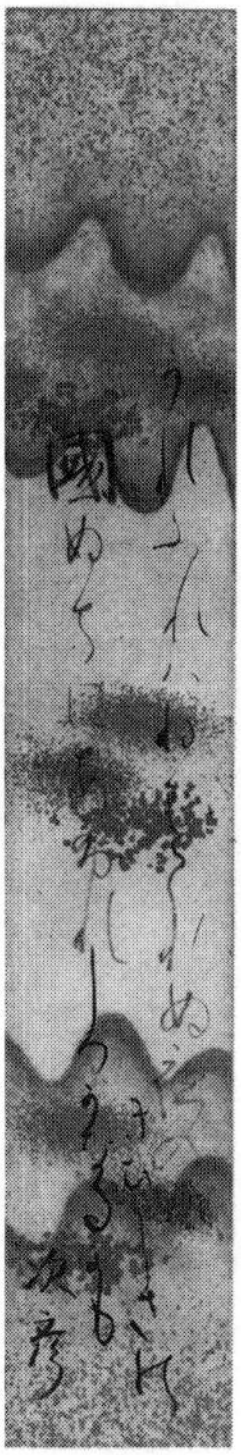

図　87

図85冬の陽の照りかける野のまひるときむく犬とゐて耳をすましをり　茂

図86すみつくにうへなひかぬるあけくれの三とせすきしはひそかなるかも　茂

図87うれふれはねむられぬ夜のさひしさの國ぬちにあふれしつかなるかも　次彦（「昭和二十年元旦／試筆」自筆裏書）

谷山先生の和歌については、「昭和四十七年文化の日」に大阪市立大学の「谷山教授退職記念事業実行委員会」により発行された『雨光抄』に、ご自身の手で、回顧録風の文章に挿入する形である程度の数が拾遺されている。「図85」については、同書の二頁上段の昭和七年の詠作の中に「枯野抄　ま昼間の枯野のなかにむく犬と耳を澄ましゐてまぶしかりけり」として掲出されているものの改作かと思われ、「図87」についても、同書の三一頁上段の昭和二十年の詠作の中に「うすら冬陽　憂うればものいひかぬるさびしさの国ぬちにみちて元日静かなり」として掲出されているが、短冊の裏書の存在を勘案すれば、前例とは逆に、『雨光抄』に掲載の側の本文が改作であろうと思われる。

おわりに

大取一馬先生から、本書の「執筆依頼書」を拝受したのは、本年（平成十六年）の六月上旬であった。当初は、架蔵の古筆切資料の紹介の第三稿を予定していたが、本稿に掲げた「拙稿の発端（一）（二）」で取り上げた、最先端に位置すると思われる近世和歌の研究者の手になる、短冊に関わる論文を目のあたりにして、強い危機感を抱くに至った。大取先生からは、「執筆依頼書」に記載されている「制限枚数」（三十～六十枚程度）に関係なく、思う存分の力作をとのお許しをいただいていたので、思い切って「短冊」に関する資料紹介の在り方を示すべく構想を練りつつ資料蒐集に着手した。他者への批判を始発点としたからには、相応の学問的な良心を具備した資料紹介に仕上げることは当然の義務であり、そのプレッシャーに耐えきれず、「古筆切資料の紹介の第三稿への回帰」との誘惑に再三屈しそうになり、実際の作業の進捗状況も芳しくない日々が続いた。ところが、本稿の「はじめに」でも言及した、非常勤で出講している武庫川女子大学の受講生が提出した前期のレポートの極めて真摯な内容に接して、逃げ道を模索する自分自身が恥ずかしくなり、漸く、本稿に本腰を入れる覚悟を固めた次第である。本稿の第五～八節で試みた、条件別の新出歌の補遺の構想は早くに固まっていたので、大取先生には、やや大げさに「制限枚数の上限の二倍から三倍」の範囲になりそうである旨を打診したが、快くご了承いただいた。その後の締切日（同年九月末日）までの二箇月余りの日々は、久しぶりに地獄の苦しみを味わったが、なんとか根幹部を擱筆するに至って、「おわりに」の執筆に漕ぎ着けた次第である。なお、本稿執筆の今一つの原動力としては、故熊谷武至氏の業績の存在を挙げなければなるまい。「研究」と「批評」との境界線の自覚に乏しい「論文もどき」が横行する中で、基礎的研究に従事する研究者の在るべき姿が身を以て示されており、多大の感銘を受けた。本来であれば、真っ先に本稿をお目にかけたいところであるが、それが叶わないのはかえすがえすも無念でならない。

また、本稿では膨大な紙幅を費やしながらも、短冊研究のほんの一端を具現化し得たに過ぎない点も明記しておきたい。特に「点描」においては、(二)から(四)の各項目では、内容上の連続性を意識する余り、女流歌人のみに偏向する結果となってしまった。その他にも、学統別の稀覯短冊の紹介や、本稿第九節でも言及した「異名短冊」の実例の図版提示、既刊の「短冊模刻本」を始めとする図版資料の作者比定の再吟味、[42]所謂「変わり短冊」の実例の図版提示など、本稿の当初の構想には含まれていながらも、稿者の力不足により実現するに至らなかった重要な問題点も少なくない。更に、『短冊物がたり』で多くの紙幅を割かれ、その研究対象としての重要性を明記しておられる、「短冊の文様」や、「使用料紙の時代的な変遷」の確認など、構想に含めることすら恐ろしく、さっさと敵前逃亡を決め込んでしまった極めて重要な課題も残されていることを告白しておきたい[43]。果たして、今後このような恵まれた条件の執筆機会が訪れるか否かは定かではないが、稿者自身の宿題として肝に銘じておきたい（なお、本稿第五節に関しては、本来であれば、簗瀬一雄氏に情報提供するのが後学としての当然の義務ではあるが、簗瀬氏のご高齢を配慮して、余計なご負担をおかけすることを控えたく、敢えて本稿に収載した次第である）。更に、ご自身の短冊が将来図版で紹介されるなどとは、恐らく谷山先生は夢にも思っておられなかったであろう。泉下の谷山先生はご立腹なされたかもしれないが、「小林ならしでかしそうなことだ」と苦笑されつつもお許しいただけるものと確信している。

（1）以上の判断に際しては、中野荘次氏編『和歌俳諧人名辞書』や『思文閣古今名家筆蹟短冊目録』一〜三一号、及び、彌富賓水氏著『短冊物がたり』（磯部甲陽堂、大正七年一月）の「不思議に少い短冊」・「珍品と称すべき短冊」の記述などが格好の目安を提供してくれよう。なお、『短冊物がたり』は、多賀博氏の『短冊覚え書』（朝日新聞社、昭和三〇年十月）とともに、短冊の入門書的に位置付けられているようだが（『短冊蒐集の参考書』『古筆と短冊』十二号）、両者の記述の学門的水準には相当の懸隔が存しており、『短冊物がたり』の内容は、現在の視点からも極めて秀逸な「学術書」として評価すべきであると稿者は考えている。

（2）国文学者の手になる代表的な例としては、簗瀬一雄氏の「高畠式部・横井千秋・穂井田忠友・植松有信」、工藤進思郎氏の「藤井高尚」などが挙げられよう。

（3）例えば、家集（歌集）の存在が知られる人物であっても、その家集自体が現在では稀覯に属しており、容易にその人物の短冊の和歌が家集に認められるか否かを確認するのが困難な場合も少なくない。また、現時点では、森繁夫氏の『名家伝記資料集成』の情報を厳密に再確認すること自体が困難な情況である点も、短冊研究の困難さの一因であろうと思われる（『名家伝記資料集成』の情報の全てが大阪市立大学学術情報総合センター蔵森文庫において確認出来るわけではなく、特に明治期以降の刊行物は、国文学研究資料館における同文庫のマイクロ収集情況からも、言わば「エアーポケット」となっている）。

（4）同氏の蒐書の範囲と記述内容が連動している点は若干問題とはなろうが、主に『水甕』誌に「歌集解題余談鈔」として連載されたものを纏めた『續々歌集解題餘談』（水甕叢書一九八、昭和四三年九月）・『類題和歌集私記』（東海学園国語国文叢書四、昭和四七年八月）・『近世和歌書誌刪補』（東海学園国語国文叢書七、昭和五一年十月）・『続々歌集解題餘談弐』（水甕叢書五二五、平成元年七月）などは、容易に他の追随を許さない次元の業績であろう（他にも、扱う地域を限定した『三河歌壇考證』〈私家版、昭和四六年三月〉や『尾三歌人文籍記』〈東海学園国語国文叢書五、昭和四九年六月〉などがあり、稿者が現物を確認出来ていない著書も若干存するが、不勉強な稿者などは、『和歌文学大辞典』などの比較的学門的な水準が高いものと信用していた辞典や解題書の記述が、熊谷氏の守備範囲では如何に杜撰なものであるのかに気付かされ驚愕した次第である）。

（5）著書の一部という形態ではあるが、家集（歌集）が伝わらない人物の短冊をある程度纏った分量にして紹介する例として、管宗次氏の『富士谷御杖の門人たち』（臨川書店、平成十三年九月）の「資料一」が存する。近世和歌を専攻される立場からの学問的な短冊資料の活用例の手本とすべきものである。なお、同氏著『京大坂の文人続』（和泉書院、平成十二年五月）の二四頁には、大橋長広の短冊について「現在三百四十枚程が手許にあるが」と示唆されており、その公刊が期待される。また、家集が伝わる人物であっても、簗瀬一雄氏編『短冊井上文雄歌集』（藤柴樓叢書第一輯、昭和三二年十一月）などは家集未見歌も多く含んでおり貴重である。

（6）同じ和歌を認めた短冊が複数存する場合について、例えば、彌富賓水氏は、「同じ短冊」（『知爾堂茶話』『短冊』三號、大正十年六月）と題して、「知名の人が會心の作とせる又は世人が名歌と稱讃してゐる歌は、自ら好みて之を書き、又人より求められてよく書くのである」と指摘され、その具体例についても、「蓮月・知紀・行誡」などについて略記されている。「季鷹」の場合は、特に偽物の作成を意図したものとも考えにくく、稿者の判断では、彌富氏の理解の範疇で全く支障がないものと考えた次第である。

（7）『近世三百人一首二編』には、明らかに撰歌範囲を逸脱している浄弁の「湖月　よもすから志賀のから崎月さえてこほりをわたる秋のふなひと」（十一頁裏）が撰歌されているが、或いは、琴緒にとって等閑にし得ない人物からの「物故歌人の短冊の寄贈願い」の成果であったのかもしれない。なお、当該歌は、稲田利徳氏の「浄弁の自筆懐紙・短冊集成」（『和歌四天王の研究』笠間書院、平成十一年二月）の「懐紙六」及び「短冊三三」に見える。

（8）初出の論文の時点では、田中氏は『短冊帖』の存在に気付いておられず、著書の段階に至って、安藤文雄氏の教示によりその存在に気付いた旨が「付記」に見える。但し、『短冊帖』の存在に気付かれた後も、景樹自作の「短冊書法伝書」との推定は撤回しておられない。

（9）注（1）掲出の『短冊物がたり』の「景樹の短冊」参照。なお、桂丸短冊を大量に紹介する資料としては、『思文閣古今名家筆蹟短冊目録』十七号―二に、景樹関連資料の蒐集家としても知られる須川信行旧蔵の五二枚の桂丸短冊を収載した「景樹翁桂かた短冊帖」が掲載されている。また、所謂「天保景樹」の署名の特徴も記すまでもなかろう。

（10）『桂園遺稿』の年次記載の問題点については、田中仁氏の「香川景樹『歌日記』の『年づけ』―『桂園聚葉』を手がかりとして―」（『鳥取大学教育学部研究報告　人文・社会科学』四七巻二号、平成八年十二月）に詳論されている（重出歌に対しては言及されないものの、『桂園遺稿』の資料としての危うさが浮き彫りにされている。また、景樹の短冊の署名による変遷がより厳密に定位することが出来れば、本稿のような観点から、『桂園遺稿』の年次記載を疑うことも有力な方法であろう）。その他、神作研一氏の「文化元年の香川景樹―景樹日記の新出伝本―」（『上智大学国文学論集』二三、平成二年一月）では、『桂園遺稿』の佚失部の一部が紹介されており、田島園子氏の「編年香川景樹歌集―『桂園一枝』より―」（『東海学園国語国文』三三、昭和六三年三月）では、『桂園一枝』と『桂園遺稿』との共通歌を、『桂園遺稿』の配列に基づき再編成されている。

(11) 図版資料自体が不鮮明で、料紙装飾の具体像を把握し得ない例も残されているが、結論としては、甚だ常識的なものであるが、所謂「三段砂子の天保景樹」と「桂丸」短冊の残存量が他を圧している。稿者自身が特に留意して蒐集に努めているのは、当然、それら以外の短冊であるが、たとえ『桂園遺稿』との一致により詠作時期が判明したとしても、短冊の場合には、必ずしもその時点で染筆されていたとは限らず、特に、「文化年間」の定位に手を焼いているのが現状である。

(12) 比較し得たサンプルが少ない割りには同一字母の仮名を共有する場合が多いが、「純徳」短冊で特に目に付く、「吾妻ち」の「ち（字母は「知」）」や「猶そひて」の「て（字母は「天」）」は、「極初期景樹」の側には確認出来ない。

(13) 熊谷氏は、『氷室長翁全集』の補遺歌として七八首を掲げておられるが、「二四」と「三九」は、初句以外は完全に一致しており、同一歌とすべきかと思われ、「六二」は、『氷室長翁全集』収載の「巨勢の山ふみ」に既出であり（同書四五頁）、補遺歌の実数は二首減じられることとなろう。

(14) 鈴木氏の翻刻には集内重出歌や他資料との重出が注記されているが、前者の注記漏れは相当数にのぼり、後者についても、稿者が確認し得ただけでも、「椿園長翁詠」に付された一連番号で示すと、「一三、二三、四四、四七、六一、六六、二七七、二八一、二八六、二八八、三七九」は「巨勢の山ふみ」と重複しており、「五三、七〇」は熊谷氏の「拾遺」に掲げられており、稿末の整理に示された、「椿園長翁詠」に基づく鈴木氏の時点での「新出歌」の三一六首との数値は、大幅に下方修正する必要がある。

(15) 『泊洦舎集』未見の四枚は「氷留水聲　ふゆくれはあらしにさわく浪もなしこほりや水のしつめなるらん」、「国府湊　百千舟よろつ世来よる湊とやかめのこふてふ名はおひにけん」、「山路霧　やま風にはれぬかけちの浮霧やなかはゝ雲のゆきゝなるらむ」、「尋隠者不遇　よそに又何もとむらん山すみの柴のけふりを軒に残して」である。また、村田春海については、架蔵の短冊三枚はいずれも『琴後集』収載歌であるが、例えば『和歌古短冊影譜』に見える二枚「野亭　かくてたゝ爪木こるを、友なれやさか野のおくに庵しめしより」、「栽梅　月雪にたくへるうめの花をうゑてきよき心の友とこそみれ」は、いずれも『琴後集』には見えず、比較的短冊の残存数が豊富な春海の場合も、短冊資料のみに限ってもある程度の『琴後集』未収歌の拾遺が可能であると思われる。

(16) 現時点の公的な研究環境の整備の次元では、従来より当該期間の歌書を留意して収集しているような、言わば「専門家」でなければ、本節のような試みは困難な状況にあるが、その「専門家」の代表とも称すべき熊谷氏の一連の業績は、数多くの人物について、私家集（歌集）類と短冊や類題ものなどからの拾遺歌とを比較されて、拾遺の余地の多寡の目安にまで言及されており、熊谷氏のご努力が、第六節で触れた「氷室長翁拾遺」のような形で逐一発表されるに至らなかったことは残念至極である。

(17) 「上田ちか子の歌に就いて」（『近世和歌の新研究』日本出版社、昭和十八年七月）参照。なお、上田重女については、その家集である『いなばの波』の近藤芳介の序文に、「京師わたりの女にては、蓮月・志貴婦らがあとにつゞける名高き歌よみにしあなれば」との高い評価が与えられているものの、森氏論文以外には、管宗次氏の「幕末女流三歌人　蓮月尼・上田千賀子・太夫桜木」（『京大坂の文人―幕末・明治』和泉書院、平成三年七月）が目に付く程度であり、殆ど研究の対象とされてこなかったのは不可解である。また、本節と同じく当該期間の私家集（歌集）未収歌の拾遺例としては、鈴木園子氏の「宇都宮綱根和歌拾遺」（『東海学園国語国文』十八、昭和五五年九月）が存する。

(18) 以下、『いなばの波』の序文などの引用は架蔵本（式乃舎蔵版、刊行年次不明、非売品）により、句読点や清濁などを補って示した。なお、『いなばの波』自体の成立事情については、尾崎宍夫の序文及び中島壽保の自跋に詳しい。

(19) たまたま図38の架蔵の重女の短冊は染筆時期が明確であり、重女の五五歳の時の筆蹟と判明するが、その筆蹟は、現代的見地からは「高野切第一種」を彷彿させることからも「上代様」と認められよう。ところが、尾崎宍夫が言うところの「上代様」の達者である「牛鹿」の書風（図39）とは若干異なるとの印象を抱くのである。そこで、他の重女の短冊の筆蹟をも確認すると（後掲の「上田重女『いなばの波』未収歌一覧稿」19・49・82・99Ａ・109・112・113）、必ずしも調査し得たサンプルは多くはないが、「49」が最も「牛鹿」の書風に近く（なお、「牛鹿」の短冊は、『平安人物志短冊集影』―五六六に二枚〈内一枚は「辨之」〉掲出されている）、「109」は架蔵の短冊と近い書風であり、残りの「19・82・99Ａ・112・113」などについては、その中間的書風を示すように感じられた。当然のことながら、師である牛鹿の没年（文久四年正月二三日没→前掲の『平安人物志短冊集影』の解説による）以後に染筆された架蔵短冊を、「49」のように「牛鹿」の書風に近接した短冊の染筆時期に先行させることは不自然であり、前述の中間的書風を経て、架蔵短冊のような書風に「明治六年」の時点で至ったものと判断するのが穏当であろう。とすると、前述の通り「高野切第一種」的書風への変容は、書の師である「牛鹿」を失った重女が、古筆切の世界に新たなる「師」を求めたことに起因すると推定され、「明治六年」以後、その書風がどのような展開を見せたのかについては興味を惹かれるが、現時点ではその具体相を確認するに至っていない。

(20) 前掲の森敬三氏の論文には、助力者として森繁夫氏の名前が掲げられており、重女の伝記資料として引用される内容も、現行の『名家伝記資料集成』の記載とほぼ完全に一致する（『名家伝記資料集成』に見えないものは「婦女詞藻」の一点のみであり、或いは中野荘次氏の浄書段階での遺漏の可能性が存する）。従って、重女の項目に関しては、森敬三氏の著書の刊行以前にほぼ現状と同程度の調査が完了していたこととなる。

(21) 稿者の率直な心境としては、恐れ多いことではあるが、熊谷氏の『類題和歌集私記』の「後記」の中の「この小著で示した私の方途は、いずれも迂遠な徒労に近いものであるが、類題ものを近世和歌の資料に使用する場合は、少くともこの程度の探査が必要であることの具体例としてみてもらひたいのである」との提言に対して真摯でありたいということに他ならない。

(22) 煩を避け、拾遺の際に参照した文献の逐一の所蔵元は羅列しないが、その殆どが森文庫及び白楊荘文庫の蔵本で占められている。また、拾遺の際に『女人和歌大系』五巻も参照したが、当該巻に関しては、翻刻の不審箇所や男性歌人の混入といった不備が目に付き、原拠文献に基づき再調査を試みたところ、拾遺対象歌人の遺漏も少なからず認められ、到底学問的な使用に耐えないシロモノと言わざるを得ない。更に、『類題鴨川集』（太郎集〜五郎集及び詠史歌集）については、野崎典子氏の「『類題和歌鴨川集』作者索引」（簗瀬一雄著作集五『近世和歌研究』附載）の学恩を蒙った。

(23) 以上の観点からも、熊谷氏には「尾三歌人短冊十題」（『尾三歌人文籍記』）なる卓論が存在している。

(24) 裏名であろうと思われる他の二枚については、断言はしづらいが、「貞心尼」と表名のある佐々木勇蔵氏著『短冊手鑑心のふるさと』の二三三頁の図版の書風よりは、遥かに「三輪貞信尼」に近いが、『名家筆蹟考』―二九七に図版掲載の裏名の「貞心尼」のものとはやや近接した書風でもあり、稿者自身の率直な印象は、『平安人物志短冊集影』―六六〇の三枚全てが「三輪貞信尼」のものであると考えてはいるが、一応慎重を期して断定を留保しておきたい。

(25) その他にも、思文閣古今名家筆蹟短冊目録五号―二一一、同二〇号―一六二に「内山真弓」として掲げられているものは「見田真弓」に他ならない。

(26) 但し、彌富氏が当該逸話の直前部で「縣門の女歌人には男と同形式に表名式によつて居るものは、決して無いと信ずる」と述べられた部分は、後掲の「進藤筑波子」の例の存在により修正を要する可能性が存する。

(27) 餘野子の筆蹟については、鈴木淳氏の「県門の女流歌人たち」（『江戸和学論考』ひつじ書房、平成九年二月）で「田安家の要請で師に代わって筆を執った『月次消息』が大いに好評を博し、加藤千蔭の模刻などにより版を重ね、樋口一葉をはじめ、とおく明治の女流文学にまで影響を及ぼしたのである」と指摘される『月次消息』の存在は看過し得ないが、稿者の立場では、「模刻」資料を「真蹟」の基準として定位することには抵抗があり、本稿では一応「看過」しておく（なお、『潮干のなごり』第三輯収載の短冊の和歌「雨夜虫／秋のよの雨に打しぬるむしの音はいねかてなから聞もさためす」との関連についても未確認である)。但し、近世期の門外漢である稿者の無知により、当然、真蹟の基準とすべき自筆写本や詠藻類については、餘野子の場合のみならず、他の人物に関しても、文字通り「看過」している例が多いことが予想される。識者・碩学からのご教示をお願い申し上げます。

(28) 短冊の染筆数が豊富な人物の場合であっても、歌人や国学者としての業績と連動して、その筆蹟が特に尊重された景樹や宣長などの場合には、その書風に酷似した門人などによる代筆が横行している点は周知の通りであろう。なお、注(9)の彌富氏の「景樹の短冊」では、景樹の偽物の大半は、所謂「天保景樹」に限られるとされ(但し、併せて留意すべき点として「後世は此の桂丸短冊が大分模造せられて居る、併し模造品は紋が版になつて居る」との指摘も存する)、その具体的な看破の着眼点をも開陳されているが、図版が一切掲げられていない点が惜しまれる。

(29) 敢えて管見の範疇から最有力候補を挙げるとすれば、「茂子」の署名の懸隔と抵触せず、家集所見である「図55」に消極的に軍配を上げることとなろう。なお、『近世三百人一首初編』の七頁表には、前述の餘野子の場合と同じく短冊以外の資料に基づく「海邊螢　うらかせに螢みたるゝ芦の屋のさとはよるこそとふへかりけれ」(筑波子家集四八)が撰歌されている。

(30) 短冊ブームの全盛期を支えた当時の主要な短冊収集家については、『短冊手鑑　心のふるさと』の十七~十九頁、八一~八二頁などに一覧されており、近代の時点での短冊の旧蔵者を知る貴重な手掛りを提供してくれている。

(31) 注(1)掲出の『短冊物がたり』には、檀紙使用の短冊について、「檀紙は或は天保以後よりか」(同書七二頁)との指摘が認められる。以上の推定が正鵠を射ておれば、少なくとも、天明六年二月二日没の荷田蒼生子の書風の変容過程に、当該短冊を位置付け得る可能性は皆無となる。

(32) なお、『名家伝記資料集成』の菱田縫子の項目には、「歌人筆蹟考八九」との記載が存しており、その書名からは、森繁夫氏の『名家筆蹟考』との関連が想定され、大いに気掛かりであった。そこで、同氏の業績を知る上で参考となる、『日本美術工藝』一四四(昭和二五年十月)収載の各論や、注(3)でも言及した大阪市立大学学術情報総合センター蔵森文庫とは別個に、森繁夫氏旧蔵の雑誌類を収蔵する関西大学付属図書館蔵森文庫の紹介である肥田晧三氏の「森繁夫氏文庫」(『上方学藝史叢考』日本書誌学大系五五)などの記載の確認を試みたが、残念ながらその実体を把握するには至らなかった。併せてご教示を乞う次第である。

(33) 例えば、福井久蔵氏の旧蔵書を収蔵する「福井文庫」の目録(『中世文芸』五十号記念論集、中世文芸叢書別巻三、昭和四八年一月、湯之上早苗氏及び小川幸三氏編)には、「芳樹和歌集」の名は見えない。

(34) 実は、より根本的な問題として、後掲の各女性の短冊の裏名に注記されている人物関係に関する記載の信憑性自体に対する吟味が不可欠となろう。本節では、短冊の裏名の注記に基づき人物関係を比定しているが、『名家伝記資料集成』の記載では、「貞操院」が「司直」の母であるとの特定は認められず（この点は、注(20)と同様に、中野荘次氏の浄書段階での遺漏の可能性が存する）、「桂子」の場合は、「邦之助（司直の通称・稿者補）の女」とあり、「伊登女」についても、「邦之助の妻」と付記されている。更に、『名家伝記資料集成』の「貞操院」及び「伊登女」の項目に記載される『甲子夜話』巻八六（『甲子夜話』六、東洋文庫三四二）には、「貞操院　成嶋邦之助之母」、「伊登女　同人妻」と記されており、『柿本社奉納和歌集』（大阪市立大学学術情報総合センター森文庫蔵本）でも、「桂子　成嶋邦之助女」、「糸子成嶋邦之助室」、「貞操　成嶋邦之助母」と記されており、短冊の裏名の注記とは齟齬を来しているのである。その他、数多くの文学や日本史関係の辞典や人名辞典の類の確認も試みたが、それぞれの記載がほぼ大同小異であり、女性の繋累にまで言及されている例は稀であり、僅かに、「司直」に関して、「母は忠八郎和鼎の孫」（講談社『大日本人名辞書』三巻、平凡社『日本人名大辞典』四巻）、「母は成島和鼎の娘」（『日本古典文学大辞典』四巻、岩波書店）、「母は成島龍州の孫女」（『和歌大辞典』）などが目に付いた程度であり、徒労に終わった感は否めない。稿者は、短冊研究の有効性の一面として、歴史の表舞台に立つことが乏しく、且つ、絶対的な情報量も不足しがちな、本節で言及しているような女性たちの人物関係の比定に、実証的にその精度を担保することは困難かもしれないが、相当に有力な情報を提供してくれる場合が多いものと考えている。なお、前掲の『甲子夜話』に記される「詩仙堂募集和歌」に「貞操院」と「伊登女」とが並んで寄詠している点は、短冊の裏名の注記に基づく人物関係の比定に対する決定的な反証である可能性が高いにも関わらず短冊の裏名の注記を優先したのは、後述のように、稿者にはそれらが「自著」である可能性を完全には否定出来ず、仮に「注記」の部分が加筆であったとしても、その情報が全く根拠のないものとは考えにくいと考えているからに他ならない。

(35)　この例を疑ってしまうと、女流短冊の人物比定自体が成り立たなくなるが、注(1)掲出の『短冊物がたり』の五七～五八頁には、「此の裏名のは時に其の裏紙一枚剝き取りて、別に有名な女歌人の署名を加へてあるのがある、故に裏名の短冊は、果して最初の署名であるか、否かを判別する為めに、能く其の裏紙を検せねばならぬ、又時々下書した短冊などは、裏に署名せずして其の儘にしてある事がある、此れ等が後世出て來ると、奸商などは其の裏面に、相當な女歌人の署名をして欺くことがある、此れは餘程注意をせぬと、時に其の陷穽に陷ることがある」との注意点が提示されているが、これらの悪意の改竄が、「貞操院」程度の人物にまで及ぶものとは考えにくい。

(36)　拙稿「歌論・歌学書の古筆切について」（『講座平安文学論究』第十五輯、風間書房、平成十三年二月）の「おわりに」参照。

(37) 真淵と同時代の人物で、「山岸元矩」なる存在については、現時点では確認出来ておらず、『名家伝記資料集成』に掲載されている四名の「元矩」の中にも、真淵の直接の来訪に浴するような人物は見当らない。また、佐佐木氏が照会された「元矩」と架蔵の「元矩」とが同一人物であるか否かは確認の術が存しないが、数多くの逸品を過眼された佐佐木氏の目に「巧な文字」として印象に残る程、架蔵の短冊は能筆である点が際立っているとは考えにくく、別人であろうと考えるのが穏当であろうか。

(38) 稿者がこれらの逸話的な文章の紹介を試みた背景には、稀覯短冊存在の情報を記録しておきたいとの直接的な動機だけではなく、第五節で触れた簗瀬一雄氏の『高畠式部の研究』（碧冲洞叢書第七輯）の中に、「（一六）式部の短冊の価段」の項目を見出して、その記載に多大の感銘を受けたことが存している。その記載の内容は、同じく文行堂発行の『短冊』誌に挿入されている「短冊売品目録」から女流短冊を抄出したもので、簗瀬氏自身は「かうしたことを書き留めておくのは、今さし当つて何のためと云ふのではないが、いつか、何かの役に立つかもしれぬと思つて、雑記に加へておくに過ぎないのである」と謙遜しておられるが、実際に紙面を割いておられることからは、「気付いた有益な情報を記録する」との強い意志の存在が感じられ、稿者も、その顰みにならおうとしたからに他ならない。

(39) 矢部正子候補の短冊としては、多賀博氏の「私には目がとどかぬ」（『古筆と短冊』三号）に、旧名古屋市長の故志水忠平氏蔵の定家様の書風の無署名の短冊の図版が掲出されているが、当該歌は『矢部正子小集』には見えず、多賀氏も結論を保留しておられる。なお、多賀氏も矢部正子とともに蔵田花子についても、「真の筆蹟を明にしておきたいというのが私の念願である」と述べておられる。

(40) 山本和明氏の「柿谷文庫蔵『近世歌人略系』―翻刻と解題―」（『相愛国文』十号、平成九年三月）による。なお、同氏が解題で「確認できていない」と指摘される「明治三十五年二月発行」の『近世歌人略系』は架蔵しており、更に、熊谷氏の「岡本保考文献傍註」（『續々歌集解題餘談』）からは、同じく未確認とされた「安政七年元版」や、山本氏が触れておられない、「（富田良穂刊に・稿者補）甕麿の家系を加へた平石基次刊行の『近世歌人略系』」などを実際に調査されていることが窺われる。

(41) 以上の内、「一―三」の典拠は「〈資料〉関屋のはしら（嘉永六年序）所載短冊」であるが、当該短冊に対して、熊谷氏は、注(23)に掲げた「尾三歌人短冊十題」の「三、所謂珍短」の中で、「横井千秋の短冊として、佐佐木信綱が『日本名筆全集短冊集』で示してゐるのと、奥州白河の長瀬文豊のあつめた『関屋のはしら』（嘉永六年井上文雄序）で示してゐるのとでは、全く別人の感がある」と指摘されており、後述のように、横井千秋の短冊の基準となる前者とは懸隔が存する『関屋のはしら』に模刻されたものを、簗瀬氏が「横井千秋」であると判断された根拠には疑問が残る。また、熊谷氏は「大和柿本社奉納歌集」（『続々歌集解題餘談弐』）において、「『古今短冊』五十四号の小竹園主人の『短冊版刻帖』に、題簽が破損してゐるために『長柄のはしら』と推測記述してあるのが、『関屋のはしら』を誤っての推測であった」とも指摘されている。本稿でも「村田多勢子」（十二節）、「菊地袖子」（同）、「成島司直」（十三節）などに関する部分では、『名家伝記資料集成』の記載に基づき、大阪市立大学学術情報総合センター森文庫蔵の『長柄のはしら』を井上文雄編として言及・引用に及んでいるが、当該短冊模刻帖には、「長柄のはしら」との後補の書き題簽が表紙に貼付されており、前掲の熊谷氏の指摘を勘案すると、その「書き題簽」自体が森氏自身の手になることが窺われ、本来ならば、本稿でも「関屋のはしら」との書名を採用すべきであるが、多大なる学恩を蒙った『名家伝記資料集成』との接点が消去されてしまう点を考慮して、敢えて「長柄のはしら」との書名を使用した次第である（なお、『国書総目録』には、「関屋のはしら　一冊写　延岡内藤家」との記載が存しており、当該模刻の基となった「短冊帖」の現物である可能性も皆無ではないが、伝来する地域から推して恐らく無関係の別写本であろうと思われる）。また、同じく森文庫で、稿者の本来の興味に基づき調査した資料の中にも類似の例が存しており、『大阪市立大学附属図書館蔵森文庫目録』上巻の二六八頁に見える「古筆切手鑑」は、同じく森文庫にも所蔵されている『梅園奇賞』の第二集のみの端本である点を付記しておく。

（42）例えば、『萩原廣道書簡』（一日会編、中尾松泉堂書店刊）収載の小林孔氏の解説には、北野克氏編『歴代名家短冊帖』の一八四に「青柳高鞆」として掲げられている短冊が、同名異人の「鈴木高鞆」の誤認である点が指摘されているが、稿者の鑑定では、同書の八二に「小原君雄」（署名は「春平」）として掲げられている短冊も、「岡部春平」のものと思われ、『名家筆蹟考』や『日本名筆全集短冊集』とともに、その人物の短冊の基準として言及される場合の多い『和歌古短冊影譜』にも、「岡田真澄」とは似ても似つかぬ書風の短冊を「岡田真澄」のものとして提示している。また、本稿第九節でも「三輪貞信尼」の短冊の誤認を指摘した『平安人物志短冊集影』についても、短冊の判読に誤読が散見する点は周知であろうが、その編纂方針（『平安人物誌』に登場する人物の短冊を網羅する）からは無理が生じないとは考えにくく、短冊が稀覯である人物が甚だ多く含まれている点は厄介であるが、やはり、同名異人の検証を試みることが不可欠であろう。

（43）更に、稿者の専門分野である「古筆切研究」の観点からは、古筆鑑定家の筆蹟比定の目安としての役割も期待出来る、短冊を中心とした「古筆見現存和歌一覧」も試みてはいるが、『鴨川太郎集』上巻―冬十二丁表に撰歌されている、大倉好斎の「歳暮　こん年はかくいたつらに過さしと心にちきるとしのくれかな」なる詠作を目のあたりにして、好斎などは、『梅桜三十六家選（安政二年）』（管宗次氏の『幕末・明治上方歌壇人物誌』参照）にも取り上げられており、古筆見の中では了佐（但し、狂歌と俳諧が殆どであるが、その作品がある程度の評価を与えられていたことは、『誹諧師手鑑』や『古今短冊集』といった俳諧短冊限定の模刻本に収載されている点からも窺われる。なお、現存する遺品に思いの外「俳諧短冊」が少ない点については、村上翠亭氏他監修の『古筆鑑定必携』〈淡交社、平成十六年三月〉の十四の高城弘一氏の解説に言及されている通りであり、稿者の調査の範囲でも、前掲の模刻本や高城氏蔵以外には、『名家筆蹟考』―四〇〈染て後は紅葉につらき時雨かな、『思文閣古今名家筆蹟短冊目録』一号―四一にも〉、『柿衞文庫目録　短冊篇』―四九頁〈八月二十日　最中すきてはならぬ月の光哉〉、文藻堂書画目録『書跡』二六号―十七〈東行の時ゆきのふりけれは　大ひえやまつこゝろみの冨士の雪〉などを追加し得るに過ぎない。なお、平成七年度東京古典会古典籍下見展観大入札会目録―一一〇〇には、了佐の俳諧五句幅の図版が掲出されている）とともに、最も多くの短冊の染筆が確認されるにも関わらず、前掲の詠作の水準のあまりの低さに絶望して頓挫してしまったという次第である。なお、好斎については、簗瀬一雄氏が紹介された豊田工業高等専門学校蔵短冊帖「桂の志都久」に見える「おのつからさきつるうめのはなにこそはるのまことはしられそめけれ　好斎」（『近世和歌研究』―六八五頁）との関連が注目される。当該短冊帖はその銘からも窺われる通り、「桂園派」限定の内容であり、簗瀬氏は、「好斎は思文閣の販売目録の説明では、『大倉』とあるが、大倉好斎なる歌人を知らない」などと言及されているが、「桂の志都久」の図版が掲げられていないこともあり、確言はしづらいものの、恐らくこの「好斎」は「大倉好斎」であろうと思われ、「桂の志都久」の性格から推して、「大倉好斎」が景樹の門人であった可能性を示唆するものと稿者は思量している。

［付記］　本稿の執筆に際して、再三にわたる貴重なご蔵書の閲覧を快くお許しいただいた立命館大学付属図書館（白楊荘文庫）及び大阪市立大学学術情報総合センター（森文庫）の関係各位に対して衷心より御礼申し上げます。また、本稿執筆の機会をお与えいただいたのみならず、ご架蔵の高畠式部の短冊の複写及び図版掲載をご快諾いただいた大取一馬先生や、ご架蔵の『競馬』の複写をご恵与いただいた日下幸男先生、ご架蔵の高畠式部の短冊の複写をご恵送いただいた高城弘一氏、ご架蔵の『桂門短冊帖』の複写をご恵送いただき、更にその他にも資料調査などにご助力いただいた中村健太郎氏などの方々にも、同じく衷心より御礼申し上げます。

［初校補記］　注(33)で言及した「福井文庫目録」の補訂版が、『広島大学蔵古代中世文学貴重資料集　翻刻と目録』（位藤邦生氏編、笠間書院、平成十六年十月）に収載されたが、やはり、「芳樹和歌集」の名は見えないようである。

「下絵百人一首注」翻刻と解題

万波寿子

【解題】

一　該本の概要

この稿は、百人一首注釈書の研究の一環として、個人蔵の一本を紹介するものである。「下絵百人一首注」という題号は所蔵者による仮称である。この本は下絵の上に百人一首及び注釈が書かれた写本で、装丁は折本になっている。絵は一首一首に因んだ風景画百枚の他に、百首の注毎にも絵があり、序の折の絵とあわせて二百一枚に上る。絵自体は専門の者が手がけたとは思われない素人風のものだが、全てに彩色があり、その上に丁寧に和歌とその注釈が書かれている様は素朴な印象である。

注そのものは、近世に量産された版本系の通俗な注であり、その意味では百人一首注釈の研究への貢献は大きくないかも知れない。しかし後述する通り、寛文十年（一六七〇）の序を持つこの注が、消えずに継承され、後世に伝わった形跡があるという点では、必ずしも軽視できないと考える。以下に、その書誌を簡単に示す。

・桐箱入りであるが、箱書きなどは無い。箱の寸法は縦二七・九センチ、横二〇・五センチ、高さ八・五センチである。

・該本には元表紙があり、紺地に金糸の繋紋がある。新装表紙は紺色の絹表紙であり、寸法は二五・三×一七・五センチ。

・見返しは金箔地に菊花の繋ぎ紋がある。

・本紙は一九・五×一五・〇センチで、装丁は折帖一帖で折山は五十二ある。

・表側は「下絵百人一首注」であるが、裏側には「下絵三十六人撰注（仮称）」がある。

・序文は第一折表の一面に山と霞の濃絵の上に書かれ、第一折裏から百人一首の歌とその注が始まっている。跋文はない。

・第一折裏からの百人一首とその注は、半折につき一首で、半折ごとに上下二段の絵に分かれており、上段は歌に因んだ情景の絵で、その上に、作者名と和歌が散らし書きされている。また下段には主に雲霞の風景画の上に上段の和歌の注が書かれている。歌の並びは、九十三番歌の鎌倉右大臣と九十四番歌の参議雅経の順序が入れ替わっているが、貼り間違えたものか。

裏側にある「下絵三十六人撰注」も序跋などは無いが、絵、筆跡ともに表の「下絵百人一首注」と同じ作者であるようだ。絵や注の体裁も同様であるが、今ここでは紹介する余裕が無いので、最初の折を翻刻して右に挙げるに留めたい。

（上段の和歌）　ほのぼのと明石の／浦の朝霧に／島かくれゆく／舟おしそおもふ／柿本人丸

（下段の注）夜のほの〳〵と明はなる、
心を処の名にいゝかけて
さてあさきりとつゝけ
島かくれゆくとうけ
たるは、まことに
きめう也。
舟おしそおもふとは、此浦
にとまりせし舟のこき
ゆくすへの
わくかたもなき心
ほそさを思ふよし
なるへし。（句読点筆者）

さて、「下絵百人一首注」の最初の折にある序であるが、この書の成立などに関わるので後半部分を左に掲げる。

家々の伝授あれ共、纔なるかたはしにいゝ取へきにあらす。ゐにしへより其作者の様を絵書て、上哥書たる本有。又今改て歌と抄とことはりを絵書、歌の大概をみやすからむやうに書入侍る。いとけなきは絵にもとつゐてよみならひ、抄にたよりて心うるはしとなさむと、寛なる文の十の年の春、新しく梓にちりはめ侍る者也。

即ち、百人一首については家によりさまざまな伝授があるが、わずかな説明でその全てを言い表す事はできない。

古来から百人一首の作者の姿絵に和歌を添えた形態の本があった。今、ここで新たに和歌とその解釈や読み方を絵と文章で綴り、歌の主たるところが理解できるようにする。初心の者が絵を見ながら百首を読み習い、解釈を読んで理解の端緒とするべくこの書をつくり、寛文十年の春に出版するものであるという。初心者を対象にした解説書を製作、刊行しようとしたことが窺われる。ただし、この序文を持つ刊本は管見には入らなかった。また、「いとけなきは絵にもとつゐてよみならひ」とあるが、多くの絵入百人一首のような歌人像はなく、ごく簡単な歌に因んだ情景画が添えられているにとどまっているのは、初心者に対して歌人の伝ではなく、歌意の大体を把握させることに焦点を絞った結果かも知れない。

該本の作者を特定できる記述がないのは残念だが、「新しく梓にちりはめ侍る者也」とあるから、出版する予定のあった稿本を書写したものか。寛文十年以前の刊本としては、宗祇の『小倉山荘色紙和歌』（古活字本、和歌七部抄本など）、細川幽斎の『百人一首抄』（寛永八年刊）、加藤磐斎の『百人一首増註』（寛文九年刊）があり、以後は井上秋扇の『百人一首基箭抄』（寛文十三年刊）や北村季吟の『百人一首拾穂抄』（天和元年刊）が続くことが知られている。しかしながら、該本の注にはこれらの抄から直接採ったと考えられる説は見受けられなかった。

二　注の特徴と系統

序に続いて注の本文についてであるが、やはり初心者向けの啓蒙的な内容を目指したものと思われ、具体的な典拠は全く挙がっていない。さらに、例えば七十五番歌注に「有僧の年寄を頼みてならのゆひまゐのかうしをのそみけるにもれけれは、年寄いかゝと法性寺殿へうらみ申されけれは、しめちか原のさしも草のうたの心成」など具体的な事項が無いではないが、作者伝などが紹介されることはない。ごく短い枕詞などの解説、和歌の簡単な訳、鑑賞の仕方など、総じてごく初歩的な注釈である。また他に特徴とまでは言えないが、百首の歌番号が下がるにつれて注の分量が多くなる傾向がある。

ただし初歩的な注と言っても、即席でつくられたその場限りのものというわけではない。類似する注として菱川師宣画の刊本『姿絵百人一首』(貞享二年成立、元禄八年刊)が見出されるのである。一例として、参議篁の十一番歌注を左に挙げる(なお、これ以降に掲げる『姿絵百人一首』の本文は、京都府立総合資料館蔵本から引用するものとする。翻刻に際し清濁はそのままとしたが、適宜句読点を付した)。

「下絵百人一首注」

まむ〳〵たるうみのおもて、しましまのかきりなきゆくへを、もひやり、殊になかさるゝ人の心ほそさ、我方に帰つり舟、蜑の心なきものにつけよとわひたるかなしさ、いはむやうなし。わたの原はうみの事也。

『姿絵百人一首』

父は参議峯守

此哥の心は、まん〳〵たる海のおもて、島々のかきりなき行ゑを思ひやり、ことになかさるゝ人の心は心ぼそく、我かたへかへるつり舟あまの心なきものにつげよとわびたるかなしさ、いはんやうなし。古今の詞書《ことば》に、おきの国にながされける時、舟にのりて出立時、京なる人のもとにつかはしけると有。花はまづ和田の原といひ出たる、あはれふかきにや。大かたの人だに、海路のたびにおもむくへきはかなしかるへきと也。

(傍線筆者)

傍線を引いた箇所が該本とほぼ一致する箇所であるが、前半部分が一致している事がわかる。すべての注がこのように対応するわけではないが、一致しないまでも、両書の本文に全く関係性が認められない注はほとんどなかった。そして『姿絵百人一首』は概ね、該本注を最初に置き、『基箭抄』他『宗祇抄』や幽斎の『百人一首抄』などの各説をその後ろに付けていく構成である。

『姿絵百人一首』は貞享二年（一六八五）に成立し、元禄八年（一六九五）に刊行されているので、寛文十年の序を持つ該本はこれに先行する注釈書と一応言える。有吉保氏の「百人一首絵入本注釈について――新出資料「三略抄」を中心に――」（『調査研究報告』第九号、国文学研究資料館文献資料部、一九八八年三月）の末尾には、百人一首の「初期絵入注釈本系統略図」が添えられている。その中で『姿絵百人一首』は諸注釈書から独立した形で示されているが、該本は『姿絵百人一首』の上方に連ねられるべきものであろう。ここでは該本の系統付けを試みたい。

平明で初心者向けの注釈書である該本であるが、特異な注として三番歌注にある枕詞「足引きの」の語源説が挙げられる。次に挙げるのは、該本と『姿絵百人一首』の三番歌（柿本人麿歌）注である。

「下絵百人一首注」

あし引は山いはんため、又山鳥はなか〳〵しなと、いはんための枕ことは也。秋の夜なか〳〵しきは、ふたりねてさへうかるへき、一人はねられましきとなり。あしひきといふ事、心得有。第一は、①かうらいこくの王軍うちまけ、夫婦つれて山を落たもふ時、きさきあしをいたみ給ふ故、足引の山共いゝ、②またしんとはあしを一本ぬきてにしへなけけるに、其まゝ山に成ける故に、あしひきの山ともいふなり。

『姿絵百人一首』

先祖不ㇾ見

此哥の心は、あし引とは山をいはんための枕言葉也。秋の夜の長きに、ふたりねてさへうかるべきに、ひとりはねられまじきと也。第一は、かうらい国にて王いくさに打まけ、きさきをつれて山をおち給ふ時、后《きさき》あしをいたみ給ふゆへ、あし引のやまといひつたへたると也。別成義はさらになし。只《たゞ》足引のと出したるにより、山鳥の尾のしだりおのといひて、長々しよといへる、ふぜいもつともたけ高し。（傍線、波線筆者）

該本注は後半部分に足曳きの語源として、「あしひきといふ事、心得有」と断った後、傍線部①にあるように「第一は、かうらいこくの王軍うちまけ、夫婦つれて山を落たもふ時、きさきあしをいたみ給ふ故」と述べ、次に傍線部②から「またしんとはあしを一本ぬきてにしへなけけるに、其まゝ山に成ける故」と述べて、それ故に「あしひきの山」というのだと、「あしひき」の語源説として二説載せている。これに比して、『姿絵百人一首』では、やや唐突に「あし引」の説明が始まり、傍線部「第一は、かうらい国にて王いくさに打まけ、きさきをつれて山をおち給ふ時、后《きさき》あしをいたみ給ふゆへ」に「あし引のやま」という該本注の①の説は採用し、「別成義はさらになし」としている。ここから、『姿絵百人一首』が該本の注を取捨選択していると推測され、該本は『姿絵百人一首』に先行する注で、この本のいわば祖本にあたると思われるのである。

三　該本の影響

該本は、『姿絵百人一首』の祖本である可能性が高いことは確認した。さて、この他に該本注に関係が深いと思われる注釈書として、寛文十年より少なくとも百三十五年を経た天保六年以降に出版されたと見られる、庶民向けの百人一首注釈書『千載百人一首倭寿』（天保六年＝一八三五以降刊）に、該本注の大部分がそのまま採用されているようである。

吉海直人氏の「『千載百人一首倭寿』の翻刻と解題」（『同志社女子大学日本語日本文学』九号、一九九七年九月）の解

題に拠ると、『千載百人一首倭寿』は単独のものの他に、戯作者で漢籍・往来物・女教訓書等を俗解した書を多数記した高井蘭山（宝暦十二年～天保九年＝一七六二～一八三八）著の『女重宝記』に合綴されているものがあるという。また、同板本として『福寿百人一首倭錦』があり、『千載百人一首倭寿』はこの本の改題後刷本であるが、こちらは『女大学』に合綴されているものが見出される。

時代順に考えて、該本の本文が『姿絵百人一首』に採られ、その『姿絵百人一首』を参考にして『千載百人一首倭寿』が成立するのが自然である。しかしながら、各注を見ていくと必ずしもそうでない事がわかる。左に藤原興風の三十四番歌注について、それぞれの注を挙げる。

「下絵百人一首注」

我身おゐて、あるひはなきになり、あるひはなからへぬるも、本の友の心にあらす、うつろゐやすき世の中にてうらみたる心なり。もし友にせむならは、高砂の松より外にみさお成心の友、又なからへたる友なし。しかれとも、松も心なき木なれは、語なくさむへき様なし。さて誰おか友にせむとなけきたるてゐ成。

『姿絵百人一首』

父は藤原道成

此哥は題しらずの哥也。我年老て後、古しへよりさま〱になれにし人に、あるひは此世になからへたるもあり、或はさきたちてとゞまるもあり。いろ〱になりてたゞひとりのこりつゝ、朋友の心したるもなき時、高砂の松こそいにしへより年たかきものなれと思ふに、此松もまた我むかしの友ならねはと打なげきて、たれをかもしる人にしてこゝろをものべんといへる心也。

『千載百人一首倭寿』（吉海直人氏の翻刻による）

○古今第十七雑歌
此こゝろは、我身おひて、あるひはなきになりあるひはながらへぬるも、もとの友の心にあらず。うつろひやすき世の中にてうらみたる心也。もし友にせんならば、高砂の松より外にみさをなる心の友、又ながらへたる友なし。しかれども松も心なき木なれば、かぎりなくさむべきやうなし。さてたれをか友にせんとなげきたるてい也。

三書とも、その意味するところはほぼ同じだが、該本と『千載百人一首倭寿』は非常に似た文章で、『姿絵百人一首』だけが他の二書と違った文章になっている。これは『千載百人一首倭寿』が、『姿絵百人一首』からではなく、該本の本文から直接採った可能性を示している。また、該本の十二番歌注、五節の舞姫の説明では、該本に「昔きよみか原の天王、吉野にまし〳〵ける御時、御ことの音にひかれて、天人くひれる山にて五度袖を返してまひけるより此事はしまりぬ。五節の舞おめてし心成」とあり、『千載百人一首倭寿』には「昔きよみがはらの天皇よしのにまし〳〵ける御とき、御琴《こと》の音にひかれて天人くだり、ひれふる山にて五たびそでをかへしてまひけるより此事はじまりぬ。五節《せつ》のまひをめでし心也」とあってほぼ一致する。これに対して『姿絵百人一首』では、五節の舞姫の説明は「今の舞姫をむかしの天女によみなせり」とあるだけである。この他にも該本と『千載百人一首倭寿』が一致し、『下絵百人一首』のみが違う箇所を含む注は他にもいくつか見出された。つまり、該本の本文が『姿絵百人一首』に採られ、その『姿絵百人一首』を参考にして『千載百人一首倭寿』が成立したのではなく、該本は両書に共通の祖本であると考えられるのである。

以上を見てくると、近世におびただしく作られた絵入百人一首注釈書であるが、序より寛文十年成立と考えられる該本の注が、貞享二年成立、元禄八年刊行の『姿絵百人一首』のみならず、少なくとも百三十年後以上経過した後に刊行された『千載百人一首倭寿』にも継承されている事を考えると、一定の影響を後世に残した注であると言えると思う。

また、該本の作者を想定するならば、おそらく幽斎系の百人一首注釈を学んだ地下の人であったろう。残念ながらその作者を特定できないまま稿を終わることになるが、これについては後考に挨ちたい。

【翻刻】

凡　例

一、本稿は、日下幸男氏蔵「下絵百人一首注」を翻刻する。

一、該本の翻字については日下幸男氏の校閲を得たが、文責は万波にある。

一、翻刻に際してはなるべく原型をとどめるように心がけたが、以下のような処置をとった。

1、該本「下絵百人一首注」の和歌とその注釈は、上段に作者と和歌散らし書き、下段にその注という構成であるが、紙幅の関係上、まず作者、次に和歌を入れ、その横に下段の注を並べるという書式に改めた。下段の注の字配りは、なるべく原型に近い形にした。

2、本文には適宜句読点を施し、清濁はそのままとした。

3、便宜的に各歌の頭に通し番号を施した。

4、本文に明らかな誤字、脱字、衍字および当字（「南」、「筒」など）がある場合、右傍に（ママ）を付した。ただし「は」を「わ」、「を」を「お」とする場合などは、（ママ）記号を省略した。

5、漢字は通行のものに改めた。

6、本文で、私に改めた箇所がいくつかある。例えば「中〳〵」を「中々」等とした。ただし、「歌」と「哥」の区別は原文のままとした。

此百首は中納言定家卿、小倉の山庄の障子におされし色紙の哥成。代々の哥人の中にすくれたる歌を、一人一首宛ゑらひ給へる也。それを百人一首と名付、今の世におさあひのよみならひ口にすさへる事とせり。誠に哥の道の骨髄、定家卿の心をつくされし程、此百首に有おや。帝のさかりに代を治めさせ給ひ、民をあはれませ給ふ誠の御心、いともかしこきより始り、王道のおとろへ、昔を忍せ給ふに、終り四の時のうつり替りをのめ（ママ）て、月をあはれむ心さし、好色の誠成様、世をのかれ、人を恨むる心はへ、仏の道のおくふかきをくわんしたる様、いつれか此百首にもれる。色々の抄あつて説もおゝけれ共、一首〳〵の道理こと〳〵く知りやすからす。家々の伝授あれ共、纔なるかたはしにいゝ取へきにあらす。ゐにしへより其作者の様を絵書て、上哥書たる本有。又今改て歌と抄とことはりを絵書、歌の大概をみやすからむやうに書入侍る。いとけなきは絵にもとつゐてよみならひ、抄にたよりて心うるはしとなさむと、寛なる文の十の年の春、新しく梓にちりはめ侍る者也。

1天智天皇

一 秋の田の／かりほの／庵のとまを／あらみ

／我衣／ては／露に／ぬれ／図豆（ママ）

秋のかりほ露霜にあれてまはらなるに、秋風吹入ものわひけるをあはれとおほしめしやり、御衣手にかしこくも御涙を懸させ給ふと成。

定家此百首のはしめにゐらひ入らるゝは、民をあはれませたもふをもとゝせり。

2持統天皇

春過て／夏来に／けらし／白妙の／衣ほす／てふ／あまの香久山

卯月朔日にころもかへの御うた成。春三月は霞はてたる山のけふは、はや霞たちえて雲のしろ〳〵と見えたるわ、さなから夏ころもほしたることく。昔此山へ天人下て衣を懸ほしたりし故に、天のかく山とはよめり。

3柿本人麿

足曳の山鳥の尾の／したり尾の／なか〳〵／し／夜を／独かもねむ

あし引は山いはんため、又山
鳥はなか〳〵しなと丶いはん
ための枕ことは也。秋の夜
なか〳〵しきは、ふたりねてさへう
かるへき、一人はねられましきと
なり。あしひきといふ事、心得有。
第一は、かうらいこくの王軍
うちまけ、夫婦つれて山を落
たもふ時、きさきあしをいたみ
給ふ故、足引の山共い丶、またしん
とはあしを一本ぬきてにしへな
けけるに、其ま丶山に成
ける故に、あしひきの
　山ともいふなり。

4山部赤人
田子の浦に打／出て／見れは／白妙の／ふし／の高ね
に／雪は降筒（ママ）

田子の浦
にふね
さし出してかえり見る
には、ふしのたかね
の雪も見え、おもしろ
かるへし。此うたのう
ち出てとゆふ字、かん
ようなり。はるかもと
なとうちのけて、
とを〳〵と見るには、
一入おもしろ
　かるへき成。

5猿丸太夫
奥山に／紅葉／踏分／なく／鹿の／声聞時そ／秋は／
かなしき
あきははつ秋よりあはれ
なるほと丶、わ申せとも、

草花ちりみたれ、露
も月もおもしろく、よろつ
のむしのねもおもしろか
るへし。秋のすゑに
成て、其けしきもつきて、
落葉ものすこく、
　鹿は妻こひかねて
啼しせつは、秋はかなし
　　きと成。

6中納言家持
鵲のわたせる／はしにおく／霜の／白を／みれは／夜
そ更にける
らうゑいに月おちからす
啼て、霜天にみつと
いへる詩の心成。かさゝきは
からすの事なり。七夕の
あふとき、からすの羽を

ならへて、橋になすをう
しやくかふ中（ママ）のはしといふ。たとへ
は、こひ人の七夕をうらやみ、
天にさへあふ事のあれは也。
わかあふ事、いつかあはんと
　いふ事也。

7安部仲麿
あまのはら／ふりさけ／みれはかすか／なる／三笠の
山に／出し／月かも
仲麿もろこしへつかひに
まかりて、我国をゝもひやり、
すみなれたるたひゐのなこ
りおも思ひつゝけ、わか国のなら
の京みかさの山に出し月と
おなしころにうかひ、かの国
此国のへたてなく
たむてきのおもひを

なし、あはれもふかく
よせいかきり
なきていなり。

8喜撰法師
我庵はみやこの／たつみしかそすむ／世をうち／山と
人は／いふなり
喜撰法師みやこのたつみ、
うち山に庵おしめて
すめり。人は世をうち
山といへとも、我はたのしみて
かくのことく心のすむ
といへり。
喜せんは何のもとの
人としらす。唯せんにん
なとの様成人といへり。

9小野小町
花の色は移りに／けりな／いたつらに／我身よにふる
／なかめせしまに
我身のよにふるお
もひをくわむして、
花によそへておもひを
い丶のへたる成。詠はな
か雨とこ丶ろふへし。世中
のありさま、さかん成も
のはいつの
まにか、いたつらに
おとろふる心なり。

10蟬丸
是や此ゆくも／帰も／別ては／しるもしらぬも／逢坂
の関
万法一如に起る事おのふ
なり。ゆくもの帰もの、
しれるものしらさるもの、

しはらくさまよゐ、
生死の世を出す。然共
ほつしやうのみやこへいた
らむには、此よをとお
らてはあひかたしと、
世の中おくわんして
よみけるならし。

11参議篁
和田の原／八十島／かけ／て／漕出ぬと／ひとにはつ
けよ／蜑の／釣舟
まむ〳〵たるうみのおもて、
しましまのかきりなき
ゆくへを、もひやり、殊に
なかさるゝ人の心ほそさ、
我方に帰つり舟、蜑の
心なきものにつけよと
わひたるかなしさ、

いはむやうなし。わた
の原はうみの事也。

12僧正遍昭
天つ風雲の通路／吹とちよ／をとめのすかた／しはし
と、／めむ
空吹風も雲の通ちおふき
とちよ、しからは乙女のすか
たしはしと、めんと、ねかひ
たるさまなり。五節の舞
を見てよめる哥也。
昔きよみか原の天王、吉
野にまし〳〵ける御時、御
ことの音にひかれて、天人
くひれる（ママ）山にて五度袖を
返してまひけるより此事
はしまりぬ。五節の舞お
めてし心成。

13陽成院
筑波ねの／峯より／おつる／みなの河／こひそ／つもりて／淵と成ける
いかなる大河も、みなかみわわつかこけのしたゝりおちあつまりて、すへはそこもしらぬ川となれり。みそめたるおも影、ほのか成し思ひもつもりぬれは、しのひかたき心と成ぬるよしのたとへ也。
つくは山
みなの川
ともにひたちの国のめいゐ（ママ）所成。

14河原左大臣
陸奥の忍ふもちすり／誰故にみたれ／そめにし／われ／なら／なくに
誰故にみたれそめし我心は君ゆへにこそみたるれといつる義成。あふしうしのふのこほりよりいつる衣なり。
あやのみたれにいゝよそへ、しのふとい、、
あまりて
みたれたると
いへり。

15光孝天皇
君かため／春のゝに／出て／わかな摘／我衣手に／雪は降つゝ
正月七日なゝ草のわかなお人に給ひける時、あそはしたもふとなり。御くらひつかせ

たまわて、末親王にておはしましける時、君かためは、との人のため春の野に出て

わかなつむて、夜寒

はなはたしく雪の御衣

にかむなむに

おほしめしなから、

人のためを〻ほしける

御心入ありかたし。

16中納言行平

立別いなはの山の／峯におふる／松とし／きかはいま／かへりこむ

行平いなはの守に成て、みの〻国を知行して、かのくに〻くたりける。とも

たち馬のはなむけに出し

時、いつかへりたもふへき

といへれはかくよめり。

いなはは山美濃国のめい所成。立わかれいなはと云、峯におふるまつとし

きかはとい〻、みな序哥

のていなり。

17在原業平

千磐振神をも／聞す立田川から／くれ（ママ）ひに水／く〻／るとは

千早振は神といはんまくらことは也。たつた川に

紅葉のちりうかひたる

おもしろさ、神代には

たえなる事のみ有といへ

共、其神代にもきかす

からくれなゐのにし

きのうへに

水のくゝるとわと
いへるてい、たえなり。

18藤原敏行
すみの江の岸に／よる波／よるさへや／夢の通路ひと
め／よくらむ
すみのえの岸によるさへ
やといはんしよのこひなり。
夜ゆめのかよひちには
人およくへきにもあらね共、
その夢にさへ心にしのひ
たるならひとてよくと
みえて、心まゝにもな
らねは、
いか成事そと
なけきたるてい
なり。

19伊勢
難波潟みしかき／芦のふし／のまも／あはて／このよ
をす／こしてよとや
あしをいはんとてなにわ
かたといゝ、みしかきほとの
ふしのまと、人とぬる
あひたわつかなるによせて
いゝ、あはて此よをすこせ
とやといふ。このよもあし
のふしの間のよをいゝか
けたる也。
すこし間もぬる
夜なしにすこさ
むかといへり。

20元良親王
侘ぬれは今はた／同し／難波成／身をつくしても／あ
はむとそ思ふ

いまはたとは、今まさにと心得へし。身をつくしうみのふかきしるしにたつるくゐ。是もみおつくしのことく、あさ夕
おもひわひ、袖を
ほすまのなく共、
一度逢つたへ
たらむにはとなり。

21素性法師
今こむといひし／はかりに／長月の／有明つきを待／出つる哉
一夜の義にあらす。はつ秋のころより、今こむといゝし計のあたことを、さり
ともとまちく〳〵て、はや
長月の有明
のころまて
まちいつるかなといへり。あはれふかし。

22文屋康秀
吹からに秋の／草木のしほるれは／むへ山風を／あらし／といふらむ
秋風の吹からに、
草木のしほれ
ゆくに
したかゐて、
けにも山風とかきてあらしとよむもしは此よとおもひあわせたり。

むへ山風は
けにもと成。

23大江千里
月みれは千々に／ものこそかなしけれ／わか身ひとつの秋／にはあらねと
月を見れは色々の事共おもわれて、かきりなきかなしさの身にまとひたるやうにおもわるゝ。ちゝとは千の字也。
秋は我身ひとつの秋にはなけともと
いへる心成へし。

24菅家
此度は／ぬさもとり／あへす／手向／山紅葉の／にしき神のまにく
手向山え御幸の時、供奉にてよみたまひし哥也。此度は御供の事なれは、ぬさも神にさゝけす成。ぬさはへいはくなり。
手向山にある紅葉のにしきお、そのまゝたむけ奉るといへり。
神のまにくとは、かみ心にまかせ奉るといふ事なり。

25三条右大臣
名にしおはゝ逢坂山／のさねかつらひとに／しられて／くるよし／もかな
逢坂といふ名におへるならは、

やくそくをたかへす、まことに
くるよしもかなといへる也。
さねは、しんしつの事なり。
さねかつらくるとは、えんをと
りたる也。人にしられてとは、
かつらのしけみの
いつれともしらぬ
やうに、しのひて
くるよしも
かなとねかゐ
　たるなり。

26貞信公
小倉山嶺の／もみち葉心あらは／今一度の／みゆきま
た南（ママ）
貞信、院大井川に御幸
有て、行幸も有へき所
とそうもんあらむと思
召てよませ給ひける
と也。
小倉山の紅葉心もあら
は、今一度の御幸まち
つるまてちりなしそ
とあそはしたる也。心なき
ものにむかひて心あらは
といゝたる、みな我心さしゆう
なる情成。

27中納言兼輔
みかのはらわきて／なかるゝいつみ河／いつみきとて
か／恋しかる蘭（ママ）
水のわくことく、人をこふる
心のはてしかきりなきを
たとへていゝ、いつみ川いつみ
きとてかと、かさねこと
はにいひなかしたる也。

いつの程に見きゝて、
かくこひしとは水のわく
ことく思ふらむ。我と
我心をことはりたる也。
みかの原いつみ川、めい
所成。

28源宗于朝臣
山さとは／冬そさ／ひしさまさりける／人めも草も／
かれぬとおもへは
おもてのまゝ成。山里な
から春秋は花紅葉
にたより有へきか、冬
さら〳〵人めも草も
かれぬといへる事なり。
さひしさは、山里の
もの成。
又、とりわき冬そ
さひしさもまさ
るといゝ、人目草ともに
かれたると、よせゐかき
りなき成。

29凡河内躬恒
心あてに／折はや／おらむ／初霜の／置まと／わせる
／しら菊／の花
白菊の花にはつ
霜のおきわたしたる
は、いつれかしもと
まとひたる
こゝろなり。心あてに
おら(ママ)
より外
なしとよみたる
成。心あてわす
いりやうにといへる

ことは也。

30壬生忠岑

有明のつれなく／見えし／別より／暁計／うき／もの
は／なし

とゐゆきつれ共人の
つれなくてあわぬに、
さりともとかりつらひ（ママ）て
ほひなく帰たる心成。
有明の月はつれなくのこ
り夜はあけぬるに、
あはてわかれのつらさ、
是よりあかつきはかり
よにうきものはな
しと、ひとへにおもいたる
さまなり。

31坂上是則

朝ほらけ有明の月／と見るまてに／芳野の／里にふれ
る／しら雪

あかつきかたみよし
の、山の草木をみ
れは、有明の月の
やうにしろ〳〵と、はつ
雪のうす〳〵と
降たるをよめる
てゐ成。
めい所のはつ雪の
たいにて、
あきらかに
見えたる也。

32春道列樹

山河にかせのかけ／たる／しからみは／なかれもあへ
ぬ／紅葉成けり

山川に風の木のはを

隙なく吹懸たるは、水の
しからみとなりてなかれ
もあへぬてい成。風の懸た
るしからみは何ものそと
みれは、なかれもあへぬ
紅葉成けりと、
われとこたえたる
うたのさま也。
風の懸たる
めつらし。

33紀友則
久堅の光のとけき／はるの／日に／しつこゝろなく／
花の散蘭《ママ》
雨風に花のちり侍るこ
とわ申事なし。風もふか
てのとく〳〵とし侍るに、
花のしつかにもなくちる
事のうらめしきといふ事
なり。のとけき日に、
何事そ花は閙敷
ちるといふにて、
ちるらんのはね字も
聞《ママ》えゆる成。何事
そと心を入て見るへし。

34藤原興風
誰をかもしる／人に／せむ／高砂の松も／昔の／友な
らなくに
我身おゐて、あるひはなき
になり、あるひはなからへぬる
も、本の友の心にあらす、う
つろゐやすき世の中
にてうらみたる心なり。もし
友にせむならは、高砂の
松より外にみさお成

心の友、又なからへたる友なし。しかれとも、松も心なき木なれは、語なくさむへき様なし。さて誰おか友にせむとなけき
たるてゐ成。

35紀貫之
人はいさ心もしらす／故郷は花そ昔の／香に／匂ひ／ける
はつせにまふてヽ、ぬる度ことにやとりて、久しくおとつれさりけれは、あるし恨てけるに、そこに有梅をヽりてよめる
成。その人の心まこといつわりはしらす、まつ花は昔の匂ひにかはらすとよめる也。
いさはしらすと
かきたる心なり。

36清原深養父
夏の夜はまた／よひなからあけぬるを／雲のいつこに／月やとる覧《(ママ)》
夏の夜の明やすきに、猶月をめてあはれむ空のみしかさ、よゐなから明たるやうに思はるヽに、
月は雲のい
つこかやとり
けむとおしみ恨
たるてゐ成。
誠ゆふあわれ
成哥なり。

37文屋朝康
白露にかせのふ／きしく秋のゝは／つらぬき／とめぬ
／玉そちりける
秋の野ゝ、えもいはれぬ
ちくさの花の上に
おきたる露を、風の
吹しきたれはちりみた
れたるさま、つらぬかぬ
玉のことく成と
よめるなり。めて
あはれむこゝろのたへ
にして、ことのはそ
ゆふにまこと
なるものなり。

38右近
忘らるゝ身をは／おもはす／ちかひてし／人の命のを
しくも／有哉
わすられはつる我身
おはおもわす、ちかひを
懸てかはらしわすれし
といひし人の命の、
神のたゝりにて
しなんこそかなし
けれと
よみたる成。恋の道
の誠有心いれあはれ
成さま、かゝらんこそ
手ほん成へけれ。

39参議等
あさちふの小野の笹／原しのふれと／あま／りて／な
とか／人のこひしき
あさちふはおのい
わむため、しのはらは
忍ふといはんため成。

かやうにしのふとは
おもへ共、いかてかあまり
てものを丶もふらし。
乃人めに見え侍らん
と、心ならぬ思を
い丶のへたるなり。

40平兼盛
しのふ／れと／色に／出にけり我恋は／ものや／おも
ふと／人のとふまて
人にしられしと
しのふ
しのふと
おもへ
とも、しのひ
あまりて
はやものおもひ
をするやと、人も

とふ迄色に出に
けりとよめる也。

41壬生忠見
こひすてふ／わか名は／またき／たちにけり／人しれ
す／こそ思ひ初しか
こひすてふは、こひ
すれは成。また
き名のたつは、
はやくなのたち
ける事よ、
人はよもしらしと
しのひたるに、
我おもほえす
そのいろにも
見えけるかと成。

42清原元輔

契りきな／かたみに／袖をしほりつゝ／すゑ／の松山
浪こさし／とは
すえの松山、あふしうのめいしよ
成。君を置てあたし心を
我もゝたは、すへの松山
なみもこえなむといふ
本哥よりよみたる成。
かたみとはたかひのこと
なり。たかひに袖を
しほりて、末のまつ山をな
みのこゆるまてかわらしと、
ちきりはせぬと、今の替り
たる心をはちしめ、ことはり
たるさまなり。

43権中納言敦忠
逢見ての／後の心に／くらふれは／むかしはものを／
おもはさりけり

きみをおもゐそめ
てより、たゝ一筋に
逢みまくほしとのみ
なけきつるか。一夜逢
てはわかれのあしたより、
あわぬ昔とわかれて後の
うさをくらふれは、中々昔は
ものをおもはぬやうに
思われ南《(ママ)》。をもゐの
ましたるこゝろ成。

44中納言朝忠
逢事の絶てし／なくは／なか〳〵に／人をも身をも恨
／さらまし
逢といふ事の世の中に
たへてなき事ならは、
中々によからん。しからは人も
うらめしくおもふ事も

なく、身をうらむる事
もなからむ。あひみると云
ことの有故、かく物をおもふ
と、あらぬ事に心をよせ
ておもひあまりたるつらさ
おい、いたせり。

45謙徳公
あはれ共／いふへき人は／おもほえて／身の／いた／
つらに／成ぬへきかな
あわれ共ゆふへき人は、
うつゝなくかわりはて
ぬれは、いふに
たらす。わきにも
人のしりて、
あわれむものも
なけれは、たゝ
我身のいたつらに、何の
事ともなしにならむ。
さりとては口惜き身の
はてかなと
よめるなり。

46曾禰好忠
ゆらのとを／渡る／舟人／かちを／たえ／ゆくゑ／も
／しらぬ／こひ／の道かな
我こひの道のいひよる
へきたよりもなく、
さなからおもゐすて
られす、つもりつもれ
る思ひは行ゑもし
らぬなり。ゆらの戸
をわたるふな人の、かち
をたへたる
ことく成と、
たとへたるなり。

47恵慶法師
八重葎繁れる／やとの／さひしきに／ひとこそ／見え
ね秋は／来にけり
かやうに八重
むくらの宿なか
ら、秋はかならす
かならすとゐ
くるとなり。つゐに
人はかやうのやと
おはとわすと成。
むくらのやとは、
うたにも
秋のち成。

48源重之
風をいたみ岩打／浪のおのれ／のみくたけ／て物をお
もふ／ころかな
万えうのうたに、山ふしの
こしにつけたるほらのかひ
を岩にあてゝくたけてもの
を思ふころかなといふほんか
おとり、されはつれなきは岩
おのことく、いく度なのみ思ひ
かくれ共、ちり〳〵にくたくる
成。
我つれなき人を思ひ
て心をくたく。我も人を
見て恋せむとはなけれ
共、おのつから物を思ふ也。

49大中臣能宣
御垣守／衛士のたく火の夜は／もえ昼は／消筒（ママ）ものを
こそ／思へ
御垣守とは
大うちの
かゝり火

のやく人成。
衛士とは
ゑもむつかさ也。
此衛ちかたく火も、
夜はかりものを
おもふよしなり。

50藤原義孝
君かため／おしから／さりし／命さへ／なかくも／かなと／おもひ／ける哉
後朝のうた成。
逢ぬほとは、
命にもかへて
あひたく
おもゐしに、
命あれは
こそあひたるらん、
今は猶命おしき

よし成。

51藤原実方
かくとたにえやは／いふきの／さしも草／さしもしらしな／もゆるおもひを
かくとたには、かく共
えいひいたしえぬといふ
事なり。さしも草とは、
ゑもきの事なり。
まことに身に火を
つけてかんにむして
侍るほとの事なれ
とも、つゐにいはぬ
は此こゝろを人も
しるましきなり。

52藤原道信朝臣
明ぬれは暮る／物とはしりなから／猶うらめしき／あ

さほら／けかな
のちのあしたの
　哥成。明て
　暮侍るへきは
しりたれとも、人に
　逢事の
　かたけれは、
猶うらめしき
朝ほらけとはよみ
　　しなり。

53右大将道綱母
なけき／つゝ／独ぬる／夜のあくるまは／如何に／ひさしき／ものと／かわ／しる
此所へくわんはく大臣かよわ
れしに、戸なとおそくあけ
侍りけれは、うらみられし
事也。そなたにはいつもふたり
侍りて、我かたへはまれに
とひ侍る也。いつもひとり
ねてのとこあけやらぬ事
　いかはり（ママ）ならむ。
　今戸ちとおそく
　あけけるをさへうらみ
たまひけるよと
　　いえるうた也。

54儀同三司母
わすれしのゆくす／ゑまては／かた／けれ／は／けふを／かきりの／いのちとも哉
ある人のかたへか
よわれしに、
　おとこのこゝろ
　さたまらされは、
今おもわるゝ時
命もきへはやと也。

あかれて後く（ママ）へ
てもかひなしと
なり。

55大納言公任

瀧の音は／絶て／ひさし／く成ぬれと／名こそ／なかれて／猶聞えけれ

むかし大かくし
に瀧の侍りける。
此寺見にまかり
けれは、はや其
瀧はたへ侍り、
誰とも名のみは
今の世までも
なかれ聞え侍る
となり。

56和泉式部

あらさらむ／此世の外の／おもひてに／今一度の／あふ事も／かな

いれゐたゝならさ
りし時、我ともたち
のかたへよみおくり
し哥なり。
今をかきりな
れは、此世のほかの
おもひてに今
一度逢侍りたき
よし也。

57紫式部

めくりあひて／見しや／それ／共／わか／ぬまに／雲かくれ／にし夜半の月哉

たひたちてはる〳〵
ありて帰来り
侍るに、我みなれ

し友のいまたそれ
とも見もわかぬに
かくれ侍りし事を、
雲かくれにし夜半
の月にはよそへ
よめる哥なり。

58大弐三位
有馬山いなの／笹原かせふけは／いてそよ人を忘／れやはする
有馬山は、いなのさゝ
はらいわむため
のまくらことは成。
我しのひけるころ、
いまた其人をわすれ
たまわつやとゝい
けれは、いかてかさ
やうにはやく

わすれ侍るへきと
いえる哥なり。

59赤染右衛門
やすらはて／ねなまし／ものを／小夜更て／かたふく／までの／月を見しかな
かふくわゐしたる
哥成。ある人かな
らすといゝてとはさり
けれは、
心のほとおみへ侍り
ぬる事よとこう
くわいの哥なり。さ
は是は女ほうの哥
なれは、にあひ侍ると也。
男の哥ならは、かやうに
は有まし
くゝ《（ママ）》なり。

60小式部内侍
大江山いく野ゝ道／のとを／けれは／また文も／みす／あまの／はしたて
小式部内侍はいつみ式部か子成。大内にて哥合の時、かの母のあまのはしたてに住ける、頼みて哥なとよませけるなとゝ申あふ人有し折しも、大内にて哥合の有しとき、ある人、小式部か袖をひかへて、天のはしたてよりはやくきたれるやと有し時、則此哥をよみて人此ふしんおはれたる也。
此はしたて、いまたみす。まして文にて申かよはしたる事なきといへる哥也。
小式部しやくねんなりし故、人ふしんし侍りしなり。

61伊勢大輔
いにしゑのならの／宮この／八重／桜／けふ／九重に／匂ひぬる哉
昔、ならの京を今の九重にうつし侍りし時、やへさくらを見て今九重にうつりたるみやこなれは、さくらもけふは九重に匂ふへきとはしうくの哥也。

62清少納言
夜をこめて／鳥のそら／ねははかるとも／よにあふ坂の／関は／ゆるさし

此方へある人かよわれしに、夜ふかゝりける。今は関の戸をあけましけれは、しつかに帰給へと云哥也。むかしもろこしにまう将軍《（ママ）》といひし人、いくさに打まけくわんこくといふ関をとをりしに、夜ふかくして関のと明す。しんかにけいめいとてよく庭鳥のまねしけれは、夜明たりとて関の戸明てとをしける。それはたはかりにてとおりしか、今のきぬ〳〵に何とてたはかりても、関の戸いまたあけ侍るまじきと也。

63左京大夫道雅
いまはたゝ／おもひさえ《（ママ）》／なむと／はかりを／人つて／ならていふよ／しも哉
せつ成こひなり。
たま〳〵いひよる事も
人つて
はかり成。たとへ
あわてこひしぬる
とも、人つてならて
逢てしにたき
となり。
今はおもひたえな
む、かこちたる心成。

64権中納言定頼
あさほらけ宇治の／川霧／絶々に／あらはれ／わたる／瀬々の／あしろき
たひは川辺の
てうはうなり。
うちのきりの
たえ〳〵なるに
より、
あしろ木の

ほの見え侍る
おもしろき也。

65相模
恨みわひ／ほさぬ袖／たに／有ものを／恋に／くちな
む／名こそをし／けれ
うらみわひ
ほさぬ袖は
くつへけれと、
それは
さえあるもの
おこひに
むなしく
くたるらむ。
名をおしみ
たる成。

66大僧正行尊

もろ共にあはれと／おもへ山さくら／花より外に／し
る人もなし
大峯へ入たまひし
時、此山のありさま
草木までみなれ
すこゝろほそき
に、
さくらのさき
たるもとに立
より、花も我も
共にあわれをしるより
ほかなしとよめる也。

67周防内侍
春の夜の夢はかり／成手枕にかひなく／たゝむ名こ／
そをし／けれ
大内にてとのゐ申せし
ころ、ないしまくらも

かなとたつねられし
に、
ある人かひなをみす
の内へ入て、是を
まくらにとあり
けれはよめる。春のよの
ゆめはかりのちきりに、かひ
なくた〻む名はおしからんと也。

68三条院
心にもあらて／うきよに／なからへは／こひし／かる
へき／夜半の／月哉
御ふれいた〻なら
さりし時、御くらい
をゆつらせ給わん
とおほしめし、
御心ならすもし
なからへさせ給は〻、

此秋の大内の
月をおほしめし
出させ給ふへきといへる哥也。

69能因法師
あらし／ふく／三室の／山の紅葉々は／たつたの川の
にしき／成けり
みむろの山の
紅葉を
あらしの吹
ちらし
たるお
けふなしと思ふへ
からす。龍田川の
にしきと嵐のふき
たる、おもしろき也。

70良暹法師

さひしさに宿を／立出て／詠むれは／いつくも／同じ
／秋の夕暮
我やとのさひしき
かと立出て
うちなかむれは、
秋の夕暮の
さひしさは
いつくもおなしと、
人の上まてはかり
知たるこゝろ成。

71大納言経信
夕されは門田／の稲葉／おとつれて／芦のまろやに／
秋風そふく
夕になれは秋風
のほのかにたちて、門田
のいなはのふきなひ
かしたるか、秋のいた

るにしたかつて
おとつれ、あしの
丸屋にすさましく、
ゆふへ〳〵に時のきた
れるおいゝのへたる也。

72祐子内親王家紀伊
音に聞たかしか／浜のあた／なみは／かけしや／袖の
／ぬれも／こそすれ
たかしのはまはめいしよ也。
あた成人とは、おとに
きくも名たかしといふ
によそへたる成。
其あた浪を懸たらは、
こなたの袖のさすか
ちきりし人と思はゝ、
あた人なり共すてられ
ましき

ほとに、はしめよりさやうの
人にはいなといふかへしの哥也。

73権中納言匡房
たかさこのおのへの／さくら咲にけり／外山の霞／立
す／もあらなむ
高砂はめゐしよ也。
又山のそうみやう、
たかやま成。
花のちりぬ程は
霞の峰懸たる
もおもしろし。花
さきては霞むよう
のこと成。たゝすも
あらむといへり。

74源俊頼朝臣
うかりける人を／はつせのやま／おろしよはけし／か
れとは／いのらぬものを
いのりてあわぬ
こひ成。一度逢
よしもかなと
色々いのり
けれ共、
人はつれなきか、
嵐のことくはけし
きはかりにて、かひなし
といへる哥也。

75藤原基俊
契り置し／させもか／露を命にて／あはれことし／の
秋もいぬめり
有僧の、年寄を頼みて
ならのゆひまゑのかうし
をのそみけるにもれけれは、
年寄いかゝと法性寺殿へ

うらみ申されけれは、しめちか
原のさしも草のうたの心成。
また此秋ももれけれは、
年寄させもか
露を命はかなき
世に、またことし
もゝれたりと
うらみ申たる心なり。

76法性寺入道前関白太政大臣
和田原漕出て／みれは／久堅の／雲ゐに／まかふ／沖
つ／しら／波
わたの原はうみのそう
みやう成。はるかに舟をこき
出て詠むれは、誠に雲と
なみひとつになりて、はる〳〵と
見わたされたるなり。久かた
は雲をいはんまくらことは

なり。うみのほとりなきてい
お、よく
けゐきをうかへ
ていひ出したる
哥から、よせいかき
りりなし。《(ママ)》

77崇徳院
瀬をはやみ岩に／せかるゝたき河の／われてもすゑに
／あはむとそおもふ
はやき世のいはにくたけ
たるなみも、われてはすへに
あふものなれ共、
君と我中はわかれては
あひかたきとなり。
われてもは
はり《(ママ)》なくもと
いふにおなじ。

岩うつ浪のわれてすゑ
にあふことく、あふよしも
かなとねかひたるなり。

78源兼昌
淡路島かよふ千／鳥の鳴声にいく／夜ねさめぬ須磨／
の関守
さひしきすまの浦
にたひゐして、ねさめ
のち鳥お聞てたえか
たかりしにつけて、かやう
の所の関もりと成
て、いく夜ねさめの
ちとりお聞てたへわひ
つらむと、わかたひいの
かりなるよりつねにすみ
なれたる関守のつらさお
おもひやりたる哥なり。

79在京大夫顕輔
秋風にたなひく／雲のたえまより／もれ出る／月の影
／のさや／けさ
秋風の雲お所々ふき
はらしたるより月の
かけのさし出たるは、せ
い天のけしきより
猶月もあき
らかなるやうに
おもしろく、事も
なきやうなれとも、
よせゐありてお
もしろき哥成。

80待賢門院堀川
なか〻らむ心もしらす／黒髪の／みたれて／今朝は物
をこそ／おもへ
後のあしたにつか

わしたる哥也。なか〳〵
らむとは黒かみ
のえむに、またけさ
わかれていつおか
またんといふ事に
よそへてよみたる也。
くろかみといふより、
みたれてものを思
ふといひたるえんなり。

81後徳大寺左大臣
子規／啼つる方を／詠むれは／唯有明の／月そ／残れ
る
ほと〻きすお待ころ
いく夜かあかしはて、つれ
なくて過つる一声
を夢かとき〻て、行ゑ
なき空をなかめ

したへは、た〻有明の月
の〻こりたるまてなり。
よせひ子規お
思ひ入待たるてい、
ゑむかきりなし。

82道因法師
おもひわひさて／もいのちは／あるものを／うきにた
えぬ／は涙成けり
こひにせつかく
おもひわひ、きえはてぬ
へき命なから、さても
ある物をとよみ出し、
た〻うきにたえすか
きりもなくこほる〻
は涙成けりと、
我心をことはり
てなけきたる

なり。

83皇太后宮大夫俊成
世中よ道こそなけれ／おもひ入／山の奥にも鹿そ／啼なる
うきよとて
のかるゝには
道もなし。
身をかくせは、
その所にも
一たむかなしき
しかの声
せりと、世おわひ
たるていなり。

84藤原清輔朝臣
なからへは／又此ころや／しのはれむう／しと／見しよそ／今は恋しき

なからへたらは、
このころの事も
又ゆかしく侍らん。
うしかなしといひ
し世を今したふに
つけて、行すゑの事
おかねてより思ひ
やりたる成。何事も
すゑ〳〵におとろへ
行昔にゝぬうらみ也。

85俊恵法師
終夜ものおもふ／ころは／あけやらて／閨のひまさへ
つれ／なかりけり
ものをゝもふ夜は
明かたきに、ねや
のすきかけの隙
さへつれなく明

やらぬをなけき
たる哥なり。おもひ
のせつなる心を
すなをにゆふ（ママ）
出したる哥のさま成。
あはれふかくあらすや。

86西行法師
なけゝとて／月やは／ものをおもはする／かこちかほ
なる／わかなみたかな
物思ひおするは我から
成。人の頼みたる事
にもあらす。ひるはまき
れもしてくらせ共、夜
月にむかひ人の思は
れぬるかなしさ、月
の物をゝもわするや
うなれ共、思ひとけは月
の思はするにもあらす。か
こちかほに我涙は落物
かなと、我心のおろか成を
思ひわひたる心成。

87寂蓮法師
村雨の露もまた／ひぬ槙の葉に／霧立／のほるあきの
／ゆふくれ
まきなとの有山にいかにも
ふかき山と心得へし。秋の
夕くれはえもいはれすお
もしろきに、むらさめのして
一そゝきそゝきたる露も、
いまたひさるに霧のたち
のほりたるけいきいはんやう
なし。哥は其時その心に
成て見侍らすは、
よせゐけいきほねしみ

かたし。三十一字
　つくしかたきてい成。

88皇加門院別当
難波江の／芦のかり／ねのひとよ故／身をつくしてや
／恋わたるへき
りよしゆくにあふたひ
とゆふ(ママ)心およめり。なに
はへまつりよしゆくと見えし。
其所の名におへるあしのかり
ねとよそへて、あしはふし有
一よといへるえんこあり。身お
つくし、又是もなにはの浦
によみ侍る哥おほし。舟のし
るへのつなきは、しらおみをつ
くしといへる也。一よのかりのなしみ
さへ人の思ひはせつ也。ましてな
れなつかしみたる契はいかな
らむとおもへる哥なり。

89式子内親王
玉のおよ／絶なは／たえね／なからへは／忍ふる事／
のよはりもそする
しのふ恋のうた成。玉の
おは命成。我命たえはたえよ、
なからへなは大形忍ふ心のよ
はりてはて、はては人もしり
あたなる名をもらして、人の
ため我ためはかなき事に成
なむとおもひたる哥也。
　玉のおといふよりたえなは
たえねといひ、今の思ひより
行ゑを思ひやれは、なからふる
ほとあさましき事に
ならむとなり。

90殷富門院大輔
見せはやな／おしまの／あま／の袖たにも／ぬれにそ
／ぬれし／色はかはらす
おしまはめいしよなり。
あまの袖さへぬるゝ事はぬる
れ共、袖の色のかわると云
事はなし。おしまの蜑の
そてのぬるゝに、我袖の涙
のかはく事なきはにたれ共、
色のくれなゐにかはるは、あ
まのそてにくらへられぬ
所の
　ふかき事は
　我そてに有。
是お人にみせはやと
　いへる也。

91後京極摂政大《ママ》政大臣
きり／＼すなくや霜／夜のさむしろに／ころもかたし
き独かも／ねむ
霜夜のころ、さむしろに
独ねて、きり／＼すの床
のほとりになく声をきゝ、
夜もすから淋ふもあはれ
にもかなしくも思ひつゝけて、なかき
夜をあかしたる心はへ、誠に其人に
成て見侍らは、ゆうにあはれなる
へし。さむしろはたゝむしろ也。
せはきむしろとかけり。
　独かもねむによくいひ
　かなへたる也。足引の哥の心
　おゝもひ侍らへ。

92二条院讃岐
わか袖は塩干に／見えぬ沖の石／の人こそしらね／か
はく／まもなし

我袖のかわく間もなきは、おき石のことくしをひに見ゆる物ならは、人も見侍るへし。恋のふかきあさきの思ひおはなれて、人もおもひしらぬ我そての物おもひ、海中の石のもとよりかわきたる事のなきは、

中々人のあり共
しるへきに
あらすとよみし
哥なり。

94参議雅経

み芳野の山の秋風／小夜更て故郷／寒く衣／うつなり

所はみよしの山の、秋風にさよふけたる比まて耳をそはたて、聞は、秋のあはれのせつなるに、殊ふるさとに衣うつなるきぬたの音して、ひとへにひとりねのさむきをさへあかしたるてい也。

きり〳〵す啼や霜
夜の哥のこゝろに
おもひめくらし

て見侍るへし。事もなき様なれ共、あはれふかし。

93鎌倉右大臣

世中は常にも／かもな／渚こく／蜑の／小船の／つなて／かなしも

世の中おはつねになして見侍らまほしき物也。たゝなきさこく蜑のをふねの跡もなきことくに、はかなきことをあわれみてつらねたる

うた也。
つなてかなしもとは、
ほしき命もつなきとめぬ
ことくに、あまのおふねも
つなきとめすして、めのまへ
にわかよのはかなきをた
とへたるなり。

95前大僧正慈円
おほけなく浮世の／民におほふかな／我たつそまに／
すみ染の袖
おほけなくは及ひなくと
いふこと成。我たつそまとは
ひえの山をいひたる也。此山に
すみて世の中の民をは一
子のことくあはれみ、袖をゝ
ほふへきほつけきやうしやなれ
共、及ひなき我ことき のもの

いたつらに此山
のあるしと成て、
すむはかり也と
身を帰見てよみ
たる哥也。

96入道太政大臣
花さそふあらし／の庭の雪ならて／ふりゆく／ものは
／我身／成けり
花はあらしのさそ
ひちらしても雪と
めて、道おもはらはて見る
といへとも、
わか身の老たるは
あさましきに
こそ侍れといふ心を、
ふりゆく物は我み成
けりといへる。雪ならてと

ゆふ《（ママ）》より、ふりゆく
ものといひたる
しむ、たへ成也。

97権中納言定家
こぬ人を／まつほの浦／のゆふなきに／焼やもしおの
身も／こかれ筒《（ママ）》
松尾の浦めゐしよ也。こ
ぬ人をまつといひかけ、夕なきと
まつ比をいひのへたり。やくや
もしほと松尾の浦の物を
其まゝいひ、身もこかるゝとわか
まつおもひを夕しほにやく
にたとへたる成。夕はけふりの
おほく立に、暮にしたかひて、其
色みなけふりとひとしきに、わか
思ひのこかれてせつなるにたとへて
いへり。あまたのうた有つれ共、我と
此百首にのせし成。

98従二位家隆
風そよくならの／小川の／夕暮は／みそきそ夏／のし
／るし成ける
ならの小川めゐしよ也。
みなつきはらへする川也。風そ
よくならと、うへ物にいひよせたる也。
すゝしかるへきてい也。夕暮猶すゝし
きにあすはあれと思ひ、此夕なれ
はたゝみそきするにて、夏とは
いふなるへし。秋のけしき、
はらへもまたぬてい也。なこし
のはらへ、はやく
秋にうつし侍らむ
といふ。まつりことによく
かなひてよめるなり。

99後鳥羽院

人もおし／人もうら／めし／あちきなく世をお／もふ
故に／物思ふみは

人もおしとは、世の中のたえ（ママ）おゝほしめす也。然共御心のやうに世の中おさまらすして、王道すたれたるときよとて、たみのためおほしめすにつけて、人もうらめしと御心をなやましおほしめす也。

是によりてあちきなく世をおもふ故に、
物おもふとあそはしたる也。

忝き御心にあらすや。

100順徳院

百敷やふるき／軒端の忍ふにも／猶あまりある昔／也
けり

百敷とは、たいり百官の床せき成。ふるきのきはとは、王道のすたれたる事おなけき思召て、のきはといふよりしのふとあそはしたる也。忍ふ草の事也。のきにおふる物也。しのふにも猶あまり有昔そと、おとろへたるわうたうを思召なけかせたもふ也。巻頭の秋の田は、おさまれる御代の民を
おほしめしたる

御こゝろ成。

正信偈注釈書の出版史研究
――付　正信偈注釈書刊記集成――

日下幸男
万波寿子

一　はじめに

近年収集した江戸期の板本の中には、いくらか仏書も含まれる。その中には正信念仏偈（以下正信偈と称す）の注釈書もある（付録の刊記集成に詳しい）。一例をあげれば『正信念仏偈一言鈔』（以下『一言鈔』と称す）がある。達意かつ平明な文章で一般にわかりやすく、明治になって活字本にもなっている（『正信偈講話』護法館、明治三十六年）。天保三年（一八三二）の信暁の自序には簡略な正信偈注釈史が含まれる。則ち、

夫正信偈の註釈は、存覚上人の六要鈔、蓮如上人の大意、光教上人の聞書をはじめとし、玄貞の首書、古円の略解、空誓の見聞、西吟の要解、智空の助講、性海の刊定記、慧空の略述、月筌の勦説、桃溪の文軌、霊松寺の自得解等、百を以数るにあまれり。

云々とある（ルビを省き句読点を付す、以下同）。それに導かれて、その百余とされる正信偈の註釈書を、板本を中

心として、可能な限り総覧しようと欲した次第である。もとより内容にわたる研究というより、出版史の研究をめざすといった方が正確である。また中世の学問そのものではなく、享受史の研究に属するであろうか。いずれ『正信偈古註釈集成』が編纂刊行されるであろうから、その時の基礎作業ともなれば幸いである。

なお役割分担について言えば、万波が龍谷大学大宮図書館蔵を中心とした正信偈註釈書板本の書誌カードの採集及び付録の刊記集成の作成を、日下が企画・点検・論文執筆を担当した。全体の文責は日下が負う。

二　室町時代の正信偈註釈書

あえて正信偈とはそも何ぞやというところから確認したい。『一言鈔』によれば、「この正信偈一百二十句は教行信証六軸の中、行の巻と信の巻との中間にあるを、別に出して一帖の偈文として伝へたまひ、在家の内仏にても朝暮の勤行とすることなり」云々とある。親鸞の『教行信証』六巻は大著にして、在家のともがらが繙くには重すぎるであろう。文明五年（一四七三）蓮如の時代に正信偈幷和讃を開板して在家勤行の中心となし、存覚、蓮如、光教など歴代や学僧などが教化のため、これを註釈せんとしたるは自然の成り行きであろう。

次に「六要鈔、蓮如上人の大意、光教上人の聞書」（『一言鈔』序）とされる室町時代の注釈書について見てみたい。寛永元年（一六二四）の奥書をもつ沙門一雄の「真宗正依典籍集」（『真宗全書』七四〈国書刊行会、昭和五十一年〉所収）に、

六要鈔　　　十巻　釈聖人ノ本書ヲ、当流秘極ノ末書也

正信偈大意　一巻　金森道西所望、蓮如上人作

正信偈聞書　一巻

などの書名が見られる（成立順に表示。訓点を省く）。

第一に存覚の『教行信証六要鈔』一〇巻一〇冊は延文五年（一三六〇）に成立しているが、出版されたのは三百年近く後の寛永十三年（一六三六）である。伝本について『国書総目録』（岩波書店）によれば、

（版）明徳三版―竜谷（四冊）・無窮平沼（三冊）、寛永一三版―東大、安永八版―大谷・竜谷、刊年不明―京大・竜谷

とある。しかし「明徳三版」なるものは存在しないと思われる。本派本願寺宗学院『古写古版真宗聖教現存目録』（宗学院、昭和十二年）に伝本が見えないし、龍谷大学学術情報センターの蔵書検索でも明徳三年板は検出できない。恐らく巻末の明徳三年（一三九二）慈観識語を錯覚したものであり、刊年不明板の誤りであろう。寛永十三年板については、禿氏祐祥編・鷲尾教導補「真宗聖教刊行年表」（『真宗全書』七四）に、

寛永十三年

教行信証　八　西村又左衛門

文類聚鈔愚禿鈔二門偈（以上三書合本）　一　西村又左衛門

六要鈔　八　西村又左衛門

とあるが、「教行信証　八　西村又左衛門」は錯誤と思われる。それについては既に佐々木求巳『真宗典籍刊行史稿』（伝久寺、昭和四十八年、以下『刊行史稿』と称す）に同様の指摘がある。当時の版権意識としては、教行信証と教行信証六要鈔の版権は密接に関わるので、少し確認したい。

結論から言えば『教行信証』の板元は西村又左衛門ではなく中野市右衛門である。岡雅彦・和田恭幸編「近世初期版本刊記集影(二)」（『調査研究報告』一八、平成九年六月）に、大谷大学本の刊記の写真が掲載されており、確

かに双郭囲みにて、大ぶりな文字で、

　寛永丙子孟春吉日
　中野市右衛門新刊

とある。時代は下るが安永五年（一七七六）の山本与右衛門「本典六要板木買上始末記」（『真宗全書』七四、以下『始末記』と称す）にも、『教行信証』の版権（板株）について、「寛永板者、往古京都書林中野是誰ト申モノ板元に御座候処、中頃大坂書林野村長兵衛ト申モノへ売渡候テ、大坂ニテ板木焼失仕、株計リ大坂野村方ニ所持罷在候」云々とあり、西村の名はどこにもない。寛永板の板元とされる中野是誰は中野市右衛門の一族であり、了蓮寺過去帳（安藤武彦『斎藤徳元の研究』所引）により書肆中野の略系図を示すと左のごとくである。

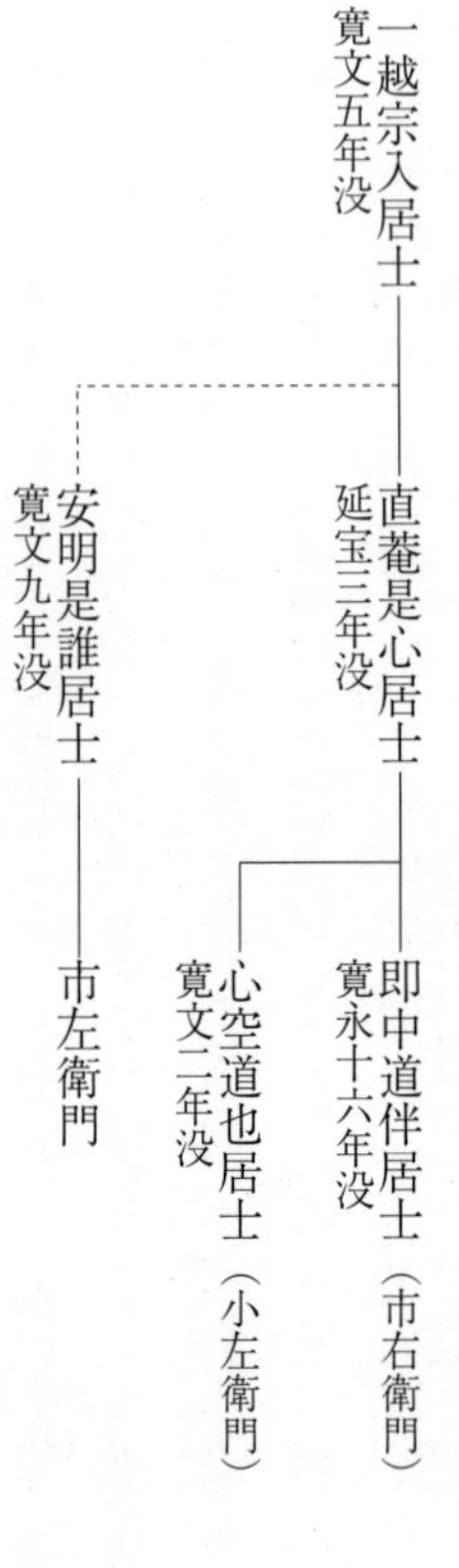

『真宗大辞典』（永田文昌堂、昭和四十七年改訂再刊）によれば、『教行信証』正保三年（一六四六）板の刊記には、「正保丙戌仲春吉日中野氏是誰重刊行」とあるそうであり、内容は「寛永本と兄弟たり」とある。『刊行史稿』には詳しい書誌の紹介があり、「寛永版の誤字脱字を訂正補刻した改訂版である。ゆえに、本型、紙数などは寛永版に等しい。しかし、題簽は改刻されて『教行信証』となり、本文において、当版が寛永版の脱落を補えるもの二一七字、誤字の訂正九〇字、剰字を削るもの二三字」云々とある。従って正保三年以前に『教行信証』の版権は

中野市右衛門から中野是誰に移動したようである。中野是誰は同時に『頓悟要門論』も出しており、右と全く同じ刊記が見られる（『中野本・宣長本刊記集成』）。

ちなみに中野市右衛門・小左衛門・是誰・市左衛門の出版書目・刊記については、日下幸男編『中野本・宣長本刊記集成』（龍谷大学日下研究室、平成十六年）を参照されたい。

なお『浄土文類聚鈔愚禿鈔二門偈』『六要鈔』の二点については、西村又左衛門刊で間違いない。前引「近世初期版本刊記集影(二)」によれば、浄照坊本『文類聚鈔愚禿鈔二門偈』の刊記に、

寛永丙子仲冬吉日

西村又左衛門新刊

とあり、「近世初期版本刊記集影(五)」（以下「刊記集影」と称す）によれば、東京大学本『教行信証六要鈔』の刊記に、

寛永丙子仲冬吉日

西村又左衛門新刊

とある。両書は刊記年月だけではなく刊記の書体も含めて全く同一である。龍谷大学写字台文庫本『六要鈔』の刊記も東大本と同一である。

西村又左衛門については、井上隆明『改訂増補近世書林板元総覧』（青裳堂書店、平成十年、以下『板元総覧』と称す）にその記載がないが、仏書に限らず寛永年間に多数の書物を出版しており、中野と並ぶ有力な書肆である。「刊記集影」によれば、西村又左衛門は右の他に『初学文章并万躾方』（寛永十一年）、『観世小謡百番』（同十二～十三年）、『法華経直談鈔』（同年）、『随葉集』（同十四年）、『進藤流謡本』（同十六～十七年）、『和漢朗詠集』（同十七年）、

『新添修治纂要』（同年）、『伝法正宗記』（同）、『狂雲集』（同十九年）、『証道歌註』（同）、『浄土真宗付法伝』（同）、『大蔵目録』（同）、『明衡往来』（同）、『新編塵劫記』（同二十年）、『百法問答鈔見聞』（同二十一年）などを出版しており、また『三体詩』（寛永七年）、『仙伝書』（同二十年）を出版している西村又左右衛門は西村又左衛門と同一人物と思われる。

次に安永八年版については多少の経緯があるので、『始末記』の記事を要約して紹介したい。

安永四年十二月初旬に本願寺御用書林吉野屋為八名代甚助が本願寺役人山本与右衛門に、「教行信証二板、六要鈔幷同会本、御伝書都合五品」が売り払われ、興正寺が買い上げるらしいという伝聞を伝える。六要鈔は一板ものであり、他派の蔵板となると差し支えが出るかもしれないので山本はすぐに上司の下間少進に報告。吉野屋を通じて板元と交渉。結局五品の内、教行信証明暦板丸板、同寛永板焼株、六要鈔丸板の三品で価格二十貫目となる。

元板・類板について詮議すると、教行信証寛永板（正保板とも）は高田点で前述のごとく中野から野村へと移り、近年は丁子屋九郎右衛門・銭屋庄兵衛の相合板に、明暦板は本願寺点で丁子屋の独板から近年銭屋との相合板に（『真宗大辞典』によれば、初板刊記に「明暦丁酉仲冬吉旦五条橋通扇屋町丁子屋西村九郎右衛門新板」とあるらしい）、寛文板は福森兵左衛門の独板から永代講中そして銭屋庄兵衛に移り、近年に銭屋と丁子屋との相合板に（『真宗大辞典』によれば、初板刊記に「寛文九己酉霜月吉日河村利兵衛板行」とあるらしい。したがって福森兵左衛門は寛文十三癸丑仲秋板の板元であろう）。

六要鈔は往古より丁子屋（初板西村又左衛門）の独板であり近年は銭屋庄兵衛との相合板に。類板の教行信証鈔は仏光寺点にて、教行信証と六要鈔と仏光寺著述の鈔を全て含むもので、板元は伏見屋藤右衛門の独板から近年銭屋と丁子屋との三人の相合板に。教行信証大意は本願寺蔵板真宗法要の内にあり、板元は往古より伏見屋藤右衛門。六要鈔会本は裏方末派校合の写本を元板所持の丁子屋が申し受け、銭屋との相合板に。

和談の結果寛文板（福森板）とも四品で二十貫目となる。その後、東本願寺に聞こえ、全て本願寺の蔵板になると差し支えがあるというので、閏十二月寛永板焼株を東へ譲ることで決着。安永五年正月に明暦板丸板、六要鈔丸板の二品で十八貫目余りとなる。東の年中行事中西九郎右衛門と西の年中行事森川甚左衛門とで一札を交わす。二月に教行信証板木合七六枚、六要鈔板木合七二枚を、吉野屋為八代清次郎が持参し、山本与右衛門が受け取り、即刻御納戸将監内蔵助立会にて、白砂御蔵に納める。所謂四丁彫の板木なので紙数は教行信証が合二七九枚、六要鈔が合二八四枚となる。十二月に寛文板（福森板）も含めて全て決着。

従って安永八年板六要鈔は丁子屋九郎右衛門と銭屋庄兵衛との相合板である。刊記の冒頭に先行の寛永板・正保板・明暦板・寛文板の権利関係が明示してあるのは、右のような事情による。

ちなみに架蔵本は刊年不明板である。跋文に三種あり、夫々の文末に「延文五年（一三六〇）庚子八月一日　常楽台主」、「貞治二年（一三六三）癸卯三月廿五日　老衲判七十四歳」、「同三年（一三六四）甲辰十一月十九日十帖外題幷袖名字染老筆訖。存覚七十五歳」とある。共に存覚の跋である。その次の慈観識語に、

本願寺主席和尚、任上件奥書之旨、宜募相伝之譜系之由、依令抽慇懃之懇志、給一部十帖、奉授与之訖。是則為仏法弘通、利益無辺矣。

明徳三年壬申五月十六日　桑門慈観

とある。板木は寛永十三年十一月西村又左衛門板と同様である。

上述のとおり安永五年以降は本願寺の蔵板に帰しており、「桑門慈観」の上の空欄に「龍谷山開蔵」の印を押す

ものもある。龍谷大学蔵四冊本（一二三・一—六三W）などもその一つである。

右に見える書肆についてここで一括して注記したい。『板元総覧』によれば、吉野屋為八は永昌堂、殿（戸野）氏。御寺（西本願寺）内油小路七条上ル町（『始末記』）。吉野屋甚助は玉淵堂、二酉楼、杉本氏。甚助が名代となっているのは為八が幼少のためである。丁子屋九郎右衛門は空華堂、西村氏。東寺内（『始末記』）、東本願寺御用書林。明治以降は護法館の屋号となる。『選択本願念仏集』（正保頃）、『支那撰述高僧伝』（慶安四年）、『諸神本懐集』（承応三年、後刷）、『観経四帖疏幷具疏』（明暦二年、後刷）、『往生論註』（同四年）、『遊心安楽集』（同年）、『科往生拾因』（万治三年）、『西方指南抄』（同四年）、『五種正行聞書』（同年）、『首書三帖和讃』（寛文元年）、『科選択本願念仏集』（同二年）など（以下略、『刊行史稿』に詳しい）。銭屋庄兵衛は雲箋堂、斎藤氏。伏見屋藤右衛門は錦山堂、玉枝軒、植村氏。『真宗肝要儀』（寛文八年婦屋仁兵衛板の後刷で「婦屋仁兵衛」の名を削り埋木で「京都堀川通高辻上ル町植村藤右衛門」を補う）、『女人往生聞書』（同九年）など。福森兵左衛門は京五条橋通、万治から宝永ごろに活躍。『源空上人年譜』（寛文十三年）など。河村利兵衛は江戸、明暦から延宝ごろに活躍。

なお円爾の『教行信証六要鈔会本』一〇冊は教行信証と六要鈔を会編した本である（安永八年刊）。この他、六要鈔に関連する書としては、義導『教行信証六要鈔講義』（一一冊、江戸末期成立）、柔遠『教行信証六要鈔指玄録』（一五巻四冊、江戸中期成立、活字本明治二十一年）、崇廓『教行信証六要鈔助覧』（二巻一冊、天明四年成立）、栖城『教行信証六要鈔前越記』（二冊、江戸末期成立）、慧琳『教行信証六要鈔補』（一〇巻、明和八～寛政元年成立、『真宗全書』三七）などがある。刊記集成には『教行信証六要鈔会本』安永八年板、明治十四年板、『教行信証六要鈔指玄録』明治二十一年板の刊記を載せる。

補記すれば、伝覚如または存覚の『教行信証大意』は上述のとおり『始末記』に「教行信証大意は本願寺蔵板真宗法要の内にあり、板元は往古より伏見屋藤右衛門」とあり、『国書総目録』によれば宝暦八年（一七五八）板、明和二年（一七六五）板、文化八年（一八一一）板などがある。前二者は龍谷大学蔵本にある。

第二に蓮如の『正信偈大意』一巻について『真宗大辞典』によれば、

長禄四年（一四六〇）金森の道西の請に由て正信偈の文句を簡略に註釈したる書である。真宗法要巻二十一真宗仮名聖教巻十に之を収む。本書の内容を見るに多くは存覚の六要鈔の解釈を相承しそれを和訳したものであるが、まゝ独特の釈義を施し六要鈔とその見解を異にしたるものがある。

云々とあり、『仏書解説大辞典』（大東出版社、改訂五刷平成四年）によれば、

長禄四年は蓮如四十六歳の時である、初めに本偈の前半は、大無量寿経の意、後半は三朝七祖の教意を読詠せるものなる由を一言し、次に本文を追ふて解釈を下してゐる。

云々とある。『国書総目録』によれば、元禄二年板、明和七年板があるとするが、刊記集成には個人蔵の元禄三年（一六九〇）の丁子屋六兵衛と婦屋仁兵衛相合板の刊記を載せる。該書は序跋を欠く。『板元総覧』によれば丁子屋六兵衛は伝未詳。婦屋仁兵衛は林氏、三条通菱屋町。慶安から宝永ごろに活躍（以下板元について『板元総覧』による場合は特に注記しない）。関連して刊記集成には『正信偈大意講解』明治十年板、『正信偈大意分科』同十年板、同十七年板、『正信偈大意二十題纈英』同十年板の刊記も載せる。

なお蓮如の『正信偈註』『正信偈注釈』（原本は西本願寺蔵）や『大意』の室町期の写本については『真宗史料集成』二（同朋舎出版、昭和五十八年）などを参照されたい。

第三に光教の『正信偈聞書』一巻について『真宗大辞典』によれば、

文亀三年（一五〇三）三月仏光寺派本山第十三世光教上人の著作。正信偈の要旨を略解したる書にして、主と

して存覚の六要鈔に拠りて解説せり、文中に先徳の御了簡と云ひしは存覚を指すのであろう。

云々とあり、『仏書解説大辞典』によれば、

当時蓮師と幷びて、真宗教義を弘布せられたる上人の法音を依りて聞き得る唯一の書である。内容は、大意、題事、入文事（入文解釈）。

云々とある。『国書総目録』によれば、江戸期の板本はなく、「明治九版あり」とされる。『真宗全書』三九所収。なお『真宗全書』三九には、光教の『聞書』の他、恵空の『文林』、『略述』、普門の『発覆鈔』、慧然の『会鈔句義』、随慧の『講義説約』、慧琳・義陶の『駕説帯佩記』が、同書四〇には法霖の『捕影記』、仰誓の『夏爐篇』、僧鎔の『評註』、『聞書』、道隠の『甄解』、観道の『慶嘆録』、道振の『報恩記』、慧雲の『呉江録』が収められている。ついて見られたい。

三　江戸時代の正信偈注釈書

江戸時代の正信偈注釈書について、これも時系列に従って概観してみたい。各項目の前に成立年を〔　〕内に示す。作者の生没年の表示は『仏書解説大辞典』によるを原則とし、多少『国書人名辞典』により補う。

〔慶長十年＝一六〇五〕

第一に慶秀（永禄元〜慶長十四年＝一五五八〜一六〇九）の『正信念仏偈私記』一冊について、『国書総目録』によれば、「（成）慶長一〇跋（版）明暦二版―大谷・大正・竜野、刊年不明―京大・竜谷・刈谷・粟田」とある。明暦二年板は未見。刊年不明板には二種類ある。龍谷大学本には刊年不明板が三点あり、二点（一二二三・五―五八W、一二二三・五―五九W）は巻末に慶長十年の慶秀識語を有し、一点（一二二三・五―六〇W）は巻末識語は有するものの

年記と慶秀の名を欠く。後者は書体から明暦二年板の板木を使用しているものと思われる。即ち識語に、

斯正信偈者、出教行証文類第二巻。仍雖六要抄等註之、未委細。因茲予之所見聞、加之、以抄記矣。本来無智故不及深趣。短解故不称広大。寔不顧後謗、庸才之身、慾暑述短解。誠是、無慟無愧之甚也。雖然、為祖徳報謝、仏法弘通、胎之筆墨。請後学者、糺厥誤、以利群生矣。

とある（訓点を省く）。余分なことながらその文意を取れば、左のごとくであろう。

この正信偈は教行証文類第二巻より出たもので、六要抄等の註もあるが委細を尽くしていない。そこで私の見聞する所を加え、抄記したい。無智ゆえに深趣を汲むまでには至らない。つたない解釈ゆえに広大なる文意を称揚することもできない。後人の謗りを顧みず、凡庸の身にして、厚かましくも浅はかな考えを述べようとすることは恥知らずも甚しい。しかし祖徳報謝、仏法弘通のために、筆墨に残す。後の学者は厥誤を糺し、衆生を利せんことを願う。

前者二冊本（一二三・五―五九W）の識語も、異同があるので左に引きたい（訓点を省く）。即ち、

斯正信偈者、本在於教行証文類第二故、雖六要抄有註釈、其文幽微而、初学迷津矣。是以庸才之身、不恥短解、以所見聞、竊加焉。噫無慚無愧之甚也。雖然、為報祖徳、胎之筆墨。請後学者、糺厥誤云。

時

慶長乙巳七月廿八日　　釈慶秀［四十八歳］

とある（［　］内は割書を示す、以下同）。書体から明暦版より新しいと判断され、江戸中期のものと思われる。

なお前者一冊本（一二三・五―五八W）の裏表紙見返しの書き込みに、

同板一本裏表紙裏ニ云、

世所刊行正信偈私記、字経三写／烏焉作馬。今以慶秀自筆之本、／改正焉。

明暦二年初夏吉旦

とある。明暦二年当時は慶秀自筆本の存在が知られていたものか。

慶秀について『国書人名辞典』(岩波書店)により要点を摘記する。生嶋友国の次男。大和国北葛城郡大谷派長福寺開基。本願寺光寿(教如)に仕え、諸聖教に注釈を施す。著作に、『安心決定鈔私記』、『三帖和讃私記』、『正信偈私記』、『正信偈私記略評』、『正信偈私記科註』などがある。

右にあるごとく慶秀には『正信念仏偈私記略評』二巻一冊もある。龍谷大学本(一二三・五―六二W)は、享保四年(一七一九)松本屋清兵衛と丁子屋伝兵衛の相合板である。松本屋清兵衛は大角氏、五条醒井通和泉町。延宝から元禄にかけて活躍。『観無量寿経義疏』(延宝頃)、『補科改正阿弥陀経疏記』(同六年)など。丁子屋伝兵衛は丁子屋の分家と思われるが、伝未詳。

慶秀著、空慧注『正信念仏偈私記科註』一巻(自筆本、大谷)は未見である。

なお付言すれば『一言鈔』に「玄貞の首書」とあるのは、慶秀著、玄貞注の『首書正信念仏偈私記』二巻のことと思われる。『国書総目録』によれば、板本はなく、大谷大学、無窮平沼に写本ありとされる。しかし『古典籍総合目録』(岩波書店)によれば、「(版)金沢大明烏(「正信偈私記」上下　一冊)」とあり板本もあるようである。いずれも未見であり、後考に俟ちたい。

ちなみに玄貞の著には、『正信念仏偈本義』四巻二冊もあるが、これについては宝永二年の条に述べる。

なおまた『一言鈔』に「古円の略解」とある本については、存否不明である。『国書総目録』によれば、古円の『正信偈私記略解』二冊について「※享保書籍目録による」とあるだけで、伝本の所在を示さない。従って該当する本を見いだし得ていない。『仏書解説大辞典』によれば、『正信念仏偈私記』二巻が古円作とある。いずれも未見のため両書の関係については不明である。

〔慶安三年＝一六五〇〕

第二に空誓（慶長八〜元禄五年＝一六〇三〜一六九二）の『正信偈私見聞』五巻五冊について、『国書総目録』によれば、「(成) 慶安三 (版) 大谷・竜谷 (「正信偈私鈔」) (五冊)」とある。龍谷大学には二本あるような表記であるが、実は一点（〇二三・五—六六W）のみである。龍谷大学本・大谷大学本ともに現在所在不明。他に国文学研究資料館蔵本（ヤ五—四一八）がある。題簽に「正信偈私鈔一」とあり、内題に「正信念仏偈私見聞一」とある。五巻四四丁表に、「（前略）唯是為報恩述愚意耳。慶安三庚寅暦仲秋終功畢。武江　妙延釈空誓謹書」とあり、同丁刊記に「荒木利兵衛開板」とある。荒木は『武者物語』（明暦二年）、『堪忍記』（万治二年）などを出版。

空誓については、前田慧雲「真宗本願寺派学匠著述目録」（『真宗全書』七四、以下「学匠著述目録」と称す）に、

空誓　江戸築地妙延寺。伝出本願寺通紀及学苑談叢初編。

〇正信偈私見聞五巻〔表題曰私鈔。慶安三年作〕　〇開疑鈔六巻　〇正信偈註解六巻
〇往生礼讃鼓吹十巻　〇三帖和讃註解二十九巻　〇御伝探證記十巻
〇浄土真宗私問答四巻〔示安心法式二十条〕　〇本願取滴直談十二巻　〇説法事林伝十巻
〇因陀羅網十五巻〔列出教門名目数千条、各指出拠書目及巻楮数、以便検尋〕

とある。ちなみに「〇正信偈註解六巻」は、『正信偈私註解』のことと思われる。該書については延宝八年の条に述べる。

空誓について『国書人名辞典』によれば、「江戸の人。江戸築地本願寺派。妙延寺の二世住職。紀州性応寺了尊

に宗学を学ぶ。……京都より知空を招いて真宗の宗義顕揚に努めた」とある。

〔承応二年＝一六五三〕

第三に西吟（慶長十〜寛文三年＝一六〇五〜一六六三）の『正信偈要解』四巻四冊について、『国書総目録』によれば、「（成）承応二（版）明暦四版―竜谷・岩瀬、延宝九版（「首書正信偈要解」）―大谷・竜谷」とある。龍谷大学蔵の明暦四年（一六五八）板（二点）の刊記に、「明暦四年仲春吉旦／五条橋通丁子屋／西村九郎右衛門刊」とある。これは丁子屋が『教行信証』明暦板を上梓した三ケ月後にあたる。西村九郎右衛門については前述。本文の巻頭に西吟曰く、

将ニ此ノ偈ヲ解スルニ六アリ。一ニハ造偈ノ意ヲ明シ、二ニハ偈ノ大旨ヲ明シ、三ニハ偈ノ所習ヲ明シ、四ニハ題号ヲ明シ、五ニハ撰者ノ徳ヲ明シ、六ニハ正釈ナリ。

云々と（原漢文を開く）。西吟の意図が明白であろう。

龍谷大学蔵の延宝九年（一六八一）板は、銭屋儀兵衛と笠井四郎兵衛の相合板であるが、刊記の書肆名部分が他と書体が違うようなので後刷か。銭屋儀兵衛は梅花書堂、梶河（川）氏。笠井四郎兵衛は伝未詳。

西吟について「学匠著述目録」に、

西吟　豊前小倉永照寺。謚成規院。学林第一能化。伝出龍谷講主伝・本願寺通紀・清流紀談。

○無量寿経科玄概一巻　○正信偈要解四巻　○客照問答二巻（割書略）○破邪問答三巻（割書略）

普門品仮名鈔三巻（割書略）四教儀最要鈔一巻

とあり、『国書人名辞典』によれば、「永照寺の住職。初め紀州性応寺了尊の講筵に列して頭角を現し、のちしばらく禅学を修め、再び月感と共に了尊について宗学を学んだ。正保四年（一六四七）本願寺学寮の初代能化に就任

し、厳格な法度を定めて所化を教育した。……弟子に知空や性海ら」とある。

なお『正信偈要解』の関連書として、知空の『正信偈要解助講』、性海の『正信偈要解刊定記』などがある。前者については万治二年の条を、後者については天和三年の条を参照されたい。

〔承応三年＝一六五四〕

第四に羊歩（慶長十三～＝一六〇八～）の『正信偈科鈔』三巻三冊について、『国書総目録』によれば、「（成）承応三刊（版）大谷・竜谷」とある。龍谷大学本（一二三・五―三W）の羊歩自跋に、

（前略）予江州浅井郡曾禰ト云処ニ侍リヌ［時年四十七］。于時承応三年甲午陽月比、遠近ノ僧俗、予カ柴扉ヲ扣テ、正信念仏ノ句面ヲ聞信セン事ヲ請ヒ侍ヌ。去ハ聞法歓喜ノ信心ソムキ難ク侍リ。講演ノ次テ、正信偈ニ十ノ科門アル事ヲ記シ、正信念仏ノ科鈔ト号シ、分テ三巻トナス。爰ニ数多ノ朋友、是レヲ書写セン事ヲ望メリ。是寔ニ止メ難ク侍リヌ。雖然初心之人、動モスレバ烏ヲ焉トナシ、焉ヲ馬トナセル筆毛ノ錯リアラン事ヲ恐ルレバナリ。又見易カラシメン為ニ、真名ノ鈔ヲ仮名ノ字ニ直シテ、梓ニ鏤ミテ以テ癡ナル人ヲシテ、太祖ノ恩恵ヲ報謝ナサシメン事ヲ思ヘリ。庶幾ハ百世万代、歓喜一念ノ思ヒ内ニアツテ、仏恩報尽ノ称名、外ニ顕ハレン事ヲ。

正信念仏偈科鈔巻下終

羊歩謹開板

とあり（返点・ルビを省く）、彼は四十七歳の時に江州浅井郡曾禰にて僧俗のために正信偈の講演を催していたようである。また「羊歩謹開板」からすれば、本書は私家版のようである。羊歩について、「学匠著述目録」には、

羊歩　住所学系未詳。

○往生要集直談十八巻　○正信偈科鈔三巻　○二河白道取意鈔一巻　○拾穂書三巻
○真宗九表記六巻［表題七祖上宮宗祖九聖恩徳、明宗義法式］　○大原談義再三鈔五巻

とある。

〔万治二年＝一六五九〕

第五に知空（寛永十一～享保三年＝一六三四～一七一八）の『正信偈要解助講』一冊について、『国書総目録』によれば「（成）万治二（版）寛文九版―大谷・竜谷」とある。龍谷大学本（一二三・五―一二六W）の巻頭の自序に、「引／万治己亥ノ夏二三子、先師要解ノ講ヲ需ム。愚羊質ヲ忘レ、布皮ヲ著キテ軽シク之ヲ応諾ス。明眼者ノ一莞為リ。口講ノ暇、別ニ先聖ノ本語、故事ノ附贅ヲ筆シテ、吾ガ講ヲ助ク。目ケテ助講ト曰フ。……大谷門人大可誌ス（印「性応」「知空」）」とあり（原漢文を開く）、巻末知空識語に、「往年口講之次、著茲小冊、為講時之左券。今夏請寿鏤梓之伝粤再三矣。不堪忍黙、改正補闕而、擲著書肆於戯吾老矣。剰者贅者、需後君子而已。寛文己酉秋復書」とある。その裏に双郭囲みに大ぶりな文字で西村九郎右衛門の刊記がある。西村の独板である。西村については前述。

知空について「学匠著述目録」に、

知空　京六条光隆寺。諡演慈院。第二能化。西吟門人。伝出龍谷講主伝・本願寺通紀・清流紀談。
○往生論註翼解九巻　○安楽集鑰聞七巻　撰択集私考三巻（割書略）○正信偈要解助講二巻
文類聚鈔講録三巻　浄土和讃思斎記三巻　高僧和讃思斎記十巻（以下一一五点略）
知空自伝一巻

とある。

〔万治四年＝一六六一〕

第六に宗信の『正信偈皆摂』三巻三冊について、『国書総目録』によれば、「(成) 万治四刊 (版) 大谷・東洋大哲学堂・竜谷」とある。龍谷大学本に序跋はなく、一巻末に釈超円などの助縁者一覧がある。宗信については伝未詳である。万治四年三月石津八郎右衛門板。石津八郎右衛門は四条通油小路東入町。『金剛経刊定記』(万治二年)などの出版が知られる。

〔寛文四年＝一六六四〕

第七に恵空(寛永二十一～享保六年＝一六四四～一七二一)の『正信念仏偈文林』一巻一冊について、『国書総目録』によれば、「(成) 寛文四 (版) 享保一六版―竜谷 (活) 真宗全書三九」とある。しかし龍谷大学学術情報センターの蔵書検索では享保十六年板は検出できない。『仏書解説大辞典』によれば、該書につき「普通の講録と異り、本偈の字句を講述の文章中にはめこみ、巧に達意的解釈を下したところが本書の特色である」云々とある。恵空について『真宗全書』の解題によれば、「光遠院恵空師は大派初代の講師なり。正保元年生誕、享保六年示寂、享年七十八」とある。恵空について『国書人名辞典』によれば、字得岸、号光遠坊、諡号光遠院、俗姓川那辺。近江国野洲郡金森村の人、始め比叡山で天台を、のち京都誓源寺の円智に真宗義を学ぶ。大蔵経の浄土部を研究。大学寮(高倉学寮)の創立に尽力し初代講師となる。著に『正信念仏偈略述』(元禄十六)『正信念仏偈私考』(正徳四)『正信念仏偈講説』など無数。なお詳しくはついて見られたい。

なお恵空の表記は『一言鈔』『仏書解説大辞典』『真宗大辞典』『国書総目録』などでは慧空であるが、『真宗全書』『国書人名辞典』では恵空である。ここでは後者に従い、恵空に統一して表記する。同時代の紀州の恵空(寛永二十～元禄四年＝一六四三～一六九一)は右とは別人である。

恵空の『正信念仏偈略述』一巻一冊については、元禄十六年の条を参照されたい。

〔寛文十二年＝一六七二〕

第八に恵雲（慶長十八〜元禄四年＝一六一三〜一六九一）の『正信念仏偈称揚鈔』三巻三冊について、『国書総目録』によれば、「(版) 寛文一二版―竜谷、寛政一一版―大谷・京大」とある。龍谷大学本の下巻末恵雲識語に、

右此鈔者、寛文六丙午暦初春下旬候、為讃歎正信念仏偈、考本文、集要文、乃成三巻。題目謂之正信念仏偈称揚鈔、草創纔終。同九年己酉夏講之、尚未再治。同十二年壬子中春再治之畢。所述有謬、請加删削矣。

時寛文壬子中春日　　釈恵雲謹誌

とある。右により草稿本は寛文六年に成立していたことがわかる。刊記に「寛文壬子仲夏吉旦／五条橋通扇屋町丁子屋／西村九郎右衛門〔開板〕」とある。西村九郎右衛門については前述。

恵雲について『国書人名辞典』によれば、「伊勢の人。京都の高田派本誓寺の住職。初め園城寺及び永観堂で性相学を修める」とある。

〔延宝七年＝一六七九〕

第九に道海の『正信念仏偈要註』二巻二冊について、『国書総目録』によれば、「(版) 元禄二版―大谷」とある。大谷大学本は未見である。他に架蔵本がある。自序に、

説を聞くならく、神理に声無し。言詞に因て以て意を写す。言詞迹無し。文字に縁て以て音を図る。夫れ惟れば今この正信念仏偈は蓋し正道の神理なり。仏祖の言詞、文字列りて即ち妙偈と成る。是れ真宗の骨目、高祖の御已証なり。自督の安心、利他の化用、功成りて、而も徳窮り無き者は、是れ斯の正信念仏か。之に依て古来の註釈多しと雖も、今家の本意に望めては、是非を未だ弁へず。茲に於て予、愚見の要註を集めて、

自分の領解を顕す。是れ只だ、懇志の所望を辞し難くして、不敏の短才を放逸にす。無慚無愧の至り、罪を遁るるに所無し。然りと雖も、自信教人信の示誨を仰信し、大悲伝普化の報恩を憶念す。謂く註釈に謬り有らば、全く自己の過失なり。報謝の懇志を抽つるは、是れ仏智の所現なり。後学、斯の非を闕て、而も其の正を顕さば、是れ亦た大悲を伝て、化度を普くするかなと云ふのみ。

延宝七己未暮秋日

甲陽光沢寺隠居道海律師於駿府明泉寺記焉

とある（原漢文を開く）。刊記に

開板

元禄十二己卯年暮春下旬八日書堂洛陽　銅駝坊風月半七

丁子屋
西六条堀重兵衛

とある。風月は『好色文伝授』などを、丁子屋は『花圃』（元禄六年）などを出版。架蔵本は光行寺寿円旧蔵本である。著者の道海律師は伝未詳。自序により甲府の光沢寺、のち駿府の明泉寺住職であったことがわかる。ちなみに光沢寺はもと甲府城の北西、柳沢家家老柳沢権大夫屋敷付近に存在（『山梨県史資料編9』）。明泉寺は静岡市上石町（『静岡県蒔絵五十周年史』によれば、「明泉寺住職道海律師六世の孫」は蒔絵師）。道海の著書には、他に『真宗要論』（存下巻、大谷大学、元禄九年写）、『浄土文類聚鈔私記』（三冊、大谷大学、写本）などがある。

〔延宝八年＝一六八〇〕

第十に空誓（慶長八～元禄五年＝一六〇三～一六九二）の『正信偈私註解』六巻二冊について、『国書総目録』によれば、「(成)延宝九(写)竜谷(四冊)(版)竜谷(六巻二冊)」とあるが、龍谷大学学術情報センターの蔵書検索では写本は存在しない。延宝九年板の一点のみである。序跋なし。六巻末に、

延宝八龍集庚申仲冬終功畢。

武江妙延寺釈空誓謹書。

延宝九辛酉初春吉旦

五条橋通扇屋町
川勝五郎右衛門［開板］

とある。右によれば、成立は延宝八年であろう。川勝五郎右衛門は枡屋、英松軒、通志堂。京五条通高倉西入、同通万寿寺町外屋。延宝から享保にかけて活躍。『徒然草吟和抄』(元禄三年)などを出版。

空誓の『正信偈私見聞』については慶安三年の条を参照されたい。

〔天和三年＝一六八三〕

第十一に性海(正保元～享保十二年＝一六四四～一七二七)の『正信偈要解刊定記』三巻について、『国書総目録』によれば、「(成)天和三(版)宝永八版(三冊)―竜谷、正徳三版(五冊)―東洋大・竜谷」とある。龍谷大学蔵の宝永八年(一七一一)板は、小林半兵衛と小佐治半右衛門の相合板、正徳三年(一七一三)板は前二者に銭屋儀兵衛と丁子屋九郎右衛門を加えた四人の相合板となっている。宝永板には序はなく、正徳板には慈谿了慶と性海の序を載せている。巻末に、

維時天和第三龍飛癸亥沽洗中澣、講偈ノ次テ専ラ要解ヲ取リ、加ルニ愚見ヲ以テス。

龍谷門人琵江高宮ノ隠倫性海无涯識

正徳壬辰十一月七日再三校正シテ以テ剞劂氏ニ附ス。惟願クハ高明之カ鍼貶ヲ賜テ、其ノ譌謬ヲ正シ、祖先ニ悖戻シ後学ヲ迷誤セザラシメンコト、是レ望ム所ナリ。

六十九歳翁誌

とある（原漢文を開く）。『要解』を「再三校正」し、「愚見」を加えたものという。

書肆の小林半兵衛は日野屋、堀川通仏光寺上ル。彼は菱屋長兵衛、出雲寺又次郎に奉公後、寛文年間に独立。『類字名所和歌集』（貞享四年）などを出版。二代が菱屋（河南）四郎右衛門、その子二人は河南と日野屋を継ぐ。小佐治半右衛門は金屋、整文堂、堀川通本国寺前、名宗貞。天和から享保ごろ活躍。多くは相板で出版。独板は少なく、わずかに『類字箋解』（元禄四年）など。

性海について「学匠著述目録」に、

性海　江州高宮円照寺円海後嗣。知空肉弟。西吟門人。謚誠実院。伝出本願寺通紀及清流紀談。

無量寿経顕宗疏十七巻　○正信偈要解刊定記五巻　小経聞持記補科三巻　○因果経首書一巻

慕帰絵詞人物考一巻

とある。

〔元禄九年＝一六九六〕

第十二に了信の『正信念仏偈鼓吹』九巻について、『国書総目録』によれば、「（成）元禄九刊（版）国会（九巻二冊）・竜谷（三巻三冊）」とある。龍谷大学本（外題「正信念仏偈弁述鈔」）には序跋がなく、巻末に「元禄九稔丙子正月穀旦　北村四郎兵衛開板」とあるのみである。明治刷りの架蔵本（外題「正信念仏偈鼓吹　一名弁述鈔」）には了信の自序がある。序に曰く、

正信念仏偈弁述鈔序

観ば夫れ弥陀覚王の果号は魏々として沙界に響くと雖も聾は之を聞かず、霊光赫々として塵刹を曜すと雖も盲は之を見ず。粤に吾が高祖上人は彼の迷倫を愍して離言の道、筌蹄を仮て以て正偈を作る。薬中の神丹宝中の驪殊なりと謂ふべし。蓋し是れ仏恩を謝し、且つ亦化他の為にす。若し斯の正偈に託して信を厚くせば、聾盲両つながら現身に即して喜光を見照することを得ん。偉哉。正信偈の旨たること、緬乎として遠く、渕乎として幽なり。七言六十行を以てすと雖も、文義甚だ其の玄を釣る。苟に膚浅の徒、蠡測する所に幽識の人にして宜しく咀嚼すべし。去冬臘月の日、二三の莫逆、漢文の詰屈することを病ふ。余和語の弁述を雇て以て之れを紙に筆し、巻を九軸に分て、之れを冠題して正信念仏偈弁述鈔と云ふ。最も治聞博達の為にせず。彼の西邁の啼きを止むるのみ。維れ時に元禄丙子孟春日

洛陽竦眣坊桑門釈了信誌（印「達空」）

と（原漢文を開く。歴史的用語を含むが史料として扱い原文のままとする）。発行者は永田長左衛門、大売捌所は永田栄次郎、吉田久兵衛、長崎治郎の三者である。元禄板の北村四郎兵衛は京之軒、杏林軒、京五条通高倉東入南側、塩竈之町（正徳五年）。貞享から安永ごろに活躍。蔵板目録は『増補和歌題林抄』（安永六年）に載る。明治刷りの永田は本願寺御用書林。吉田は浅倉屋。文渕堂。江戸浅草広小路。長崎治郎は伝未詳。肥後熊本の書肆。

〔元禄十六年＝一七〇三〕

第十三に恵空の『正信念仏偈略述』一巻一冊について、『国書総目録』によれば、「（成）元禄十六（写）大谷（一冊）（二冊）・竜谷・林山・無窮平沼（活）真宗全書三九」とある。板本にはならず写本で伝わるものなので、刊記集成には載らない。ちなみに龍谷大学学術情報センターの蔵書検索によれば、恵空述・誓鎧写、嘉永七年跋（一二三・五―一三〇W）とある。内容につき『仏書解説大辞典』によれば、

元禄十六年夏、師六十歳のとき本偈を講義し、後その要領を自ら草したのが本書である。来意、大意、題目、正文の四大段に分ち、処々に仏光寺第十三主光教の正信偈聞書、幷に慶秀の同偈私記の説を批判し、別に一義を立てたる点が、永く大谷派学界の権威とされてゐる。説述の体裁は比較的簡約であるが、明透適確、殊に本偈の字句に関する典拠の文献を一々細密に抄出してゐるから、この方面のことを知るに至便である。

とある。詳しくは『真宗全書』三九に譲る。

恵空の『正信偈文林』一冊については寛文四年の条を参照されたい。

〔宝永二年＝一七〇五〕

第十四に貞阿（〜宝永二年＝一七〇五）の『正信偈本義』四巻について、『国書総目録』によれば、「（版）宝永二版―竜谷」とある。龍谷大学本は無刊記で、宝永二年三月貞阿の自序がある。序に曰く、「正信念佛偈本義幷序。正信念佛偈者、原出於聖人胸襟。世所由来尚矣。良以句偈隠略、旨趣深微而具備其故。稍通其理、特応群品也。……古今綿代、脱学判釈、有数家。於中或仍漢語、貫意義、或以和字、成注脚。皆是文藻華美、辞至於繁長、還如迷岐路。欠質直、相似者乎。予雖為匪類幺麼身、志于茲歴星霜。唯任所領納、芟夷煩乱、翦截浮辞。本其宗致、伸略解云尓。宝永二旃蒙作□三月穀旦、真門渋谷末流帰西子比丘貞阿子識焉」と（訓点を省く）。貞阿は、先行注はみな文章が華美で、言葉も冗長なので、かえって人を迷わせるようなもので、質直さに欠け、似たようなものばかりである、と非難している。

貞阿（玄貞）について『国書人名辞典』によれば、延宝から宝永頃の人。法諱玄貞、字懐閑・貞阿、号帰西子、俗姓藤井。仏光寺派の学僧。

なお貞阿（玄貞）注の『首書正信念仏偈私記』二巻については慶長十年の条を参照されたい。

〔正徳三年＝一七一三〕

第十五に月筌（寛文十一～享保十四年＝一六七一～一七二九）の『正信偈勧説』三巻三冊について、『国書総目録』によれば、「（成）正徳元（版）正徳四版―大谷・京大・東北大狩野・東洋大哲学堂・竜谷・無窮平沼、正徳五版―竜谷」とある。しかし「正徳五版―竜谷」なるものは確認できない。「正徳四版」については確かに龍谷大学に四点蔵されており、三点（一八一・二三ケッシR、一二三・五―七七W、一二三・五―七八W、一二三・五―一七五W）は北田清左衛門と天王寺市郎兵衛の相合板、一点（一二三・五―七九W）は藤屋弥兵衛と天王寺市郎兵衛の相合板である。巻頭に正徳三年閏五月の慈溪了慶の長文の序を、巻末に正徳三年の月筌の識語を付す。識語に曰く、

正信念仏偈勧説三巻、門人知玄・知英等、
　敬請流行于世、伏冀
　宗風播四極□水瀉三会。維時
正徳万年之第三癸巳夏六月穀旦謹識

と。北田清左衛門は大坂心斎橋筋唐物町南入東側、慶安より元文ごろに活躍。『六百番歌合』（承応元年）などを出版。天王寺市郎兵衛は水玉堂、葛西氏、京五条通町上ル西側、寺町五条橋通詰町、寛文から享保ごろに活躍。藤屋弥兵衛は星文堂、浅野氏、大坂高麗橋一丁目角、寛文から享保ごろに活躍。

月筌については「学匠著述目録」に、

大坂天満定専坊。知空門人。伝出本願寺通紀及清流紀談。
称讃浄土経駕説四巻　（一三点略）　○正信偈勧説三巻　勧説義憑七巻　（以下一四点略）

とある。『勧説義憑』について『国書総目録』によれば、「（写）竜谷（泰厳写）」とある。龍谷大学本（一二三・五

一八〇W）は写本なので紹介を省く。

月筌について『国書人名辞典』によれば、号華蔵閣、法諱崇信。大阪天満の人。十六歳で本願寺派定専坊の住職となる。のち知空の門に入り、三十歳で『大乗起信論』を講じ、四十六歳で退隠し、宗典の研究に没頭。

〔正徳四年＝一七一四〕

第十六に了諦（〜享保九年＝一七二四）の『正信偈集解』二巻二冊について、『国書総目録』によれば「(版) 享保三版―竜谷、元文元版―竜谷」とある。しかし龍谷大学学術情報センターの蔵書検索では「享保三版」なるものは検出されない。龍谷大学本は元文元年板一点のみかと思われる。下巻末門人識語及び刊記に、

先師会読此集解、丁筆於正徳甲午四月上旬、脱
稿於同年九月下澣、雖復従事于校対、其功未全
享保甲辰之秋俄然而逝。是為一■歳月代序十
有三回、于此奉遵遺意、改修刪補附諸■生、而■
悠久蓋欲以擬其香蘋耳。見者莫以競異、而為讃
也。幸享保二十一年丙辰二月二十四日門人某
甲等畔題敬識。

元文元丙辰年臘月中浣

堀川通高辻上ル町
植村藤右衛門
皇都書坊　醍井通五条上ル町　発行

金屋　半七郎

とある（訓点を省く。虫損甚大にて不読の箇所は■印を以て埋める）。右によれば先師了諦の会読によりこの集解を正徳四年に脱稿したが、校対の途中に先師了諦が没したので、十三回忌に当たって改修刪補をなし、享保二十一年（元文元年＝一七三六）に完成させたらしい。植村藤右衛門については前述。金屋半七郎は小佐治氏、整文堂。元禄から享保ごろに活躍。『蓮如上人御一代記』（享保元年相合板）などを上梓。その係累と思われる金屋半右衛門は性海の『正信偈要解刊定記』の板元の一人である。

〔享保九年＝一七二四〕

第十七に慶雲の『正信念仏偈説約』二巻一冊について、『国書総目録』によれば、「（版）享保四版―竜谷、享保九版―竜谷」とある。しかし龍谷大学学術情報センターの蔵書検索によれば享保九年板一点しかなく「享保四版」なるものは存在しない。巻頭の慶雲自序に、

（前略）茲年享保己亥春、偶講此偈之次、采輯諸説、筆之記之間、亦竊附己意。書巻已成、名曰説約。□□僭踰无所逃罪。然至于信知仏願、難思獲得、報土真因。単是大祖之洪恩也。不可不報不可不謝、越忘固陋、不顧嘲弄、遂成此事矣。庶幾酬祖恩之、万之乙而已矣。

東肥成満恢通慶雲叟謹書／（印）（印）

とあり（不読の箇所を□印を以て埋める）、巻末識語と刊記に、

正信念仏偈説約二巻蓑田氏某甲捨貨財、彫之。以薦福於亡母光誉貞寿信尼。

時享保九甲辰二月廿二日識

洛陽寺町押小路橘屋

野田治兵衛

とある。右によれば勿論商業出版ではなく、布施をした蓑田氏の亡母追善供養板であり、野田は製作を担当したのみであろう。

〔享保十九年＝一七三四〕

第十八に桃溪（延宝三〜享保二十年＝一六七五〜一七三五）の『正信偈文軌』三巻について、『国書総目録』によれば、「（版）大谷（正信念仏偈文軌旁通幷開首の内）・京大（正信偈開首・正信念仏偈文軌旁通を付す、四冊）・竜谷（正信偈聞書、正信念仏偈文軌旁通を付す、二冊）（五冊）（四冊）（三冊）（二冊）・無窮平沼（三冊）」とあり『古典籍総合目録』には「（版）享保一九版—金沢大暁烏（「正信念仏偈文軌」、中巻欠二四冊）」とある。龍谷大学蔵六点はいずれも序跋なし。四点は「浄喜寺蔵板」（内一点に「御本山御用御書物所、京東六条下数珠屋町、丁子屋九郎右衛門」と埋め木で補う）、二点は無刊記本である。

桃溪（若霖）については「学匠著述目録」に、

若霖　号桃溪。江州日野正崇寺。第三能化。知空門人。謚離塵院。伝出龍谷講主伝・本願寺通紀及清流紀談。

○三経科校本四巻　○正信偈文軌五巻　正信偈科一巻　浄土和讃科一巻　私淑編（割書略）

桃溪遺稿一巻

とある。

〔元文元年＝一七三六〕

第十九に南溟の『操觚随意鈔』五巻五冊について、『国書総目録』によれば、「正信偈随意鈔…一二巻一冊…南溟（版）元文元版—竜谷」「正信偈随意鈔一二巻後編……（版）元文四版—竜谷」とあるが、これも誤記であろう。

正確に言うと、正編五巻一冊、後編七巻二冊、都合十二巻三冊である。龍谷大学には四点あり、二点は正編のみの五巻一冊と五巻五冊、ともに元文元年識語を有する同一板である。他の二点（写字台文庫）は正続揃えで十二巻三冊本である。正編の識語に曰く、

此書五巻ハ幼学ノ勧化ノ資ニモト書アツムル故ニ、文字ノ真俗、仮名附ノ仮字ヅカヒ、サラニ吟味セズ。唯読ヤスキヲ詮トス。殊ニ和歌ハ一首ノ義ニヨリテ清濁ハ明ナルヲ以テ、濁ヲツケヌヲ法トスレドモ、初心ノタメナレバ、ワザト習ヒニ背テ濁ヲツケ侍ルナリ。其外言辞ヤ雅俗共ニ相雑へ、心ノ転ズル所ニ隋ヒテ筆ヲトレバ、操觚随意鈔トナツクルモノナリ。

元文元年十一月上旬　湖東駒井光闡寺南溟書

京都書林　　　　堀川通高辻上ル町
　　　　　　　　長村半兵衛

とある。後編の識語に曰く、

去年梓行ス操觚随意鈔ニワヅカニ正信偈ノ本文アルヲ以テ、書林シキテ正信偈ノ三字ヲシテ外題ニ安ゼシム。故ニヤムコトヲ得ズシテ、ツヾイテコノ七巻ヲ書ス。然ドモ原コレ幼学ノ勧化ノ為ニシテ、本文ノ注解ヲ委セズ。唯讃題トシテ一句ヅ（〵）アグルノミナリ。其前編ニナラヘバ後編モ亦同ジ。タヾシ後編ハ二句ヨリオホキハ六句ニイタリテ本文ヲ題スレバ、前編ニ似ザル事モアルベシ。是ハコレ巻数ヲシテ多カラザラシメンガタメナリ。

とある。後編は元文四年七月刊で、長村と植村藤右衛門、北村四良兵衛の相合板である。長村は文栄堂、京堀川通仏光寺下ル西側。貞享より元文ごろにかけて活躍。『和漢朗詠集』（享保四年）などを出版。植村と北村につい

ては前述。

南溟について『国書人名辞典』によれば、号渋阜・東渚。近江国湖東駒井光闡寺住職。

〔延享四年＝一七四七〕

第二十に元秀の『正信念仏偈領解抄』二巻について、『国書総目録』によれば、「(写) 竜谷 (版) 東洋大哲学堂・竜谷」とあるが、龍谷大学本には該書の写本は存在しない。二点（一二三・五—二四、一二三・五—二五）ともに板本である。巻頭に序跋を有す。自序に曰く、

正信念仏偈領解抄序

正信念仏偈は蓋し是れ我が宗伝法の肝心、安心立行の目足なり。然るに余初て祖師の教義を窺ふに、渋滞して通ぜず、半信半疑の年久しき所、而して後一旦廓然として祖師の教意を悟了し、其の文義に於て通暢して惑はず。是を以て今知恵報徳の為に正信念仏偈を解して門弟子をして宗義を領解せしむ。若し宗義を疑惑する者有らば、抄に由て偈を解し、正路に進みて別途に馳せざらん。是れ我が願ふ所なり。是の故に名づくるに領解抄を以てすと云ふこと爾り。

時

延享丁卯孟春仲旬

湖東旧縁寺釈元秀謹誌

とあり（原漢文を開く）、その次に「時延享丁卯春暁湖東永照寺釈宗閑槃談誌」の跋文がある。延享四年杉田源兵衛と藤屋武兵衛の相合板である。杉田源兵衛は伝未詳。藤屋武兵衛は京寺町通五条上ル。享保から宝暦ごろにかけて活躍。『小夜中山霊鐘記』（寛延元年）、『続沙石集』（延享元年）など。

〔宝暦三年＝一七五三〕

第二十一に僧撲（享保四～宝暦十二年＝一七一九～一七六二）の『正信偈五部評林』三巻について、『国書総目録』によれば、「（活）正信偈五部評林（明治一三）」とある。江戸期の板本はないようである。龍谷大学には明治十三年板が二点（合一冊、三冊）ある。探道跋、下間安海校正、永田調兵衛板。探道跋に曰く、

講師休休道人、字ハ抱質、諱ハ僧撲。越ノ中州ノ人。現ニ龍谷海会ノ臘満ニシテ、日溪尊者ノ遺弟ナリ。師ノ徳沢ヤ大ニ河南ノ地ヲ潤ス。河北ノ法侶、師ノ高徳ヲ慕テ、親シク示教ヲ蒙ランコトヲ願フ。幸ニ今春本照院主〔法諱法教〕師ヲ請シテ、今偈ヲ拝聴センノ志アリ。依テ其意ヲ得テ、光専寺司〔法名玄鷹〕ト貧道ト願ヲ同シテ師ヲ請ス。時ニ師ハ界浦勝曼宝窟ノ会下ニ在リ。彼ニ至テネンコロニ請意ヲ述スルニ、師請諾シテ今日ヲ約ス。約後数旬ニ及ヘトモ、高盟違セス。今日来化シテ会ヲ本照精舎ノ金殿ニ開ク。実ニ此地ノ頑石生潤ノ時トハ将ニ今コノ時ナリ。小子雀躍聞マヽニ記シテ、他日廃忘ニ備フ。

于時宝暦第三夏五月廿一日　願行寺寓居小子〔探道記之〕

と。右によれば僧撲の講演を探道が筆録したものであることがわかる。

僧撲については「学匠著述目録」に、

僧樸　京宏山寺。号昨夢廬。法霖門人。謚陳善院。伝出本願寺通紀及清流紀談。

阿弥陀経録一巻　易行品懸談并科一巻　十二礼講録一巻　安楽集講録四巻（以下二五点略）

とある。

僧撲の伝については、探道跋や「学匠著述目録」に有る通りであるが、なお詳しくは『国書人名辞典』などを参照されたい。

〔安永二年＝一七七三〕

第二十二に皆遵の『正信偈絵抄』二巻について、『国書総目録』によれば、「（成）安永二刊（版）大谷・早大・東大・東北大狩野・竜谷・徳島・岩瀬・茶図武藤・漆山又四郎」とある。架蔵本の義圭序に曰く、

序／仰て惟見れば、西方極楽の教主、六百年のむかし、迹を此国に垂て、祖師聖人と示し給ふ。華夷六十年の御化導あり。竟に満九十歳にての御往生も、娑婆の風俗にしたがひ給へば、ひとり残らせ給ふべきにあらず。今は年極りて候得ば、定て往生し候はんずるぞ。必浄土にて待参らせ候べく候にて、末の世の我等が為に数々の聖教を胎したまへり。其の中殊に正信偈和讃は、在家の内仏まで御免ありて、朝夕是れを誦れば、せめては文句の梗概をも会得させばやと、同業の人かつて此書を著しけるが、未だ其の業畢らずして世まかりければ、貧道その志しをつぎ、是れを梓に鏤めて、あまねく遐迩の同行に示し、御報謝相続の助縁たらしめんといふ。

安永癸巳の夏／粟津釈義圭書／(印)(印)

と。刊記集成には三本の刊記を載せたが、書体から文台屋多兵衛板が初板で、北村四郎兵衛板や朝倉儀助・北村四郎兵衛・菱屋治兵衛三書肆板は後刷と思われる。文台屋多兵衛は二酉堂、京三条通室町西入、三条新町東入南側。享保から天保にかけて活躍。北村四郎兵衛については前述。朝倉儀助は書種堂、京二条通高倉西入南側。正徳から嘉永にかけて活躍。菱屋治兵衛は福寿軒、宜風坊書林、八木氏、京寺町通松原上ル西側、御幸町通松原上ル。貞享から弘化にかけて活躍。ただしいずれも年数が長すぎるので世襲名であろうが、何代目かは不明。

皆遵について『国書人名辞典』によれば、号蘭露子。安芸国本願寺派報専坊の住職。深諦院慧雲の法嗣。著に『現世利益和讃絵抄』、『高僧和讃絵抄』など。

〔安永五年＝一七七六〕

第二十三に義端（〜享和三年＝一八〇三）の『正信偈自得解』二巻二冊について、『国書総目録』によれば、「(成)安永五刊（版）大谷・竜谷」とある。龍谷大学本によれば巻頭に義端の自序がある。序に曰く、

修多羅曰、仏以一音、演説法、衆生隋類各得解。蓋正信念仏偈一百二十句者亦吾宗祖一音之所説而……夫既彼各得其解而吾耻□之者、是亦我句得之解也。已尽於是乎遂命之。明和乙酉冬十二月、墨浦霊松義端自序

と。浪華書林四肆板であるが、藤屋弥兵衛と本屋（北田）清左衛門は前述のごとく正徳四年に月筌の『正信偈勦説』を相合板で出版しており、今回はそれに田原屋平兵衛と丹波屋半兵衛を加えている。田原屋平兵衛は抱玉軒、大坂石灰町、道具屋町筋、順慶町一丁目（正徳元年本）、心斎橋筋塩町（安永七年本）、車町。寛永の創業なので該書の平兵衛は何代目か後。安永三年に出した入江昌喜『幽遠随筆』は絶版を命じられている。丹波屋半兵衛は玉笥堂、大坂心斎橋筋南詰一丁目、長堀心斎町。元文から安永ごろ活躍。丹波屋の蔵板目録は『大乗成業』（明和五年）に載る。

義端について『国書人名辞典』によれば、号空門子。俗姓脇坂。摂津国住吉郡粉浜霊松寺十二世。十六歳で本山寛如上人（堯超）より法名を授けられ、仏光寺派最高の学階講師となる。詩文集や『赤穂四十六士論評駁』などもある。水田紀久「釈義端雑考」（『近世文芸』四一）などを参照されたい。

〔寛政四年＝一七九二〕

第二十四に栗津義圭（〜寛政十一年＝一七九九）の『正信偈観則』六巻について、『国書総目録』によれば、「(成)寛政四刊（版）竜谷※明治版あり」とある。架蔵本の理空序に曰く、

史云、解書者不註書、註書者不解書。蓋非註解之難、能之難也。善哉斯冊。能解其書、能説其書。読者亦能

得其意者、則□斧伐柯。取則不遠。観則之名在于斯乎。為能読説者、圭公摩其頂矣。

寛政辛亥之春二月

平安徳円幻住理空撰／(印)(印)

と。刊記の「寛政四年二月吉祥日」部分と須原茂兵衛ら三書肆名部分と書体が違い、三書肆名などは入木で補ったものと思われ、後刷本であろう。

義圭について『国書人名辞典』によれば、法諱法明のち諦住。字義圭。近江膳所大谷派響忍寺住職。高倉学寮に学び、のち唱導に力を尽くす。本願寺の功存の主張と対立、大谷派の唱導談義を興した。

〔天保四年＝一八三三〕

第二十五に信暁（安永三～安政五年＝一七七四～一八五八）の『正信念仏偈一言鈔』四巻について、『国書総目録』によれば、「(成)天保三序、同四刊（版）大谷・東北大（三巻四冊）・千葉・長崎（一冊）（活）正信念仏偈談話（明治三二）」とある。架蔵本に二点あり、同板である。表見返しに、「正定閣述作／正信偈一言鈔全四巻／洛陽大行寺蔵板」とあり、巻頭の自序に曰く、

正信偈一言鈔序

夫正信偈の註釈は、存覚上人の六要鈔、蓮如上人の大意、光教上人の聞書をはじめとし、玄貞の首書、古円の略解、空誓の見聞、西吟の要解、智空の助講、性海の刊定記、慧空の略述、月筌の勧説、桃渓の文軌、霊松寺の自得解等、百を以数るにあまれり。それらの中に蘊在せる無量義の一義を出して、門徒同行に物語れば、北川久兵衛、中村喜八のともがら、書あたへよといへるに応じて、左右なくこれをしるし、正信偈一言鈔と題しぬ。一言とは言葉の少きをいふのみ。于時天保第三年辰十月平安大行寺愚主信暁

と（ルビを省く）。

信暁について『国書人名辞典』によれば、号正定閣。美濃国不破郡の大谷派長源寺に生まれ、三十歳で寺務を実弟に譲り、各地の碩学を訪ねて修学。四十六歳で仏光寺随応の勧めで仏光寺に入り、山内の明顕寺を再興。四十八歳で大行寺を開基。のち仏光寺派学頭となる。

〔安政三年＝一八五六〕

第二十六に暁晴の『正信念仏偈訓読図会』三巻について、『国書総目録』によれば、「（成）安政三刊（版）国会・東大・日比谷東京・岩瀬・水谷川家・漆山又四郎・尾崎久弥」とある。龍谷大学本の巻頭の念仏行者某の序に、

正信偈訓読図会

正信念仏偈は祖師聖人の御製作にして、其の前文に大聖の真言に帰し、大祖の解釈を閲し、仏恩の深遠なる事を信知して正信念仏偈を作ると著し置せ給ふ、寔にありがたき事にこそ。されば在家止住の男女までも朝な夕なに是れをいたゞき勧めぬ日もなし。しかれども其の文の意を知りける者も亦少し。もとより其の注釈の書も世に普く流布すといへども、愚昧の僕のごときの者、読得がたく、況や婦女子の徒は屈してよむ事を労す。故に年来此の事を愁ふるによて、今般書肆とはかりて暁の先生に乞ひて、童蒙婦女子の読みやすく解し安き注書を設け、ところどころに絵をまじへて読むものゝ屈を助く。さる程につたなき僕の身にも、有がたき事を詳かに覚へ知りて、嬉しさ譬へんに物なし。其の歓喜のあまり筆を採りて、四方の信者これを読せ給へとすゝめ申さむため、巻のはじめをけがし侍る。

于時安政三年／両御堂傍辺寓居／念仏行者某謹誌

とある。

暁晴について『国書人名辞典』によれば、読本作家・絵師、木村明啓。号鶏鳴舎、暁鐘成、法号道観居士。大阪西横堀福井町の上醤油所和泉屋茂兵衛の男。自画自作の作品を多く残し、考証随筆や地誌を著した。『摂津名所図会大成』など。

学僧ならぬ絵師までが、正信偈の注釈書を著しているところに、幕末という時代や、正信偈の広がりの大きさを感ぜざるを得ない。

四　おわりに

以上室町期から江戸期にかけて板本として流布した正信偈注釈書の歴史を振り返り、書肆の活動についても多少触れたのであるが、表面的ながら気づいたことは、

(一)京や近江の学僧の多いこと。

(二)仏書屋だけではなく一般書肆の手になるものも多いこと。

などである。

なお写本で伝わるものを原則として省いたために、正信偈注釈史としてはその役割を果たせなかったのであるが、それは今後の課題としたい。また正信偈注釈書出版史としてもよくその責を果たしたとは言い難いが、博雅の士の御示教を得て、いずれ全き正信偈注釈書出版史を完成させたい。

正信偈注釈書刊記集成

【凡例】

一　刊記集成には、龍谷大学図書館蔵本を中心に、江戸時代から明治に至るまでに開版された『正信偈』の注釈書を、無刊記のものも含め収録する。ただし、活字本は収録していない。

一　各項目の配列は、大方成立年代順とする。

一　書名以外の文字は、原則として通行のものに改める。

一　刊記について、字配りなどの体裁は基本的には原本に近くなっているが、匡郭や罫線を省くなど、もとの資料とは異なる場合がある。

一　配列・記述の順序は、次の通りである。

○無刊記で同種の本がある場合は、その項目の中で(イ)、(ロ)、(ハ)など、一点ごとに列記する。

○原則として書名は内題を採用し、『　』で括った。角書きは〔　〕内に示す。また、書名表示の下に巻数、著者名を付し、内題と異なる場合は外題・版心題も示す。

○①所蔵者（龍谷大学の場合は請求番号を付す）　②装幀　③表紙の色や模様　④法量　⑤匡郭の寸法　⑥主たる文体（漢文、漢字平仮名まじり文、漢字片仮名文まじり文の別、振り仮名の有無）　⑦丁数　⑧序跋の有無　⑨備考（見返し刊記がある場合や、外題、版心題の有無、識語など）を示す。

一　明治刷りの刊記には歴史的用語が含まれるが、史料として扱い原文のままとする。

『六要抄』（無刊記本）

（イ）　十巻六冊。存覚。

①龍谷大学蔵本（一二三・一／六三―W／一～六）　②袋綴　③丹色・菊唐草模様空押　④二七・七×一九・一糎　⑤（双郭）二一・七×一五糎　⑥漢文（付訓）　⑦一巻二八、二巻新本二八、二巻新末二五／三巻旧本二七、三巻旧末二七／四巻三二、五巻二九／六巻旧本新本二八、六巻旧本新末二八、六巻旧末二九、跋三丁　⑧延文五年存覚跋　⑨外題『六要鈔』。「明徳三年壬申五月十六日／慈観」識語。

（ロ）　十巻四冊。存覚。

①龍谷大学写字台文庫蔵本（一二三・一／六二―W／四）　②袋綴　③丹色・つなぎ紋模様空押、「眞宗學庠」の文字空押　④二六・二×一九・三糎　⑤（双郭）二一・八×一五糎　⑥漢文（付訓）　⑦一巻二八、二巻新本二八、二巻新末二五／三巻旧本二七、三巻旧末二七／四巻三二、五巻二九／六巻旧本新本二八、六巻旧本新末二八、六巻旧末二九、跋三丁　⑧延文五年存覚跋　⑨外題『六要鈔』。「明徳三年壬申五月十六日／慈観」識語。

（ハ）　十巻二冊。存覚。

①龍谷大学写字台文庫蔵本（一二三・一／六四―W／二）　②袋綴　③丹色・つなぎ紋模様空押、「眞宗學庠」の文字空押　④二六・二×一九・三糎　⑤（双郭）二一・八×一五糎　⑥漢文（付訓）　⑦一巻二八、二巻新本二八、二巻新末二五／三巻旧本二七、三巻旧末二七／四巻三二、五巻二九／六巻旧本新本二八、六巻旧本新末二八、六巻旧末二九、跋三丁　⑧延文五年存覚跋　⑨外題『六要鈔』。「明徳三年壬申五月十六日／慈観」識語。

（ニ）　十巻四冊。存覚。

①龍谷大学写字台文庫蔵本（一二三・一／六六―W／二）　②袋綴　③藍色・つなぎ紋模様空押　④二七・一×一九糎　⑤（双郭）二一・七×一五糎　⑥漢文（付訓）　⑦一巻二八、二巻新本二八、二巻新末二五／三巻旧本二七、三巻旧末二七／四巻三二、五巻二九／六巻旧本新本二八、六巻旧本新末二八、六巻旧末二九、跋三丁　⑧延文五年存覚跋　⑨外題『六要鈔』。「明徳三年壬申五月十六日／慈観」識語。

（ホ）　十巻六冊。存覚。

①龍谷大学蔵本（一二三・一／六七―W／一～六）　②袋綴　③丹色・菊唐草模様空押　④二七・六×一八・九糎　⑤（双郭）二一・七×一五糎　⑥漢文（付訓）　⑦一巻二八、二巻新本二八、二巻新末二五／三巻旧本二七、三巻旧末二七／四巻三二、五巻二九／六巻旧本新本二八、六巻旧本新末二八、六巻旧末二九、跋三丁　⑧延文五年存覚跋　⑨外題『六要鈔』。「明徳三年壬申五月十六日／慈観」。

（ヘ）　十巻六冊。存覚。

①龍谷大学蔵本（一二三・一／一七二―W／一～六）　②袋綴　③丹色・菊唐草模様空押　④二七・五×一九・一糎　⑤（双郭）二一・七×一五糎　⑥漢文（付訓）　⑦一巻二八、二巻新本二八、二巻新末二五／三巻旧本二七、三巻旧末二七／四巻三二、五巻二九／六巻旧本新本二八、六巻旧本新末二八、六巻旧末二九、跋三丁　⑧延文五年存覚跋　⑨外題『六要鈔』。「明徳三年壬申五月十六日／慈観」識語。

（ト）　十巻六冊。存覚。

①日下幸男蔵本　②袋綴　③浅黄色　④二六・四×一九糎　⑤（双郭）二一・八×一四・九糎　⑥漢文（付訓）　⑦一巻二八／二巻二八、三巻五四／四巻三二／五巻二九／六巻五七丁　⑧延文五年存覚跋　⑨外題『六要鈔』。「明徳三年壬申五月十六日／慈観」識語。

（チ）　十巻六冊。存覚。

①龍谷大学蔵本（一二三・一／六五―W／一～六）　②袋綴　③丹色・つなぎ紋模様空押、「眞宗學庠」の文字　④二六×一九・二糎　⑤二〇・九×一五・六糎　⑥漢文（付訓）　⑦一巻二八、二巻新本二八、二巻新末二五／三巻旧本二七、三巻旧本二七／四巻三二、五巻二九／六巻旧本新本二八、六巻旧本新末二八、六巻旧末二九、跋三丁　⑧延文五年存覚跋　⑨外題『六要鈔』。「明徳三年壬申五月十六日／慈観」識語、改刻本。

『六要抄』　十巻十冊。存覚。

寛永丙子仲冬吉旦

西村又左衛門新刊　」（十巻末、跋文の前）

①龍谷大学写字台文庫蔵（一二三・一／六八―W／一〇）　②袋綴　③浅黄色・菊唐草模様空押　④二八×一八糎　⑤（双郭）二一・七×一四・九糎　⑥漢文（付訓）　⑦一巻二八／二巻新本二八／二巻新末二五／三巻旧本二七／三巻旧本二七／四巻三二／五巻二九／六巻旧本新本二八／六巻旧本新末二八／六巻旧末二九、跋三丁　⑧延文五年存覚跋　⑨外題『六要鈔』。「明徳三年壬申五月十六日／慈観」識語。

『教行信證六要鈔會本』十巻十冊。存覚注、円爾編。

教行信證四刊

寛永版　寛永丙子　孟春之鏤刋
　　　　今載之　東本山

正保版　正保丙戌　仲春之鏤刋
　　　　今也焼亡

明暦版　明暦丁酉　仲冬之鏤刋
　　　　今載之　西本山

寛文版　寛文癸丑　仲秋之鏤刋
　　　　今在于坊　間

京堀川通綾小路下ル町
銭屋庄兵衛
京東六条下数珠屋町
丁字屋九郎右衛門」（十巻末、裏見返し）

安永八年己亥冬合刻

①龍谷大学蔵（一一三・一／七一―W／一～一〇）②袋綴 ③丹色・唐草模様空押 ④二七・二×一八・九糎 ⑤（双郭）一九×一四・二糎 ⑥漢文（付訓）⑦口絵一、一巻二七／二巻五二／三巻四九／四巻五五／五巻六六／六巻五〇／七巻五五／八巻三三／九巻五八／十巻六五丁、六五丁から六十七丁まで跋二丁半 ⑧跋「安永八年己亥仲冬九日／全鳳」⑨版心題「六要鈔會本」。

『教行信證六要鈔會本』十巻十冊。存覚注、円爾編。

教行信證四刊

寛永版　寛永丙子　孟春之鏤刋
　　　　今載之　東本山

正保版　正保丙戌　仲春之鏤刋
　　　　今也焼亡

明暦版　明暦丁酉　仲冬之鏤刋
　　　　今載之　西本山

寛文版　寛文癸丑　仲秋之鏤刊
今在于坊　間

安永八年己亥冬合刻　京堀川通綾小路下ル町
銭　屋　庄　兵　衛
京東六条下数珠屋町
丁字屋九郎右衛門　」（十巻末、裏見返し）

①龍谷大学蔵写字台文庫（一二三・一／七二―W／一〇）②袋綴　③丹色・菊模様空押　④二七・八×一九・二糎　⑤（双郭）一九×一四・三糎　⑥漢文（付訓）⑦口絵一、一巻二七／二巻五二／三巻四九／四巻五五／五巻六六／六巻五〇／七巻五五／八巻三三／九巻五八／十巻六五丁、六五丁から六十七丁まで跋三半　⑧跋「安永八年己亥仲冬九日／全鳳」⑨版心題「六要鈔會本」。

『教行信證六要鈔會本』十巻三冊。存覚著、大高文進校。

明治十三年十二月出版御届
同　十四年三　月　刻　成
校訂兼　京都府平民
出版人大高文進
下京区第拾壹組山玉町五百四十八番地

売　西京東六条下珠数屋町　西村九郎右衛門
鬻　同　西六条花屋町　永田調兵衛
所　同　東六条中珠数屋町　西村七兵衛　」（十巻末、裏見返し）

①龍谷大学蔵（一二三・一／七三―W／一〜三）②袋綴　③丹色・つなぎ紋模様空押　④一六・八×一一・九糎　⑤一

四×九・九糎　⑥跋複数有り　⑦口絵一、一巻二七、二巻五二、三巻四九、四巻五五／五巻六六、六巻五〇、七巻五五／八巻三三、九巻五八、十巻六五丁、六五から六七丁まで、跋二丁半　⑧跋「安永八年己亥仲冬九日／全鳳」　⑨外題「〔教行信證〕六要鈔會本」。版心題「六要鈔會本」

『會本六要鈔指玄録』九巻五冊、後編十巻一冊、十一巻一冊。

明治二十年十二月十日出版々権御願
仝　年十二月十六日版権御免許　定価金弐円
仝　二十一年一月十日刻　成
著者相続人　富山県平民　柳　渓　了　秀　越中国上新川郡高折村明楽寺住職
校訂人　岐阜県平民　名　和　宗　瀛　美濃国本巣郡重里村浄明寺住職
仝　大阪府平民　利　井　鮮　妙　摂津国嶋上郡五百位村常見寺住職
出版人　京都府平民　永田長左衛門　下京区第二十三組山川町五番戸
」（九巻末、裏見返し）

①龍谷大学蔵（一二三・一／七五―W／一～五）　②袋綴　③黄色・つなぎ紋に下がり藤と桐模様空押　④二三×一五・七糎　⑤一七・七×一三・三糎　⑥序跋無し　⑦題字四、一巻二一／二巻四七、三巻三二／四巻四二、五巻三五／六巻五一、七巻三三／八巻四〇、九巻五四／十巻五四／十一巻五四丁　⑧序跋無し　⑨外題「〔會本〕六要鈔指玄録」。一巻表見返し「版権所有／快楽院柔遠述／〔會本〕六要鈔指玄録／〔名和宗瀛／利井鮮妙〕同校　永田文昌堂」。十巻表見返し「明治廿一年十一月出版／快楽院柔遠述／名和宗瀛校訂／〔會本〕六要鈔指玄録後編／京都書肆　永田文昌堂」。

『正信偈大意』一冊。蓮如。

元禄三庚午年孟春吉辰　丁字屋六兵衛
　　　　　　　　　　　婦屋　仁兵衛」（巻末）

①個人蔵　②袋綴　③薄茶色　④二五・六×一七・三糎　⑥漢字片仮名（片仮名でふりがな有り）⑦三〇丁　⑧序跋無し　⑨題簽欠。表表紙に「正信念佛偈□」と朱書きされている（「□」は判読不能箇所）。

『正信偈大意講解』三巻一冊。福田義導述。

明治十年七月十四日　御届
同　　十月廿五日　出版　定値金六十銭

　　　滋賀県平民
　　　権大講義
著　者　福　田　義　導
　　　近江国伊香郡第七区唐川村
　　　八十八番地真宗長照寺前住職
　　　京都府平民
出版人　西村九郎右衛門
　　　下京第三十区下珠数屋町
　　　東洞院西江入橋町九十二番地
発行書林　伊　藤　清　九　郎」（三巻裏見返し）
　　　東京浅草北松山町

①龍谷大学蔵（一二四・三／一―W）②袋綴　③茶色・つなぎ紋模様空押　④一七×一二糎　⑤一四・一×九・九糎　⑥漢字片仮名　⑦一巻六九、二巻六一、三巻五九丁　⑧序跋無し　⑨外題「〔福田義導著述〕正信偈大意講解」。版心題「正大解」。表見返し「権大講義福田義導著　定価金六十銭／正信偈大意講解／京都書林　西村九郎右衛門蔵版」。中間巻

末に「福田義導師著述目録」として『真宗手鑑』などの書肆広告一丁あり。

『正信偈大意二十題頼英』二巻一冊。占部観順著。

明治十年七月三十日出版御届

同　年六月五日刻成

著　者　愛知縣平民　三河国第十区播豆郡西尾順海町十四番地真宗唯法寺前住職　占部観順

定価金四十五銭

出版人　京都府平民　下京第三十区中珠数屋町烏丸東入廿人講町十六番　西村七兵衛

」（二巻末）

①龍谷大学蔵（一五〇・一／三七―W）②袋綴　③黄色・布目模様　④二二・四×一五・三糎　⑤一七・五×一二・八糎　⑥漢字片仮名　⑦一巻五一／二巻三二丁　⑧序跋無し　⑨外題「〔占部観順著〕正信偈大意二十題頼英」、版心題「正信偈大意頼英」。表見返し「明治十年六月発兌／占部観順著／正信偈大意二十題頼英全二冊／京都書林　西村七兵衛蔵梓」。

『正信偈大意分科』一冊。占部観順。

明治十年七月三十日出版御届

同　年十月八日刻成

愛知縣平民
中講義
校正分科者　占部観順
三河国第十区播豆郡西尾順海町
十四番地真宗唯法寺前住職
京都府平民
出版人　西村七兵衛
下京第三十区中珠数屋町烏丸東入
廿人講町十六番
」（巻末）

①龍谷大学蔵（二二四・三／二―W）②袋綴 ③黄色・つなぎ紋模様空押 ④二一・五×一四・八糎 ⑤一三・九×九・八糎 ⑥漢字片仮名 ⑦三四丁 ⑧序跋無し ⑨外題「〔占部観順分科〕正信偈大意分科」。本文と識語の間に『正信念佛偈二十題纈英』の書肆広告あり。

『正信偈大意分科』一冊。占部観順。

明治十年七月三十日出版御届
同　年十月八日刻　成　　定価金十二銭五厘
愛知縣平民
中講義
校正分科者　占部観順
三河国第十区播豆郡西尾順海町
十四番地真宗唯法寺前住職
京都府平民
出版人　西村七兵衛
下京第三十区中珠数屋町烏丸東入
廿人講町十六番地
」（巻末）

真宗御書物所

京東六条中珠数屋町
丁字屋七兵衛　」（裏見返し）

①龍谷大学蔵（一二四・三／一四六―W）　②袋綴　③丹色・つなぎ紋に丸紋空押　④一七×一二糎　⑤一三・九×九・八糎　⑥漢字片仮名　⑦三四丁　⑧序跋無し　⑨外題「〔占部觀順分科〕正信偈大意分科」。表見返し「明治十年十月発兌／中講義占部観順分科／正信偈大意分科全／京都書林　西村七兵衛蔵梓」。巻末に『正信念佛偈二十題襭英』の書肆広告あり。

『正信念佛偈私記』（無刊記本）

（イ）　一巻一冊。慶秀。

①龍谷大学蔵（一二三・五／六〇―W）　②袋綴　③海老茶色　④二七・四×一六糎　⑤二一・四×一六・二糎　⑥漢文（付訓）　⑦本文五六、跋一丁　⑧序跋無し　⑨版心題「正信偈」。識語有り。

（ロ）　一巻一冊。慶秀。

①龍谷大学蔵（一二三・五／五八―W）　②袋綴　③黄色・つなぎ紋空押　④二五・九×一七・七糎　⑤（双郭）二〇・五×一四・一糎　⑥漢文（付訓）　⑦四七丁（内、最終丁の裏が跋）　⑧序跋無し　⑨外題「〔頭書〕正信偈私記」。版心題「正信偈私記」。慶秀の識語有り。

（ハ）　二巻二冊。慶秀。

①龍谷大学写字台蔵（一二三・五／五九―W／一～二）　②袋綴　③青緑色　④二六・六×一八・九糎　⑤二二・四×一六・二糎　⑥漢文（付訓）　⑦一巻四三／二巻三九丁（二巻三十九丁裏に跋）　⑧序跋無し　⑨外題「〔頭書〕正信偈私記」。版心題「正信偈私記」。慶秀の識語有り。

『正信念佛偈私記略評』二巻一冊。慶秀。

松本屋
清兵衛
享保四己亥歳正月吉日丁字屋
伝兵衛　」（二巻末、裏見返し）
①龍谷大学蔵（一二三・五／六二一—W）②袋綴　③薄茶色　④二六×一七・九糎　⑤一九．五×一二糎　⑥漢文（付訓）　⑦序一、一巻二三、二巻二三丁　⑧序「正徳五年六月二日」の年記有り、序者不明　⑨外題「正信偈私記略評」。版心題「正信偈略評」。

『正信念佛偈要解』四巻四冊。西吟撰。
明暦四季仲春吉旦
五条橋通丁字屋
西村九郎右衛門刊　」（四巻末）
①龍谷大学蔵（一二三・五／一五一—W／一〜四）②袋綴　③濃茶色　④二七・七×一九・八糎　⑤（双郭）二〇・四×一四・五糎　⑥漢文（付訓）⑦序三、一巻一〇／二巻六五／三巻四三／四巻四八丁　⑧自序有り、年記無し　⑨版心題「要解」。

『正信念佛偈要解』四巻一冊（三巻欠）。西吟撰。
明暦四季仲春吉旦
五条橋通丁字屋
西村九郎右衛門刊　」（四巻末）

①龍谷大学蔵（一二三・五／一六九―W）②袋綴 ③朽葉色 ④二七・二×一八・九糎 ⑤（双郭）二〇・二×一四・四糎 ⑥漢文（付訓）⑦序三、一巻一〇、二巻六五、三巻四八丁 ⑧自序有り、年記無し ⑨題簽欠、表紙に「正信念佛偈要解」と墨書し単線で囲っている。版心題「要解」。

『正信念佛偈要解』四巻四冊。西吟撰。

延宝九辛酉載

四月仏生日

書林 銭屋儀兵衛
笠井四郎兵衛 開板」（四巻末）

①龍谷大学写字台蔵（一二三・五／一二三―W／四）②袋綴 ③青緑色 ④二六・五×一九・五糎 ⑤二三・六×一七・五糎 ⑥漢文（付訓）⑦一巻六五／二巻六五／三巻四三、四巻四八／四巻四八丁 ⑧序跋無し ⑨外題「〔首書〕正信偈要解」。版心題「首書要解」。

『正信偈科鈔』三巻三冊。羊歩記。

羊歩謹開板 」（三巻末）

①龍谷大学蔵（一二三・五／三―W／一～三）②袋綴 ③濃茶色 ④二六・六×一七・七糎 ⑤（双郭）一九×一四・九糎 ⑥漢字片仮名 ⑦一巻三四／二巻三六／三巻二七丁（内、三巻最終丁が跋）⑧自跋「貞応三年甲午陽月／羊歩」⑨版心題「正信科鈔」。

『正信念佛偈要解』一冊。知空述。

寛文九年己酉八月十五日
五条橋通扇屋町丁字屋
西村九郎右衛門鏤梓　」（識語の後）

①龍谷大学蔵（一二三・五／一二六―W）②袋綴　③藍色　④二七・八×一九・四糎　⑤二二・三×一六・三糎　⑥漢文（付訓）⑦序二、本文四四、跋一丁　⑧自序「時僧司恣日／大可」、自跋「寛文己酉秋」　⑨外題「〔改正補闕〕要解助講」。版心題「助講」。知空の識語有り。

『正信念佛偈要解』一冊。知空述。

寛文九年己酉八月十五日
五条橋通扇屋町丁字屋
西村九郎右衛門鏤梓　」（識語の後）

①龍谷大学蔵（一八一・一二三／チクシ―R）②袋綴　③藍色　④二七・三×一九・五糎　⑤二二・二×一五・七糎　⑥漢文（付訓）⑦序二、本文四四、識語一丁　⑧序「時僧司恣日／大可」・自跋、「寛文己酉秋」の年記　⑨外題欠。版心題「助講」。知空の識語有り。

『正信念佛偈本師親鸞聖人造幷皆攝』三巻三冊。宗信註。

四条通油小路東入町
石津八郎右衛門刋行　」（一巻末）

萬治四辛丑暦
三月廿四日
四条通油小路東入町

　石津八郎右衛門刊行　」（三巻末）

①龍谷大学蔵（一二三・五／九—W／一～三）　②袋綴　③藍色　④二八×一九・三糎　⑤（双郭）一九・五×一四・九糎　⑥漢文（付訓）　⑦一巻三四、識語一／二巻三四／三巻五三丁　⑧序跋無し　⑨外題「正信偈皆攝」。版心題「皆攝」。一巻と二巻に刊記がある。一巻末に助縁者一覧有り。

『正信念佛偈稱揚鈔』三巻三冊。恵雲。

寛文壬子仲夏吉日

五条橋通扇屋町丁字屋

　西村九郎衛門開板　」（下巻末）

①龍谷大学蔵（一二三・五／七四—W／一～三）　②袋綴　③縹色　④二七×一九・三糎　⑤（双郭）二〇・五×一五・八糎　⑥漢文（付訓）・片仮名のふりがな有り　⑦一巻五一／二巻二九／三巻六〇、識語一丁　⑧序跋無し　⑨題簽欠、題簽の後に「正信念仏偈稱揚鈔」と墨書している。版心題「正信偈抄」。恵空の識語有り。

『正信念佛偈私注解』六巻二冊。空誓。

延宝九辛酉初春吉日

五条橋通扇屋町
　川勝五郎右衛門開板　」（六巻末、裏見返し）

①龍谷大学蔵（一二三・五／一四一—W／一～二）　②袋綴　③縹色　④二五・三×一八・四糎　⑤二〇・五×一五・八糎　⑥漢字片仮名　⑦一巻二三、二巻三二、三巻一八／四巻一九、五巻二八、六巻二六丁　⑧序跋無し　⑨外題、版心題「正信偈註解」。六巻末に短い空誓の識語有り。

『正信念佛偈刋定記』三巻三冊。性海記。

宝永第八辛卯三月吉旦
堀河通五条坊門下町
小林氏半兵衛
堀河通本国寺前
小佐治半右衛門　板行
」（下巻末）

①龍谷大学蔵（一二三・五／一二五―W／一〜三）②袋綴 ③薄茶色 ④二六・四×一八・五糎 ⑤一八・六×一四・九糎 ⑥漢文（付訓）⑦一巻五六／二巻五八／三巻四四丁 ⑧序跋無し ⑨外題（後付か）・版心題「正信偈刋定記」。

『正信念佛偈要解刊定記』五巻五冊。西吟撰、性海記。

肥陽田邑玄虎書（刷印）
正徳三癸巳年四月仏生日
堀川通仏光寺下ル町
日野屋　半兵衛　板
堀川通仏光寺下ル町
銭屋　儀兵衛
洛陽書林
堀川通本国寺前
金屋　半右衛門
五条橋通間之町之角
丁字屋九郎右衛門　行
」（五巻末の識語の後）

①龍谷大学蔵（一二三・五／一二四―W／一〜五）②袋綴 ③薄茶色 ④二五・五×一七・八糎 ⑤一九・九×一五糎 ⑥漢文（付訓）⑦序三、序三（序が二）、一巻三三／二巻二八／三巻三一／四巻三五／五巻四五、識語一丁 ⑧序二「正徳改元三月中澣／慈谿了慶」・性海自序、年記無し。⑨外題「〔再治〕正信偈要解刋定記」。版心題「要解刋定記」。性海の識語有り。

『正信念佛偈要解刋定記』五巻三冊。西吟撰、性海記。

肥陽田邑玄虎書（刷印）
正徳三癸巳年四月仏生日
堀川通仏光寺下ル町 日野屋 半兵衛
堀川通仏光寺下ル町 銭屋 儀兵衛 板
洛陽書林 堀川通本国寺前 金屋 半右衛門
五条橋通間之町之角 丁字屋九郎右衛門 行
」（五巻末）

①日下幸男蔵本 ②袋綴 ③薄茶色 ④二十七・六×十八・八糎 ⑤一九・九×一四・九糎 ⑥漢文（付訓） ⑦序三、序三（序が二）、一巻三三、二巻二八／三巻三二、四巻三五／五巻四五、識語一丁 ⑧序二「正徳改元三月中澣／慈谿了慶」・性海自序、年記無し。⑨外題「〔再治〕正信偈要解刋定記」。版心題「要解刋定記」。性海の識語有り。

『正信念佛偈辨述鈔』九巻三冊。了信。

元禄九稔丙子正月穀旦 北村四郎兵衛開板 」（九巻末）

①龍谷大学蔵（一二三・五／九五―W／一～三） ②袋綴 ③縹色 ④二五・二×一八・二糎 ⑤二〇・八×一六・六糎 ⑥漢字片仮名（片仮名のふりがな有り） ⑦一巻 目録六、本文二五／二巻 目録一、本文二四、三巻 目録一、本文二六／四巻 目録一、本文二三、五巻 目録一、本文二三、六巻 目録一、本文二四／七巻 目録一、本文二七、八巻 目録一、本文二五、九巻 目録一、本文一八丁 ⑧序跋無し ⑨外題「正信偈辨述抄」。版心題「正信念佛偈」。別名『正信念佛偈鼓吹』。

『正信念佛偈辨述鈔』九巻五冊。了信。

元禄九稔丙子正月穀旦　　北村四郎兵衛開板」（九巻末）

各宗書籍製本発売所
発行者　永田長左衛門
京都市下京区花屋町通油小路東入山川町五番戸
大売捌所　永田栄次郎
京都市下京区上珠数屋町東洞院角
同　吉田久兵衛
東京市浅草区北東中町五番戸
肥後国熊本市新二丁目
同　長崎治郎」（九巻裏見返し）
①日下幸男蔵　②袋綴　③黄色・つなぎ紋模様「文昌堂」の文字空押　④二四・九×一八・三糎　⑤二〇・六×一六・七糎　⑥漢字片仮名（片仮名のふりがな有り）　⑦序一、目録二、口絵四、一巻二五／二巻目録一、本文二五／三巻目次一、本文二七／四巻目次一、本文二四／五巻目次一、本文二四／六巻目次一、本文二五、七巻目次一、本文二五／八巻目次一、本文二八、九巻目次一、本文一九丁　⑧自序有り「元禄丙子孟春日／了信」　⑨外題『正信偈薮吹　一名弁述鈔』、版心題「正信念仏偈」。明治刷り。

『正信念佛偈本義』四巻二冊。貞阿。

（無刊記本）

①龍谷大学蔵（一二三・五／一〇六―W／一～二）　②袋綴　③鼠色　④二六・七×一八・二糎　⑤二〇・六×一五・三糎　⑥漢字片仮名（片仮名のふりがな有り）　⑦序二、科一、一巻二八、二巻二七／三巻三三、四巻三二丁　⑧自序「宝永二旃蒙作□三月穀旦／貞阿」　⑨外題「正信偈本義」。版心題「正信本義」。

『正信念佛偈勧説』三巻三冊。月筌編。

正徳四甲午年卯月吉祥日

書林　摂陽　藤屋弥兵衛
京師天王寺市郎兵衛　開版」（三巻末）

①龍谷大学写字台蔵（一二三・五／七九―W／三）②袋綴　③薄茶色　④二八・二×一九糎　⑤一九・七×一四・五糎　⑥漢文（付訓）⑦序四、科二、一巻三五／二巻三四／三巻三二丁　⑧序「正徳三稔癸巳閏五月／了慶」。⑨外題「〔重校〕正信念佛偈勧説」。版心題「勧説」。月筌の識語有り。

『正信念佛偈勧説』三巻三冊。月筌編。

正徳四甲午年卯月吉祥日

書林　摂陽　北田清左衛門
京師天王寺市郎兵衛　開版」（三巻末）

①龍谷大学蔵（一二三・五／七七―W）②袋綴　③藍色　④二五・八×一八・一糎　⑤一九・七×一四・四糎　⑥漢文（付訓）⑦序四、科二、一巻三五／二巻三四／三巻三二丁　⑧序「正徳三稔癸巳閏五月／了慶」⑨外題「〔重校〕正信念佛偈勧説」。版心題「勧説」。月筌の識語有り。

『正信念佛偈勧説』三巻三冊。月筌編。

正徳四甲午年卯月吉祥日

書林　摂陽　北田清左衛門
京師天王寺市郎兵衛　開版」（三巻末）

①龍谷大学蔵（一八一・二三／ケッシ―R／一〜三）②袋綴　③浅葱色　④二六・一×一八・三糎　⑤一九・七×一四・四糎　⑥漢文（付訓）⑦序四、科二、一巻三五／二巻三四／三巻三三丁　⑧序「正徳三稔癸巳閏五月／了慶」。⑨外題「〔重校〕正信念佛偈勧説」。版心題「勧説」。月筌の識語有り。

『正信念佛偈勧説』三巻三冊。月筌編。

正徳四甲午年卯月吉祥日

書林　摂陽　北田清左衛門

　京師天王寺市郎兵衛　開版　」（三巻末）

①龍谷大学蔵（一二三・五／七八―W／一〜三）②袋綴　③縹色　④二六・五×一八・一糎　⑤一九・六×一四・四糎　⑥漢文（付訓）⑦序四、一巻三七／二巻三四／三巻三二丁　⑧序「正徳三稔癸巳閏五月／了慶」　⑨題簽欠。版心題「勧説」。月筌の識語有り。

『正信念佛偈勧説』二巻一冊。月筌編。

正徳四甲午年卯月吉祥日

書林　摂陽　北田清左衛門

　京師天王寺市郎兵衛　開版　」（二巻末）

①龍谷大学蔵（一二三・五／一七五―W／一〜二）②袋綴　③藍色　④二六×一八・三糎　⑤一九・六×一四・四糎　⑥漢文（付訓）⑦序四、一巻三五／二巻三二丁　⑧序「正徳三稔癸巳閏五月／了慶」　⑨外題「〔重校〕正信念佛偈勧説」。版心題「勧説」。月筌の識語有り。

『正信念佛偈勧説』三巻三冊。月筌編。

正徳四甲午年卯月吉祥日

書林　攝陽　北田清左衛門
京師天王寺市郎兵衛　開版」（三巻末）

①日下幸男蔵　②袋綴　③うす茶色・布目模様　④二五・四×一八糎　⑤一九・七×一四・四糎　⑥漢文（付訓）⑦序四、科二、一巻三五／二巻三四／三巻三二丁　⑧序「正徳三稔癸巳五月／了慶」⑨外題「〔重校〕正信念佛偈勧説」。版心題「勧説」。月筌の識語有り。

『正信念佛偈集解』二巻二冊。了締撰。

皇都書坊　堀川通高辻上ル町　植村藤右衛門
醒井通五条上ル町　金屋半七郎　発行」（下巻末）

①龍谷大学蔵（一二三・五／七〇―W／一～二）②袋綴　③薄茶色・布目模様　④二七・六×一九糎　⑤一九・三×一四・二糎　⑥漢文（付訓）⑦科・凡例三、一巻五四／二巻五七丁（内、二巻の最終丁裏に識語と刊記）⑧序跋無し　⑨外題「正信念佛偈集解」。版心題「正信偈集解」。識語有り。

『正信念佛偈説約』二巻一冊。慶雲述。

洛陽寺町押小路橘屋
野田治兵衛」（裏見返し）

①龍谷大学蔵（一二三・五／七六―W）②袋綴　③薄茶色　④二六・九×一九糎　⑤一七・五×一四・二糎　⑥漢文

（付訓）⑦序一、一巻二四／二巻二四丁　⑧自序「享保己亥春／慶雲」。⑨外題「正信偈説約」。版心題「正信説約」。識語有り。

『正信念佛偈文軌』（無刊記本）

（イ）三巻三冊。付『正信念佛偈開首』、『正信念佛偈文軌旁通』。桃渓撰。

①龍谷大学写字台文庫蔵（一二三・五／一一二一—W／五）②袋綴　③薄茶色　④二七・八×一八・四糎　⑤一九・五×一四糎　⑥漢文（付訓）⑦『文軌』一巻四二／二巻三二／三巻四二／『開首』一六／『文軌旁通』一八丁　⑧序跋無し　⑨『正信念佛偈開首』一巻一冊、『正信念佛偈文軌旁通』一巻一冊を付す。版心題それぞれ「正信偈文軌」、「正信偈開首」、「正信偈文軌旁通」。

（ロ）三巻二冊（二巻欠）。付『正信念佛偈開首』、『正信念佛偈文軌旁通』。桃渓撰。

①龍谷大学蔵（一二三・五／一五四—W／一～三）②袋綴　③薄茶色　④二七・一×一八糎　⑤一九・五×一三・九糎　⑥漢文（付訓）⑦一巻四二／三巻四二、『開首』一六、『文軌旁通』一八丁　⑧序跋無し　⑨二冊目に『正信念佛偈開首』・『正信念佛偈文軌旁通』を付す。版心題「正信偈文軌」。

『正信念佛偈文軌』三巻二冊。付『正信念佛偈開首』、『正信念佛偈文軌旁通』。桃渓撰。

河州守口

浄喜寺蔵板

御本山 御用 御書物所　京東六条下珠数屋町 丁字屋九郎右衛門　」（『正信念佛偈文軌』三巻の末尾）

①龍谷大学蔵（一二三・五／一一三—W／一～二）②袋綴　③薄茶色　④二五・二×一八・二糎　⑤二〇・八×一六・六糎　⑥漢文（付訓）⑦一巻四二、二巻三一／三巻四二、『開首』一六、『文軌旁通』一八丁　⑧序跋無し　⑨二冊目に、『正信念佛偈開首』及び『正信念佛偈文軌旁通』を付す。版心題「正信偈文軌」。

『正信念佛偈文軌』三巻一冊。付『正信念佛偈開首』、『正信念佛偈文軌旁通』。桃溪編。

河州守口

浄喜寺蔵板　　」（『正信念佛偈文軌』三巻の末尾）

①龍谷大学蔵（一二一三・五／一三八―W）②袋綴　③薄茶色　④二五・八×一八・四糎　⑤一九・四×一四糎　⑥漢文（付訓）⑦一巻四二、二巻三一、三巻四二、『開首』一六、『文軌旁通』一八丁　⑧序跋無し　⑨『正信念佛偈開首』、『正信念佛偈文軌旁通』を付す。版心題「正信偈文軌」。

『正信念佛偈文軌』三巻三冊。桃溪撰。

河州守口

浄喜寺蔵板　　」（下巻末）

①龍谷大学蔵（一二一三・五／一四二―W／一～三）②袋綴　③薄茶色　④二七・一×一八・一糎　⑤一九・四×一三・九糎　⑥漢文（付訓）⑦一巻四二／二巻三一／三巻四二丁　⑧序跋無し　⑨版心題「正信偈文軌」。

『正信念佛偈文軌』三巻二冊。付『正信念佛偈開首』、『正信念佛偈文軌旁通』。桃溪撰。

河州守口

浄喜寺蔵板　　」（下巻末）

①龍谷大学蔵（一二一三・五／一四三―W／一～二）②袋綴　③薄茶色（後付）④二五・八×一八・二糎　⑤一九・四×一四糎　⑥漢文（付訓）⑦一巻四二、二巻三一／三巻四二、『開首』一六、『文軌旁通』一八丁　⑧序跋無し　⑨二冊目に『正信念佛偈開首』・『正信念佛偈文軌旁通』を付す。版心題「正信偈文軌」。

『操觚随意鈔』五巻一冊。南溟。
京都書林　堀川通高辻上ル町　長村半兵衛」（五巻末）
①龍谷大学蔵（一〇五・五／七〇―W）②袋綴 ③空色（後付）④二五・九×一七・八糎 ⑤二一×一五・四糎 ⑥漢字片仮名（片仮名のふりがな有り）⑦一巻一四、二巻一七、三巻一八、四巻一五、五巻一五丁（五巻の最終丁末尾に識語）⑧序跋無し ⑨外題「正信偈操觚随意鈔」。版心題「拾葉」。南溟の識語有り。

『操觚随意鈔』五巻五冊。南溟。
京都書林　堀川通高辻上ル町　長村半兵衛」（五巻末）
①龍谷大学蔵（一〇五・五／一五三―W／一～五）②袋綴 ③青緑色 ④二五・八×一八・二糎 ⑤二一×一五・四糎 ⑥漢字片仮名（片仮名のふりがな有り）⑦一巻一四／二巻一七／三巻一八／四巻一五／五巻一五丁（五巻の最終丁末尾に識語）⑧序跋無し ⑨外題「〔観化拾葉〕正信偈随意鈔」。版心題「拾葉」。南溟の識語有り。

『操觚随意鈔』十二巻三冊（正編五巻一冊、後編七巻二冊）。南溟（正編一～五巻）。
京都書林　堀川通高辻上ル町　長村半兵衛」（五巻末）
元文四年己未七月日梓行
長村半兵衛
皇都書舗　植村藤右衛門
北村四良兵衛」（十二巻末）
①龍谷大学写字台文庫蔵（一〇五・五／六八―W／三）②袋綴じ ③正編は縹色無地、後編は黄色無地 ④（正編）二

五・八×一八・一糎、（後編）二五・八×一七・九糎　⑤（正編）二〇・九×一五・五糎、（後編）二〇・七×一五・六糎　⑥漢字片仮名（片仮名でふりがな有り）　⑦（正編）一巻目録一、本文一三、二巻目録一、本文十六、三巻目録一、本文一七、四巻目録一、本文一四、五巻目録一、本文一四／（後編）六巻目録一、本文一七、七巻目録一、本文一八、八巻目録一、本文一七／九巻目録一、本文一七、十巻目録一、本文一八、十一巻目録一、本文一八、十二巻目録一、本文一四丁　⑧序「元文元年十一月上旬／南溟」（五巻末）　⑨外題「〔勧化拾葉〕正信偈随意鈔」。版心題「拾葉」。十二巻末に識語有り。

『操觚随意鈔』十二巻三冊（正編五巻一冊、後編七巻二冊）。南溟（正編一～五巻）。

京都書林　堀川通高辻上ル町　長　村　半　兵　衛」（五巻末）

元文四年己未七月日梓行

　　長村半兵衛
皇都書舗　植村藤右衛門
　　北村四良兵衛」（十二巻末）

①龍谷大学写字台文庫蔵（一〇五・五／六九―W／三）　②袋綴じ　③青緑色、無地　④（正編）二五・八×一八・一糎、（後編）二六・二×一八・五糎　⑤（正編）二〇・九×一五・五糎、（後編）二〇・六×一五・五糎　⑥漢字片仮名（片仮名でふりがな有り）　⑦（正編）一巻目録一、本文一三、二巻目録一、本文十六、三巻目録一、本文一七、四巻目録一、本文一四、五巻目録一、本文一四／（後編）六巻目録一、本文一七、七巻目録一、本文一八、八巻目録一、本文一七／九巻目録一、本文一七、十巻目録一、本文一八、十一巻目録一、本文一八、十二巻目録一、本文一四丁　⑧序「元文元年十一月上旬／南溟」（五巻末）　⑨外題「〔勧化拾葉〕正信偈随意鈔」。版心題「拾葉」。十二巻末に識語有り。

『正信念佛偈領解抄』二巻四冊。元秀。

延享四丁卯八月吉日
江州八幡町 枕田源兵衛
書林 京寺町五条上ル町 藤屋武兵衛 」（二巻末、裏見返し）

①龍谷大学写字台文庫蔵（一二三・五／二四―W／四） ②袋綴 ③青緑色 ④二六・二×一八。三糎 ⑤二〇・一×一五糎 ⑥漢字片仮名 ⑦序一、跋一、一巻一七／一巻一四／二巻一四／二巻二五丁 ⑧自序「延享丁卯孟春仲旬／元秀」、跋「延享丁卯春晩／宗閑」。⑨外題「正信念佛偈領解鈔」。版心題「正信領解抄」。

『正信念佛偈領解抄』二巻一冊。元秀。

延享四丁卯八月吉日
江州八幡町 枕田源兵衛
書林 京寺町五条上ル町 藤屋武兵衛 」（二巻末、裏見返し）

①龍谷大学蔵（一二三・五／二五―W） ②袋綴 ③藍色 ④二六・一×一八・二糎 ⑤二〇・一×一五糎 ⑥漢字片仮名 ⑦序一、跋一、一巻三二、二巻三九丁 ⑧自序「延享丁卯孟春仲旬／元秀」、跋「延享丁卯春晩／宗閑」 ⑨外題「正信念佛偈領解鈔」。版心題「正信領解鈔」。

『正信偈五部評林』三巻一冊。僧樸述、探道記、下間安海校。

明治十二年十月廿二日 御届
同 十三年一月 刻成 定価金壱円

校正者　山口県平民　下間安海　長門国第廿大区八ノ小區阿武郡萩吉田町二百七十五番地三千坊住職

出版人　京都府平民　永田調兵衛　下京区第廿三組花屋町油小路東入ル二百七十二番地

」（裏見返し）

①龍谷大学蔵（一二三・五／五三―W）　②袋綴　③丹色　④二三・一×一六・一糎　⑤一八・一×一三・二糎　⑥漢字片仮名　⑦一巻七五／二巻七〇／三巻九四、跋一丁　⑧跋「宝暦第三夏五月廿一日／探道」。⑨外題「〔真宗〕〔陳善院僧撲著〕正信偈五部評林」・版心題「正信偈五部」。表見返しがあるが、ラベルが後付けされていて判読不能。

『正信偈五部評林』三巻三冊。僧樸述、探道記、下間安海校。

明治十二年十月廿二日　御届

同　十三年一月　刻成

定価金壱円

校正者　山口県平民　下間安海　長門国第廿大区八ノ小區阿武郡萩吉田町二百七十五番地三千坊住職

出版人　京都府平民　永田調兵衛　下京区第廿三組花屋町油小路東入ル二百七十二番地

」（三巻末、裏見返し）

①龍谷大学蔵（一二三・五／五四―W）　②袋綴　③黄色・つなぎ紋模様　④二三・四×一五・六糎　⑤一八・一×一三・一糎　⑥漢字片仮名　⑦一巻七五／二巻七〇／三巻九四、跋一丁　⑧跋有「宝暦第三夏五月廿一日／探求」　⑨外題「〔真宗〕正信偈五部評林」。版心題「正信偈五部」。上巻の表見返し「陳善院僧撲著／下間安海校正／〔真宗〕正信偈五部評林全／京都書林永田文昌堂」。

『正信偈繪抄』二巻二冊。皆遵撰、画工不明。

安永二癸巳歳六月吉旦

皇都書肆　三条通室町西江入町　文台屋多兵衛」（二巻末）

①龍谷大学蔵（一二三・五／七―W／一～二）②袋綴　③黄土色（後付）④二二×一五・二糎　⑤（双郭）一八・二×一三・一糎⑥漢字平仮名（ふりがな有り）⑦序二、一巻三二／下巻二五丁　⑧序「安永癸巳乃夏／粟津義圭」

『正信偈繪鈔』二巻二冊。皆遵撰、画工不明。

安永二癸巳歳六月吉旦

京都書林　五条通高倉東江入　北村四郎兵衛」（二巻末）

①龍谷大学蔵（一二三・五／一五五―W／一～二）②袋綴　③縹色・雲霞と龍の模様空押　④二一・九×一五・四糎⑤（双郭）一八×一三・一糎　⑥漢字平仮名（ふりがな有り）⑦序二、一巻三二／二巻二五丁　⑧序「安永癸巳乃夏／粟津義圭」⑨外題「正信偈會鈔」。

『正信偈繪抄』二巻二冊。釈皆遵、画工不明。

安永二癸巳歳六月吉旦　朝倉儀助

京都書林　北村四郎兵衛　菱屋治兵衛」（下巻末）

①日下幸男蔵本　②袋綴　③薄茶色・水辺蓮花模様空押　④二十二・二×十五・二糎　⑤（双郭）一八・一×一三・一

糎⑥漢字平仮名（ふりがな有り）⑦序二、上巻三十二、下巻二十五丁　⑧序「安永二年癸巳乃夏／栗津義圭」　⑨外題「正信偈繪鈔」。

『正信念佛偈自得解』二巻二冊。義端撰。

安永五丙申年二月

浪華書林
高麗橋壱丁　藤谷弥兵衛
唐物町心斎橋筋　本屋清左衛門
塩町心斎橋筋　田原屋平兵衛
心斎橋南詰　丹波屋半兵衛」（二巻末）

①龍谷大学写字台文庫蔵（一二三・五／六七―W／二）②袋綴　③薄緑色・緑色丁字引き模様　④二六・八×一八・四糎　⑤二〇・二×一四・三糎　⑥漢文（付訓）⑦序二、一巻三八／二巻四二丁　⑧自序「明和乙酉冬十二月／義端」　⑨版心題「正信偈自得解」。二巻裏見返しに著述目録有り。『浄土和讃管窺』七巻など、十三の本を紹介。

『正信念佛偈觀則』六巻二冊（四巻欠）。栗津義圭述。

寛政元年
乙酉十二月吉祥日
江戸日本橋南一丁目　須原屋茂兵衛
京東六条下ル珠数屋町　西村九郎右衛門
同五条高倉東へ入町　北村四郎兵衛
後編嗣出」（三巻末）

寛政四年二月吉祥日
江戸日本橋一丁目
須原茂兵衛
京東六条下ル数珠屋町
西村九郎右衛門
同五条高倉東へ入町
北村四郎兵衛
」（六巻末）

①龍谷大学蔵（一〇五・五／六七―W／二）②袋綴じ ③茶色地に布目模様 ④二六×一八・五糎 ⑤二〇・五×一四糎 ⑥漢字片仮名（片仮名でふりがな有り）⑦序一、一巻目録一、本文四五、二巻目録一、本文三五、三巻目録一、本文三五／五巻目録一、本文五一、六巻目録一、本文五三丁 ⑧序「寛政辛亥之春二月／理空」⑨表見返し有り「粟津義圭師述／正信偈観則／平安書林　合刻」。

『正信念仏偈観則』六巻六冊。粟津義圭述。

寛政四年二月吉祥日
江戸日本橋一丁目
須原茂兵衛
京東六条下ル数珠屋町
西村九郎右衛門
同五条高倉東へ入町
北村四郎兵衛
」（裏見返し）

①日下幸男蔵 ②袋綴 ③縹色・布目模様 ④二五・七×一八・二糎 ⑤二〇・四×一四糎 ⑥漢字平仮名 ⑦序一、一巻目次一、本文四五／二巻目次一、本文三五／三巻目次一、本文三五／四巻目次一、本文三一／五巻目次一、本文五一／六巻目次一、本文五三丁 ⑧序「寛政辛亥之春二月／理空」

『正信念佛偈一言鈔』日下幸男蔵(イ)本。四巻四冊。信暁・画工不明。

天保四年巳年十月

平安　大行寺蔵版
不許売買
彫刻華洛寺田弥輔　」（裏見返し）

①日下幸男蔵本　②袋綴　③茶色・つなぎ紋空押　④二二・三×一五・六糎　⑤一九・二糎×一三・一糎　⑥漢字平仮名⑦序一、一巻四六／二巻六二／三巻五二／四巻三五丁　⑧自序「天保第三年辰十月／信暁」　⑨外題・版心題「正信偈一言鈔」。表見返し「正定閣述作／正信偈一言鈔全四巻／洛陽大行寺蔵板」。

『正信念佛偈一言鈔』日下幸男蔵（ロ）本。四巻四冊。信暁・画工不明。

天保四年巳年十月
平安　大行寺蔵版
不許売買
彫刻華洛寺田弥輔　」（裏見返し）

①日下幸男蔵本　②袋綴　③茶色・つなぎ紋空押、袋あり、表見返し「正定閣述作／正信偈一言鈔全四巻／洛陽大行寺蔵板」④二二・四×一五・六糎　⑤一九・三糎×一三糎　⑥漢字・仮名　⑦序一、一巻四六／二巻六二／三巻五二／四巻三五丁　⑧「天保第三年辰十月／信暁」　⑨外題・版心題「正信偈一言鈔」。

『正信念佛偈訓讀圖會』五巻五冊。暁晴編述、松山半山画。

京醒井通魚棚上ル町
書林　丁字屋庄兵衛　」（五巻末、裏見返し）

①龍谷大学蔵（一二三・五／一八三―W／一～五）　②袋綴　③丹色・水辺蓮花模様空押　④二五・二×一七・五糎　⑤

一七・六×一二・五糎　⑥漢字平仮名（ふりがな有り）　⑦一巻三三／二巻二〇／三巻一四／四巻一八／五巻一三、序二丁　⑧序「安政三年／念仏行者某」　⑨版心題「正信偈訓讀」。序の末尾に、『浪華』（晴翁編述、松川半山画）の書肆広告有り。

『正信念佛偈訓讀圖會』三巻三冊。暁晴編、松川半山画。

京都書肆
　二条通衣棚
　　風月荘左衛門　」（三巻裏見返し）

和漢洋書物
諸宗御経類
製　本　屋　皓　月　堂　興　介　」（右の風月の刊記の上の貼紙）
愛知県名古屋江川町四丁目

①個人蔵　②袋綴　③縹色・水辺蓮花模様空押　④二三・一×一五・一糎　⑤一七・六×一二・五糎　⑥漢字平仮名　⑦口絵五、一巻三三／二巻三四／三巻三〇丁　⑧序有り（筆者不明）　⑨版心題「正信偈訓讀」。表見返しに「暁晴翁著述／松川半山画図／正信偈訓讀圖會／五書堂寿梓」。風月庄左衛門の刊記の上から、名古屋の皓月堂の刊記が貼られている。明治刷りか。

『正信偈講義』八巻四冊。深励述。

大日本佛學書籍調進所

法蔵館　京都府平民　西村七兵衛（刷印）法蔵館
京都市下京区東六条中珠数屋町
烏丸東へ入二十人講町三十二番戸

」（八巻裏見返し）

①龍谷大学蔵（一二三・五／二八―W／一～四）②袋綴　③丹色・つなぎ紋模様空押　④一八・七×一二・八糎　⑤一四・五×一〇・二糎　⑥漢字片仮名　⑦一巻五一、二巻四五／三巻三八、四巻四九／五巻四八、六巻五一／七巻五四、八巻六二丁　⑧序跋無し⑨表見返しには、「版権所有／香月院深勵講師述／正信偈講義／京都法蔵館西村七兵衛蔵版」とある。明治刷り。

『正信偈問答記』二巻二冊。利井鮮妙校、勝山善譲編。

明治廿八年八月廿二日印刷
同　年　同　月三十日発行

編術者　福井県

発行
印刷

※破損部分につき判読不能。

有所権版

「
京都
発行所　興　教　」

」（三巻裏見返し）

①日下幸男蔵　②袋綴　③黄色・つなぎ紋模様、「興教書院」の文字空押　④二三・五×一五・四糎　⑤一七・八×一三・二糎　⑥漢字平仮名　⑦題辞一、一巻五一／二巻五五丁　⑧序跋無し　⑨上巻表見返し「赤松連城師題辞／利井鮮妙校閲／勝山善譲編述／正信偈問答記／京都　興教書院蔵版」。明治刷り。

◉執筆者紹介（収録順）◉

第一章　中世の学問

三輪正胤（みわ・まさたね）

1938年生．大阪大学大学院文学研究科博士課程単位取得．大阪府立大学名誉教授．『歌学秘伝の研究』（風間書房，1994年）「和歌古今灌頂巻」（『日本古典偽書叢刊　第１巻』現代思潮新社，2005年）など．

中世歌学秘伝の変容——雲伝神道の中で——

安井重雄（やすい・しげお）

1961年生．龍谷大学大学院文学研究科博士課程単位取得．文学博士（国文学専攻）．現在，龍谷大学非常勤講師．『師説撰歌和歌集—本文と研究—』（和泉書院，1993年，共著）「俊成判詞の影響力と規制—源重之歌一首の享受をめぐって—」（『国語国文』第73巻１号）「『千五百番歌合』定家判詞について」（『古今集新古今集の方法』，笠間書院，2004年）など．

木戸家流藤川百首注について——周桂抄所引正吉抄と京都女子大学蔵藤川百首注二本——

来田　隆（きた・たかし）

1942年生．広島大学大学院博士課程中退．現在，龍谷大学文学部教授．『湯山聯句抄本文と総索引』（清文堂出版，1977年）「『エソポのハブラス本文と総索引』（共著，清文堂出版，1999年）『抄物による室町時代語の研究』（清文堂出版，2001年）など．

洞門抄物とそのことば

第二章　中世の文学

鈴木徳男（すずき・のりお）

1951年生．龍谷大学大学院博士課程修了．現在，相愛大学人文学部教授．『続詞花和歌集の研究』（和泉書院，1987年）「『続詞花集』の成立」（『国語と国文学』第66巻12号）「『俊頼髄脳』の周辺」（『国語国文』第64巻１号）など．

龍谷大学図書館蔵『俊頼口伝集』について

小山順子（こやま・じゅんこ）

1976年生．京都大学大学院文学研究科博士課程研究指導認定退学．現在，日本学術振興会特別研究員．「『最勝四天王院障子和歌』の歌枕表現」（『国語国文』第72巻第９号）「藤原良経『六百番歌合』恋歌における漢詩文摂取」（『和歌文学研究』第89号）『京都大学蔵　貴重連歌資料集』第1，3～６巻（臨川書店，平成13～16年，共著）など．

室町時代の句題和歌——永正三年五月四日杜甫句題五十首について——

忠住佳織（ただずみ・かおり）

1976年生．龍谷大学大学院文学研究科博士後期課程満期退学．現在，トーワクリエイティブ株式会社勤務．「走り井は逢坂なるがをかしきなり」（『日本語文化研究』第４号）「枕草子と歌枕「飛鳥川」—淵瀬の変遷過程を経て—」（『國文學論叢』第48輯）「京都盆地の歌枕—三代集と枕草子を中心に—」（『京都地名探求』第２号）など．

枕草子の時空間——『古今集』摂取の一解釈として——

松田美由貴（まつだ・みゆき）

1981年生．龍谷大学大学院文学研究科修士課程修了．現在，龍谷大学仏教文化研究所客員研究員・

桃山学院高等学校非常勤講師．
『夜の寝覚』における女君の行為「ふす」

浜畑圭吾（はまはた・けいご）
1978年生．龍谷大学大学院文学研究科修士課程修了．現在，龍谷大学大学院文学研究科博士課程在学中．
章綱物語と増位寺——延慶本平家物語生成考——

宮川明子（みやかわ・あきこ）
1943年生．龍谷大学文学部文学研究科国文学専攻博士課程前期（修士課程）修了．現在，龍谷大学非常勤講師．「『竹むきが記』の成立について」（『国語国文』第69巻第12号）「我だに人のおもかげを—『竹むきが記』の特質と執筆意図—」（『国語国文』第70巻第７号）など．
女の日記に見る信仰のかたち——中古・中世の日記から——

第三章　中世の作品の享受とその展開

西山美香（にしやま・みか）
1966年生．フェリス女学院大学大学院人文科学研究科博士後期課程修了（日本禅宗史・日本文化史）．現在，花園大学非常勤講師．『武家政権と禅宗—夢窓疎石を中心に』（笠間書院，2004年）など．
足利将軍邸の蔵書

中條敦仁（ちゅうじょう・あつし）
1973年生．皇學館大学大学院博士後期課程国文学専攻修了．博士（文学）．現在，皇學館高等学校常勤講師・同朋大学非常勤講師・京都文教短期大学非常勤講師．「『続千載和歌集』諸本論」（『和歌文学研究』第80号）「一括された十三代集諸伝本について—兼右本を中心に—」（『中世文学』第46号）「『新後撰和歌集』伝本考」（『同朋文学』第33号）など．
中世末期から近世初期にかけての十三代集本文について
——兼右本・雅章本の奥書・識語を手がかりに——

小林　強（こばやし・つよし）
1960年生．佛教大学大学院修士課程修了（国文学）．現在，龍谷大学非常勤講師．『古筆切研究　第１集』（思文閣出版，2000年，高城弘一氏と共著）「中世古筆切点描—架蔵資料の紹介—」（『龍谷大学佛教文化研究所紀要』第36集）「中世古筆切点描—架蔵資料の紹介(二)—」（思文閣出版，1998年，『中古中世和歌文学論叢』所収）など．
架蔵短冊資料点描

万波寿子（まんなみ・ひさこ）
1977年生．龍谷大学大学院文学研究科日本語日本文学専攻修士課程修了．現在，龍谷大学大学院文学研究科日本語日本文学専攻博士後期課程．「宣長本刊記集成」（日下幸男編『中野本・宣長本刊記集成』所収，龍谷大学日下研究室，2004年）「宣長版本における版権の流れ」（『鈴屋学会報』第21号）など．
「下絵百人一首注」翻刻と解題／正信偈注釈書の出版史研究——付 正信偈注釈書刊記集成——

日下幸男（くさか・ゆきお）
1949年生．大阪府立大学大学院博士後期課程修了．現在，龍谷大学文学部教授．『細川幽斎聞書』（和泉書院，1989年）『近世古今伝授史の研究　地下篇』（新典社，1998年）『近世仏書版本の研究』（龍谷大学日下研究室，2005年）など．
正信偈注釈書の出版史研究——付 正信偈注釈書刊記集成——

（平成17年10月現在）

■編者略歴■

大取一馬（おおとり・かずま）
1947年生．龍谷大学大学院文学研究科博士課程単位取得退学．現在，龍谷大学文学部教授．『新勅撰和歌集古注釈とその研究』上・下（思文閣出版，編著）「加藤磐斎の新古今増抄について―藤原定家の歌の注釈を通して―」（『和歌文学の伝統』，角川書店）「散佚私家集の研究序説―夫木和歌抄の場合」（『王朝和歌と史的展開』，笠間書院）など．

龍谷大学仏教文化研究叢書　15
中世の文学と学問

2005(平成17)年11月10日　発行

定価：本体8,400円(税別)

編　者　大取一馬
発行者　田中周二
発行所　株式会社思文閣出版
606-8203 京都市左京区田中関田町2-7
電話 075-751-1781（代表）

印刷製本　株式会社図書印刷同朋舎

ISBN4-7842-1271-X C3091